U0932993

The Red and The Black

红 与 黑

[法] 司汤达◎著　杨风帆◎译

天津出版传媒集团
天津人民出版社

图书在版编目（CIP）数据

红与黑 / (法) 司汤达著 ; 杨风帆译. -- 天津 :
天津人民出版社, 2016.5（2020.3重印）
ISBN 978-7-201-10293-1

Ⅰ. ①红… Ⅱ. ①司… ②杨… Ⅲ. ①长篇小说－法
国－近代 Ⅳ. ①I565.44

中国版本图书馆CIP数据核字（2016）第084429号

红与黑
HONG YU HEI

出　　版　天津人民出版社
出 版 人　黄　沛
地　　址　天津市和平区西康路35号康岳大厦
邮政编码　300051
邮购电话　（022）23332469
网　　址　http: //www.tjrmcbs.com
电子信箱　tjrmcbs@126.com
责任编辑　刘子伯
印　　刷　北京欣睿虹彩印刷有限公司
经　　销　新华书店
开　　本　880×1230毫米　1/32
印　　张　16.5
插　　页　16
字　　数　528千字
版次印次　2016年5月第1版　2020年3月第5次印刷
定　　价　38.80元

She found a young countryman outside the door. He was young, with tear stains on his pale face, wearing a white T-shirt, and under his arm was a purplish red coat made of tweeds with plain waves and knots, neat and tidy. (P27)

Then Julien recited the whole page of scripture, which made To his self-satisfaction, when Julien was immersed in reciting the holy book, Mr De Reina elated. Mr Hua Leinuo and Zone Warden Charcot de Maugironcame home. (P34)

He returned to the bedroom, just thinking of a kind of happiness, that is, to pick up his beloved book. (P67)

Mr De Reina was afraid of disclosing, he examined the second anonymous letter carefully, which was made up of some printed words stuck on a piece of light blue paper if readers still remember. (P129)

How happy it was to go to Paris, and in his eyes, anything else was not so important. (P214)

Early the next morning, while Julien was copying letters, Miss Mathilde came in from a small side door hidden firmly with a shelf of books. (P247)

Julien didn't quite understand the implication, that night, he tried to put on the blue suit to see the Marquis, and the Marquis treated him as if he was an equal as expected. (P274)

"Anyway, she is beautiful!" Julien kept thinking, eyes as those of a tiger. "I'd like to get her, then leave her alone, anyone who wants to stop me from escaping will get bad luck." (P309)

Julien ran to his bedroom immediately, and he happened to meet beautiful Mathilde on the stairs. She took the letter swiftly, full of smiles in her eyes. (P333)

He felt there was something on his hands—it turned out to be a bunch of hair Mathilde had cut, she threw it down. (P361)

Speaking of this, she really passed out, and collapsed to the ground. (P415)

"I'm very grateful for you," Mathilde says excitedly, "We can live in the Thorn's Castle, between Agen and Marmande." (P436)

Julien didn't recognize her, he shot at her but it missed, then he fired a second shot, and she fell onto the ground. (P445)

A large number of priests escorted the coffin. No one knew she was sitting alone in her car blindfolded with crape, with her ever so loved man's head on her knees. (P501)

前言

在法国与瑞士接壤的维里业城，坐落在山坡上，美丽的杜伯河绕城而过，河岸上矗立着许多锯木厂。木匠索海尔的儿子于连，在市长家当家庭教师。市长的妻子对于连产生好感，两人勾搭成奸。不久，事情败露，于连逃离市长家，进了神学院。

初到神学院，院长彼拉神父对于连特别关照。彼拉院长辞职后，又把他介绍给拉摩尔侯爵当秘书。侯爵对他十分重用，这使于连感到获得了极大的成功。此时，于连又与侯爵的女儿有了私情。其怀孕后，侯爵成全了他们的婚事。最后在教会的策划下，市长夫人被逼写了一封告密信揭发他，使他的飞黄腾达毁于一旦。恼羞成怒的于连赶到教堂，向正在祷告的雷纳夫人连发两枪，夫人当场中枪倒地。 于连因开枪杀人被捕。

入狱后，他对自己行为感到悔恨和耻辱。雷纳夫人并没有死，她买通狱吏，免得于连受虐待。于连知道后痛哭流涕。拉摩尔也为营救于连四处奔走，于连对此并不感动，只觉得愤怒。公审的时候，于连当众宣称他不祈求任何人的恩赐，他说：“我绝不是被我的同阶级的人审判，我在陪审官的席上，没有看见一个富有的农民，而只是些令人气愤的资产阶级的人。”结果法庭宣布于连犯了蓄谋杀人罪，判处死刑。

于连最后才知道，雷纳夫人给侯爵的那封信是由教士策划并强迫她写的。他们饶恕了彼此，他拒绝了上诉，也拒绝做临终祷告。在一个晴和的日子里，于连走上了断头台。拉摩尔买下了他的头颅，亲手埋葬。雷纳夫人在于连死后第三天，抱吻着她的儿子，也离开了人间。

目录 Contents

上卷

下　卷

上　卷

第一章

小　城

维里业称得上是弗朗神—孔泰地区[①]风光最美丽的城市了。白色的房屋，用红瓦搭成的尖尖的屋顶，散落在一个小山坡上。茁壮的栗树密密匝匝，画出了小山坡最细微的凹凸。城堡下数百步远的地方，一条被称为杜河[②]的河流流淌着，这个城堡是昔时西班牙人修建的，雄伟壮观，但现今却沦为了一片断壁残垣。

一座高山把维里业的北面严严实实地遮挡住了，这座高山是汝拉山脉的一个分支。每当十月寒流袭来时，高大蜿蜒的韦拉山峰便白雪皑皑。一条从山上奔泻下来的急流，穿过维里业，注入杜河，许多锯木厂都靠这条急流提供动力。这是一种很简单的工业，小城的居民更像是乡下人，多数人家的日子有了几分舒适。而做这种简单工业的，大多数人是城里的农民。但这座城市的富裕绝不是仅仅靠这些简单的锯木厂，小城的富裕应该归因于当地所织的一种叫作缪卢兹的印花布。自从拿破仑兵败以来，几乎维里业的家家户户的门面都翻修得焕然一新了。

外地人一进维里业就能听到一阵阵震耳欲聋的轰鸣声，让人感到一阵晕眩。顺着声音望去，河边一架可怕的机器正在运转。在急

① 作者虚构的城市，位于法国东部，杜河及汝拉山脉的发源地。
② 杜河，发源于汝拉山，流经法国、瑞士，注入索恩河。

流的冲击下，二十个沉重的铁锤，先高高地举起来，继而又重重地落下去，直砸得地动山摇。每天，这些铁锤不知道要生产出多少万颗铁钉。起落之间一些水灵俏丽的姑娘把小铁块送到巨大的铁锤下面，铁块旋即变成了钉子。这种活儿看起来十分的艰苦，却往往让初来乍到的法兰西和瑞士毗连山区的旅客感到惊奇。如果这位旅客想知道这简单粗重的制钉厂是谁的，人们会慢吞吞地告诉他："哦！它是市长先生的！"

在维里业，一条大路从杜河河岸一直绵延到小山山顶。旅人只要稍作停留，十有八九会遇见一个身材高大的人，神色匆匆，一副很了不起的样子。

初见，人们甚至还会觉得这张脸兼有小城市长的威严和尚存于四十八岁至五十岁男人身上的那种吸引力。然而，巴黎来的旅人转眼间便会感到不快，他那种志得意满的神气中还混杂有一种说不上来的狭隘和创造力的匮乏。这位旅人终于意识到，此人的才干仅止于让欠账的人如期偿还，而若是他欠了账，则要拖得不能再拖。

他就是维里业的市长——德·雷纳先生。他迈着稳健的步伐走过街心，来到市政厅，在过路人眼前消失了。这位旅人若继续闲逛，再往上走一百步，他会瞥见一幢外观相当漂亮的房子，越过与之相连的一道铁栅栏，还有一片极美的花园。远处，一条由勃艮第[①]群山构成的地平线作了花园的背景，非常壮观。这一切好像有意被安排在那里让人赏心悦目似的。游客被美丽的景色深深地吸引了，倒把进城时的坏心情一扫而光了。

听人们说，这座房子是德·雷纳先生的，它在不久前刚刚建成。这样一座用坚固大理石盖成的漂亮房屋，全是靠他开办的制钉厂获得的可观的利润。据说他祖上是西班牙人，是个古老的家族，似乎早在路易十四征服此地之前就已定居下来。

但他当上维里业的市长后，他便觉得当工业主有点不光彩。市长先生家里这座华丽的花园一层接一层，那座极美的花园有好几

① 勃艮第，法国东部地区。曾分属罗马、意大利和奥地利，路易十四划归其为法国领土。

层，直伸到杜河岸边，这就是德·雷纳先生苦心经营生铁生意所得到的报酬，也是市长先生在城里地位的象征。

在法国，只有在远离工业城市的地方才有那种景色迷人的花园。哪户人家的围墙越高，用料越好，就越能获得人们的尊敬。德·雷纳先生的花园里便是高墙纵横，尤其是里面有几小块地，是他花了大价钱才买下的，这花园就更加令人赞赏了。例如杜河边上的某个锯木厂占据了突出的位置，当你走进维里业时，它就会引起你的注意。这便是索海尔的锯木厂。但是这里于六年前已经换主人了，此刻它已经是德·雷纳先生的第四座平台花园的护土墙了。

为了花园，身为市长的德·雷纳先生也不得不委屈自己跟索海尔打交道。他费尽了口舌，花了不少金光闪闪的金路易①钱币，老索海尔才同意把他的厂房搬走。而那条使大多居民过上好日子的杜河，德·雷纳尔先生也想尽办法，使它改了道。不过，这是几年后大选时发生的事。

他用位于杜河下游500米处的四阿尔邦②土地去换取索海尔那块只有一阿尔邦的土地。人们都说这一地段的位置非常适合经营松木板买卖，但是索海尔老爹还是有办法利用他邻居的急性子和对土地的占有欲，把六千法郎拿到手。

果然，这笔交易受到当地一些有识之士的非议。四年后的一个星期天，德·雷纳先生穿着市长礼服从教堂回来的路上，远远望见笑呵呵的老索海尔。他的三个儿子正紧紧地围着他，满脸笑容的老索海尔朝雷纳深深地看了一眼。于是这抹奇异的笑容在市长先生的灵魂深处投下了一道阴影。此后，他就经常琢磨也许不需要花那么多钱这笔交易也能成功。

在维里业，有两种可靠的方法可以得到人们的敬仰：一是多多修建护墙，二是绝对不能使用泥瓦匠从意大利带来的建筑图纸。一些不安分的泥瓦匠每年春天都会由汝拉山的峡谷到巴黎去，因为这样的标新立异会使鲁莽的工业主被左右地区民意的那些聪明而保守

① 法国古代货币，一路易相当于十二法郎。

② 相当于十五至五十公亩。

的人视为别有用心。因此这使作为市长的雷纳永远得不到当地那些有荐举权的温和稳健人士的支持。

事实上，这些明智之士在当地施行着最讨厌的专制。正是由于这个丑恶的字眼，对于那些在世称伟大的共和国的巴黎生活过的人来说，小城市里的日子简直不堪忍受。舆论的专横，而且是怎样一种舆论啊！在法国的小城市和在美利坚合众国是一样的愚蠢。

第二章

市　长

在距离杜河大约一百尺的高处，沿山坡有一条公众散步的林荫大道，位置极佳，是全法最美的景点之一，然而，一到下雨天，磅礴的大雨就把路冲得坑坑洼洼的，行走倍感不便，所以迫切地需要修一座高大而坚固的堤墙。这对爱慕虚荣的德·雷纳先生来说，真是雪中送炭。德·雷纳先生看出这是自己取得政绩的好机会。于是一座二十尺高、三十到四十特瓦兹[①]长的堤墙就产生了。

因为倒数第二任内务大臣曾经坚决反对在维里业修建公共散步场所。德·雷纳先生不得不到巴黎疏通关卡，求得允许，他一连跑了三次才成功。如今这胸墙已建起来，离地四尺高。仿佛是向一切现任和前任的部长们示威似的，眼下有人正在往上装方石板。

我曾经多次把我火热的胸膛依偎在光滑的蓝灰色石板上，一面怀念五光十色的巴黎舞场，一面注视着杜河沿岸！远处，左岸，五六条山谷曲折蜿蜒，其深处有数条小溪历历在目，一路奔泻跳荡，急匆匆跌进杜河。山里的太阳很猛，正当顶的时候，旅人却可在这方平台上享受枝叶婆娑的悬铃木的荫护，任遐想驰骋。这些树生长迅速，美丽的绿色微含蓝意，这都得力于市长先生命人填在巨

① 法国古长度单位，相当于1.94米。

大的防土墙后面的新土，这些栽种梧桐树的土壤是市长叫人从其他地方运来垒他的护土墙的，这些土壤都比较好。雷纳先生不顾市议会的反对，还是把散步场所的面积加宽了六七尺。他和维里业幸运的贫民收容所所长华勒诺先生都认为这个平台足可以和圣日耳曼—昂—莱伊[①]的平台一争高下。

我只有一件事要指责这条忠诚大道，那就是市政当局让人修剪乃至剃秃这些茁壮的悬铃木的那种野蛮方式。德·雷纳先生又用这些石碑不费吹灰之力地换取了个人的一枚勋章。关于忠义大道，我要提出谴责的是，政府采用那种毫无人性的方式去修剪树枝，竟砍光了许多长势旺盛的梧桐树枝头。结果，树冠矮墩墩的，又圆又平，犹如菜园里的蔬菜，其实，这些树倒可以像英国的梧桐那样婷婷玉立的。但市长先生的决心，无比坚定，凡是他管辖的这个区域的树木，每年必定遭到两次无情的野蛮砍伐。自由党人还认为，当官家园丁看到助理神父喜欢拥有这些砍伐的树枝，他们的手段就变得更加残酷了。

几年前，从贝藏松[②]来了一位年轻的神父，他来这儿的目的就是监视谢朗神父和附近几个教士的活动。有个年老的外科军医，在意大利部队里服役后退伍来到维里业。德·雷纳先生对他没有什么好感，认为他过去是雅各宾派，又是波拿巴分子[③]。有一天这位年轻的神父竟然向市长抱怨起来了，说他乱砍树木的行为只会破坏环境。

"我喜欢阴凉。"德·雷纳先生口气中有一种居高临下的意味，但对一个身为荣誉团骑士的外科医生说话还就得这样才合适。他继续用一种傲慢的态度说："我喜欢阴凉，为了得到更多阴凉，我必须修剪我的树枝。我认为它除此之外没有其他用途，除非它像胡桃树那样有利可图。"

在维里业，"有利可图"就是决定一切的至理名言。这简简单单的一个词，足以表达这城市大多数的居民的思想了。

---

① 塞纳河畔的小城，风景优美，有宫殿、园林。

② 孔泰地区的首府。

③ 支持拿破仑的人。

“带来收益”，这就是在维里埃决定一切的至理名言。单单这个词就代表了四分之三的居民的习惯性思想。陌生人第一次来到这里，绝对会被小城周围雄伟壮观的美景所吸引。他们首先会想到本地居民对美感的定义一定很严格。对家乡的美丽景色，他们也会大加赞扬，让人感觉家乡对他们很重要。维里业用高山美景把游客吸引到这里，让旅馆老板们发了一笔横财，然后再纳税，市府便坐收利润。

深秋的一天，德·雷纳先生和他心爱的妻子一道，在忠义大道上散步。德·雷纳夫人一面认真倾听丈夫滔滔不绝的谈话，一面不放心地用目光盯着他那三个孩子。十一岁的大孩子接连几次走到栏杆旁，试图要爬上去。“阿道尔夫”，一个温柔的声音响起，孩子就走开了，放弃了他大胆的念头。德·雷纳夫人虽已经是个三十岁的妇女，但仍风韵犹存，漂亮迷人。

“这位来自巴黎的先生，他将来一定会懊悔的！”勒那尔先生有些咬牙切齿地说着，脸色显得比平时更苍白，“我在上层里是有靠山的！”

虽然我很愿意用二百页的篇幅跟您谈谈外省，但是我毕竟不能如此残忍，让您忍受外省的谈话所具有的那种冗长和那种巧妙的转弯抹角。

让维里业市长如此深恶痛绝但又有点害怕的巴黎先生，便是那位阿佩尔先生。两天前，他不但想方设法参观维里业的贫民收容所和监狱，而且深入了解了市长与本城大地主管理的免费医院。

“但是，”雷纳夫人胆怯地说，“既然您一丝不苟地管理穷人们的福利，别人对您又能怎样呢？”

“他们是为了找碴儿才来的，然后就在自由党的报纸上写文章。发表在自由党的报纸上！”

“亲爱的，可是这些报纸您从来都不看啊。”

“但是这些专门散布谣言的雅各宾派的文章，我也必须慎重对待，它会分散我的精力的。我绝不会宽恕那个教士。”

第三章

穷人财产

那位让德·雷纳痛恨的维里业的教士是一位八十岁高龄的老人。然而山里的新鲜空气给了他一副铁铸般的体魄和性格。应该知道，他有权随时造访监狱，医院，甚至乞丐收容所。一天早晨六点，阿佩尔先生就来到了这座怪异的城市，他直接去了教士家里。

谢朗教士读着阿佩尔先生带来的德·拉摩尔侯爵给他写的信，脸上摆出一副若有所思的样子。德·拉摩尔侯爵是法国贵族院的一名议员，也是本省最大的地主，极具影响力。

他说："我一大把年纪了，并且在此地受人爱戴，他们不敢！"他立刻朝巴黎来的先生转过身。他虽然年事已高，两眼仍闪烁着火一样的热情，表明他乐于从事一桩多少有些危险的高尚行动。

"先生，我带您去吧！但在狱卒面前，特别在贫民收容所的看守人面前，您必须保持冷静，无论我们看到什么，您也不要随便讲话。阿佩尔先生听到这句话，已经知道他遇到了一个好人。于是他们两个一起，参观了维里业的监狱、医院和收容所。他还问了许多问题，虽说只得到一些驴唇不对马嘴的答复，但他始终没有发一点牢骚。

参观持续了好几个小时。神甫邀请阿佩尔先生共进午餐。阿佩尔先生不愿意更多地连累这位好心的朋友，就推说有几封信要写。

三点钟前后，两位先生结束了对乞丐收容所的视察又回到监狱。他们在门口遇见了看守，这是一个巨人般的家伙，六尺高，罗圈腿，一张极难看的脸因恐惧而变得极可憎。

“你好，先生，”他瞧见教士，马上问道，“这位和您一起来的，应该就是阿佩尔先生吧？”

“那又怎样呢？”教士问道。

“昨天我接到最明确的命令，不准阿佩尔先生进入监狱，命令是省长派一名宪兵送来的，他大概骑着马跑了一整夜呢。”

“坦白地说，诺瓦鲁先生，”教士说道，“这位正是阿佩尔先生。只要我愿意，我有权随时到监狱来！而且只要我允许，谁都可以陪我来。”

“没错，教士先生。”狱卒无可奈何地垂下头来。

他那可怜的声音，活像害怕挨棍子而勉强服从的一条狗。

“但是，教士先生，我是拖家带口的人，如果别人发现，我就要被革职。全家的生活全靠我一个人啊。”

“我的职位丢了我也很不高兴。”善良的教士说道，越说情绪越激动。

“我和您可没法比啊！”狱卒继续说道，“教士先生，谁都知道您每年拿着八百法郎的年金，又有田地和房屋，而我是多么可怜啊。”

就是这么点小事，维里业的人们却用了数不清的方式传来传去，并加以夸大。两天以来它竟把维里业小城的一切仇恨情绪都带动了起来。正是为了这件事。早晨，他带着乞丐收容所所长华勒诺先生去过本堂神甫家，向他表示最强烈的不满。谢朗先生没有任何后台，觉出了他们的话的分量。谢朗先生孤身一人，没有依靠，他意识到这件事会产生的严重后果。

“好吧，先生们！我已经八十岁了，我将是附近第三个被撤职的本堂神甫。我在此地已经五十六年；我为本城差不多全部居民行过洗礼，我来的时候这个城市还是个小镇呢。我每天都为年轻人主持婚礼，从前他们的祖父的婚礼也是我主持的。我当初来这儿的时候，维里业仅仅是个小小的村镇。维里业就是我的家，但是我不会因为害怕离职而拿自己的良心去做交易，害怕也不会迫使我去做非正义的行动。当我看到这名外乡人时，我也曾担心过：这位来自巴黎的旅客，可能真是一个自由党人。现在，到处都是自由党人。但是，自由党人又能损害我们穷人和囚犯什么呢？”

这话一出，德·雷纳先生的指责，特别是对贫民收容所所长华勒诺先生的批判，变得越来越严重了。

“那好，先生们，把我撤了吧！”老神甫喊了起来，声音都发抖了，“可是我还是照样住在这里。大家都知道，我四十八年前继承了一份田产，每年还有八百法郎年金。这份年金足够我的生活。我任职期间，没有一点不正当的收入。先生们，你们听好了，正因为如此，当你们说起要革去我的职务时，我并不害怕。”

德·雷纳先生与妻子相处极好，然而他不知道如何回答妻子怯生生地反复提出的问题：“巴黎来的这位先生能对囚犯有什么危害呢？”他简直要发火了，正在这时，妻子惊叫了一声。原来她的第二个儿子爬上了挡土墙的胸墙，还在上面跑，而这挡土墙高出墙外葡萄园有二十尺呢，德·雷纳夫人生怕把孩子吓得摔下来，于是呆呆地看着，一声不吭。那孩子却笑得很开心，为自己的勇敢行为显出一副得意的样子，后来，发现他的母亲被吓得脸色惨白，才急忙跳了下来，扑向他的母亲。母亲责备了他一顿。

谈话的主题由此而改变。

“我想要把索海尔请到家里来，那个锯木匠的儿子，”德·雷纳先生说道，“让他照看孩子，他们越来越淘气，我们管不住了。他是个教士，不是也差不多，还精通拉丁文，他会让孩子们取得进步的，因为神甫说他性格坚强。我给他三百法郎，管他吃。我过去对他的品行一直有些猜疑，他是那个老外科医生，荣誉团骑士的宠儿，医生借口是亲戚，就住在他们家里，我觉得这人肯定是自由党密探，他借口说这里的空气对他的哮喘病很有帮助，但这点却无人能确定。他参加过在意大利的所有战役，据说当年还曾签名反帝国。这个自由党教小索海尔拉丁文，还把带来的大量书籍留给他。所以我本来绝不会想到让木工的儿子和我们的孩子在一起的，但是，恰好在那件使我和谢朗教士彻底闹翻了的事发生前的一天，那位教士告诉我，索海尔研究神学已有三年了，将来还打算进修道院。这样看来，他就不是自由党人了，而是一位正派的拉丁语学者。”

“聘请家庭教师还有许多其他的好处，”德·雷纳先生继续说道，“华勒诺新近来为他家的四轮轻车买了两匹诺曼底好马，正神气十足呢。不过他家的孩子还没有家庭教师吧！”

“如果我们不快点，他很可能把我们的这一位家庭教师抢走呀！”

“那么，你同意我的想法了？”德·雷纳先生冲着夫人笑了一下，表示感谢她刚才提出的那个绝妙的主意，“行，就这么决定！”

“啊！天哪！亲爱的，你这么快就拿定主意了！”

“这是因为我性格刚强，本堂神甫已经领教过了。我们不必隐瞒什么，我们在此地是被自由党人包围着的。所有那些布商都嫉妒我，我对此深信不疑；他们中的个别人要成为富翁了！随他们去吧，我会让他们看见我德·雷纳先生家的孩子有自己的家庭教师领着散步。别人会因此更加尊敬我们的！我的祖父年轻时就曾有过家庭教师。这事所花的一百个埃居[①]，对于保持我们尊贵的身份绝对是值得的。”

这个突然的决定让德·雷纳夫人陷入深深的思考。德·雷纳夫人身材高而苗条，曾经是当地有名的美人儿，山里人都这么说。她具有某种纯朴的仪态，举手投足仍透出一股青春的活力；在一位巴黎人看来，这种天真活泼的自然风韵甚至会唤起温柔的快感，让人想入非非。假如德·雷纳夫人真的知道她有这些令人倾倒的优点的话，她一定会羞愧得无地自容。她心里从未有过风流浪漫的想法。过去富有的乞丐收容所所长华勒诺先生曾追求过她，但并未获得她的芳心。因此人们对她的品德更加赞赏。因为，这位华勒诺先生是

① 埃居，法国古金币，一埃居相当于三法郎。

一个高大魁梧的男人，体格强壮，一张棕红色的脸，两片黑而粗的颊髭。颇得年轻女士的喜欢，他粗野、脸皮厚、嗓门大，像他这样的人，在外省就可称为美男子了。

德·雷纳夫人很害羞，性情看上去很是平和，特别讨厌华勒诺先生不住地动来动去和他的大嗓门。她几乎不参加任何娱乐活动。人们则把这种态度说成是她对自己出身门第优越感的表现。她毫不在意这些评价，看到城里的居民不常来家里拜访，这让她感到十分高兴。老实说，在那些太太们心中，她简直就是个傻子，因为她从未想过在丈夫面前要手段，甚至不曾想过让丈夫从巴黎或贝藏松给自己捎带几顶漂亮帽子。对于她来说，能独自在美丽的花园里散散步，就心满意足了。

她是一个天真幼稚的女人，从未想到对丈夫品头论足，也从未承认丈夫使她感到厌烦。她猜想，当然未曾向自己说破，夫妻之间不过如此罢了，不会有更亲密的关系。她喜欢德·雷纳先生，尤其是在他谈起有关孩子教育问题时：在家里的三个孩子当中，他希望大儿子当军官，二儿子当文官，三儿子当神父。她觉得在她所认识的男人中，相比之下德·雷纳先生还算是个不让他生厌的人。

妻子对丈夫的这种评价倒也合情合理。德·雷纳先生获得“聪慧”和“绅士风度”的声誉，那是因为他从自己叔父那里学来了许多诙谐故事。在法国大革命前那位德·雷纳，曾在奥尔良公爵[①]的步兵团里担任上尉。后来在巴黎，又有机会参加这位亲王的沙龙活动。蒙戴松侯爵夫人[②]、著名的德·冉利斯夫人[③]和负责建造王宫的杜克雷兹先生等社会名流都是在活动中见过的。德·雷纳先生每次讲故事时，总是自豪地多次提到上面那些人物。而随着年龄的不断

---

① 奥尔良公爵（1747—1739）,英国政治制度的崇拜者，1789年当选为三级会议的代表，1792年当选为国民公会议员，号称菲利浦·平等，曾投票赞成处死国王路易十六。1793年因涉嫌反对革命被处决。其子路易·菲利浦是1830年至1848年7月王朝时的国王。

② 蒙戴松夫人，奥尔良公爵之秘密夫人。

③ 冉利斯夫人，蒙戴松夫人之侄女，杜克雷斯侯爵之妹，曾负责教育路易·菲利浦。

增长，他生活中的一项主要工作就是对那些豪门望族生活的回忆。不过，回忆这种讲起来极微妙的事情渐渐成了他的一项工作，所以，近来他只在重大场合才重复这些与奥尔良家族有关的奇闻轶事。除了谈论金钱的时候他都很有礼貌，因此这位先生便自然而然被视为维里业最有贵族风度的人物了。

第四章

父与子

“我妻子确实很聪明！”第二天早上六点，他一边走，一边想，“我的妻子的确很有头脑。优势当然还在我这边，但是说一千道一万，我毕竟没有想到，倘若我不把索莱尔这个小神甫弄到手，据说他的拉丁文好得不得了，收容所所长那个脑子转个不停的家伙很可能和我打一样的主意，并且抢在我的前头。他将以多么自负的口吻谈论他的孩子的家庭教师啊……这位家庭教师一旦属于我，要不要穿黑袍子呢？”

当德·雷纳先生正在深思这个看似复杂问题时，他远远看到了一个身高将近六尺的农民。刚刚天亮，他就忙着量他那些在杜河沿岸拉纤道上放着的木材。当市长走到他身旁时，他一脸的不快，因为这些木材的放置会妨碍交通，是不符合规定的。

这就是索海尔老爹。德·雷纳先生关于他的儿子于连的提议使他大感意外，但更使他感到高兴。不过他听的时候仍然带着那种愁苦不乐和漠不关心的神情，这山区的居民很善于这样来掩饰他们的精明。他们在西班牙人统治时期当过奴隶，如今仍保留着埃及小农的这种表情特征。

索海尔的开场白只不过是大段背下来的记得滚瓜烂熟的客套话。他笨拙地做出微笑的样子，却更暴露出神情的虚假；他本来生就一副无赖相，这下反而欲盖弥彰。他一边重复着那些废话，一边脑子里不停地转，试图弄明白是什么原因能使一个如此有权势的人想把他那废物儿子搞到家里。他最讨厌的于连却让德·雷纳先生情愿出三百法郎的高额年薪送给他，还管他吃管他穿。索海尔老爹突然想到衣服，趁机提出要求来，谁知德·雷纳竟然无奈地答应了。

这个要求引起了德·雷纳先生的怀疑。他自己琢磨："对我的提议，索海尔竟没有理所当然地感到高兴和满意，显然已另外有人向他提出过什么，除了华勒诺先生之外，还能是谁呢？"于是德·雷纳先生赶紧催促索海尔立刻把事情定下来，但却适得其反，狡诈的乡下佬就是不同意。他说必须征求儿子的同意。索海尔说这话时一脸的诚意，丝毫没有做作的感觉。

一座水力锯木厂，其实就是一个建在水边的大棚，四根粗大的木柱支起屋架，上面覆有棚顶。棚子中央八、九尺高处有一把锯正在上上下下，一种很简单的机器把木头对着锯推过去。溪水推动一个轮子，产生两种机械作用：一是锯的上下运动，二是缓缓推动锯子，最后将木头破成板子。

索海尔老爹走进他的工厂时，大声喊着于连，但没有人答应。他的两个大儿子在那里忙碌着。他们生得膀大腰圆，这两个壮壮的汉子，用笨重的斧头，剖开松树干把它送到厂棚去。他们聚精会神地工作，严格按木头上画的墨线砍，大块的木屑随着落下的斧头而溅起。巨大的噪音使他们没听见父亲的喊声。索海尔老爹走到锯子旁，这是于连平时待着的地方，可是在这里却找不到于连。后来他看见他了，在离锯子五六尺高的地方，于连没有看管机器操作，而是骑在屋顶的横梁上，在那里专心读书。老索海尔最讨厌的就是看书了。他可以原谅于连身材瘦削，跟他的两个哥哥不一样，不适合干力气活儿，但他不能容忍于连的这种读书癖，因为他自己不识字。他朝于连喊了两三声，于连都没有听到。他完全被书本的内容所吸引，加上木锯的噪音，根本没有听到索海尔老爹的可怕声音。

随后，老索海尔不顾自己一大把年纪，跃身跳上将被锯开的那根大木头，又从那里一步跃上了那根横梁。他一拳将于连手里捧着的书打到河里。凶猛的第二拳像实心球似的打在于连头上，于连的身子顿时失去平衡向下跌落。眼看就要跌落到十四五尺下面正在运转的机器手柄上，好在他父亲迅速用左手把他抓住，否则他早跌出十四五尺远，掉进转动的机器铁轴中碾得血肉模糊了。

“哼！懒东西！还在看你那讨厌的书？等晚上到教士家鬼混时去看也不晚！”

于连被打得晕头转向，满脸是血，还得回到锯子旁自己的岗位上去。他的眼里含着泪，肉体的痛苦自不待言，更重要的原因是他失去了心爱的书。

“下来，畜生，我有事跟你说。”这回，工棚的喧嚷声又让于连没听见命令。他父亲已经下来，又懒得再爬到机器上去，便捡起一根打核桃用的长棍子，打到于连的肩膀上。于连刚一下来，老索海尔便往回家的路上撵他。

“天晓得他要把我怎么样！”年轻人暗自思量着。他边往回走边悲愤地回头朝河里望，试图寻找掉在河里的书。掉的书是《圣赫勒拿岛回忆录》[①]，是他最珍爱的一本书。

于连双颊绯红，两眼低垂，他是个十八九岁的瘦小青年，看起来很羸弱，面部的轮廓也不大周正，但颇清秀，还有一个鹰钩鼻子。一双大而黑的眼睛，静时显露出沉思和热情。此刻却闪烁着最凶恶的憎恨的表情。深褐色的头发长得很低，盖住了大半个额头，发怒的时候凶相毕露，人的相貌无数，然而更具惊人的特性者怕是没有了。在无数形形色色的人类脸庞中，如此特别，如此与众不同的，恐怕找不出第二个来了。他身材瘦弱，匀称，看起来不是那么强壮有力，却是个行动敏捷的人。他小时候那呆呆的神态和苍白的脸色，曾一度使他父亲认为他是个养不大的孩子，即便养大了，也是家庭的包袱。在家里，大家都瞧不起他。因此，他非常痛恨他的父亲和两个哥哥，每逢星期天，在公共场所玩游戏的时候，他总是

① 《圣赫勒拿岛回忆录》，拿破仑的侍从拉斯·卡萨斯公爵1823年发表的回忆录，记录拿破仑流放到圣赫勒拿岛上的生活与言行，其中包括拿破仑口述的个人一生事迹。全书共8卷。

被打。

不到一年以前，他那张漂亮的脸才开始博得年轻姑娘们几句亲切的话。于连被当作弱者受到众人的轻蔑，然而他崇拜那位敢于和市长谈论悬铃木的老外科军医。因为毕竟只有这个军医敢向市长反对修剪梧桐树的事。

为了让于连跟他学拉丁语和历史，这个外科医生常把雇他做零工的工资付给索海尔老爹，他所知道的历史，也只是1796年的意大利战役。在去世前，他把自己的荣誉团十字勋章和三四十本书都赠给了于连。在这些书当中，最珍贵的那一本已经掉进市长先生利用其影响使之改道的那条公共水流里了，而漂走最珍贵的那本书的这条公共溪流，市长先生用他的权势托人情私自改变了水道的公家小河里。

于连一走进家门，就被父亲那只大手抓住了肩头。他想他又要挨打了，于是开始发抖。

“你要原原本本地告诉我，不许撒谎。”乡下佬粗暴地对他说。同时他将于连一把扭过来，就像小孩在玩弄玩具小铅兵一样。于连的大黑眼睛闪闪发亮，里面满含着泪水。他望着老木匠那双灰色的、凶恶的小眼睛，这老木匠似乎想把他的灵魂深处看个一清二楚。

第五章

谈　判

“老实告诉我，不要撒谎，小坯子。你什么时候认识德·雷纳夫人的，是在哪里认识的？”

“我从没和她说过话，”于连回答说，“除了在教堂里，我在别的地方从来没见过这位夫人。”

“但你一定看过她一眼，不要脸的东西！”

“绝对没有！您是知道的在教堂我只看天主的。”于连继续说，一副一本正经的样子，他知道这是避免再遭一顿打骂的最好办法了。

“这里面一定有鬼。”狡诈的乡下佬回答说，他又停顿了一会儿，“我知道你是什么都不会告诉我的，不过该死的小子，今后你的事，我一点都不用管了。反正我终于可以摆脱你这个累赘了。没有你，我的锯木厂会变得更好。你讨得了本堂神甫先生或其他什么人的欢心，他们给你找了个你做梦都想不到的好工作，赶紧收拾你的东西滚蛋吧。我要送你到德·雷纳先生家去，去给他的孩子做家庭教师。

“当家庭教师？那他们都给我什么呢？”

“管吃，管穿，给三百法郎的薪水。”

“我可不愿当他家里的仆人。”

“你这个小畜生，谁说让你当仆人啦？难道我愿意我的儿子当仆人吗？”

“那以后我和谁一桌吃饭呢？”

这个问题把老索海尔问住了，他觉得不能再谈下去了，言多必失啊！于是他暴跳如雷，大骂于连，说他就知道吃，撇下他找另外两个儿子商量去了。

过了一会儿，于连看见他们各自拄着一把斧子，正在商量什么事情的样子。他在远处看了一会儿，弄不清楚是怎样一回事。便蹑手蹑脚地走到锯木机的另一侧坐下，免得被他们发现。父亲这一通知突如其来，改变了他的命运，他想仔细琢磨一下，但他又觉得自己缺乏这种审慎周详的思考能力。于是他所想到的就是他在德·雷纳先生华丽的住宅里可能看到的壮观的一切了。

他心想：“宁可放弃这一切，也不能沦落到和仆人一起吃饭的地步。我父亲想强迫我，那我就去死。我有十五个法郎八个苏[①]的积蓄，今夜就逃走；走小路碰不上宪兵，两天就到了贝藏松；我在那儿当兵，需要的话，就去瑞士。不过，如果这么做我的将来就会完了，我的雄心壮志也无法实现了，神父这个可以使我出人头地的美好职业也就毁了。”

于连厌恶跟仆人一起吃饭，并非天生如此，为了飞黄腾达，他可以做令人痛苦得多的事情，他的这种厌恶得之于卢梭的《忏悔录》[②]。他全靠这本书来想象世界是一副什么样子。还有如《大军公报汇编》和《圣赫勒拿岛回忆录》，也是他崇拜的经典之作。他甚至可以用自己的生命来换取这三本书。他从不相信其他任何书籍。他从老外科军医那里继承来的思想，认为世界上其他的书都是骗人的把戏，都是流氓骗子为了升官发财才杜撰出来的，这些书最多起个哗众取宠的效果。

于连有一颗火热的心，还有一种常常与愚蠢相结合的惊人的记忆力，他看出他的前途取决于年老的本堂神父谢朗，为了讨得他的

① 苏，法国古钱币名，二十苏为一法郎。

② 《忏悔录》，18世纪法国著名作家卢梭（1712—1778）的自传体小说。

欢心，竟把一部拉丁文的《新约全书》背下来。德·迈斯特[①]先生的《教皇论》他也能全文背诵下来，但他对这两本书都没有好感。

这天，像约定好了一样，索海尔和他儿子，彼此都不再谈论做家庭教师的事。傍晚时，于连照例去教士家里学习了。他认为把别人向他父亲提出的奇怪的建议告诉神甫是不谨慎的。“也许那是个骗人的把戏而已吧！”他暗自说道，“我应该努力做到已把它忘记的样子。”

第二天一大清早，德·雷纳先生就赶紧派人去请老索海尔。他迟迟没有到，直到两个钟头后才姗姗而来。他一走进门便开始道歉，鞠躬。他听到他们之间的悄声对话后，终于弄明白他的儿子将和男主人女主人同桌吃饭，如有客人则独自在另一个房间和孩子们一起吃，便提出越来越多的附加条件，再说他心里还充满了怀疑和惊奇，惯爱节外生枝的索海尔发现市长先生有些着急，便趁机提出要看看他儿子以后住的房间。这是一个十分宽敞的房间，收拾得非常干净，仆人们正往里搬三个孩子的小床呢。

看过寝室后，乡下佬脑子一闪，随即又要求看看给他儿子准备的衣服。德·雷纳先生从他的抽屉里拿出一百法郎。

“用这笔钱，让您儿子到杜朗先生的呢绒店里定做一套衣服。”

“但如果于连哪天要是离开这里的话，这套衣服还归他吗？”乡下佬说话时由于太过急切，把他应有的礼貌全忘了。

“是的。”

“好吧！”索海尔拿着一种慢悠悠的腔调说，“那么，现在我们要商量的就只是您给他的工钱这一件事了。”

“什么？”德·雷纳先生怒气冲冲地大声叫道，“我给他三百法郎，我们昨天就说好了。我想这已经足够了！”

“这只是您出的价钱，我没有否认。”索海尔老头说话的语速越来越慢了。他紧紧地盯着德·雷纳先生，使出只有不了解农民的人才会感到惊奇的那种天才，补了一句，“我们找得到更好的地

① 德·迈斯特（1753—1821），法国作家、哲学家，反对法国大革命，拥护国王和教皇的权威。

方。在别的地方，我们的要价会更高。”

这话一出，市长一下变了脸色，但很快他又恢复了平静。他知道，他必须要安抚好这个乡下佬。他稳住他，他们慎重地谈了两个多小时，没有说一句随意的话。最后，乡下佬战胜了有钱人，因为后者不需要在这个问题上过分地重视。所有关于于连新生活的各项细节都谈好了：每年的薪俸是四百法郎，而且采用预付的方式，每月一号就付当月的钱。

“这样吧——我每月给他三十五法郎。”德·雷纳先生说。

“凑个双数吧，”乡巴佬用谄媚的声调说，“像我们的市长先生这样有钱又慷慨的人，一定会改成三十六法郎的。”

“行了！不必再啰唆了！”德·雷纳先生打断道。

这时，德·雷纳先生已经非常生气了，态度变得强硬起来。乡下佬明白这时他应该停止进攻了。现在轮到德·雷纳先生发难了。老索海尔很想把第一个月薪俸领走，但德·雷纳先生坚决不同意。德·雷纳先生突然意识到，必须让他的妻子知道他在这次谈判中的出色表现。

“请您把刚才那一百法郎还给我。”他有点生气地说道，“杜朗先生还欠我钱呢。一会儿我跟您的儿子一起去扯黑呢料子。”

这次进攻过后，索海尔又不得不讲起他那些客套话来了，大约用了一刻多钟。最后，他看出确实再捞不到什么了，便告辞了。他最后鞠了一躬，以下面这句话结束：“我回头就把儿子送到您的府上来。”

市长先生的部下都想讨好市长，将他的住宅称为府上。

索海尔到锯工厂找于连，却没有找到。于连害怕要有大祸，半夜就出门了。他想把他的书和荣誉团十字勋章放到一个保险的地方藏好。他把这些东西都送到一个年轻的木材商那里，这个年轻人叫富凯，是他的朋友，就住在维里业城外的山上。

当他见到父亲时，他父亲向他骂道：“该死的懒家伙，我养了你那么多年，天晓得你会不会还我的饭钱！现在赶快收起你的东西，到市长先生家报到去吧。”

于连没有料到父亲没有揍他，巴不得赶快就走。越走越远，当走到看不见他那可怕的父亲的地方，他就慢了下来。他觉得该到教堂里去做一次祈祷，就算是装装样子也是好的。“装样子”这个词读者会感到奇怪吧？但是，在采用这个可恶的词以前，这个年轻乡下人的心灵已经发生了许多变化了。

还在很小的时候，于连看见第六团的几个骑兵，身披白色大氅，头戴饰有黑色鬃毛的盔，从意大利回来。他们的马就系在他家窗前的铁栅栏上，从此以后，他便疯了似的想当兵。后来，他又非常憧憬地听老外科军医给他讲述洛迪桥、阿尔科和里沃利等战役的惊心动魄的场面。他发现这位老人的眼睛，他的眼睛里流露出的是像十字勋章的火一样燃烧的目光。

但是，在于连十四岁那年，维里业有了自己的教堂，对这样一座小城来说，这教堂可以说太过奢华了，尤其是那四根大理石柱，于连印象极深。这四根柱子曾在治安法官和年轻的本堂副神甫之间挑起不共戴天的仇恨，正因为此，这四根柱子也变得更加出名了。那位助理神父是从贝藏松省里来的，据说他的任务是为圣会打探情报。治安法官险些丢了位置，至少舆论是这么说的。他怎么敢与一位教士不和？他竟胆大到同神父闹纠纷？这位神父，据说每两周都要接受贝藏松的主教大人的接见。

就在这个时候，拖家带口的治安官宣判了几宗案子，似乎没有哪件是公平的，所有这些案子都是告发居民中那些经常阅读《立宪主义者报》的人的。事实上，这只不过是几个小钱的问题而已。但是，就是这样一笔小小的罚款，于连的教父——一个铁钉商人也竟然能遇上。这人恼羞成怒，大叫大嚷道：“世道真是变了！还说二十多年来治安法官一直被看作正派人呢！”外科军医，于连的朋友，此时已经去世。

于连突然不再谈论拿破仑，宣布他要当教士，人们看见他在父亲的锯木厂里孜孜不倦地背诵那本神甫借给他的拉丁文圣经。于连的神速进步让这位善良的教士感到十分惊喜，一有时间就给他讲授神学。于连在他面前总是有意无意地流露出对宗教的热爱。他那像姑娘般嫩嫩的脸，是那样的苍白，是那样的温柔。但是谁又知道他心底里隐藏着怎样一股百折不挠、宁冒万死也要出人头地的决心呢？他宁可牺牲自己的生命也要出人头地。

于连认为，要想出人头地，首先必须得离开维里业，他痛恨这里。这里的一切只会使他丰富的想象力变得僵化。

儿时，他也曾有过一段憧憬美好的快乐时期。在异常兴奋的时刻里。他曾美滋滋地梦想过，有一天，他会见到巴黎的美女，并会用自己的勇敢行为博得她们的芳心。他为什么不能得到她们中的一人的爱情呢？拿破仑落魄的时候，不是也得到那著名的博阿尔内夫人[①]的爱情了吗？多年以来，他在平日的生活里，一直都在思考，拿破仑也只是一个地位低下的军官，但他靠着自己的一柄宝剑就驰骋天下，主宰了天下。这个想法给自认为极不幸的他带来安慰，又使他在快乐的时候感到加倍的快乐。

维里业教堂的修建和治安官的不公正的判决，使他突然醒悟。这个突然萌发的思想，使他长时间以来好像发狂了一样，最后把他的头发揪住了。仿佛一个容易冲动的人想出了前所未有的主意，魂牵梦萦，无法摆脱。

“当拿破仑被人赞颂时，有人侵略了法国，所以军事上的绝对地位在那个时代不仅是必须的，而且是受人推崇的。但现今的世界已经发生了重大变化。可如今一些四十岁的教士就有十万法郎的年俸，相当于拿破仑的那些著名将领收入的三倍。一定有人支持他们，这些名将前后还有很多人帮助。连那位心地善良、一贯为官清正而又年高德劭的治安法官也害怕得罪年仅三十岁的助理神父，竟不得不牺牲自己多年的良好荣誉。看来，还是要当神父！”

他学习神学已经两年，新的虔诚正当盛时，那股噬咬着他的灵魂的火突然迸发出来，揭去了他的假面。那是在谢朗先生家里有许多教士参加的一次晚餐上，善良的本堂神甫把他当作神童介绍给大家，他却突然狂热地颂扬起拿破仑来了。后来，他把自己的右手吊在胸前，对外人称是因移动松树使手臂脱臼。这个不舒服的姿势整

① 即约瑟芬·博阿尔内夫人（1763—1814），后来成为拿破仑的妻子。

整保持了两个月。让自己受了如此的惩罚之后，他才宽容了自己。这个十九岁的年轻人，因为身体瘦弱，看起来至多不过十七岁。他今天拿着个小包裹，进了维里业的教堂。

他觉得这教堂阴暗、僻静，每逢节日，教堂的窗户都挂上深红色的帷幔，阳光射入，产生出一种最富庄严和宗教性的炫目的光线效果。于连不禁怔了一下，他坐在一条漂亮的凳子上，教堂里只有他一个人。长凳上刻有德・雷纳先生家的爵徽。

于连注意到跪凳上有一张印着字的小碎纸片，摊开在那儿，像是为了让人读到。他拾起凑近眼睛，读道：路易・冉海尔在贝藏松被处决及其临刑前的情况……

这张纸已经破烂不堪了。在它背面，还可以看到那第一句话开头的几个字："第一步……"

"这张纸怎么会在这儿呢？"于连讲道，"可怜的不幸的人啊，"他叹了一口气，"他的姓的结尾和我的一样①……"他把纸揉成一团。

从教堂里走出时，于连看见圣水钵旁似乎有许多鲜血。这本来是人们溅在地上的圣水，在窗上红色帷幔的反光照射下，就像鲜红的血一样。

从教堂走出，于连对自己竟产生恐惧心理一事，感到很羞愧。

"我难道是个懦夫？"他对自己鼓励道，"要拿武器！"

这句话，在老外科军医的战争故事中经常出现，对于连来说充满了英雄气概。他立刻感觉精神抖擞，迈开步子，向德・雷纳先生的房子迅速走去。

虽说他鼓起了最大的勇气，但离那间屋子还有二十步时，一种惊慌感又蓦然地闯入他的心中，这种不可名状的恐慌让他对那所屋子望而却步。房子靠外的铁栅栏敞着，里面看起来很华丽，他也必须要走进去。

来到这幢房子里而感到心慌意乱的，不止于连一个人。德・雷纳夫人更害怕。她一想起这个不认识的人要来家里时，而且他的工

① 于连的姓是"索海尔"，和"冉海尔"的结尾一样。

作还要不停地围绕在她和她的孩子们之间，她就会感到更加不安。她已经习惯于让孩子睡在她的寝室里。早晨，她看见他们的小床被搬进指定给家庭教师的房间里，她已控制不住自己的眼泪了。她请求丈夫把小儿子斯塔尼斯拉斯·格扎维埃的床搬回她房间，但他的丈夫没有允许。

女人们惯有的感应在德·雷纳夫人身上已升华到极致。女性的敏感到了过分的程度。她想象出一个最令人厌恶的家伙，粗鲁、蓬头垢面，只是因为会拉丁文就被雇来训斥她的孩子，为了这种野蛮的语言，她的儿子们还可能挨鞭子呢。

第六章

忧　郁

当男人们不在身旁的时候，德·雷纳夫人便恢复了天生的活泼和朝气，她总是充满朝气而又富有风韵。这天，她从客厅开向花园的落地长窗走出来，活泼而优雅，没有丝毫的做作，像她平常远离男人的目光时一样。她发现门外有个年轻的乡下人。他年纪不大，苍白的脸上还带有泪痕，穿着一件雪白的T恤，胳膊下夹着一件紫红色平纹结子花呢做的上衣，干干净净的。

这个小乡下人面色那么白，眼睛那么温柔，有点儿浪漫精神的德·雷纳夫人开始还以为可能是一个女扮男装的姑娘，来向市长先生求什么恩典的。她同情这个可怜的小家伙，他站在门口不动，显然是不敢抬手按门铃。她走过去，暂时排解了家庭教师的到来所引起的悲伤和忧愁。于连面对着大门，没有看见她走过来。他听见耳畔有温柔的话音响起，不由地打了个哆嗦。“您到这儿来干什么，我的孩子？”

他顺着说话的方向回过头来，瞬间便被德·雷纳夫人那温柔的目光迷住了，他竟然不那么害羞了。夫人美丽、温柔的样子使他感到吃惊，这让他忘记了一切，一时也不知道自己竟为何来到这里。德·雷纳夫人又问了一遍。

“夫人，我来这儿是当家庭教师的。”他终于开口了，未干的的眼泪使他感到羞愧，他急忙用手擦掉。

他们互相望着，离得很近。于连从未见过穿得这么好的人，尤其是一个如此光艳照人的女人，而且还用一种温柔的口吻跟他说话。德·雷纳夫人看到年轻人的脸上有两颗泪洙，这时他苍白的脸色泛起了红晕。她禁不住笑了起来，充满了年轻姑娘才有的疯狂的欢乐。她笑话自己，简直不敢相信这么大的幸福突然降临到自己头上。眼前的这个家庭教师，怎么可能是想象中那个脏乱不堪，爱打孩子的教士？

“真的？先生，您会拉丁文吗？”她又问了。于连没想到她会这么称呼自己。

“先生”这个词使于连大为惊讶，他想了片刻。“是的……夫人。”他胆怯地说。

德·雷纳夫人现在非常高兴，就向于连问道：“您不会经常打骂我的小孩吧？”

“我怎么会打骂您的孩子？”于连诧异地说，“怎么会呢？”

“不会吗？先生……”她停顿了一会儿，继续说道，她的声音越来越增添了更多的情感，“您一定耐心地教育他们，您能向我保证吗？”

听见又一次被郑重其事地称作先生，而且出自一位穿得如此讲究的夫人之口，这是于连万万没有想到的，他少年时想入非非，对自己说，只有穿上漂亮的军装，体面的太太才肯跟他说话。而德·雷纳夫人却完全被于连的美丽容貌和一双炯炯有神的眼睛深深地吸引了，尤其是他那漂亮的头发，这时，比平时蜷曲时更讨人喜爱。由于天气很热，他想要凉快一下，就在公共的水池里冲了一下。她高兴极了，这个不祥的家庭教师居然神情羞怯如年轻的姑娘，而她却曾经为孩子们那样地担惊受怕，以为他必是心肠冷酷，面目可憎。着实让她替自己的孩子们暗暗地紧张。对于德·雷纳夫人来说，先前的恐惧心理和现在所见到的事实之间的对照，无疑就是一件引起心里震撼的大事。她忽然从自己的喜悦中醒悟过来，自己也觉得奇怪——她为什么会来到了大门前呢？还和一个可怜的只穿了一件衬衫的年轻人待在一起，特别是彼此还挨得那么近。

“进去吧，先生。”她腼腆地说道。

从来没有哪种喜悦深深地把德·雷纳夫人感动着，同样也没有这样向往的情景，在焦虑和惊恐过后，一个如此优秀的青年立刻浮现在她眼前。

这下好了，她精心照料的这些漂亮孩子不会落入一个肮脏阴郁的教士之手了。在客厅过道上，她回过身看了看于连，他既害羞又胆怯地跟着她。他走进不可想象的房子，显露出惊慌的表情。这在德·雷纳夫人看来，显得他更加美丽动人。她简直不能相信自己的眼睛了，她觉得一个家庭教师应该穿黑色的衣服。

“可是，这是真的吗？先生，”她停下来回他，“您真的会拉丁文吗？”她若是确信无疑，会使她多么的幸福啊！他真怕自己弄错了德·雷纳夫人的这句话，使于连的自尊心化为乌有，15分钟内所享受的快乐顿时消失。

“是的，夫人！”他冷淡地说道，“我会拉丁文，应该和教士先生差不多水平，甚至有时他还说我比他更加有水平。”

德·雷纳夫人突然发现于连此刻的样子很让人感到恐怖，她不由自主地往后退了两步。而后，她靠近他，并小声对他说：“开头的几天，您是不是别用鞭子抽我的孩子？哪怕他们的功课不好！”

这样温柔的声调，差不多近于恳求，德·雷纳夫人的声调，都快变成请求了。这样一位美丽的妇女说出这样温柔的话，使于连忘记了自己必须捍卫自己拉丁语学习者的声誉。此时，德·雷纳夫人的脸紧靠着他的脸，他嗅到了女人夏天衣服的味道，这对他这样一个穷苦乡下人来说，简直是不能想象的事。于连的脸立刻红了起来，就像红透的苹果一样，他努力平静下来，稍稍叹了口气，有气无力地说道：“放心吧！夫人，我会听您的安排。”

此刻，德·雷纳夫人不再对孩子们有顾虑。此时，她看到于连真的很漂亮。面容姣好如初升的新月，眼波流转间闪现出小女孩才有的羞怯，但对一个本身也是害羞胆怯的妇女来说，丝毫没有可笑之处。而那种大多数人所欣赏的男性美所具备的雄伟大度的仪表，反而使她感到恐惧。

“先生，您今年多大了？”她问于连。

“不到二十岁。”

“我大孩子十一岁。”德·雷纳夫人说道，这时她完全恢复了平静，“差不多可以做您的朋友呢，您可以跟他讲道理。有一次他父亲要打他，他就足足病了一个星期、其实只是轻轻的一下。”

“和我相比，这真是天壤之别啊！”于连暗自想道，“我父亲昨天还打了我一顿。这些有钱人真幸福啊！”

现在，德·雷纳夫人已经清楚地了解在这个家庭教师心里发生的变化，她把于连的太过感伤当作羞怯，她很想鼓励他一下。

“先生，您叫什么名字？”她问道。

于连不知为什么她说这话时的声音和神态那么美。

“我生平第一次进入陌生人的家，心里害怕，我需要您的保护，开头几天有好多事情您得多加原谅。我从未进过学校，我太穷了；除了我的表亲外科军医——他是荣誉团成员，和谢朗神甫先生之外，我没跟任何人说过话。我的人品绝对可靠，这点谢朗教士可以作证。我的两个哥哥非常恨我，还经常打我，所以您不必相信他们对我的评论。请您原谅我的过失吧，夫人，我不是个坏人。”

说完这一大段话后，于连慢慢恢复了平静。他偷偷观察了一下德·雷纳夫人。她的风韵非常自然，绝不是故意做作——这样自然的风韵更会让人感到少有。于连很会欣赏女性，他这时甚至可以保证说德·雷纳夫人最多二十岁。他突然间产生了一个大胆的想法——想去亲吻她的手，但突然他又担心起来。过了一会儿，他暗自想到：“明知这样做可能对我有利，也可能减少这位美妇人对我这个刚刚离开锯木厂的穷工人的蔑视，但我却不敢行动，这也许就是我的怯懦。”也许于连或多或少对“美男子”这个词感到沾沾自喜。这六个月以来的每个星期天，他都能听到几个年轻姑娘这样夸奖自己。当他的思想发生斗争时，德·雷纳夫人向他提起如何对孩子们进行教育的一些事。于连竭力克制着自己，此时他的脸色又变得苍白，他强哽着说道：“我向天发誓，永远不会的……夫人，我永远不会打您的孩子！”

他一边说，一边大着胆子抓住德·雷纳夫人的手，拉到唇边。她对这举动吃了一惊，想了想，又觉得受到了冒犯。她顿了一下，心里更是感到不快。这天天气极热，她的胳膊毫不保留地藏在纱披巾下。当于连将她的手放到自己唇边时，她的胳膊已经完全露在了外面。片刻后，她开始自责，她觉得自己对这件事没有及时制止。

德·雷纳先生闻声从工作室里走出来。他用在市政厅主持婚礼时的那种严肃但和蔼的态度对于连说道：“我必须在孩子们见到您之前跟您谈一谈。”

他和于连一起走进工作室，他的夫人在一侧听他们谈话，她本想他们单独去谈，却被她的丈夫留下了。德·雷纳先生关上门后坐下，态度严肃地说道：“教士先生曾告诉我，您是一个正派的人，您在这儿会受到大家的尊重。假如您能把我的孩子们教育好的话，如果我感到满意，我会帮助您谋个小小的前程。我希望您今后不要再见您的父母和以前的朋友，因为他们的言谈举止会影响到您，而您也会影响到我的孩子们，三十六个法郎，是您第一个月的工资，但你不能把任何一分钱交给您父亲。”

德·雷纳先生很反感那个老头子，因为在之前聘请家庭教师的交谈中，那个人很不实在。

“现在，先生，根据我的命令，这里的人都要称您先生，您将感到进入一个体面人家的好处。现在，先生，您还穿着短上衣，这让孩子们看见是很不成体统的。仆人们看见他了吗？”德·雷纳先生转过头向他的夫人问道。

“……亲爱的，还没有见过。”她带着顾虑的神情回答。

“那就请您把这个穿上。”他对感到惊讶的年轻人说，并且送给了他一件自己的小礼服，“现在我就带你到呢绒商人杜朗先生家去。”

一个多小时过后，德·雷纳先生和一位全身穿着黑衣服的新教师一同回来了。夫人还坐在原来的地方等他们。看见于连回来，她的心里恢复了平静。她端详着他，忘记了害怕。于连可压根儿没想到她，尽管他对命运和人都不信任，此刻他的心性究竟还只是一个孩子的心性，他觉得打从他在教堂里发抖那一刻起，三个钟头以来，他已经生活了好几年了。德·雷纳夫人面无表情，他知道她还在为自己刚才大胆地吻了她的手而生气。由于穿了一身平时不可能穿到的衣服，于连感到非常得意。而他努力地压制自己的好心情，免得被看出，这就使得他的举动不免有些笨拙，像失去了自我一样。德·雷纳夫人用惊异的眼神望着他，脸上也流露出不能理解的神情。

“稳重一些，先生，假如您想要孩子和仆人都尊重您的话。”德·雷纳先生向他说道。

“先生，”于连答道，“我穿着这身新衣服感到很不自在；我是个穷乡下人，我从来只穿短上衣；如果您允许，我去自己的房间了。”

“你对这个新的收获怎么看？”德·雷纳先生向他的夫人问道。

一种她自己也无法理解的出于内心深处本能的动机让她向丈夫这样说道：“对这个年轻乡下人，我并不像您那样感到满意。您的殷勤将使他变成一个傲慢无礼的人，他会因我们的关心变得更加傲慢无礼，妄自尊大。我看用不了一个月，您就会把他撵走的。”

“那也没什么大不了！如果他要是出现什么纰漏的话，我们就打发他走，只是多花我几百法郎而已。至少会让人们知道德·雷纳先生家里的孩子曾有过家庭教师，那也是值得让人尊敬的！不过，如果让他老穿着过去那种短褂式的衣服，我们炫耀的目的就没有达到。如果打发他走的时候，我当然要留下我刚刚在呢绒商那儿做的这套黑衣服。他只能拿走我刚刚在裁缝那儿买的成衣，就是我让他穿的那一套。”

在于连单独待在房间的一段时间里，德·雷纳夫人只有片刻的休息。一听说新教师来了，孩子们便追着母亲问这问那。

于连完全是另一种状态，他态度严肃，神情端庄。当德·雷纳先生向孩子们介绍于连时，他给孩子们讲话的样子使德·雷纳先生也大吃一惊。

“我来到您家里，先生们，”于连最后说道，“我为了教授你们拉丁文来到这里。我想，在你们这个年龄的孩子，应该知道背书是件困难的事。这本是《圣经》，”他拿出一本三十二开、黑色封面的小书指给他们，“这一本书是有关我们的救世主耶稣基督的，也被称为《新约全书》。以后你们就要背诵这本书，也许你们会认为很困难，不过没关系，现在你们可以看看我是怎么背的。”

他们之中的大孩子阿道尔夫拿过了书。

“请您随便找个地方。”于连继续说道，“找一段，把第一个字告诉我。我就把这本圣书，我们的行为准则，背下去，直到您让我停止。”

阿道尔夫打开书，随便找出两个词，于连立即将那一整页内容全背了出来，就像说法语一样流利。德·雷纳先生美滋滋地看着他的夫人。孩子们看到他们父母的惊讶表情，也都一个个睁大了眼睛。当于连背诵拉丁文时，客厅的门口处一位仆人正静静地站着，一会儿就不见了。之后，德·雷纳夫人的侍女和厨娘也都来了，这时于连已经轻松地背出了大孩子找出的七八个不同地方的内容了。

“啊，我的天主，这小教士好漂亮。”女厨子高声说道，她是个极虔诚的好姑娘。德·雷纳先生的自尊心开始受到挑战了。他不再想如何考察家庭教师，而是一门心思在记忆中翻腾，想找出几句拉丁文来。终于，他绞尽脑汁终于念出了一句贺拉斯的诗。其实在拉丁语方面于连仅仅念过一本《圣经》而已。所以他满脸不快地回答道：“我所献身的圣职禁止我读一位如此世俗的诗人的作品。”

德·雷纳先生背了不少所谓贺拉斯[①]的诗。他向孩子们解释谁是贺拉斯，但是孩子们已对于连佩服得要命，对父亲的话没听进几句，目不转睛地盯着于连，眼里充满了敬佩。

于连想在仆人们面前显示一番，便决定把考验的时间延长，便向最小的孩子说道：“斯塔尼斯拉斯·格扎维埃先生，您也指一段内容试试我能否背下。”

---

① 贺拉斯（前65—前8），古罗马诗人。

小斯塔尼斯拉斯终于念出一个认识的词，一脸的得意。接着于连就背出了整页经文。使德·雷纳先生得意扬扬，踌躇满志的是，正当于连沉浸在背诵圣书的自豪时，华勒诺先生和专区区长沙尔科·德·莫吉隆先生来到家里。从此之后，仆人们都管于连叫先生了。

当晚，小城的居民就都来到德·雷纳先生家里来看于连的惊人表演。于连轻松自如地一一应对。从此以后，于连的名声迅速在小城传开，以至于几天后，德·雷纳先生由于害怕于连被人抢走，急忙要求签订两年的家庭教师合同。

“恕我不能答应，先生，”于连淡淡地说道，“您要辞退我，我不得不走。一份合同拴住了我，您却不承担任何义务，这不平等，我不能接受。”

于连很会来事儿，不到一个月的时间，全家都十分尊敬他了，幸好谢朗教士已同德·雷纳先生与华勒诺先生断交了，再没有人会知道于连对拿破仑的敬仰了。至于于连本人，吸取了上次的教训，总是故意流露出对拿破仑的憎恶。

第七章

情　缘

孩子们都十分尊敬他，可他却不喜欢他们，因为他的心思都用到别的地方去了。小家伙们做什么他都不着急，他是那样冷静，正直，沉着，大家都喜欢他。因为他的到来多少驱散了府中的沉闷，他确实是个好的家庭教师。至于于连自己呢，只对这个已将他接纳进来的上流社会感到痛恨和反感。吃饭时，他只坐餐桌的下座，这也许是他痛恨反感这一切的原因所在了。在几次盛大的宴会上，他好不容易才克制住对周围的一切所怀有的仇恨。尤其是在圣路易节那天，华勒诺先生同德·雷纳先生在家玩掷骰子游戏，于连差点说出了自己的不满。后来他借口去看管孩子们，独自一人跑到花园去了。“满嘴廉洁奉公，”他生气地说道，“他们几乎要说这是世上仅存的美德了，可是自从掌管管理穷人的财产大权以后，自己的财富却翻了三四倍的人，简直太无耻了！我敢确定，他一定在孤儿救济金上挣了一把，这些孤儿的痛苦要比其他的穷人深重得多呀！这群吸血鬼啊！这群吸血鬼！唉！而我也是一种弃儿呀，父亲、哥哥，全家人都恨我。”

圣路易节前几天，于连独自在一片小树林里散步，一边念着日课经。这片小树林俯瞰忠诚大道，人称“观景台”。忽然，他那两个哥哥从一条僻静的小径走过来，等到于连发现时，他已躲闪不及。这两个野蛮的工人嫉妒弟弟漂亮的黑衣服和干净整洁的外表，也受不了弟弟那种对他俩真正的蔑视，他们上去揪住于连就是一顿暴打，打得他头破血流，昏了过去。

这时，德·雷纳夫人同华勒诺先生和专区区长先生正巧一同来到小树林里散步。突然，德·雷纳夫人发现于连躺在地上一动不动，还以为他已死去，顿时大惊失色，华勒诺先生对此非常嫉妒。

华勒诺先生未免多虑了。于连痛恨德·雷纳夫人的美丽，然而正是因为这美，他恨她；这是阻止他发迹的第一块礁石，他险些撞上。他尽量少跟她说话，想让她忘掉头一天促使他吻她的手的那种狂热。

德·雷纳夫人的女仆艾丽莎，对于连一见钟情，她经常向她的女主人说起他。爱丽莎对于连的爱情为他招来一个男仆的仇恨。于连曾听到这个男仆向艾丽莎说："自从那个可恶的家庭教师来了以后，您就再也不愿跟我说话了。"

于连是容忍不了这种污辱的，但是出于年轻人爱美的天性和对污辱的抗议，他倒是加倍注意仪表了。加倍的还有华勒诺先生的嫉恨。他公开地说，一个年轻的教士不应该这样爱打扮。于连不穿黑袍子，他穿的是套装。

事实上，于连仅仅有一件教服而已。

德·雷纳夫人发现于连越来越喜欢和艾丽莎谈话了。她又了解到这些交谈是于连的衣服不够穿引起的。因为他只有一件衣服，所以他不得不常常把它送到外面去浆洗，而办理这些生活上的琐事都是艾丽莎去做。

于连的难处，艾丽莎并没有用心留意，这倒触动了德·雷纳夫人的怜悯之心。她想送他些礼物，但是不敢，这种内心的斗争是于连带给她的第一个痛苦的感觉，这种内心的矛盾是于连第一次见面时带给她的痛苦所造成的。在这之前，于连这个名字，对德·雷纳夫人来说，仅是一种最最纯洁的快乐。她一想到于连的贫穷就焦虑不安，终于向她的丈夫说要送于连一些内衣。

"简直是开玩笑！"德·雷纳先生马上回答道，"什么？送礼物给一个为我们服务得很好的人吗？只有在他不好好干的情况下，才需要刺激他的热情。”

德·雷纳夫人对这种看问题的方式感到丢脸，要不是于连来了，她原本是不会注意到的。她过去从没发现丈夫的这种处事方式，直到于连来到她家。她每次看到于连干净但却单薄的穿着，心中就会更加难过：“可怜的孩子，他怎么生活得下去呢？”

慢慢地，她对于连缺少东西，产生了同情之心，而不再顾及面子。

有些外省女人，人们在相识的头半个月里很可能把她们当成傻子，德·雷纳夫人便是这样的女人。她没有生活经验，也不喜欢聊天。她生性优雅且心气很高。命运将她抛进一群粗俗的人中间，然而她天生一颗敏感而倨傲的心，人人生而有之的那种追求幸福的本能使她大部分时间里对那些人的行为浑然不觉。

哪怕她接受过极少的教育，她的天性和敏锐的思想也会脱颖而出，但是，她是一个被修女养大的女继承人，却失去了这些机会，同那些修女一样，是“耶稣圣心”[①]的狂热追求者，法国人因反对耶稣会教士而受到她们的极端仇视。德·雷纳夫人心知肚明，觉得自己在修道院学到的东西荒谬绝伦，很快便把它们抛之脑后。有足够的理智，把她在修道院里学到的一切视为荒谬，很快忘掉。但是她没有用任何东西来代替，结果变得什么也不知道了。她作为一笔巨大财产的继承人过早地成为阿谀奉承的对象，还有她坚决地倾向于宗教的虔诚，这都使她具有一种完全内向的生活方式。她表面上极其随和，也善于克制个人的意愿，小城里的那些丈夫，都以她为榜样要求妻子。这更让德·雷纳先生感到骄傲。但是她这样的生活，实际上只不过是她的极端孤傲性格的外在表现罢了。某位公主，人人皆知是骄傲的最好例子，但她对周围富家子弟活动的关注，要比这位表面温柔谦逊的女人对自己丈夫的关注要多了很多。在于连到来之前，她关心的实际上只是她的那些孩子。他们的头疼脑热，他

① 圣心，耶稣热爱世人的象征，天主教信徒的崇拜对象，巴黎有圣心教堂。

们的痛苦，他们的小小欢乐，占据了这颗心的全部感觉。而当年她在贝藏松的圣心修道院时，她只崇拜天主。

她不愿意对任何人说，她的一个孩子的一次发烧，几乎能让她急得如同这个孩子已经死了一样。在他们结婚后的前几年，她经常把这类不快的事向丈夫诉说，这本是和亲人倾诉的最自然的事。可是，回应她的不是粗俗的笑声，就是肩头一耸，还会习惯性地嘲笑她的痴情，随口而出的是女人总是喜欢大惊小怪这样一句话，特别是在孩子们生病时，这种态度对德·雷纳夫人来说，真的是心如刀割，疼痛难忍。与年轻时在修道院听到的吹捧之词相比，现在只有嘲弄和戏谑。她的成熟是用痛苦与折磨换来的。她太骄傲了，更不愿将这类不愉快的事向女友戴维尔夫人提起。在她的大脑里，世上所有男人像华勒诺先生和专区区长沙尔科·德·莫吉隆等人，都跟她丈夫一样粗鲁。除了金钱、权力和荣誉之外，对一切都漠不关心，而且，极端痛恨与自己抵触的事。在德·雷纳夫人看来，这些东西对男人这个性别来说都是自然而然的，就像穿靴子戴毡帽一样。

经过多年，德·雷纳夫人仍讨厌和这种追求名利的人交往，但她又只能和他们一起生活下去。

于连这个小乡下人的成功概出于此。德·雷纳夫人对这颗高尚而骄傲的心灵充满了同情，从中得到了美妙的、洋溢着新鲜事物的魅力的快乐。时间不长，德·雷纳夫人对于连的幼稚无知，已经完全能够谅解，而且觉得这正是他备加可爱的地方。也原谅了于连的举止生硬，这生硬她竟能加以纠正。她觉得于连的意见是值得一听的，虽然讲的是再普通不过的事，比如一辆飞驰的农用货车压死一条可怜小狗的事。这样的凄凉的故事，只会引得德·雷纳先生大笑一声，而德·雷纳夫人那时却因为看到于连紧锁住那两道弯弓似的黑眉神色黯然。她渐渐觉得只有在这个年轻的教士身上才可以找到那些所谓的慷慨、仁义。正是这些美德才激发出了她对他的极大同情和赞扬。要是在巴黎，于连对待德·雷纳夫人的态度会单纯一些。不过，巴黎的爱情是小说的产物。这位家庭教师和他胆小的女主人都能从两三本小说中，甚或从剧院演唱的情歌里都能找到他们影子。小说可以勾画出要他们扮演的角色，提出可供他们模仿的榜样，而这榜样，虚荣心迟早要逼着于连照着去做，尽管并无丝毫的乐趣，甚至还会感到厌恶。

假如在阿韦龙或比利牛斯这样的小城里，可能是天气燥热的原因，一件极小的事也会迅速传成一件了不起的大事。而在我们这里，天空阴沉沉的，一个贫家少年之所以不安分，只不过因为有点讲究，想享受一下金钱所能带来的本能的欢乐而已，他每天都与一个年方三十，胸无杂念的少妇接触。这位少妇心思都放在孩子身上，根本不想去效法小说里的人物，所以，在外省一切都进行得很慢，水到才能渠成，这样倒比较自然。

德·雷纳夫人常因年轻教师的艰苦处境而难过流泪。有一天，于连走到德·雷纳夫人身边时，发现她正在哭泣。

“唉？夫人，发生了什么可怕的事吗？”

“没有，我的朋友……”她说道，“我们去散步吧，您叫孩子们也来吧。”

她挽起于连的胳膊，靠着他，那方式让于连觉得奇怪。她这是第一次称他“我的朋友”。

散完步时，于连看到她的脸有些发红。她走得更慢了。

“您应该听说过，”她低下头慢慢地说道，“我的姑母是贝藏松一个非常富有的人，而我是姑母的唯一继承人，我从她那儿得到许多钱……自从您来到我家后，我的孩子们的功课都进步很大……进步的速度都让人吃惊……为了感谢您……我想送您一件小小的礼物。不过是几个路易罢了，您好买些内衣。不过……”她的脸更红，并且打住不说了。

“怎么了，夫人？”于连问道。

“不必让我丈夫知道这件事……”她继续说道，头也垂得更低了。

“我出身卑微，夫人，但是我并不低贱。”于连停下脚步，并且挺直了身子，他怒目而视，身子完全挺直了，“我觉得，假如我对德·雷纳先生隐瞒任何关于钱的事，那我都还不如一个仆人！”

听了这些话，德·雷纳夫人害怕极了。

于连继续往下说：“自从我住到这个家里来，市长先生已五次付给我三十六法郎，我准备好将我的支出账簿交给德·雷纳先生看。谁都可以看，甚至是可恶的华勒诺先生。”

这一通发泄之后，德·雷纳夫人一直脸色苍白，浑身发抖，直到散步结束，两个人谁也未能找出个话题来恢复中断了的谈话。因为他们再没有共同的话题继续下去。对于自大的于连来说，爱上德·雷纳夫人已逐渐成为虚无缥缈的事了。至于她呢，她敬重他，崇拜他，同情他，怜悯他，哪怕因此受到了斥责她也不会后悔。为了弥补她无意造成的对他的伤害，她尽可能地对他周到体贴，细心关怀。这种新的处理方法让德·雷纳夫人幸福了七八天，于连也不那么生气了。结果，于连的愤怒得到部分的平复，但是他远远没有看到其中与个人之间的好感有什么相似的地方。

“唉！这就是这些有钱人的做法。”他暗暗地想，“他们侮辱了一个人，接着以为装装样子就能加以补救！”

德·雷纳夫人太激动，也太天真，忘记自己原先的考虑，便告诉她丈夫她想赠送礼物给于连以及遭到拒绝这些事。

“什么？”德·雷纳怒气冲冲地叫道，“您意能容忍一个奴仆对您的拒绝？”

一听到“奴仆”这个词，德·雷纳夫人急得叫了起来，但他仍没有丝毫留意，继续说道：“夫人，您还记得已故的孔代亲王给他的亲娘介绍他的全体侍从时是怎么样说的吗？他这样讲道：‘所有这些人，都是我们的仆人。’我给您读过博桑瓦尔的《回忆录》中的这一段，这对我们的特权来说至关重要。‘那些不是贵族却在您家里生活，还拿着一份工钱的人，都是您的奴仆。’我这就去同于连讲去，还要给他一百法郎。”

“啊！我的朋友，”德·雷纳夫人颤抖着说，“请不要让那些仆人看到！”

“对，他们会嫉妒的，而且有理由。”她的丈夫说完就走了，心里想着如何给于连这一百法郎。

德·雷纳尔夫人瘫倒在一张椅子上，痛苦快要让她晕倒。可怜的于连，他又要蒙受屈辱了，而且……而且这侮辱还是我造成的！她厌恶自己的丈夫，用双手捂住了脸。她发誓绝不再说心里话。

她再见到于连的时候，浑身哆哆嗦嗦，胸口抽得那么紧，连一句最简单的话都说不出来。她在窘迫中抓住他的手，紧紧地握住。

“唉？我的朋友，”她平静了一下最后向他说道，“您满意我丈夫的做法吗？”

“我怎么会不满意？我得到一百法郎。”于连面带苦笑无可奈何地回答。

德·雷纳夫人静静地看看他，显得有点拿不定主意。

“请您挽着我的胳膊吧。”她鼓足了勇气说道。于连从未见过她这样。

她大着胆子一直走到维里业书店，根本不介意该店以自由思想著称。在那里，她为孩子们选购了十个路易的书，而且这些书全是根据于连的爱好选的。她在书店里让她的孩子们，把名字写在自己得到的书上。正当德·雷纳夫人为自己敢于用这样的方式向于连做出补偿而感到高兴时，于连却正惊讶书店里各种各样名目繁多的书，他从来不敢涉足于世俗味道如此集中的地方，一颗心不禁怦怦直跳。这时候，他丝毫没有注意夫德·雷纳夫人。他正考虑，自己怎样才能买到一些书呢。终于他想到了一个办法，觉得如果使用点小花招，也许不难说服德·雷纳先生应该把出生在本省的著名贵族的历史拿来给他的儿子们作法文译拉丁文的练习材料。经过一个月的周到细致安排，于连的这个计划实现了。没有多久，他居然敢提到一个对高贵的市长来说困难得多的行动，即在书店里订阅书籍，虽说这等于帮助一个自由党人发财。德·雷纳先生十分赞成让他的大儿子读些名著，觉得这是一个非常好的主意。因为他的大儿子将来上军校时，听见别人谈论某些著作时，可以同别人谈这些名著。但是市长先生只谈到这里就停住了。他怀疑其中必有秘密，但也一时猜不透到底是什么。一天，于连向德·雷纳先生建议道：“一位可敬的贵族，例如雷纳家的人，其名字出现在书商的肮脏的登记簿上，是很不合适的。”

这时德·雷纳先生显得轻松了很多了。于连更加谦卑地说道：“如果人们有朝一日发现他的名字写在一个出租书籍的书商的登记簿上，这也会是一个很大的污点。自由党人定会趁机攻击我，说我租借了许多最坏的书。谁敢保证他们不会来这么一手呢？谁知道他们会不会在我的名下写上这些邪恶的书的书名呢？”

于连讲得太多了，市长先生又显出了为难的表情，而且有些生气。他马上住嘴。

“可把这家伙骗住了。”他暗自想到。

几天之后，最大的那个孩子当着德·雷纳先生的面，向于连问起《每日新闻》预告过的一本书。

“为了使雅各宾党找不到任何理由感到得意，”年轻的教师说道，“同时又能为阿道尔先生解决问题——我看，我们完全可以用您家仆人的名字去租借书籍。”

“这个主意真好！”德·雷纳先生兴奋地说道。

“不过必须说清楚，”于连像某些眼看久已企望的事情终于成功的人那样，装出一副庄重而又无可奈何的神情说道，“必须说清楚，仆人禁止租借任何小说。倘若这些危险的书籍来到家里，就会把夫人的女仆们教唆坏，而且还会教唆坏男佣人。”

“不过您却忘记了还有那些政治小册子。”德·雷纳先生高傲地说道。他孩子的家庭教师想出的这个巧妙的折中办法博得了他的赞赏，不过他不想表现出来。

这样，一连串小小的交涉是于连这一时期生活的全部。交涉成功让于连太兴奋了，以至于没有在意夫人表现出对他的明显偏爱。

他过去那种精神状态又重新出现在德·雷纳市长先生的家里。就像在他父亲的锯木厂里一样，他打心眼儿里蔑视周围的人，而自己也遭到他们的憎恨。每天他都可以从专区区长、华勒诺先生以及家里其他人的高谈阔论中，发现他们的言行是多么的不一致。一个行动，他觉得可以称赞，却恰恰要受到他周围那些人的谴责。他一直坚持认为："这些人不是怪物，就是傻瓜！"有趣的是他根本无法理解他们的谈话。

他长这么大，推心置腹地谈过话的只有老外科军医一人而已；他仅有的那一点点见解，不是与波拿巴在意大利的战役有关，就是与外科手术有关。他年轻，勇敢，喜欢听关于最痛苦的手术的详尽叙述，他心想："我连眉头都不皱一皱。"

德·雷纳夫人曾经尝试着和他进行过一次不牵涉孩子的教育问题的谈话。他反而大谈外科手术，德·雷纳夫人当时吓得脸色苍白，一个劲儿地哀求他不要再往下讲了。

除此之外，于连一无所知。这样，他跟德·雷纳夫人一起生活，遇到两人独处的时候，就会出现一种最奇怪的沉默。所以，当他和德·雷纳夫人在一起单独相处时，就会出现很尴尬的沉默。在客厅里面，虽然他十分谦卑，但是她总是发觉他是用智慧的眼光看待所有到她家里来的人。她若单独和他在一起，哪怕短短的一刻，她也会看到他明显地发窘。她感到不安，因为女人的本能告诉她，这种窘迫毫无温情可言。

可能是受了老外科军医的某些故事的影响。于连每一次和女人在一起时，如果出现了沉默，他私下里就会因此感到十分委屈。似乎这种沉默是他的某种特殊的过失一样。这样的感觉，当他和女人单独相处时让他很难受，至于一个男人和一个女人单独相处时该说些什么，他脑子里充满了胡思乱想和夸张的观念，所以，在情绪紧张的时候，只能产生一些令人无法接受的想法。想入非非，然而于连始终也摆脱不了那种最让人难堪的沉默。因此，当他陪德·雷纳夫人和她的孩子们长时间散步的时候，这种非常残酷的痛苦使他的面色变得更加阴森可怕。他蔑视他自己，有时不得不勉强找话说，但他所说的不过都是些滑稽可笑的事情。最糟的是，他一紧张，脸就会绷得很紧，一个劲儿地自怨自艾，更不幸的是，如果勉强说话，往往会语无伦次。他看到自己的缺点，却又明知故犯，甚至还变本加厉。但是有一点是他没有看到的，那就是他那双眼的表情。他的两只眼睛真美，流露出火一般的热情，它们就像优秀的演员一样，能使一些不迷人的事物给人以迷人之感。德·雷纳夫人发觉，每当她和于连单独相处，他跟她单独在一起时，永远也说不出什么正经的事情来，除非有一件突如其来的事情分散了他的注意力，他不再去想如何把一句恭维话说得漂亮。因为德·雷纳的朋友怕把德·雷纳夫人引诱坏了，所以就不跟她讲新的和引人注目的思想。因此她就带着愉快的心情来享受于连的聪明才智了。

自拿破仑倒台以来，向女人献殷勤被从外省的风俗中清除出去，严厉得不留一丝痕迹。人人都害怕丢掉职位，骗子会到圣会里寻找靠山，甚至连伪善也在自由党人之中相习成风。沉闷的氛围加重了，除了读书和种田外，简直没有任何其他寻乐的方法。

德·雷纳夫人是一位虔诚的姑母的富有继承人，十六岁上嫁给一位可敬的绅士，有生以来，连与爱情多少有点相似的感情都从未体验过，也从未见过。只是听她忏悔的善良的本堂神甫谢朗曾经针对华勒诺先生的追求跟她谈过爱情，而且向她描绘出一种令人作呕的景象，以至于爱情这个字眼在她的心目中就意味着最下流的淫荡。她在偶尔翻阅的几部小说里读到过爱情，但她都认为那是例外甚至是反常的现象。由于对爱情的无知，德·雷纳夫人倒也过得很幸福。她把全部的心思都放在于连身上，丝毫感觉不到自己有什么值得指责之处。

第八章

一场过结

德·雷纳夫人天性淳厚，生活美满，于连的到来更是给她眼前的幸福增加了几分温情，但当她偶尔想到女仆艾丽莎时，这快乐就会稍受损害。这姑娘继承了一份遗产，去向谢朗神甫作忏悔，说她打算和于连结婚。谢朗教士着实为她的幸福而感到高兴。但是当于连表示坚决不接受艾丽莎小姐时，他简直惊讶极了。

“孩子，你明白自己心里在想什么吗？”教士皱着眉头说，“如果你是一心向神而置这笔财产不顾的话，那倒是虔诚可嘉，我当然要向你表示祝贺。我在维里业当教士已经有五十六年了，但是依我看来，我快被撤职了。这令我很难过，但我总算还有八百法郎的收入。我告诉你这些事情，是要使你对教士这一行不存任何幻想。如果你想高攀有权力的人，那你肯定是要万劫不复的，你永远也进不了天国。您可能发迹，那就得损害受苦的人，奉承专区区长、市长、有权有势的人，为其欲望效劳。这样的行为，就是现今所谓的生活艺术。对于世俗人来说，这种生活艺术倒不一定和个人幸福水火不容。不过，就我们的身份来讲，总该有个选择，要么追寻人间的富贵，要么向往天国的幸福——在这儿没有中间道路！亲爱的朋友，三思吧，仔细想想，三天后你再给我个肯定的答复。我痛苦地发现，在你的灵魂深处有一股阴暗的热情。说明你凡心未尽，难舍人间的富贵，做教士绝对不能如此，要想成为一个神父，你必须要有对人间享乐的克制力和隐忍精神。我已经猜透你的心，不过还是让我把话说完吧。”善良的教士继续热泪盈眶地说道，“作为一位神父，我确实为你的幸福担忧。”

于连大为感动，心中不免惭愧；他生平第一次看到有人爱他；他高兴得哭了，为了不让人看见，他跑到山上的大树林里哭了个痛快。

“我怎么会这样？”他不禁扪心自问，“我想我会心甘情愿为这位善良的教士牺牲一百次，可他刚刚却向我证明我不过是个傻瓜。我本来想骗过他，可他却轻而易举就看透了我的心。他向我说起的那阴暗的热情，正是我想出人头地的打算。他认为我不配做神父，而他提出这种看法又恰恰是在我以为放弃五十路易的年金会使他对我的虔诚和志向给予最高评价的时候。”

“以后，”于连继续想着，“我只能依靠我这经受过挫折的性格行事。谁会对我说，我能在眼泪中找到快乐！我爱这个证明我不过是个傻瓜的人！”

三天以后，于连去见神甫。他已经找到托词，其实他本该第一天就准备好的。这托词乃是一种诽谤，不过这又有什么关系呢？他吞吞吐吐地向神甫承认，有一个不便言明的理由使他一开始就不能考虑这桩拟议中的婚事，说出来会损害一个第三者。这是谴责艾丽莎行为不端啊。谢朗先生发现他的态度中有一种全然世俗的热情，与那种激励着一个年轻教士的热情迥然不同。

“我亲爱的朋友……”他又说道，“我看你，与其当一个没有信仰的神父，倒不如做一个有教养、令人尊敬的乡绅为好。”

于连对这些新的告诫回答得很好，他找到了一个热忱的年轻神学院学生能够用的那些词。只不过他说话的腔调和他眼中藏不住的火焰，不免使谢朗先生感到非常不安。

我们也不应该对于连的前途太过悲观。他能就一种圆滑谨慎的伪善编造出一套得体的话来，这在他这个年纪已很不错。然而，后来他只要一有机会和那些大人、先生们接触，他的谈吐举止就会很快博得人们的赞赏。

德·雷纳夫人感到很奇怪，她的女仆最近得到了一笔遗产，却没有变得更快活，她见她不断地去本堂神甫那儿，回来时眼里总噙着泪。最后艾丽莎同她谈起了婚姻大事。

德·雷纳夫人相信自己病了，像是发高烧，睡不着觉。只有当艾丽莎或者于连在眼前时，她才有点生气。她日日夜夜想着她和于连以及他们结婚后的幸福生活。一座小房子虽然看上去有点简陋，因为屋子的主人只能靠着五十路易的年金过日子。然而这却是她向往的生活。于连很可能在专区首府博莱做律师，离维里业只有二里地，这样一来，她或许不时地还能看见他。

德·雷纳夫人真的以为她就要发疯了，她告诉了丈夫，终于病倒，当天晚上，她的女仆照常侍候她，德·雷纳夫人却发现艾丽莎正在哭泣。最近，她非常厌恶艾丽莎，刚刚她还粗鲁地骂过她，但马上又请求她的原谅。这时，艾丽莎反而哭得更厉害了，她说女主人如果允许的话，她就将自己的不幸全都说出来。

“那你就说吧。”德·雷纳夫人回答。

“唉，夫人，他拒绝我了！一定是有坏人在他面前说了我的坏话，他却相信了。”

“是谁拒绝你了呀？”德·雷纳夫人说着轻喘了一口气。

“夫人，除了于连先生还有谁呢？”女仆说着呜咽起来，“神甫先生也没能说动他，神甫先生认为他不应该拒绝一个好姑娘，就因为她是个女仆。说到底，于连先生的父亲也不过是个木匠罢了，他自己来夫人家之前又是怎样谋生来着？”

德·雷纳夫人再也听不下去了，过分的幸福几乎令她无法正常思考。德·雷纳夫人让艾丽莎再三向她重复于连确实拒绝了她，直到她认为是千真万确为止。

“我想最后再试一次，”她对女仆说，“我去跟于连先生谈谈……”

第二天，吃过早餐，德·雷纳夫人花了整整一小时，带着无限的柔情一边为她的情敌说好话，一边又看到其婚事和财产不断地遭到拒绝，这期间的乐趣真是妙不可言啊。

渐渐地，于连抛弃了拘谨的语言，风趣地回应了德·雷纳夫人的一番贤良规劝。在过了这么多失望的日子以后，她的灵魂已经完全被这股激流所淹没，她再也无法抵挡这幸福的激流，她的头真的晕了。当她清醒过来，在卧室里坐定之后，就让左右的人一一退下。她深感惊异。

“难道我真的爱上了于连？”最后她这样问自己。

这个想法，若在平时，一定会令她悔恨惭愧，坐立不安。但此时此刻她虽然感到奇怪，却懒得去想，好像这一切与她毫不相关。她的精神，已被她刚才经历的事情消耗殆尽，再也不能为热情效劳了。

德·雷纳夫人突然很想找点活儿干，可她又陷入了梦乡。她度过了多少个绝望的日子啊，终于抵挡不住这股幸福的激流，她的灵魂被淹没了。在于连出现以前，她只知道一心一意地料理家务，而在这个远离巴黎的地方，这恰恰是一位贤妻良母的终身事业。当她想到儿女情长时，就如同我们想到人人都可以中彩票一样，上当是肯定的，是只有疯子才会去追求的幸福。

晚餐的钟声响起了，于连带着孩子们走了进来。德·雷纳夫人听见于连的声音，脸立时涨得绯红。自打她恋爱以来，人也变得机灵些了，她为了解释脸红，就推说头疼得厉害。

“女人啊就是这样，”德·雷纳先生说着，爆发出粗鲁的笑声，“女人这台机器，总是有零件需要修补。”

德·雷纳夫人尽管已习惯了这样的俏皮话，但是那口气仍使她感到不快。为了让自己能散散心，她看了看于连，即使于连立即变成世上最丑的男人，她此时此刻也是爱他的。

德·雷纳先生总是很刻意地模仿宫廷中人的生活习惯。每到春天的晴好日子一到，就举家住进维尔基，这个村子因加布里埃尔[①]的悲惨遭遇而出了名。在距古代哥特式教堂的美丽遗址大约一百步远的地方，德·雷纳先生购置了一座古老的城堡，那里有四个塔楼和一个仿造杜伊勒里宫[②]公园的花园。在花园周围，种了许多黄杨树，园内小路的两旁种有栗树，每年都会修剪两次。附近还有一块园地，种满了苹果树，绿荫浓密，可作为散步的场所。果园尽头有八棵到十棵雄伟的胡桃树，枝叶扶疏如巨盖，可能高达八、九十尺。

“讨厌的胡桃树，”当他夫人欣赏地看着胡桃树时，德·雷纳先生这样说道，“这些该死的胡桃树，每一株都毁了我半阿尔邦地的收成，树阴下种不了麦子。”

德·雷纳尔夫人这一次对乡村的景物感到格外新奇，她的欣赏之情几乎发展成了狂热的喜好。这种激动的情感使她拥有了智慧，同时也有了决心。来到维尔基的第三天，德·雷纳先生就因公务回城里去了。于是德·雷纳夫人自己拿钱雇了些工人。原来是于连给她出主意，在果园里和那些大胡桃树下修一条小路，铺上沙子，这样，孩子们大清早出去散步，鞋子就不会被露水打湿了。这意见提出了，不到二十四小时就付诸实践了。德·雷纳夫人整天欢乐地和于连一起指挥着工人们干活。

德·雷纳先生从城里回来后看到一条新修的小路，十分惊讶。发现他这次突然归来，也令德·雷纳夫人感到惊讶，因为她完全忘记了丈夫的存在。一连两个月，他都气愤地谈到她的大胆妄为，居然不跟他商量就进行如此重大的维修工程。不过有一点可以让他稍感安慰，那就是这项工程的费用是德·雷纳夫人自己掏的腰包。

她天天和孩子们在果园里奔跑，扑蝴蝶。他们用浅色的薄纱做了几个大网，用来捕捉可怜的鳞翅目昆虫。昆虫这个名词，是于连

---

① 加布里埃尔，13世纪法国一首长篇诗里的女主人公，即维尔基的领主的夫人暗中与一骑士相恋，偷情事败后，夫人疑为骑士所出卖，愤而自杀，骑士闻讯亦殉情而死。

② 巴黎旧王宫，1871年巴黎公社时期被毁。

教给她的。德·雷纳夫人从贝藏松买来了戈达尔先生[①]的名著，于连就给她讲授书中所写的这些昆虫奇特的生活习惯。

他们毫不留情地把捕到的蝴蝶用别针插在纸板做的挂屏上面，这挂屏也是由于连设计的。

他们说个不停，而且兴趣极浓，虽然所谈都是些无谓的事情。这种活跃、忙碌而愉快的生活，正合大家的口味，除了爱丽莎小姐，她觉得有干不完的活儿。

"就连狂欢节在维里业举行舞会，"艾丽莎说道，"夫人都没这么用心打扮过自己，她现在一天就得换两三次衣服。"

我们无意奉承谁，但我们得承认德·雷纳夫人的皮肤极好，她让人做的连衣裙胳膊和胸脯都很暴露。她有一副好腰身，这样的穿着再合适不过。

"夫人，您从没显得这么年轻过！"在维里业的朋友们到维尔基来赴宴时，对她说道。

奇怪的是德·雷纳夫人并不是有意如此注重她的装扮。她只是觉得快乐，并无别的想法，她除了和孩子及于连一起捉蝴蝶外，剩下的时间都用来跟爱丽莎一起做连衣裙。她只回过维里业一次，是为了买从缪卢兹运过来的夏季时装。

回维尔基时，她带来了一位少妇，是她的表亲戴维尔夫人。结婚以后，她和戴维尔夫人的关系就逐渐密切起来，她们是在圣心修道院时的伙伴。

戴维尔夫人听了她表妹那些的疯狂想法以后，感到很可笑。

"我要是一个人永远也不会这样想。"她说。这些心血来潮的想法在巴黎很可能被认为颇有风趣，德·雷纳夫人却觉得在丈夫面前，生怕闹出笑话来，不敢说出来，这不免令她惭愧，不过戴维尔夫人来了之后，给她增加了吐露心事的勇气。她最初只是用羞怯的语气向她叙述自己的心事，后来当她们长时间单独相处时，德·雷

① 戈达尔，19世纪初法国生物学家，著有《法国鳞翅目自然史》。

纳夫人便活跃起来。一个长长的寂寞的早晨转眼间就过去了，两个朋友感到非常快乐。这次来维尔基，让这位很有理性的戴维尔夫人发觉她表妹从没有这样愉快过，比以前幸福多了。

至于于连，自打到了乡下，真的变成了一个孩子，跟他的学生们一样兴高采烈地追捕蝴蝶。他和他的学生们一样，对捉蝴蝶乐此不疲，他们从其中找到了无限的欢乐。经过了那么多的约束和恼人的政治手段后，他如今离开了人们的视线。而且他也无须再惧怕德・雷纳夫人，何况这快乐在他那个年纪是如此的强烈，又是在世界上最美丽的群山之中。

自从戴维尔夫人来到维尔基以后，于连便觉得她对他很友好。他给她指出人们对橡树下那条新修的小路前面那片风景的感觉。事实上，那景致不说胜过瑞士和意大利湖泊中最令人赞叹的美景，至少也是不相上下。如果爬几步陡峭的山坡，立刻就能走到幽深的溪谷边，四周是茂盛的橡树林，一直延续到河边。于连幸福、自由，俨然像一家之主，常带两位女友登上斧劈般高耸的绝顶，她们对这壮丽的风光的赞叹使他心花怒放。

“这简直像是莫扎特的乐曲！”戴维尔夫人说道。

哥哥们的嫉妒，父亲的专横，令于连完全没有心情欣赏维里业郊外的景色。在维尔基，他全然忘记了这些辛酸的往事，这是他生平首次感到身边没有仇恨他的人。德・雷纳先生一回城，他就能大胆地看书了。过去，他只能在夜里偷偷看书，而且还得小心翼翼地用花盆遮住灯光，但不久他便能在夜里睡觉白天看书了，现在，白日里在孩子们做功课的间歇中，他带着那本书来到悬崖上，那可是他唯一的行为准则和陶醉的对象啊。他在那里面同时找到了幸福、狂喜和气馁时刻的慰藉。

拿破仑对于妇女的评论，以及拿破仑在位时对一些流行小说所发表的许多议论，使于连第一次得到许多见解。那些见解，对与他年龄相近的年轻人来说，已不是什么新鲜的事情了。

盛夏时节，晚上大家都会在一棵距住宅仅几步之遥的菩提树下乘凉。那里光线很暗。一天晚上，于连对着年轻女人侃侃而谈，心里美滋滋的。他感觉这样的谈话有无限乐趣，他挥动着双臂，不小心碰到了德·雷纳夫人的手，她的手放在一张刚刚漆过的木椅靠背上面。

那只手很快缩了回去，但是于连想，既然他碰到了这双手，他便有责任，让被他碰着的这只手不缩回去。可是，想到是自己的责任，怕闹出笑话，或者达不到目的要承受自卑感，于连心里的快感顿时烟消云散。

第九章

乡村一晚

第二天，于连看到德·雷纳夫人时，他的眼光很古怪；他盯着她，仿佛面前是一个仇敌，他就要与之搏斗。这目光和昨晚火热痴情的目光大不相同，德·雷纳夫人根本摸不着一点头脑。她一向待他很好，可是他好像气鼓鼓的。于是，她也不能不盯着他了。

还好戴维尔夫人也在场，可以和她说话，这样于连可以少开口，多琢磨一下自己的想法。整个白天，他唯一的事情就是阅读那本有灵感的书，使自己的灵魂再一次得到锤炼，变得坚强。

他把孩子们的学习时间大大缩短了。后来，当德·雷纳夫人再次来到他跟前时，他想起要竭尽全力捍卫自己的尊严，他下定决心，当晚无论如何要握住她的手，并且留下。

夕阳西下，决定性的时刻慢慢到来了，于连心跳得异常厉害。“咚咚”的像有只鼓一直在敲打他脆弱的心脏。他努力让自己安静下来。当夜色笼罩大地的时候，他的心也如这漫天的黑色一样，他感到今晚是最黝黑的一夜，但同时他也感觉到一种欢乐，就如同从胸口移开了一块沉重的大石，呼吸都顺畅起来了。黑色的天空中笼罩着巨大的乌云，跟随闷热的风飘荡不定，预示暴风雨的来临。两位女士出去散步的时间很长。她们这一晚的所有行动，于连都觉得同平日不一样。她们喜欢这样的天气，对某些感觉细腻的人来说，这似乎增加了爱的欢乐。

他们终于坐了下来，德·雷纳夫人坐在于连身旁。戴维尔夫人则坐在她的身旁。于连一心一意计划着怎么样实现他的企图，此时他几乎找不出半句话来说。他们的交谈渐渐陷入了僵局。

“难道我的第一次决斗就这样夭折了吗？难倒我就是这样的怯懦和不幸吗？”于连心里想道。他看不清自己的精神状态，对自己和对别人都有太多的猜疑。

这种焦虑真是要命啊，简直无论遭遇什么危险都要好受些。有许多次，他希望德·雷纳夫人由于别的事不得不离开花园回屋里去。于连拼命地克制着自己，以至于讲话的声音都嘶哑了。过一会儿，德·雷纳夫人的声音也颤抖了起来，但是于连并没有注意到这点。向胆怯发起的战斗太令人痛苦了，除了他自己，什么也引不起他的注意。城堡的钟楼已经敲过了九点三刻，可是于连仍然不敢采取行动。他对自己的这种怯懦愤怒至极，他暗自想道：“十点的钟声响过，我就要做我一整天里想在晚上做的事，否则我就回到房间里开枪打碎自己的脑袋。”

于连太激动了，几乎不能自已。终于，他头顶上的钟敲了十下，这等待和焦灼的时刻总算过去了。钟声，要命的钟声，一记记在他的脑中回荡，使得他心惊肉跳。

就在最后一记钟声余音未了之际，于连终于伸出手握住德·雷纳夫人的手，但她立即又把手缩了回去。这时候于连不知该如何是好了，又把她的手抓住。虽然他已昏了头，仍不禁吃了一惊，他握住的那只手冰也似的凉；他使劲儿地握着，手也不停地抖；她最后一次，想把手缩回去，但结果却没能成功。于是这只挣扎了一会儿的手就留在于连手里了。

于连的心被幸福的洪流淹没了，不是他爱德·雷纳夫人，而是一次可怕的折磨终于到头了。为了使戴维尔夫人不发现任何蛛丝马迹，于连知道他必须开口说话了，他的声音响亮而有力。德·雷纳夫人则刚好相反，因为情绪紧张，她的声音颤抖得很厉害。她的女友以为她生病了，建议她回到屋子里去。于连感觉情况不妙，如果让德·雷纳夫人回到客厅，我就又陷入白天的那种可怕的境地了。这只手我握的时间还太短，还不能算是我的一次胜利。”

戴维尔夫人再次建议她回客厅去时，于连便使劲儿地握住她的手，而这时，德·雷纳夫人已把手完全交付给他了，她的手也不再像先前那样的冰冷，渐渐地有了些暖意。

德·雷纳夫人站了起来，又坐下，她有气无力地说道：“我是觉得有些不舒服，不过，外面的新鲜空气对我有好处。”这句话确保了于连的幸福，此刻这幸福，已经达到顶点。他口若悬河，忘记了自己是在弄虚作假。两个女友听着，简直觉得他是世间最可爱的男人。然而，这突如其来的雄辩仍显底气不足。起风了，暴风雨要来了，戴维尔夫人被风吹得疲倦了。于连很担心她要先回客厅里去，如果这样，他就要和德·雷纳夫人单独相处了。他只是偶尔有过这样一股莽撞的劲头，促使自己采取行动。但是他觉得要他现在在德·雷纳夫人面前说一句最简单的话，也会超出他的能力范围。无论她的责备多么轻微，他也会一触即溃，刚刚获得的胜利也将化为乌有。

对于连来说，令人高兴的是在今晚，他那动人但实际上却无比夸张的言论，没有丝毫意外地得到了德·雷纳夫人的赞赏。而她平日总觉得于连不过是个笨拙的孩子，也并不怎么讨人喜欢。至于德·雷纳夫人，她把手留在于连手中，什么也不去想，顺其自然地这样发展下去。在这棵菩提树下所度过的几个小时，应该说是德·雷纳夫人的幸福时刻，在这株大椴树下度过的这几个钟头，对她来说，是一段幸福的时光。风在椴树浓密的枝叶间低吟，稀疏的雨点滴滴答答地落在最低的叶子上，她听得好开心啊。于连没有注意到一个本可以使他放心的情况：德·雷纳夫人因为要起身去扶她们脚边被风吹倒在地的花盆，不得不从于连那里把手抽回。但是当她刚重新坐下，她又下意识地把手送了过去，仿佛他们之间已有了默契。

午夜的钟声早已响过，终须离开花园，这就是说，要分手了。德·雷纳夫人还沉浸在爱情的幸福中，她天真质朴，一点也不怪自己。幸福令她失眠，于连则沉沉睡去。因为一整天骄傲与怯懦的斗争在他心里激烈地争斗着，使得他非常的疲倦。

第二天早上五点，有人把他叫醒了，他几乎没有想起德·雷纳夫人。她若是知道，那对她可是太残酷了。他履行了他的责任，而且是一个英雄的责任。这种感觉使他非常幸福，他把自己反锁在房间里，怀着一种全新的乐趣重温他的英雄般的丰功伟绩。

午餐的钟声响起，他还在阅读《大军公报》，他把昨晚取胜的事忘了个一干二净。他下楼朝餐厅走去，用一种轻佻的口吻对自己说："应该告诉这个女人我爱她。"

他正期盼着遇到一双柔情的眼睛，不料却看到了德·雷纳先生那张严厉的脸孔。德·雷纳先生从维里业回来已经有两个钟头了，他毫不掩饰对于连的不满，他居然整整一上午扔下孩子不管。当这个有权有势的人不高兴并且认为无须掩饰的时候，他的脸真是再难看不过了。

丈夫的每句尖刻的话都令德·雷纳夫人心如刀绞。至于于连，可他还沉浸在狂喜之中，还在回味刚刚在他眼前发生的持续了数小时的一件件大事，以至于一开始他并没留意德·雷纳先生对他的指责。最后他才颇为生硬地回答说："我病了。"

听到这种回答的腔调，即使是一个比维里业的市长脾气更好的人听了也都会生气。他对于连的回答，就是想立即将他赶出去。不过他忍住了，他想起了自己的座右铭：凡事勿躁。

"这个傻小子！"他心里骂道，"在我家里已经搞出点名堂来了，他可能会被华勒诺请去，或者和艾丽莎结婚，不管哪种情况，他都会从心里嘲笑我！"

尽管他有这些顾虑，但不满的情绪仍然积压在他的心头，根本无法消除，一连串的粗话渐渐激怒了于连。德·雷纳夫人几乎要哭出来了。她刚吃过午饭，就让于连挽着她的胳臂去散步。她很亲热地倚靠着于连的胳臂，向于连说了许多话，于连只是低声说："这都是有钱人的作风！"

德·雷纳先生紧跟他们，他的露面使于连更加生气。于连忽然发现德·雷纳夫人倚着他的胳膊，样子十分暧昧，这个动作使他感到厌恶，他粗暴地推开她，把胳膊抽回来。

幸好德·雷纳先生没看见这无礼的举动，戴维尔夫人却注意到德·雷纳夫人的眼泪霎时间夺眶而出。

“于连先生，求您克制一下自己的情绪吧！要知道，谁都有对某件事情不满发火的时候。”戴维尔夫人很快说道。

于连冷冷地瞄了她一眼，眼里流露出极端的轻蔑。

这眼神使戴维尔夫人十分惊讶，如果她猜得出这目光的真正含义，她还要更吃惊呢。她会更加惊异地从中看到一种最残酷的复仇想法。世间有许多罗伯斯庇尔[①]，也许就是由这样屈辱的经历所造就的。

“你的于连真凶，吓坏我了。”戴维尔夫人轻声对她的朋友说。

“他生气也是有道理的。”德·雷纳夫人回答，“他使孩子们取得了进步，一个早上不给他们上课有什么关系，又有什么大不了呢？我看这世界上的男人都很不近情理。”

德·雷纳夫人生平第一次感到一种欲望，要对她的丈夫报复。于连对有钱人的痛恨已经达到一触即发的程度，慢慢地，随着时间的流逝，在散步接近尾声时，于连成为被殷勤照顾的对象，却一言不发。德·雷纳先生刚刚走开，两位女友就都说累了，要求于连挽着她们的胳臂走。

于连夹在两个女人中间，她们因内心的慌乱而双颊飞上红晕，露出窘色，而于连却脸色苍白，神情阴沉而决绝，两者适成奇异的对照。他蔑视这两个女人，也蔑视一切温柔的感情。

他暗自想道：“为了完成学业我需要一大笔钱，可我现在连五百法郎的存款都没有！真希望这些浑球都滚开！”

他全神贯注于这些严肃的思想，她们俩的殷勤话只是偶尔屈尊听进几句，也觉得很不入耳，毫无意义，愚蠢，软弱，一言以蔽之，女人气。

---

① 罗伯斯庇尔（1758—1794），法国大革命中激进的雅各宾党人，主张对敌人无情镇压。

德·雷纳夫人尽力找话说，想令谈话的气氛活跃一些。于是她说起她丈夫之所以从维里业回来，是因为他从佃户那里买到了一些玉米皮。当地人习惯用玉米皮做床上的垫子。

她说：“我的丈夫跟园丁和男佣人一起，正忙着更换家里所有的床垫。早上，他已把二楼的床垫都换过了，现在他们正在换三楼的。”

于连的脸色骤变，神情古怪地看了看德·雷纳夫人一眼，然后一下子把她拉到一边去了。戴维尔夫人向旁边退开。让他们俩走开了。

“请救救我吧！”于连对德·雷纳夫人说道，“只有您能救我了……您知道，那些佣人都恨死我了。夫人，到了现在这个时候，我必须跟您说实话，我有一张肖像，藏在我床上的垫子里。”

听到这里，德·雷纳夫人的脸顿时变得惨白。

“夫人，这个时候只有您现在能进我房里去，请您若无其事地走到我房里，在靠窗的那头床垫的角落里找一下。千万不要让别人看到，您会找到一个光滑的黑色小纸盒。”

“里面就藏着那张肖像！”德·雷纳夫人说，她的身子几乎站不住了。

于连发现了她惊慌的神色，立刻利用这个机会说：“我求您第二件事，请千万别去看这张肖像，那是我的秘密。”

“你的秘密。”德·雷纳夫人重复着，声音十分微弱。

虽然她成长在炫耀财富、利欲熏心的有钱人中间，但在她的心里，爱情已播撒下了慷慨的种子。严重受损的自尊心亦未能阻止她以赤子之心天真地向于连提出必须明确的问题。

“你是说……”她一面走开，一面对于连说，“那是一个乌黑、光滑的小圆纸盒子。”

“是的，夫人！”于连答道，带着男人遇到危险时所具有的那种冷酷的神情。

她登上三楼，脸色苍白，犹如赴死一样。更为不幸的是，她觉得自己马上就要昏倒，可是她必须帮助于连啊，这又给了她力量。

“我必须拿到那盒子！”她暗自想道，一面加快了脚步。

她听见丈夫正跟男仆说话，就在于连的房间里。幸好，他们又到孩子们的房间里去了。她走进去迅速掀起床褥，把手伸进垫子里去，由于用力过猛，她手指的皮肤都被擦伤了。但尽管平时她连这最轻微的疼痛也忍受不了，但此时却没有感到疼痛，因为几乎同时她摸到了一个光滑的小纸盒。她抓住这个纸盒子就快步跑开了。

担心被丈夫发现的恐惧才刚消除，这个盒子引起的新的恐惧又笼上了她的心头，这回可真要叫她病倒了。

“这么说于连在恋爱了，我这里拿着的是他爱的那个女人的肖像！”

德·雷纳夫人瘫在房间里的一张椅子上，完全陷入了由嫉妒而引起的恐惧之中。她的极端无知这时倒有用了，惊奇地减轻了痛苦。

这时于连突然来了，不道谢，话也不说，一溜烟跑回房间，立刻点火焚烧。他脸色苍白，四肢瘫软，他夸大了刚才所遇到的危险。

“拿破仑的画像！”他摇着头暗自想道，“居然被发现藏在一个对篡位者[①]怀有深仇大恨的人的房间里！要是被德·雷纳先生那个顽固暴戾的人发现的话……”

“最糟糕的就是在肖像后面的白纸板上，我还亲手写了几行小字，这无疑证明了我对拿破仑崇拜得五体投地！而且每行字后面都标明了日期！前天我还刚写过一行呢。”

“我的名誉就要毁于一旦！”于连一边说，一边看着盒子在燃烧。

“名誉就是我的全部财富，我只能靠它来生活……而且，那是怎样的一种生活啊，我的上帝！”

一个钟头以后，他开始疲倦，他对自己的怜悯，使他的心软了下来。看见德·雷纳夫人，他拿起她的手，怀着从未有过的那份真诚吻着。她幸福得脸红了，但几乎同时怀着嫉妒的怒火推开了于连。于连早上被刺伤的自傲使他此时此刻成了一个大傻瓜。

① 篡位者，保王党人对拿破仑的蔑称。

于连的自尊受到如此直接的伤害，他立时愣住了。他看出德·雷纳夫人也不过是个有钱的女人，于是他厌恶地扔下她的手，扬长而去。他去花园，散步，沉思，他的嘴角很快露出一丝苦笑："我在这里安静地散步，仿佛时间能够支配我的自由似的。我也不去管孩子们的功课！我应当承受德·雷纳先生骂我的话，他说得没错。"于是他急忙跑到孩子们的屋子去了。

他非常喜欢的那个最小的孩子，果真，那个小孩子一看见他就立即上来和他亲热，这使于连心中的痛苦稍稍减轻了一些。

"孩子们还没有轻视我。"于连心里想着，但他又立即责备自己这种减轻痛苦的想法是另一种的软弱。然而，他很快自责起来，将这痛苦的缓解视为新的软弱，"这些孩子亲近我就像他们亲近昨天买来的小猎狗一样。"

第十章

酸楚的家境

德·雷纳先生察看过城堡里所有的卧室，最后又回到了孩子们的卧室，仆人们抱着床垫跟在后面。这个人突然进来，对于连来说，犹如盛满水的罐子又加了一滴，立刻溢了出来。

于连的脸比平时更加苍白，更加阴郁，他一个箭步冲上前去。德·雷纳先生停住了脚步，看了看仆人们。

“先生！”于连对他说道，“您认为，您的孩子如果跟其他任何一位教师，学业会和我教他们的一样好吗？如果您的回答是否定的，”于连不让德·雷纳先生有喘息的机会，继续说，“那么，您怎么能责备我，说我耽误了孩子们的功课呢？”

德·雷纳先生吓了一跳，惊魂甫定，立刻从这个小乡下人的奇怪的口吻中得出结论：他的口袋里肯定装着什么条件更好的建议，他要弃我而去了。于连越说越激愤。

“先生，我不是没有您的雇用就活不下去了。”于连继续嚷着。

“看见您如此激动，我深表遗憾。”德·雷纳先生结结巴巴地回答道。仆人离他们只有几步之遥，正在收拾孩子们的床铺。

“您不应该这样对待我！”于连气愤地说道，“您应该想想自己刚才说的那些话，那些破坏我的名誉的话吧，对我来说是多大的侮辱，而且还是当着夫人们的面讲的！”

德·雷纳先生当然知道于连要的是什么。这时，一场痛苦的斗争撕扯着他的心。于连实在是气疯了，他嚷道“先生，离开您家，我不会没地方去的！”

听到这儿，德·雷纳先生好像看见于连已经在华勒诺先生家住下来了。

“好吧！先生，”他终于说，叹了口气，那神情就像请求外科医生给他做一个最令人痛苦的手术，“我同意您的要求。后天是一号，我从后天起每月给您五十法郎。”

于连简直要笑出来了，他感到有些莫名其妙，但此刻他的愤怒已经全然消散了。

“我对这浑蛋还蔑视得不够！”他对自己说，“不过，一个如此卑鄙的人能够这样道歉也就算到头了。”

孩子们听见了这场争吵，惊得嘴都合不上。他们跑到花园里，告诉他们的妈妈于连先生火发得好大，不过他每个月就要有五十法郎了。

于连像平时一样，跟孩子们走开了，他不屑去看德·雷纳先生一眼，让他一个人在那里生气。

“华勒诺先生让我又多花了一百六十八法郎。”他暗自想道，他要管弃儿的供应，我一定得给他来两句硬的。”

过了一会儿，于连又碰上了德·雷纳先生，“我要去找谢朗先生聊聊，很荣幸地通知您，我要出去几个钟头。”

“好的，亲爱的于连！”德·雷纳先生说着，脸上露出最虚伪的笑容，“您愿意的话，一整天都行，明天一整天吧，我的好朋友。您可以骑园丁的马去维里业。”

“很显然，”德·雷纳先生想道，“他是去给华勒诺家送回信。他什么诺言也没有留给我，不过年轻人火气太盛，让他的头脑先冷静下来好了。”

于连一溜烟地走掉了，他跑到了山上的大树林里。这座大树林是从维尔基去维里业的必经之路。他并不忙着直接去找谢朗先生，他不想再逼迫自己去扮演伪善的角色。他需要审视一下自己的灵魂，梳理一下惶恐不安的情绪。

“我打了一个胜仗，”他一进入树林，远离了众人的目光，就立刻对自己说，“我这是打了一个胜仗呀！”

这句话给他的整个处境涂上了一抹美丽的色彩，使他的心平静了一些。

“我现在每个月能拿到五十法郎的薪水了。德·雷纳先生对我的激愤一定是怕得很。可是他怕什么呢？”

“一个既有财富又有权势的人，在一小时前，我对他大发脾气，到底有什么东西让他感到害怕呢？”于连绞尽脑汁思索着这个问题，心里久久不能平静。他在树林里漫步着，一时间，他对四周赏心悦目的自然景色也产生了兴趣。大块光滑的岩石从山上滚落到林中。在岩石的阴影下，凉爽舒适，但在离树不到几步远的地方，则是太阳直射，暑热如蒸，使人难以驻足。

于连在这些巨石的阴影中喘了口气，然后又开始攀登。他沿一条很不明显的、只供放山羊的人走的狭窄小路走着，很快发现自己站在一块巨大的悬岩上，并且确信已经远离了所有的人。这位置使他露出了微笑，为他描绘出他渴望达到的精神的位置。高山上纯净的空气给他的心灵送来了平静，甚至快乐。在他看来，德·雷纳先生代表着世上所有有钱而专横的人。但他此刻觉得刚才使他激愤的仇恨虽然来势非常猛烈，却丝毫没有牵涉到个人恩怨。如果他不再见德·雷纳先生，七八天后，就会把他完全忘记，包括他和他的城堡，他的狗，他的孩子们和他的整个家庭。

“我不知道怎么就迫使他做出了最大的牺牲。怎么！每年五十多个埃居！而且我刚刚摆脱了最大的危险。一天里竟获得了两个胜利。但是现在也该考虑一下他为什么会来这一手了。唉，这个伤脑筋的问题，还是等明天再想吧。”

于连矗立在大岩石上，双眼仰视着天空，八月的太阳正在炽热地照耀着。岩石下方的田野里有无数的秋蝉在鸣叫。当它们停止叫声时，于连的四周便是死一般的沉寂。于连低下头，看到在自己脚下展开了面积有二十平方里的一片田野。一只鹰从他头顶的绝壁间飞出来，他看到它在空中静悄悄地滑翔着，画出许多大圆圈。于连的眼球机械性地跟随着鹰，看着它在天空中盘旋。它那苍劲有力的动作，在于连心里留下了难以磨灭的印象。他羡慕这样的力量、这样的孤独。

“这就是拿破仑的命运。难道有一天也将成为我自己的命运吗？”

第十一章

一个良宵

他最终还是去维里业走了一趟。从教士的住所走出来时，他遇见了华勒诺先生，真是巧得很，他连忙告诉他加薪的事情。

回到维尔基之后，直到天完全黑下来了，于连才下楼到花园里来。他疲惫不堪，在这普通的一天里，他却经历了许多许多强烈的情感，这些情感缠绕着他，让他的心情激动不已。他一想起两位夫人，就焦虑不安地思考："我该对她们说点什么呢？"

他还不清楚自己只有那么一点思想境界，他所关心的琐事，通常也就是夫人们全部的兴趣所在。有时，于连会显得顽固而迟钝，不但戴维尔夫人不能理解他，就连德·雷纳夫人也无法理解。她们说的话，有时他也只能听懂一半。这就是激情的力量，或者说这就是种种强烈而伟大的感情冲动在这个雄心勃勃的年轻人心里产生的效果。在这位奇特的年轻人的灵魂里，几乎每天都要掀起一场暴风骤雨。

这天晚上，于连走进花园，打算听听这一对表姐妹的看法，她们正焦急地等着他呢。他在平日里常坐的那个位子上坐下来，照旧挨着德·雷纳夫人。过了一会儿，便夜色沉沉。他想去握那只白嫩的手，他早就看见那只手在靠近他，搁在一张座椅的靠背上。她犹豫了一下，还是从他手里把手抽了回去，像是生气了。于连准备就这样算了，继续愉快地谈话，他自以为这是一件已有默契的事了，并继续他那兴致勃勃的谈话。这时，他听见德·雷纳先生的脚步声了。

于连耳边回响起早晨那些粗鲁的话。

“这个浑蛋，”他暗自想道，“这家伙占尽了财富带来的种种好处。若正好当着他的面占有他妻子的手，不是嘲笑他的一种方式吗？我一定会这样做！我曾经忍受过他多少侮辱啊！”

于连生来就是急脾气，此时更是沉不住气。他急着想要德·雷纳夫人心甘情愿地把手留在他手里，就顾不得其他任何事了。

德·雷纳先生愤慨地评论着他的那些政治问题，在维里业有两三个工业家比他更富有，他们正预备在选举中对抗他。戴维尔夫人仔细地听着。于连则听得很不耐烦，索性把椅子挪到德·雷纳夫人身边。夜色漆黑，什么动作都看不清。他大着胆子，把手放在离那只衣服没有掩住的美丽的胳膊很近的地方。他心慌意乱，神不守舍，胆大包天，竟把脸颊挨近这只美丽的胳膊，在上面印上他的嘴唇。

德·雷纳夫人颤抖起来。她的丈夫离他们只有四步远，她赶紧把手给了于连，同时把他稍稍推开一点。德·雷纳先生还在不停地咒骂那些无赖和发达的雅各宾派。于连则在那只送上门来的手上热情地亲吻着。至少在德·雷纳夫人心中，他的吻充满了热情。不过这可怜的女人，她以为自己爱的男人另有所爱，心中对他有点怀疑，也想着要离他远点，叫他尝尝苦头。可是当于连一整天不在家时里时，她却被一种强烈的、叫作思念的痛苦折磨着，这引发了她的深思。

“我是怎么了？”她自言自语，“难倒我恋爱了？我动心了？我这个有夫之妇，居然爱上了另一个男人！但是……”她继续想着，他不过是个对我充满敬意的孩子呀！这种疯狂很快就会过去的。我可以对这个年轻人怀有的感情关我丈夫什么事！我跟于连净聊些空想的事情，德·雷纳先生还可能会感到厌烦呢。他想的是他的事务。我并没有从他那里夺走什么送给于连。”

她被一种从未体验过的热情弄得昏了头，但是并没有任何的虚伪来玷污她那天真无邪的心灵。她上当了，但她并没有意识到，不过道德的本能却因此而受到了惊扰。这便是于连走进花园时她内心的挣扎。她听见他说话，几乎就在同时，她看见他坐在了身旁。两个礼拜以来，一种迷人的幸福诱惑着她，但更使她惊奇，此刻她的心灵简直被它卷走了。十五天以来，这种幸福与其说在诱惑她，不如说在惊吓她。一切都太令她出乎意料了。

然而，几分钟后，她又暗自想："那么，只要于连在我面前，他的一切过失就都可以抹去吗？"想到这里，她害怕起来，这才把被他握着的手抽了回来。

这些饱含热情的吻是她从未接受过的，使她顿时忘掉了于连可能爱的是别的女人。很快的，在她眼里，于连不再是有罪之人，一种由怀疑产生的剜心的痛苦中止了，一个她做梦都想不到的男人就在眼前。这使她内心充满了恋爱的激情和疯狂的欢悦。多么美好的一夜啊！所有人都感到心情舒畅，除了维里业的市长之外，因为他总忘不掉那几个发了财的工业家。于连的心里也没有去想实现他的野心，也再没去想他那套不甚现实的计划了。这是他生平第一次被美的力量所征服，沉醉在那对他来说完全陌生的温柔缥缈的梦境之中——轻轻握着他所喜爱的那只温柔美丽的手。恍恍惚惚地听着，那棵椴树的叶子在夜晚的微风中沙沙作响，远处杜河磨房中有几条狗在吠叫。那声音，也是美的。

于连的这种心绪，只是一时乐趣，而不是热烈的爱。他一回到卧房，就只想到一种幸福了，即拿起他心爱的书。他在二十岁时，对世界要有一种看法，而且要做出一番成就，这才是最重要的。

过了一会儿他又放下书。由于揣思着拿破仑的胜利，他在自己的胜利中又看到了新的东西。

"的确！我打了一场胜仗。"他自言自语，"但我应该乘胜追击，应该把握这个机会，在这个贵族退却的时候彻底打掉他的傲气，这便是拿破仑的作风。他指责我荒废了孩子们的功课！我现在就向他请三天假，去看望我的老朋友富凯。如果他拒绝，我就再次逼他立即做出抉择，不过他会让步的。"

然而可怜的德·雷纳夫人却是彻夜未眠。她深深地沉浸在这美好的夜晚中了，她觉得在这之前她还未真正地活过。当于连炽热地亲吻她的手，她着实无法抵抗这种幸福的感觉。

突然间，一个可怕的词出现在她面前：通奸。最下流的放荡能够加在感官之爱这观念上的形形色色令人作呕的东西纷纷涌进她的想象之中。这些想法竭力要玷污她为于连、为爱他的幸福勾画出的那个温柔而神圣的形象。未来被用可怕的色彩画了出来，她看见自己成了一个令人鄙视的女人。

这时刻真可怕，她的灵魂连自己也陌生了。刚才她还尝到一种未曾体验过的幸福，现在一下子就沉入一种难以忍受的不幸之中。她对这样的痛苦全然不知，她的理智被搅乱了。她有一阵想向丈夫承认她怕是爱上了于连。可这就等于丢他的脸。幸亏她想起在结婚前一晚，姑母告诉她的一句箴言：男人总是一家之主，而妻子向丈夫坦白自己的秘密是非常危险的！

她痛苦不已，不住地绞扭着双手。

此时，她完全被矛盾的痛苦纠缠着。一会儿害怕于连不再爱她，一会儿又被犯罪感所恐吓。仿佛她明天就要被绑上示众柱，有人在维里业的广场当众宣布她的通奸行为一样。

德·雷纳夫人没有任何生活经验，即使在完全清醒和神智正常的时候，她也看不出在天主眼中的罪人与在公众面前广遭呵斥和辱骂的罪人二者有何区别。

即使暂时不去想“奸淫”这个丑恶的字眼，不去想她心目中这种罪恶所带来的羞辱，只回味与于连纯洁相处的温馨时刻，她也难得安宁，于连另有所爱这个可怕的想法又缠住了她。她还能够清晰地回想起于连那副苍白的脸，他当时有多么担心会丢失这张肖像，或者被她看见后会带来的后果。他从来也不曾为了她或她的孩子们表现出如此的激动。这一新的痛苦达到了人类心灵所能承受的最大不幸的强度。这新增痛苦的强烈程度已达到她所能忍受的极限。德·雷纳夫人不自觉地大叫一声，叫声让她的女仆从梦中惊醒了。忽然，她看见床边亮起了一盏灯，原来是艾丽莎。

“难道他爱的是你吗？”在狂乱之中她喊了出来。

女仆没想到女主人会陷入这样可怕的慌乱之中，大吃一惊，幸好她根本就没注意这句怪异的话。德·雷纳夫人察觉到说漏了嘴，便说："我在发烧，大概说胡话了，您就留在我身边吧。"她必须克制，也就完全清醒了，她觉得自己的不幸减轻了些；半睡半醒的状态使她失去了理智，现在理智又恢复了控制。因为需要控制自己，她已经完全清醒，不再那么痛苦了。理智的控制力又得到了恢复，这种理智曾一度被半睡眠的状态侵袭。为了避免艾丽莎看出什么端倪，她让她念报纸。正当这姑娘用单调的声音读《每日新闻》的时候，德·雷纳夫人下定决心维护她的贞洁，再见到于连时，要表现出完全的冷淡。

第十二章

出　行

第二天清晨，刚到五点钟，在德·雷纳夫人还没露面时，于连已从她丈夫那里请了三天假。和他原本的打算相反，于连还想见她一面，他始终惦记着她那只温存美丽的手。

他来到花园，等了许久，德·雷纳夫人还没有出现。但是，于连若是爱她，准会发现她站在二层楼上半开的百叶窗后面，额头抵着玻璃。她在看他。最后，决心归决心，她还是决定到花园里去。平时的苍白变为最鲜艳的绯红。这个那么天真的女人显然很激动，一种克制、甚至愤怒的感情使她的表情变了样，这表情平时流露出一种深沉的宁静，仿佛超脱于世间一切庸俗的利益之上，给这张天使般的脸带来如此巨大的魅力。

于连迅速地走到她身边，欣赏她露在匆匆搭上的披肩下的一双美丽的胳膊，早晨清新的空气，似乎又增添了她的秀美。而昨夜内心的困扰，只令这容颜对所有外界的回应更加敏感。这种端庄、动人却又笼罩在沉思中的美，在下层阶级中是根本没有的，似乎向于连揭示出她的心灵具有一种他从未感觉到的能力。对于连来说，这种美既含蓄又动人，蕴藏着下层阶级所缺乏的思想，仿佛一种从未体验过的精神启示力量。他正全神贯注地欣赏着自己贪婪的眼睛骤然发觉的美。他一点儿也没有想到他应该得到原来期望的那种多情。因此，她试图向他表示的那种冰一样的冷淡就更使他感到惊讶了，他甚至还认为他从中看出一种要他勿作非分之想的意图。

愉快的微笑从他的嘴唇上消失，他想起了他在上流社会、特别是在一个高贵而富有的女继承人眼中所处的地位。顿时，他脸上只剩下高傲和恨自己不争气的表情，他十分生气，为了她，他把出发的时间延迟了一个多钟头，却只落得个屈辱收场。

“世上只有傻瓜，”他暗自说道，“才会对别人生气。石子落地是因为它本身是有重量的。难道我永远是个孩子吗？什么时候我才能养成这个好习惯，我向这些人出卖灵魂仅仅是为了他们的钱？如果我想受人尊重、也受自己尊重，就一定要向他们表明，我和他们之间只是贫穷和富有的差别。然而，我比他们灵魂要纯洁得多！而我的心和他们的蛮横无理相距千里之遥，且高高在上，他们那些轻蔑或宠信的小小表示岂能达到。”

当这些想法在这位家庭教师心头乱作一团时，他那善变的面部表情显现出了痛苦傲慢和凶狠的神情。

德·雷纳夫人此时心里十分慌乱。她原本想在见面时表现出来冷漠、疏远，然而，她的心仿佛不受控制般，她原来想赋予他的那种贞洁的冷淡被代之以关切的表情，她刚刚看到的突然变化使她感到十分惊讶，而惊讶激起了关切。早晨见面时所说的身体好、天气好之类的废话，他们俩一下子谁都说不出来了。于连，什么样的热情也扰乱不了他的判断，这神情是她刚发觉的那种突然变化所引起的。平时早起见面时相互问候和闲聊天气之类的话，今天在他们二人之间都谈不起来了。于连则因为他的理智还没有受到情感的干扰，很快就想到办法使德·雷纳夫人觉得他是多么不信任他们之间的这份友谊。他对这次小小旅行只字未提，只向她行了个礼，然后转身就走了。

她眼睁睁地看着他走了，他目光中的那种阴郁的高傲把她吓呆了，而这双眼睛昨晚还是那么温柔，她被吓坏了。恰好，这时她的大孩子从花园深处跑过来，一边来拥抱她，一边说道：“我们放假了，于连先生要出去旅行……”

一听到这句话，德·雷纳夫人全身冰冷。

若论她的品德，她是不幸的，若论她的软弱的意志，她更是不幸。

这件事占据了她的整个心灵，一夜的烦恼刚刚过去，理智的决心又被抛到脑后，现在的问题不再是如何抗拒这可爱的情人，而是也许她会永远失去他了。

早餐的时间到了。她觉得最痛苦的是她丈夫和戴维尔夫人一直说着于连去旅行的事。德·雷纳先生注意到，他请假时的强硬口吻中有一种不寻常的东西，“这年轻人手里一定有什么人给他的聘约。不过这小子，就算华勒诺先生，要拿出六百法郎请他，也不敢的！因为这些钱是需要每年都支付的啊！看来昨天在维里业，有人要他花三天的时间来考虑这件事。今天早晨，为了避免非得给我一个答复不可，这位小先生就出发到山里去。不得不认真对待一个傲慢的浑蛋工人，我们今天就到了这地步！”

德·雷纳夫人暗自想道：“我丈夫还不明白他是多么严重地伤害了于连的自尊，却还自以为是地以为是他自己要离开我们的，我自己又该怎么想呢？唉！”

为了能够痛快地哭一场，也省得戴维尔夫人的诸多询问，她称自己头痛得厉害，想上床睡一会儿。

“女人就是这样，”德·雷纳先生又开始老生常谈，“这些复杂的机器总是有什么地方出毛病。”他嘟嘟囔囔地走了。

当德·雷纳夫人正受着最残酷的折磨时，于连正在山区所能呈现的最美的景色中赶路。他必须穿越维尔基北面的大山脉。一座高山画出了杜河的谷地，他走的那条小路穿过大片大片的山毛榉林，就在这座高山的斜坡上无穷尽地曲折蜿蜒，逐渐上升。不久，旅人的目光越过拦住南下的杜河河道的那些不那么高的山丘，直达勃民第和博若莱[①]的沃野。这位年轻的野心家无论对大自然的感受力有多么迟钝，此时也不得不时时驻足，欣赏这广阔壮丽的景色。

他终于到了山顶，但到达那个清幽的山谷，还要绕过山顶，穿

① 博若莱，法国中央高原的东部地区，在卢瓦尔河与索恩河之间。

过一条小路。他的老朋友富凯是一个年轻的木柴商，就住在那里。于连并不急着见富凯。他如同一只鸷鸟，藏在山中央光秃秃的岩石间，他可以看见很远的地方向他走来的人。他发现在一座几乎垂直于地面的岩壁中央有个小岩洞。他跑过去一看，立即决定在这个隐秘的地方安顿下来。

“在这儿，”他说，眼睛里闪烁着快乐的光芒，“谁也伤害不了我。”他忽然心生一念，何不尽情享受一下把自己的思想写下来的乐趣，既然别的地方对他都是那样的危险。但是，这里却不会。一块方形的石板成了他的写字台。他飞快地写着，对四周的一切都视而不见。终于，他注意到太阳渐渐隐没在远处的博若莱群山后。

“何不在这里过夜呢？”他自言自语，“我有面包，而且我是自由的！”随着这个伟大的字眼儿的发出，他的心灵兴奋起来，他的虚伪弄得他即使在富凯家里也感到不自由。于连的头靠在两只手上，远远地望着田野，在岩洞里，感觉自己有生以来都没像这样幸运，他简直为梦想和自由的幸福而飘飘然了。

不知不觉，他瞥见落日余晖一道道地在消失殆尽。在这无边的夜色之中，他憧憬着有朝一日在巴黎能够见到的一切，他沉浸在未来他在巴黎的奇遇幻想中。她首先要是一个美丽的女人，容貌与才华两方面，都要超过以往遇见的其他所有女人。他疯狂地爱着她，也被她所宠爱。如果他暂时离开她，那是为了去获取荣誉，为了更值得她爱。

一个在巴黎上流社会的可悲现实中养成人的青年，假设他有于连的想象力，当他的幻想发展到这种地步时也会被冷酷的讽刺唤醒。壮举早已随实现的希望消失，取代它的是那句人们如此熟悉的格言：如果一个人离开了他的情妇，那他就难免一天受骗两三次。

这个年轻的乡下人觉得，他要做一番惊天动地的事业，现在万事俱备，缺少的只是一点机会罢了。

但是黑夜取代了白昼，要下到富凯居住的小村庄，他还有两法里的路要走。在离开那个小岩洞前，于连点起火来，将他所写的东西全都焚毁了。

深夜一点，他叩响了富凯的家门，当看到他时，他的朋友十分惊讶。他看到富凯正在忙着抄写账目。

这是一个高个子年轻人，身材相当不匀称，脸上线条粗硬，鼻子极大，但是很丑陋的外貌下藏着一颗很善良的心。

“是什么风把你吹来的？你和德·雷纳先生闹翻了吗？”

于连把这些天发生的事原原本本地向他讲述了一遍。

“你就留在这儿，跟我一起干吧！”富凯对他说道，“我知道你认识市长先生、华勒诺先生、莫吉隆专区区长和谢朗教士这些人。你已经见识了这些人的狡猾。我认为你现在完全可以去做拍卖的工作了。你的数学比我强，你记账，我的买卖很赚钱。我一个人顾不过来，要是找一个合伙人，又怕遇上骗子，所以每天都有些好买卖不能做。将近一个月之前，我让米肖·德·圣达芒赚了六千法郎，我和他已经六年没见过面，那一天我在蓬塔利埃[①]的拍卖行偶然遇到了他。朋友，那六千法郎，为什么你不去赚呢，起码也可以赚三千吗。那一天，如果那天有你和我在一起，我会出高价承包采伐那片树的，所有的人都会让给我。做我的合伙人吧。”

富凯的建议让于连很不高兴，因为这打乱了他疯狂的梦想。这两个朋友正如诗人荷马所描绘的英雄那样，一起准备夜宵。吃饭的时候，富凯给他看账本，向他证明自己的木材生意多么有利可图。富凯对于连的智慧和性格评价极高。

后来，于连独自一人在他那间用松木盖的小屋子里时，才暗自想道：“倒也还不错！我可以留在这儿先赚上几千法郎，然后再找时机出去找份工作，当兵或者当神父，看到时候法国的社会风气吧。其他枝节问题，我这点微薄的积蓄，都可以解决。沙龙里那些先生们知道的事情，很多我都不懂，真要命。如果一个人在这大山里，我还可以补救补救。但是富凯不愿意结婚，而他又再三告诉我说孤独的生活令他苦恼。他的意思很清楚，如果他想找一个不出资金的人和他一起做生意，那么他就是希望这个人做他的永久伙伴，一直不离开他。”

---

① 蓬塔利埃，法国东部城市。

“难道我应当欺骗我的朋友吗？”于连愤怒地嚷道。这个人把虚伪和泯除一切同情心作为获得安全感的通常的手段，这一次却不能容忍自己对一个爱他的人有任何有欠高尚的念头。

于连忽然又感觉很高兴，因为他想到了拒绝的理由。

“什么？我将怯懦地浪费七、八年的时间！那时我就二十八岁了。而在这个年纪，拿破仑已经干出了他那些最伟大的事业了，当我为了卖木头而四处奔波，还要讨得几个卑贱的骗子的欢心、终于无声无息地赚了几个钱的时候，谁能保证我还有成就功名所必需的神圣热情？”

第二天一早，他用很冷静的态度回复富凯说，他想从事宗教事业的志向不允许自己接受他的建议。富凯听了感觉莫名其妙，他本以为合伙做生意的事情已经说定了。

“可是你想过吗？”富凯一再对他说，“我要你做合伙人，或者你愿意，我每年给你四千法郎，而你却想回到你的雷纳先生那里去，他轻视你就似他鞋上的泥！等你有了二百个路易时，有什么能阻止你进神学院呢？还有我呢，我负责把你弄到本地最好的本堂区。因为……”说到这儿，他把声音放低了，“像某某先生……某某先生……他们都买我的木柴。我把质量最好的橡木卖给他们，却只收一般的白木价格，在这种地方“投资”再好不过了。”

于连的志向不可战胜。最后，富凯认为他是有点儿疯了，第三天一大早，于连离开他的朋友，他想在大山的悬崖峭壁间度过白天。他又回到他那个小岩洞，可是他心中的平静已经不复存在，因为富凯的建议把它打破了。

他像赫丘利①一样，但不是身处罪孽与美德之间，而是身处衣食无虞的平庸和青年时代的英雄梦之间。

“由此看来，我的意志并非真正的坚定。”他对自己说，最令他痛苦的就是他对自己的怀疑，“看来我还不是做大人物的料。因为我害怕用来挣面包的八年时间从我这儿夺走使人做出非凡事业的那种崇高的力量。”

---

① 赫丘利，罗马神话中力大无穷的天神，是正能克邪的象征。

第十三章

长　袜

当于连看到维尔基古老教堂里明媚如画的遗迹时，竟然发现从前天晚上到现在，他一次也没有想念过德·雷纳夫人。“那天临走时，这个女人提醒我，我们之间的距离不啻天地，她像对待一个工人的儿子那样对待我。毫无疑问，她要对我表明她后悔那晚不该把手交给我……”

“不过这只手真是温存而美丽！多么动人的仪态啊！多么高贵的神情啊！”

和富凯共同经商致富的可能性，对于连思考问题颇有帮助。他不用像往常那样，常常因自己的贫穷和低微的社会地位而生气，以至于没法思考问题。他仿佛站在高高的海峡上，放眼世界，居高临下，评论富贵，能够超越极度贫困和舒适富有的生活。他还远不能以哲人的姿态评判他的处境，但是，他有足够的洞察力，感到这次山间小住之后，他跟以前不同了。

德·雷纳夫人不但让于连把旅行的经过详细地讲述给她听，而且她听时焦虑不安，使于连十分诧异。

富凯曾经好几次有过结婚的计划，但都不幸夭折了。他大段大段的心里话便成了他与于连倾谈的内容，对这个问题的畅谈，使得两位朋友的谈话一点也不会枯燥。过早地得到幸福，但富凯发现事实上自己并不是唯一被爱的人。这些事情都使于连十分惊奇，还学到许多新的知识。他的离群索居的生活，完全由想象和狐疑构成的生活，使他远离了一切可以使他明了事理的东西。

于连不在时，德·雷纳夫人的生活不过是一连串各种各样的苦难，这些通通令她无法忍受。这回，她真的病了。

“千万要注意……”戴维尔夫人见于连回来，便对她的女友说道，“你这么不舒服，今晚就不要到花园去了。湿气会加重你的病情的。”

德·雷纳夫人经常因为疏忽于打扮而受到丈夫的责备，现在她却把网眼长袜和从巴黎买的灵巧秀气的鞋子都穿上了，戴维尔夫人见此一幕，心中一惊，她的朋友一向穿着极朴素，三天当中，她唯一的消遣，就是用一块非常时髦漂亮的细料子，做了一件夏天的衣服，并且催艾丽莎赶快缝好衣服。于连到家几分钟之后，衣服就缝好了，德·雷纳夫人立刻把它穿了起来。她的朋友不再怀疑。“她恋爱了，不幸的女人！”戴维尔夫人想道。她完全明白了为什么她的病这样怪。

她看到德·雷纳夫人和于连讲话，绯红的脸色逐渐发白。她满心焦虑，她的目光紧紧盯住年轻家庭教师的双眼。德·雷纳夫人一直期待着于连明确地表示，他是要离开她家呢，还是要继续待下去。对于这个问题于连不准备说什么，于连没有想到这一层，根本不曾谈及。经过激烈的内心斗争后，德·雷纳夫人终于大着胆子问他，颤抖的声音中充满了激情：

“您要离开孩子们到别处高就吗？”

德·雷纳夫人那犹疑的声音和含情脉脉的眼神引起了他的注意。“这个女人爱上我了，”他暗自说道，“但是，只要她出于自尊，克制这种暂时的软弱，一定会令她自尊心受到责备。一旦她知道我不离开，又会对我骄傲起来了。”这种身份不同的观点，在于连心里，像电光一般一闪而过。他有些犹豫地答道：“离开这些出身如此高贵、如此可爱的孩子，我会感到非常难过的，可是，也不得不如此啊，一个人对他自己也是有责任的。”

“出身又这么高贵”是于连最近刚学会的一句贵族用语。其实他心里充满了强烈的反感。

“在她的眼里，我呢……”他暗想，“我是出身不好的。”

德·雷纳夫人在听他回答时，强烈地感觉到自己欣赏他的才能和英俊的外貌，他隐约让她看见离去的可能性，这又刺痛了她的心。于连不在的那段时间里，维里业的朋友们到维尔基来聚餐时都向她道贺，说她的丈夫真是有福——聘到了一位奇才。

这倒不是说他们对孩子们的进步有什么了解。只知道于连会背诵拉丁语的《圣经》，单是这一点，就足以令维里业城的居民惊叹不已了。这种惊叹可能还要持续一世纪之久。

于连完全不知道这些，因为他不跟任何人说话。如果德·雷纳夫人头脑能稍稍冷静一些，她也会为他最近日渐高涨的声誉而向他表示祝贺的。而于连也会因为自尊心得到满足而对她变得更加温柔、和蔼。特别是她那件新衣服在他眼里实在迷人，德·雷纳夫人本来就对自己那件漂亮衣服非常满意，加上听了于连几句赞赏的言辞，她早想在花园里转一转，而且很快就说她走不动了，她挽着旅行者的胳膊，然而，接触到他的胳膊，她的力气非但没有增加，反而一点也没有了。

天黑以后，他们刚坐下，于连又摆出他一贯的作风——大胆地将嘴唇贴近德·雷纳夫人的胳膊，还握着她的手。这一刻他并没有想着德·雷纳夫人，而是想着富凯对他的情妇所做的大胆行为。“出身高贵”这个词还沉重地压在他的心上让他耿耿于怀。德·雷纳夫人紧握着他的手，他却一点也不觉得快乐。他对德·雷纳夫人这个晚上对他做出的含情脉脉的露骨表示，丝毫不感到自豪，至少是没有一点感激之意。面对这美貌、优雅和娇艳，他几乎无动于衷。心地纯洁，不存任何仇恨的感情，无疑会延长青春的期限。在大部分漂亮女人那里，最先衰老的是容貌。

整整一个晚上，于连的心情都很不舒服，先前他还只是冲着社会的偶然性发怒，自打富凯向他提供了一条致富的肮脏途径之后，他又对着自己生气了。他全神贯注地思考，偶尔也对夫人们说几句敷衍的话，但他最终还是不知不觉地把德·雷纳夫人的手松开了。这动作令这个可怜的女人心绪不宁，她从这儿看到了自己命运的不祥之兆。

如果她能确定于连真的爱她的话，也许她还可以依靠自己的道德力量去抵抗他。不幸的是她时刻担心会永远失去他，于是她情迷心窍，竟主动地抓起了于连放在椅子上的手，这个动作将年轻的野心家惊醒了，他希望她这一动作被所有傲慢异常的贵族们亲眼看到。吃饭时，他同孩子们坐在桌子末端，他们微笑着望着他，可那是怎样一种恩主的微笑啊。

“这女人再不能轻视我了，在这种情况下，”他暗想，“我应当对她的姿色表现出倾慕，我一定要当她的情人！这就是我的责任！”富凯没有向他倾吐隐情之前，于连并没有这种想法。

他突然做出的这个决定使他的心中美滋滋的，他对自己说道：“在这两个女人之中，我一定要得到一个。”他觉得自己更愿意追求戴维尔夫人，并不是因为她的可爱，而是因为在她眼里，他始终是一个因有学问而受人尊重的家庭教师，而非木工的儿子，胳膊下夹着一件叠好的平纹结子花呢的短上衣，像德·雷纳夫人曾经看到的那样。

而在德·雷纳夫人心中，他最有魅力的恰恰就是那个羞得满脸通红，站立在府第门外，不敢伸手去按门铃的年轻工人形象。德·雷纳夫人现在想起来还觉得他格外可爱。在那些圣城的资产家嘴里，德·雷纳夫人是一个非常骄傲的人，但是，他们却不知道，实际上她很少想到阶级地位的问题。在她眼里，一点最基本的道德信念，要比一个人的身份地位更能预示他的性格。一个具有勇敢精神的车夫要比一个留胡须、衔烟斗、作威作福的轻骑兵上尉更有英雄气概。她觉得于连的灵魂比她所有的表亲们都要高贵。虽然这些名门贵族的后裔，其中许多人已经封官晋爵了。

于连将自己的情况考虑一番之后，认为自己不应该有追求戴维尔夫人的念头。她一定早就发觉德·雷纳夫人对他有好感了。既然必须重新考虑德·雷纳夫人，他暗想：“我对这女人的性格知道些什么呢？我只知道，在我出行之前，我握她的手，她把手缩了回去，而今天，刚才我把我的手缩回来，她却又握着它，而且攥得很紧。真是一个好机会，让我把她曾对我表示的轻蔑全都回报给她。天晓得他曾经有过多少个情人！她现在看上我，也许只是因为我们见面容易罢了。”

这就是过分发展的文化造成的不幸！一个不到二十岁的青年，只要他受过一点教育，就会故作冷静，拒放荡于千里之外，其心灵便与顺乎自然相距千里，而没有顺乎自然，爱情就常常不过是一种最令人厌烦的责任罢了。

“我一定得在这女人身上获得成功。”虚荣心促使于连继续思考，万一我发迹了，若有人指责我当过低贱的家庭教师，我可以说是爱情把我推向了这个位置。”

于连的手和德·雷纳夫人的手分开之后，他又再次去握她的手，用力地握着。他们回到客厅的时候，已经是半夜了。德·雷纳夫人轻声问他道：“您会离开我吗？您会走吗？”

于连叹了口气回答说：

“我不得不走呀，因为我热烈地爱着您，这是一个错误……对一个年轻的教士来说，这是怎样一个错误啊！”

这时德·雷纳夫人斜靠在他的胳膊上，她是如此地放肆，以致她可以感觉到于连脸颊的热气。

这两个人的后半夜完全不同。德·雷纳夫人精神激荡，陶醉在完全的心灵欢乐里。一个风流的花季女孩，很早就开始恋爱，对爱情的困扰已经习以为常了。当她到了真正应该沉湎于爱情的年纪，那种对爱情的新鲜感却丧失了。德·雷纳夫人从没读过爱情小说，所以，各种不同程度的幸福对她来说都是初次经历的，任何残酷的现实，甚至是可怕的将来都难以使她的热情冷却下来，她憧憬着十年之后仍然和此时一样幸福。对德·雷纳先生必须要绝对忠诚的道德观念，在几天前曾使她苦恼过。但它此时已经不起作用了，它如同一个令人讨厌的客人，刚来就被主人打发走了。“我永远也不会答应于连什么的。”她对自己说，“我们将像一个月以来那样过下去。他只是一个朋友。”

第十四章

英国剪刀

对于于连，富凯的建议已经破坏了他的全部幸福，他现在任何主意都拿不定。

“唉，也许我缺乏主见，我若是在拿破仑手下，一定是个很糟糕的士兵，至少，”他又想，“我与这家女主人之间的小小私通将给我带来片刻的欢娱。”

对他来说，可喜的是即便在这种鸡毛蒜皮的小事上，他的内心想法和他那套轻狂的言论也是不相符的。他害怕她，因为她的衣服太美了。在他看来，这条裙子就是巴黎的先头部队。他的骄傲不想给偶然和一时的灵感留下任何机会。根据富凯对他讲的那些心里话和他以前从《圣经》里学到的那些关于爱情的知识，他制订了一整套十分详细的作战计划。因为担心自己会紧张，所以他把这计划全部写下来了。

第二天早晨，德·雷纳夫人和于连在客厅里独处了一会儿，“您除了于连这个名字以外，没有其他的名字了吗？”她问道。

对于这一讨好的问话，我们的主人公竟不知如何回答。这个情况是他的计划不曾料到的。如果没有制订计划的话，于连的灵活的头脑本可以派上用场，意外的情况只会使他的观察变得更加敏捷。

他的样子愈见狼狈。然而德·雷纳夫人很快就谅解了他。在她看来，这个大家眼中才华横溢的人所缺少的，恰恰是天真的神态。

“你的那位小家庭教师让我觉得很不放心。”戴维尔夫人偶尔会这样对她说，“我觉得他每时每刻都在思索，他总是在用心机，行动很讲策略，是个居心叵测的人。”

于连不知道如何回应他的女主人，他觉得这是无比的耻辱。

“像我这种人，应该依靠自己的努力去弥补这个失误。”他抓住从一间屋子进到另一间屋子的空儿，他认为他应当给德·雷纳夫人一个吻，这是自己的责任。

无论对他还是对她，没有比这更意外、更令人不快的了，也没有比这更冒失的了。他们险些被人撞见。德·雷纳夫人以为他疯了。她吓坏了，尤其是感到受了冒犯。这桩蠢举让她想到了华勒诺先生。“如果我跟他单独相处，”她暗自想道，“那样会发生什么事呢？”

她的种种贞操观念又全都回来了，因为爱情已然消失。于是她设法总是让一个孩子留在身边。

这一天，于连感觉度日如年，他把所有时间都花在执行他那个愚蠢的征服计划上。他每每带着寻根究底的目光凝视德·雷纳夫人。当然，他不是傻瓜，不会看不出他并没有讨得她的喜欢，更不要说吸引她了。

于连笨拙却大胆的举动，令德·雷纳夫人的惊悸一时难以平复下来。

“这是一个有才智的人在爱情上的腼腆呀！”她终于对自己说，快乐得无法形容，“敢情他从未被我的情敌爱过呀！”

午餐以后，为了招待博莱专区的区长莫吉隆先生，她又来到了客厅。她正做着一件精致的彩绣活儿。戴维尔夫人坐在她旁边。这真是天赐良机，我们的英雄感到机不可失，于是他伸出长靴去压德·雷纳夫人的脚，那网眼长袜和巴黎来的美丽的鞋子显然吸引住了风流区长的目光。

德·雷纳夫人十分害怕，她故意把剪刀、绒线团和针掉到地上。这样一来，于连的动作会被看成是眼见剪刀掉下来，笨手笨脚地挡住，恰巧这把英国钢剪刀又跌断了，所以德·雷纳夫人就连声抱怨于连没能再靠近她一些。

“您比我先看见剪子掉了，您本该挡住的，可您的热心没挡住剪子，却给了我狠狠的一脚。”

这一切都骗过了区长先生，却骗不过她的女友。

“年纪轻轻就学会搞这一套把戏！”她暗想，“根据省城里的规矩，是不能原谅这种错误的。”

德·雷纳夫人一有机会就严正地警告于连：“你要谨慎点，我命令你！”

于连看出了自己的笨拙，心里很生气，他长久地和自己争论，想知道应否对“我命令您”这句话发火，他是够蠢的，居然想：“如果事关孩子们的教育，她可说我命令。但要回答我的爱情，她该认为我们是平等的。没有平等就不能爱……”他的全部心思都用来翻腾那些关于平等的老生常谈了。他愤怒地朗诵着高乃依[①]的诗，这还是戴维尔夫人几天前教他的：

……爱情
造就平等，但不追求平等。

于连执意扮演一个唐璜的角色，虽然他此生还不曾有过情妇，这一整天他真是蠢透了。他只有一个正确的想法，就是厌恶自己，又厌恶德·雷纳夫人。他惶惶不安地等待着夜幕降临。他又到花园里坐在她身边，而且是在那样深沉的黑夜里。他跟德·雷纳先生说他要去维里业去看望谢朗教士。吃过晚饭，他就出发了，直到深夜才回来。

他到维里业时碰上谢朗先生正在搬家。谢朗先生最后还是被撤

---

① 高乃依（1606—1684），17世纪法国古典主义对剧诗人。

职了，马斯隆助理神父顶替了他的职务。于连帮谢朗搬完了家。他决定要写信给富凯，说明他不可动摇的宗教倾向，阻挡自己接受他的诚挚的赠予。但是他刚刚目睹上述那件不公平的事情，觉得不进教会供职可能对灵魂得救更有利。

于连庆幸自己的机灵，能够利用维里埃本堂神甫的撤职为自己留一条后路，再回头去经商，如果在他的心里可悲的谨慎终于战胜了英雄主义的话。

第十五章

鸡　鸣

于连动辄以为自己很聪明，他若有点儿机灵的话，第二天就会庆幸维里埃之行所产生的效果了。他的不在使人忘记了他的笨拙。这一天他依然相当的不快。快到晚上的时候，他突然有了个可笑的念头，在黄昏时分，一个可笑的想法浮上他心头，他要立即告诉德·雷纳夫人，他很少有这么大的胆量。

大家刚在花园里坐定，于连不等天完全黑下来，就把嘴凑近德·雷纳夫人的耳朵，冒着使她的名誉大受损害的风险，对她说：“夫人，今晚两点钟，我要到您房间，有件事要告诉您。”

于连浑身发抖，生怕她答应他的请求，诱惑女人这件事对他的来说压力实在是太大了，按他的脾气，他可能会跑到自己屋里躲上好几天，不愿再见这些夫人们。他知道，他昨天的精心谋划的举动已将前一天的美好形象破坏殆尽，他确实不知道该求哪一位圣者了。德·雷纳夫人在听到他这个无礼的要求时，确实非常生气，这一点也不言过其实。他听出了她那短短的笑话中的蔑视的意思，他确信在她的声音很低的回答中出现了“呸”这个字。

于连借口有事对孩子们说，就到他们的房间去了。回来之后，他故意去坐在了戴维尔夫人身边，离德·雷纳夫人很远，这样他就无法再去握她的手了。这一晚，谈话是严肃的，于连将场面应付得很好，仅有很短的一段时间出现了沉默，但他当时也是绞尽了脑汁。

“我就不能想出什么好办法，”他心里说，“迫使德·雷纳夫人重新自我做出明确的温柔表示！三天以前，正是那些表示让我相信她是属于我的。”

于连对他的计划几乎要陷入绝境，他感到惊慌失措。但或许没有比幽会失败更让他感到狼狈的了。

半夜分手时，他的悲观使他相信，他从德尔维夫人那里得到的是轻蔑，大概德·雷纳夫人对他也好不了多少。

于连的心情极其恶劣，还感到很委屈，这些忧愁让他完全不能入睡。尽管这样，他也没有放弃这个计划和幻想的打算，就这样得过且过，同德·雷纳夫人继续混下去，像个小孩一样，每天能获得一点平淡的幸福就心满意足了。

他累得脑袋疼，想出种种巧妙的伎俩，转眼间又觉得全都荒唐可笑；一句话，他很不幸，这时，城堡的钟敲了两下。

钟声将他惊醒了，如同雄鸡一鸣惊醒了圣彼得[①]一般。他看见自己正处在发生最难承受的大事的时刻。自从他提出那个无礼的请求之后，他就不再想它了，它受到了那样坏的对待！

“我已经告诉她我今晚两点钟要到她卧室去。”他一面站起来，一面想，“我可以没有经验、粗鲁，一个农民的儿子本该如此，德尔维夫人已经让我听出这意思了，但是至少我可以不软弱。”

于连应当对自己的勇气感到骄傲，他给自己制定过这样艰难的任务。当他推开自己的房门时，颤抖得如此厉害，他的两条腿仿佛失去了支点，站都站不住，他不得不倚在墙上。

他没穿鞋子，蹑手蹑脚地走到德·雷纳先生门前，听了听，鼾声依稀可闻。他大失所望。他没有借口了，不能不到她那里去了。可是，伟大的天主，他去那儿干什么？他什么计划也没有，即便有，他觉得心绪这样慌乱，也无法依计而行。

比迈向死亡还要痛苦千百倍，他终于迈出双腿走进通向德·雷

① 典出《圣经·约翰福音》第十三章。此处作者以钟声喻鸡鸣，钟声惊醒于连，好比鸡鸣使毛彼得想起耶稣的预言。

纳夫人卧室的那条小走廊。他打开门，抖得厉害，两腿直发软。他强使自己靠在墙上。

室内还有光亮，一盏小灯在壁炉下亮着，他没料到会是这样的情景。德·雷纳夫人一看到于连走进来，立即从床上蹦了下来。

“您疯了！”她大声斥道。

屋内的气氛有点混乱。于连完全忘记了他那不切合实际的计划，重新回到了自然的本色。不能博取一个如此可爱女士的欢心，对他而言就是一生最大的不幸。他对她的指责的回答，只是跪在她脚下，抱住她的双膝。因为她的态度异常严厉，于连悲伤地哭了。

几个钟头之后，当他从德·雷纳夫人卧室里走出来时，可以说——他已经心满意足，别无所求了。

事实上，靠他那一套拙劣的机巧得不到的胜利，他却靠他所激起的爱情和迷人的魅力在他身上引起的意想不到的影响而得到了。

但即使在最销魂蚀骨的时刻，他出于一种奇怪的骄傲心理，还想把自己打扮成一个谈情圣手，努力装出难以想象的温柔体贴，但他运用了惊人的观察力，这令他天性中的可爱之处都遭到破坏。他没有注意自己造成的欢情，也没注意使这欢情得以增加的悔恨，只有责任感时刻呈现在眼前。如果背离他为自己规定的理想框架，他就会受到沉痛的悔恨和长久的嘲笑所造成的双重折磨。

总而言之，凡是使于连成为一个优异的人物的原因，也恰恰就是阻碍他去享受这些幸福的因素。譬如一位十六岁的少女，颜色本来娇艳可人，为了去参加舞会，却愚蠢地搽上了胭脂。

德·雷纳夫人被于连的突然出现吓得六神无主，紧接着又陷入最煎熬的痛苦之中。于连伤心欲绝的哭泣使她无法自主。

甚至在她已没有什么可以拒绝于连的时候，她仍怀着真正的愤怒把他推得远远的，然后又投入他的怀抱。这中间并没有任何的做作。她相信自己已被罚入地狱，万劫不复，她试图回避地狱的景象，就百般地温存爱抚于连。一句话，只要我们的主人公知道如何享用，他的幸福是不缺什么了，甚至他刚刚征服的女人身上的那种灼人的感觉。于连走了，可那股狂喜还使她兴奋得不能自已，那与悔恨的搏斗还在撕扯着她的心。

“我的主啊，幸福，被爱，就是这些？”这是于连回到房间后的第一个想法。他现在刚获得自己长久以来追求的东西，那种处境既惊恐，又忧虑。平日习惯于追寻幸福，现在他别无所求，却还没有足够的甜蜜往事值得回忆。于连像一个参加检阅归来的士兵，聚精会神地把他的行为细细地检查了一遍。

“我对自己责任的执行真的已毫无欠缺了吗？我这个角色扮演得是不是足够好了呢？”

那是什么样的角色呢？当然是惯于在女人身上获得胜利的男人角色！

第十六章

翌　日

于连幸运地保住了名誉，德·雷纳夫人太激动、太惊讶了，看不到这个转眼间成为她全部生命的男人的愚蠢。

当她抬眼瞥见晨曦时，就催他赶快走，说道："哦！天哪，假如我丈夫听到一点声音，我们就完了。"

于连居然还有工夫玩弄辞藻，他想起这么一句："你对自己的生活觉得后悔过吗？"

"啊，现在我的确很后悔！但是我一点也不后悔认识了你。"

于连故意在天大亮时大模大样地回去，他感到了他的尊严。

他仍然精心地策划着自己的每一个动作，天真地要表示自己是个很有经验的男人。他非常注意研究自己最细微的动作，这对他的确大有益处。早饭期间再看到德·雷纳夫人时，他在谨慎小心这一点上做得很到位。

而她呢，她一看他脸就通红，可不看他又一刻也过不下去。她觉察到自己的慌乱，竭力掩饰却又适得其反。于连只抬眼望过她一次。起初，德·雷纳夫人非常认同他的谨慎。后来，当她发现这唯一的凝视不再出现，她又开始惊恐："难道他不再爱我了吗？"她暗想："唉！对他而言，我太老了，我比他要大十岁呢。"

从餐厅到花园的路上，她握住了于连的手。这一如此不寻常的爱情表示使他惊讶，他望着她，目光中充满了热情，因为吃午饭的时候他觉得她很漂亮，当时他把时间都用来细细地品味她的魅力了。此时他这凝视真够德·雷纳夫人消受的！它虽然没有完全消却她对于连的忧虑，然而她几乎完全消除了她对自己丈夫感到的愧疚。

午饭时，她丈夫什么也没发现，但是戴维尔夫人则不然。她确信德·雷纳夫人已处在堕落的边缘。出于勇敢而果断的友情，这一整天她那勇敢而果断的友谊让她毫不留情地用隐语将她表妹所冒的危险描述得极度阴森恐怖！

德·雷纳夫人想问问于连是不是还爱着她，所以她急于要和于连独处。尽管她的性格极其温柔，她还是好几次差一点让她的朋友明白，她是多么的缠人。

这天晚上，在花园里乘凉，戴维尔夫人把一切安排得很巧妙。她自己坐在了德·雷纳夫人和于连中间。德·雷纳夫人本来设想了一幅幸福的景象：她紧紧地握着于连的手，凑近自己的嘴唇，可现在连一句话也不能跟他说了。

这种意外使她更加骚动不宁，悔恨噬咬着她的心。她曾经那样地责备于连不谨慎，头天夜里到她那里去，现在却担心他今夜不再去了。她早早地离开花园，在她的卧室里安顿下来。可是她再也熬不下去了，于是走过去把耳朵贴在于连的房门上探听着。但尽管狐疑不定与欲火如焚，她仍然不敢贸然进去，她觉得这样做未免太贱了，这一切会成为这一句谚语的最好的验证品。

家里的仆人还没有全睡下，谨慎终于让她又回到自己的卧室。两个多钟头的等待，仿佛两个世纪的苦刑一般。

不过，于连是太忠于他所谓的责任了，他不会不逐项地完成他为自己规定的事情。

深夜一点的钟声刚刚敲过，他便悄悄溜出房间，当他确定府中的主人已经沉沉入睡，便走到德·雷纳夫人卧室去了。这一次，和他的情人在一起，他享受了更多的幸福和欢乐，因为他不再总想着自己扮演的角色，而是可以尽情地用双眼去看，用耳朵去倾听。德·雷纳夫人跟他说起他们之间年龄的差别，这使于连更能安定下来了。

“唉——我比你大了十岁！你怎么会爱上我呢？”她无精打采地对于连重复着，因为这个想法使她很难受。

于连倒没有想过这种不幸，不过他也看出这不幸确是实实在在的，他也就把害怕成为笑柄的心理忘得差不多了。

他原以为自己出身微贱，会被她看作是一个地位低下的情夫，这种愚蠢的念头也消失了。于连的狂热使他那胆怯的情妇渐渐放下心来，她又感到了一点点幸福，并且又有了评判她的情夫的能力。幸好他这一次几乎没有那种做作的神情，那可是把昨夜的幽会变成了一次胜利，而不是一次欢情。假使她觉察到他在用心扮演一个角色，这种可悲的发现将会把她的幸福剥夺殆尽。她只能看到年龄的不配所造成的一种可悲的后果。

虽然德·雷纳夫人从未思考过爱情理论，但在外省，一谈到爱情，年龄的差别总是在财产之后成为开玩笑的另一大老话题。

几天之后，于连屈服于他这个年龄所具有的全部激情，疯狂地坠入了爱河。

“应当承认……”他心想，“她心地善良得像天使，而且没有人比她更漂亮了。”

他几乎已完全忘记了扮演角色的意图，完全忘记了自己的目的。在情难自却的时刻，他甚至向她承认了他全部的忧虑。这番倾诉把他所激起的热情推向极点。

“那么，我肯定没有情敌了！”德·雷纳夫人开心地猜测着。于是她大胆问起他如此关心的那一张肖像的事，他对她发誓——那其实是一张男人的肖像。

当德·雷纳夫人可以冷静思考的时候，她简直惊奇得不得了，世上居然还有这样的幸福存在，她居然连想都没想过。

“呵！”她暗自想道，“如果十年前我便认识他，那时我还能算得上美丽！”

于连则丝毫没想过这些问题。他的“爱情”是一份野心，一种占有的快感，一个像他一样遭人唾弃的可怜虫竟然能占有一位如此高贵而又如此美好的女人！他的千般疼爱和面对迷人的女友而迸发的激情，终于使德·雷纳夫人在年龄差距的问题上略微放心了。如果她稍微有一点生活的常识——一个三十岁的女人在文化比较高级的城市里长期享有的生活艺术，如果德·雷纳夫人略具一些此种经验，她会担心一种只靠惊奇和自尊心的满足来维持的爱情能否长久。

当他忘记自己的野心时，于连就用满腔的热情去欣赏他的情妇，包括欣赏她的帽子和衣着。他贪婪地嗅着它们的香气，甚至无法感到满足。

他打开帽子、衣裙都狂热地赞赏不已。它们散发的香气使他快乐，总也闻不够。他打开她的带镜衣橱，几个小时不动地站在那里，欣赏着他在里面发现的那些东西的美和整洁。他的女友依偎着他，望着他。他呢，他望着这些仿佛新郎送的结婚礼物一样的首饰和衣物。

“我简直可以嫁给他这样的一个男人！”德·雷纳夫人偶尔这样思索着，“一颗如此火热的心啊！跟他在一起会过上一种多么快乐的生活啊！”

对于连而言，他从未这样近距离地接触过女人贮藏室里的这些可怕又可爱的玩意儿。他暗自想道：“在巴黎，也不会有比这些更美丽的东西了！”于是他对自己的幸福也就没有什么可非议的了，他放下一切包袱，尽情快乐起来。他的情人诚挚的赞美和欢乐，常令他忘记了自己那套空论的理论。这理论在这场私情的最初时刻使他变得那么刻板，甚至可笑。他虽然还摆脱不了那些虚伪的习惯，但有时候，他觉得向这位钦佩他的高贵的夫人承认他对一大堆细小习俗一窍不通是一种极大的快乐。

他情人的地位似乎使他也高人一等。至于德·雷纳夫人，则觉得在一大堆小事情上开导这位才华横溢、人人都认为前程远大的年轻人，是一种最甜蜜的精神快乐。连莫吉隆区长和华勒诺先生也忍不住要称赞他，在这点上他们似乎并不愚蠢。而戴维尔夫人则绝对不会表示同样的赞许，同时，她也觉得完全没有必要这么做。她对她相信自己已经猜中的事情感到绝望，眼见明智的劝告被一个实实在在昏了头的女人视为可憎，她只好没说任何原因就离开了维尔基，也避免别人去问她。德·雷纳夫人为此事还掉了一些眼泪，但不久之后，她似乎又更加感到快乐了。因为戴维尔夫人的离去，从此，德·雷纳夫人几乎整天都和她的情人形影不离地待在一块儿。

于连也很愿意沉湎在他的情人的温柔陪伴之中，因为他若独处的时间太长，富凯的那个决定命运的建议就会来撩拨他。新生活的最初几天，从未爱过也从未被爱过的于连觉得做个真诚的人是那么甜蜜愉快，好几次他想要对德·雷纳夫人坦白他那狂妄的野心，到目前为止，那份野心就是他生命的主宰。他很想将富凯的建议对他产生的巨大诱惑告诉她，征求一下她的意见，可是有一件小事，又令这一片诚挚的愿望受到了阻碍。

第十七章

第一副市长

一天，日落时分，在果园深处，他坐在女友身旁，远离了那些讨厌的人，不禁浮想联翩。

“这样甜蜜的时光……”他暗想，“会永远持续下去吗？”

他一心想着谋个前程的困难，慨叹这巨大的不幸，它结束了一个穷人的童年，又断送了他青年时代的最初几年。

“啊！”他高声喊道，“拿破仑的确是天主给法国青年派来的人，谁能代替他？没有他，那些不幸的人，即使比我富有，刚好有几个埃居受到良好的教育，但是不能在二十岁上买一个人替他服兵役，不能从事一种事业，他们又能怎么样呢？无论怎么做，”他深深地叹了口气，“这摆脱不掉的回忆使我们永远不能幸福！”

忽然间，于连看到德·雷纳夫人双眉紧锁，显示出一副冷淡轻蔑的神情，她觉得于连的这种想法，只适合仆人。她从小到大一直知道自己很富有，所以觉得于连也理所当然地应和她一样。她爱他胜过于爱自己的生命千百倍。即便他寡情负义，她也爱他，从来不去考虑钱的问题。

于连万万想不到她会有这些念头。她的皱着的眉头一下子把他拉回到地上。他的脑子够灵活的，话头一转，告诉这位挨着他坐在青草墩上的高贵夫人，他刚才说的话是他这次出门在那位木材商朋友家里听到的。这是那些亵渎宗教的人的说法。

“对啦！你不要再跟这种人混在一块儿了！”德·雷纳夫人说，她的表情从无限的温柔已经变成刚才的冷若冰霜，此刻仍然还有点冷冰冰的。

这颦蹙的眉头，可以说让他对自己不谨慎行为十分懊悔，也使于连的幻想第一次受到打击。

他心想：“她善良，温柔，对我有强烈的兴趣，但她是在敌对阵营中被教养长大的。他们特别害怕我们这个有胆量的阶级。我们这个阶级，受过良好的教育，却缺乏足够的金钱去创立一番伟大的事业。如果我们拿同样的武器和他们对抗，他们又算什么？比如说，如果我当上维里业的市长，我一定全心全意、公正廉明，我心地很善良，在诚信方面不见得比德·雷纳先生差！什么助理神父，什么华勒诺先生，还有他们一切的阴谋诡计，我都不费吹灰之力就能一扫而光！那时候，正义将在维里业市取得多么荣耀的胜利！他们并没有可以给我制造困难的能力，那些人只会在暗中寻找机会而已。”

那一天，于连的幸福眼看着就可以长久了。我们的主人公缺的是勇敢真诚。必须要有投入战斗的勇气，而且要说干就干。于连刚才那番话，使德·雷纳夫人十分惊讶，因为她在她那个交际圈里经常听人说，罗伯斯庇尔会卷土重来，特别是有下层阶级那些受过良好教育的年轻人的支持，这是完全有可能的。德·雷纳夫人冷漠的神态持续了很久，而且于连觉得很明显。这是因为她先是对于连的错话表示厌恶，接着又害怕间接地对他说了一件令人不快的事情。这不幸强烈地反映在她的脸上，当她感到幸福和远离那些讨厌的人的时候，这张脸是多么的纯洁、多么的天真啊。

然而这种安排也有不便之处。于连从富凯那里拿来的那些书籍，是一个研究神学的学生在书店里绝对无法买到的。他只有在晚上才敢看那些书。他常想安安静静地读书而不被一次来访打断，就说果园里的那一次吧，他因等得心焦而无心读书。

于连会用一种新方法去理解这些书，这应当归功于德·雷纳夫人。于连大胆地跟她提及了许多有关生活琐事的问题。一个出生在上流社会之外的青年，如果不知道这些小事情，理解便立刻停止不前，不管别人认为他多么有天分。

能够从一个极端无知的女人那里获得爱情的教育是非常幸福的，这样，于连就直接看到了当今社会的本来面目。他的精神没有受到关于两千年前、或者仅仅六十年前伏尔泰和路易十五时代的上流社会的描述所蒙蔽。最令他感到高兴的是，一幅帷幕在他面前拉开了，他终于看清了现在维里业发生的许多事。

最先暴露在他眼前的就是两年来在贝藏松省府官员身边谋划并实施的一个非常复杂的阴谋。这个阴谋，有巴黎最显赫的人物的信件为后盾，而支持这一阴谋的信件则是由一个最具名望的人写的。其目的是想让本地最热衷心宗教的莫瓦罗先生做维里业的第一副市长，而非第二副市长。

他的竞争者是一位很有钱的制造商，必须把他压到第二助理的位置上去。于连终于明白之前本地上流社会的人来德·雷纳先生家吃晚餐时，他无意间听到的那些吞吞吐吐的言语的意思。

这个特权阶段正忙着推举出他们的第一副市长，而城里其他人特别是自由党人则根本没有想到这种可能。这种选择的重要性在于人尽皆知，是因为维里业大街东边的路面要扩宽九尺多，这条街已变成王家大道了。

而莫瓦罗先生有三座房子应该因道路的拓宽而缩进。在这种情形下，若是莫瓦罗先生当了第一副市长，同时德·雷纳先生当选为议员后他又理所当然地继任市长，那么他就会睁只眼、闭只眼，让人们对那些占了公共道路的房子进行些不显眼的小修补，如此则可以历百年而不动。

虽然莫瓦罗先生是个众所周知的正直而虔诚的人，但是大家认为他仍会见机行事的，因为他也是许多小孩的爸爸。在应该缩进的房屋里，有九座是属于维里业市里富贵人家的。

在于连心目中，这个阴谋远比封特努瓦[①]战役的历史更为重要。

① 封特努瓦，比利时小镇，1745年5月11日法国萨克斯元帅在路易十五亲自督战下大败英国和荷兰的军队。

在富凯寄来的一本书里，他第一次读到了这次战役。这五年来，从他每晚去教士家开始，就有许多事让于连非常惊讶。有许多事情让他吃惊，然而谨慎和精神谦卑乃是学神学者之首要品质，所以他一直不能就此询问。

一天，德·雷纳夫人命令专门服侍她丈夫的那名仆人去做一件事，这个人就是于连的死对头。

“但是……夫人，今天是这个月的最后一个星期五。”仆人语气生硬地回答道。

“那算了。”德·雷纳夫人冷冰冰地答道。

“对了，”于连说，“他肯定是要去那个堆甘草的仓库去，过去那里是个教堂，最近又还给教会了。可是他们去那儿干什么呢？这个问题，我一直都不知道。”

“这是个很正派的组织，但是他们也有点奇怪。”德·雷纳夫人回答道，“妇女绝对不允许进入。据我所知，就在那里大家可以互相亲昵称呼，不需客气。比如说，这个仆人会在那里见到华勒诺先生，尽管此人架子大，又很傲慢，但他对跟他这样你你我我地称呼是不会生气的。并且他回答他也会用同样的腔调。如果你想知道他们在那里做些什么，我可以向莫吉隆先生和华勒诺先生详细打听一下。我们给每名仆人二十法郎，就是希望，将来如果九三年暴政再度发生时，他们不会来割断我们的脖子。”

光阴似箭。回味着情妇的魅力，于连忘记了阴暗的野心。因为他们分属敌对双方，所以他不能对她说令人不快的事情，也不能说合乎情理的事情，这无形中增强了他得之于她的幸福和她施之于他的控制。

孩子们太聪明了，他们在场的时候，德·雷纳夫人与于连只能用平静理智的话语交谈，这时，于连极其温顺地望着她，眼睛里情意绵绵，听她解释交际场中的情况。常常是正说着某个涉及道路或供货的巧妙的骗局时，这时，德·雷纳夫人会显得有点恍惚，讲不清楚。于连不免要埋怨她，她便会对他做出亲昵的表情，就像对待她的孩子一样。因为她常常有这样的幻想，要把他当作自己的孩子一般疼爱。难倒她不是要不断回答他许多幼稚的问题吗？这些简单的事情，是大户人家一个十五岁的出身高贵的孩子所需要知道的吗？但过一会儿，她又对他佩服得五体投地。她相信他在这位年轻教士身上一天比一天清楚地看见了未来的一位伟人。她仿佛看到他已经当上了教皇，当上了首相，就像黎塞留[①]那样。

“我会活到亲眼看见你出人头地的时候吗？”她问于连，“官职在等待你，朝廷和教会都需要新一代的伟人。一个伟人自有其位置，王国和教会需要他。那些先生们经常这样说：‘若没有黎塞留起到中流砥柱的作用，那么，一切全完了。’”

① 黎塞留（1585—1642），法王路易十三时代首相、红衣主教。主张中央集权，建立绝对王权及进行军事、赌政和法制改革，曾创办法兰西学院。

第十八章

驾临维里业

九月三日的晚上十点钟，一个宪兵骑着高头大马从大道飞驰而来，马蹄声回荡在全城的每一个角落，把全城的居民都惊醒了。这名宪兵送来的消息是国王陛下将在下星期日驾到，而今天已是星期二了！省长命令本市组织仪仗队，必须把欢迎场面做到极度豪华！一个驿使已被派遣到维尔基了。德·雷纳先生当晚就赶到了。他看到全城的居民兴高采烈、激动万分的样子，心情不禁也激动起来，人人都有自己的计划，那些平日不太忙的人都在忙着租借阳台，准备用来观赏国王入城的仪式。

由谁来率领仪仗队呢？德·雷纳先生立刻就想到这个问题，他还考虑到缩进房屋应该怎么处理，由莫瓦罗先生来率领仪仗队是很必要的。这样他要作第一副市长也就名正言顺了！莫瓦罗先生的虔诚无话可说，谁也比不了，可是他从来没有骑过马。此人三十六岁，胆子极小，既怕从马上摔下来，又怕惹人笑话。

清晨五点钟，市长就命人把他请来。

“您瞧，先生，我现在想征求您的意见，就像所有诚实者献给您的官职您已经胜券在握一样。在这座不幸的城市里，制造业繁荣兴旺，自由党成了百万富翁，并且渴望着权力，他们是什么都可以拿来作武器的。想想国王的利益、王朝的利益和我们神圣的教会的利益吧。先生，您想我们能把指挥仪仗队的重任交给谁呢？”

莫瓦罗先生虽然很害怕骑马，最终还是像殉道者一样担任了这个光荣的职务。

“我会办得很妥当的。”他对市长说道。

时间不多了，他刚来得及让人把制服整理好，那还是七年前一位亲王路经时用过的。

七点，德·雷纳夫人同于连带着孩子们从维尔基回来，她看见客厅里挤满了自由党人的太太们。她们主张各党派联合一致，求她让丈夫把仪仗队里的位置给她们各自的丈夫一个。其中有的太太还说：“如果我丈夫没有被选上，悲伤会使他的生意倒闭的。”德·雷纳夫人迅速把这些人一一打发走。此时，她显得十分慌乱。

于连感到惊奇，更感到恼火，她竟神秘兮兮的，不告诉他是什么使她这样激动。“我早料到了，当她家有迎接国王的光荣使命时，她的爱情就会削减。这一番喧闹搞得她眼花缭乱。要等到她那些等级观念不再搅乱她的头脑时，她才会再爱我。”

说起来也怪，他却因此而更加深爱她了。

安装工人挤满了整个府第，于连等候了许久，也没找到机会跟她说一句话。终于，他看见她从他的房间里出来，拿着他的一件衣服。

现在他俩单独在一起了。他正要和她说话，可是她又跑开了，没有听他说话。

“我真傻，竟爱上这样一个女人，野心使她变得和她的丈夫一样疯狂。”

事实上她还要严重些，她有一个最大的愿望，从未向于连说起过，因为怕引起他的厌恶，那就是：要看于连脱掉他那件阴沉的黑衣，哪怕只有一天也好！

这个如此天真朴实的女人使出的手段还真叫人佩服——她先去了莫瓦罗先生那儿，然后又从区长莫吉隆先生那里得到许可，聘请于连作为仪仗队的队员，而不用从其他五六个年轻人里挑选。他们都是很富有的制造商的子弟，其中两个在信教虔诚方面还堪称表率，华勒诺先生原打算将他的四轮轻马车借给全城最漂亮的女人，以此显示一下自己的诺曼底骏马，而现在他却答应把一匹马借给于连，虽然此人是他最为憎恨的。

所有的仪仗队员都有自己的或借来的漂亮的天蓝色制服，这种有着银质上校肩章的制服七年前曾经风光过一回。

德·雷纳夫人坚持要给于连做一套崭新的衣服，但只剩四天的时间了，还要到贝藏松去定做，并从那再取回来——包括制服、徽章和帽子——一个仪仗队员应该有的一切。

最有意思的是，德·雷纳夫人感到在维里业为于连赶制新衣是很不妥的。她想令于连本人和全维里业城的人都大吃一惊。

组织仪仗队和鼓动人心的工作结束以后，市长就忙于筹备盛大的宗教仪式，国王肯定不会路过维里业而不去拜祭著名的圣徒克莱芒遗骸，这遗骸现保存在离城约一里的博莱—勒奥。当局希望有众多的神职人员去参加这个宗教仪式，虽然这是一件很困难的事。刚上任的教士马斯隆先生却表示，无论如何他都不会让谢朗先生露面。德·雷纳先生花费很大气力跟他解释了这样做会带来诸多的麻烦，但很可惜，没有奏效。德·拉摩尔侯爵的祖先们都曾长期担任本省省长，这次他被指定陪同国王。他认识谢朗神甫已有三十年。他到维里业时肯定会打听他的消息，如果发现他已失宠，如果他发现谢朗已被撤职，德·拉摩尔侯爵则会带着他能够支配的全体随行人员，去他隐居的小屋看望他。那将是多么令人难堪呀！

“假如他在我的神职人员当中出现，”马斯隆神父回答，“我在这里、在整个贝藏松都会很没面子。我的天主呀！”

“不管怎样，亲爱的神父，”德·雷纳先生反驳道，“我不能使维里业的官府受到德·拉摩尔先生的侮辱。您还不了解他，他在宫里循规蹈矩，可在这里，在外省，却是个恶作剧者，喜欢挖苦讽刺，一心想使人难堪。他会为了给自己取乐，就当着自由党人的面大开我们的玩笑。”

经过三天谈判，到了星期六的夜里，马斯隆神甫的傲慢才在市长面前屈服，还得给谢朗神甫写一封甜言蜜语的信，请求他在高龄和体弱允许的情况下出席博莱—勒欧的遗骨瞻仰仪式。谢朗先生为于连求得一份请柬，于连将作为助祭陪伴他。星期日天一亮，成千上万来自邻近山村的农民，将维里业的街道挤得水泄不通。这天天气格外晴朗。下午三点，拥挤的人群突然骚动了起来，因为人们看到了离维里业两里外的一座大岩石上，燃起了熊熊的火焰。

这火焰告诉城里的人，国王已经进入本区的辖地了！顿时，整个教堂钟声齐鸣，城里一尊古老的西班牙大炮也连珠般响起来了，全城欢腾，迎接这一盛事。城里一半的居民都爬上了房顶。女人们都挤在阳台上。仪仗队出发了，大家都在称赞他们光彩夺目的制服，每个人都可以在队伍里找到自己的一个亲戚或朋友。大家都在嘲笑莫瓦罗先生的胆小，他那谨慎的双手，时刻准备着去抓住马鞍。可是他们突然注意到一件事，其余的都不顾了：第九排的第一名骑士是个很漂亮的小伙子，身材瘦削，开始大家没认出他是谁。不久，一些人发出了愤怒的叫喊，而另一些人的反映则是由惊讶导致的沉默。大家认出了那个骑着华勒诺先生家那匹诺曼底马的小伙子，就是锯木工的儿子于连。于是，现在只有一片反对市长的抱怨声了，尤其在自由党人中间。怎么，这个装扮成神甫的小工人做了他的小崽子们的家庭教师，他就敢把他选作仪仗队员，而把某某先生和某某先生排除在外，这些人可都是有钱的制造商啊！

“这个从污泥里钻出来的放肆的小奴才，”一个银行老板的太太说，“应该让这些先生们狠狠地惩罚他才对。”

“他很阴险，而且带着刀，”旁边一个男人说，“得提防着点，他会拿刀砍他们的脸的。”

贵族们的话更是可怕，贵妇们纷纷猜想这极不妥的安排是不是市长本人的主意。一般来说，市长鄙视出身卑微的人这一点，大家都是有所耳闻的。

于连引起纷纷议论之际，正是他感到最为幸福之时。他生来胆子大，骑在马上比这座山城大部分年轻人都来得好。他从女人们的眼睛里看出她们说的是他。

他的银质肩章比其他人的都漂亮，因为那是崭新的。他的马不停地跳跃着，他的快乐也到达了顶点。

他的幸福简直没有边际，他的心忽上忽下，像落在云端里一样。当队伍路过古老的城墙边时，一座小炮的声响令他的马惊得跃出了行列。他从此觉得自己是个英雄。他是拿破仑的副官，正向敌人的炮兵阵地冲锋。

然而有一个人比他更加幸福，那就是她——德·雷纳夫人。她先是从市政厅的一个窗口看见他经过，然后登上敞篷四轮马车，飞快地绕个大弯儿，于连的马出列时，她正赶到，吓得一阵哆嗦。最后，她的马车出另一座城门，一路飞奔，赶到国王要经过的大路上，在二十步外，裹在一片高贵的尘土中，跟着仪仗队。市长荣幸地向陛下致辞，一万农民高呼："国王万岁！"一小时之后，国王听完所有的致辞要进城了，那门小炮又开始急速发射。

在市长万分荣幸地向国王陛下宣读颂词时，成千上万的居民齐声喊道："国王万岁！"

一小时之后，国王听完所有的致辞要进城了，那门小炮又开始急速发射。这时一个意外发生了，不是发生在炮手的身上，因为他们都曾在莱比锡[①]和蒙米雷伊[②]战场上练过身手，而是发生在未来的第一副市长莫瓦罗先生身上，他的马轻轻地把他抛进了大道上唯一的泥坑里。一片混乱由此而起，因为必须把他从泥坑里拉出来，好让国王的车子通过。

国王的车队停在漂亮的新教堂前面，当天，教堂挂满了深红色的帷幔。国王要用晚餐，餐毕立即登车去瞻仰圣克雷芒的遗骨，国王一到教堂，于连就快马加鞭地回德·雷纳先生的家里去了。在那儿，他一面叹气，一面脱下那件天蓝色的美丽制服，解下军刀和肩章，重新穿上那件旧的小黑衣服。然后他重新跨上马，迅速赶到坐落在一座风景秀丽的山丘上的博莱—勒奥修道院。

"热情引来了这么多的农民。"于连暗想。维里业已水泄不通，现在，这古老的修道院又围了一万多人。修道院有一半毁于革命时期，复辟后重新修复，显得更加壮丽，而且人们已经开始谈论

① 德国城市，1813年拿破仑军曾在此与普俄联军开战。
② 法国东部城市，1814年2月拿破仑在此击败普俄联军。

奇迹了。而修道院会出现圣迹的事才又开始流传了。这时于连看到了谢朗教士，教士责备了他一会儿，然后递给他一件会衣和一件白色法衣。于连很快就装扮好，跟着谢朗先生一同去拜见年轻的德·阿格德主教。他是德·拉摩尔先生的侄子，新近才任命，负责带领国王瞻仰遗骨。可是他到处也找不到这位主教。

教士们等得不耐烦了。他们在旧修道院阴暗的、哥特式的回廊里等着他们的首领。这次一共召集来了二十四名教士，他们将代表博莱—勒奥的旧教会，它是一七八九年以前由二十四名议事司铎组成的。教士们都感觉主教太年轻，为了这个，他们足足叹惜了三刻钟。主教的年轻让本堂神甫们慨叹了三刻钟，然后他们想应该让教长先生先去找主教大人，提醒他国王即将驾到，是到祭坛去的时候了。谢朗先生年纪最长，被选为教士长。虽然他对于连很生气，但还是做了个手势，让于连跟他去。于连穿着白法衣，十分合身。可能是因为采用了教士的一种特殊装扮手法，他把一头美丽的鬈发弄得平平整整。可是由于一时疏忽，他那道袍的长褶下面露出了仪仗队员的马刺，这使谢朗先生更加恼怒。

到了主教的套房，几个身材高大、打扮得花里胡哨的仆从爱答不理地回答老本堂神甫，主教大人不见客。他对这些仆人解释说，他是博莱—勒奥神圣的教士团的教士长，以他的身份，他随时可以谒见主教。仆人们听了，也只对他笑笑而已。

仆从的无礼激起了于连的傲气。他开始沿老修道院的宿舍一间间地跑，遇门便推。有一扇很小的门，他一使劲儿，开了。他进了一个小房间，里面有几位身着黑衣、脖子上挂着链子的主教大人的随身仆人，这些先生们见他神色匆匆，以为是主教叫来的，就放他过去。他再往前走几步就进入一间很宽敞的哥特式大厅，里面十分阴沉，所有的板壁都是用黑橡木做成的。除了一个窗子以外，其余的弓形窗口都用砖块封锁起来了。这个粗糙的、毫无修饰的水泥工程和周围古典华丽的板壁装修技术，形成了一个鲜明的对比。在大厅的两侧，它的宽大的两侧布满雕刻精细的木质神职祷告席。颇受勃艮第流派古董研究学家们的赞许。人们可以看见在这些木椅上用不同颜色的木材镶嵌出来的启示录[①]中所记录的各种神奇事迹。

这种沉郁的华丽，却因为与简陋的砖块和惨白的石灰在一块，而大为减色。于连对此不免颇有感触。他静静地停下了脚步。在大厅的另一侧，靠近日光唯一能够透入的窗户，他看着一面用桃木做的活动式穿衣镜。一个年轻人，身着紫袍和镶花边的白法衣，但光着头，站在离镜子三步远的地方。这面镜子，在这样的场所出现，未免太奇怪——无疑，它是从城里搬过来的。于连发现这个年轻人面有愠色，他用右手朝着镜子的方向庄严地做着降福的动作。

“这能说明什么？”于连想，“这年轻人是在为仪式做准备吗？也许是主教的秘书……他会像那些仆从一样无礼的……我的天，管它呢，让我来试试。”

他向前走去，从这头到那头，走得相当慢，眼睛盯着那扇唯一的窗户，同时望着那个年轻人。那年轻人继续慢慢地、无数次地、一刻也不停地摆出祝福的动作。

当他走近那个人身边时，年轻人不高兴的神色就看得更清楚了，镶有花边的白法衣的华美景象使于连不自觉地在离穿衣镜几步远时就停住了。

“我必须和他说话！”他心想。然而这间华丽的大厅已让他十分感动，他已事先对人家将跟他说的粗暴的话感到气愤了。

那年轻人在穿衣镜中看到他了，转过身子，立刻改变怒容，用最温柔的声音对于连说：“我说，先生，最后的仪式安排好了吗？”

于连大吃一惊。这年轻人朝他转过身的那会儿，于连看见了挂在他胸前的十字架：原来他就是德·阿格德主教。

“如此年轻，”于连心想，“至多比我大七八岁而已了！”他对鞋上的马刺感到有点惭愧。

“主教大人，”他畏畏缩缩地回答道，“我是教务会的教长谢朗先生派来的。”

“啊！已经有人正式把他介绍给我了。”主教用很有礼貌的语

① 《新约》的最后一卷，其中描写均是世界末日种种可怕的景象。

气应道，这让于连更加高兴。

“可是，先生，请原谅，刚才我把您当作给我送主教帽来的。在巴黎时没有包装好，上面的银丝纱网损坏得很厉害。那会给人留下极糟糕的印象，”年轻的主教脸带忧容地补充道，“而且还要让我一直等着！”

“主教大人，我去帮您取主教帽吧，如果您允许的话。”

于连那美丽的双眼立刻产生了效果。

“去吧，先生，”主教彬彬有礼地答道，“我立刻就要。让教务会的先生们等着，我很抱歉。”

于连走到大厅的中央，回过头看见主教还在做着祝福的动作。

“这到底是干什么呢？”于连心想，“这大概是教士在将要开始的仪式前的一种必要的准备吧。”当他走到仆人聚集的密室时，他看到主教帽已在他们手中。虽然这些先生们不太愿意，但被于连那种威严的目光震撼住了，还是将主教帽交给了他。

他能送主教帽，颇感自豪，穿越大厅时，他放慢了脚步，毕恭毕敬地捧着。他看到主教坐在镜子前，而他的右手仍然不时摆出祝福的动作，虽然这手确实已经很累了。于连帮助主教把帽子戴上，主教摇了摇戴好的主教帽。

“啊，很稳。”他对于连说，看来很满意，“您站得稍远一点，好吗？”

于是主教迅速走到大厅中央，然后缓缓向镜子走来，显出一副怒容，表情严肃地做着祝福的动作。

于连惊得一动不动，他真想弄明白，可是不敢。主教站住了，望着他，神情很快缓和下来。这时主教停下脚步，看了看他，脸上严肃的表情便立即消失了，“您觉得我的帽子怎么样，合适吗？”

“十分合适，大人！”

“不太朝后吗？太朝后会显得傻乎乎的。不过也不应该太低，压在眼睛上，像军官的筒帽。”

“我觉得您这样戴非常合适！”

“国王见惯了德高望重当然也是非常严肃的教士。我不想，特别是由于我的年龄，显得过于轻浮。”

主教又开始一边走，一边祝福。

“毫无疑问——他正练习祝福呢。”于连暗想——这回他总算把事情弄清楚了。

几分钟之后，主教说：“我准备好了，先生。您去回复教士长和教士团的先生们吧。”

很快，谢朗先生带着两位最年长的本堂神甫从一扇雕刻华美的很大的门进来，这扇门于连竟没有看见。这一回，于连待在他的位置上，即最后一个；教士们挤在门口，他只能越过他们的肩膀看见主教。

主教缓缓穿过大厅，当他经过门槛时，教士们已经排成行列。短时间的混乱之后，队伍一边唱着赞美诗，一边向前移动。主教走在最后，夹在谢朗先生和一位很老的本堂神甫中间。于连作为谢朗神甫的助手，紧贴着主教大人。队列沿着博莱—勒奥修道院的长廊向前移动。虽然说天气晴朗，但长廊里还是阴冷潮湿。大家总算走到了修道院回廊前端。看到如此富华的典礼，主教少年得志唤起了于连的野心，而作为高级神职人员的善良和彬彬有礼的态度又使他折服，主教这样的礼貌和德·雷纳先生的礼貌截然不同。

“人越是深入上层社会，”于连心里想道，“越是容易接触这种文雅的举止。”

队伍从边门进入教堂，突然，一声可怕的巨响震得古老的拱顶发出回声；于连以为拱顶坍了。还是那门小炮，由八匹奔马拖着，刚刚到达，莱比锡的炮手们迅即架好，每分钟五响，仿佛前面是普鲁士人。

不过，这令人赞叹的巨响对于连已不再起作用，他不再想拿破仑，不再想从军的荣耀了。“这么年轻，”于连想道，“就成了阿格德的主教！可是阿格德在哪儿呢？做主教有多少薪俸呢？或许能拿二三十万法郎吧？”

主教大人的仆从们戴着一顶富丽堂皇的华盖来了，谢朗先生举着其中的一根竿子，实际上是于连替他举着。主教置身于华盖之下。他竟然成功地扮出了老迈的姿态，我们的英雄对他的赞赏之情简直无法形容。

“机灵真是无所不能啊！”他想。

国王驾到了，于连有幸在最靠近的地方看着他。主教满怀热忱地向国王致辞，同时没有忘记带点儿面对陛下的那种极为得体的诚惶诚恐。在典礼盛况之后的十五天里，本地所有报刊的篇幅都被这件事的消息占满了。于连从主教的祝词中了解到国王就是威猛的查理的后裔。

事后，于连接受了核对这次典礼中各项费用账目的工作。德·拉摩尔先生为他侄子争取了主教的职位，为了表示大方，就承担了全部费用。单单博莱—勒奥一处的典礼就花销了三千八百法郎。

在主教的祝词和国王的答词结束以后，国王便退入华盖之下，然后虔诚地跪在祭台旁的拜垫上。祭台周围是高出地面两个台阶的神职祷告席。合唱队被木椅座围在中间，这些木椅座距地面有两层台阶之高。于连坐在台阶的最后一层，紧挨着谢朗先生的脚边。他仿佛罗马西斯廷教堂[①]里枢机主教身旁的一个捧持衣裾的人。此时香烟缭绕，歌声回荡，外面的枪声炮声，更是接连不断，农民们的心全都陶醉在欢乐和虔诚里。这样的一天足以抵挡雅各宾派报刊一百期的宣传工作。

于连离国王只有六步远，国王确实全心全意地祈祷。他第一次发现一个身材矮小、目光敏锐的人，身穿一套几乎毫无绣花的礼服。不过这件很朴素的衣服上有一枚天蓝色缓带。他比许多贵人离国王都近，而那些贵人的衣服上绣了那么多金线，按于连的想法，就是绣得认不出布料了。后来于连才知道此人就是德·拉摩尔先生。于连觉得他不但傲慢，而且目中无人。

“这个侯爵看起来不会像年轻主教那样有礼貌，”于连暗想，“唉！教士的身份使人看起来文雅而又聪明。国王是特地来朝拜圣骸的，而我却根本没有看见圣骸。圣克莱芒到底在哪里呢？”

① 梵蒂冈宫内圣堂，建于1473年教皇西克斯特四世在位时。

身边的一个小执事跟他说："那令人崇敬的圣骸安放在大厦顶上的一个灵堂里面。"

"什么叫作灵堂呢？"于连想道。

然而他不愿意打听这个名词的意义，只是更为集中注意力。

在君王参拜的时候，按照礼节规定，议事司铎不陪伴主教。可是在德·阿格德大人迈步走向灵堂时，却让谢朗神父相陪，于连便也大胆地跟着去了。

爬上很长的一段楼梯后，来到一扇狭窄的小门前，哥特式的镀金门框，十分华美。

小门前面已经跪了二十四个年轻姑娘，都是维里业名门望族的小姐。在这扇门没有被打开前，主教也跪在这一群相貌姣好的年轻姑娘当中。他高声祷告的时候，她们欣赏着他的美丽的花边、温文尔雅的风采、如此年轻又如此温和的面孔，好像没个够。这番景象，使得我们的英雄丧失了他仅有的那点理智。在这一刻，他简直能为捍卫宗教裁判而战斗，而且是真心实意的。

小门突然打开了，小小的殿堂一片光明、如在火中。祭台上可以看见一千多支蜡烛，分成八排，中间用花束隔开。质地最纯的乳香散发出好闻的香气，一团团从圣殿的门口涌出。新涂了金的殿堂极小，但是位置很高。于连注意到了祭台上的大蜡烛，有的甚至高达一丈五尺。年轻姑娘们不禁发出惊叹声。但是只有那二十四个姑娘，两个教士还有于连，被允许进入灵堂小过道。

不久国王到了，只有德·拉摩尔先生一人当作侍从长相随。卫队都停在外面，全部跪在地下，举枪致敬。

国王陛下快步上前，简直是扑倒在跪凳上。就在这时，于连紧靠在镀金的门上，才在一位年轻姑娘赤裸的胳膊下看到圣克莱芒美丽的塑像。

这塑像藏在祭台底下，身着年轻的罗马士兵的服装。脖子上有一道很大的伤口，好像在流血。垂死的眼睛半闭着，但是很美。艺术家在这儿发挥了最大的才能——临终时双眼半闭，然而他那双眼却充满了温柔高雅的表情。一撮新生的短须，装点着小巧的嘴，那嘴微闭着，好像还在祈祷。看到这种情景，于连身边的一位年轻姑娘感动得热泪盈眶，一滴眼泪恰好落在他手背上。

万籁俱寂，无比深沉，只有遥远的钟声从方圆十法里内的村庄传来。祈祷了一阵之后，德·阿格德主教请求致辞。主教宣读了一篇言辞动人的短小演说，语句简单但效果反而更好。

“年轻的女教徒们，上帝无所不能，他无比威严，你们看见了尘世上最伟大的国王之一跪倒在万能而可怕的天主的这些仆人面前。正如你们从圣克莱芒的还在流血的伤口中看到的那样，这些仆人是弱小的，在尘世间受到折磨和杀害，然而他们在天上得到了胜利。年轻的女基督徒们，你们将永远记住这一天，是不是？你们要憎恨亵渎宗教的人。你们要永远忠于天主，天主是这样的伟大、威严，然而又是这样的和善。”

读到这几句时，主教庄严地站了起来。

“你们能答应我吗？”他说道，一边向她们伸出手臂，表现出深受感动的样子。

“我们答应！”年轻的姑娘们齐声说道，一个个泪如雨下。

“我就用令人敬畏的天主的名义，接受你们的承诺！”主教用雷鸣般的声音接着说。典礼至此宣告完成。

国王本人也流泪了。过了许久，于连才冷静下来，打听从罗马送来给勃民第公爵的圣人遗骨放在什么地方。人家告诉他遗骨藏在那个迷人的蜡像里。

国王格外施恩，允许那些跟随他进入灵堂的年轻姑娘们每人佩戴一条红缎巾，上面绣着两句话：憎恨渎神，永远敬神。

德·拉摩尔先生命人发给农民一万瓶葡萄酒。当晚，在维里业城，自由党人可以找到理由张灯结彩，表示庆祝。这令保王党人感到远远地落后了。国王在离开之前，还去拜访了莫瓦罗先生一次。

第十九章

痛定思痛

在把原来的家具重新安放在德·拉摩尔先生住过的子房里时，于连发现了一张很厚的、折成四折的纸。他在第一页的下方读到：呈法兰西贵族院议员、国王所颁诸勋章之获得者德·拉摩尔侯爵大人先生。等等，等等。

这是一份用厨娘粗劣的笔迹写下的呈文。

侯爵先生：

我毕生恪守宗教原则，不堪回首的九三年，我在里昂，围困时期饱尝炸弹之苦，这是个恐怖的记忆。我领圣体，每个礼拜日，我都要去教区的教堂里弥撒。我亦不曾忘记复活节的职责。革命前我有过一些佣人，我的厨娘，礼拜五斋戒。

我在维里业得到大家的尊重，而我也有资格得到这样的尊重。在宗教典礼中，我同教士和市长在一块儿，在华盖下行进。在一些重要场合，我总是举着一支自己买的大蜡烛。这一切的证明书，都存放在巴黎财政部门里。因此我恳求侯爵先生将维里业城的彩票局交与我管理。该局无论如何将很快成为空缺，因为主持人病得很重，而且在选举中投错了票，等等。

德·肖兰

在这呈文旁边的空白处，有一行由莫瓦罗署名的批注是这样开头的："我昨日有幸谈及提出此项请求的这位好人，等等。"

"这样看来，就连肖兰这个蠢货，也给我指出应当走什么道路了。"于连暗想。

在国王来过维里业的八天后，城里出现了许多谣传，愚蠢的解释，可笑的争辨等等。那就是极其卑鄙地把于连·索海尔，一个木匠的儿子，突然塞进仪仗队。关于这件事，应该听听那些富有的印花布制造商们说些什么，他们可是晚上早晨都在咖啡馆里喊破了嗓子鼓吹平等。这个高傲的女人，德·雷纳夫人，这件可恶的事就是她干的。理由？小索海尔神甫那一双美丽的眼睛和如此娇嫩的脸蛋儿就足够了。

回到维尔基不多久，斯塔尼斯拉斯—格扎维埃，她最小的一个孩子发高烧了。德·雷纳夫人心里顿时感到一阵可怕的悔恨。她第一次对自己的爱情进行接连不断的斥责，她似乎大彻大悟，明白了自己已被拖进罪恶的深渊。虽说她生来就信仰宗教，但是一直到目前为止，她还没有想过，在天主的心里，她的罪孽有多么深重。

过去在圣心修道院时，她狂热地爱过天主；眼下，她又狂热地惧怕他。在她的恐惧中没有任何理性的东西，这就使撕裂她灵魂的斗争变得更加可怕。于连发现，跟她稍微讲点道理，非但不能使她平静，反而使她发怒；她从中看见的是地狱的语言。因为于连很喜欢小斯塔尼斯拉斯，有一次他偶然和她谈起他的病，她的神情立刻变得阴沉了。悔恨不停在她的心头纠缠，竟使德·雷纳夫人整夜失眠，她整天铁着脸不说话，倘若她一开口，那肯定是向天主和世人坦白她的罪孽。

"我请求您，"当他们单独相处时，于连对她说道，"千万不要向其他人说起，您心里的痛苦告诉我一个人就好了。如果您还爱着我的话，就别声张，因为即使您说出来也不能让孩子退烧的。"

然而他的安慰毫无效果，他完全不知晓德·雷纳夫人的想法：为了平息天主的怒气，她必须厌恶于连，要么眼看着儿子死掉。因为她觉得她不能恨她的情夫，所以她才这样地痛苦。

“离我而去吧，”有一天她对于连说道，“以天主的名义，我命令您离开这个家！您待在这儿，等于要我儿子的命。”

“天主开始惩罚我了，”她轻声说道，“他是公正的，我崇拜他的公平。我的罪孽是可怕的，我不曾受过良心的责备！那就是背弃上帝的第一个迹象：我应该加倍地受到惩罚。”

于连被深深地打动了，他从中既看不到虚伪，也看不到夸张。“她相信爱我就要了她儿子的命，然而这可怜的女人爱我胜过爱她的儿子。我不能再怀疑了，她会因悔恨而死。这就是高尚的感情啊。可是我这样穷，这样没有教养，这样无知，有时举止这样粗鲁，怎么会激起这样一种爱情呢？”

一天晚上，孩子的病情突然恶化，深夜两点，德·雷纳先生也过来看孩子。孩子在高烧的折磨下，满脸通红，已经不认识他的爸爸了。这时，德·雷纳夫人忽然跪在她丈夫的脚下，于连眼看着她就要全部说出来了——永远毁了她自己。

幸好这个奇怪的举动，令德·雷纳先生感到反感。

“我走了！我走了！”他一边说，一边起身就走。

“不要走，你听我说下去。”他的妻子跪在他面前大声说道，想把他拉住，“我告诉你全部事实真相。是我杀了我的儿子。我给了他生命，我又要了回来。天主在惩罚我！在他眼里，我是杀人犯。我应该遭到天主的惩罚，我应该遭到侮辱，也许这样的牺牲会使天主息怒……”

如果德·雷纳先生是个富有想象力的人，他一定全明白了。

“胡思乱想。”他推开想要抱住他的双膝的妻子，大声说，“全是胡思乱想！于连，天一亮就派人去叫医生。

他说完就自己回房里睡觉去了。德·雷纳夫人跪倒在地上，她神志不清，用一种类似痉挛的动作，把正要扶她起来的于连推开了。

于连目瞪口呆，不知所措。

“这就是所谓的淫荡！”他心里想道，“难道那些如此狡猾的教士们可能……是对的吗？他们犯了那么多罪倒有了特权通晓真正的犯罪理论？多奇怪啊！”

德·雷纳先生离开已有二十分钟了。于连一直望着他心爱的女人，她的头倚在孩子的小床上，泪水已经浸湿了床单，她一动不动，几乎完全失去了知觉。

“看哪，一个聪明绝顶的女人，因为认识了我，就不幸到了极点。

“时间过得真快。我能为她做些什么呢？该打定主意了！现在已经不是我一个人的问题了。世人和他们乏味的装腔作势又能把我怎么样呢？我能为她做些什么呢？……离她而去吗？那就要让她独自去承受这最可怕的痛苦煎熬。这个木头丈夫不但帮不了她，还会害她。他会因为粗鲁而对她说出没心肝的话，她会发疯，会从窗口跳下去。

“如果我撇下她，如果我不守着她，她会向他坦白一切的。谁知道呢，也许他会不顾她带来的遗产，大闹一场。她可能，伟大的天主啊！把一切都告诉马斯隆神父这个伪君子，而他就会以一个六岁孩子的病为借口不再离开这座房子，而且不会没有企图。她在痛苦和对天主的恐惧中，会忘掉她对男人的了解，她只看得见教士。”

“你走开。”德·雷纳夫人突然睁开眼睛，对他说道。

“我可以牺牲一千次自己的生命，也要知道怎么做对你才最有益。”于连继续说，“我从来没有这样爱过你，我亲爱的天使，或不如说，仅仅从此刻起，我才开始像你理应得到的那样崇拜你。就像你值得我倾慕那样。离开了你，我将变成什么样子呢？虽然我明知道你的不幸都是因为我！现在，对我来说，我的痛苦根本不值得一提，最重要的是夫人您的幸福和快乐，如果您要我离开，我一定离开，是的，我的爱人。不过，如果我现在离开了你，如果我不继续守着你，不继续处在你和你丈夫之间，你会将一切都告诉他，你会毁了自己的。你要知道，他会采取卑劣的手段把你撵走，到那时候，整个维里业，整个贝藏松，都会议论这件丑事。大家都要唾弃你，一切不是都会落到你的身上，你将永远不能从这耻辱中振作起来……”

“那正是我所需要的！”她大声说道，同时站起来，“我受苦，那是最好的。”

“可是，事情闹了出去，也会令你的丈夫不幸的！”

“可我是自轻自贱，我自己跳进泥坑里去，也许这样我会救了我的儿子。在众人的眼中，这种自轻自贱也许是一种公开的赎罪吧？就软弱的我看来，这不是我能对天主做出的最大牺牲吗？也许他肯接受我的自轻自贱而把我的儿子留给我！告诉我另外一种更加痛苦的牺牲，我立刻就去。”

“让我惩罚我自己吧！我也是个罪人。你要我去特拉伯苦修会吗？那地方严格的苦修生活，或许会使你的天主息怒……就软弱的我看来，这不是我能对天主做出的最大牺牲吗？也许他肯接受我的自轻自贱而把我的儿子留给我！唉！天啊！为什么我不能代替斯塔尼斯拉斯生病呢……”

“噢！你爱他，你……”德·雷纳夫人说着，同时站起身来，投入于连的怀里。

但她立刻又把他推开，表现出恐怖的样子。

“我相信你！我相信你！”她又跪下说道，“唉，我唯一的朋友！为什么你不是斯塔尼斯拉斯的父亲呢！那么这就不是一桩可怕的罪孽了，那样的话，爱你胜过爱你的儿子就不是一桩可怕的罪过了。”

“你允许我留下吗？从今往后，我就像弟弟一样爱你，好吗？这是唯一一个合理的赎罪方法，它能够平息你那上苍的怒火。”

“我呢？”她大声说道，并且站起来，双手抱住于连的头，两眼瞪着他，“我呢？我爱你像爱我的兄弟一样？我能够做到爱你像爱我的兄弟一样吗？要我爱你像爱我的兄弟一样？”

于连听后，泪如雨下。

“我听你的，”他说着，在她面前跪下，“不管你命令我做什么，我都服从你，我能做的就只这些了。我的思想已经失明，我看不见任何办法。如果我离开你，你会向你丈夫说出一切，你毁了，你的儿子也跟着毁了。出了这桩丑事，他永远不会被任命为议员。如果我留下，你会以为我是你儿子的死因，你也会痛苦而死。你愿意试一试我离开的效果吗？如果你愿意，我就离开你一周，为了我们的过失去惩罚我自己。我可以在你指定的隐居之地，度过这八天的生活。比如，在博莱—勒奥修道院里。但是你得向我起誓，在我离开这段时间，你什么也不向你丈夫承认。你要想到，如果你承认了，我就再也不能回到你身边了。”

她答应他，于是他走了，但是两天后，他又被召了回来。

“没有你，我不可能遵守我的誓言。如果你不在这里不断地用你的目光命令我沉默，我会说给我丈夫听的。这种令人痛恨的生活，对我而言，一小时就好像一整天。”

最后天主还是对这位不幸的母亲发了慈悲心。斯塔尼斯拉斯的病慢慢过了危险期。然而爱情的明镜已被打破，她的理智已经认识到她的罪孽的深度；她再不能找到平衡了。懊悔仍然深深地留在她脆弱的心里，的确，像她这样虔诚的人，必然是会产生懊悔的。她的生活时而像在天堂，时而又像在地狱。当她看不见于连时，她就生活在地狱里，当她伏在于连脚下时，她的生活又像在天堂。

“我再也不做任何幻想了，”她对于连说道，即使那时她是在纵情欢娱的时刻，“我要下地狱了，无可挽回地下地狱了。你还年轻，你是屈服于我的诱惑。上天能够饶恕你。而我，我要下地狱了。我从一个确定无疑的迹象中看出来了。我害怕，谁看见地狱能不害怕？可说到底，我一点儿也不后悔。如果这过失需要重犯的话，我会重犯的。只求上天不在人世间和我的孩子们身上惩罚我。而你，至少，我的于连，”有时她又嚷道，“你幸福吗？你觉得我爱你爱得够吗？”

于连傲慢成性，满心疑虑，他正需要有一种对他完全牺牲的爱情。可是在这样伟大的、不需质疑的、时刻都准备好的牺牲面前，他却支撑不下去了。他对德·雷纳夫人百般仰慕。

“虽然她出身高贵，我是工人的儿子，但她却爱我……我在她的身边，并非一个履行情人任务的仆人。”这种担心消除之后，于连就陷入爱情的种种疯狂之中，也陷入爱情的难以忍受的变化无端之中。

“起码在我们一起度过的短暂时光里，我要让你非常幸福的！”她看到于连怀疑她的爱时，兴奋地说，“我们赶快吧！也许明天我就不属于你了。如果上天在我的孩子们身上惩罚我，即使我只为爱你而活着，看不到是我的罪孽杀死了他们，那又有什么用呢？”

“啊！如果我能替你受罚，就像你如此慷慨地提出替斯塔尼斯拉斯发烧一样。”

这场精神的危机改变了把于连和他的情妇结合在一起的情感的性质。他对她的爱不再仅仅是欣赏她的美貌和占有她的骄傲。

从今以后，他们的幸福具有更加崇高的性质，爱情的火焰也燃烧得更加猛烈了。他们疯狂地相爱。他们的幸福在世人眼中更加伟大了。但是，他们再也找不到甜蜜的平静了，没有阴云的欢乐和爱恋初始时简单的幸福了，因为那时德·雷纳夫人唯一的担心是于连爱她不够。如今，他们的幸福蒙上了犯罪的阴影。

在最幸福，表面最平静的时刻，“啊！伟大的上帝！我看到了地狱，”德·雷纳夫人突然大喊，痉挛般地握住于连的手，“多么可怕的酷刑啊！我罪有应得。”她紧紧地抱住他，仿佛常春藤扒住墙壁。

于连试着使这颗激动的心安静下来，但无能为力。她抓住他的手，亲吻起来。然后又陷入了可怕的梦境。“地狱？”她说，“地狱对我来说是恩赐；我与他仍能在世间度过几日，可是地狱就在世上，孩子们的死……然而，付出这样的代价，我的罪行也许会被宽恕……啊！伟大的上帝！别用这样的代价宽恕我。这些可怜的孩子从没有冒犯您；而我，我，我才是唯一的罪人：我爱一个根本不是我丈夫的人。”

随后，于连看到德·瑞纳夫人恢复了表面的平静。她尽力控制自己，她不想给她所爱的人的生活带来烦恼。

他们的日子在爱情、悔恨和愉悦交替之间，如闪电般地过去了。于连失去了思考的习惯。

艾丽莎小姐打了一场小官司。她发现华勒诺先生很生于连的气。她也恨家庭教师，于是经常跟他谈起于连。

“如果我跟您讲实情，先生，您会毁了我！”一天，她对瓦勒诺先生说。“对于重要的事情，主人们总能达成一致……但是可怜的仆人们若是说出隐情，他们却永远不会原谅……”

听了这番陈词滥调，华勒诺先生的好奇心不耐烦了，他想办法缩短没用的话，终于知道了使他的自尊心备受打击的事。

这个女人，这个当地最高贵的女人，六年来他对她的关心无微不至，很不幸的是，这一切，有目共睹，众人皆知。这个如此骄傲的女人，有几次，她的蔑视使他面红耳赤，居然找了一个打扮成家庭教师的小工人做情人。

贴身女仆叹了口气接着说：“于连先生毫不费力地征服了她，他对夫人仍然一副一贯以来的冷冰冰的态度。”

艾丽莎只是到了乡间以后才确信不疑，然而她相信他们的私通很早就开始了。

“毫无疑问就是为了这个，”她愤愤地补充说，“他那时拒绝娶我。而我真傻，还去和德·雷纳夫人讨论！还求她在于连面前为我说好话！”

就在当晚，德·雷纳先生收到了城里寄来的报刊和一封很长的匿名信，信中非常详细地描述了家里发生的一切。于连看见德·雷纳先生在读那封浅蓝色信纸写的信时脸色顿时惨白，还抬头恶狠狠地瞪了他一眼。整个晚上市长都烦躁不安，于连为了谄媚他，问了他一些有关勃艮第有名望家族的谱系问题，最终也是枉然。

第二十章

一封匿名信

当夜里他们离开客厅后，于连还有空去告诉他的情妇，“今晚我们别见面了，您的丈夫起了疑心。我发誓，他叹着气读的那封长信是一封匿名信。”

惊慌的于连回到卧室就把门锁了起来。德·雷纳夫人却有一个热恋中的女人都会有的愚蠢的想法——认为于连的嘱咐，只不过是不想和她见面的借口罢了。她已完全无法控制自己，到了平日约会的时间，她又像往常一样来到于连的卧室门前。于连听见过道里有脚步声，立即就把灯吹熄了。有人在用力敲打他的门，是德·雷纳夫人，还是那个她嫉妒的丈夫呢?

第二天一大早，那个日常保护于连的厨娘带给他一本书，他在封面上读到用意大利文写的几个字：看第一百三十页。

于连见到这一轻率的举动，不禁吓得发抖。他翻到第一百三十页，在那里看见下面这封用别针别住的信。信写得匆忙，浸满泪水，而且根本不顾拼法。平常，德·雷纳夫人写信，书法都是十分工整的。这个细节，让于连深受感动，他几乎完全忘记了她那可怕的不谨慎的行为。

“昨夜你真的不愿意见我吗？有时候，我觉得我从未看清楚你的灵魂。你的双眼使我惊骇，我怕你。

“天啊！难道你从未爱过我吗？如果真是这样的话，让他把我关在一座永久的监牢里吧，在乡下，远离我的孩子。也许天主愿意如此。我将很快死去。而你将是一个恶魔。

“你不爱我？你对我的疯狂、我的悔恨厌倦了吗，亵渎宗教的人？你想毁了我吗？我告诉你一个很容易的办法。去吧，拿这封信去维里业当众宣布，或者更痛快点，送给华勒诺先生也行。你跟他说我爱你。不，不要使用这样亵渎的言语。你还是告诉他我崇敬你、我仰慕你，这些炙热而不被允许的情感是从我认识你那天就开始的。跟他说在我青年时期最疯狂的时刻里，也没有梦到过现在你给我的幸福。告诉他，我宁愿为了你而牺牲我的一切，我还要为你牺牲我的灵魂。你知道我为你牺牲的还要多得多。

“然而这个人知道什么叫牺牲吗？告诉他，为了激怒他，告诉他我不怕这些坏人，我在这世界上只有一个不幸，那就是见到使我重获生命的那个唯一的爱人变了心！若是我失去生命，把它作为牺牲品献出去，不再为我的孩子们担惊受怕，这对我是怎样的幸福啊！

“请不要怀疑！亲爱的朋友，如果有一封匿名信的话，那一定是从这个讨厌的家伙那里寄来的。六年来，他一直用他的大嗓门、用他如何跃马飞奔、用他的自命不凡、用无穷无尽地列举他的长处来纠缠我。可是，请相信我，我从来都没有把他放在我的心里。

“究竟是不是有一封匿名信呢？狠心的人，这正是我要和你商量的事！算了，还是你做得对。将你紧抱在我怀里，或许这是最后一次了。我怎么也不能像一个人独处时那样清醒地思考问题，从今往后，我们的幸福就无法来得那么容易了。你可能会感到些许不愉快，是的，在您不能从富凯先生那儿收到有趣的书的日子里是这样的。牺牲已经做出，明天，有或没有匿名信，我都会跟我丈夫说我收到了一封匿名信，好立刻为你搭起一座方便之桥，找个合适的借口，毫不延迟地把你送回家去。

“唉！我亲爱的朋友，我们就要分开十五天，或者一个月了！去吧，我相信你，你将像我一样感到痛苦。不过为了避免匿名信引起的风波，只能采取这一办法。这也不是我丈夫收到的第一封，也是关于我的。唉！我曾是怎样的一笑置之啊！

“我这么做的目的，就是要让我的丈夫知道那封信是华勒诺先生写的。我肯定那封信一定是他搞的名堂。如果你离开这里，你必须到维里业去安顿下来。我将让我丈夫也去那儿住上半个月，向那些笨蛋表明他和我的关系并未冷淡。你到了维里业以后，要和大家交朋友，甚至结交自由党人，我想城里所有的夫人都会追求你的。

“你不要让华勒诺先生生气，就像你有一天对我说的一样，要割掉他的耳朵，与此相反，你要尽量装作讨好他。主要是让维里业的人知道，你将去华勒诺家或别的什么人家里教育孩子。

“这是我丈夫绝不能忍受的。即使他决心忍受了，那也好吗！至少你还可以留在维里业，我们偶尔还可以见面。我的孩子们个个都是如此的喜欢你，他们也都会去看望你的。伟大的天主！我感到我更爱我的孩子们了，因为他们爱你。怎样的悔恨啊，这一切将如何结束……我扯远了……反正你要明白你该做什么。总之，你的一举一动，都是十分重要的。你要温柔一些，客气一些，对这些粗鲁的人，不要动不动就显出轻蔑的样子。我跪下来恳求你，要知道：他们将成为我们的命运的遮盖。一刻也不要怀疑，我丈夫将按照公众舆论规定给他的那样对待你。

“现在轮到你帮我准备匿名信了。拿出一些耐心和一把剪刀来，把下面你所看到的词，从这本书里剪下来。然后用口胶把这些字贴在我寄给你的一张发蓝的纸上，这封信就当是华勒诺先生写给我的。等着有人搜查你的房间；把你剪过的书烧掉。如果找不到现成的字，耐着性子一个个字母拼吧。为了减轻你的负担，我把这封信写得很短。天哪！如果你真的不再爱我了，唉！如果你像我担心的那样不再爱我了，你会觉得我的信多么长啊！”

匿名信

“夫人：

您的那些小伎俩均已被人识破；但是那些想制止它们的人已被告知。出于我对您尚存的些许友谊，我要求您彻底摆脱那个小乡下人。如果您能聪明，听了我的警告，您的丈夫就会相信他所接到的那封告密信是一个骗局，而别人也就不会去责备他了。要知道，您的秘密全都掌握在我手里。想想吧，我掌握着您的秘密。发抖吧，不幸的女人，务必从现在开始在我面前走正道。

你已经看出这是所长先生讲话的方式了吗？当你贴好这封信的字句以后，你就从房间里出来，我会碰上你的。

“我将到村里去，回来时神色慌乱，我将确实很慌乱。伟大的天主！我冒的是怎样的风险啊，而这一切都是因为你认为猜到有一封匿名信。总之，我会神色大变地把这封信递给我的丈夫，说那是个不相识的人给写我的。你呢，你就带着孩子们到树林里的大道上散步，一直到吃晚饭的时候再回来。

站在岩石顶上，你可以望到阁楼。如果我们的事进展得顺利，我就会在那上面放一块白手帕。如果恰恰相反，那里就什么也没有了。

“你的心，负心的人，不会让你在出去散步之前找到办法对我说你爱我吗？无论发生什么事，你对一件事可以肯定：在我们永远分离之后，我不会多活一天。

唉！可恶的母亲！

这是我刚刚写下的是对我毫无意义的三个字，亲爱的于连。我没感到这两个词有什么意义。此时此刻我能想到的就是你，我写下它们是为了不让你谴责我。既然已经到了我快要失去你的时候，弄虚作假还有什么意义呢？是的，让你觉得我的心是残忍的吧，然而不要让我在我崇拜的男人面前说谎！我在生活中受的骗已经太多了。去吧，如果你不爱我了，我也原谅你。我没空重读自己的信。我宁愿用生命来交换那些在你怀抱里度过的幸福时光！

这在我眼里不算什么。你知道，它们要我付出的代价还要高得多呢。”

第二十一章

约见家长

于连快乐得像个孩子，把那些词凑在一起，整整用了一个钟头。他走出房间，正碰上他的学生和他们的母亲。她自然而勇敢地接过信，其镇静令于连害怕。

她接过那封信时，显出直率而勇敢的神情，她的镇定让于连感到惊讶。

“胶水已经干了吗？”她问。

“这就是那个被悔恨搞得疯疯癫癫的女人吗？”他想，“她此刻有什么打算？”他太骄傲，以致不屑于问她。可是，也许她从来不曾像现在这样令他喜欢。

“这件事搞得不好，”她补充说，神情依旧那么冷静，“我就一无所有了。把我这点积蓄埋在山上比较隐蔽的一个地方吧，也许某一天这就是我仅存的一点依靠了。”

她递给他一个用红摩洛哥皮制成的首饰盒，里面塞满了金子和几粒钻石。

“马上就去办吧。”她对他说道。

她亲了亲孩子们，最小的那个她亲了两遍。于连愣愣地站着。她看也不看于连一眼，决绝地转身离开了，脚步很快。

自从拆开匿名信那一刻起，德·雷纳先生的心绪就变得可怕极了。他从来没有这样激动过，还是在一八一六年，他差一点与人决斗，说句公道话，他就是挨一枪也比现在好受些。

他从各个方面来研究那封信：“这应该一个女人的笔迹吧？”他心里想，“如果是，那么，写信的女人会是谁呢？”

他把在维里业他所认识的女人，全都想过了，也无法推断的他怀疑的人。“也许是个男人口授了这封信？那是谁呢？”同样不能肯定。

想到这儿，他同样毫无把握。他遭人妒忌，而且，无疑的，大部分他认识的人都讨厌他。“应该问问我的太太去。”他自言自语道，和平时的习惯一样，一边从小沙发椅上站了起来，他原本是整个陷在那里的。

他刚站直，他拍着脑袋说：“伟大的天主啊！我首先要提防的就是她呀，她现在是我的敌人了。”他不由得大怒，眼泪都涌上来了。

灵魂枯竭，是外省人处世之道的基础。正是由于对灵魂枯竭的合理补偿，德·雷纳先生此时最害怕的恰好是他的两个最要好的朋友。

“除了他们俩，也许我还有十几个朋友。”他一个个地数了一遍，依次估计能从他们那里得到多少安慰。

“一个也靠不住啊！”他忽然咆哮起来，“我痛苦的遭遇将变成他们所有人莫大的欢乐！”幸亏他觉得自己很受人嫉妒，这并非没有道理。他有全城最豪华的房子，最近更因国王在那里过夜而荣耀无比。除此以外，他还把他在维尔基的城堡修缮了一番。房屋的正面粉刷成白色，窗户统统装上了美丽的绿色窗扉。想到别墅的豪华。他得到片刻的慰藉。的确，这座别墅三、四法里之外就能看见，周围那些乡下宅邸或所谓的别墅都任凭岁月侵蚀，一派灰暗寒酸的样子。

德·雷纳先生想到他能够得到一个朋友的眼泪和怜悯——他就是教区的财产管理委员，可是这人是个蠢材，总是爱心泛滥，动不动就掉眼泪。不过在这时，可以说这个人是他唯一的安慰了。

“什么样的不幸能与我的不幸相比！”他愤怒地喊道，“多么孤立啊！”

“这怎么可能？”这个非常可怜的人暗自说道，“这怎么可能？当我处在逆境时，连一个征求意见的朋友都找不到吗？我知道，我的脑子已经糊涂了，因为我神志混乱，我已经感觉到了！呵！法尔科兹！呵！杜克罗斯！”最后他痛苦万分地喊道。这是他童年时期两个朋友的名字，但从一八一四年起，由于他有了地位，他就和他们疏远了。他们不是贵族，他就想改变自童年起一直存在于他们之间的那种平等的气氛。

两个人当中，法尔科兹是一个既聪明、又善良的人。他在维里业做纸张生意，曾从省城里买来一台印刷机，创办了一期报纸。圣会决心让他破产，于是报纸被查封，印刷许可被吊销。他的报纸受到查封，他的出版执照也被追缴了回去。

在悲伤的日子里，他曾经勉强给德·雷纳先生写过一封信，这是十年来给他写的第一封信。维里业的市长觉得该用古罗马人那种强硬的态度回答他：“如果有幸让国王的内阁大臣前来征求我的意见的话，我会这样回答：‘让外省所有印刷厂主破产，无须怜悯，让国家垄断印刷业，如烟草专卖一样。’”给这位童年好友的回信在当时的确博得了维里业全城人的称赞。可是现在德·雷纳先生回想起来，却感到有点毛骨悚然。

“以我当时的地位，财产和荣誉，谁料想我有一天会后悔写这封信呢？”他在疯狂的气愤中度过了可怕的一晚，他时而怨恨自己，时而又怨恨他周遭所有的人。不过，幸好他没有想到要去探查他夫人的行动。

“我习惯了路易丝，”他心里说，“我的事她都知道。假使我明天能再结婚，我还找不到能顶替她的人呢。”他沾沾自喜地以为他的女人是清白的，有了这种想法，他又感到没必要发脾气。而且他感觉十分妥当，“有多少女人遭人诬陷啊！”

“什么！”他忽然大声喊道，两腿抽搐着走了几步，“我能像无耻之徒、像叫花子那样容忍她和她的情夫取笑我吗？难道要让全维里业城的人指着我的鼻子讥讽我的怯懦无能吗？大家对沙米尔——一个本地人尽皆知的受骗的丈夫——什么不堪入耳的话没有说过呢？每当提起他的名字时，大家不都抿着嘴笑吗？尽管他是一个好律师，但谁还会想起他出色的辩论才能呢？啊！沙米尔！那位沙米尔·德·贝尔纳，人们就是这样用一个蒙受耻辱的人的名字来称呼他。”

“谢天谢地，”德·雷纳先生紧接着又说道，“我没有女儿，我要惩罚这位母亲的方式丝毫不会妨害我的儿子们的前程。我可以当场捉住那个小乡下佬和我的妻子，把两个人统统杀死。在这种情形下，悲剧的结局也许可以洗掉这件丑闻所带来的耻辱！”这个念头使得他微笑了，他顺着这个念头，去做详细的打算，“刑法会维护我的，不管发生什么事情，圣会和陪审官中的朋友们，都是会营救我的！”想到这里，他起身去检查他打猎用的刀，他检查了猎刀，很锋利。然而，一想到血，他害怕了。

“我可以把这个无礼的教师痛打一顿，然后赶走。可这会在维里业甚至在省里引起多大的轰动啊！法尔科兹的报纸被封后，当那主编从牢里出来时，我从中作梗使他失掉了一个六百法郎的工作。听说这个恶劣的文人最近又在贝藏松露面了，他会巧妙地攻讦我，使我无法将他拖到法庭上去。把他拖上法庭……这个无礼之徒会千方百计地暗示他说的是真话。像我这样一个出身贵族而又有地位的人，总会遭到所有百姓的嫉恨。我将看到自己的名字出现在可怕的巴黎报纸上。啊！天哪！多么恐怖的灾难啊！眼见德·雷纳这个古老的姓氏堕落在讥笑的污泥里……如果出门旅行，我就得改名换姓。什么！放弃这个使我得到荣誉和力量的姓氏！真是灾上加灾啊！“如果我不把她杀死，只将她羞辱一番，赶出家门，她在贝藏松的姑妈会把全部财产不经任何手续地直接交给她。我妻子会去巴黎和于连生活在一起。维里业的人始终会知道这事的，我仍然被认为是个受骗的丈夫！”

灯光黯淡，这个不幸的人发现天开始亮了，他到院子里呼吸点新鲜空气，这时，他差不多已经决定不惊动任何人，因为他觉得如果声张出去，他在维里业的“朋友们”会高兴死的。

在花园里散散步使他稍微安静了一些。

“不！”他忽然大声嚷道，“我不能没有我的太太，她对我的好处太大了！”想到妻子走了之后家里的情景，他不寒而栗，除了侯爵夫人以外，她没有其他亲戚，而那位侯爵夫人，不但年迈，而且愚蠢又凶恶。

他有了一个意义重大的主意，然而其实现所要求的性格力量远非这可怜的人所能有。

“假如我留住我的妻子，”他暗想，“有一天她让我忍无可忍的时候，我就会指责她的过失，我肯定会这样做的。她很骄傲，我们就会闹翻，而这一切发生的时候她还没有继承她姑妈的遗产。人们将多么激烈地讽刺我啊！我妻子最爱她的孩子，结果一切都归他们所有了。而我呢，却成了维里业的大笑话！‘怎么，’人们会这样说道，‘他甚至没有办法对他的女人施行一下报复！’这样说来，我只怀疑而不去证实，那不是更好吗？这样，什么也不用责备她了。”

过了一会儿，德·雷纳先生又被自己受伤的自尊心攫住，他费了好大力气想起在维里业的游乐场或贵族俱乐部里，某个能说会道的家伙如何停下赌局使用种种方式拿一个受骗的丈夫来开心。到那时，这种嘲笑戏谑也将落到他的头上，而这对他而言是何等残酷啊！

“天主！我的妻子怎么不死呢！那样我就不会遭人耻笑了。我怎么不成个鳏夫呢！那样我就会去巴黎，在最高贵的圈子里过上六个月。”鳏居的念头给了他片刻的欢乐，随后他又想如何查明真相了。是不是该在半夜里，当大家都已熟睡时，在于连的卧室门口，撒一层薄薄的麸皮呢？到第二天早上，就可以看出他的脚印了。

“不过这个办法行不得！”他突然发疯地嚷道，“艾丽莎这个坏家伙会发现的，这座房子里的人立刻就会知道我嫉妒了。

在游乐场里，有人还讲过这样一个故事：一个丈夫，用一根头发，抹上些蜡，把它当封条分别黏在他妻子和风流情夫的卧室门上，结果他最终证实了他怀疑的事情。

经过了那么长时间的犹豫后，他觉得上面这个侦察真相的办法一定是最好的！他决定采取这个方法。这时，在小路的拐弯处他碰见了他希望看见她死的那个女人。

她刚刚从村里回来。她去维尔基的教堂做弥撒了。根据一个冷静的哲学家看来极不确实而她却信以为真的传说，今日人们使用的这座教堂就是当年维尔基领主城堡里的小教堂。在德·雷纳夫人计划到这个教堂去祈祷时，这个念头一直缠绕着她。她的脑海中总是浮现她的丈夫在打猎时，因一时失手而杀死了于连。到了晚上，他又逼着她将于连的心吃下去。

“我的命运，”她暗想，“取决于他在听完我的话以后，有什么想法。也许在这要命的一刻钟之后，我就没有机会跟他说话了。他并不是聪明而理智的一个人，或许我能运用我微薄的理智，预先猜到他将说的话和将会做的事。

他将决定我们共同的命运，这是他的权力！不过这命运也还取决于我的巧妙和如何引导这个反复无常的人的思想，愤怒已使他盲目，事情的真相他已经看不清楚了。天啊！我应该有这个才能，我应该冷静，可是我到哪里去寻找这些呢？”

当她走入花园、远远望见她丈夫时，说来奇怪，她又变得镇定起来。他头发散乱，衣履不整，一看就知道一夜未眠。

她把一封打开却折在一起的信递给他。他并不展信阅读，只是两眼发狂地盯着她。

“这是一封令人痛恨的信，”她对他说道，“我从公证人的花园后面经过时，一个面目可憎的人交给我的，他说他认识您，受过您的恩惠。我要求您一件事，立刻把这位于连先生打发回家。”德·雷纳夫人连忙说出这句话，目的是要摆脱那种不得不将它说出的恐惧感。

当她发现自己的丈夫听了她的话并不生气时，她心里真是高兴极了。从他盯住她看的目光中，她知道于连所料不差。

“他遇到这种极为不幸的事毫不发愁，”她心想，“一个多么聪明的人啊，他有着多么高超的机智啊！他现在还不过是个没有生活经验的年轻人！将来他会攀升到怎样的地位呢？日后他什么事情做不到呢？唉！那时候成功会使他忘了我。”

对她所仰慕的人的赞赏，使她的紧张情绪荡然无存了。

她对自己的行为，也表示赞赏：“我不愧为于连的情人。”她想，心中充满了温柔甜蜜的情趣。

德·雷纳先生害怕声张，仔细察看这第二封匿名信，如果读者还记得的话，这封信是用一些印好的字粘在一张浅蓝色的纸上的。“人们想出各种方法来嘲笑我！”德·雷纳先生已经疲惫不堪，自言自语道。

“又是一次需要查明的侮辱，而且全是因为我女人的缘故！”他正要用最粗鲁的词语辱骂他的妻子，但一想到继承贝藏松遗产的事，他才勉强遏制住愤怒。他必须找点什么事发泄一番，就把那封信揉成一团，大步走开了，他觉得他必须离这个女人远一点。几分钟以后，他又走回到她身旁，态度平静了一些。

“现在需要该拿定主意，把于连赶走！”她立刻向他说道，“说到底他不过是个工人的儿子罢了。给他几个埃居赔偿损失，再说他有学问，找地方很容易，何况他很有学识，另外找个工作也不难。比如到华勒诺先生家里，或在莫吉隆专区区长家里，他们也都是有孩子的人家。你把他辞退了，一点也伤不着他……”

“像你这样说话，简直是个糊涂蛋！”德·雷纳先生用一种可怕的声调叫嚷道，“还能指望女人有什么理智吗？您从来不留心什么合理什么不合理。您如何才能明白点事儿呢？您的随便，您的懒惰，就是在扑蝴蝶上使劲儿，软弱的人啊，我们家有这样的人真是不幸！”

德·雷纳夫人没有言语，任由他叫下去，他说了很久。正像本地人常常说的——他的火总算是发光了。

“先生，”她终于回应道，“我以一个自尊受到沾污的女人的名义说，也就是说她最珍贵的东西受到了侮辱。”

在这次痛苦的谈话中，德·雷纳夫人一直保持冷静的态度。这次交谈，关系到她是否仍然能和于连在同一个屋檐下生活。为了引导她丈夫的盲目怒火，她寻找着她认为最合适的种种看法。她丈夫讲了许多侮辱她的话，但她对此没有任何反应。她根本没有听那些话，她只是一心在想："于连会对我满意吗？"

"我们对这小乡下佬关怀备至，甚至送他礼物，他也许是无辜的。"她终于说道，"可是毕竟因为他我才生平第一次受到侮辱……当我看到这封恶心的匿名信时，我已经决定好了，这个家有他，就没有我，有我就没他，总要有个人离开你家。"

"难道你也愿意把事情传出去丢我的脸吗？那就相当于给维里业的先生们提供了笑柄。"

"这倒是真的，人人都嫉妒，您的明智的管理使您、您的家庭、城市都兴旺发达……好吧，我会吩咐于连跟您告假，叫他到山里那个木材商人家去待一个月，他们是够交情的老朋友。"

"千万别这样，"德·雷纳先生说，态度相当镇定，"我只要求你务必要做到不要跟他说话。你的态度会激怒他，使我跟他闹翻，您知道这位小先生多么敏感。"

"这个年轻人根本不机灵，"德·雷纳夫人答道，"他可能有学问，这您是清楚的，但说到底这不过是个地地道道的乡下人。至于我，自从他拒绝娶爱丽莎，我对他就再没有好印象了，他竟然把一笔可靠的财产抛弃了。据说是因为艾丽莎偶尔秘密地拜访华勒诺先生。"

"啊！"德·雷纳先生眉毛一挑说道，"什么？这件事是于连告诉你的吗？"

"不，不全是这样。他总是和我谈起要献身神职人员的愿望，但是，请您相信我，对这些下等人而言，最大的心愿就是要赚得面包。他没有明说，可我听出来他不是不知道这些秘密的来往。"

"可是我不知道呀！"德·雷纳先生怒气冲天，咬牙切齿地说，"我家里有种事连我都不知道……什么？在艾丽莎和华勒诺之间，还有过这种事？"

"嘿！这可是一段老故事了，亲爱的朋友，"德·雷纳夫人笑着说道，"不过这也许没什么大不了的。那时，您的好华勒诺先生也不会感到什么不安。虽然维里业的人以为在他和我之间，已经产生了一种柏拉图[①]式的爱情。”

“有一回我倒想到这一点。”德·雷纳先生大声说道，同时用手用力敲着自己的脑门，想发现一些新的迹象。“可您怎么一点儿也没跟我谈起？”

“为了我们亲爱的所长那一份小小的虚荣心，就要使你们两个好朋友伤了和气吗？哪个上层社会的女人没有收到过他几封附庸风雅、甚至有些殷勤献媚的信呢？”

“可他给你写过吗？”

“写过很多。”

“我命令你立刻把这些信拿给我看！”德·雷纳先生神气十足，他的身躯好像一下子增高了六尺。

“现在可不行，”她回答他，那一分温柔简直快要变成撒娇了，“哪一天您更有理智了，我再给您看。”

“我现在就要看，见他的鬼！”德·雷纳先生怒气冲冲地嚷道，不过，十二个钟头以来，他还从未这样高兴过。

“您得向我保证，”德·雷纳夫人非常严肃地说道，“您绝不要因为那些信就去和收容所的所长吵嘴。”

“吵也好，不吵也好，我总可以不让他管理那些弃儿。但是，”他生气地继续说道，“我现在就要那些信，在哪儿？”

“在我写字台的抽屉里，但我一定不会把钥匙给您的。”

“我会敲碎它！”他喊道，同时向妻子的卧室跑去。

他果然用一把凿子把那张有轮纹的桃花心木的宝贵写字台弄坏了，桌子是从巴黎买来的，德·雷纳先生平常要是发现那上面有一丁点脏东西，就会用他衣襟立即去把它擦净。

德·雷纳夫人这时候一口气爬了一百二十级的梯级，登上阁楼。她将一块雪白的手帕系在小窗户的一根铁杆上。此刻，她是世界上最幸福的女人。她朝山上的那片森林望去，眼里充满了泪水。

“无疑，”她暗自想道，“在那边某棵茂盛的山毛榉下，于连

① 柏拉图，公元前4世纪的希腊哲学家。柏拉图式的恋爱即精神恋爱。

正在望着这个幸福的信号，”她久久地侧耳倾听，咒骂单调的蝉鸣和鸟雀的啁啾，没有这讨厌的声音，肯定会有一阵快乐的欢呼从大岩石那边一直传到这里来。她恨不得将这一大片苍翠的斜坡一眼看到底。这斜坡像草坪一样整齐，是由无数翠绿的树梢组成的。

“他怎么就没想到给我个信号呢？”她十分惆怅地暗自想道，“他为什么不告诉我他和我一样高兴呢？”要不是怕她丈夫会跑上来找她，她才不会从阁楼上下来呢。

她看见她的丈夫正在生气。他将华勒诺先生信里无味的言语读了一遍，在这样激动的情绪下，是不适于阅读这种东西的。

“我还是坚持我的意见，”德·雷纳夫人说道，“让于连去旅行吧。不管他在拉丁文方面有多少天赋，他也只是个乡下人。他经常是粗鲁的，缺少分寸。他每天都对我说一些夸张的、俗不可耐的恭维话，还以为是彬彬有礼呢，那都是从什么小说里看来记熟的……”

“他从来不看小说，”德·雷纳先生高声嚷道，“这一点我可以担保。你们还以为我是个瞎了眼的家长，家里的情况什么也不知道吗？”

“就算是吧！如果他不是在什么地方读过这些可笑的恭维话，那就是他自己编的，那样更糟。说不定他在维里业，也是用这种口吻议论我的。不说远的，”德·雷纳夫人说道，表现得一种好像要发现什么秘密似的神情，“他说不定跟艾丽莎也是这么说的，那就几乎是和华勒诺先生说了一样。”

“啊！”德·莱纳先生叫道，从未有过的一记重拳砸下来，桌子与房间都震动了，“那封印刷的匿名信和华勒诺先生的信用的是同一种纸。”

“总算撑过来了……”德·雷纳夫人心想，她装出被这个重大发现吓坏了的模样，远远地退到客厅尽头，在一张沙发上坐下。

这一回合可以说是胜利了。现在她要想方法来阻止德·雷纳先生，不让他与写匿名信的嫌疑人进行交流。

“您难倒不觉得没有充足的证据，就跑去和华勒诺先生大吵大闹，这是很不明智的吗？您怎么没想到这一点呢？其实，先生，您是被人嫉妒的，但这又能够怪谁呢？您的才干，您的明智的管理，您的趣味高雅的房屋，我给您带来的嫁妆，尤其是我们有望从我那善良的姑母继承的可观遗产，这笔财产已经被人家说得天花乱坠。这一切，都让您成了维里业的头号人物。”

“你忘记了我的门第呀！”德·雷纳先生说这句话时，脸上露出了一丝笑容。

“您原是本省的绅士里最出色的一个！”德·雷纳夫人连忙接着说道，“假使国王是自由的，能够公正对待门第，您肯定会当上贵族院议员。

“有了这样高贵的地位，难道您愿意给嫉妒您的人以口实去谈论您吗？您愿意引起大家的议论吗？”

“您若是去和华勒诺先生提他的匿名信，那无疑是向全维里业城，甚至是向贝藏松全省宣称，这个小小的市民，被德·雷纳家的先生一时不慎认作好友。至于您刚才看到的那些信，如果您得到的这些信证明我回报过华勒诺先生的爱情，您可以杀死我，我是罪有应得，但不要为他生气。您应当想到，您周围的人都在等着看您的笑话，他们巴不得抓住您的把柄呢。由于您的优越地位，他们都要来对您进行报复。您还应当想到，在一八一六年，您曾经干预过一些逮捕事件。那个藏在屋顶上面的人……”

“我想您对我既无敬意也无友情了，”德·雷纳先生被回忆所激发，不胜感慨道，“我还没当上贵族院的议员呢！”

“我想，亲爱的，”德·雷纳夫人微笑着说道，“我将来会比您更富有。我已经做了您十二年的伴侣，以这样的名义我有权说话，尤其是对今天这件事。假若您宁要一位于连先生而不要我的话，”德·雷纳夫人装出气愤的样子补充道，“我已经准备好到姑母家去待一个冬天。”

这句话说得恰如其分，它表现出一种很有礼貌的坚强意愿，柔中带刚。这令德·雷纳先生立即拿定了主意。不过，依照外省的习惯，他还说了很久，把所有的理由又过了一遍。他的妻子由他说去，他的口气中还有余怒未消。两个钟头的废话终于耗尽了这个一整夜都在发怒的人的力气。最后终于将他对付华勒诺先生、于连以及艾丽莎等人的行动计划确定下来了。

在这场紧张的斗争中，有时，德·雷纳夫人对这个人所遭遇的这一极其真实的不幸，几乎产生了同情。因为这十二年来，他曾经是她的朋友。然而，真正的激情是自私的。再说，她时刻都等着他招认昨晚接到了匿名信，而他只字未提。德·雷纳夫人还不清楚旁人究竟会给掌握她命运的这个人提供什么建议。因为在外省，她的丈夫是舆论的主人。丈夫的抱怨便会找来多方的嘲笑，这种事在法国是越来越少了。然而他若不给妻子钱花，妻子就会陷入一天挣十五个苏的女工的境地，而那些好心人要雇用她还得考虑考虑呢。

一个土耳其后宫里的女奴可以全力爱她的苏丹，苏丹是万能的，她想施点小诡计窃取他的权力，那是枉费心机。主人的报复是可怕的，血腥的，但也是勇猛慷慨的——一刀就结束了一切。而在十九世纪，丈夫如果想利用公众的轻蔑来毁掉自己的妻子，只要让所有的客厅都对她关起门来就行了。

当她回到自己卧室时，害怕会不幸发生的感觉又纠缠在她的心头了，她见到室内混乱不堪，她大吃一惊。她那些漂亮小匣的暗锁，全部被撬坏了。细木嵌花的地板有好几块也被撬起来了。

“看来他对我毫不留情了！”她暗想，“他竟然这样毁坏这些嵌花的细木地板，在平时他是多么喜欢它们啊！当孩子们中有一个穿着潮湿的鞋走到房里来时，他总是气得涨红了脸。现在他却将它永远毁掉了！”见到这种粗暴的场面，她刚才的内疚瞬间消失得无影无踪了。

在午饭钟声响起前的一段时间，于连带着孩子们回家来了。在吃饭后果品的时候，仆人们都退出去了，德·雷纳夫人冷冷地对他说：“您曾经对我表示，你愿意去维里业待半个月。德·雷纳先生同意准您的假了，您愿意什么时候去都行。不过，为了不让孩子们虚度光阴，他们的作业每天都会送您批改。”

“那当然了！”德·雷纳先生用一种很不痛快的语气补充道，

“我给您的假期不超过七天。”

于连发现他满面愁容，仿佛饱经忧患似的。

“他还没有拿定主意呢。”当他们俩单独在客厅时，他对他的情妇说道。

德·雷纳夫人急忙向他叙述了从早晨起她所做的一切。

“晚上再详细讲吧。”她笑着补充道。

“这就是女人的邪恶啊！”于连想，“什么样的快乐，什么样的本能驱使她们欺骗我们呀！”

“我觉得您被爱情弄得时而明白，时而糊涂了。”于连冷淡地说道，“您今天的行为值得佩服，可我们今晚还设法见面，这难道是谨慎吗？这座房子里到处都是敌人，请您想一想艾丽莎对我的强烈憎恨吧。”

“那种强烈的憎恨，就如同您对我强烈的冷漠。即使是冷漠，我也要把您从因我而陷入的危险境地中解救出来。万一德·雷纳先生和艾丽莎谈起，只一句话，她就能什么都告诉他。他为什么不能藏在我的房间周围，带着家伙……”

“什么？居然一点胆量都没有了？”德·雷纳夫人说道，显示出一个贵族小姐的傲慢神情。

“我永远不会放下身段来谈我的胆量，”于连冷冷地说道，“那是一种可耻的行为。让大家根据事实来评判吧！但是，”他握住了她的手，补充道，“您想象不出我是多么的爱慕您，而在我们这次残酷的离别前，能够前来跟您告别，这对我而言又是多大的快乐。”

第二十二章

怪癖行为

于连刚到达维里业，就不住地责怪自己对德·雷纳夫人的不公平，“如果由于软弱，她在这场跟德·雷纳先生的斗争中没有取得胜利，我会把她看作是一个娇滴滴的女人来鄙视的！她处理这件事，如同一个老练的外交家，从我的观点出发，我都要开始怜悯那个可怜的失败者了，即使我是那么讨厌他，他现在又是我的敌人。在我的行动里，有一种市民阶级的小家子气。我的自尊心受到了伤害，因为德·雷纳先生到底也是个男人！我有幸和他同属这个称为男子汉大丈夫的广大人群，其实我不过是一个蠢材。”

不久以后，谢朗先生被革职，当他从教士住宅里被驱逐出来时，当地最具名望的自由党人，都争着将房子让给他住，可是他没接受。他自己租的两间屋子里面堆满了书籍。于连为了使维里业的人了解当神父的遭遇，便去他父亲家取来十二块松木板，自己扛在背上，在大街上走着。然后又从他的一个老朋友那儿借来木匠工具，很快就为谢朗先生制作了一个书橱，将他的那些书规整好放在里面。

“我本以为你沾染上了世俗奢侈的恶习，”老人激动得流着眼泪对他说道，“现在看来，这可以与你前次参加仪仗队时身着漂亮制服的孩子气功过相抵了，虽然你曾因此招来许多敌人。”

德·雷纳先生早已吩咐于连住在他家。谁也没觉察到发生的事。在他来的第三天，于连看见专区区长莫吉隆先生这个有些分量的人物，上楼一直走到他的寝室。经过整整两个钟头的废话和深沉的叹息，如人类的罪恶、管理公款人员的腐败和可怜的法国的各种危机等事之后，于连终于发觉了他来访的目的。他们已走到楼梯口，他长吁短叹，说着一些让人乏味的大道理，什么人心险恶啦等等。这个可怜的有些失宠的家庭教师，颇有礼貌地送走这个将做某个幸运的省的省长。这时，这位客人突然关心起于连的前程，并且赞扬他考虑个人利益时的谦逊态度。后来莫吉隆先生还用慈父一般亲热的双手抱着于连，建议他离开德·雷纳先生，到另一个有小孩要受教育的官员家里去。这位官员，跟国王菲利普一样，必会感谢上天！而这些所谓的感谢并不是因为他有几个孩子，而是因为他让这些孩子成长在于连先生身边。这位教师将来会领取八百法郎的薪俸。而且还不是一个月一付，那样太小气了，莫吉隆先生说，而要一季一付，并提前支付。

这时轮到于连说话了，一个多钟头以来，他一直不耐烦地等着说话的机会。

他的回答很是巧妙，尤其是说的和主教训示一样，什么都说到了却又含含糊糊，什么也不说清楚。人们能从这里找到他对德·雷纳先生的尊敬和对维里业公众的崇尚，以及他对著名专区区长先生的感激。这位区长万万没有想到于连会比自己还虚伪狡猾。他竭力想获得一些具体的东西，但是白费力气。于连高兴至极，赶紧抓住这个练习讲话的机会，把他用来回答的另外一套词句又说了一遍。一个口若悬河的大臣会在议会的会议即将结束，议员官们似乎正纷纷醒来之际，鼓起勇气说出来的话也比不上于连的话那样冗长而又空洞无味。而真正有意义的内容又那么少。莫吉隆先生一出门，于连便迫不及待地大笑了起来。为了尽享他那虚伪欺骗的兴致，他给德·雷纳先生写了一封长达九页的信，向他报告刚才别人向他说的一切，还很谦虚地向他请示求教。

“那个浑蛋还没告诉我要请我去教书的人的姓名呢！他一定是

华勒诺先生！他从我被遣到维里业这件事情上，已看到他那封匿名信的作用了。”

他的快信发出后，此时他的心情高兴得像一个猎人。他出门找谢朗先生求教去了。当他到了那位善良的教士家之前，上天好像特意为他安排好了似的，又让他遇见华勒诺先生。他丝毫也不向他隐瞒内心的痛苦。像他这样一个穷小子既然得到了上天的眷顾，就必须全力以赴，但在这个世界上，光有理想可是不行的，为了在天主的葡萄园中老老实实地劳作[①]，无愧于众多学识渊博的同仁，他必须受教育。他必须花些本钱在贝藏松的修道院里待上两年。这样一来，存点积蓄就十分必要了，甚至可以说是一种任务！为了达到这个任务，接受一季一付的八百法郎的薪俸，当然比一月一付的六百法郎的薪俸好得多。不过从另一个方面，上天既然将他安置在德·雷纳家的孩子们旁边，而且让他对他们产生了一种特殊的爱，不就是告诉他，不应该为了另一份教育工作而抛弃当前的教育工作是不妥当的吗？

于连辞令的运用已达到非常完美的程度，以至于就连他听到自己说话也厌烦起来了。

回到家时，于连看见华勒诺先生家中的仆人，身着制服，手拿一张当日午餐的请帖，正在找他，这仆人把全城各处都跑遍了。

于连从没有去过他家里，就在几天前，他还想用什么办法可以毒打他一顿又不受到法律的惩罚。虽然午餐定在午后一点，但是于连觉得十二点半就到收容所所长办公室显得比较恭敬些。他看到所长架子十足、神气活现地坐在那儿，周围放满了公文纸夹。他那又黑又粗的颊髭、一堆堆的头发，歪戴在头上的希腊式便帽、巨大的烟斗、绣花拖鞋、纵横在胸前的粗大金链子，一整套外省银行家的包装，以显示自己家财万贯，红运当头，但是他的这些装扮都没有引起于连对他的尊重，反而使于连更想去揍他一顿。

他请华勒诺先生赐他荣幸，把他推荐给华勒诺夫人。但是她还在梳洗打扮，不能接待，虽然很遗憾，但却使他有机会观看华勒诺

① 即当教士。

先生本人的梳洗更衣。后来他们一起到华勒诺夫人的闺房里，她把孩子们介绍给了于连，夫人含着眼泪向他介绍自己的孩子，夫人是维里业最受人尊敬的一名贵夫人，生着一张男子般的宽脸，为了这顿隆重的午宴，她搽上胭脂，她的整个面庞，表现出了母性的生动。

于连想到了德·雷纳夫人。他满腹狐疑，眼前不禁涌现因对比而陷入的种种回忆中，一时间他被这回忆攫住了，感动得甚至要流泪。这种心情在见到收容所所长那华丽宽敞的房子时变得更加严重了。主人带他去参观房子，室内的摆设非常华美，并且是崭新的。主人还告诉他各件家具的价格，但是于连总是觉得里面有什么不光彩的思想和一股奇特的肮脏的气味，那都是不义之财的气息，这里的所有的人，包括仆人在内，都表现出盛气凌人的样子。

收税官、间接税税收官、宪兵军官和其他两三个官员，都带着他们的妻子来了。接着又来了几名有钱的自由党派里响当当的人物。

仆人宣布筵席准备好了。于连心里早就不舒服了，忽然想到在餐厅的隔壁就关着那些可怜的囚犯们。于连已经觉得很不自在了，他现在甚至觉得餐厅墙壁的另一面就是可怜的被收容的乞丐。

“也许他们现在正在挨饿。”于连想道，他的咽喉发紧，食不下咽，并且几乎无法讲话了。

一刻钟以后，情况更糟糕了，隔壁隐隐传来了断断续续的歌声，越来越近，唱得是民歌，说老实话，这些歌词听起来的确有些下流。是一个囚犯唱的。华勒诺先生向一个穿制服的仆从看了一眼，这仆从就走开了，过了不久人们就听不到歌声了。这时，一个仆人给于连递上一杯莱茵河葡萄酒。华勒诺夫人特意提醒于连这种酒每瓶价值九个法郎，而且都是直接从原产地运来的。于连举着绿色酒杯对华勒诺先生说道：“那首下流的歌曲不唱了。”

“当然！我相信他们不敢再唱了，”所长先生骄傲地回答道，“我已经命令这帮叫花子安静一会儿。”

于连一听就受不了了，这句话对他的刺激太大了，于连的举止虽然变了，但是他的心可是没变，虽然他的虚伪经常得到锻炼，可他还是觉得有一大颗泪珠顺着脸颊流下来。他努力用绿色酒杯遮住自己的眼泪，但要他在此时为莱茵美酒而举杯致敬，是绝无可能的。

“不许别人唱歌！”他暗自想道，“啊，天哪！你能受得了？”

幸亏谁也没有注意他这种怨恨的情绪，税收官哼起了一首王家歌曲，当大家合唱曲中叠句之时，发出了一阵乱哄哄的声音。

“看！”于连暗想，“这就是你要交的不光彩的好运，享受这种好运就要接受这种条件，和这样的人相处，你或许会获得一个两万法郎的官职，可是当你胡吃海塞时，你得禁止可怜的囚犯唱歌。你用从他们可怜的口粮里偷窃来的金钱大摆筵席，在你意兴正欢时，他的命运将更加悲惨！呵，拿破仑！在你那个时代，飞黄腾达要靠战场上的出生入死，你那个时代是如此美好！而现在却要采取加深穷人的灾难这种卑鄙的手段了！”

我承认，于连在这段独白中表现出的软弱使我对他产生了不好的看法。他很可能做那些戴黄手套的阴谋家的同党，他们声称要改变一个国家的全部存在方式，却不愿意让自己的名声受到一点点的损害。

于连猛地想起要执行任务了，被请来跟这样的一些贵客们共进午餐，绝不是来冥思遐想、一言不发的。

一位歇业的印花布制造商，身兼贝藏松和于泽斯[①]两个学士院的院士，从餐桌的另一端向他发话，问大家都说他在《新约》的研究中取得惊人进展可是真的？

一下子谁都不说话了。一本拉丁文《新约》神奇地出现在这位博学的两院院士的手中。于连在回答时偶然念出了半句拉丁文，于是接着背诵下去，他的记忆力一直是可靠的。这种天才使全席的人都叹服起来，席终时激起了一阵强烈的喧哗。于连看了看那几位太太红扑的脸蛋儿，其中有的长得还不错。他特别注意会唱歌的税务官的妻子。

① 于泽斯，法国地名。

“说实在的，我很惭愧，在这些夫人们面前，讲了这么长时间拉丁文。”他一边说，一边看着税收官的夫人。

“当着这些夫人的面说了这么久拉丁文，真不好意思，”他望着她说道，“如果吕比纽先生（就是那位两院院士）肯随意念一句拉丁文，我不接着用拉丁文原文回答，看能不能即席翻译出来。”

这第二个测验使他的光荣达到顶点。

在座有不少富有的自由党人，他们是走运的父亲，因为他们的孩子都有可能获得奖学金。因为这原因，他们在上次布道之后，突然改变了信仰，尽管有这种微妙的政治色彩。德·雷纳先生从不愿意在自己家里接待他们。这些老实人只是耳闻于连的大名，在国王驾临本城那天看见他骑在马上，于是就成了最热烈的崇拜者，

“圣经的文章风格，他们其实一点也不清楚，”于连心里暗自想道，“这些傻瓜，要到什么时候，才会感到厌倦不想再听下去了呢？”

但恰好相反的是正因为这种文章风格特别古怪，他们才觉得非常有意思以至于笑得不亦乐乎，但是于连却早已感到厌倦了。

六点的钟声响了，他严肃地站了起来，谈起利戈里奥[①]的新神学的一章，他得把它记牢，第二天背给谢朗先生听。“因为我的职业，”他愉快地补充说，“是让人背书给我听，也让我背书给别人听。”

“因为我的职业，”他高兴地补充道，“不仅是要人家背诵功课给我听，同时我也要背诵功课给人家听。”

大家尽情地嬉笑，尽情地赞叹，这就是维里业流行的风气。突然于连站起身来，大家也都跟着站了起来，顾不得什么礼貌，这就是天才的魅力，华勒诺太太把他多留了一刻钟，请他务必听听孩子们背诵教理问答。他们背得颠三倒四，滑稽透顶，只有他一个人听得出。这些于连心里都很清楚，但他却不愿纠正他们的错误。“对宗教最基本的宗旨，竟然是这样的无知！这个作者也太不道德了

① 利戈里奥（1696—1787），那不勒斯主教，1732年建立以救赎灵魂为宗旨的修会。

吧？”他心里暗自思索。

“对宗教的基本原理多么无知啊！”他想。最后，他鞠了一躬，以为可以脱身了，然而不，他还得领教一篇拉封丹[①]寓言。

“这是个没有道德的作家。”于连向华勒诺夫人说，“当他在一篇寓言诗里提到约翰·舒阿尔大人时，他竟然嘲笑最虔诚的最令人尊敬的事物。最优秀的评论家对他提出了严厉的指责！”

于连在离去之前收到四、五份午宴的请帖。

“这年轻人为本省增了光。”宾客们很高兴，齐声说道。他们甚至谈到从公共积金中拨出一笔津贴，让他去巴黎深造。

当这个未经思索的想法还在餐厅里回荡的时候，于连已经快速走出了大门。

“呵！这些流氓！这些流氓！”他低声连续了三四遍，同时深深呼吸了几口新鲜的空气。

此刻他觉得自己完全是个贵族，长久以来，他觉察到在德·雷纳先生家里，人们对他表示各种礼貌的背后，有一种蔑视和嘲讽的微笑，那微笑背后，是他们自以为是、高不可攀的骄傲，而这也让他极不高兴。此刻他却明显地感到一切和以往更加的不一样。

“忘掉吧，”他边走边对自己说，“甚至忘掉他们从可怜的被收容者身上偷钱，还禁止他们唱歌！德·雷纳先生招待客人时，根本就没想过要把每瓶酒的价钱都向他们介绍。可是这位华勒诺先生，经常在不断地列举他的财产，例如说他的房子、他的产业等等，如果他老婆在场，就总是说您的房子、您的产业。”

这位太太看来对财产的快乐很敏感，午餐中间，她还跟仆人大吵，因为他打碎了一只高脚杯，让她那一打杯子少了一只，而那位仆人回答她时极不客气，用最没有礼貌的话语回敬了她。

“这两口子真是天生一对啊！”于连暗自想道，“即使他们把偷来的财物分给我一半，我也不想和他们在一起生活。有朝一日，我会暴露的。我不能不让他们在我心中引起的轻蔑表现出来。”

但是，依照德·雷纳夫人的吩咐，此类午宴必须参加多次。于

① 拉封丹（1621—1696），法国著名寓言诗人。

连走红了，人们原谅了他那身仪仗队服装，或者更可以说，那种冒失正是他成功的真正原因。很快，在维里业，问题只看谁在这场争夺博学的年轻人的斗争中获胜，是德·莱纳先生还是收容所所长？这两位先生和马斯隆先生一起形成一种三头政治，这么多年来，他们一直在这城里称王称霸。人人羡慕市长，自由党人却怨恨他，但他毕竟出身显贵，生来就是高人一等。至于华勒诺先生，他的父亲遗留给他的财产还不足六百法郎。对于他，人们得从怜悯过渡到羡慕，怜悯的是他年轻时穿着一套蹩脚的苹果绿衣服，羡慕的是他的诺曼底马、金链、巴黎买来的衣服和眼下的发达。

于连面对一个崭新的世界，芸芸众生中他以为发现了一个正直的人，那是一位几何学家，姓格罗，被看作是一个雅各宾党人。于连决心扮演伪君子，不再说真实的话语。他也就附和着别人，坚持了对格罗先生的怀疑。有人劝他经常去探探他的父亲，他也履行了这令人愁苦的义务。一句话，他相当成功地挽回了名誉。一天早上，他突然觉得有两只手捂住了他的眼睛，醒了。

原来是德·雷纳夫人，她进城了，让孩子们去管那只一路上带着的可爱的兔子，自己大步登上楼梯，先到了于连的房间。这时刻柔情缱绻，只是太短：孩子带着兔子上来，他们想让他们的朋友看看，这一刻充满了甜蜜，只是时间过得太快了一点儿。

当孩子们抱着兔子上楼来给他们的朋友观看时，德·雷纳夫人早已回避了。于连接待了包括那小兔子在内的全部客人。他好像又重温了家的感觉。他觉得自己实在太爱这些孩子们了，他非常愿和他们一起叽叽喳喳地说话。他们的声音之温柔，小小举止之单纯和高贵，都让他感到惊奇。在维里业，他是在粗俗的行为方式和令人不快的思想中呼吸，他需要把这一切从他的想象中清除出去。在城市里永远是失败和灭亡的恐惧斗争，永远是富贵奢华和穷困潦倒的斗争。在他赴宴的那些人家，会吐露出一些心里话，令说的人蒙受耻辱，听的人感到恶心。

“你们这些贵族，你们有理由骄傲。”他对德·雷纳夫人说。接着他就给她讲那些他不得不参加的宴会。

“那么，您简直已经成为时髦人物了！”她一想到华勒诺夫人每次等候于连时总是觉得自己应抹上点胭脂水粉的情形便笑个不停。

“我相信她在打您的主意呢。”她补充道。

这天的早餐是温馨的。尽管表面上看孩子们在跟前有些碍事，但是实际上气氛更加融洽了。这些可爱的孩子，再次见到于连，真不知道如何来表达他们心里的喜悦之情。仆人们不会不告诉他们，有人多给他二百法郎，要他去教育那些小华勒诺。

早餐中间，大病之后还有些苍白的斯坦尼斯拉·克萨维埃突然问母亲他的银餐具和喝水用的高脚杯值多少钱。

“为什么问这个呢？”

“我要把它卖了，把换来的钱交给于连先生，这样他和我们待在一起便不会受骗了。”

于连抱住了他，热泪盈眶。他的母亲眼泪已经下来了，于连把斯坦尼斯拉放在膝上，解释这里为什么不能用“上当”这个词，当差的才这样说。于连看见自己已博得德·雷纳夫人的欢心，便找了些叫孩子们听了感到有趣味的生动例子，解释“受骗”二字的含义。

“我明白了！”斯塔尼斯拉斯回答道，“就是那愚蠢的乌鸦听信了狐狸的花言巧语，让嘴里的干酪掉在地上，最后被狐狸抢走。”

德·雷纳夫人欣喜若狂，一个劲儿地吻她的孩子们，她这样做不能不略微靠在于连身上。

忽然门开了，原来是德·雷纳先生。他一脸严厉而不高兴的神情，和这里迷散的温柔欢乐，形成了鲜明的对比。德·雷纳夫人面容惨淡，她觉得她已手足无措。

于连抢先开口，高声向德·雷纳先生讲述斯坦尼斯拉要变卖银高脚杯的故事。他确信这故事不会受到欢迎。首先德·雷纳先生有个好习惯，首先，由于德·雷纳先生长期养成的习惯，听到“银子”这个字眼就要皱眉头。

他的妻子向他夸耀于连如何优雅巧妙地向他的学生们传授新思

想，他却暗想：

“是啊！是啊！我知道，他使我的孩子们讨厌我；他很容易在孩子们眼里显得比我可爱百倍，而我却是一家之主。如今这年头，一切都在丑化合法的权威。可怜的法兰西！”

德·雷纳夫人并没觉察她丈夫看见她时所呈现出的复杂态度。她眼里看到的是她很可能与于连一起待十二小时。她有很多东西要买，并声称她今天一定要到酒馆里吃饭，无论她丈夫说什么或做什么，她都坚持她的意见。孩子们一听到“酒馆”两个字，都高兴得不得了，现代的假正经说出这两个字时是多么兴味盎然啊。

德·雷纳先生在妻子进入第一家时装店时就离开了她，去拜访几个人。他回来时，比早晨还沮丧，他深信全城人都在关注他和于连两人的事。但事实上，还没有人向他谗言公众议论中那些最不堪入耳的部分。人们一再向市长先生提起的，只是于连留在他家里继续拿六百法郎呢，还是接受收容所长提出的八百法郎。

这位所长在社交场所碰见了德·雷纳先生，有意冷落了他一下。此举可称巧妙；在外省，轻率之举本属少见：引起轰动的事情如此之少，有了也让它石沉大海。

华勒诺先生是距巴黎百里之外的人所说的“混混儿”的那种人——一种生性无礼而粗鲁的人。一八一五年以来，他的飞黄腾达更加强了他的这些美妙品质。这么说吧，他是奉德·雷纳先生之命统治维里业；但是他更为活跃，寡廉鲜耻，插手一切，不停地走动，写信，说话，从不记得对他的侮辱，也没有任何个人的抱负，他终于在教会的势力中动摇了他的主人的信誉。华勒诺先生对当地杂货商们说：把你们当中最愚蠢的两个人给我；对法官们说：告诉我你们当中最无知的两个人是谁；对医生们说：把你们当中最骗人的两个指给我看。他把各行业最无耻的人集合起来，对他们说：让我们一道统治吧。

这人的作风使德·雷纳先生感到很不高兴。粗鲁的华勒诺毫不在乎，甚至小马斯隆神父当众揭穿他的谎言，他也毫不在乎，一切一如既往。

然而，在这种发达的中间，华勒诺先生还需要不时地搞些小小的无礼之举，用来抵制他感觉到人人都有权向他端出的事实真相。阿佩尔先生的来访使他大为恐惧，打那以后他的活动变本加厉，他去了两趟贝藏松，每班邮车都写好几封信，他还让到他家过夜的陌生人带过几封。但是在他仕途兴旺发达的过程中，华勒诺先生深刻地感到自己需要忍受一些没有必要的无礼行为。以免得大家在重大的事实面前对他提出指控和责骂。自从阿佩尔先生的访问引起他的惊恐后，他的活动更加频繁了。他曾经三次到贝藏松去旅行，每次看到邮车来，他就会送去许多信。华勒诺先生于是想到接近自由党人，正是为此几位自由党人被邀出席了于连背书的那次午宴。他若反对市长，本来是可以得到强有力的支持的。然而选举可能突然举行，收容所的职位和投反对票二者不可得兼，这太明显了。同时这次任务的完成，也使他完全置身于代理主教德·弗里莱的支配之下。使得华勒诺从他那里接受了一些令自己都感到奇怪的使命。正当他的政治生涯达到这一时刻的时候，他就情不自禁地写了一封匿名信。

这时，华勒诺先生想避免与老上司再发生冲突，于是他主动采取大胆的态度主动去靠近他，虽然当天这个办法是成功了。但是市长先生的愤懑情绪却随之也增加了。

虚荣骄傲的心理和卑鄙无耻的爱财观念的斗争，从来没有使一个人像德·雷纳先生走进酒馆时那样感到不堪入目。同时他的孩子们从来也没有像那时那样的兴奋和快乐。这个对比，显然已经刺痛了他的心。

“就我所看见的情景来说，我在这个家里是多余的了！”他走进来装腔作势地说。

他妻子的回答只是把他拉在一边，对他说必须让于连离开。她刚刚度过的幸福时光，使她获得了为执行考虑了半个月的行动计划所必须的自如和坚定。

全城人对市长公开的嘲笑，使得这位可怜的市长的精神完全陷入混乱和几乎崩溃的精神状态。华勒诺先生大方得像一个小偷，而他呢，在圣约瑟会、圣母会、圣体会等团体最近五六次募捐活动中，则表现得过于谨慎，不够慷慨和阔气。

在募集捐款的修士的登记册上，维里业及附近的绅士们都按捐款数目被巧妙地加以排列，人们不止一次看见德·雷纳先生的名字占据最后一行。他说他不挣钱，但是没有用。在这一条上教士们是不开玩笑的。

第二十三章

为官的悲哀

让我们这个小心眼的人就暗自担心吧。他需要的是女仆，为什么却把一个有骨气的人雇到家里来呢？他应该不可能不知道如何去选择仆从。按十九世纪通常的做法，一个有权势的贵族遇到一个勇敢的人，他就会杀死他，或放逐他、监禁他、侮辱他，致使那个大傻瓜在忧伤悲痛中忧郁而死。然而在这里却是相反的。幸好这里痛不欲生的并非勇者。法国的小城和众多如纽约那样的民选政府的最大不幸乃是不能忘记世界上还存在着德·雷纳先生那样的人。

在一个两万人的城市里，是这些人制造舆论，而在一个拥有宪章的国家里，舆论是可怕的。即使你曾经有一个有高尚品质、慷慨而热情的朋友。但他今天和你相距百里，因此他常常只能依据你所在的城市的舆论来对你做出判断，而舆论恰恰是那些碰巧生下来就成为富有稳健的贵族傻瓜们制造的。所以如果你才能出众，那你也就活该倒霉！

午饭后，大家就立刻准备回维尔基。但在第三天早上，于连看见全家人又回到维里业来了。

一点钟刚过，于连十分诧异地发现德·雷纳夫人似乎隐瞒着什么事。他一出现，她就中断了和丈夫的谈话，好像还希望他走开。于连不用她表示第二次，心领神会地走开了，他的表情冷淡而沉重。德·雷纳夫人早已注意到这一点，却没有去探询究竟。

“难道她要解聘我吗？”于连心里想，“前天她还跟我那么亲密！有人说这些贵妇人就是如此行事。简直像国王一样，一个大臣刚刚还是恩宠有加，回到家里却收到一封信，就宣布他已失宠。”

于连觉察到在他走近时突然中止的谈话中，常提到属维里业区公所的一幢房子。房子很老，但是宽大、舒适，面对教堂，地处最繁华的商业区。

“在旧房子和新情郎之间能有什么联系呢？”于连暗自想道。他踌躇满怀，吟诵着弗朗索瓦一世[①]的两句动人的诗。这两句诗，他觉得非常新鲜，德·雷纳夫人教给他到现在还不到一个月。当时，这两行诗的每一行都受到他多少誓言和多少抚爱的驳斥啊！

女人心常变，
傻瓜信为真。

德·雷纳先生乘车去了贝藏松。这次旅行，是在两小时内决定的，他好像特别烦恼苦闷。回来时，他把一个一个灰色大纸包裹扔在桌子上。

“瞧，这件蠢事！”他向德·雷纳夫人说道。

一个钟头后，于连看见那个大包裹被一个贴广告的工人给拿走了。他赶忙紧随其后，心想：“我在头一个街角就能知道这个秘密。”

于连焦急地在贴布告的人身后等着，那人用大刷子在布告背面刷满糨糊。于连惊奇地看到广告上写着准备用竞租的方式出租一所旧大房子的详细情形。大房子的名字正是德·雷纳先生和他夫人在谈话中经常提到的。出租招标定在次日两点钟，在市政府大厅，以第三支蜡烛熄灭为时限。

于连非常失望，他觉得竞租的时间太过于仓促，参加竞租的人

---

① 16世纪法国国王，提倡文学艺术，促进法兰西文艺复兴，本人亦风雅能文。

根本就没有充足的时间知道这则消息。再说，布告是十五天前签署的，他在三个地方仔细看过全文，看布告是看不出什么名堂的。

他去看那座待租的房子。门房没看见他走近，对一个邻居神秘地说："算了！白费心力。马斯隆先生已答应用三百法郎把它租下，由于市长坚决没有答应，他被代理主教德·弗里莱先生请到主教官邸去了。"

于连的突然到访，使这两个聊天的朋友有些措手不及，他们立即中止了谈话，不再说下去了。

于连岂能错过这次出租招标。阴暗的大厅里人很多，人人都以一种奇怪的方式互相打量着，所有的目光都凝视着一张桌子，于连看见那上面有个锡盘子，里面燃着三支小蜡烛。管理人叫道："各位先生，三百法郎！"

"三百法郎！未免太便宜了。"一个人小声又小气地向他旁边的人说道。于连刚巧站在他们之间。

那人说："这值八百多法郎，我要出更高的价。"

"自讨没趣。你这是在跟马斯隆先生、华勒诺先生、主教和他那可怕的代理主教德·弗里莱先生以及他们整个集团作对！跟可怕的福利莱代理主教还有他们一伙作对，有什么好处？"

"三百二十法郎。"那个人大声叫道。

"蠢蛋！"他旁边那个人回答他道，"你看，这正好是市长的特务。"他手指着于连补充道。

于连急忙转过头来，想要去为自己辩驳，但那两个弗朗什—孔泰人根本没在意。他们冷静，他也就冷静了。这时，第三支蜡烛灭了，管理人用拖长的声调宣布房子租给某省科长德·圣吉罗先生，为期九年，租金是三百三十法郎。

市长一出大厅，便引起哗然大波。

"这三十法郎，是格罗若的冲动行为赚来的。"一个人说。

"但是德·圣吉罗先生，"一个人答道，"会报复格罗诺的，够他受的。"

"真是没有道德！"于连左边的一个胖子说，"这所房子，即使用八百法郎把它租下来当厂房用也是很便宜的。”

“哼！”一个年轻的制造商、自由党人答道，“德·圣吉罗先生不是圣会[①]的吗？他的四个孩子不是都领助学金吗？可怜的人！维里业市又得多发他五百法郎的补助了，就是这么回事。”

“这就说连市长也没有办法去阻挡他！”第三个人插嘴道，“因为他是极端保王派，不过他并不做偷鸡摸狗的事。”

“他不偷？”另一个人说，“他不偷谁偷！不！一切都属于公共财产，然后年底分红，所得的利益每个人都有。可要注意小索海尔就在这里，我们走开吧。”

于连回来时情绪十分低沉，他看见德·雷纳夫人也十分愁闷。

“您是从竞租那回来的吧？”她问道。

“是的，夫人。在那里，我很自豪也很幸运地被别人称为市长先生的奸细。”

“他要是信任我，早该去旅行了。”

这时德·雷纳先生从屋里出来了，他的表情十分抑郁。

晚饭时，没人说过一句话。德·雷纳先生吩咐于连陪孩子们回维尔基去，这次旅行毫无疑问是愁闷的。

德·雷纳夫人安慰她丈夫道：“我的朋友，你应该是习以为常了。”

晚上，大家静静地围坐火炉旁，唯一的消遣是听燃烧的山毛榉柴噼啪作响。这是最和谐一致的家庭常常出现的苦闷时刻。

一个孩子忽然兴奋地叫起来：“门铃响了！门铃响了！”

“见鬼！如果是德·圣吉罗先生以道谢为由来纠缠，”市长叹道，“我就对他不客气，这也太过分了。他该去感谢他的华勒诺，我是被连累的。如果被那些该死的雅各宾派报纸抓住这件小事，我又无话可说了！”

这时，一个非常俊俏的男子，跟着仆人进来了，他脸上有着两片黑而粗的颊髯。

“市长先生，我是杰罗尼莫。这里有一封信，是那不勒斯大

① 法国波旁王朝复辟时期左右政权的宗教组织。

使馆参赞德·博韦骑士先生，让我转交给您的。是九天前托我带的。”杰罗尼莫神情愉快，高声补充道，同时看了看德·雷纳夫人，“夫人，您的表兄即是我的朋友德·博韦先生，他说您懂意大利语。”

那不勒斯人的好兴致一下子使这个愁闷的夜晚变得欢乐愉快起来。德·雷纳夫人执意要请他吃夜餐，她动员了全家人。无论如何都要给于连解闷，从而使他忘掉白天两次被别人指责的奸细称号。杰罗尼莫先生是个有名的歌唱家，很有教养，又很快活，在法国，这两种品质已不大能并存了。夜餐后，他和德·雷纳夫人合唱了一曲之后，他又讲了几个令人感动的故事。

到了深夜一点钟，于连吩咐孩子们去睡觉时，孩子们还是不肯离去，赖在客厅里笑着连连称赞这位不勒斯客人。

“再讲一个故事吧！”年纪大的孩子说。

“那是我属于自己的故事，孩子。”杰罗尼莫先生回答道，“八年前，我像你们一样是那不勒斯音乐学院的一个年轻学生，我的意思是说像你们一样大。不过我可没有你们那样的福气做美丽的维里业著名市长先生的公子。”

德·雷纳先生听了这话，叹了口气，同时又看了看他的夫人。

“金格雷利先生[①]——”年轻歌唱家继续说道，他故意加重语调，使孩子们扑哧一声笑了出来，“金格雷利先生是个对学生非常严格的老师。在学院里并不受学生的爱戴，但他偏偏要大家装出爱戴他的样子。感觉就像别人很喜欢他似的。我一有机会就走出校门，跑到圣卡尔利诺小剧院去，因为在那里我能听到天仙般的音乐。但是，天哪！我怎么才能凑足八个苏买一张正厅的座儿呢？这可不是一笔小数目呀。”他看了看孩子们，孩子们笑了。

“圣卡尔利诺剧院的经理吉奥瓦诺尼先生听我唱过歌。那时我才十六岁。‘这孩子是个人才。’他说道。

“‘你愿意我雇你吗，亲爱的朋友？’他来对我说。

“‘那么，您打算给我多少钱呢？’

① 当时的那不勒斯音乐学院院长。

每月四十个杜卡托[①]！孩子们，四十杜卡托就是一百六十法郎！我当时仿佛看见天堂的大门向我敞开了。

“‘这条件的确是很好！’我向吉奥瓦诺尼先生说：‘我怎么做才能让金格雷利先生允许我离开呢？’”

“让我去办！”最大的孩子大声说道。

“正是！我的小公子！吉奥瓦诺尼先生向我说：‘小歌唱家，先来一个签字吧。’我签了字，他于是给了我三个杜卡托。我从来没见过这么多的钱。后来，他告诉我应该怎么做。

“第二天，我请求拜访了那可怕的金格雷利先生，跟随着老仆人我见了他。

“‘你找我做什么？坏东西！’金格雷利说。

“我回答说：‘我对我的过失感到后悔，我再也不翻铁栏杆离开学院了。我要加倍努力学习。’

“‘如果我不是怕毁坏了我听到过的最美丽的男低音，我早就把你关个十五天，仅给你吃面包和白水喝，小流氓！’

“‘老师，’我说，‘我将成为全院的榜样，请相信我。但是我向您求一个恩典，如果有人来求我到外面唱歌，替我拒绝他。求求您，说您不能同意。’

“‘见鬼，谁会要您这样一个坏蛋？难道我会允许你离开音乐学院吗？你想取笑我吗？滚！滚！’他一边说一边要朝我屁股上踢一脚，‘不然的话，当心去啃干面包蹲监狱。’

“‘或者你得当心被我监禁，只能啃干面包。’

“一个多小时以后，吉奥瓦诺尼先生来找院长：‘我来求您照顾一下我的剧院生意，’他向他说，‘请您同意把杰罗尼莫让给我。如果他能来我的剧院为我唱歌，今年冬天我就可以嫁掉我的女儿。’[②]

“‘你要这个坏蛋来干什么？’金格雷利向他说道：‘我不愿意，您得不到他，再说，就是我同意，他也不会离开音乐学院的，

---

① 意大利古金币名。

② 意思是女儿的嫁妆有着落了。

他刚对我发过誓。’

“‘如果仅涉及到他个人的志愿的话，’他严肃地回答道，一面从口袋里抽出我的合同，‘请看他的签字。’

“金格雷利先生立刻大发雷霆，拼命拉他的小铃：‘把杰罗尼莫赶出音乐学院！’他怒气冲冲地叫道。于是我就理所当然地被赶出了学院，乐得我哈哈大笑。

“当晚，我就出台表演，小丑想结婚，掰着指头计算成家需要的东西，老是算不清楚。”

“啊！恳求您，先生，把这首咏叹调唱唱给我们听听吧！”德·雷纳夫人说。

杰罗尼莫唱了，大家都笑出了感动的泪水。

直到深夜两点，杰罗尼莫先生才去睡觉，他高雅的举止和亲切愉快的性格使德·雷纳全家人都感到很兴奋。

第二天，德·雷纳先生和夫人给了他所需要的——给法国宫廷的介绍信。

“看来，世界到处都是虚伪的，到处都需要耍手段，”于连说道，“请看杰罗尼莫先生，他现在要去伦敦接受一个六万法郎薪俸的职位了。如果当初没有圣卡尔利诺剧院经理的独具慧眼，能识千里马，他那神奇的声音也许晚十年才能为人所知和欣赏……真的我的天，我宁愿做杰罗尼莫先生也不愿做德·雷纳市长。他在社会上虽没有市长那样受人尊敬，但是他最起码没有由于竞租而引起的忧伤。他的生活几乎总是愉快的。”

有一件事让于连感到很奇怪，反倒是对在维里业德·雷纳先生家度过的那寂寞的几周，他觉得那是最幸福的一段时光。他仅对被邀请参加的几个宴会感到厌恶和愁闷。

在这座寂寞的房子里，他不是可以读、写、思考而不受打扰吗？他可以沉入非分之想而不必时时研究一颗卑鄙灵魂的活动并用虚伪的言或行去对付。

“幸福难道就在我的身边吗？这种生活所需的费用，其实算不了什么。我可以跟艾丽莎结婚，或者和富凯搭伙，这些都由我选择。一个旅行者，当他刚爬上一座陡峭的山峰，在山顶上坐下来休息的时候，他便可以感受到其中有无限的乐趣。可要是强迫他永远休息，他会感到幸福吗？”

德·雷纳夫人的头脑里出现了一些宿命论思想。她不顾自己的一切决定，向于连坦白了竞租的全部情况。

“这么一来，他会使我忘却我所有的誓言呀！”她心里暗想。

如果她看见她丈夫身处在危险中，肯定会毫不犹豫地牺牲自己的生命去拯救丈夫。这是个对生命既拥有崇高的责任，又在现实的生活中充满幻想的人，对她来说，可为宽厚而不为，乃是悔恨之源，与犯罪的悔恨无异。可是也有一些不一样的日子，她不能驱散那幅她细细品味的极度幸福的图景：那就是如果她突然变成寡妇，就可以嫁给于连，那时，她就可以尝到一种享受不尽的幸福滋味了。

于连对她的孩子的爱远胜于孩子们的父亲。虽说他管教很严，他却很受孩子的爱戴。她觉得如果她和于连走到了一起，就必须离开维尔基，尽管她那么喜欢它的绿荫。她看见了自己生活在巴黎，继续给孩子们人人称赞的教育。

她仿佛觉得自己已经置身于巴黎，继续给她的孩子们以令人羡慕的教育。她的孩子们，她自己和于连，大家都过得非常幸福！

这就是十九世纪的婚姻所导致的奇特后果！如果婚前有爱情的话，婚后夫妻生活的苦闷，准会毁灭爱情。然而，一位哲学家会说，在富裕得不必工作的人那里，对婚后生活的厌倦很快带来对平静快乐的厌倦。只有那些心灵枯竭的女人婚前才不懂爱情。

这位哲学家的看法使我宽赦了德·雷纳夫人。但是在维里业，人们却不会这样违背后伦理纲常去宽恕她，她没想到全城的人都在忙着议论她的谈情说爱。由于出了这件大事，今年秋天过得比往年秋天少了些烦闷。

秋季和冬季的一部分，转瞬即逝。德·雷纳先生全家也该远离维尔基的树林了。维里业的上流社会已经感到气愤，但他们的批评为什么对德·雷纳先生产生的影响这么少？不到一星期，以完成此类任务取乐来减少平时之严肃的正人君子们便让他起了最残酷的疑心，然而他们使用的词句却再审慎不过了。

经过华勒诺先生的精心策划，他把艾丽莎安置在一个受到尊重的贵族家里，这家有五个女人。据艾丽莎说，她自己说是因为担心冬天找不到工作，所以她要求这家人给她大约相当于市长家里的工资的三分之二。

她自己还有一个绝妙的主意，同时去谢朗本堂神甫和新本堂神甫那里去做忏悔，这样她就可以以恰当的方式把于连恋爱的详细情形统统告诉他俩。

在于连回来的第二天早晨六点钟，谢朗教士就派人把他叫去了。

"我不追问你什么，"他向于连说道，"我只是请求您，必要的话，我命令您什么也不要对我说。我要求您三天内，离开这里到贝藏松的修道院去，或搬到您的朋友富凯家去，这也是时刻准备着给您一个美好的前程的。我什么都预见到了，也什么都安排好了，您必须走，一年以内不要回维里业来。"

于连没有立刻回答，他考虑了一下谢朗先生给他安排的这个计划是不是有损他的尊严——谢朗终究不是他的父亲。

"明日此刻，我将有幸再见到您。"最后他对本堂神甫说。

谢朗先生想用自己的经验制服这个如此年轻的人，说了很多。于连裹在最谦卑的态度和表情里，始终不开口。

最后他出去了，跑去通知德·雷纳夫人，他发现她已经陷入了失望中。她的丈夫不久前用相当坦率的态度和她谈了。他天生性格软弱，又对来自贝藏松的遗产抱有希望，这终于使他认为她完全的清白无辜。他把他所发现的维里业舆论界的所有的奇怪现象，都坦白地告诉了她。他坚信舆论是错误的，它被嫉妒者误入了歧途，但这已经无可奈何了。

德·雷纳夫人曾很天真地幻想于连可以接受华勒诺先生的聘请，而长期居住在维里业。但是德·雷纳夫人已经不是一年前那样一个单纯而怕事的女人了。致命的情欲和悔恨已使她心明眼澈。

一会儿过后，她痛苦地感觉到，为了听从她丈夫的意见，一次短暂的别离迫在眉睫。

“离开我以后，于连会重新投入他那充满野心的计划，对一个一无所有的人来说，这计划是再自然不过的。可我呢，伟大的天主啊！我这样富有，可是对我的幸福又这样地无用！他会忘掉我的。他那么可爱，会有人爱他，他也会爱别人。啊！不幸的女人……我还能抱怨谁呢？苍天是公正的！我没有能力也没权利去阻止这桩罪恶，我的判断力已经被剥夺了。当时，我完全可以用金钱收买艾丽莎，这是再容易不过的事了。我甚至不肯想一想，爱情产生的疯狂的想象占去了我全部的时间。我完了。”

使于连感到诧异的是，当他把这可怕的离别消息告诉德·雷纳夫人时，他竟然并没有遭到任何自私的反对。看得出来，她在竭力克制，不让自己哭出来。

“我们都需要坚强，我的朋友！”

她剪下了一束头发。

“我不知道将来会怎么样该怎么办。”她向他说道，“但是，如果我死了，答应我永远不忘记我的孩子们。无论你离得远还是离得近，请设法把他们培养成有教养的人。若进行二次革命，所有的贵族可能都要被砍头。德·雷纳，因为曾经杀死过的农民，也许会流亡国外。我恳求你一定要好好地照顾我的家庭……把你的手伸给我吧。伸出你的手，永别了，我的朋友！这是最后的时刻。在做了这个重大的牺牲决定之后，我希望自己在众人面前，将有勇气维护我已丧失的名誉。”

于连已经猜测到这绝望的场面。这一简单的告别，使他大为震撼。

“不，我不能这样接受您的告别。我要走，他们要我走；您也要我走。可是，我走后三天，我会夜里回来看您。”

德·雷纳夫人的生命突然起了巨变！因为于连是真的爱她——因为是他自己想回来看她。她那可怕的痛苦变成了她有生以来所体验过的最强烈的快乐。对她来说，一切都变得容易了。可以再见到她情人的强烈的希望在这最后的时刻把她的一切悲痛都驱散了。从这时起，德·雷纳夫人的举动，如同她的面貌一样，变得高贵、坚定、十分得体。

一会儿过后，德·雷纳先生回到家里，他气得暴跳如雷！他终于向妻子述说起两月以前他收到的那封匿名信。

“我要把它带到‘夜总会’去，让大家都看看，这是卑鄙的华勒诺搞的名堂。这个坏蛋！我把他从贫困中提拔了出来，使他成为维里业最有钱的人。他却这样对我！我要当众羞辱他，然后和他决一死战，真是太欺负人了！”

“天哪！那么我岂不是就有可能做寡妇了！”德·雷纳夫人暗自想道。思索的同时，她又想道，“我肯定能阻止这场决斗的，如果我不阻止，我将成为谋害我丈夫的凶手。”

她从未如此巧妙地照顾他的虚荣心。在一个多小时的时间里，她已使他清楚地意识到，利用他本人所提出的理由——他应当对华勒诺先生表示更多的友谊，可能的话甚至应当把艾丽莎也请回来。

德·雷纳夫人需要鼓起很大的勇气，才能决定重新去面对这个造成她所有不幸的姑娘，但是这个念头却是源于于连。

经过三番五次的引导，德·雷纳先生终于怀着破财的痛苦认识到，他最难堪的是让于连在维里业全城纷纷议论的时候，让于连在维里业全城人的注视下去华勒诺先生家当家庭教师。从于连的利益来看很明显是接受贫民收容所所长的聘约。但是若从德·雷纳先生的名誉考虑，于连最好还是离开维里业，到贝藏松或第戎[①]的修道院去静修。可是如何能让他下定决心呢？此后他在那里如何生活呢？

德·雷纳先生想到自己马上就要牺牲金钱，心里比他夫人更加绝望。对德·雷纳夫人来说，经过这次谈判后，相对于德·雷纳先生她仿佛处于一个勇敢的地位。而德·雷纳先生似乎对生活失去了兴趣，只有在别人的帮助下才能有所作为。弥留之际的路易十四即如是说：“当年我曾是国王。”此言即是!

第二天一大早，德·雷纳先生又收到了一封匿名信。此信的文笔极具侮辱性。与他的处境相应的那种最粗俗的词语随处可见。对

① 第戎，法国城市名。

他的处境，在每一行里用最为粗野的字眼加以于讽刺。这准是某个嫉妒者的龌龊行为。这封信又使他想要去和华勒诺先生决斗。很快，他勇气备增，想马上就干。他独自出门，到武器店买了几把手枪，让人装上子弹。

“事实上，”他暗自说道，“即使拿破仑皇帝颁布行政管理出来重新约束我们，也查不到我有一文钱来路不明，我没有什么应该受到指责的。最多也就说我监管不严罢了。我最多是曾经视而不见罢了，但是我抽屉里有不少信件允许我这样做。”

德·雷纳夫人被她丈夫这种异常冷静的状态下的愤怒给吓坏了。这使她想起她曾极力抵制的当寡妇的不吉利念头。她和他关在房里，她跟他谈了好几个钟头，没有用，新的匿名信已使他拿定主意。把要给华勒诺先生一记耳光的想法转化为六百法郎赠送给于连，以此作为他在修道院一年的生活津贴。德·雷纳先生的内心诅咒了千百次，他千百次地诅咒那一天，那一天他竟心血来潮想弄个教师到家里来，便将匿名信置于脑后了。

他有了一个主意，心中稍觉快慰，但他未向妻子提起，他想利用年轻人好幻想的心理巧妙地让他保证拒绝华勒诺先生的提议而接受一笔数目小些的钱。

德·雷纳夫人很费劲儿地向于连解释道，为了保全她丈夫的面子，希望于连放弃贫民收容所所长公开提出的八百法郎的职位。现在他总算可以问心无愧地接受一点补偿了。

“但是，”于连连声说道，“我从来就没打算接受他的聘请，甚至都没有想去的念头。您已使我习惯于上流社会的高雅生活，那些人的粗俗我受不了。这种人的粗俗会使我沉沦以至于把我毁掉的。”

残酷无情的贫困用它的铁手迫使于连的意志就范，但是心高气傲却给他提供了一个幻想：维里业市长送给他的这笔钱只能作为贷款把它接受下来。而且应该签署借条，写明五年后，连本带利，一齐归还。

德·雷纳夫人私存了几千法郎在山间的小洞窟里。

她哆嗦着把这些钱送给于连，她坚信她会遭到于连愤怒的拒绝。

“您是不是想让我们的爱情变成可憎的回忆？”他向她说道。

于连终于决定要离开维里业了。德·雷纳先生感到非常高兴。在接受他的钱那个要命的时刻，于连觉得这牺牲不堪承受。他断然拒绝了。德·雷纳先生感动得潸然泪下，紧紧抱住他。于连向他要求给他出示一份品行优良的证件。德·雷纳先生在热情的涌动下，简直找不出再过于美好的词汇来夸奖于连。我们的英雄，手中早已拥有五个路易的积蓄，他还打算从富凯那里借来相等的数目。

于连太激动了，因为他在这城里留下了那么多的爱情，走出一里路，心里便乐滋滋的了，他一心想着看见一个省会时的幸福，一个像贝藏松那样的战争名城的幸福。

在三天短暂的离别里，德·雷纳夫人被爱情最残酷的幻灭所欺骗。她的日子还过得去，在她和极端的不幸之间还有最后再见一次于连的希望。她一小时一小时、一分钟一分钟地计算着。

终于预约的信号在第三天夜里从远处传来。冲破千万重危险，于连终于又在她面前出现了！

从这一刻起，她就只有一个念头，“这是我最后一次见他了。”她没有对情人的殷勤做出回应，倒像是一具还剩一口气的僵尸。她强迫自己说她爱他，可那笨拙的神情几乎证明了恰恰相反。“永别”这个想法已经在她心中刻骨铭心了，使她无法摆脱。多疑的于连甚至怀疑自己已被淡忘。他因此说出一些带刺的话，他得到的只是静静流淌的大滴大滴泪珠和近乎痉挛的握手。

“但是，天哪！您让我如何相信您呢？”于连态度冷淡地抗议道，“您对戴维尔夫人，或者一个仅一面之缘的人，都会表现出如此深厚的友情呀！”

德·雷纳夫人一下愣住了，她无言以对。

“可能我是这世上最不幸的人了……我断定我快死去了……因为我觉得我的心已变成了冰块……”

这就是他从她嘴里听到的最长的回答。

天快亮了，不能不走了，此时，德·雷纳夫人的眼泪已完全流尽了。她呆滞地看着于连把一根打了结的长绳系在窗子上，她没有说一句话，也没和他亲吻。于连枉然地向她说道："我们终于到了您一直希望的地步。从今以后您可以毫无悔恨地生活了。无论您的孩子再生多么严重的病，您也不会感到他们好像已在坟墓里了。"

"我觉得很遗憾的是您还没有和我的小斯塔尼斯拉斯吻别。"她冷冷地向他说道。

最后，这具活僵尸的毫无热情的拥抱深深地震动了于连，他走了几里地还不能想别的事情，他的心已受伤，可是他的心感到剧烈的伤痛。在翻过山岭之前，当他还能看见维里业教堂钟楼的尖顶时，他曾不止一次地回头张望。

第二十四章

首　府

于连终于从远处山峦边望见了无数的黑色围墙，那就是贝藏松的城堡。他叹了口气：“如果我来到这座军事重镇，为的是在受命保卫它的一个团里当一名少尉，那是多么的不同啊！”

贝藏松不仅是法国最美丽的城市之一，它还云集了许多具有热情和智慧的名人。但乡间出生的于连，他根本无法接近那些上等人物。

他从富凯家取来了一套比较绅士的服装，他穿着这套绅士服走过那座吊桥。他头脑里充满了一六七四年围城的历史，想在被关进神学院之前看看那些城墙和堡垒。有两三次，他为了每年能卖上十二或十五法郎的干草而进入工兵部队让行人止步的区域了。

高大的城墙，深阔的壕堑以及令人生畏的大炮，使于连在那里流连忘返，足足待了好几个钟头。他赞叹不已，呆住不动了，他明明看见两扇大门上方写着咖啡馆几个大字，还是不能相信自己的眼睛，他竭力克制住胆怯，大着胆子进去，他看见一个长约三四十步的大厅，天花板至少有二十尺高。他一整天都仿佛在仙境中度过。

大厅里正在进行两场台球比赛。侍役们喊着点数，玩球的人围着桌子跑来跑去，周围挤满了观众。一阵阵的烟从人们嘴里喷出，把他们笼罩在紫色的云雾里。这些人高大的身材，笨重的举动，浓密的颊髯，裹在身上的长长的礼服，都吸引着于连。这些古代

Bisontium[1]的高贵子孙们，使劲儿地叫嚷着，装出一副战士的英武气概。

于连看得呆住了。他在那里想象着贝藏松这样的大省会所具有的宏伟壮丽景色。他一点勇气也没有了，连向那些目光高傲喊着台球点数的先生们要一杯咖啡都不敢。

但是柜台里的一位小姐，早已注意到这位年轻乡绅可爱的脸庞。他臂下夹个包袱，站在离火炉三步远的地方，正在端详用白石膏制成的国王半身像。这位小姐是弗朗什—孔泰人，长得十分清秀，穿着打扮足以为一间咖啡馆增色，她已经用只想让于连一个人听见的声音轻轻喊了两遍："先生！先生！"他抬头遇到一双充满柔情的蓝色大眼睛，这才明白人家是在和他打招呼。

他急忙走近柜台和那漂亮的姑娘，仿佛向敌人冲锋似的。他的动作太大，包裹掉了。

我们的这位外省人会引起巴黎的年轻中学生们怎样的怜悯啊，他们十五岁上就已知道气概非凡地进咖啡馆了。而我们这位外省来的先生，岂不是要引起他们的怜悯吗？不过那些孩子们从十五岁时开始频繁地去咖啡店，到十八岁早习以为常了。但是我们在外省遇到的富有热情的怯懦者——他们的胆怯心理往往是可以克服的，那时候，就会懂得进取。

当他走向这个愿意和自己攀谈的年轻姑娘时，于连心里想："我应当把实情告诉她。"于连战胜了胆怯，变得勇敢了。

"姑娘，我生平第一次来到贝藏松……我想要一块面包和一杯咖啡，我会付钱的。"

小姐嫣然一笑，随即脸红了。她很为这个漂亮的年轻人担心，因为他的打扮以及羞涩的表情会引起玩台球的先生们的注意，甚至是嘲弄和戏谑。也许他因此害怕，不敢再来此地了。

"请您靠近我这边坐下。"她指着一张大理石桌子向他说道。这张桌子差不多完全被突出在大厅中的巨大的桃花心木柜台遮住。

那位姑娘向柜台外俯下身来，这就使她将苗条的身段完全舒展

---

① 古罗马时代贝藏松的拉丁文名字。

开了。于连注意到了这一点，他全部的想法顿时改变。美丽的小姐在他面前放了一只杯子、糖、一小块面包。她没有立刻叫侍役来送咖啡，因为她知道只要侍役一来，她就不能和于连单独相处了。

于连坠入沉思，比较着这位快活的金发美人和常常使他激动的某些回忆。想到那些曾使自己迸发热情的场景，他几乎消除了所有的怯懦心理。美丽的小姐不多时便在于连的目光中看出他的心思。

“这烟味使您咳嗽。明早八点以前您来这里吃早点，这个时间差不多就我一个人。”

“您叫什么名字？”于连带着羞怯和怜爱的微笑问道。

“阿曼达·比内。”

“您能允许我在一个钟头后给您送来一个跟这个一样大小的包裹吗？”

美丽的阿曼达思索了一会儿。

“有人监视我，您要求我做的事可能会连累我。不过，我把我的地址写在一张纸片上，您贴在包裹上，大胆地寄给我吧。”

“我叫于连·索海尔，”年轻人说道，“我在贝藏松没有亲戚，也没有朋友。”

“啊！我明白了，”她好奇地说道，“您是来法科学校念书的？”

“唉！不是的，”于连回答道，“我是被送来进修道院的。”

阿芒达的脸色变了，蒙上一抹彻底的失望。现在她有勇气了，她叫来一名侍役。侍役给于连倒满了一杯咖啡，看也不看他一眼。

阿曼达在柜台上收款，于连很得意，他居然敢说话了。

这时，一张台球桌上吵起来了。打台球的人的争吵和抗辩声在大厅里回荡，嘈嘈杂杂响成一片，使于连感到惊奇。阿曼达低下了眼睛，显出沉思的样子。

“如果您愿意的话，小姐，”于连忽然很有把握地向她说道，“我想成为你的表亲。”

这小小的专断神气，博得了阿曼达的欢心。

“这人看起来挺有出息的！”她心想。因为正在注意是否有人走近柜台，她的眼睛也不去看他，急忙回答道：“我是冉利人，在第戎附近住。您就说您也是冉利人，是我的母系表亲。”

“我会牢牢记住的！”

“夏天，每星期四、五点钟，神学院的先生们从咖啡馆门前走过。

“如果您想念我的话，每次当我走过时，请您手里拿一束紫罗兰花。”

阿曼达很惊奇地望着他，她的目光把于连的勇敢变成了鲁莽。不过，他说话的时候还是大红着脸：“我觉得自己正用最强烈的爱情爱着您。”

“请低点声吧。”神色惊恐的她提醒他。

于连竭力回忆《新爱洛伊丝》[①]中的句子。这本书是他以前在维尔基找到的。他的记忆力很好，他对着心醉神迷的阿芒达背了十分钟的《新爱洛伊丝》，正当他为自己的勇气高兴时，这个弗朗什—孔泰的美丽小姐忽然露出冰冷的脸色——她的一个情夫出现在咖啡馆门口。

那人吹着口哨，摇摆着肩膀，向柜台走来，他看了于连一眼。于连的想象力总是走极端，此刻只装着决斗的念头。他的脸色变得非常苍白，推开他的杯子，显出坚定的神态，双眼死死地盯着情敌。那情敌低下头，随随便便在柜台上给自己斟上一杯烧酒。阿曼达给于连递了个眼色，叫他把头低下，他服从了。而且足足有两分钟，他一动不动地待在座位上，神态仍那样坚决，脸色苍白，神态果决，一心只想着将要发生的事。在这会儿，他的表情实在糟糕极了。看到于连那样的眼神，他感到惊讶，一口气喝完他那杯酒，向阿曼达说了几句话。看了一眼于连，把手插进宽大的礼服两侧的口袋里，走近一张台球桌，一边还喘着粗气，看了于连一眼。于连站起身子，愤怒极了，因为他的情敌不顾一切的举动，激怒了他，他

① 18世纪法国作家卢梭的书信体长篇小说，内容描写一对年轻恋人的故事。

感到受到了侮辱，却不知该怎样动手。他放下他的小包裹，极力做出大摇大摆的样子——也向球台那边走去。

刚来到贝藏松就跟人决斗，那么，教士生涯就完了，尽管他提醒他自己要谨慎小心，但这也是枉然。

“管它呢，日后不会有人说我放过了一个无礼之徒。”

阿曼达看出了他的勇气，这勇敢和他举止的天真恰成有趣的对照。一时间她喜欢他更甚于那个穿礼服的高个子青年。顷刻间，她爱于连胜过爱那穿礼服的花花公子。她站起身来，假装去看从大街上走过去的某个客人的样子，很快地站到于连和球台之间，说道：“别斜着眼看这位先生，他是我姐夫。”

“这和我有什么关系？他瞪了我一眼。”

“您想让我倒霉吗？他瞪了您一眼，这毫无疑问，也许他还要来找您说话呢。我已告诉他，您是我娘家的亲戚，从冉利来的。他是弗朗什—孔泰人，他从来没有去过比多尔[①]更远的地方。因此您想说什么就说什么，不必害怕。

于连还是有些踌躇，那姑娘做惯了柜台，满肚子谎话，她又赶快接着说：“是的，他瞪了您一眼，但这正是他向我打听您是谁的时候。他是一个喜欢寻事的人，其实他并没有侮辱您的意思。”

于连的眼睛始终没有离开那位冒名的姐夫，于连的眼睛随着那个所谓的姐夫，看见他买了一个号码牌，到两张球桌中较远的那一张上去玩。于连听见他那粗大的嗓子气势汹汹地喊道：“现在瞧我的吧！”于连敏捷地走到阿曼达的背后，然后朝着球台走去。阿曼达赶紧拉住他胳臂，说道：“先把钱付给我，”

“好的，”于连暗想道，“她怕我不付钱就走了。”

阿曼达和他同样的激动，脸色通红，她尽可能拖延时间，慢慢地把钱还给他，并低声向他说道：“您立刻离开咖啡店，否则我就不爱您了，其实我是很爱您的。”

于连确实出去了，但是慢慢悠悠的，“我也吹着口哨瞪这阔少一眼，缓解一下心中的怨气。”他反复地向自己说道，但仍然拿不

① 多尔，法国地名。

定主意。他拿不定主意，在咖啡馆前的大街上转了一个钟头。他注意瞧着他的情敌是否出来，但他始终等不到他出来，于是于连也就离开了。

他来贝藏松不过几小时，就已经发生了这件叫人懊悔的事情，那个老外科军医，曾经不顾自己的风湿病，教给他一套剑术，这是于连可以用来发泄怒气的全部本领。假使他知道除了打耳光还有别的方式表示生气的话，剑术欠佳也就没什么了。假如真的动起手来，他的情敌，那样的一个大汉子，很可能早就把他打翻在地了。

“像我这样的可怜虫，”于连暗想道，“没有保护人，没有钱，神学院和监狱区别不大。我得把我的便装存在某个旅馆里，然后穿上黑衣服。万一我有机会从修道院里出来待几小时，就可以十分方便地穿上我的普通服装去看阿曼达小姐。于连想得挺美，可是他走过所有的旅馆，一家也不敢进。

最后，当他经过钦差旅馆门前时，不安的目光和一个胖女人的目光相遇。这女人肌肤光滑，脸上总挂着幸福的笑容，使她看起来很年轻。他走近她，讲了他的事情。

“当然可以，我漂亮的小教士。”钦差旅馆的女主人向他说道，“我保存您的便装，还经常掸掸灰尘。像这种天气把衣服扔在那里不去动它，那是不行的。”她取出了一把钥匙，亲自带他到一个房间里，让他把留下的东西写一个清单。

“天哪！索海尔教士先生，您的气色真好啊！”当于连走向厨房时，那个胖女人这样向他说道，“我这就去给您准备一顿好晚饭。”接着她又低声说道，“您只须付二十个苏就行了，别人要付五十个苏的，因为您得好好照顾您那小钱袋啊。”，

“我有十个路易！”于连用骄傲的口吻答道。

“啊！仁慈的天主。”善良的老板娘警觉起来，“别这么大声说话，在贝藏松坏人多得很，有人会偷掉您的钱。尤其不要进咖啡店！那里尽是坏人。”

“真的！”于连说道，女主人的话引起了他的沉思。

“别的地方别去，就到我这儿，我给您煮咖啡。记住，您永远可以在这儿找到一个朋友和一顿二十苏的好饭菜。我想，这就说定了。去吃饭吧，我亲自伺候您。”

“我不想吃了，”于连向她说道，“我太感动了。谢谢你的热情款待，当我跨出您的家门，就要进修道院了。”

善良的女人，直到把他的口袋装满了可吃的东西，才放心地看着他离开。

第二十五章

神学院

于连远远望见门上镀金的铁十字架，慢慢走向前去，两条腿好像灌了铅一样的沉重。

“这儿就是进去就出不来的那座人间地狱了！”

最后他鼓起勇气，决定去按门铃。门铃的声音，阴暗嘈杂，好像在一个寂寞而又深邃的空谷里回响似的。过了十分钟，一个脸色苍白身穿黑衣的人来给他开门。于连一看到这人，便立刻垂下双眼。他发现这个守门人相貌古怪：有着突出的、滚圆的、绿色的瞳孔，像猫的眼睛。眼皮边线固定不动，表示他没有丝毫的同情。嘴唇薄，呈半圆形，裹在前突的牙齿上。然而，这相貌显示的并非罪恶，而是那种彻底的冷漠，它远比罪恶更让年轻人感到恐怖。于连迅速打量着，在这张虔诚的长面孔上所能发现的唯一的感情——那是鄙视别人将要向他说起的一切不属于天国利益的话语。

于连鼓了鼓劲儿，抬起眼睛，说他想求见神学院院长彼拉尔先生，那声音由于心跳而颤抖。黑衣人一句话也不说，只向他做了个“请进”的手势，叫他跟随进来。他们顺着有木头栏杆的宽阔楼梯，登上了二楼，歪曲的梯级偏斜在与墙壁相反的一边，好像就要坍倒的样子。一扇小门，上面有一个被涂黑了的白木头做的大十字架。守门人很费劲儿地把门打开了，把于连领进一个阴暗低矮的房间。涂了石灰的墙上挂着两幅因年代久远而变黑的画像。他被吓呆了，心剧烈地跳动。他要是敢哭，一定会感到幸福，死一般的沉寂笼罩着整座房子。

一刻钟以后，脸色阴森的守门人在房间另一端的门槛上出现了。他不屑于开口讲话，只是做了个手势，叫于连走过去。于是于连走进一间更大更暗的房间。房内墙也刷成白色，但是没有家具。只是在靠门的一角，于连经过时见有一张白木床，两把草垫椅子，一把没有坐垫的枞木小扶手椅。在房间的另一端，他看见一个人。那人身穿破旧的黑色长袍，坐在一张桌子前面。他好像很生气，面前一大堆方纸片，他一张张拿起，写上几个字，然后理好放在桌子上。他好像没有注意于连来到他面前。于连呆若木鸡，站在屋子中间。守门人把他安置在那里后早已把门关好走掉了。

十分钟就这样过去了，衣着不整的人一直不停地写字。于连又激动又害怕，好像立刻就要倒下。一位哲学家会说，也许他错了：这是丑给予一个生来爱美的灵魂的强烈印象。

写字的人终于抬起头来，于连并没有立刻注意到。过了一会儿，于连才觉察到，甚至他看见了之后，依然呆立不动，好像遭到那可怕的目光致命的袭击似的。于连开始两眼模糊，勉强看见一张长面孔，上面有许多红斑痕，只是在前额上显出一种像尸体一样的苍白色。红色的脸颊和白色的前额之间，闪动着两只黑黑的小眼睛，足以令最勇敢的人胆寒。

“您愿意走过来，还是不愿意？”这人很不耐烦地说道。

于连蹒跚着向前走了一步，好像快要摔倒，并且露出他有生以来很少有过的苍白脸色。终于在距摆满方纸片的小白木桌三步远的地方停下了。

“再靠近些。”这人说道。

于连再向前走去，他伸出手好像在寻找可以依靠的东西。

“您的名字？”

“于连·索海尔。”

“您来得太迟了。”这人向他说道，同时用他可怕的、令人发抖的眼睛，再次打量着他。

于连受不了这目光，伸手像要扶住什么，一下子直挺挺地倒在地板上。

这人急忙按铃。于连听见有许多脚步声向他走来，可眼睛怎么也睁不开，想挪动一下身体，根本就是徒劳。

有人把他扶起来，安置在那张带扶手的白木小靠椅上。他听见可怕的声音向守门人说道："看样子他是癫痫病犯了，这下可全了。"

当于连可以睁开眼睛时，红脸人还在继续写字，守门人已经不在场。"应该拿出点勇气来！"我们的英雄暗自说道，"尤其要藏住我的感觉（他感到一阵强烈的恶心）。如果我出了意外，天知道人们会把我怎么想。"

这时他感到一阵剧烈的心痛。

"万一发生什么意外，天知道他们要对我怎么样。"最后那人搁笔不写了，从旁边看了于连一眼："您能回答我的问话吗？"

"是的，先生。"于连声音微弱地答道。

"啊！这就好。"

黑衣人半直起身，吱的一声拉开纵木桌的抽屉，很不耐烦地找一封信。这抽屉打开时，发出一阵吱呀的声音。他找到一封信后，又慢慢地坐下来，重新看了于连一眼，好像要把他仅存的一点生命力夺去似的："您是谢朗先生荐来的，他是教区最好的本堂神甫，世上仅有的有德之人，我三十年的朋友。"

"啊！我是在很荣幸地和彼拉尔先生谈话吗？"于连有气无力地说道。

"那还用说。"神学院院长顶了他一句，生气地看了看他。

这时他那两只小眼睛亮了，紧跟着嘴角露出一种很不自然的微笑。这种表情，好像一只老虎在品尝着它的捕获物时所流露出的快乐。

"谢朗先生的信很短。"他说道，好像跟他自己说话一样。

"Intelligentipauca.①"于是他高声诵读着，"我向您介绍于连·索海尔，他生长在我这个教区里。他是一个富裕木匠的儿子，

① 拉丁文：明人不用细说。

然乃父什么也不给他。二十年前，我给他施过洗礼，于连将是天主的葡萄园里一名出色的工徒。记忆力和悟性都不错，还有点分析能力。他的志愿能持久吗？他是真诚的吗？”

“真诚！”彼拉神甫带着一种惊奇的神气重复道。他看了看于连，不过神甫的目光不像刚才那样毫无人性了。

“真诚的！”他把声音放低又重复了一遍，然后继续念信：“我恳求您给于连·索海尔一份奖学金，经过必要的考试以后，他将有资格获得奖学金。我已教他学了一点神学，就是博叙埃[①]、阿尔诺[②]和弗勒里诸人撰写的经典神学。如果此人不合适，请即送回我处。您很熟悉的那位乞丐收容所所长愿出八百法郎聘他为孩子们的家庭教师。靠天主的恩赐，我的内心一直是恬静的。我已经习惯于人间可怕的打击，Vale et me ama[③]。”

彼拉尔神父放慢了声调念信末的签名，叹着气读出“谢朗”二字。

“他是平静的，”他说，“的确，他的德行当得起这个酬报。但愿到了那一天，天主也能给我同样的酬报。”

他仰望屋顶，在胸前画了个十字。看到这神圣的标记，于连感到那种一进入这座房子就让他周身冰凉的极度恐惧开始缓解了。

“在我这里有三百二十一个立志献身圣洁事业的人。”彼拉尔神父向他说道，他的声音是严肃的，但已不再凶恶，“只有七、八个是谢朗神甫那样的人推荐来的，因此，在这三百二十一个人当中，您将是第九位。不过我对您的保护，既不是恩惠，也不是软弱。那是为了抵抗罪恶而做出的加倍关怀和鞭策。现在您去把这道门锁上吧。”

于连走得艰难，总算没有倒。他注意到门旁有一扇小窗户，开向田野。他从那里可以看见绿色的树木。这大自然美丽的景色使他感到舒适，好像见到多年不见的老朋友似的。

“您会拉丁语吗？”当他锁好门回来时，彼拉尔神父用拉丁语

① 17世纪法国高级神职人员、作家，以善写讣辞闻名。
② 指16、17世纪天主教冉森教派的著名家族。
③ 拉丁文书信结束语，可意译为：专此，即静候台启。

问他。

“是的，我尊敬的神父。”于连用拉丁语回答道。

这时他的神志已经清醒了一些。不过，可以肯定，这一个钟头以来，在于连心中，彼拉尔神父是世界上最不值得尊重的人了。

拉丁语的谈话继续进行着。神父眼睛里流露出的深情也变得温柔了，受到这种感染，于连的思维也渐渐地清晰起来了。

“我多么软弱啊，”他心里想，“竟让这美德的外表吓住了：此人不过是马斯隆先生一类的骗子罢了。”于连暗自庆幸，他所有的钱财都藏在了他的长筒靴子里。

彼拉尔神父考察了于连的神学，于连知识很渊博。当他问起有关《圣经》的问题时，于连对答如流，这令彼拉尔神父更是感到惊讶。但是，问到那些教宗的学说时，他发现于连差不多连圣哲罗姆、圣奥古斯丁、圣博纳旺蒂尔圣巴齐勒等人的名字都不知道①。

“事实上，”彼拉尔神父心想，“这就是抗议宗教的不良倾向，我曾多次为此责备过谢朗，对《圣经》不宜过深地研究。”

于连本来还想和他谈起《圣经》中的《创世记》②和《摩西五经》③的著作年代，不过，可惜的是，彼拉尔神父没有问及这个题目。

“这种对《圣经》的无穷无尽的研究，”彼拉尔神父想，“除了把人们引向那可怕的抗议宗教的思想以外，还有什么其他的结果呢？而且除了这种轻率的学问之外，对于能够抵消这种倾向的教宗们一无所知。”

问到教皇的权威时，神学院院长的惊讶更是没有边际了。原来他只是问到古代高卢派教会的一些格言训诫，没想到这个年轻人竟把德·迈斯特先生的《教皇论》全书背诵了一次。

“这谢朗真是个怪人，”彼拉神甫想，“让他看这本书是为了教他如何嘲笑这本书吗？”

---

① 圣哲罗姆，古罗马教父，《圣经》学家。圣奥古斯丁，古罗马教父，神学家，哲学家。圣博纳旺蒂尔，法国神学家。圣巴齐勒，古希腊教父。

② 《旧约》的首卷。

③ 《旧约》的首五卷。

他耗费了许多功夫去询问于连，想弄清楚于连是不是真正相信德·迈斯特先生的学说。年轻人回答了他的问题，但全是凭借记忆的知识。这时于连的心情舒畅多了，他觉得能够控制自己了。经过长时间的考试，他觉得彼拉尔先生对他的严厉不过是做做样子罢了。

实际上，如果不是十五年来，他给自己制定了一个原则：对待学生必须严肃稳重，他早已和于连拥抱了。否则他早以逻辑的名义拥抱于连了，他觉得于连的回答何等清晰、准确、鲜明啊。

“这是一个勇敢而健全的心灵，”彼拉尔神父暗想道，“就是体质有点虚弱。”

“您常这样摔倒吗？”他用法语向于连说道，一面指着地板。

“这是我生平第一次，守门人吓坏我了。”于连面颊绯红，像个孩子似的。

彼拉尔神父几乎要笑出声来。

“这就是世间浮华所产生的后果。看来您已习惯了笑脸，那是谎言的真正舞台。真理是严峻的，先生。真理是严肃的！我们在人世间的工作，不也是严肃的吗？您要用良心去抵制这种天性。不要太追求那些无谓的风流韵致。”

“假如您不是谢朗神父这样一个人推荐来的，”彼拉尔神父再度用拉丁语讲话，脸上露出笑容，“我就用人世间的您过于习惯的那种浮华的语言跟您谈话了。我看您被世俗社会上的恶习熏染得太厉害了。我可以告诉您，您所请求的全额奖学金，是世界上最不容易获得的东西。不过如果谢朗神父在修道院里连安排一份奖学金的权利都没有的话，他五十六年的修道工作就得不到认可了，那也太说不过去了。”

说完这段话后，彼拉尔神父嘱咐于连——如果没有他的允可，不得参加任何团体或秘密修会组织。

“我用名誉保证。”于连说，像个正直的人那样心花怒放。

修道院院长第一次露出了笑容。

“这句话，在这里是不可以讲的。”他向于连说道，“它太让人想起世间人们的虚荣了，正是这种虚荣引导他们犯下那么多错误，常常还犯下罪恶。根据圣庇护五世[1]的Unam Eccles-iam[2]谕旨第十七段，您应该对我有绝对服从的义务。我是您的长辈，您是我最亲爱的儿子。听着，在修道院里，聆听就意味着服从。您钱袋里有多少钱？”

“我明白了，”于连暗想道，“原来是因为这个原因才叫我‘最亲爱的儿子’。”

“我有三十五法郎，亲爱的神父。”

“仔细记下钱是怎么用的，要向我汇报。”

这个恐惧交加的会谈，历时三小时之久，最后于连才奉命叫守门人进来。

“您去把于连·索海尔安置在一〇三号小屋里。”彼拉尔神父向这人说道。

他让于连单独住一间屋子，这已是另眼相待了。

“您把他的箱子也搬去。”他又补充道。

于连垂下眼睛，看见他的箱子就在门前。他三个钟头以来一直在看它，居然没有认出它来。

一〇三号房间是一间八步正方的小室，位置在最高的一层楼上。于连注意到小室的窗子对着城墙，越过城墙可以看见美丽的平原，杜河在它和市区之间流过。

“多么美好的风景啊！”于连不禁叫出来。

虽然在贝藏松的时间还很短暂，但他所受到的强烈刺激已使他耗尽了所有的精力。他靠近窗子，坐在小室里唯一的木椅上，立刻沉沉地睡去了。他没有听见晚餐的钟声，也没有听见圣体降福仪式的钟声，别人把他忘了。

第二天早晨，当阳光射入小室惊醒他时，他才发现自己睡在地板上。

---

① 公元1566年至1572年任罗马教皇。

② 拉丁文：一个教会。

第二十六章

旷世稀缺

他急忙刷干净衣服走下楼去，但还是迟到了。一位学监严厉地责备他。于连并未设法为自己辩解，反而把胳膊往胸前一叉：面带虔诚地说道："我的神父啊，我犯了罪，我愿认错。"这个开端，是很成功的。学生中的那些精明人一眼便看出，他们要与之打交道的人可不是个初入道的新手。休息的时间到了，于连觉得自己成为了众人注意的目标。然而他们从他那里得到的只是克制与沉默。根据他给自己定下的格言，这三百二十一个同学，在他眼里都是敌人，都存有敌意，修道院里最危险的敌人便是彼拉尔神父。

几天后，有人交给他一张名单，于连需要选定一个忏悔神父。

"嘿！仁慈的天主！他们把我当成什么人了。"于是他选定了彼拉尔神父。

他完全没想到，他的这个行动是有决定意义的。

一个维里业出生的年轻修士，从第一天看到于连就把他当成了朋友。他告诉于连，如果他选定副院长卡斯塔奈德先生，也许更妥当些。

"卡斯塔奈德神父是彼拉尔先生的对手，"他挨近于连的耳边补充道，"有人疑心彼拉尔先生是冉森派的。"

我们的主人公自以为谨慎，可是他开始时走的那几步，例如选择忏悔神甫，全都是鲁莽之举，富于想象的人都很狂妄自大，这种狂妄自大使他看不清方向，把愿望当作了现实，相信自己已是一个老练的伪君子了。可是假装软弱，虽胜不武。

“唉！这是我唯一的武器！换一个时代，”他对自己说，“我会面对敌人用有力的行动来挣我的面包。”

于连，对自己的行为感到满意，重新观察了他周围的人，发现到处都是最纯洁的道德表现。

有八到十个修士的确生活在圣洁的气氛中。他们整天与幻想为邻，像圣德肋撒[①]，又像在亚平宁山脉的韦尔纳山峰上接受五伤时的圣方济各[②]那样。不过这是一大秘密，他们的朋友绝口不谈。这几位见过幻象的年轻人几乎总是待在医务室里，另外还有百来个人是在坚强的信念中毫不疲倦地苦修苦练。工作几乎使他们生病，但他们学到的东西甚少。两三位真有才能者脱颖而出，其中有一位叫夏泽尔，不过于连觉得他们讨厌，他们也以同样的态度对他。

在三百二十一个修士中，剩下的都是些粗俗的人，他们整天诵读拉丁文，但他们其实并不懂得其中的含义。他们几乎都是农家子弟，宁肯靠背拉丁文挣面包也不愿意在土坷垃里刨食吃。根据这一观察，于连从最初几天起就发誓迅速取得成功。在进修道院的初期他就相信他自己会迅速获得成功。“一切事业中都需要聪明人，总之，大有所为。”他暗想道，“在拿破仑的统治下，我会是一个士官；在未来的神父中，我将会是一个代理主教。”

“所有这些可怜虫，”他继续想道，“从小就是干粗活的，他们在来这里以前，一直靠吃黑面包，啃的是有凝块的牛奶，住的是茅草屋，一年只能吃五、六回肉。这些粗野的农民，简直被修道院里的幸福生活迷了心窍。”

从他们黯淡的眼睛里，于连只看到饭后被满足的肉体需要和饭前焦急难耐的肉体快乐。他就是应该在这样一些人中间脱颖而出，然而于连不知道，他们也不肯告诉他——就是他们在修道院里学习的教义、教会史等各项课程中，考上第一名的，在他们看来几乎是罪恶。

---

① 16世纪西班牙修女，据传其曾见上帝显灵。

② 意大利修士，于1209年建立方济各托钵修会。

自从出现了伏尔，实行了两院制政治，归根结底这种政府不过是怀疑和个人探讨的产物，给各国人民的思想造成了怀疑的恶习。教大家养成了互相不信任的坏习惯，法国教会好像已经了解到书本是它真正的敌人。在它看来，只有心灵的屈服，才是一切！在学习、甚至圣洁的学习中取得成功，更认为是可疑的，而且也并非没有充分的理由。谁能阻止西埃耶斯或者格雷古瓦[①]那等杰出的人投奔另一方！吓得发抖的教会依附教皇，把他当作是拯救自己的唯一的希望。只有教皇才能设法麻痹个人的反省精神，用教廷里那些仪式的虔诚来影响上流人士的厌倦病态的精神。

对真理的理解，于连只相信其中一半。而在神学院里说出来的话又都力图使之成为谎言，他陷入深深的忧郁之中。他拼命工作，很快就学会了对将来做神父非常有用的东西。其实他对这些东西丝毫没有兴趣，并认为好多的东西是错误的。但他觉得除了学习这些东西之外，没有其他的事情可做。

“难道全世界的人都把我忘了？”他暗自想道。他不知道彼拉尔神父已经收到好几封从第戎寄来的信，只是看过后就扔在火里烧掉了。

信的用词极为得体，但却透出最为强烈的激情。严重的悔恨好像正在和爱情搏斗。

“也罢。”彼拉尔神父心里想，“至少这个年轻人爱过的那个女人，也是一个信神的人。”

一天，彼拉尔神甫拆开一封信，有一半已被泪水浸得字迹模糊，这是一封诀别的信。最后，写信人向于连说道：“天主总算允许我憎恨了，但不是憎恨罪过制造者。因为他将永远是我在世上最亲爱的人，而是憎恨我那罪过本身。亲爱的朋友，牺牲已经做出，我的朋友。并非没有眼泪，您看到了。我应该为之献身、您也曾那样的爱过那些人，他们的永福得到了保证。一个公正然而可怕的天主不会因他们的母亲犯了罪而对他们施行报复了。再见！我的于连，愿您公平正直地对待世人吧！”

---

① 格雷古瓦系格勒诺布尔一神甫，曾于1819年被选为议员。

这封信末尾的几行，差不多认不清楚了。写信人给了一个在第戎的通信地址，但希望于连永远不回信或至少不要说出让一个幡然悔悟的女人听了脸红的话。

于连的忧郁，加上修道院里午餐的简陋食物，使他的健康开始受到影响。一天早晨，富凯突然出现在他的房间里。

“我总算进来了！丝毫没有责备你的意思……为了看你，我已经来过贝藏松五次。修道院的大门总是紧紧闭着。我派了一个人守在神学院门口，见鬼，你怎么总是不出来？

“这是我给自己的一种考验。”

“我发现你变多了。我总算又见到了你。我刚才花了两枚五法郎的漂亮银币，才知道自己真是很蠢，没在第一次来这里时就走这条门路。”

两个朋友没完没了地谈话，“顺便问一句，你知道吗？你的学生的母亲现在可虔诚啦。”于连的脸色立刻变了。

他说这话时神情轻快随便，但是这种神情却在一颗充满激情的心灵上留下了奇特的印象，因为说者无意中搅动了听者最珍贵的隐衷。

“是的，我的朋友，最狂热的虔诚。有人说她要去朝圣呢。不过，让马斯隆神父丢脸的是，他长时期以来侦察着可怜的谢朗先生。可是德·雷纳夫人不愿找他，她宁愿跑到第戎或贝藏松来做忏悔。”

“她来到了贝藏松！”于连问时，额头都涨红了。

“次数够多的。”富凯回答着。

“你身边有《立宪主义者报》吗？”

“你在说什么？”富凯摸不着头脑。

“我问你是不是有《立宪主义者报》。”于连继续说，他的声音很平静，“这里有得卖，三十苏一份。”

“怎么！在修道院里也有自由党人？”富凯惊叫了出来，“可怜的法兰西！”他学着马斯隆神甫那伪善的声音和甜蜜的腔调，补了一句。如果说，维里业的那个孩童般的小修士在第二天就向他说的那句话没有使他发现什么。那么富凯的拜访，在我们英雄的心里产生了深刻的印象。自进入神学院以来，于连的行为不过是一连串的做假罢了。他时常痛苦地自嘲。

其实，他一生中的那些重大行动都实施得很巧妙，但他不注意细节，而神学院里那些精明人却只盯着细节。因此，他已在同学中被认作自由思想者了，一大堆琐碎的行动出卖了他。

在他们看来，于连肯定要犯一次大的罪过。他思考，他全凭自己去判断，而不盲从权威和先例。彼拉尔神父没有帮过他一点忙，他在告罪亭之外没有跟他说过话，就是在告罪亭里也是听得多，说得少。如果当初他选定卡斯塔奈德神父，情形也许完全不同了。

于连查到干了一件傻事，也就不再烦闷了。他想知道损失究竟有多大，为此，他略微打破了他用来拒绝同学们的那种孤高而执拗的沉默。于是大家就趁机向他进行报复，他的趋奉遇到了近乎嘲弄的轻蔑。他这才知道，自打他进入神学院，没有一个钟头，尤其是休息的时候，不曾产生对他或不利的后果，乱子闯得太大，要挽救这一局面就有一定的困难了。从今以后，于连时刻提高警惕，他要为自己勾画出一种全新的性格来。

比如，他眼睛的表情就给他带来了很多麻烦。在这种地方，人们应该眼睛低垂着，这并不是没有道理的。

"在维里业时，我是多么自负呀！"于连暗想道，"我以为这就是生活，其实只是为生活做准备，现在我已踏入这个世界，一直到我演完这个角色为止，我将发现周围都布满了真正的敌人，每一分钟都很虚伪。"他补充道，"这有多难啊，这是要让赫拉克利斯[①]的功绩黯然失色啊。现代的赫丘利就是西克斯特五世[②]。他一连十五年用谦虚谨慎的态度，欺骗了四十个大主教，他们曾经看见过他年轻时的暴躁和高傲。

"知识在这里没有用武之地！"于连带着愤懑的情绪暗想道，"学教义、教会史的成绩不过是表面功夫，这些课程讲述的东西对

---

① 希腊神话中半人半神的英雄，即罗马神话中的赫丘利。

② 16世纪罗马教皇。

所有像我一样的傻子，不过是请君入瓮的手段。唉！我唯一的优点，是我进步快。关于领会那些无稽之谈的含义，他们会真正重视这些东西的真实价值呢？他们会像我一样地去判断吗？这么说，学问在这儿什么也不是啦，我真愚蠢，我经常考第一名，居然自以为了不起！其结果只能使我离开修道院出去赚钱糊口时，得到一个不利于工作安排的坏成绩。沙泽尔比我知识丰富得多，他的作文常引发议论，因而他被降到第五十名。如果他偶尔考得第一名，那便是他心不在焉的结果。啊，彼拉尔先生的一句话，仅仅一句，对我该是多么有用啊。”

于连大彻大悟以后，先前厌烦得要命的那些长时间的苦行修炼，如每周数五次念珠、在圣心教堂唱圣歌，等等，等等，如今都变成最有兴趣的时刻。他严格审视自己的行为，尽量地隐藏自己的才华。他不像院内那批模瓦纳修士，一上来就要做出一些有意义的行为，来证实自己是十全十美的基督徒。在神学院，有一种吃带壳溏心蛋的方式，更表明在宗教生活中取得的进步。

读者也许会笑起来——那么就请他回忆一下德利尔神父在路易十六宫廷的一位贵妇人家午餐时吃鸡蛋所犯的错误吧。

于连首先努力做到和一个年轻修士匹配的举止动静、胳臂的动作、眼睛的表情等。实际上已无任何世俗气，但尚未表明他已全神贯注于来世的观念和今世的纯粹虚无。

于连在走廊墙壁上，经常发现用木炭写着这样一些词句：“与永恒的快乐或地狱里永恒的沸油相比，六十年的考验算什么？”

他开始注意那些词句，他认为应让它时时刻刻展现在自己眼前。

“我这一生将要做点什么呢？”他暗想道，“我将向信徒们出售天堂里的位子。这位子如何能让他们看见呢？通过我的外表和一个俗人的外表之间的区别。”

经过好几个月的刻苦修炼，于连还不能达到目的。他转睛动嘴的方式仍未表明随时准备相信一切、支持一切，甚至没有殉道者的那种内在的信仰。于连愤怒地发现自己在这方面竟被那些最粗野的乡下佬超过了。他们不用思考这些道理，他们倒有理了。

那种流露出一种随时准备相信一切容忍一切的狂热而盲目的信仰面容，我们经常可以在意大利的修道院里看到——虔诚的信徒为了我们这些世俗的人，圭尔契诺[①]已把他作为典瓦纳描摹在教堂的壁画上。

在重大的节日里，修士们可以吃到腊肠烧酸白菜。于连的邻座注意到他对这种幸福无动于衷，这是他的最主要的罪行之一。

他的同学们从这里看出了他最愚蠢的伪善，再没有比这件事给他招来更多的敌人了。

“看这个资产者，看这个倨傲的家伙，”他们说道，“他假装看不起这最好吃的食物，腊肠酸白菜！这可是多么珍贵的食物啊！哼！这个坏蛋！这个傲慢的家伙！这个该下地狱的人！”

“唉！这些年轻的农民，我的同学，对他们来说，无知乃是一种巨大的优点。”他完全可以由于赎罪而不去吃那酸白菜，并且本着牺牲的精神指着酸白菜向某一同学说，“如果这不是甘愿承担的痛苦，一个人还有什么可以献给造物主的呢？”

但是于连缺少经验，想看清这类事是很不容易的。所以，现在的情况对我的学友们来说愚昧无知倒是一个极大的优点了。“唉！这些年轻的乡下人，”于连在失望中大声叫道，“他们进修道院之后，教师完全没有必要从他们身上去掉像我这么多的大量的世俗思想。而不管我在做什么，他们都会从我的脸上看出来。”

于连以一种近乎嫉妒的专注研究那些进神学院的年轻乡下人中最粗俗的人。当有人叫他们脱下他们的粗布短衣、穿上黑袍之后，他们受的教育，仅限于象弗朗什—孔泰人所说的，干爽流动的金钱。这是对现金这个崇高观念的神圣而英勇的表达方式。

对这些修士们来说，也许心中最大的人生幸福就是饱餐一顿。于连发现他们几乎每一个人都对穿一件细料衣服的人有种天生的崇敬。有这种观念的人对公正分配——例如法庭给予我们的那种公正分配——进行恰如其分的估价，甚至低估其价值。

他们彼此之间常常这样说：“和一个胖子打官司，能得到什么

① 圭尔奇诺（1591—1666），意大利宗教画家。

好处呢？”

“胖子”是汝拉山区的土话，是富翁的意思。我们可以想象他们是最富有者，也就是内阁，他们是多么受尊敬！

在这群人中间，如果有人提到省长先生的名字而你不报以含有敬意的微笑，在弗朗什—孔泰的一些农民眼里，那就算是轻率失礼。对于穷人，很快就要受到没有面包吃的处罚。

一次，于连听到一个富有想象力的年轻修士问他的同伴说：“为什么我不能当上教皇，像西克斯特五世那样，他原来是个看猪的呀？”

“只有意大利人才能当教皇，”他的朋友回答道，“不过代理主教、议事司铎、甚至主教，这些职位肯定可以用抽签来决定。沙隆[①]的主教先生，不过是个箍桶匠的儿子，和我父亲同一职业。”

一天，于连正在上教义课，彼拉尔神父派人把他叫去了。可怜的年轻人，能够离开这个使他身心备受煎熬的环境，十分高兴。

于连发现院长先生接待他时和他进修道院那天同样的可怕。

“给我解释这张纸片上写的是什么。”他说道，一面瞪了他一眼，恨不得把他吃掉。

纸片上是这样写道：阿曼达·比内，在长颈鹿咖啡店，八点钟以前，就说你是冉利人，我母亲方面的表亲。

于连看到了眼前无边的危险，这个地址是卡斯塔奈德神父的密探偷去的。

“我到这里来的那一天，”他回答道，同时看着彼拉尔神父的额头，因为他不敢正视他那可怕的眼睛，“我心惊胆战，谢朗神甫曾对我说这是一个充满了告密和各种坏事的地方。想到谢朗先生常对我说，这个地方布满了密探和各式各样的坏人，他们互相窥视和告发。而这种行为在同学之间，并不认为是羞耻的。目的是要让这些年轻的教士们看到生活的真实情况，引起他们对人世繁华的厌恶。

“你这个坏东西！”彼拉尔神父气冲冲地说道，“竟敢当着我面这样夸大其词。”

① 法国马恩省首府。

“在维里业，”于连冷静地继续说道，“我哥哥要是找到理由嫉妒我时，他们就要打我……”

“言归正传！”彼拉尔神父大声叫道，差不多控制不住自己了。

于连丝毫没被吓坏，他极力说服自己平静下来，然后继续叙述事情的经过：“我到贝藏松的那一天，差不多已经是中午了。我肚子饿了，走进一家咖啡店，虽然我的心里对这样一个世俗的地方心里充满了嫌恶。可是我想在那儿吃饭要比在旅馆便宜。一位太太，看上去是铺子的老板，她可怜我人地生疏，便说：‘先生，贝藏松有好多的坏人。我有点替您担心，如果您碰上什么倒霉的事，就来找我吧，八点之前打发人到我这儿来。给我送个信儿就可以。如果修道院的门房拒绝给您方便，您就说我们是表亲，生长在冉利……’”

“我们不相信你这些鬼话，但是，也不能完全凭我们的主观臆断，所以我们要调查你说的这些话！”彼拉尔神父叫嚷道，他气得坐立不安，在房间里来回走着。

必须让他回他的小屋里去。

彼拉尔神父跟在他后面，在他进去后，拿把锁把他锁在了小屋里。于连立即检查他的箱子，那张要命的纸牌就是极细心地藏在箱底的。箱子里什么东西都不缺，只是翻得乱了一些，不过箱子的钥匙是一直在身上，没有离开过。

“我真是幸运呀，”于连心里想道，“我还蒙在鼓里时，卡斯塔奈德先生曾多次给我机会，我一直没有注意到，所以从来没有接受过，我现在才懂得了他的慷慨。要是我抵挡不住诱惑，换了衣服去会美丽的阿曼达，我可就完了。他们未能用这种办法从所获情报中得到好处，又不想放过我，就采取了告发的办法。

两个钟头以后，院长又派人将于连叫去。

“您没有说谎。”他向于连说道，他的眼神和气了好多，“不过，保留这样的地址是不谨慎的，其严重性您还想象不出。不幸的孩子！也许十年以后，它会给您带来损害。”

第二十七章

人生初体验

于连在那些虚伪行动的尝试中，很少成功。有时候，他甚至感到厌恶，有时十分灰心。不是我们缺少事实，反而恰恰相反。但是，他在神学院的所见所闻对于本书所竭力保持的温和色调来说也许是过于黑暗了。虽然需要克服的困难并不大，哪怕是外界最微小的帮助，都会使他坚定起来，增强他的信心，只是他现在太孤单，有时他觉得他就像大海里漂泊的一只小船。

“就算我能获得成功，”他心里想，“但是和这帮人生活一辈子那也太难了！一群饕餮之徒，一心只想着他们在餐桌上狼吞虎咽，或者一群卡斯塔奈德神甫，在他们眼里，任何罪恶都不是完全肮脏的！都有它们合法的理由，不过这代价确实太大了，我的天呀！人的意志是坚强的，但是单凭它就可以克服这种从心里生发出来的厌恶吗？那些伟人的任务是容易的。无论危险多么可怕，他们总觉得它是美的。然而除了我，谁又能理解包围着我的那一切有多丑恶呢？”

这是一生中对他考验最严峻的时刻。对他来说，到一个驻扎在贝藏松的漂亮团队去当兵，那是何等容易的事！或者他还可以当拉丁语教师，生存下去，他并不需要太多的东西！不过，那可就没有前程了，对他的想象力来说，也就没有未来了，这等于是死亡。

“我是何等自负啊，经常庆幸自己与那些农家子弟不同！这下好了，我已有了足够的生活经验，看到了立场不同产生的仇恨。”一天早晨，他暗想道。

这个伟大的真理，是他从一次最富于刺激性的失败中看出来的。

他克制住内心的厌恶感，做了八天工作，目的是想博得一个生活在所谓圣洁气氛中的同学的欢心。那天，他跟他一道在院子里散步，谦卑地聆听那些让人站着都能睡着的蠢话。突然，暴风雨来了，响起一记闷雷，那位圣洁的修士粗暴地推开他，“在这个世界上，每个人都是为了自己，我不愿被雷电烧焦！可是天主有可能会用雷把您击毙，像对付一个不信神的伏尔泰那样。”

于连心里愤怒到了极点，他咬紧牙关，望着雷电交加的天空愤恨地说道：“如果我在风暴中睡大觉，就活该被淹死！”紧接着于连叫道，“让我们试试去征服另一个学究吧！”

卡斯塔奈德神父的圣史课铃声响了。

这一天，卡斯塔奈德神父在给那些被贫穷和艰苦工作吓坏了的年轻乡下人讲课时说：“在他们看来如此可怕的东西，也就是内阁——它只有根据天主派到地上的代理人的授权，才具有真实合法的权力。”

“那么要以圣洁的生活和无条件的幸福来报答教皇的恩典！你们好比是他手里的一根指挥棒，”他补充道，“你们将得到一个出色的职位，你们可以发号施令，不受任何监督。这个终身职位，薪俸的三分之一由政府支付，其余的三分之二由受过你们的布道培养的信徒支付。”

卡斯塔奈德先生离开讲台，来到院子里，在他的学生中间停住了脚步，这一天他们的注意力显得特别集中。

“关于一个本堂神甫，完全可以这样说：人值几何，位值几何，”他向围绕着他的学生们深情激动说道，“对于这些我了解得很清楚，有些山村的教区，那里教士的额外收入，比城里许多教士的收入要多很多。他们除了领取同样的薪俸外，还有肥大的阉鸡、鸡蛋、新鲜奶油和许多杂七杂八的小玩意儿，那些都是他的教徒们奉献给他们的。在那里，教士是大家公认的第一号人物，每一顿好酒席都会邀请到他。”

卡斯塔奈德先生刚上楼回到自己的房里，学生们就三五成群地分开了。于连那一堆，他们把他丢在一旁，他仿佛一只长疥的羊。在每一个小组里，于连都看见一个人把一枚铜币抛向天空，如果猜中了，同学们就说他很快将得到某个额外收入丰厚的本堂神甫职位。

这个故事接着就在群众中间传开了。故事是这样的：有一个年轻教士，尽管他接受圣职不到一年，但他给老教士的女仆送去一只兔子，于是就得到了做他的候补人的许可，几个月以后，老教士死去了，他就接替了那位老教士的职务。另有一位，顿顿饭陪着一位瘫痪的老本堂神甫，细细地为他切鸡，终于被指定为一个很富的大镇的堂区继承人。

这些修士们，和其他职业中的年轻人一样，都充满了对任何小事的幻想

“我得参加这些谈话。”于连想。他们若是不谈香肠和好堂区，就谈教理中的世俗部分，谈主教和省长、市长和本堂神甫之间的纠纷。

于连在这里看出了第二位天主的概念，这位天主比另一位更可怕、更有权力，这第二位天主就是教皇。按他们的说法，如果教皇不愿费神去任命法国的所有省长和市长，那是因为他已任命法国国王为教会的长子，委托他去办了。但他们说这话时，把声音放低了，而且确信不会被彼拉尔先生听见。

正是这个时候，于连认为可以利用德·迈斯特先生的《教皇论》来提高自己的地位了。说真的，他使他的同学们惊讶。但是这又招来了不幸。他转述他们的观点比他们自己都要好。谢朗神甫不谨慎，于连自己也不谨慎。他给于连养成了理性分析和不说废话的习惯，但他忽视了这个习惯是个罪行，因为所有的分析都会得罪人。

于连的能言善辩又是他的新罪状。他的同学想来想去，终于找到了一个字表达对他的所有厌恶之情：他们给他起名叫马丁·路

德[1]。他们说，尤其是他说话逻辑性极强，显得如此骄傲。

有几个年轻的修士脸色更加红润，比于连更英俊；但于连有一双白皙的手，这无法隐藏他爱干净的习惯。这一点在命运把他抛入的这所悲惨的房子里，却不能称之为优点。与他生活一起的农家子弟公开说他品行不检点。我们担心叙述我们的主人公诸多不如意之事会让读者厌倦。比如，他的同学中那些身强力壮的总想揍他。他不得不随身带一把铁圆规当作武器，并且宣称不是取用的，当然只是做做手势。但在探子的报告里，手势就不如语言来得有分量了。

① 马丁·路德（1483–1546），德国神学家，16世纪宗教改革的发起人，新教路德派的创始人。

第二十八章

一场观瞻礼

于连尽量装傻，尽量谦卑，但还是不能讨得别人的欢心——他实在跟众人过于格格不入了。

“不过，”他想，“这些老师都是些精明人，千里挑一挑出来的，为何也不喜欢我的谦卑呢？”其中只有一个，似乎对于连的逢迎有所表示。于连所有的诡计，他好像都相信了。这就是大教堂的司仪长夏斯·贝尔纳神父，十五年前，人家让他觉得有望得到议事司好的位置，他就一边等，一边在神学院里教授布道术。当于连还被蒙在鼓里时，夏斯神父因此向于连表示出好感。每逢上完课后，他总是热情地挽着于连的胳臂，在花园里一同散步。

“他有什么目的呢？”于连暗想道。他感到奇怪，夏斯神甫跟他谈大教堂拥有的饰物，一谈就是几个钟头。

除了丧事用的饰物，大教堂共有十七件镶有饰带的祭披。曾有人想从吕邦普雷会长夫人身上打点主意，这位九十岁的老太太七十年来一直保存着她的结婚礼服，那件礼服是用里昂最名贵的夹金线绸料做成的。

“我的朋友，您想想看，”夏斯神甫说道，一下子站住了，睁大了眼睛，“这种料子穿起来身材笔挺，也许那里面有很多金子，所以才会这样。但是我有理由相信会长夫人会留给我们八个精美的银质镀金烛台。据说是勃民第公爵大胆查理从意大利买回来的，她的先人中有一位曾是他的宠臣。”

“为什么要给我讲这些旧衣古器呢？”于连心想，“这项工作是如此巧妙，他准备了那么长的时间，每天都小心翼翼的，所以什么也没有暴露出来。他比那些人都机灵，那些人的秘密我只用两个礼拜就猜出来了。我知道了，此人十五年来一直受着野心的折磨！”

一天晚上，正在上剑术课，彼拉尔神父把于连叫去，对他说：“明天是圣体节，夏斯神父需要您帮他装饰大教堂。去吧，要服从命令！”

彼拉尔神父随即把他叫了回来，带着慈悲的神色向他说道：“这是一个进城走走的机会，就看您愿意不愿意了。”

“有很多隐藏的敌人会注意我。”于连回答道。

第二天一大清早，于连去大教堂时两眼低垂着。但街上的景象和城里活跃的气氛，让他看了很舒服。人们都在自己的房屋门前悬挂彩幔。看着这些景象，他突然觉得他在神学院度过的全部时光，实在不过一瞬而已，

他想起维尔基，又想起那个美丽的阿曼达·比内，她的咖啡店离这里并不远。他可能遇见她。他远远地瞧见夏斯·贝尔纳神父站在大教堂门口，那是一个面相快活神情开朗的胖子，但是他在这天得意极了。

“欢迎，欢迎，我在等您，我亲爱的儿子。”他老远望见于连就叫了起来，“今天的活儿很重，时间又长，我们先吃顿早饭，添些力气，不要客气，尽量吃饱点。第二顿饭大概在十点钟，在大弥撒期间。”

“先生，我希望一分钟也不离开您。”于连严肃地向他说，“劳您大驾，请您记着我到这里的时间是五点差一分。”他补充道，同时把墙上的一座挂钟指着给他看。

“啊！修道院里的那些小坏蛋使得您这样谨慎！”夏斯神父说，“您能够想到他们的指责，这样的态度是正确的。不过别担心，一条

道路因为两旁的篱笆有刺就不那么美丽了吗？旅人赶路，让扎人的刺在原地枯萎。还是干活吧，亲爱的朋友，干活吧！”

夏斯神父说得对，这一天的活是很艰苦的。因为，大教堂在前一天举行过盛大的葬礼，任何准备工作都没有做，今天却要在一个上午把支撑教堂三个中心部分的所有哥特式大柱子都罩上长达三十尺的红锦缎彩套。主教先生用邮车从巴黎请来四个帷幔匠，但是这些先生也不能把活儿都包了。

于连一看，他得自己爬梯子了，他的灵活帮了他大忙。他自告奋勇，负责指挥本城挂彩幔的工匠。夏斯神父高兴地看着他从这个梯子攀登到那个梯子。不一会儿，所有的柱子都罩上锦缎彩套，接下来要把五个巨型的羽毛束放在主祭坛上方的大华盖上。如果要走到华盖中心，还必须走过一个古老的木头飞檐，那个木头飞檐看上去不太结实，飞檐也许已被虫蛀坏了，而且离地有四十多尺高。

看着眼前的这条艰险的道路，巴黎的几位挂彩幔的工匠刚才那种兴高采烈的神情瞬间化为乌有，个个傻了眼。他们从底下往上看，叽叽喳喳地议论，就是不上去。

于连拿起羽毛花球，跑着登上梯子。他把羽毛束稳稳地放在华盖中心的冠状饰物上。当他从梯子上顺利地下来时，善良的夏斯神父把他抱在怀里叫了起来：“我要把你的勇敢讲给我们的主教大人听。”

十点钟的早餐充满了快乐的气氛。于连把夏斯神父的教堂装扮得十分气派。

“亲爱的门徒，”他向于连说道，“我母亲以前是这个可敬的大教堂租椅子的人。我就是在这伟大的建筑物里长大的。每天沐浴在神圣的氛围中，那时我只有八岁，已经在别人家里辅助做弥撒，遇到这样神圣的日子，那些人家就供给吃喝。但是罗伯斯庇尔的恐怖却使我们倾家荡产。要说折祭披，谁也没有我折得好，饰带从未断过。自从拿破仑恢复法国的宗教信仰，这可敬的大教堂的一切事务就由我来管理了。一年五次，我亲眼看见它用这些如此美丽的饰物装扮起来。但是它从未像今天这样富丽堂皇，锦缎的幅面从未像今天这样平展，这样紧紧贴着柱子。”

“他终于要向我吐露他的秘密了。”于连心里想，“他说起他自己的丰功伟绩，总是会有点情不自禁。但是这个激动的人还没有说出什么不谨慎的话来。不过他做过很多工作，他是幸福的。”于连暗想道，“好葡萄酒也没少喝。怎样的一个人啊！对我来说，怎样的榜样啊！他有点晕乎了。

当大弥撒的钟声响起的时候，于连想披上白法衣，跟着主教去参加这庄严的圣体游行。

“我的朋友，您还不能去，你忘记了还有小偷呢！”夏斯神父提醒他，“您也许还没想到这一点呵。游行的队列就要出发，教堂里就会没有人的，您和我要负责看守。如果围绕在大柱子脚下美丽的金线缘饰丢失两奥纳[①]的话，那我们就算触霉运了，我们会受到最严厉的惩罚，这是吕邦普尔夫人赠送的礼物，那是从她的曾祖父、那个著名的伯爵那里得来的。这都是纯金的呀！我亲爱的朋友。”神甫贴着他的耳朵，显然很激动地补充说，“一点都没有掺假啊！所以我诚恳地委托您看守教堂的北半部，您可不能离开那里！我负责看守教堂南半部和正厅。您在看守时特别要注意那些忏悔座，就是从那儿，小偷的眼目盯着我们转身的那会儿。”

当他说完话时，十一点三刻到了，紧跟着那口大钟也响了。钟声大作，如此饱满，如此庄严，使于连深受感动。钟声把他带到遥远的天堂了。

神香的香味混合着圣体前面抛拂的玫瑰花瓣的香味，于连的精神完全陷入激动狂热的状态中。

那口钟的声音如此庄严，本来只应让他想到二十个人的劳动，他们的报酬只有五十个生丁，也许还有十五或二十个信徒帮助他们。他还应想到那系钟的绳子和大横木日趋损坏，这有可能就是一种潜在的危险，据说每隔两世纪它必定会落下来一次。他应该考虑用什么办法降低打钟人的工钱，考虑用赦罪或用取自教会的财富而又不使其钱袋瘪下去的其他恩宠来支付他们的工钱。

① 古法尺，相当于今天的1.2米。

然而，于连却没有这些明智的考虑，他的灵魂被雄伟洪亮的钟声所激荡，已经迷失在幻想世界里了。由此看来，他永远不可能做一个好神父，也不能做一个好官吏。像这样容易激动的心灵顶多适于当艺术家。

这一天，天气再晴朗不过，圣体游行的队列慢慢地走过贝藏松，不时停留在地方上有权威的人争先恐后搭建起来的辉煌祭坛前面。教堂则沉浸在一片幽深的寂静之中。半明半暗，一片宜人的清凉，整个教堂还弥漫着神香和玫瑰花的香气。

沉寂、幽静以及正厅里蕴含着的清爽，使得于连的梦想更加漫长。他无需担心夏斯神父会对他造成干扰，他正在另一个地方忙着呢。于连的灵魂几乎抛弃了肉体的外衣，在归他查看的北翼慢步徜徉。确信在忏悔座里只有几个虔诚的女人正在祈祷，他漫不经心地瞧了一眼。

就是这漫不经心的一眼，却使他那散漫的心收回了一半：两个女人衣着非常华丽，跪在那里。一个跪在忏悔座里，另一个紧挨着前一个，跪在一把椅子上。

也许是由于他模糊的责任感，也许是由于他对她们那华丽而高贵的衣着的欣赏，他再次仔细看了一下，发现忏悔座里并没有神父。

“这就怪了，”他想，“她们若是虔诚的，为什么不跪在街头的祭坛前面去诚心祈祷呢？或者，如果她们是贵夫人，那应该舒舒服服地坐在阳台的第一排座位上。她们为什么跪在这里呢？看看这衣服剪裁得体，是多么雅致啊！”他放慢了脚步，为了瞧她们一瞧。

于连的脚步声在深邃的寂静中响起，跪在忏悔座里的女人听见了，略微偏了偏头。突然，她轻轻叫了一声，晕过去了。

这跪着的女人没了力气，向后一仰，她的朋友，紧挨在她身边，跳起来扶住她。与此同时，于连看见了向后跌倒的那个女人的肩膀。一串他所熟悉的用精美的大颗珍珠穿成的绞线形项链映入了他的眼帘。当他认出了那是德·雷纳夫人时，他心里是怎样一种感觉啊！他是多么激动啊！

就是她！那个努力扶着她的头、不让她摔倒的女人就是戴维尔夫人。于连这时完全控制不住自己，一个箭步跨上去，德·雷纳夫人倒下去，还会拖上她的朋友。他看见德·雷纳夫人脸色苍白，完全失去知觉，她的头在肩膀上摇晃着。他帮助戴维尔夫人把她放在一张椅子的靠背上，自己则跪在地上。

戴维尔夫人转过头来，认出他了。

“走开，先生，走开！”她对他说，口气中带着最强烈的愤怒，无论如何，她不能再看见您。事实上，您的出现只会让她感到恐怖，也只会增加她的罪恶感，把她陷入不堪的地步，您没有出现之前，她是何等的幸福啊！您太残酷了！快走，离开这里，如果您还有一点良知的话。”

这句话说得那么强硬，于连此时那么虚弱，不容他不离开。“她永远是恨我的。”在想到戴维尔夫人刚才的话时，他自言自语道。

这时，教堂里响起队伍前排的教士们哼哼呀呀的歌声，他们回来了。夏斯神父叫了于连好几遍，他却没有听见，后来神父在一个大柱子后面找到了他，拉他出来。于连隐藏在那里，已是半死的状态。夏斯神父想把他介绍给主教。

“您不舒服，我的孩子？”夏斯神父和蔼地向他问道。他的脸色是这样苍白，而且几乎连路也走不动了。“您是工作得太累了。”神父挽着他的胳臂，“来，就坐在洒圣水的小凳子上，在我背后，我把您遮着，这样，他们就不会注意到您了。”这时游行行列已经到了教堂的大门旁。

“您镇静一些，在主教大人驾到之前，我们足足有二十分钟时间。您什么都不要想，也不要着急，尽量恢复您的精神。当他走过时，我会把您举起来，我虽说年岁大了，但我还是强壮有力的。”

但是当主教打那里走过时，于连仍颤抖得那么厉害——夏斯神父只好打消了这个念头。

“您不要太难过了，我们还可以再找别的机会，您这样优秀，随时都有机会认识主教大人的。”神父向他说道。

晚上，他让人给神学院的小教堂送来十斤蜡烛，说是于连细心换蜡烛动作迅速节省下来的。再没有比这更不真实的了。

这个可怜的孩子，自从看见德·雷纳夫人后，他的思想已完全停止了活动。他处于濒临窒息的状态了。

第二十九章

升　迁

于连还没有从深沉的梦想中觉醒过来。一天早上，严厉的彼拉尔神父就派人来叫他。

“这是夏斯·贝尔纳神父写给我的信，他极力地赞扬您！他对您整个的行为，相当满意。只是……他说您的性格中有着极不谨慎的因素，所以您的行为有时会有点轻率莽撞，虽说还没有完全表露出来。不过到目前为止，您的心是善良的，甚至是宽宏大量的，智力过人。总之，我在您身上看到了不容忽视的火花。

我已经做了十五年的工作了，我现在快要离开这里了。我的罪过是让神学院的学生们自由判断，没有保护也没有破坏您在告罪亭里对我说的那个秘密组织。在离开这里之前，我愿意为您做点事。如果没有发生从您房里找出阿曼达·比内住址那件事，在两个月以前就可以实现了。您理应得到。我现在委派您做《新约》及《旧约》的辅导教师。”

于连感激得不知说什么好，真想跪下，感谢天主。但是他油然而生另一种更为真实的感情——他走到彼拉尔神父身边，拿起他的手，送到自己唇边吻着。

“这是干什么？”彼拉尔院长大叫起来，显出生气的样子。但是于连的眼睛比行动说明得更多。

彼拉尔神父惊异地看着他，这种神情泄露了彼拉尔院长内心的激动，他的声音也改变了。

“好吧！是的……我的孩子，我承认我很爱你。我相信上天也知道这是一件无可奈何的事。我身为神父，本应是公正的，对任何人，我应该是无爱也无恨的。但是，我就是这样地爱你，这是不由自主的。你的事业将会充满薪荆，我在你身上看到了某种使俗人不悦的东西。嫉妒和诽谤将对你穷追不舍。无论天主将你放在什么地方，你的同伴都不会不怀着憎恨看着你；假如他们装出爱你的样子，那只是为了更方便更有效地出卖你。唯一的补救办法，就是求救于天主，天主为了惩罚你的骄傲，它不得不使你遭人嫉恨。孩子，你必须要记住，你的行为要纯洁，这是你唯一的出路。如果你以一种不可战胜的态度坚持真理，你的敌人迟早会狼狈不堪的。”

长期以来，于连没有听到过这种友善、友爱的声音，他感动得泪如雨下。而从这点看来，我们应该原谅他的软弱。彼拉尔神父伸开双臂，把他抱在怀里，这片刻，对他们两人来说都是十分温暖与信任的。

于连高兴得发狂，这是他第一次高升，带来的好处不可言喻！为了充分理解它，他必须受几个月的惩罚，在他的周围没有片刻的宁静。要想象这些好处，须得经历被迫几个月内不得片刻的独处，并且跟一些至少是讨厌的而大部分是不堪忍受的同学直接接触。

单是他们那声嘶力竭，就足以使一个敏感的心灵躁动不安。这些乡下人，吃饱了，穿暖了，只有在使出两肺的全部力量大叫才能感到那种吵吵闹闹的快乐，才能觉得表达得完全。

现在于连单独用餐，大约要比其他修士晚一小时。他有一把花园门的钥匙，当那里没别人时，他可以进去散步。

使于连大为奇怪的是，大家现在不那么嫉恨他了。他原想着会招引更多的敌人，现在的情况倒出乎意料了。虽然他这种秘而不宣的愿望仍嫌太明显，给他招来不少敌人，现在不再标志着一种可笑的高傲了。在他周围那些粗俗的人看来，这是与他职位相称的合理表现。仇恨明显减少了，尤其是在他那些最年轻的同学中间，他对他们也是很有礼貌的。渐渐地，他居然也有了拥戴者，这时，再称他为马丁·路德已经不合乎时宜了。

然而，说出他的敌友的名字，有什么用呢？所有这一切都是丑恶的，描绘得越真实时，这一切就越显得丑恶了。不过这些人都是向民众宣讲道德的教师，如果没有他们，民众将会变成什么样呢？难道新闻报纸能代替神父吗？

自从于连获得新职以来，彼拉尔院长就摆出了高姿态。要是没有第三者在场，他绝对不和于连讲话。这种做法对先生对弟子都是一种谨慎，但更是一种考验。严厉的冉森派教徒彼拉尔不变的原则是：在考验一个人是否有价值，那就把障碍设在他的一切欲望和行动前面。如果他的才能是真的，他就一定会推倒或绕过障碍。

这是打猎的季节。富凯以于连家属的名义，赠送给修道院一只牡鹿和一头野猪。两头死兽摆在厨房和食堂之间的过道上。神学院的学生吃饭时从那里经过，都看见了。这成了好奇心集中的目标。野猪虽已经僵硬，但它的表情还是非常恐怖的，却还使那些最年轻的人感到恐惧，他们中大胆的还用手去摸摸它的长牙。

这份礼物把于连的家庭站入社会中应该受到尊敬的那一部分，给了嫉妒一次致命的打击。这是财富所具有的一种优越性。沙泽尔和那些最出色的修士，都来向于连献殷勤，甚至抱怨他以前怎么没向他们谈起他父亲的财富，致使他们对金钱不免失敬。

当时正在招募新兵，因为于连是修道院的学生，就免除了兵役。这件事虽然使他感慨万千，但他的心里却也留下深深的遗憾。要是在二十年前，他早就开始了一种英雄的生活。而今，这样的时光却永远地消逝了！

他独自一人在修道院的花园里散步，他听到几个正在修补围墙的泥瓦匠在谈话。

“瞧，这个时刻就这么一去不复返了，要是早二十年，我就会开始一种充满英雄气概的生活了！”

“在那一位统治的时期，日子真不错！一泥瓦匠能当军官，当将军，这事儿有人亲眼见过。”

“你瞧瞧现在……只有那些叫花子才去当兵。手里有几个人的都留在家乡，有口饭吃的都留在家乡。”

“生来是受苦的，就是一辈子受苦，就这么回事。”

“喂，这难道是真的吗？大家都说那个人已经死了？”第三个泥瓦匠说道。

“这是那些有钱的人说的。那个人曾使他们害怕！”

“多不同啊，在那个时候，活儿干得也顺！说他是被他的元帅们出卖的，叛徒才这么干呀！”

这番对话使于连得到点儿安慰。当他离开那里时，叹着气重复说道：“他是唯一的君王，民众至今还保持着对他的怀念，他是多么的伟大啊！”

考试的日期到了，于连对答如流。他瞧见沙泽尔也很想把自己的全部知识都表现出来。

考试的第一天，代理主教德·弗里莱委派的考官们就感到十分恼火。因为在考试成绩单上，于连的成绩总是很好，他们不得不在名单上一再将于连列为第一名，至少是第二名，有人向他们指出，于连是彼拉尔神父的宠儿。

在修道院里，有人打赌说将来在考试的成绩榜上，于连一定名列第一。凡是名列第一的人，这将给他带来与主教大人一道进餐的光荣。但是在一堂考试快要结束时，那堂考试的考题是教会的教父拟的。他是一个精明狡猾的考官，当他问过了于连关于圣哲罗姆及其对西塞罗[①]的爱好等之后突然向他谈起贺拉斯、维吉尔[②]和其他一些不信神的作家。于连早把这些作家的作品中的许多段落背得烂熟，但他的同学们并不知道。由于先前几门考试成绩的鼓舞，他一时忘乎所以了，完全忘记了他所处的环境，在考官的再次要求下，他热情洋溢地背诵了贺拉斯的几首短歌，还加以解释。但他还没有明白，这是考官设下的陷阱，而现在无疑的，他已经自投罗网了。二十多分钟后，主考人突然变了脸，尖刻地责备他在这些世俗作家

---

① 西塞罗（前106—前43），古罗马政治家、哲学家及著名演说家。

② 维吉尔（前70—前19），古罗马诗人。

身上浪费了时间，脑子里装了不少无用的或者罪恶的思想。

“我是个蠢材，先生，您有道理。”于连谦卑地说道，他明白了这是考官使的计谋，使他成为牺牲品。

在修道院里也认为这种诡计很不光彩，但这并没有能阻止德·弗里莱神父这个精明狡猾的人。他曾经极其周密地在贝藏松建立了圣会组织，其发往巴黎的快报令法官、省长，直至驻军的将领胆战心惊。他这样地侮辱他的敌人、冉森派信徒彼拉尔感到很高兴。

利用手中的权力，他在于连的名字旁边写下一百九十八号。他高兴地看到他的敌人——冉森派教徒彼拉尔就这样被挫败了。

十年以来，他的主要工作，就是谋夺彼拉尔神父的院长职位。这位彼拉尔神父，他为于连规定的行为准则自己也遵循不悖。他真挚、虔敬、不搞阴谋、热爱自己的业务。但是上天在愤怒中给了他一副暴躁易怒的脾气，对侮辱和仇恨特别敏感。人们对他的侮辱，在这个炽热的心里从来不会忘却。他不止一百次想辞职，但是他仍相信留在天主给他安排的这个职位上是有用的。

“我阻挡了耶稣会和偶像崇拜的发展。”他暗自说道。

在考试期间，差不多有两个月，彼拉尔神父没和于连讲过话。可是当他收到报告考试结果的公函时，看到这个学生的名字旁边写着198这个数目，他病倒了一个礼拜，他是把这个学生看作本神学院的光荣的呀。

对于这个性情严厉的人来说，唯一的安慰就是使用各种方法来监视于连。他惊喜地看到于连既不发怒，更不怀恨，更不灰心丧气。

几个星期后，于连收到了一封信，这信盖有巴黎邮戳，使他打了个寒战。

“德·雷纳夫人到底想起她的诺言了。”于连暗想道。

一个署名保罗·索海尔的人，声称是于连的亲属，给他寄来了一张五百法郎的汇票。那人还附笔写道——如果于连继续研究那些优秀的拉丁作家，并且卓有成绩，将每年寄给他一笔同样数目的钱。

“这是她，这就是她的恩情！”于连十分肯定地说，“她想安慰我，但为什么一句友好的话也没有呢？”

事实上他误会了。德·雷纳夫人，在她朋友戴维尔夫人的劝导下，完全沉浸在悔恨里了。她还时常不由自主地想到那个不寻常的人，与他相遇搅乱了她的生活，但她很注意坚持不给他写信。

话题再回到修道院，从寄来五百法郎这件事上见到一个奇迹。并且可以说，正是由于利用德·弗里莱先生其人，老天爷才把这份礼物赠给了于连。

远在二十年前，德·弗里莱先生仅携带了一个小小的行囊来到贝藏松。根据传闻，那里面装着他的全部家当。如今他是本省最富有的地主之一。在他发财致富的过程中，曾把一块土地，买下了一半，另外那半，则作为遗产，落入了德·拉摩尔先生的手里。这样，在这两位大人物之间就发生了一场激烈的诉讼。

虽说德·拉摩尔侯爵先生在巴黎过着奢华的生活，同时身居要职。但是他感到在贝藏松与一个被认为有权委派或撤换省长的代理主教做斗争是一件危险的事情。侯爵先生本来可以请求批准一笔赏赐，以预算允许的随便什么名义为掩盖把这场区区五万法郎的小官司让给德·弗里莱神甫，可他有点不服气。他认为自己有理，而且理由充足得很！

不过，如果允许我们这样说的话，哪个审判官没有一个儿子、至少是一个堂兄弟需要安插的呢？

为了让最盲目的人也看得清楚，在得到第一次判决书八天以后，德·弗里莱神父就坐着主教大人的四轮马车，亲自把一枚荣誉团骑士勋章送给他的律师。对方的这种排场把德·拉摩尔先生搞得有点摸不着方向。他感到他的律师没有尽力！他去征求谢朗神父的意见，于是谢朗神父就把彼拉尔先生介绍了给他。

在我们的故事发生的时候，他们的关系已持续了好几年。彼拉尔神父带着强烈的感情参与这件讼事。他不断地会见侯爵的律师，研究案情，确认侯爵的案子有理之后，他公开成为德·拉摩尔侯爵的辩护人，反对那万能的代理主教。代理主教感到受到侮辱，况且这侮辱还是来自一个小小的冉森派教徒呢！

“你们看看这个自以为那么有权势的宫廷贵族是个什么东西吧！”德·弗里莱神父向他的亲密的朋友们说道，“德·拉摩尔先生连一个可怜的勋章都不曾送给他在贝藏松的代理人，而且还要让他灰溜溜地被撤职。但是，有人写信给我说，这位贵族大臣，每个礼拜都要穿上他的礼服，佩上蓝绶勋带到掌玺大臣的客厅去炫耀一番，不管遇到什么情况。”

尽管彼拉尔神父全力以赴，而且德·拉摩尔先生和司法大臣，尤其是和他的下属关系好得不能再好，六年的苦心经营也只落得个没有完全输掉这场官司。

为了他们两人都热烈关注的案子，侯爵不断地和彼拉尔神父通信，这使他终于对彼拉尔神父的性格表示有所欣赏了。渐渐地，尽管社会地位悬殊，他们的通信有了一种亲切的口气。彼拉尔神父告诉侯爵，有人使用各种欺侮的方法强迫他辞职。由于那个用来反对于连的可耻阴谋所引起的愤怒，他认为这是针对于连的，也就向侯爵讲了于连的事情。

这位大贵人虽然很有钱，却一点也不吝啬，他始终未能让彼拉尔神甫接受他的钱，包括支付因办案而花去的邮费。他灵机一动，就给神甫心爱的学生汇去五百法郎。

德·拉摩尔先生不辞辛劳，亲自写汇款的信，这使他想起了彼拉尔神父。

有一天，彼拉尔神父接到一张便条，为了一件紧急的事请他立刻到贝藏松郊区的一家旅馆里去。在那里他遇见了德·拉摩尔侯爵的管家。

“侯爵先生派我带了他的四轮马车来接您。”那人向他说道，“他希望您在读了此信后能在四五天后前往巴黎。请您告诉我时间，到弗朗什—孔泰侯爵的领地去一趟。这以后，我们就在您方便的日子动身去巴黎。”

信是简短的：

我亲爱的先生，请您摆脱一切无谓的烦恼吧，我欢迎您来到巴黎，在这里您会呼吸一点清净的空气！如果您愿意，我派我的马车来接您，我已命人在四天内等候您的决定。我本人在巴黎等您直到礼拜二。只要您说个“是”字，先生，我就可以用您的名义帮您接受一个在巴黎郊区最好的教区。您未来的本堂区教民中最富有的一位从未见过您，但对您比您能想象的还要忠诚，他就是德·拉摩尔侯爵。

严厉的彼拉尔神甫没有料到，他居然很爱这座遍布敌人的神学院，十五年来，他为它用尽了心思。但是严厉的彼拉尔神父确实热爱这个遍地都是仇敌的修道院。侯爵先生的信，对他来说，好像一个来给他做一次必需而又残酷的手术。他最终还是决定辞职了。他给了那位管家三天期限。

在四十八小时内，他一直迟疑不决。后来，他给德·拉摩尔先生写了封信。同时还写了一封信给主教大人，这封信完全按照是教会文体的结构，只是略微长了一些。这封信，为了要使德·弗里莱先生在他的上司面前经受一小时的难堪。要想找出更无懈可击、流露出更真诚的敬意的句子，也许是件困难的事。信中逐条陈述那些使人严重不满的原因，甚至提到了些卑劣的小麻烦，这都是六年以来彼拉尔神父所尽量忍受的，而这一切最终使他不得不离开了这个教区。

他写完那封信后，叫人把于连叫醒。于连和其他修士一样，晚上八点就上床睡觉了。

“您知道主教官邸在哪里吗？”他用漂亮的拉丁语向他问道，“您把这信送给主教大人。我毫不隐瞒地对您说，我是把您派到一群豺狼中去了。注意看，注意听。您的回答中不许有半点谎言，但是您要想到，盘问您的人也许会体会到一种终于能加害于您的真正的快乐。我的孩子，我十分高兴，能在离开您以前给您介绍这点经验。我可以明白地告诉您，您送去的这封信是我的辞职书。”

于连呆立不动，他着实爱彼拉尔神父。他的谨慎使然使他联想到："这个正直的人离去之后，圣心派会贬损我，也许会赶走我。"

他不能只想自己。他感到难办的是，如何想出一句得体的话，这时他真的感到才思枯竭了。

"怎么？我的朋友，您不想去吗？"

"据我所知，先生，"于连怯生生地说，"您长期任职以来，没有一分钱的积蓄。我这里有六百法郎。"

泪水使他说不下去了。

"这笔钱以后也要登记，"前任院长冷静地说道，"快去主教官邸吧，时间不早了。"

碰巧这天晚上，德·弗里莱先生在主教官邸的客厅值班，主教大人到省府参加晚宴去了。因此于连恰好把信交给了德·弗里莱先生。其实他并不认识他。

于连大吃一惊，他看见这位神甫公然拆开了给主教的信。代理主教漂亮的容颜不久就表现出惊异中夹杂着明显的快乐，但同时又变得很严肃。当他阅读信札时，于连被他的漂亮面容所吸引，不慌不忙地观察了一番。这张脸气色很好，于连印象极深，趁他读信的工夫，他细细地端详起来。如果不是某些线条显露出一种极端的精明，这张脸会更庄重些；鼻子向前，形成一道十分平直的线，而且，不幸得很，它使这个非常出色的侧面和狐狸的面貌有着极高的相似度。此外，这位看起来如此关心彼拉尔先生辞职的神甫穿戴高雅，于连很喜欢，他从未见过别的教士如此穿戴。

于连在后来才知道德·弗里莱神父具有一种特殊才能。他知道如何逗主教开心。主教是一个可爱的老人，生来就是住在巴黎的，把来贝藏松视为流放。他的眼力很差，偏偏他又喜欢吃鱼。每次主教吃鱼时，德·弗里莱神父总是先把鱼刺挑个干净。

于连悄无声息瞧着德·弗里莱神父重读那封辞职信。忽然哗啦一声，门打开了。一位穿着华丽的仆人急匆匆走过。于连不及转向门口，就已看见一个小老头，胸前佩戴着主教十字架。他连忙俯伏跪下。主教向他慈祥地笑了一笑，随即走过去了。那位漂亮的神父紧跟在他的后面。于连独自留在客厅里，从容地欣赏起室内的豪华。

贝藏松主教是个风趣的人，饱尝流亡之苦，但并未被压垮。他已然七十五岁，对十年后发生的事情极少关心。

“我走过时看见的那个眉清目秀的修士是谁呀？”主教说道，“根据我的规定，这个时候他们不是该睡觉了吗？”

“这一位可清醒着哪，我向您保证，主教大人，而且他带来一个大新闻：这就是您教区里那个唯一的冉森派教徒的辞职书。这个固执的彼拉尔神父总算懂得了乱说话的下场了。”

“那好哇！”主教笑着说，“可我不相信您能找到一个抵得上他的人来代替他。为了向您显示这个人的价值，我明天请他来吃饭。”

代理主教想趁机说句话，谈谈选择继任者的事。主教不准备谈公事，就向他说道：“在把另一个人安插进来之前，我们还是先了解一下这个人是怎样离去的。替我把那个修士叫进来，虽然他年龄不大，但是我相信他也不会说什么谎话的。”

于连被叫进去了。

“这下我要处在两个审问者中间了。”他想。他觉得他从未这样勇气十足。

当他走进去时，两个身材高大、穿得比华勒诺先生还漂亮的侍从，正在替主教脱衣服。主教想在谈到彼拉尔先生前，应该考问一下于连的学业。

他问了他一点教义，这让他感到惊奇。很快他又转向人文学科，谈到维吉尔、贺拉斯、西塞罗。

“这些名字，”于连暗想道，“让我得了个第一九八名。我没什么可失去的了，且让我出个风头。”他成功了，主教大喜，他本人就是个优秀的人文学者。

在省府参加晚宴时，一位颇有名气的年轻姑娘在席间朗读了诗篇《马大肋拉》①。主教正在谈论文学，他很快就把彼拉尔神父和

① 此诗为法国女诗人德尔菲娜·盖伊所作。

一切有关的事忘得一干二净，现在主教和这个修道院的学生讨论起贺拉斯是贫是富的问题了。主教引证了好几首颂歌，不过他的记忆力有时不大听使唤，于连马上就把整首诗背出来，神情却很谦卑。使主教感到惊奇的是于连从不脱离那种随口回答的语调。他朗诵了二十到三十首拉丁文诗歌，他的神情是那么轻松，仿佛是在谈他那修道院里所发生的事情一样。他们还用了许多时间谈论维吉尔和西塞罗。最后，主教不能不夸奖年轻的神学院学生了。

“如果说还有人比您学得更好，那简直是不可能的了！”

“主教大人，”于连说道，“您的神学院可以向您提供一百九十七个更配得上您的盛赞的人。”

“这话是什么意思？”主教对这数字感到很奇怪。

“我可以用一份官方的证件来说明我很荣幸地要在主教大人面前陈述的事实。在神学院的年度考试中，我回答的正是此时此刻获得大人赞赏的题目，我得了第一百九十八名。”

“啊！您就是彼拉尔神父的宠儿！”主教笑嘻嘻地高声说道。同时，他向德·弗里莱先生看了一眼，“我们早该料到的，您是光明磊落的，我的朋友。”他问于连，“是不是人家把您叫醒，打发到这儿来的？”

“是的，主教大人！我生平只有一次单独从修道院里出来，那就是在圣体瞻礼那天，为帮助夏斯·贝尔纳神父去装饰大教堂。”

主教说道：“怎么，表现出那么大的勇气，把几个羽毛束放在华盖上的就是您吗？这些羽毛束年年让我胆战心惊，我总怕它们要我一条人命。我的朋友，您有远大的前程！我不愿阻挡您的前进，让您饿死在这里，您的事业和前程将是辉煌的。”

在主教的吩咐下，仆人端来了一些饼干和马拉加酒[①]。于连大快朵颐，德·弗里莱神父吃得更多，因为他知道他的主教爱看别人高高兴兴地吃得津津有味的。

主教对他这一夜的谈话，越来越感到满意！

他谈了一会儿教会的历史，他发现于连并不理解。主教又谈到

① 西班牙港口城市马拉加出产的葡萄酒，以香醇浓郁驰名于世。

了君士坦丁[①]时代罗马帝国的道德风尚。异教的结束产生了一种不安和怀疑的气氛，在十九世纪使具有厌倦忧郁情绪的人陷入了悲观失望的境地。主教大人注意到于连竟不知道塔西陀[②]的名字。

于连直率地回答道："在修道院的图书馆里没有收藏这个作家的作品。"这使得主教有点奇怪。

"我的确很高兴，"主教快活地说，"您帮助我解决了一大难题：十分钟以来我一直想办法感谢您让我度过一个可爱的夜晚，当然是意料之外的啦，我没有想到在我的修道院里的学生里发现了一位博学之士。虽说这件礼品，不是太符合教会法规，我还是愿意送您一部《塔西佗全集》。"

主教叫人拿来八册书，装帧十分精美，他还要亲自在第一册的标题上，用拉丁语为于连·索海尔题词。主教向以写得一手漂亮拉丁文自炫。最后，他以一种截然不同的严肃口吻对他说："年轻人，如果您明智的话，有一天您会得到我管辖区内最好的教区，并且离我的主教官邸不到一百里，但是必须谦虚谨慎。"

于连抱着他那几本书，从主教官邸里出来，心里百思不得其解，这时午夜的钟声正好响起。

主教大人压根儿没有向他提起彼拉尔神父的事。

于连尤其感到惊奇的是主教极其客气。他没有想到如此温文尔雅的风度和这样尊严的气概可以结合在一起。

于连看到彼拉神甫正沉着脸不耐烦地等着他，给他的印象尤其深刻。

"他们向您说了些什么呀？"当他远远地望见了他，彼拉尔神父用粗大着急的声音向于连叫道。

于连结结巴巴地把主教所说的话用拉丁文转译出来。

"说法文吧！把主教大人亲口讲的重述一遍，要不折不扣，也不要添油加醋！"前任修道院院长说道，声音粗暴，态度也极不

---

① 指公元四世纪的罗马皇帝君士坦丁大帝（约280–337），他统一西方，允许基督教自由传播。

② 罗马历史学家和文学家，曾任执政官和亚细亚行省总督。

文雅。

一位主教送给一个《神学院的年轻》学生一份多么奇特的礼物呀！他说，一边翻着精美的《塔西陀全集》，烫金的切口似乎使他感到厌恶。

在听完详细的汇报后，两点的钟声已经响了。他才允许自己宠爱的学生回到房里去。

“请您把《塔西佗全集》的第一卷留下给我，那上面写有主教大人的题词。”他向于连说道，“我走后，这一行拉丁文将是您在这所学校里的避雷针。“因为对您来说，我的孩子，继任者将是一头愤怒的狮子，它正在寻找可吞噬的人。”

第二天早上，同学们和他谈话时的态度有些不同寻常。他于是更加小心谨慎。

“看，”他想，“这就是彼拉神甫辞职的后果。整个学院都知道了，我被看作是他的宠儿。”

在这种方式中一定含有侮辱，但他又看不出来。可事实上，情况恰恰相反，他在寝室的通道上遇见的那些人的眼睛里已没有仇恨的影子了。

“这是怎么回事？这肯定是个圈套，可别让他们钻空子啊。”最后维里业的那个小修士终于笑嘻嘻地向他吐露了真情：“《塔西佗全集》啊！”

一听到这话，所有的人都争先恐后地来向于连道贺。不仅仅是因为他从主教那儿得到这份精美的礼物，也因为他荣幸地与主教谈话达两个钟头之久。他们连最小的细节都知道。从此，不再有嫉妒，他们卑怯地向他献殷勤：卡斯塔奈德神父，头一天还对他粗暴无礼，此刻却跑来拉住他的胳臂，还要请他吃午饭。

于连本性难移，这些粗俗的人的无礼曾经给他造成了许多痛苦，他们的卑躬屈膝又引起他的厌恶，一丝快乐也没有。

将近正午时，彼拉尔神父在和他的学生们告别前，向他们做了一次严肃的讲话：“你们想要世间的荣誉，社会上的一切好处，发号施令的快乐，还是永恒的获救？即使你们中最不上进的，只须睁开眼睛，也会区别这两条道路。”

他刚走出大门，耶稣圣心派的信徒们就到小教堂唱《感恩赞美诗》去了。神学院里没有人把前院长的训话当回事。“他对自己被免职极感不快。”到处都有人这么说，神学院的学生中没有一个人会天真地相信有人会自愿辞去一个与那么多大施主有联系的职位。

彼拉尔神父搬出去后住在贝藏松最漂亮的一家旅馆里。他以处理一些事务为借口，还要在那里待一两天。

主教请他吃过饭了，为了打趣代理主教，还竭力让他出风头。在端上饭后小吃时，从巴黎传来了一道奇特的新闻。说彼拉尔神父已被任命为离京城四里路远的有名的N教区的教士。善良的主教真诚地祝贺他。主教把整个这件事看成是一场玩得巧妙的游戏，因此情绪极好，极高地评价了神甫的才能。他在这件事里看到了一个极其巧妙的安排，这使他感到高兴。并且他还给了彼拉尔神父一张拉丁文的华贵的证书，上面写着对彼拉尔神父的才能给予的最高评价。当德·弗里莱神父要提出异议时，主教命令他不要开口。

当晚，主教大人专程拜会了吕邦普雷侯爵夫人。这在贝藏松的上流社会中是一大新闻。人们越猜越糊涂，怎么会得到这样不寻常的恩宠。有人已经看见彼拉尔神甫当了主教了。一些机灵鬼则认为德·拉摩尔侯爵当了大臣。于是在这一天，他们都敢于嘲笑德·弗里莱神父平时所表现出的傲慢态度了。

第二天早晨，街上差不多到处都是为彼拉尔神父送行的人。彼拉尔神甫去见审理侯爵案子的法官们，人们几乎在街上尾随他，商人们也站在自家店铺的门口。这还是第一次，他被这样热烈地接待。这个严厉的冉森派教徒，对这一切却都并不领情，跟他为侯爵挑选的那些律师们仔细地讨论了一番，就启程去巴黎，只有两、三个中学时代的朋友一直送他到马车旁，对马车上的纹章赞叹不已。

彼拉尔神父情不自禁地告诉他们：“他当了十五年修道院院长，今天离开贝藏松，身边只有五百二十法郎积蓄。”

他的那些朋友们和他拥抱时都流下了眼泪。这几位朋友流着泪拥抱了他，私下却说："善良的神甫本可以不说这谎话，这也太可笑了。"

一些平庸的人，被金钱迷住了心窍。他们对彼拉尔神父十五年以来从个人的诚意中获得必要的力量去单枪匹马地去和玛丽·阿拉科克[①]、耶稣圣心会、耶稣会教士以及他的主教做斗争这一点，是无法理解的！

① 玛丽·阿拉科克（1647—1690），圣母往见会修女，宣扬对耶稣圣心的崇拜，受到冉森派的反对。

第三十章

野心家

凡是大人物都有点惺惺作态，明眼人知道，这是表面上彬彬有礼，骨子里压根就瞧不起人。神父对侯爵高贵的态度和差不多是欢乐的声调备感诧异。不过这位未来的大臣接待彼拉尔神父时，一点也不注意一般大人物特别重视的那些小礼节。这等繁文缛节看上去彬彬有礼，但明眼人一望便知是多么的傲慢无礼。何况侯爵已投入在他的大事业里，他确实没有时间可以浪费了。

六个月来，他一直忙于策划，想让国王和全国接受某种内阁，这内阁出于感激，会让他当上公爵。

多年以来，侯爵要求他在贝藏松的律师能就弗朗什—孔泰的诉讼案件上给他一份明白确切的工作报告，但毫无结果。那位有名的律师自己都弄不明白，如何能给他解释清楚呢?

彼拉尔神父交给他的那张小方纸片，解释了这一切。

“我亲爱的神父……”侯爵用了将近五分钟说了一大套客气话，又问了问私人生活情况。

然后向他说道：“我亲爱的神父，在我的所谓飞黄腾达中，我没有时间去关心两件虽小却重要的事：我的家庭和我的买卖。虽然我非常关心家庭的前途，我想使它进展很快。我还关心我私人的享乐，这原本是一切事中最重要的，至少在我看来是如此。”他补了一句，无意中发现彼拉神父眼中的惊奇。

尽管彼拉尔神父是个通情达理见过很多世面的人，但当他看到一个老年人如此坦率地说道自己私人的享乐时也不能不感到惊奇了。

“在巴黎，干活的人肯定是不缺少的。”这位官老爷继续说道，“不过他们都住在六层楼上。有一次我雇用了一个人，他就在三楼租了一套房子，而他的妻子会每周定出一天接待客人。结果，这个人除了充当交际家外，就不再认真工作了。结果他不再工作，不再努力，除非为了成为或显得像个上等人。这是他们有了面包之后唯一的事情。

“关于我的诉讼问题，确切地讲，我的每一件案子都有律师为我卖命。实话对您说，我有好几个律师都自杀了，就在前天，又有一个害肺病死了。不过为了处理我的事情，先生，您能相信三年以来，我竟找不到一个人，在他为我写东西的时候肯多少认真地想想他在干什么。不过，刚才说的这些不过是个开场白而已。

“我尊敬您！而且我可以说，尽管我们是初次见面，我很喜欢您。您愿意做我的秘书吗？薪水八千法郎或者加倍？我跟您打赌，即便如此您还可以捞到许多好处。我负责替您保留您那个好教区的职位，在我们不能继续合作时，您也不会赋闲。”

彼拉尔神父立刻就拒绝了，但是在谈话快结束时，他看出来侯爵确实有点为难，于是想起了一个主意，便说道：“我在神学院里丢下一个可怜的年轻人，如果我没有弄错的话，他在那儿将受到粗暴的迫害。如果他是个一般的教士，也早就in pace①了。

迄今为止，这个年轻人只对拉丁文和《圣经》比较熟悉，不过有一天，他很可能表现出伟大的才干，不是传道宣教，就是指导灵魂。我还无法确定他将来要做什么，但是他有热烈的宗教信仰，他的前程无限光明。我本来打算万一遇见一位主教在对人对事的看法上，哪怕和您有一点相像，便把这个年轻人交给他。”

“那个年轻人是什么出身？”侯爵问道。

---

① 拉丁文：在牢里。

“很多人说他是我们山里一个木匠的儿子，但我认为他大概是某个富人的私生子。我曾见他接到一笔匿名或化名的信，其中有一张五百法郎的汇票。”

“啊！原来是于连·索海尔呀！”侯爵吃惊地说道。

神父惊讶地问道：“您怎么知道他的姓名呢？”

侯爵满脸阴郁地说：“这件事我就不能告诉您了……”

“那好！”神甫说，“您可以试试让他做您的秘书，他有毅力，有理智。一句话，值得一试。”

“当然可以啊！”侯爵说，“不过这个人会不会接受警署署长或其他什么人的收买，到我这里做间谍工作呢？如若反对，这是唯一的理由。”

在神甫做出有利的担保之后，侯爵取出一张一千法郎的钞票：“在您把这路费寄给于连·索海尔，叫他快点到我这里来工作吧！”

“一看就知道您住在巴黎。”彼拉神甫说，“您不知道专横暴虐是如何压在我们这些可怜的外省人身上的，尤其是那些不以耶稣会士为友的教士们，受到耶稣会教残酷统治。他们肯定不会让于连离开那里，他们会编造出一套最巧妙的借口。他们会回答我说他生病了，或者说邮局把信件丢失了……”

“一两天，我请大臣写封信亲手交给主教就行了。”侯爵说。

“还有一件重要的事我要告诉你，”彼拉尔神父说，“这年轻人尽管出身卑微，心气却高远，如果伤了他的自尊，他就不会有任何用处，您会使他变得愚蠢。”

“我就喜欢这样的人！”侯爵高兴地说道，“我让他做我儿子的朋友，这样总没问题吧？”

过了几天，于连收到一封字迹生疏的信，盖有沙隆地方的邮戳。信内附有一张在贝藏松某家银号取款的汇票，还有一份立即前往巴黎的通知，信末签署了一个假想的名字，但是当于连打开信时，他不禁打了一个寒战：“一片树叶落在脚下。”这就是他和彼拉尔神父私下约好的暗号。

仅仅不到一小时，于连被召到主教官邸去了。他在那里受到了主教慈父般亲切的接待。主教大人一边背诵贺拉斯，一边恭维他，说在巴黎等待他的是远大的前程。而这些恭维话说得很巧妙，于连要感谢，就得做出解释。于连一句话也没说上来，因为他压根就搞不清楚这是怎么回事，主教大人仍对他表示非常尊敬。过了一会儿，市长急忙亲自送去一张签好的通行证，旅行者的姓名空着待填。

当晚，十二点钟以前，于连已经在富凯家里了，富凯头脑冷静，等待着他朋友对前程所抱的态度，更多的是惊异而不是羡慕。

“这件事的结果，”那位自由党的选民说道，“无非是安排一个内阁职位给你，使你不得不参加某些活动，不得不为政府出主意，并在报纸上受到公开侮辱。等我知道你的消息的时候，你已经丢尽了面子。你应该记住，单从经济方面来说，在自己做主的正当的木材生意中赚一百路易，也比从一个政府那里接受一千法郎强，哪怕是所罗门王[①]的政府。”

于连觉得这不过是乡下人的鼠目寸光。他终于要在伟大事业的舞台上展翅腾飞了。在他的想象中，巴黎到处是玩弄阴谋、极其虚伪的人，但他们表现得却像贝藏松的主教和阿格德的主教一样彬彬有礼的才智之士。他宁愿少过一些稳定的生活，也要多冒风险！在他的心里，根本不会存在饿死的恐惧。到巴黎去的幸福已经掩盖了他眼前的一切。能去巴黎是多么的幸福，在他眼里，其他的一切都不那么重要了。他在他的朋友面前，总是显出谦卑的样子，好像彼拉尔神父的信已经使他失去了主宰似的。

快到第二天中午时，他到了维里业，这时他是世界上最幸福的人了！他打算好了要去见德·雷纳夫人。他首先到了他的第一位保护人善良的谢朗神甫家里。他受到的接待是严厉的。

“您认为您受过我的恩惠吗？”谢朗先生说，没有理他的问候，“您跟我一道吃饭，这期间有人去为您另租一匹马，您离开维里业，什么人也不要见。”

“聆听就是服从。”于连作出一副神学院学生的样子。于是除

① 所罗门王，公元10世纪的以色列王，以治国有方著称。

了神学和拉丁语以外，他们没涉及其他问题。

于连骑上马，大约走了一里路，远远望见了一片树林，当时没有任何人看见他，他就钻了进去。日落时分，他把马送回。稍晚，他走进一个农民的家里，那个农民同意卖给他一个梯子，跟着他走。一直送一个小树林里。那里能俯瞰维里业的忠义大道。

“他准是个可怜的逃避兵役的人……或者是个走私犯，”那农民跟他告别时想，“但这没啥关系，我的梯子卖了很好的价钱，再说我自己，这一辈子也不是没有干过这种勾当。”

夜很黑。快到深夜一点钟的时候，于连扛着梯子进了维里业城。他尽早下到急流的河床里，这河流有十来尺深，两岸都立着高墙。于连利用梯子很轻易就爬上去了。

“看家的狗将怎样迎接我呢？”于连想。全部问题就在这里，狗叫了起来，冲着他飞奔过去。他轻轻吹了声口哨，它们就对他表示亲昵了。

他登上一块又一块台地，虽说所有的铁栅都深锁着，但他仍然很轻松地走到了德·雷纳夫人睡房的窗子下面，这间屋子面向花园，离地面只有八到十尺高。

在百叶窗扉上于连所熟悉的，有个心形小窗口。可是这个小洞并没有像往常那样，被一盏守夜灯从里面照亮，这使于连大失所望。

“我的天哪！”他暗自说道，“今夜，德·雷纳夫人没有住在这屋子里。那么，她又会睡在哪儿呢？他们全家都应该在维里业，因为我已发现了这些狗。可是在这间没有守夜灯的房子里，我可能会碰上德·雷纳先生本人或另一个陌生人，那将会引起怎样的一场风波啊！”

最谨慎的办法是离去，但这使于连感到厌恶！

“如果是一个陌生人，我就丢下梯子撒腿跑掉。如果是她呢，等待我的是什么样的接待？她正沉浸在悔恨和极度的虔诚中，这我不能怀疑。可她总是还记得我，既然她刚给我写过信。”这番推理使他下了决心。

他的心在颤抖，不过他已下定决心！要么看到她，要么就死亡。他捡起几颗小石子，就朝护窗板扔了几块小石子，没有回音。他把梯子靠近窗子，亲自去敲那百叶窗格，起初是轻轻地敲，后来是使劲儿地推。“不管天多么暗，他们还是能朝我开枪。”他在心里嘀咕。这一想法，使他那疯狂的企图变成了一个敢不敢行动的问题了。

“这间卧室今晚怎么没有人住呢。”他心想，“不然的话，无论谁睡在里面，现在也该醒了。因此不必再瞻前顾后的了，只是要注意别让睡在别的屋子里的人听见。”

他下来，把梯子对着一扇护窗板放好，又上去，把手伸进心形小洞，幸运地很快摸到系在关住护窗板的小钩子上的铁丝。他把铁索一拉，感到一种说不出的快乐，因为这扇百叶窗上的插销已经打开了。要慢慢把它推开，她会认识我的声音。他把百叶窗推开了一点，足够使他把头伸进去，同时低声说道：“是自己人。”

他仔细聆听，不见房间里有任何动静。但是在壁炉架上，肯定没有守夜灯，连一点半明半灭的灯光也没有，这是个不祥之兆。

“小心枪子儿！”他考虑了片刻，然后鼓起勇气用手指敲了敲窗户。没有回答，他又使劲儿敲了敲。

“就算是把玻璃敲碎了，我也得把这件事干完！”

他加大了力度，忽然间他好像看见在极端黑暗的夜色里有一个白色的影子从室内穿过。是的，再没有什么可怀疑的了，他的确看到一个影子，这个影子非常缓慢地向前移动。突然，他看见半个脸贴在他的眼睛凑得很近的那块玻璃上。

他哆嗦了一下，往后退了一下。但是那天夜晚是那么昏暗，即使在这么一点距离之间，他也无法辨认这是否就是德·雷纳夫人。他害怕对方会发出惊叫，耳旁又传来那几条狗在梯子旁边发狂似的地咆哮声。

“是我，”他反复地说，声音相当大，“一个朋友。”没有回答，白色的幽灵消失了。

可是没有回答，那个白色的幻影消失不见了。“求您把窗子打开，我有话要跟您讲，我太不幸了！”他使劲儿敲那窗子，快把玻璃都敲碎了。

一记轻而脆的声音传来，窗子的插销拔开了，他推开窗户，轻轻一跳，进了屋子。

白色的幻影走开了几步，他一把抓住那胳臂，他肯定这是一个女人。他的勇气顿时一落千丈。

如果这是她，她会说什么？当他从一声轻轻的叫喊中听出那正是德·雷纳夫人时，他是何等的激动啊！

他把她紧紧地抱在怀里，她战栗着，几乎没气力推开他。

“不幸的人！您要干什么呀？”

她那颤抖的声音勉强说出了这句话。于连看出了她是真的愤怒了。

“十四个月不见，我受尽了折磨，现在是特地来看您的。”

“出去，马上离开我！啊！谢朗先生为什么阻止我给他写信呢？这样可怕的事情本来是可以避免的啊。”她用一种强大的力量推开他。

“我对我的罪孽感到悔恨，蒙上天垂顾，让我迷途知返。”她反复地说，声音断断续续，“出去！快走！”

“在悲惨的十四个月以后，我得和您谈几句才能离开。啊！我爱您爱得够深，我配听到您的知心话……我要知道一切。”

不管德·雷纳夫人怎样拒绝，于连那强有力的声调还是在她心里产生了不小的影响。

于连满怀激情地紧紧抱住她，不让她挣脱，然后稍稍松了松胳膊。于连使劲儿全力拥抱她，这个动作使德·雷纳夫人稍微安定了一些。

“我去把梯子拉上来，”他说道，“要不然它会连累我们。如果有个仆人被惊醒了，要到花园里去巡逻的话……”

“啊！那就连累吧，您出去，出去！”她对他说，真的生气了，“您跟我一点关系都没有！跟我有关系的只有上帝，天主会亲眼看到您对我表演的这一幕，而且还要惩罚在我身上！您真卑鄙，竟滥用我对您曾经有过的感情，这种感情我现在已经没有了。您该明白了吧？于连先生！”

他慢慢地把梯子拉了上来，以使它不发出响声来。

“你的丈夫在城里吗？”他问她，倒不是要冒犯她，实在是出于旧有的习惯，脱口而出。

“不要这样对我说话……我求求您，否则我就去叫我丈夫。不管发生什么事，单单我没有把您赶走这件事来说，我的罪过已够严重了！我实在看您可怜。”她继续说道，试图刺伤他的自尊，她知道这自尊是多么的敏感。

她拒绝“你”“我”这样的亲密称呼，就是为了击碎他还抱有的希望。这反而使于连的爱情达到了疯狂地步。

“怎么说！您不再爱我了，这不可能！”他向她叫道。那发自内心的声音，让人听了很难再保持冷静。

她不作答，他则凄苦地哭了。

的确，他没有力气说话了。

“那么……我被唯一曾经爱过我的人完全忘记了！从今以后……我活着已经没有什么意义了！”自从他不在担心遇见的是个男人，当他不再害怕会遇见什么人的危险时，他所有的勇气都离开了他。除了爱情，一切都从他心中消失了。

他幽幽地哭了许久。他抓起她的手，她想抽回，然而，几番痉挛地动了动，还是随他去了。夜黑极了，他们并排坐在床上。

“这和十四个月前的情景有多么大的差别啊！”于连心里想，他的眼泪加倍地流着，“看来离别真能毁灭人类的一切情感！我最好还是离开吧。”

“请告诉我您所经历的一切。”于连痛苦极了，终于泣不成声地说。

“无疑的，”德·雷纳夫人厉声说道。语气之间，含有对于连的责备，“我失足的事情在您走后已经闹得全城沸沸扬扬的。您的行为实在太不谨慎！不久以后，在我完全处于绝望的时候，那可敬的谢朗先生来看我。很长一段时间，他想让我坦白，然而没有用。

有一天，他把我带到第戎的教堂里去，这恰好是我第一次领圣礼的地方。这一次，他主动地谈起来了……”德·雷纳夫人讲到这里的时候，她的话被眼泪打断了。

“我那时是多么羞愧啊！我承认了一切。这个心地如此善良的人，承他关照，没有对我厉声斥责，而是同我一起感到痛心。

“在这段日子里，我每天都给您写信，但我不敢把它们寄给您。我小心地把它们藏起来，当我痛不欲生的时候，就躲在卧室里重读那些信。

“后来，谢朗先生要求我把这些信交给他……其中有几封，写得略微谨慎些，就寄给了您，您一封也不回。”

“从来没有！我可以发誓，我在修道院里从没有收到过你寄来的任何信件。”

“伟大的天主啊，谁把这些信截了？”

“你想我有多痛苦吧，在大教堂里看见你之前，我甚至不知道你是不是还活着。”

“天主向我开恩！使我懂得了我对天主、对我的丈夫、对我的孩子们犯了多么严重的错误。”德·雷纳夫人继续说道，“我丈夫从来没有爱过我，像以前您那样热烈地爱过我……”

于连不由自主倒在了她的怀里。但是德·雷纳夫人把他推了出去，继续坚定地说下去：“我那可尊敬的朋友谢朗先生使我认识到，当我和德·雷纳先生结婚时，就等于把我所有的感情都交给他了。甚至包括我不知道的、那致命的关系之前从未体验过的那些……自从我把那些信交给了他，这些信对我来说是那样的宝贵，我的生活，即便是不幸福，至少也是非常平静。我恳求您不要再扰乱我的生活，我们可以成为朋友……一个我最好的朋友吧！”于连在她手上印满了吻。她感觉到他还在哭。

“别哭了，这真让我难受……该您告诉我您的事了。”

于连不知该说什么。

“我愿意知道您在修道院里的生活。”她继续说道，“然后您就离开这里吧。”

于连说道他最初遇到了无数的嫉妒和阴谋，后来又说道他在被提拔为辅助教师和以后比较平静的生活，但他的心却不在他叙述的这些上面。

“正在这时候，”他补充道，“长时间的沉默之后，那沉默显然是让我明白您已不爱我了，我对您无关紧要了……”

“这无疑是为了要使我了解我今天看到的现实，虽然这是我不愿意接受的事，您不再爱我了。您已经不再在乎我了……”德·雷纳紧紧地捏了一下他的手。

“就在那时，您给我寄来了五百法郎的款子。”

“从来没有！”德·雷纳夫人说道。

“那是一封盖有巴黎邮戳的信，是用保罗·索海尔署的名，为的就是要避免一切怀疑。”

他们中间起了一阵小小的争论，争论那封信可能的来源。他们的精神状态于是为之一变。不知不觉，德·雷纳夫人和于连都放弃了严肃的语调，重新使用温柔友爱的语调开始交谈了。夜色深沉，他们彼此都看不清对方的脸，但他们说话时柔情蜜意的声调可以说明一切。于连伸开胳膊，搂住了情人的腰，这举动很危险。她试着推开于连的胳膊，而他相当巧妙地用叙述中一个有趣的场景引开了她的注意力。于是，这只胳臂似乎被遗忘了，仍旧停留在她的腰间。

关于那封附有五百法郎的信件的来历，经过他们多方猜测后，于连又转回到他的叙述上来了。他变得略微镇定了一些，叙述他过去的生活，他多少增加了点自信，其实，和眼前发生的情况相比，他对过去的生活并没有多大兴趣。他的注意力完全在这次拜访将如何结束。

“您快走吧！”人家总是时不时这样跟他说，口气也很生硬。

“如果我就被她这样赶走了，该是多大的耻辱啊！我将在懊悔中度过我的一生。”他心里暗自想道，“她永不会给我写信了。谁知道我何时再回到这个地方！”

这时，于连心里所有神圣的观念，很快都全部消失了。

在这个他曾经是那么幸福的卧室里，在沉沉黑夜之中，清楚地知道她一直在哭，感觉到她抽泣时胸脯的起伏，于连不幸地变为一个冷冰冰的政治家，冷静自持，精心计算。差不多和他当年在修道院时发现自己成为一个比他厉害的同学嘲笑的对象时一样。于连继续叙述，还谈到他离开维里业后不幸的遭遇。

“那么……”德·雷纳夫人暗自想道，“分别了一年，几乎没有任何还被怀念的表示，他却只想着在维尔基度过的那些幸福的日子，可我却把他忘了。”她抽泣得更厉害了。于连看见他的叙述获得成功。他认为到了施行最后的一招的时候，于是忽然他提到刚收到的从巴黎寄来的信。

“我已向主教大人告辞了。”

“怎么？您不再回贝藏松去了吗？您要永远离开我们吗？”

“是的！”于连用异常坚定的口吻回答道，“是的，我要离开这个连我一生最爱的女人都把我忘记的地方，我要离开它，永远不再见到它。我要上巴黎……”

“你要到巴黎去！”德·雷纳夫人声音相当高地叫了出来。

她的声音几乎被眼泪噎住，极端的慌乱暴露无遗。于连需要这种鼓励：他正要采取一个可能对他极为不利的举动。在她的惊叫以前，他没有看见这一点，他完全不知道能产生这样的效果。他不再迟疑了，担心悔恨的心理支配着他，他站起来冷酷地说道：“是的，夫人，我要永远地离开您了，祝您幸福，永别了。”

他紧紧朝窗子走了几步，正当把窗子打开的时候。德·雷纳夫人向他扑了上去。他感到她的头靠在他肩上，并且把他抱在怀里，用她的脸颊贴在他的脸颊上。

就这样，经过三个小时的对话，于连得到了他在最初两小时里渴望得到的东西。

如果爱情的回归来得更早一些，那么德·雷纳夫人心中悔恨的消退，那可能是一种无上的幸福，然而似这般通过手段才得到，那就只能是一种快乐了。

于连不顾情侣的劝阻，坚持要点燃那盏守夜明灯。

“那么，”他向她说道，“你愿意我心里没有半点儿和您约会的记忆吗？您要彻底否定我将永远消失在你这明媚眼睛里的爱情？难道我再也不能看见你这双手漂亮嫩白的肤色吗？想想吧，我可能离开您很久呀！”

“真羞死我了！”德·雷纳夫人心里想道。但是永别的意念使她潸然泪下，想想就什么也不能拒绝他了。晨曦已开始清晰地在描绘维里业城东边山上松树的轮廓。陶醉在欢情里的于连不但不离去，反而要求德·雷纳夫人把他藏在她的卧室里再度过一天，第二天夜里才离开她。

“为什么不可以呢？”她回答说，“我再度失足，实在是命中注定，要使我的人格完全破产，我现在连我自己也看不起我自己，你这造成我终身的不幸的人啊。”她心醉神迷地把他紧压在心上。“我丈夫跟从前大不一样了，他起了疑心，他认为我在整个这件事里把他耍得团团转，对我动不动就发火。他只要听见一点声音，我就完了，他会像赶走一个坏女人那样把我赶走，我可也是个坏女人。”

“啊！这是谢朗先生的语言！”于连说道，“在我走向修道院这个残酷的道路之前，你不会这样跟我说话的，那时候你爱我！”

于连的话说得很冷静，他得到了补偿，他看见他的情人很快忘记了丈夫的在场会给她带来的危险。而她心中却蹦出了一个更大的危险，是看见于连对她爱情的不信任。

白日迅速地诞生了，把房间照得通亮，于连又获得了骄傲给予他的一切欢乐。当他再次看见一个美丽的女人躺在他怀里，甚至依偎在他的脚边时，他真是得意忘形。而这个他唯一爱过的女人，几个钟头之前还整个儿沉湎在对那个可怕的天主的恐惧之中，沉湎在对自己的职责的热爱之中。一年来，坚持自守的决心，被于连的勇气全部瓦解。

过了一会儿，屋外发出了响声，一件不曾想到的事，使德·雷纳夫人受到万分惊扰。

“那个可恶的爱丽莎要到这间屋子里来了，梯子这么大，怎么办？”她对她的情人说，“把它藏在哪儿呢？我去把它搬到顶楼上吧？”她突然叫道，那种活泼劲儿又上来了。

“这才是你当年的面目！”于连喜出望外地说道，“不过你得经过仆人的房间啊。”

“我把梯子放在走廊上，把仆人叫来，让他去办。”

“你得准备好一句话，如果仆人走到梯子跟前，他会注意到它的。”

“是的，我亲爱的乖乖！”德·雷纳夫人说道，同时吻了他一下，“你呢，得赶快躲到床底下去，我不在的时候，爱丽莎会进来的。”

于连对她这种突如其来的兴致感到惊奇。

“看来，”他心里想，“突如其来的危险，没有让她感到慌乱，反而使她快活起来，这是因为她已忘了悔恨！的确是个出类拔萃的女人！啊！她，能够占有这颗心，真是光荣极了！”于连感到高兴极了。

德·雷纳夫人拿着梯子，显然是太沉了。于连去帮她，果然是一副优美的好身材，看上去那么柔弱无力，谁知突然间，她不用帮忙，一把抓住梯子，像一把椅子似地举了起来。爱情让她此刻充满了力气，她迅速地把梯子搬到了四楼过道里，将它靠倒在墙上。然后叫唤仆人，并且利用仆人穿衣服的短暂的时间，上了阁楼。五分钟以后，她再回到过道时，却发现梯子不见了。梯子到哪儿去了呢？如果于连已经离开了这所住宅，她倒不觉得这是什么大不了的危险。如果她丈夫看见了梯子！这件事可就糟透了。

德·雷纳夫人到处都跑遍了，后来才发现梯子被放在屋顶下面，是仆人把它搬过去藏起来的。这种情况很特别，若在过去，会让她惊恐不安的。

“二十四小时以后可能发生的情况，跟我有什么关系呢？”她心里想，“那时于连早已不在这里了。到那时候，对我来说一切不都是恐惧和悔恨吗？”

她模模糊糊地想到，该结束生命了，可那又有什么关系！她以为是永别了，可是后来他又被还给了她，她又看见他了，而且他为了来到她身边所做的那些事表现出多少爱情啊！

在向于连叙述梯子的事时，她说道："我将怎样回答我的丈夫呢，如果仆人向他说起发现梯子的事？"她沉思了一会儿，"不过，这没关系，即使他们发现了，他们要把卖梯子给你的那个乡下人找出来，至少也得二十四小时。"说到这里，她情不自禁投入了于连的怀里，痉挛般地抱紧他，"啊！死吧，就这样死吧！"她一边叫，一边频频吻他，她高声叫了出来，同时疯狂地吻着于连。"但是总不能让你活活饿死吧。"她突然笑着说道。

"来吧，你先到戴维尔夫人的房间里藏起来，这个房间经常是锁着的。"她去守望过道的另一端，于连赶快跑了过去。

"如果有人敲门，你千万不要打开。"她一面把门锁上了，一面说，"总之，这不过是孩子们在玩耍时开的一个玩笑。"

"你把他们请到花园里来，就在这窗子下面。"于连说道，"假如能看见他们，我会感到很愉快的！"

"是呀，是呀！"德·雷纳夫人向他喊着走开了。她很快就回来了，抱着饼干、橘子和一瓶马加拉酒，她只是偷不到面包。

"你的丈夫在干什么呢？"于连追问道。

"他在起草跟乡下人做生意的计划书。"

八点的钟声已经悄然响起，城堡里多了一些喧杂的声音。如果在这时还看不见德·雷纳夫人，大家会到处寻找她的，她不能不离开他。很快她又冒冒失失地回来，端来一杯咖啡，她生怕他饿坏了。早餐后，她成功地把孩子们都带到戴维尔夫人寝室的窗子下。他感觉到他们都长得很高了，但是让他失望的是，他们的样子却变了，变得平凡了，要不然就是他自己的思想已经转变了。德·雷纳夫人向他们讲起了于连。老大的回答还有对过去的家庭教师的友情和怀念，可两个小的已差不多把他忘了。

德·雷纳先生这天早上待在门口，他一会儿上楼，一会儿下楼，忙着和几个乡下人达成交易——要把今年收获的土豆卖给他们。一直到吃午饭前，德·雷纳夫人简直拿不出一分钟时间去照顾她的情人。午餐的钟声响了，而且午餐已经摆好。德·雷纳夫人这时才想起要去偷一盘热汤给他吃。他可怜的于连已经好久没有吃过东西了，当她小心谨慎地端着汤，轻轻地走向他躲藏着的房间门口时，她迎面撞见了这天早晨藏梯子的仆人。这时，他也无声无息地在过道里走，仿佛在听什么。也许于连走动时不小心。仆人走远了，有些摸不着头脑。这个仆人尴尬地走开了，德·雷纳夫人才大胆地走进了于连的房间里。这一撞见，使他不寒而栗。

"你怕了，"她对他说，"我吗，我可以蔑视世界上任何危险，眉头都不皱一皱。我只害怕一件事，那就是在你离开我之后，我将是孤苦伶仃的一个人。"她说完立刻跑着离开了。

"啊！"于连激动不已，自言自语道，"悔恨是这颗崇高的灵魂所害怕的唯一危险。"

最后的黄昏来临，德·雷纳先生出门到俱乐部去了。

德·雷纳夫人装作头痛得厉害，她回到自己寝室里，赶忙把艾丽莎遣走。然后她又很快爬起来，去给于连开门。

事实上，于连真的饿坏了。德·雷纳夫人赶忙跑到食品室，给他找面包。于连听到一声惊叫。德·雷纳夫人回来后跟于连说，她进入没有点灯的配餐间，走近一个放面包的碗橱，一伸手，却碰在一个女人的胳膊上，原来是艾丽莎，她吓得惊叫了一声，声音大到连于连都听见了。

"她在那里干什么呀？"

"偷糖或者监视我们，"德·雷纳夫人说道，显出满不在乎的样子，"不过总算好运气，我找到了一块面包和一个大馅饼。"

"那里是些什么东西呀？"于连指着她围腰的口袋说。

德·雷纳夫人差点忘记了，她怕她可怜的情人饿，从吃晚饭时起，她的围腰口袋里就已塞满了面包。

于连用最强烈的热情把她紧紧抱在怀里！在他眼里，她从没有今天这样美丽。

"就是在巴黎，"他面露愧色地自言自语道，"我再也不会遇见比这更伟大、更让我着迷的性格了。"

她有着一个不惯于此类体贴的女人的全部笨拙，同时又有着一个只害怕另一种性质的更为可怕的危险的人的真正勇气。

她只害怕另一种性质的危险，而且这是一种更可怕的危险。

正当于连吃着又香又甜的夜餐，他的情人就饭食的简单跟他开玩笑，因为她害怕一本正经地说话。忽然有人在外面使劲儿推门。德·雷纳先生来了。

“干吗关着门？”他向她大喊道。

时间紧迫，于连刚好躲到长沙发下面去藏起来了。

“怎么！您竟然穿得整整齐齐，”德·雷纳先生说着走进了门，“您怎么会锁着房门在吃夜餐，而且把房门锁着！”

若是在平时，这个用夫妻间极冷淡的口吻提出的问题，是会使德·雷纳夫人惊惶不安的。但此刻她特别担心的是她丈夫只要稍一低头就会看见于连。因为德·雷纳先生一进门直接就坐在于连刚才坐过的椅子上，椅子正好面对着那张沙发。

头痛可以用来说明一切。随后，她丈夫平淡无味地向她详细叙述他在俱乐部的弹子房是如何赢得赌注的。

“真的！一个十九法郎的赌注。”他补充道，正在这时，她突然看见在她前面三步远的一张椅子上，于连的帽子正摆在那里。她本来应该惊慌失措的，但此刻她却表现得更加冷静。她开始脱去衣服，过了一会儿，迅速从她丈夫身后走过去，随手把一件连衣裙扔在那把放帽子的椅子上。

德·雷纳先生终于走了。

她请求于连继续为她叙述他在修道院里的生活情形：“昨天我没听你说，你说话的时候，我只想着如何迫使自己把你打发走。”

她真是不谨慎到了极点。他们说话声音太高，以至于在凌晨两点钟时，他们的谈话被一阵凶猛的敲门声打断了。这回还是德·雷纳先生。

“快把门打开，家里有贼！”他说道，“圣让今天早上发现了他们的梯子！”

“一切都完了，”德·雷纳夫人高声说道，同时投入于连的怀里，“他会把我们两人都杀死，我知道，以他的性格来说，他绝不会相信有贼，就算死了也好，我要在你怀里死去，我死了比我过去活着更加幸福。”她不理她那大发雷霆的丈夫，她热情地亲吻于连。

“你是要拯救斯塔尼斯拉斯的母亲！”他向她说道，并且命令式地看着她，“我从小房间的窗户跳到院子里，然后逃进花园，狗还认得我。把我的衣服打成一个包，立刻扔进花园。要尽可能地快！你就让他破门进来吧。你记住，千万不要慌，也千万不要承认今天的事！我禁止你这样！宁可让他产生怀疑，也不能让他有证据。”

“跳下去你会摔死的呀！”这是她唯一的答话，并且也是她唯一的顾虑。

她跟他一起走到小房间的窗前，然后她藏好他的衣服。最后她才给她暴跳如雷的丈夫开门。他冲进屋仔细看了看寝室，又搜查一下盥洗室，他并没有发现什么，然后怒气冲冲一句话也不说地离开了。于连的衣服被扔了下去，他拾了起来，朝着杜河那边花园的低处快速跑去。

他正跑着，听见一颗子弹呼啸而过，随即听见一声枪响。

紧接着又是一声枪响子弹从头顶飞过去。

“难道是德·雷纳先生，”他心里想，“他还缺少这两下子。”

几条狗在身旁奔跑，也不叫，又是一枪，看来打断了一条狗的爪子，因为它嗷嗷地惨叫起来。于连用尽力气翻过一座平台的墙，在树林的掩护下跑了五十步左右，然后朝着另一个方向逃跑了。

他清清楚楚地看见了那个仆人，也就是他的敌人，打了一枪，一个佃农也从花园的另一端开起枪来。但是这时于连已到达了杜河岸边，在岸边，他才把衣服穿好。

一个钟头以后，他已离维里业一法里远了，上了去日内瓦的大路。“如果有人起疑，”于连想，“他们会到去巴黎的大路上追我。”

下　卷

第一章

田园的乐趣

于连在一家小酒馆吃早餐。“我想先生是等候到巴黎去的驿车吧？”早餐店的主人微笑着对于连说道。

“今天的，明天的，无所谓。”于连说。

就在他装作毫不在乎的时候，驿车来了。上面空着两个位子。

“怎么回事呀？我可怜的法尔科兹！”一个从日内瓦那边来的旅客，对和于连同时上车的那个人说道。

“我还以为你已经在里昂[①]附近，罗纳河[②]畔一个迷人的山谷里安顿下来了呢！”

“说的好，定居下来？可是我在逃避。”

“怎么！你在逃避？你，圣吉罗，你这样一张老实的面孔，你没犯了什么罪吧？”法尔科兹微笑着说道。

“老天爷，和犯罪差不多，我在逃避外省那种令人厌恶的生活。我爱的是树林里那清新的空气和田园里幽静和谐的情趣，这你是知道的，你常常责备我想入非非。我一辈子都不想再听人谈政治了，可还是政治把我赶了出来。”

“你属于哪个党派？”

① 法国西南部城市，纺织业中心。

② 罗纳河，流经瑞士和法国的河流。

“我不属于任何党派，这就是我倒了霉的地方！我全部的政治就是：我爱绘画，爱音乐。一本好书，对我就是一件大事。我快四十四岁了，我还有几年活头呢？十五年，二十年，顶多三十年吧。我想三十年后的大臣们，总会比较能干一点，但他们和时下的正人君子也没有什么两样，英国的历史我看就是我们未来的镜子，从那里可以看见我们的将来。将来总会有一个不断将自己特权扩大的国王。想当议员的勃勃野心，对虚名的向往，像米拉波那样赚上十万法郎的欲望使外省的有钱人难以入寐，他们却把这叫作自由思想，热爱民众。国家犹如是一条大船，大家都争着当掌舵人，因为这个职位的报酬最多。那么，在这条船上永远也不会有一个可怜的小职位留给一个平凡的乘客！”

“是啊，是啊，那对你这个性情平和的人来说倒是很有意思的。是最近的选举把你赶出了外省吗？”

“我的不幸由来已久。四年前，我四十岁，我有五十万法郎。现在我的年龄增长了四岁，而我的财产却减少了五万法郎。那就是我变卖蒙弗勒里城堡给我带来的损失，这城堡在罗纳河畔，位置好极了。

在巴黎，你们所谓的十九世纪的文明使人人都不得不演着没完没了的喜剧，对此我已经感觉到厌恶，我渴望过一种淳朴简单的生活。于是，我在罗纳河附近的山区买了块土地。在天底下，再也找不出比这更美丽的地方了。

足足有六个月，村里的代理神甫和缙绅们都来巴结我，我请他们吃饭，告诉他们，我离开巴黎的原因，就是为了这一辈子再也不用谈政治，也不想听别人谈政治。你们看到了，我什么报纸也没订，邮差给我送的信越少，我越高兴。”

可是助理神父却不以为然，不久，种种不客气的请求和烦人的事情纷至沓来，使我应接不暇，我本来打算每个月捐款二三百法郎给穷人，他们却要我把这笔钱统统捐给宗教团体。比如，圣母会、圣约瑟会等。我断然拒绝了，于是我饱受凌辱。我真愚蠢，我竟因此感到万分恼怒。我再也不能在早晨出去享受山上美丽的景色了，在那里我可能会遇到一件件麻烦事，那将打断我的梦想，这使我很不愉快，也会让我想起某些人以及他们的恶劣行径。

拿丰年祈祷巡游来说吧，我很喜欢巡游时唱的歌曲，很可能是一种希腊时候的旋律，但现在巡游却不祈祷我的天地丰收了，因为助理神父说，这些地属于一个不信神的人，一个虔诚的老农妇死了一头母牛，就说是因为靠近了我这个不信神的人，来自巴黎的哲学家的一口池塘，八天以后，我发现池塘里的鱼肚皮朝天，全都被人用石灰毒死了。各种各样的麻烦事纷至沓来，治安官员原本是一个正派人，但因为担心他的职位会失掉，他总是判我无理。对我来说，田野的宁静对我来说成了一座地狱。由于村里圣会的头目、助理神父抛弃了我，自由党的头目，一个退休的上尉也不支持我。大家便一齐涌来欺侮我，甚至一年来靠我养活的那个泥瓦匠也和他们一起欺侮我，甚至为我修犁的车匠也想白白地欺骗我。

为了找个靠山，使我也能赢得几场官司，我就参加了自由党。但是，正如你所说的，选举这种鬼把戏来了，要我投某人的票。

“给一个不认识的人吗？”

“不，不认识，我不干，这一来便闯下了大祸，从这时起，我又被那些自由党人搞得焦头烂额，我实在是忍无可忍了。我相信，假如副本堂神甫想控告我杀了我的女仆，在两个党派里，至少会有二十个人站出来作伪证，发誓说他们亲眼看见我犯了谋杀罪。”

“你想住在乡下，却又不为你的邻居们的欲望效劳，甚至不听他们的高谈阔论。多大的错误啊……”

“你说得对啊！我正在弥补这个错误。我的蒙弗勒里城堡标价出售了，如果必要的话我情愿损失五万法郎。不过我感到很高兴，我可以离开这个充满虚伪和丑陋的地方了。在法国只有一个地方是寂静与和平的，那就是巴黎爱丽舍田园大街临街的五层楼上，我将到那里去住！不过我也还在考虑，由于我给教区送圣餐面包。我会不会在鲁尔区通过给教区送祝福面包来开始我的政治生涯。”

“在拿破仑的时代，你是不会遇到这一切的！”法尔科兹说这话时，两眼发亮，愤怒中含着惋惜。

“但愿如此，可你那波拿巴为什么自己都站不住脚？今天我的一切痛苦都是他造成的。”

听到这里，于连更加集中注意力了。从他的第一句话，于连就知道这位拿破仑分子——法尔科兹是德·雷纳先生童年时期的好友，后来在一八一六年被他抛弃。还有那个哲学家圣吉罗应该是某省政府长官的兄弟，这位省政府长官很懂得经营，而哲学家圣吉罗应该是知道如何通过招标为自己廉价租到公房的那个某省科长的兄弟。

“所有这一切，都是你的拿破仑造成的！”圣吉罗继续说道，“一个正直的人，从不伤害别人，已经四十岁了，又有五十万法郎的积蓄。他却不能在外省安顿下来，过平静安定的生活，因为那里的教士和贵族容不下他。”

“啊！不要讲他的坏话！”法尔科兹生气地叫起来了，“法国从未像他统治下的十三年中那样受到各国人民的尊敬。那时候，人们所做的一切都透着伟大。”

“啊！让你的皇帝见鬼去吧！”那个四十四岁的人继续说道，“他只是在战场上以及在一八〇二年整顿财政的时期是伟大的。但是后来他又有什么作为呢？他的那些侍从显贵、他那煊赫的仪仗以及在杜伊勒里宫中的召见礼——实际上是在翻版封建王朝所有的愚蠢行为。这个版本经过修改，还能用一个或两个世纪。贵族和教士想回到老版本上去，可他们缺少向公众推销所必需的铁腕。”

“真是出自一个老印刷厂主的论调啊！”[①]

“是谁把我从我的土地上赶走的？”印刷厂主怒火中烧地嚷道，“就是那些教士们！拿破仑签订了和解协议把他们请了回来，但既不像政府对待医生、律师和天文学家那样对待他们，又不把他们看作普通老百姓，普通老百姓的生机政府是不管的。假如你的拿破仑没有封那么多男爵和伯爵，今天还会有这么多傲慢无礼的贵族吗？不！那时代已经不复存在了。除了教士，就是那些乡村小贵族了，他们最让我恼火的是，强迫我当了自由党。”

“对的，年轻人，您说得一点不错！”法尔科兹高声说道，“还有就是不要为了不做铁砧，就把自己造成一个铁锤。不过我看他对华

① 实际上是法尔科兹当过印刷厂老板。

勒诺已毫无办法了，您认识那个流氓吗？那可是个真的呀。一旦您的德·雷纳先生被罢职，华勒诺就会代替他，他将说什么呢？”

“他将和他的罪行面面相觑，”圣吉罗说，“这么说您是了解维里业的啰，年轻人？您了解维里业？好吧！就让拿破仑和他那些破烂王朝一齐遭到毁灭吧。正是他使得谢朗和德·雷纳的统治成为可能。而他们的统治又导致了华勒诺和马斯隆之流的统治。”

这次有关一种黑暗政治的谈话使于连感到惊讶，把他从那些撩人的非分之想中拉了出来。

他远远望着巴黎的外景，心里并没有太大的反应。正在和他建筑在未来命运上的海市蜃楼进行搏斗。

他发誓：永不抛弃他情人的孩子，如果教士们带来了一个共和国并迫害贵族的话，他宁可牺牲一切也要保护这些孩子。

开始的两个钟头，当他的情人真的想把他赶走而他在黑暗中坐在她身边为自己申辩的时候，那又是多么的甜蜜啊！对于连这种人，此类回忆会跟着他一辈子的。渐渐地这次相会余下的部分已经和十四个月前他们相爱的最初时光融为一体了。

于连从深沉的梦想中猛然惊醒，车子停下来了，刚进入卢梭路驿站的院子。

“请带我去马尔美宗。”于连向一辆走近他的轻马车慢声说道。

“这时候吗？先生，您去那儿干什么呀？”

“不关您事，走吧！”

一切真正的激情都是只想着自己。这就是为什么我觉得在巴黎激情是那么可笑，一个人总是声称邻居多么想着他。于连到了马尔美宗时，他兴奋得哭了。尽管今年修建的那些可恶的白墙把这公园分割成一小块一小块的。但是，对于连来说，正如对后世人一样，在圣赫勒拿岛、阿尔科拉[①]和马尔美宗[②]之间，是没有什么区别的。

晚上，于连几番犹豫，方才进了剧院，他对这种使人堕落的地

① 意大利城市。

② 法国塞纳—瓦兹一地名。拿破仑的王后约瑟芬的产业，约瑟芬离婚后即在此居住。

方有些奇特的想法。

深刻的猜疑阻止了他去欣赏活的巴黎，仅仅是他心中的英雄遗留下来的许多纪念碑就使他感动不已了。

“我已来到伪善和阴谋的中心了！这里就是德·弗里莱神父的保护人所统治的地方。”

第三天晚上，于连去拜访彼拉尔神父。这位神父用一种极其冷漠的声调向于连说明他在德·拉摩尔先生家里将会过着怎样的生活。

“如果几个月之后，人家不要您了，您还可以堂堂正正回到修道院去，您未来的居停主人是位侯爵，是法国最大的贵族之一。您要像一个居丧的人那样，每天穿着黑衣，而不是像一个教士。我要求您，每星期到修道院去三次，继续搞您的神学研究，我将介绍您到那里去。每天中午，您就坐在侯爵的图书室里，他要让您写些有关诉讼和其他事务的信件。有些是为了其他事务，有些是为了诉讼问题。在他收到的每封信的白边上，侯爵都要用一两句话把应该答复的内容写下来。我说过，不出三个月，您就能写回信了，呈给侯爵签字的十二封信中他可以签上八九封。他只需要签上字就可以邮寄出去了。晚上八点钟，您得把他的办公室收拾得整整齐齐，然后十点后您就获得自由了。

“将来可能，”彼拉尔神父继续冷漠地说道，“某位态度温和的人或有某位年老的太太，为了能看一看侯爵接到的信件，他们会甜言蜜语地哄骗您，答应给您一些让人艳羡的好处，或者干脆就直接给你钱……”

“啊！先生！”于连高声叫道，脸涨得通红。

“这未免太奇怪了。”神父面带着苦笑说道，“您贫穷到这种地步，又在修道院待了一年，居然还生气，不愿意做这样缺德的事情，您准是瞎了！”

“这也许是一股血气在作怪吧？”神父低声自言自语道。

“使我感到奇怪的是，”他继续说，同时抬头看了看于连，“侯爵认识您……我也不明白是怎么回事。您刚来他就给您一百路易，他这个人做事情都凭一时任性，他的缺点就在这里。如果他感到满意的话，您将来的薪金可以提高到八千法郎。

“不过您要明白，”彼拉尔神父继续用尖酸的声调说，“他给您这些钱，不是为了您那双漂亮眼睛。要是我，我就少说话，尤其是绝不说我不知道的事情。”

“啊！”神父继续说道，“侯爵家有两个孩子：一个十九岁的儿子和一个女儿。那个儿子高雅非凡，不过有点狂妄，是那种中午还不知道下午两点钟会干什么的疯子。他勇敢、聪明，参加过西班牙战争。我不知道侯爵希望您做这位年轻的伯爵诺尔贝的朋友的原因。我听说您是个了不起的拉丁语专家，也许他打算要您教他的儿子几句有关西塞罗和维吉尔的现成的句子吧。”

“要是我，我绝不让这位年轻人拿我开玩笑。他的主动接近会是彬彬有礼的，但稍许掺杂有嘲讽，我要是接受，就非让他重复好几遍不可。

“实话跟您说，这位年轻的德·拉摩尔伯爵，在开始时一定会蔑视您，因为您只不过是个小小平民而已。他的祖上曾在宫里走动，并且有幸因一次政治阴谋于一五七四年四月三十日在格莱沃广场被斩首。您却出生在维里业一个木匠的家里，何况您是他父亲雇来的一个仆人。

“您要好好地权衡一下这些差别，并且要多研究莫雷里[①]著作里有关这个家庭的历史。所有在他们家吃饭的阿谀奉承之辈，都往往会巧妙地做这方面的暗示。

“您特别要留心在诺尔贝伯爵先生嘲笑您时，您回答他的方式。他是轻骑兵上尉，并且是未来法国贵族院的议员。您不要事后又跑来向我诉苦。”

“我觉得，”于连满脸通红，说，“我甚至无须回答一个看不起我的人。”

“这种看不起您是看不出来的，表现出来的都是些夸张的恭维。如果您是个傻瓜，您就会上当。可您若想发迹，您还就得上当。”

“那么如果有一天，这一切对我都不合适了。”于连说道，“如

① 莫雷里（1643—1680），法国史学家，曾编纂《历史大辞典》。

果我回到我的103号小屋去，我会被看成是个忘恩负义的人吗？”

“毫无疑问，”神甫答道，“所有对这个家庭献殷勤的人，都会诽谤您的，不过，我会出面的。Adsum qui feci [①]，我说这是我的决定。”

彼拉尔先生的这种尖酸的、甚至是凶恶的声调，使他感到万分痛心，这让他不知道该回答些什么了。

事实上，神甫因爱于连而感到良心不安，他是怀着某种宗教的恐惧如此直接地干预他人的命运啊。

“您还会看见，”他继续说道，仍然是刚才那种恶劣的腔调，好像有一项艰难的任务要完成似的，“您还会看见德·拉摩尔侯爵夫人。她是一个身材高大的金发女人，高傲、虔诚，十分有礼貌，但她的角色却无足轻重。她是肖纳老公爵的女儿，这个公爵以他的贵族偏见著称。这位贵妇是她那个等级女人性格中最突出的缩影。她并不讳言只尊重那些祖先参加过十字军的人，至于金钱却并不重要，这一点您觉得奇怪吗？咱们已经不是在外省了，我的朋友。

“您在她的客厅里会看见好几位大贵人，他们以一种奇怪的轻慢口吻谈论我们的亲王们。至于德·拉摩尔夫人，每当她提到一位王子，尤其提到的是一位公主的名字时，为了表示敬意，总是把声音放得很低。我劝您当着她的面不要说菲利普二世[②]或亨利八世[③]是怪物。因为他们都曾经做过国王，永远有权受到所有人，特别是像你我这样出身寒微的人的尊重，不过，”彼拉尔先生补充道，“因为我们都是教士，她也会把您看作教士，在这一名义下，她把我们都看作是她求得永生所必不可少的仆人。”

“先生，”于连说道，“我觉得我只会在巴黎住短暂的时间。”

“好的，但是请您注意，像咱们这种穿教士袍子的人，要出头非得走达官贵人的道路不可，在您的性格里，至少我觉得，好像有一种令人猜不透的东西，如果您不能出人头地，别人就会迫害您。

---

① 拉丁文：包在我身上。

② 法国国王，在位时文治武功均有卓越建树。

③ 英国国王（1491—1547）。

对于您，是没有其他道路的。您不要心存幻想。在今天这个社会里，如果您不能取得别人的尊敬，就注定要倒霉。

“如果不是德·拉摩尔侯爵一时冲动想提拔您的话，想想您自己在贝藏松的境况。有一天，您会知道他为您所做的是一件多么奇异的事！如果您不是像草木一样无情的话，就一定会永远感谢他和他一家人对您的大恩大德，有多少可怜的神甫，他们比您更博学，他们在巴黎生活了多少年，就只能靠和在索邦宣讲得来的十个苏和做弥撒赚来的十五个苏过日子！想想去年冬天我跟您讲的红衣主教杜布瓦[①]那个坏蛋的早年吧。难道您竟自负到自认比他还有才干吗？

“拿我来说吧，我是一个生性淡泊，人也平庸，打算终老空门的人，我思想幼稚，一心如此。可是，当我就要被撤职的时候，我却主动提出了辞呈，您知道我有多少财产吗？总计有五百二十法郎！不少也不多。我，只有两三个熟人却没有朋友。那时我还没有遇见德·拉摩尔先生，他把我从困难处境中解脱了出来。他只说了一句话，就有人把一个教区送给了我。在那里，其居民都是些富裕的人，从没有粗俗的恶习，而我的收入令人惭愧，因为它和我的工作实在太不相称了。我之所以反复告诫您，就是要您心中有数，做事慎重一些。”

“还要补充一句：我不幸脾气暴躁，你我之间将来很可能会发展到无话可说的地步。”

“如果侯爵夫人的傲慢，或者她的儿子的恶意取笑，使这座房子变得对您来说确实不堪忍受，我就向您建议到巴黎三十里外的一个修道院去完成你的学业。宁可到北面去也不要去南面，北方文明多一些，那些不平的事情比较少，此外，”他放低了声音慢慢说道，“我还得向您承认坦白，就是这些接近巴黎的报纸，常常令那些小暴君们感到恐惧。”

“如果咱们还乐意见面，而您又不愿意继续在侯爵府上待下去的话，我就建议您做我的助手，我分给您这个教区一半的收入。我

① 医生之子，曾担任路易十五的摄政王沙特尔公爵的家庭教师，路易十四去世后，随摄政王进入政界，曾于1722年成为红衣主教兼首相。

该报答您的还不止这个。”他打断于连感谢的话继续说道，“因为您在贝藏松为我做了一个奇异的贡献。假使除了那五百二十法郎之外我一无所有的话，您就救了我啦。”

彼拉尔神父这时改变了他那冷酷的声调。于连感到十分羞愧的是他觉得眼泪居然上来了。他恨不得一下子投入他朋友的怀抱，禁不住尽可能地装出男子汉的气概，对他说：“自从在摇篮里，我最大的不幸是，我父亲从我出生起就憎恨我。但是先生，我不再对命运抱怨，因为从您身上，我重新找到了一个父亲。”

“好，好”神甫窘迫地说，正好这时他想起做修道院院长时，他常说的一句话，“绝对不能说‘命运’这个词，我的孩子，您应该永远说‘天意’。”

出租马车停了，车夫拉起一扇巨大的铜门环，马上举起铜锤用力敲门。德·拉摩尔府邸，为了不引起路人怀疑，这几个字镌刻在了大门上的黑色大理石上。

于连很不喜欢这种装腔作势。

他们是那么害怕雅各宾派！他们在每座篱笆后面都会看见有个罗伯斯庇尔和他带来的囚车，他们这种情况常使人感到非常可笑。然而他们却又这般炫耀地来显示他们的府邸，好让暴民们在发生骚乱时认出来，进行抢劫。

于连把这些想法告诉了彼拉尔神父。

“啊！我的孩子，不久您就会成为我的副手了。您怎么会有这种可怕的思想呢！”

“我觉得这很简单。”于连说道。

看门人的严肃，尤其是庭院的整洁，使他赞叹不已。

“多壮观的建筑呀！”于连向他朋友说道。这是圣日耳曼区那一批正面却很平淡的府邸之一，建于伏尔泰[①]逝世前不久。流行式样和美之间相距之遥远莫此为甚。

---

① 法国作家伏尔泰死于1778年。

第二章

入流上层

于连站在院子里感到惊慌失措。

“您要理智一点！”彼拉尔神父说道，“您的想法很古怪，不过，您还是个孩子呀！贺拉斯的话难倒您忘记了吗？他所说的“永不激动”到哪里去了？您要想着，这些仆人看见您住在这儿，会千方百计地取笑您的，他们把您看作同等之人，只是不公平地被安置在他们之上罢了。表面上对您和颜悦色，指点帮助，多方关照，实际上他们暗地里会想尽一切办法让您大出洋相。”

“我才不在意这些人呢！”于连说着轻轻咬了咬自己的嘴唇，他又感到对一切都不能信赖了。

这两位先生到达侯爵的办公室之前，穿过了二层的几个客厅，这是个发表无聊和打哈欠的地方，但它们却迷住了于连。

“住在这样富丽堂皇的客厅的人，”他暗自想道，“怎会感到不幸福呢！”

这两位先生终于到了这所华丽住房中最丑陋的一间——那里几乎没有阳光，一个瘦小干枯的人坐在那里，然而他眼睛灼灼有神，戴着金黄色的假发。神父把身子转向于连，向他介绍：“这就是侯爵大人。”于连觉得他非常谦恭，简直感觉不出他是侯爵。这已不是在博莱·勒奥修道院里那些极其傲慢的大老爷了。于连觉得他的假发太密了，有了这种感觉，他便一点也不害怕了。刚开始，他觉得亨利三世①的朋友的后代，举止动静太不大方了，他太瘦，而且特别容易激动。但是不久后，他注意到侯爵谦恭有礼，比起贝藏松的主教来，和他交谈的人感到很愉快。接见不到短短三分钟。出来时，神父向于连叮嘱道："您那么全神贯注地看侯爵，好像要为他作一幅画像似的。对于这些人所说的礼貌，我并不是内行，不久你便会比我知道得更多。不过，您这种大胆的注视，我总觉得有点失礼。"

他们又登上出租马车，车夫把车子停在林荫火道旁。神甫领着于连进入一连串的大客厅。于连注意到在这些大厅里什么家具里都没有。他看到一座镀金的华丽摆钟，上面饰着一座雕像，在他看来题材十分猥亵。这时一位风度翩翩的先生笑盈盈地走过来。于连略微点了点头。

那位先生微微一笑，把手放在他的肩膀上。于连一惊，朝后跳了一步，气得脸都涨红了。虽说彼拉尔神父平时非常严肃，此刻也忍不住笑了出来，原来这位先生是个裁缝。

"您会有两天的自由时间，"出来时，神父向他说道，"两天后，您才会被介绍去见德·拉摩尔夫人。在您最初住进这个新巴比伦②的日子，要是其他人，也许要把您像一个年轻姑娘那样关起来。如果您必须堕落，就立刻堕落吧，省得我再为您操心，后天早晨，裁缝会做好两套衣服，您给那个为您试衣服的徒工五个法郎。还有，不要让这些巴黎人听见您的说话声。您一开口，他们就掌握了取笑您的秘密。这就是他们的最大的本事。

后天正午，您到我这里来……去吧！去毁掉自己吧……我还差点忘了告诉您，您应该按照这些地址去定购长衬衣、统靴和帽子。"

于连从神父手中接过纸条，上面写好了地址。

---

① 亨利三世（1551—1589），法国国王，1574至1589年在位。

② 巴比伦，公元前20世纪中亚幼发拉底河畔古城，后成为亚述王朝的国都，以奢侈繁华出名。此处指巴黎。

“这是侯爵亲手写的，”神父说道，“这是个非常积极、具有远见的人。他不愿命令别人，总是喜欢自己去干。所以就是为了省掉这类麻烦，他把您安置在他身旁。他这个人很干脆，就看您够不够机灵，他说半句话，您便能心领神会，把所有的事情办妥。您有这样足够聪明的头脑吗？这就要看您将来的表现了，要当心呀！”

于连按照指定的地址走进那些商店，一句话也不说。他注意到商店里的人接待他都很恭敬。尤其是那个靴匠，在账簿上记顾客的名字时，写的是于连·德·索海尔[①]先生。

在拉雪兹神父公墓里，一位先生十分地殷勤，嘴上则更像个自由党，主动把奈伊[②]元帅的墓指给于连看，他自告奋勇地指给于连看奈伊元帅的墓。由于政治原因的复杂性，这位元帅被剥夺了树碑立传的光荣。当他们握着手告别时，这个自由党人两眼泪花，几乎把他抱在了怀里，可他自己的表却不翼而飞了。

第三天正午，于连带了他这套自以为丰富的经验去拜见彼拉尔神父。彼拉尔神父深深地看了他一眼。

“也许您会成为一个公子哥儿。”神父用一种极其严厉的态度向他说道。于连的样子十分年轻，却像戴重孝似的，穿一身黑衣。他也确实很帅，不过善良的神甫自己太土气，看不出于连肩膀的动作还有讲究，他竟看不出于连还保持着那种在外省代表尊贵与文雅的肩头耸动姿态。

侯爵看到于连态度文雅，他的判断和神父完全不一样，以致向神父提出了这样的问题：

“我让于连先生去学跳舞，您会反对吗？”

彼拉尔神父半晌没反应过来，才回答：“不，于连并不是教士。”

侯爵三步并作两步走上一条小小的暗梯，亲自把于连带进一个漂亮的小阁楼里，阁楼的窗子正朝向府邸那座大花园。他问于连在

① 按法国人习惯，姓氏前加“德”是贵族身份的表示。

② 奈伊（1769—1815），拿破仑帝国的元帅，屡立战功，王政复辟后被处死。

内衣店里买了几件衬衣。

“两件。”于连文雅地回答道，一位这样大的官老爷竟过问这些琐碎事，于连有点不自在了。

“很好。”侯爵一本正经地继续说道。而他那种命令式的干脆口吻，确实把于连引入了深思。

“很好！再去买二十二件衬衣。这是您头一个季度的薪水。”

从阁楼下来时，侯爵叫来一位年老的仆人，向他说道：“阿塞纳，您今后就是于连先生的侍从。”

几分钟以后，于连一个人待在一间豪华的图书室里。这时刻妙不可言。他很激动，为了不让人撞见，他躲进一个阴暗的小角落里。从那里，他兴致勃勃地观赏着闪闪发光的书脊。

“我可以读这里所有的书呀！”他高兴地自言自语道，“在这里，我怎么会不快乐呢？德·雷纳先生如果看到侯爵刚才为我所做的百分之一，他便会相信自己永远是不光彩的。

不过，还是先看看你要抄写的东西吧，活儿干完后，于连大着胆子走向藏书，忽然发现一套伏尔泰的作品，高兴得近乎发狂了。他跑去打开图书室的门，免得被人出其不意地发现了，然后兴致勃勃地翻阅八十卷书中的每一卷。这些书都装订得非常精美，是伦敦最优秀的工人的杰作。其实用不着这么漂亮，也能让于连叹为观止。

一小时后，侯爵进图书室来看了看于连抄录的东西，惊异地发现于连把“Cela”（这）写作“Cella”，多写了一个“l”。那么神父向我说的他学问渊博的那些话，“神甫关于他的学问所说的那些话难道都是无稽之谈吗？”侯爵很泄气，温和地对他说：您对您的拼法拿不准吗？”

“这是真的。”于连回答说，他压根儿没有想到这会给自己带来很大的损害。侯爵的恩惠使他备受感动，他想起了德·雷纳先生粗暴的声音。

“试用这个从弗郎什—孔泰来的小神甫真是白费工夫，”侯爵想，“然而我多么需要一个可靠的人啊！”

“Cela这个词只能写一个l，”侯爵向他说道，“往后，如果有些字的拼写不太清楚的话，可以去查查字典。”

六点时，侯爵叫人把他请来，他看见于连脚上还穿着长靴子，显得很不高兴，“这都怪我，没告诉您，每天到了五点半时，应该穿得整整齐齐的。”于连瞧着他感到莫名其妙。

“往后阿塞纳会提醒您的，您应当穿上袜子，今天我就向您道歉了。”

说完，德·拉摩尔先生让于连到一间金碧辉煌的客厅里去。在类似的场合，德·雷纳先生总要加快脚步，抢先进门。他老东家这点小小的虚荣心使得于连踩到了侯爵的脚。因为侯爵有痛风病，这使他感到十分疼痛。

“啊！”他暗自心想，“此外他还是个笨蛋！”

他把他介绍给一个身材高大、外表威严的女人。这是侯爵夫人。于连觉得她傲慢无礼，有点像维里业专区区长莫吉隆的夫人的神气。看着客厅里富丽堂皇的陈设，于连感到心慌意乱。德·拉摩尔先生说了些什么话，他都没听清楚。侯爵夫人勉强屈尊看了看他。客厅里有几个男人，于连认出了年轻的阿格德主教，感到说不出的高兴。几个月前，在博莱·勒奥修道院举行的典礼上，这位年轻的主教曾和他交谈过。当时于连很腼腆，但他那双温柔的眼睛盯着他看，大概把他吓坏了，此时这位年轻的高级教士根本不想认这个外省人。

于连看着这些聚集在这个客厅里的男人，多少有点拘谨和忧郁。在巴黎，人们习惯低声说话，而且不吹嘘夸大。

一个漂亮的年轻人，脸色苍白，身材瘦长，上唇留着小胡须，快到六点半时才走进客厅，他的脑袋非常小。

“您老是要人家等您。”侯爵夫人说。这时他正吻着侯爵夫人的手。

于连知道这就是德·拉摩尔伯爵，他觉得伯爵非常可爱。

“这怎么可能，这就是那个会用伤人的玩笑把我从这个人家赶出去的人呀！”

由于详细的观察，他注意到伯爵穿的是带有马刺的长筒靴子。

“而我则应该穿普通的鞋，显然我是下人。”于连暗自地想。

大家开始用晚餐了。于连听见侯爵夫人稍稍提高嗓门，说了一句非常严厉的话。几乎就在同时，他瞧见一位年轻女士，身材非常匀称，金栗色头发，走来恰好坐在他对面。后来，于连从她的眼睛里发现，她观察周围的时候眼睛里流露出厌倦的表情，但又觉得必须摆出一副严肃的姿态，他心想他从未见过如此漂亮的眼睛，但是这双眼睛透出一种可怕的冷酷。随后，于连又发现这双眼睛流露出一种厌倦的表情。

“德·雷纳夫人，”他暗自说道，“也是有一双非常美丽的眼睛，大家都曾称赞她，“但和这一双毫无共同之处。”于连见得还少，分辨不出那是智慧的光芒，

于连还没有足够的经验使他能辨认出，玛蒂尔德小姐眼里不时闪耀着的是机智的火花。而德·雷纳夫人的眼里，在激动时却是热情的火焰。

晚餐快结束时，于连才找到一个恰当的词来描绘德·拉摩尔小姐美丽的眼睛。

他对自己说。除此之外，她的相貌酷似她的母亲，而她的母亲于连是越来越不喜欢了，也就不再看她了。相反地，他倒觉得诺尔贝伯爵在各方面都值得赞赏。于连简直觉得他太迷人了，以致没有想到因为他比他富足，比他高贵而去憎恨他、嫉妒他。

于连发现侯爵显得烦闷无聊。

快上第二道菜了，侯爵对他的儿子说：“诺尔贝，我希望你好好看待于连·索海尔先生。他是我新近请来给我当参谋的，如果可能的话我想把他培养成一个人才。”

“这是我的新秘书，”侯爵向坐在他旁边的人说，“他写cela这个字，写了两个l。”

大家都看于连，他对诺贝尔点了点头，稍许过了些。不过总的说，他们对他的眼神感到满意。

想必侯爵一定是谈到了于连所受的教育，因为有一位客人又把贺拉斯搬出来考他。

“我才在贝藏松的主教面前获得成功，”于连心里想，“看来，他们只知道这个作家。”从这时起，于连已能很从容地控制自己了。他觉得，德·拉摩尔小姐永远不会是个真正的女人。自从在修道院那时起，他已经学到了一个男人应该具备的胆量和虚伪，他不会让自己轻易被他们吓倒。如果饭厅的陈设没有那么华丽，他就会变得更加安静。事实上，饭厅里各有两座八尺高的穿衣镜，他大谈贺拉斯时，从镜里看着向他质疑的对方，更显得气概非凡。对一个外省人来说，他的话很简短。他有着一双美丽的眼睛，在他回答得很好时，那快乐和战栗羞怯的表情更增加了光彩，大家都觉得他是个使人愉快的人。

这种考试给一顿严肃的晚餐增添了些许乐趣。侯爵示意于连的对话者狠狠地考。侯爵做了个手势，要那个和于连交谈的人再考他一下。

“他也许了解我的具体情况，这是可能的吗？”他心里暗想道。

于连回答得很有创见，他的羞怯之情逐渐减少，倒不是为了卖弄自己的聪明，这对一个不善于运用巴黎语言的人来说是做不到的。他有的是新的看法，虽说表达得不优雅也不恰当，但大家已看出他精通拉丁文。

于连的对手是个院士碑铭研究院的，恰好他也懂拉丁文。他发现于连是个很好的人文学者，他不再担心于连会感到不好意思，而要认真地考他一下。在他们舌战最激烈的时候，于连终于忘记了饭厅里豪华的设置，发表了一些关于拉丁诗人的意见。对方是个正派人，他把这一切都归功于这位年轻的秘书了。

这时人们开始讨论贺拉斯是富还是穷的问题，于连认为他是一个纵欲的、无忧无虑的、可爱的诗人，写诗只是为了使自己快乐。像拉封丹和莫里哀的朋友夏佩尔[①]一样，还是想拜伦勋爵的对

① 夏佩尔（1626—1686）法国诗人。

头骚塞[①]那样随侍宫廷，为君王做生日宴歌的可怜巴巴的桂冠诗人呢？

人们还谈到乔治四世统治和奥古斯都[②]大帝下的社会，这两个时代，贵族的权力很大。但在罗马，贵族亲眼看到自己的权力被梅塞纳斯[③]活生生剥夺去了，而他仅仅是个普通骑士。而在英国，它迫使乔治四世[④]几乎处于威尼斯的一个大公的地位。这场争论似乎使侯爵摆脱了麻木状态，晚饭开始后他一直闷闷不乐。

但是，没有人看不到，一旦涉及在罗马发生的、可以在贺拉斯、马提雅尔[⑤]、塔西陀等人的著作中获知的事情，他还是第一次听到这些名字。但是每一个人都可以注意到，只要谈到罗马历史上的事迹时，于连就会变得无可争辩。他极其自然地袭用了他从贝藏松主教那里学来的一些论点，这些论点是大家极其欣赏的。

大家谈诗人谈厌了，侯爵夫人才屈尊看了看于连，凡是让她丈夫开心的事情，她都无例外地加以赞赏。这是侯爵夫人给自己定下的一条原则。

“这个年轻教士外表显得笨拙，但也许隐藏着学问。”坐在侯爵夫人旁边的院士对她说，而于连也隐约听见了。这套话相当投合女主人的趣味。“他使德·拉摩尔先生得到了消遣。”她心里暗暗这样想。

---

① 骚塞（1774—1843），英国湖畔派诗人，散文家。

② 奥古斯都（前63—前14），即恺撒之养子屋大维。

③ 梅塞纳斯（前69—前8），奥古斯都时代的罗马政要。以保护文学艺术闻名于世，曾资助维吉尔、贺拉斯等著名诗人。

④ 乔治四世（1762—1830），1820至1830年的英国及爱尔兰国王。

⑤ 马提雅尔（约40—104），古罗马诗人，以善作铭文著称。

第三章

蹒跚学步

第二天一大早，于连正在书房抄写信件，玛蒂尔德小姐从一扇用书脊掩藏得严严实实的小旁门进来了。玛蒂尔德小姐看到他脸上流露出有点意外的惊慌，在这个地方遇见于连，让她很懊恼。于连觉得这位带着卷发纸卷儿的小姐，带着男性般的严厉与高傲。

德·拉摩尔小姐有个秘密，常趁她父亲不在时来到他的图书室里偷着看书。于连的出现，使她今天早晨白跑了一趟。更使她恼火的是她这次来要找的伏尔泰的《巴比伦公主》的第二卷并不在书架上。这部著作是卓越的宗教教育和王家教育的适当补充读物，是圣心教派的杰作！这个十九岁的可怜的姑娘，之所以对小说感兴趣，完全是因为精神上已经有寻求刺激的需要了。

诺尔贝伯爵在快到三点钟时来到图书室，他要研究一份报纸，晚上好能谈谈政治。他遇见于连很高兴，其实他早已把他给忘了。他对于连态度好极了，他请他骑马逛了一圈。

“我父亲让我们自由活动到吃晚饭前。”

于连懂得所谓“我们”是所表达的什么意思，并且他非常喜欢这个词。

“我的天主，伯爵先生，”于连说，“要是放倒一棵八十尺高的树，把它劈方正，破成板子，我可以说能做得很好。可是骑马，我这辈子总共还不到六次。”

“好吧，这就算是第七次吧！”诺尔贝笑着回答说。

事实上，于连一直记得那次国王驾临维里业的事，而且相信自己骑马技术非常好。但是，当他们从布洛涅树林回来时，正走到巴克街的正中心、走在巴克街正中央，猝不及防，想躲避一辆双轮轻便马车，就从马上摔了下来，弄了一身泥。幸亏他有两套衣服可以更换。晚餐时，侯爵很想同他说话，问问他散步的情况，诺尔贝赶忙含混地回答了。

“伯爵先生对我百般关照，”于连接着说道，“我要感谢他，而且我也可以体会到这种关照的全部意义。承蒙他给了我一匹最漂亮、最驯良的马。但他总不能把我捆在马鞍上吧，由于疏忽，走到靠近桥边那条特长街道正中心时，我从马背上摔了下来。”

玛蒂尔德小姐忍不住哈哈笑了起来，接着又不顾冒昧，细细地问下去。于连用很简单的话语交代清楚了，他有着优雅的风度，然而自己并不知道这些。

“我看这个小教士将来必成大器，”侯爵后来曾向那位院士谈到，“一个普通的外省人在这样的场合居然有如此多的表现，真是闻所未闻，以后也不会见到的，在夫人们面前，他竟然叙述起他自己的倒霉事来！”

于连讲述他的倒霉遭遇，让听的人那么愉快。饭都快吃完了，大家的话题也已转了，以致晚餐结束后，玛蒂尔德小姐还向她哥哥追问了许多关于这一不幸事件的详细情形。她不断地提出问题，于连有好几次和她的眼睛相遇。虽然问题不是向他提，但他也敢果断地回答，最后三个人都开怀大笑了，好像在树林深处一个村庄里的三个年轻乡下人一样。

第二天，于连听了两堂神学课，然后回去抄写了二十多封信。他发现在图书室里，他的身边，坐着一个年轻人，穿着十分讲究，但是显得猥琐，脸上带着嫉妒的表情。

侯爵进来了。

“唐博先生？您在这里做什么？”侯爵用相当严厉的口吻质问

那新来的人。

“我原以为……”年轻人说，他奴颜卑膝地笑了笑。

“不，先生，您并不原来以为……这仅仅是一次试用，但是很不幸。”

年轻的唐博愤愤地站了起来，走了。

他是侯爵夫人的朋友院士先生的侄儿，他原本想做个文人。院士早已征得侯爵同意，让他当秘书。唐博原来在一间偏僻的房间里工作，因为知道于连得到侯爵的宠爱，很想分一杯羹，当天早上，便把自己的文房四宝搬到了图书室。

午后四点钟，于连经过一番考虑后，壮着胆子去见诺尔贝伯爵。此时，伯爵正要去骑马，他感到为难，因为他是十分讲究礼貌的。

“我想，”他向于连说道，“您很快要去练马场学习，过几星期，我们可以很愉快地一道骑马出门。”

“我想有此荣幸，感谢您对我的关怀；请相信，先生。”于连态度严肃地说，“您对我的关照我将铭记于心，如果您的马没有因为昨天我的笨拙而保持健康，而且它又是闲着的话，我希望今天能再骑它一次。”

“毫无疑问，亲爱的索海尔，您要自己负责了。您得换个角度想，谨慎所要求的各种反对意见，您就假定我都向您提出过吧。事实上，现在已经四点钟了，我们没有时间再耽误了。”

于连一骑上马，便向年轻的伯爵请教说：“怎么样才不会从马上跌下来呢？”

“办法很多，”伯爵开心地哈哈大笑着回答，“比如身子坐在马后面。”

于连跃马前进，他们很快就到达路易十六广场。

“啊！冒失的年轻人，”诺尔贝说道，“这儿车子太多了，而且赶车的都是些不谨慎的家伙！一旦摔下来，他们的马车会从您身上压过去，他们绝不会冒险猛停而把马的嘴勒坏。”

大概有二十次，诺尔贝看见于连几乎要从马上摔下来，但是这次骑马出游总算平平安安地结束了。

“我给您介绍一位非常勇敢的冒险家。”晚餐时，他从桌子的另一头向他父亲大谈于连如何大胆无畏，他对于连的勇敢采取了非常公正的态度，于连的骑术值得称赞，也因为他的勇敢。年轻的伯爵在早晨已经听到刷马仆人在院子里拿于连坠马的事当话题，对于连肆意嘲笑。

于连虽然受到照顾，但很快便觉得他在这个家庭里是完全孤独的。所有的习惯，在他看来都是稀奇古怪的，他动不动就会受处罚，他的过失成了全府仆人的笑料。

彼拉尔神甫动身去他的本堂区了。“如果于连是一棵柔弱的芦苇，就让他毁灭吧！如果这是个勇敢的人，就让他自己走出困境吧。”他想。

第四章

侯爵府邸

如果说于连觉得在德·拉摩尔府邸高贵的客厅里的一切都是那么不平常。那么，换个角度来说，那些自愿降低身份留意于连的人，觉得于连他这个脸色苍白、身穿黑衣的年轻人，在肯注意他的那些人面前，也是很特别的。德·拉摩尔夫人向她的丈夫提出建议，每逢家里要招待显贵的客人时，就派于连出去办别的事。

“我很想把我的试验进行到底，”侯爵回答道，“彼拉尔神父认为不应该伤害我们周围人的自尊心。有骨气的人才值得依靠，这个人除了他那张让人觉得生疏的面孔外，全都是合适的，此人的不合适不过是其生面孔罢了，而且他又不多听多说反正是无异于又聋又哑。”

“为了便于记忆，”于连心里想，“我应把所有到客厅里来的人的姓名记下来，并且用几句话来形容他们的性格。”

他首先记下了五六个经常来侯爵家作客的朋友，他们对于连百般殷勤，认为他是任性的侯爵跟前的宠儿。其实他们都是些穷贵族，大都缺乏骨气。但是，应该替这样的人说句好话，因为在侯爵的客厅里这种人也不是对谁都一样的恭维。他们中有的人甚至宁愿受到侯爵的惩戒，而对德·拉摩尔夫人向他说出的一句不客气的话全力进行反抗的。

在这家主人们的性格里，有着太多的烦闷和傲慢，他们为了使自己不再烦闷，特别喜欢凌辱别人。而他们的这种性格导致了他们缺乏真正的朋友。然而，除了下雨天和极少的特别烦闷的日子外，人们总是觉得他们彬彬有礼。

假如这五六个谄媚者，一旦离开了德·拉摩尔府邸，侯爵夫人就要陷入长时间的孤独。而在这个地位的女人眼中，孤独是可怕的，这是失宠的标志。

侯爵对他妻子非常体贴，他常常会留心客厅里的人数，注意保证客厅有足够的客人。倒不一定非得是贵族院议员，因为他觉得新同僚们出身不够高贵，如果作为朋友到家里来的话，他们还不合适，如果作为属员到家里来，又缺乏趣味。

很久以后，于连才搞清这些秘密。当权派的政治是资产阶级家庭的谈资，但在侯爵这一阶级的家庭里，只在危急时刻才被提及。

即使在这个烦闷无聊的年代，人们仍然有娱乐的需要，因为，就算是饮宴的日子，只要侯爵一离开客厅，大家便溜之大吉。只要不嘲笑国王、天主、有地位的人、教士朝廷保护的艺术家以及一切已被大家认可的事物，只要你不赞扬伏尔泰、贝朗瑞[①]、卢梭、反对派的报纸以及所有敢于说点实话的人——而在侯爵这个阶级的家庭中，只有在身处困境之中才会论及。

即使有蓝绶勋带和有十万金币收入，也无力抵抗这样的客厅法规。哪怕是一小点的活泼的思想，也会被毫不留情地看作是野蛮的表现。尽管礼貌周到、态度和蔼、力求让人满意，但是从每个人额头上还是映着厌倦的迹象。

年轻人来此尽义务，害怕说道什么可能被怀疑为有思想的东西，或者害怕泄漏读过什么禁书，就说几句关于罗西尼[②]和今天天气的漂亮话，随后即哑口不言。

于连注意到能够维持客厅里谈话活跃气氛的，是五个男爵和两个子爵。他们都是德·拉摩尔侯爵在大革命流亡时期认识的。这些

① 贝朗瑞（1780—1857），法国歌谣诗人。

② 罗西尼（1792—1868），意大利作曲家，写过大量歌剧。

先生们，每人每年享有六千到八千法郎的收入。其中有四个是《每日新闻》的支持者，有三个是《法兰西报》[1]的支持者。其中的一个每天都讲一些宫廷秘史，在他讲的故事里，“可了不得”这个词从来没省略过。于连注意到这人竟然有五枚十字勋章，其余的人，一般只有三枚。

另外，前厅里可以看见十个穿便服的仆人。整个晚上每过一刻钟都要吃一次热茶或冰制食物，在半夜时，还有一套带香槟酒的夜餐。

正是因为这个缘故，有时于连一直待到谈话结束。再说，他几乎不明白，一个人怎么能在这样金碧辉煌的客厅里静下心来认真去听这样平凡的谈话。有时候，他望着说话的人，看他们自己也觉得是在信口开河。我能把德·迈斯特先生的作品背诵出来，他说的要比他们优秀一百倍。”他心里想，“然而他也是十分令人厌倦的。”

感到精神上压抑的并非只有于连，有些人，为了使自己得到安慰，吃了大量的冰制食物。另外还有一些人，则在夜谈快要结果时津津有味地说道：“我从德·拉摩尔府邸出来，从那里我了解到了俄罗斯……”

有一个善于巴结的人告诉于连说，不到六个月前，德·拉摩尔夫人为报答可怜的布尔吉尼翁男爵二十年来的朝夕追随，特地提拔他出任省长，作为对他二十多年不懈的陪伴的奖赏。

这件重大的事情，重新鼓舞了这些先生们的热情，过去，他们经常为一点小事就大动肝火，但是现在，他们不会了。对客人们的怠慢失礼，大多是间接表现出来的。但是于连在饭桌上有两三次无意中听见侯爵夫妇间的闲谈，很简短，却对坐在他们身边的人很残酷。

这些高贵的人物并不掩饰他们对所有那些不是坐过国王马车的人的后代所怀有的真诚的轻蔑。于连观察到只有提起十字军这个词，他们脸上才立刻显出一种含有无限敬意的深沉严肃表情。至于

① 1631年在首相黎塞留支持下创办的日报。

那些极其普通的所谓敬意，那永远带一点殷勤献媚的成分。

在这种烦恼和华丽的环境中，于连对德·拉摩尔先生特别感兴趣。有一天，他饶有兴趣地听到侯爵公开申明他与可怜的布尔吉尼翁的提升毫无关系。他没出过一点力。这分明是对侯爵夫人表示的尊重，这是于连从彼拉尔神父那里知道的真相。

一天清晨，神父和于连在侯爵的图书室里正研究同德·弗里莱那桩没完没了的官司。

“先生，”于连突然说，“每天和侯爵夫人一起吃晚饭，这是我的一个义务呢，还是人家对我的一种厚爱？”

“这当然是一件殊荣了！”神父说道，且表现出有点气愤，“N院士先生，十五年以来殷勤备至，都还没有能为他的侄儿唐博先生争取到这特殊荣誉呢！”

“不过，先生，对我来说，这却是我的职务中最难以忍受的部分。我在神学院里也没有这么厌倦。我有时看见连德·拉摩尔小姐都在犯困，虽说她应该早已习惯于府邸里这些朋友们的亲切关怀了，我经常担心我会睡着的。请您开恩，替我说说情，让我到不起眼的小饭店饱饱地吃四十个苏的一顿晚饭吧。”

彼拉尔神父觉得能和大人物在一起共进晚餐十分荣幸，当他正要努力使于连可以体会这种心情时，一个轻微的声音使他俩都转过头来了。于连这才看见德·拉摩尔小姐在那儿听他们的谈话。他的脸涨得通红。她来找一本书，什么都听到了，她对于连有了几分敬意。

“这个人，”她心里想，“像那个老神父一样，不是生来就下跪的。天啊！这老神父是多么丑陋啊！”

晚餐时，于连简直不敢正视德·拉摩尔小姐，她却亲切地跟他说话。那一天人很多，她要他留下。

巴黎的年轻姑娘，一般不大喜欢上了年纪的人，特别是他们衣冠不整时。于连不必多加观察便发现，留在客厅里的布尔吉尼翁先生的同僚们非常幸运，恰好成了德·拉摩尔小姐经常嘲笑的对象。这晚，不管她是否是故意做作，她对待这些讨厌的先生们确实很不客气。

德·拉摩尔小姐是一个小团体中最重要的人物，这个小圈子几乎每天晚上都在侯爵夫人那把大安乐椅的后面聚会。其中有凯律伯爵、吕兹子爵、克罗兹诺瓦侯爵和三两个年轻军官，他们或他妹妹的朋友，或是诺尔贝的朋友。这些先生们坐在一张蓝色大沙发上。在沙发的一端，于连不声不响地坐在一把相当矮的小草垫椅子上，正对着坐在沙发另一端的光彩照人的玛蒂尔德。于连静静地坐在一张有草垫的矮小椅子上。所有献殷勤者都喜欢这个平凡的位子，诺尔贝很合礼地让他父亲的年轻秘书坐在了那里。就算不和他讲话，一个晚上最少也要提到他一两次。这天晚上，德·拉摩尔小姐问他贝藏松城堡所在的那座山的具体高度，于连从来就说不清这座山是不是高过蒙特玛尔高地。于连有时听了这个小团体里的言谈，常忍不住大笑起来。但是他觉得自己绝对想不出类似的话来。这好比一种外语，他能听懂，也能欣赏，但就是不会说。

玛蒂尔德的朋友们这一天持续不断地和来到这个豪华客厅的人作对。一切都让于连很感兴趣，包括事物的底蕴和对它所采取的嘲笑的态度。

“啊！这里就是德库利先生。”玛蒂尔德笑着说道，“他不戴假发了，难道他想凭着才华当上省长吗？他炫耀他那光秃秃的额头，说那里面装满了高超的思想。”

“此人的相识遍天下，”克罗兹诺瓦侯爵继续说道，“他也常常到我的叔父——枢机主教那里去。他能连续几年，在他的每位朋友身边编一套谎言，而他有两三百个朋友。他会维持友谊，这是他的才能所在，在冬天早晨七点钟，他可以浑身是泥地冒着寒冷等候在一个朋友的家门口。

“他时不时地跟人闹翻，然后又写上七、八封信。随后又和解了。为了表达他热烈的友情，他恐怕又要写上七八封信。他把心情诚恳坦白地倾泻出来，心里不藏有任何秘密。他最出色的本事就是装老实人，对你推心置腹，毫无保留，每当他有事需要请求别人帮忙时，这种表演就出现了。我叔叔的那些代理主教中有一位讲起德库利先生复辟以来的生活，真是精彩极了。我以后把他带来。

“我才不相信这些呢，这是一些小人在职业上的忌妒。”凯律伯爵愤怒地说道。

“德库利先生的名字将永垂不朽。”侯爵继续说道，“他同塔莱朗[①]先生、普拉德[②]神父、波佐·迪·博尔戈[③]先生一同参加了王朝复辟活动。”

“此人曾经经管过几百万的钱财。”诺尔贝伯爵继续说，“我想不出他为什么来这儿忍受我父亲那些常常是很讨厌的俏皮话。有一天，我父亲从桌子一端向另一端的他说：‘我亲爱的德库利先生，您背叛过多少朋友？’”

“他真的出卖过吗？”德·拉摩尔小姐说，“谁没有出卖过？”

“怎么！”凯律伯爵向诺尔贝说道，“难道你们家里今天把圣克莱尔先生也请来了，这个著名的自由党人，也到你们家来。见鬼，他上这儿来干什么？我得到他那儿去，跟他谈谈，让他说话，据说他颇有风趣。”

“但是你的母亲将如何接待他呢？”克罗兹诺瓦先生说道，“他的思想是那样的热烈、荒诞，那样的自由……”

“你们等着瞧吧！”德·拉摩尔小姐说道，“就是这个与众不同的人向德库利先生鞠躬，都挨着地了，还握住了他的手。我几乎要以为他会把这手举到唇边呢。”

“德库利一定是和掌权者好到我们不能相信的程度。”克罗兹诺瓦先生不客气地说道。

“圣克莱尔到这里来的目的是为了当上法兰西学院的院士。”诺尔贝说道，“克罗兹诺瓦，您看他向男爵敬礼的样子。”

“即使他跪下来，也不会显得他有多么卑贱。”吕兹先生说道。

---

① 塔莱朗（1754—1837），拿破仑的司祭神甫，后为复辟王朝服务，继而成为自由派。

② 普拉德（1759—1838），法国外交家，以善变多诈著称。

③ 波佐·迪·博尔戈（1764—1842），意大利外交官，反拿破仑的狂热分子。

“我亲爱的索海尔，”诺尔贝说道，“您有才智，但您是从您那个山里来的，您要努力做到，千万别像这个大诗人那样向人致敬，哪怕是对天主。”

“啊！这是巴彤男爵先生，一个无比聪明的人！”德·拉摩尔小姐模仿着刚才通报名字的仆人的声音说道。

“我相信您家的仆人也嘲笑他。什么名字啊，巴东男爵！”凯吕斯先生说。

“名字有什么关系？他这样对我们说，”玛蒂尔德说道，“依我看来，这只不过是大家还没习惯罢了。”

于连离开了大沙发旁边。他对轻松的嘲笑所具有的那种动人的微妙还不大敏感，他认为一句玩笑话必须合情合理，才能引人发笑。在这伙年轻人的交谈中，他感到的只是一股诽谤的语气，他对此是厌恶的。他从外省人甚至可以说是英国人那种一本正经的心理出发，甚至认为那不过是他们的嫉妒在作怪，对于这一点，当然是他搞错了。

“诺尔贝伯爵，”于连心里暗想道，“我曾看见他给他的上校写一封二十行的信，居然起了三次草稿。他若是一生中能写森克莱尔那样的一页，肯定会感到很高兴的。”

由于自己的地位不太重要，于连没有引起别人注意。他陆续经过了好几群客人，远远地跟着巴彤男爵，想听他讲话。这个颇具才情的人神色紧张不安，于连见他只是找到三、四句风趣的话之后，才略微恢复正常。于连觉得此类才智需要足够的空间。

为了显示自己的才智，男爵不能说一句空话，他至少得讲四句话。而每句话写下来必须有五六行那么长。

“此人是在做论文，不是在聊天。”有人在于连背后悄悄说道。他回过头来，当他听见有人居然叫他沙尔韦伯爵时，他高兴得脸都快红了起来。这是当代最聪明的人！于连在拿破仑口授的事迹片断中和《圣赫勒拿岛回忆录》，常见到他的名字。沙尔韦伯爵言简意赅，他的俏皮话犹如闪电，生动、准确，有时是深刻的。他一开口，讨论便向前一步，他言之有物，听他讲话是一种享受。不过在政治方面，他却毫无疑问是个玩世不恭的厚脸皮。

“我是独立的，”他对一位佩戴两枚勋章而他显然不放在眼里的先生说，“为什么人们要我今天的意见和六个星期前一样呢？如果那样的话，我的意见就成了我的暴君啦。”

四个围绕在他周围的年轻人，显出了恼愤的样子。这些先生们讨厌这一类的诙谐，伯爵感觉到自己的话太过火了。

幸亏他一眼瞥见了巴朗先生，这是个假装正直的虚伪者。伯爵开始和他讲话，客人都围拢过来，大家都知道这个可怜的巴朗要倒霉了。巴郎虽说相貌极丑，但由于循规蹈矩，德行卓著，经历了一言难尽的艰苦奋斗，终于进入了社交界。他娶了一个很有钱的女人。这个女人死后他又娶了另一个很有钱的女人，可这个女人从来没有在社交场中出现过。他极谦卑地享用着六万法郎的年金，自己也有些奉承者。沙尔韦伯爵毫不留情地向他说到这一切。

很快，在他们周围已经聚集了三十多个人了。所有的人都面带微笑，甚至那几个神色庄重的年轻人也不例外。

“他来德·拉摩尔府邸的原因是什么呢？明摆着他在这里是要受人揶揄的！”于连心里暗想道。

他走到彼拉尔神父身边时，巴朗先生已经悄悄溜走了。

“好的！”诺尔贝笑着说，“看看，侦察我父亲的一个密探走了，只剩下小瘸子纳皮埃了。”

“难道这就是谜底吗？”于连想，“既然如此，为什么侯爵要接待巴朗先生呢？”

严厉的彼拉尔神甫板着脸，待在客厅的一个角落里，听着仆人的通报。

“这简直就是个土匪窝！”他像巴齐勒[①]那样生气地说道，“我看这里都是些道德败坏的家伙。”

这是因为严厉的神父还不清楚上流社会的特点。但是，他从冉森派的朋友们那里对这些人已经有了正确的了解。他们之所以能到

① 18世纪法国戏剧家博马舍的名剧《费加罗的婚礼》中的人物，但这句台词实际上是霸尔多洛提到巴齐勒时说的。

贵族的客厅里来，全靠他们对各个政党八面玲珑。

在这天晚上，他花了好几分钟，毫无隐晦地回答了于连向他提出的迫切问题。几分钟后又突然打住，因总是说所有的人的坏话而深感痛苦，并且看成是自己的罪过。他脾气很急躁，再加上他又是冉森派教徒，深信基督的仁慈，他也把这当作自己所肩负的责任，因此他在这个世界上的生活似乎就是一种战斗。

“彼拉尔神父这张脸多难看呀！”当于连正走近大沙发时，德·拉摩尔小姐讥讽道。

于连被激怒了，不过她说得倒也有理。毫无疑问彼拉尔先生是这个客厅里最正直的人。但是他那长满了难看的红色疹子的脸，再加上内心的痛苦的折磨，他显得更加激动——此刻确实使他显得非常丑陋。

“那么你们就相信眉毛吧！”于连心里想，“彼拉尔神父为了一点小过就自责，这时他的脸色让人看了害怕。至于在那个众所周知的奸细纳皮埃的脸上，却有着一副宁静而纯洁的快乐表情。”不过彼拉尔神父出于职务的需要，已做出了很大的让步，他雇用了一个仆人，衣服也穿得非常整齐。

于连注意到客厅里发生了一件特别奇怪的事——所有的眼睛都朝向门口，谈话的声音也骤然低了一半。仆人通报了鼎鼎大名的托利男爵的名字，最近刚结束的选举引起了大家对他的注意。

于连走上前去，把他看了个清清楚楚。男爵主持一个选区：他想出一个高明的主意，把投某一党派票的小方纸片偷出来，再把同样多的小方纸片补进去，上面写着他愿意选的人的姓名。这一绝招被几个选民看见了，纷纷跑来向男爵表示祝贺，这一重大事件使他脸色至今还是那么苍白。一些捣乱分子还嚷出了“服苦役”这个字眼。德·拉摩尔侯爵接待他时态度也是那么冷淡，可怜的男爵逃之夭夭。

“他这么快离开我们，就是要到孔特[①]先生家里去。”沙尔韦伯爵笑着说道，大家都跟着笑了起来。

① 当时的著名魔术师。

这晚，有几位大人物没有说话，还有几个专门搞阴谋的，大部分是坏蛋，但都善于钻营。他们陆陆续续地来到德·拉摩尔先生的客厅里。就是在这些人之中，那个小唐博第一次露面了。虽然他还没有精细的眼光，但是他有有力的言辞，人们就会看到，这足以弥补这个缺点。

“为什么不把这人关在监狱待十年呢？”他说这话时，正是于连走近他那一群人的时候，“关毒蛇的应该是地牢，应该让它们在黑暗中死亡，否则其毒液会变得更猛烈更危险。罚他一千埃居有什么用？否则它们的毒液散发出来，就变得更危险了。罚他一千金币是没有用的。他穷，是的，那更好吗！但是他的党派可以替他付钱。应该是十年地牢监禁和五百法郎罚金。”

“善良的天主啊！他们说的这个怪物究竟是谁呢？”于连暗想道。

他很欣赏他同僚那种慷慨的声调和激动的手势。院士心爱的侄子的小脸枯瘦憔悴，这时显得很丑。于连很快就知道了他说的是当代一位最伟大的诗人[①]。

“啊，坏蛋！”于连喊道，声音挺高，愤慨的泪水湿了眼睛。“啊，小无赖！”他想，“我会让你为这番话付出代价。”

“然而事实上，”于连心想道，“这就是侯爵领导的政党敢死队！被他诬蔑的那个著名的人，如果他肯出卖自己的话，有多少闲差、多少勋章他都会轻易到手。我不是说出卖给无作为的内阁，而是出卖给我们看见一个接一个上任的勉强算正直的部长们，多少十字勋章、多少清闲职位得不到呢？”

彼拉尔神父在远处地向于连招手，因为德·拉摩尔先生刚向他说了一句话。但是于连这时正低着头听一位主教在唉声叹气。当他终于能脱身走到他的朋友身边时，他发现彼拉尔神父被那令人厌恶的小唐博纠缠住了。这小坏蛋恨自己成了于连得宠的根由，便过来向他献殷勤。

“我们什么时候才能摆脱这老朽的臭皮囊呢？”那个小文人这

① 指贝朗瑞，1828年12月曾被判罚款一万法郎，监禁9个月。

时正在以这种无比激烈的言辞诅咒可敬的霍兰勋爵[①]，他的特长是精通当代人物的身世，并且刚刚对英国新王朝统治下可能会角逐权势的所有人物匆匆做了一番论述。

彼拉尔神父转身走到隔壁的客厅里。于连跟着走过去对小唐博讯讽道，“我提醒您注意，侯爵不喜欢耍笔杆子的人，这是他唯一的反感。要懂得希腊文、拉丁文，如果可能的话，还要懂得波斯历史和埃及历史……他这样将把您当作一位学者来尊敬您，保护您。您千万不要写法文文章，哪怕一页也不行，尤其不要写重大的、超出您的社会地位的问题，不然他会把您称作耍笔杆子的，让您交一辈子厄运。您住在一个大贵人的府上，难道还不知道加斯特里公爵关于卢梭和达朗贝尔[②]的一句名言：这种人没有一千金币年金，可是他什么事都要议论！”

“一切都会被人知道，”于连心想，“这里如同修道院一样！”他写了一篇八到十页的东西，相当夸张，是一种对老外科军医的历史性赞颂，依他所说，是这位老外科军医把他教养成人的。

“这个小本本，”于连心想，“从来都是锁起来的！”

他上楼回到自己房间，烧了手稿，又回到客厅。那些声名显赫的浑蛋已经离去，只剩下那些戴勋章的人了。

在仆人刚刚搬来的摆满吃食的桌子旁，围了七、八个三十到三十五岁很高贵、很虔诚、很做作的女人。漂亮的德·费瓦克元帅夫人一走进来就请求大家原谅，说她来得太晚了。午夜已过，她在侯爵夫人身边坐下。此刻于连心中万分激动，因为她那顾盼的神情和美丽的眼睛简直同德·雷纳夫人一模一样。

德·拉摩尔小姐的那个小团体人数依然是那么多。她正忙着和她的朋友们嘲笑那不幸的德·泰莱尔伯爵。他是那个大名鼎鼎的犹太人的独子，这犹太人的出名是靠了借给国王们的钱向人民开战而

---

① 霍兰勋爵（1772—1840），英国自由派记者，曾为被俘的拿破仑鸣不平。

② 达朗贝尔（1717—1783），法国作家、哲学家、数学家，百科全收派奠基人之一，对宗教抱怀疑态度，主张科精神。

获得的财富。这个犹太人不久前死了，他给他儿子留下了一个贵族姓氏和每月十万金币的进账。说起这个贵族姓氏，那就太出名了！唉，一个太著名的姓氏。这种特殊的地位需要一个人具有单纯的性格和坚强的意志力。

不幸的是伯爵只是个老实人而已，充满了被他的奉承者们陆续激起的种种欲望。

德·凯律先生说有人曾支持他下决心向德·拉摩尔小姐求婚，而这时那个可能当公爵，而且有十万法郎年薪的德·克罗兹诺瓦侯爵也正在追求这位小姐。

“啊！你们不要打击他的野心吗！”诺尔贝带着同情和怜悯的表情说，“德·泰莱尔这个可怜的伯爵，他最大的毛病就是优柔寡断。就他的性格的这一面来说，他无愧于当国王。他不断地向所有的人讨主意，也就没有勇气始终听从任何一种意见了。”

“就凭他那副容貌就足够使他感到无穷的快乐。”德·拉摩尔小姐说道，“那是不安和失望的一种奇怪的混合，但作为法国的首富，尤其是身材相当不错，特别是他长得还算可以，当年龄还没有到三十六岁的时候。”

“他既傲慢又怯懦。”德·克罗兹诺瓦先生说道。凯律伯爵、诺尔贝和两三个蓄小胡子的年轻人在随意地嘲笑他，而他好像并没觉察到下午一点的钟声响了。他们请他离开：“这样的天气，在门口等您的是您那些阿拉伯马吗？”诺贝尔问他。

诺尔贝对他说道。

“哦，不是的，是一对新买来的，价钱要便宜得多。”德·泰莱尔先生回答道，“左边那一匹花了我五千法郎，而右边的一匹却只值一百个路易。但是我请您相信，它只在夜里才套上。它小跑起来和另一匹完全一样。”

诺贝尔的想法使伯爵想到，像他这样的人理应爱马，他不应该让他的马被雨淋着。他走了，那些先生们片刻之后也走了，还一边取笑他。

他离开了一会儿后这些先生们也都离开了，他们一边走一边嘲笑着他。

在楼梯上听到他们的嘲笑声，于连不禁暗想：“我终于见到了我所处的环境的另处一个极端！我没有二十路易的年金，却跟一个每个钟头就有二十路易收入的人站在一起，而他们嘲笑他……睹此可以医治嫉妒之心。”

第五章

虔诚贵妇人的心结

经过几个月的试用，于连站住了脚跟。一天，管家给他送来了第三季的薪水。德·拉摩尔先生曾派他管理家族在布列塔尼和诺曼底两个地区的产业。于连也经常到那两个地方去旅行，而且他又负责和德·弗里莱神父之间诉讼有关的通信工作，而且是事情的主要负责人。彼拉尔早已把这件事告诉他了。

侯爵在各种文件边上只是写了比较简短和潦草的批语，于连把它们写成了信件，这些信差不多每一封都可以签字了。

在神学院里，他的导师们都抱怨他不太用功。但是他们还是把他看成最出色的学生。于连怀着痛苦的野心激发出的全部热情抓紧各种各样的工作，由于每天工作过度，他的脸很快失去了从外省带来的红润颜色。而他苍白的脸色，在他同学们看来正代表一种良好的品德。他觉得他们远不像贝藏松的同学那样坏，那样拜倒在一个埃居面前。他们都相信于连肯定是得了肺病。侯爵赠给了他一匹好马。

于连怕骑马时被他的同学们看见，曾告诉过他们，这样的运动是医生要求他做的。彼拉尔神父带他到过好几个冉森派团体。于连感到惊奇。原来在他心里，宗教的观念是和伪善的观念、有望发财的观念紧密联系在一起的。他钦佩这些虔诚、严厉的人，他们不想钱。他们竟完全不担心自己的收入与支出。好几个冉森派的人把于连当作朋友，给了他很多忠告。一个新的世界在他面前展开了。在那些冉森派的教徒中，他认识了一个身高约六尺的阿塔米拉伯爵，他是一个在他自己的国家里被判处死刑的自由党人，而且笃信宗教。他这种笃信宗教与热爱自由的奇异融合使于连感动。

于连和年轻伯爵的关系开始有些疏远了，诺尔贝觉得，于连回答他几位朋友的玩笑过分尖刻。于连第二次失礼后，决定不再和玛蒂尔德小姐说一句话。在德·拉摩尔府邸，大家一直对他都是极有礼貌的，但他却总觉得自己没有被重视。他那外省人的意识用一句俗谚解释相当贴切：新的就是好的。

也许，现在他比开始来的时候略微明智了一些，要不然就是巴黎文明最初产生的魅力已经过去了。

他一放下工作，就感到不胜厌倦。这是上流社会特有的礼貌所产生的一种使一切都变得枯燥乏味的结果，这种礼貌是令人赞赏的，却又根据地位分得极为细腻，极为有序。一个稍敏锐感性的人，很快就能看出这是矫揉造作。

无疑，我们可以指责外省人谈吐平庸，或者不够礼貌，但和你应对，多少还动点真情。在德·拉摩尔府邸中，于连的自尊心从来就没有受到过伤害。但是通常，在做完了一天的工作后，每当他走过大堂拿起他的蜡烛时，他就觉得自己想要哭一场。

在外省，当你随意走进某个咖啡店遇到一件突然发生的事时，咖啡店的服务生会马上向您表示问候。但如果这个意外损害了您的自尊心，他一面向您表示同情，一面还会把您听了很难过的那句话重复说十来遍。在巴黎，人们会注意躲起来笑，不过您永远是个外来人。

这于连地位卑微，谈不上什么丢人现眼，否则早闹出一大串笑话了。这些，我们在这里暂时不谈。他每天练习枪法，他是许多最著名武术教师眼中的好学生。他一有空，不像从前那样用于阅读，而是跑练马场，并且要最劣的马。他跟骑术教师骑马出去，几乎总要从马上摔下来。

由于他努力工作，沉稳而且聪明，侯爵觉得他很有价值，就逐渐把他那些没有办完的、难以解决的事都交给他去处理。侯爵公事繁忙，稍有余暇，他便精明地涉及商业，处理几件自己的私事。因为消息比较灵通，他在交易所中的买卖总是有收获。他消息灵通，他买进房屋、森林，搞公债投机得心应手，但是易动肝火。他可以放弃数百个路易，可是却会因为几百个法郎和别人打官司。很多有钱的人，胸怀豁达，他们在经济纠纷中所追求的是娱乐，而不一定是结果。侯爵需要一位参谋长，能把他的财务安排得井然有序，一目了然。

德·拉摩尔夫人，虽是个很谨慎的人，但有时她还是会嘲笑于连。名媛贵妇讨厌由于敏感而做出的唐突的举动，因为它是和礼貌相违的。

有两三次，侯爵站在于连这一面讲话："他在您的客厅里是可笑的，可他在办公室里却是成功的。"于连则相信他已经抓住了侯爵夫人的秘密。只要仆人通报德·拉如马特男爵的名字，夫人便放下架子，霎时间对一切都会感兴趣的。男爵是冰冷的人，脸上毫无表情，又高又瘦又丑，可是穿着十分讲究，他的一生都是在宫廷中度过的。一般情况下，通常是对任何事情都三缄其口。这是他的思想方式。如果能让他当德·拉摩尔夫人女儿的丈夫，那她一生中将头一次感到幸福得发狂。

第六章

谈吐的方式

于连初来乍到，而且由于性格高傲，他从来不去过问别人的事，也就没发生太大的麻烦。

有一天，一阵急暴雨把他请进了圣奥诺雷街的一家咖啡店。有个穿海狸皮小礼服、身材高大的男人，对他阴郁的目光感到吃惊，于是用眼瞪了他一下，完全跟以前在贝藏松时阿曼达小姐的情人瞪他的眼神一样。于连对于上次受辱而没有报复一直都耿耿于怀，这次别人又这样看他，当然不能善罢甘休，他上去打那个男人，要求解释，但那穿小礼服的男人立刻就用他所能想到的最肮脏的话骂他。全咖啡店的人都因为骂声走来围住了他们，几个过路的行人也在门前停下了脚步。因为外省人的谨慎，于连身上总是带着一把手枪，他的手在口袋里握住枪，直发抖。不过他很谨慎，只是不断地对那人说："先生，您的住址？我鄙视您。"

他不断重复这几句话，围观的人终于看不下去了。可了不得了！那个只顾骂人的家伙该把他的地址交出来。穿礼服的人听他一再重复，连续听到他这果断的要求，便把五六张名片愤怒地向于连的鼻尖扔去，幸亏没有一张打在他脸上，按于连自己的原则，只有在他的身体受到了侵犯时，他才开枪。那个人走了，不时地转过身来，挥动着拳头威胁他，骂他。

于连气得浑身发抖。“这个最下流的家伙快把我气死了！”他自言自语道，“如何才能克服这种如此让人丢脸的敏感呢？”

到哪儿去找证人[①]？他没有一个朋友。他认识几个人，可他们都在六个礼拜的交往之后毫无例外地离去。“我是个难以相处的人，看看，我受到了残酷的惩罚。”他想。最后，他想到了去找一个第九十六团的前中尉，叫列万，是个常跟他一起练射击的可怜虫。于连待他很真诚。

于连向他说明了来意。

“我很愿意做您的证人。”列说，“但有一个条件，如果您伤不了那个人，您得跟我决斗，当场。”

“同意！”于连一面说着一面热情地同他握手。于是他们按照名片上的住址，来到圣日耳曼区最远的地方找德·博瓦西先生。

这时是早晨七点，于连叫仆人通报时才猛然想起，此人很可能是德·雷纳夫人的一个年轻的亲戚。他以前在罗马和那不勒斯大使馆做过工作人员，曾写过一封介绍歌唱家杰罗尼莫的信。

于连在他头天扔给他的名片中取出一张，还有他自己的一张，一同交给一个身材高大的男仆。

他和他的证人等了足足三刻钟才被仆人领到一间陈设十分华丽的房间。他们看见一个穿得像洋娃娃一样的高个子年轻人，脸部轮廓完全是希腊式的，虽美但却毫无意义。他的头十分小，最漂亮的金色头发像金字塔似的轰然高起，烫得非常精细，没有一束头发翘起来。

“这自负的该死的家伙，”中尉暗想道，“原来是为了摆弄这个头发才让我们等这么久呀！”花花绿绿的睡袍，晨裤，一切，甚至绣花拖鞋，都是合乎规矩的，收拾得一丝不苟。他的容貌高贵而没有表情，显示出一种端正得体却又不同寻常的思想。他装出蛮横无理的样子，但同时又想不失有教养的风度。

中尉向于连示意，如此粗暴无礼地把名片扔在他脸上，又让他等这么久，是对他的又一次冒犯。所以于连立刻就闯入了德·博瓦

① 指决斗时自己一方的证人。

西先生的房间。想显出一副桀骜不驯的样子，但他原也想同时显得很有教养。

德·博瓦西先生那种举止温文尔雅，神情矜持，高傲又自满，周围是令人赞叹的雅致，惊讶之余，桀骜不驯的念头刹那间无影无踪了。

这肯定不是昨天那个人！他非常奇怪，在他面前的这个人不是在咖啡店里遇到的那个粗暴无礼的家伙，而是一个如此优雅的人——他简直说不出话来。于连把人家掷出的名片递了一张给他。

“这是我的名字。”优雅的人说道，他看到于连在早晨七点就穿上黑礼服，心里多少有点瞧不起他。

“但是，我以前没有过那种荣幸……”

他说这话的语气，让于连不禁怒火中烧。

“我是来要求和您决斗的，先生。”于是他一口气把整个事情的全部经过都讲清楚了。

夏尔·德·博瓦西先生沉默一阵以后，对于连穿的黑色服装的剪裁水平感到相当满意。“这一看就知道出自是斯托布公司的裁缝手艺。”他一面暗想道，一面听他讲述着，“这件背心很有品位，长筒靴子也很不错。不过，一大清早就穿上这身黑衣，一定是为了更好地躲过子弹。”德·博瓦西心想。

他这样一琢磨，便恢复了彬彬有礼的态度，他几乎是完全平静地看着于连。双方交谈的时间很长，问题是微妙的，但于连终究承认了这个明显的事实——他面前的这位出身如此高贵的年轻人和昨天侮辱他的那个粗野之徒毫无相似之处。

于连觉得他无论如何也应该做点什么，他继续和他交谈着。

他留意到了德·博瓦西骑士的自负情绪。他谈到他本人时就自称为德·博瓦西骑士，他对于连简单地称他为“先生”颇为惊诧。

于连钦佩他的庄重，虽然掺杂进某种有节制的自命不凡，但他确实无时无刻不庄重。

他说话时舌头的转动很特别，于连对此感到好奇。但不管怎么样，他找不出一丝理由和他吵闹。

年轻的外交家风度翩翩地提出决斗，然而第九十六团的前中尉一个钟头以来一直坐着，两腿叉开，胳膊肘朝外，手放在大腿上，断定他的朋友索海尔先生绝非那种因为有人偷走一个人的名片，就向这个人无理取闹的人。

于连出来时情绪十分糟糕。德·博瓦西骑士的马车停在院子里的石阶前等着他。于连忽然一抬头，就认出了那车夫便是昨天那个人。

于连一看见他，便上前揪住他的短上衣，把他从座位上拽下来，用皮鞭狠狠地抽了过去，这不过是一瞬间的事。另外两个仆人要保护他们的伙伴，于连耳上挨了不少拳头，就在同时，他把手枪顶上火，朝他们射击，他们逃了。这一切也只是一分钟的事。

德·博瓦西骑士带着一种可笑的庄重神情从楼上走下来，他用贵族老爷那特有的腔调重复地问道："发生了什么事呀？发生了什么事呀？"

虽然他想知道是怎么回事，但是外交家的重要身份却不允许他表现出更多的兴趣。当他知道是怎么回事之后，依然徘徊在高傲与那种永远不应离开一个外交家的脸的有些可笑的镇静之间。

中尉从眼神中已看出博瓦西先生有了想要决斗的念头。他想着使用外交家的方式为自己的朋友争取提要决斗的优先权，他大声说道："这下可有了决斗的理由了！"

"我也是这么想的。"德·博瓦西骑士回答道。"给我撵走这流氓，"他向另一个仆人说道，"让另外的人来赶我的马车。"

车门打开了。骑士很坚决地要求于连和中尉坐上他的马车。他们一同去找德·博瓦西先生的一个朋友，这位朋友在一个僻静的地方。一路上谈笑风生，确实不错。奇特的是外交家还穿着睡袍。

于连心里想："这些先生们，虽然出身很高贵，却一点不像来德·拉摩尔府邸吃晚饭的那些人这么讨厌。现在我看清楚了。"过了一会儿又想，"他们敢干些不成体统的事。"

他们谈论昨天演出的芭蕾舞中观众看好的女角儿。他们含蓄地提到一些有刺激性的趣闻，那两位先生还提到一些颇具刺激性的东西。这都是于连和他的证人完全不知道的。于连绝不会那样愚蠢，以不知为知之，他虚心地承认自己孤陋寡闻。骑士的朋友喜欢于连的坦率，他非常详细地给于连讲这些故事，而且讲得很生动。

决斗顷刻间便告结束，于连胳膊上中了一弹。他们用烧酒浸湿手帕把他的伤口扎好了。德·博瓦西骑士很有绅士风度地要求于连坐骑士的马车回去。而当于连说出德·拉摩尔府邸地址时，年轻的外交家和他的朋友相互递了个眼色。于连的车子本来也在，但是他觉得那两位先生的谈话比善良的第九十六团中尉的谈话有多得多的趣味。“一场决斗，也就不过如此吗！”于连暗想道，“真走运，我居然找到这个该死的车夫，真走运！如果我还要继续忍受咖啡店里的那种耻辱，我该多么倒霉啊！”

有趣的谈话几乎不曾间断。于连此时明白了，外交上的矫揉造作还是有些用处的。

“看来，那些出身高贵的人说的笑话，”于连暗想着，“也并不一定就叫人乏味的。这两位拿迎圣体开玩笑，敢讲极猥亵的趣闻，而且纤毫毕露，绘声绘色。他们欠缺的绝对只是对政治事务的议论，不过因为他们谈论时声调的优雅，上面所说的那些缺陷也就得到了完美的弥补。”于连对他们产生了强烈的爱慕之心，“如果我能常见到他们，那该多么幸福！”

他们刚分开，德·博瓦西骑士就去打听消息，但这消息并不光彩。

他很想认识他的对手，他能否体体面面地拜访他？他能得到的消息很少，其内容也不令人鼓舞。

“这一切都显得很糟糕的！”他向中尉说道，“要我承认我是和德·拉摩尔先生的一个普通秘书决斗，这是不可能的，况且还是因为我的车夫偷了我的名片。”

“的确，这会让人家笑话的。”

当天晚上，德·博瓦西骑士和他的朋友到处对人说，“这位索海尔先生是德·拉摩尔侯爵一个亲密朋友的私生子，不过倒是一个很不错的年轻人。”这件事毫不困难地传开了。一旦大家相信实有其事，年轻的外交家和他的朋友方肯前往拜访他。

在于连还在家休养期间，他们来拜访了他几次。

于连承认他出生以来，只去过一次国家歌剧院。

“这太可怕了，”他们对他说，“现在大家只去这个地方。您第一次出门，应该是去看《奥利伯爵》[①]。”

在国家歌剧院里，年轻的外交家把于连介绍给了杰罗尼莫一位著名的歌唱家。这时他已获得了巨大的成功。

于连差不多把德·博瓦西骑士当成眷恋的对象了，骑士的这种神秘的自尊，神秘的傲慢和年轻人的自命不凡混在一起，使于连着迷。

比如说，骑士有点口齿不清楚，那是因为他时常荣幸地和一位有这种毛病的大贵族在一起。

人们时常看到于连和德·博瓦西骑士在国家歌剧院，这个结交使贵族们提到他的名字。

一天，德·拉摩尔侯爵向于连说道：“您真是我的密友——弗朗什—孔泰一位有钱贵族的私生子吗？”

于连想申明他从未推波助澜使人相信这种流言，侯爵打断了他。

“德·博瓦西先生是不愿相信自己同一个木匠的儿子进行决斗的。”

“我了解，我了解，”德·拉摩尔先生说道，“现在，应该由我来证实这一谣言了，因为这一谣言正合我意。但是我要请您帮个忙，这只花费您短短的半个钟头，凡是歌剧院有演出的日子，您在十一点半钟，上流社会人士散场出来时，到前厅去看看。我看您还是有一些外省人的习惯，应该把它改掉。再说，认识认识那些大人物，并不会给您带来坏处，说不定有朝一日您还要和他们打交道呢。您可以到票房里去走动走动，让大家认识您，入场券已经给您送来了。”

---

① 19世纪意大利作曲家罗西尼根据法国剧作家斯克里和普瓦松的剧本创作的两幕歌剧，1828年在巴黎上演。

第七章

痛风病发作

侯爵因为痛风病发作，待在家里已经有六个星期，这期间他一直没有出过门。

德·拉摩尔小姐和她母亲去耶尔[①]看望她的外祖母了。诺尔贝伯爵不时地来看看他父亲，父子间关系非常好，但彼此无话可说。

德·拉摩尔先生只好和于连朝夕相处。他没有想到于连竟是一个十分有思想的人。

他叫于连每天给他念报纸。不久，于连已经能为他选择一些有趣的片段了。有一份新报侯爵很是痛恨，发誓永远不看，却每天都要谈到。

于连对侯爵这种行为感到好笑，他觉得思想与权力之间的斗争未免太平庸了。德·拉摩尔先生的这种小气量，使于连恢复了冷静。侯爵对当前的日子感到烦躁，他叫于连诵读李维[②]的作品给他听，于连当场便把拉丁文译成法文，这使德·拉摩尔先生很感兴趣。

一天，侯爵用极有礼貌的语气对于连说，而这种语气是于连常常无法忍受的："亲爱的索海尔，请允许我送给您一套蓝色的衣

① 法国在地中海的群岛，为旅游胜地。

② 即蒂特·李维（前59—前19），古罗马历史学家，著有《罗马史》。

服。在您认为适合的时候，穿着它到我这儿来。这样您在我的眼中，就是雷兹伯爵的弟弟，也是我的老朋友公爵的儿子。”

于连不大明白个中意味，当晚，他试着穿上蓝礼服去见侯爵。侯爵待他果然视若平等。

于连能够感受到真正的礼貌，但是细微的差别，还是分辨不出。他在侯爵起了这个怪念头之前，可以发誓说，侯爵待他好得不能再好了。

“这是多么值得赞叹的才能呀！”于连心想。

当他起身离开时，侯爵抱歉地说因为他有痛风病，不能送他出去了。

于连生出一个古怪的念头：“他是在嘲弄我吗？”他百思不得其解，便去请教彼拉尔神甫。彼拉尔神父不像侯爵那样有礼貌，只向他吹了个口哨来回答他，然后便谈起别的事来了。

第二天清晨，于连穿着黑衣，带着文件夹和待签的信件去见侯爵，他受到的接待又跟以往一样了。晚上，他换上蓝礼服，接待他的口吻全然不同，跟前一天晚上一样的客气。

“既然您一番好意，不厌其烦地来看望一位生病的老人，侯爵向他说，“您就应该跟他讲讲您生活中的各种小事情，但要坦率，不要想别的，只想讲得清楚、有趣。因为我们得寻开心啊。”侯爵继续说道，“生活里只有娱乐是真实可见的。一个人不能每天都在战场上救我的命，或者每天都送我价值上百万的礼物。但是如果黎瓦洛尔[①]坐在我长椅旁陪着我，在我的长椅旁，他就会每天为我解除一小时的疼痛和厌烦。

于是，侯爵向于连讲述着黎瓦洛尔和汉堡人的奇文趣事，他们要四个人在一起才能很好地听懂一句解嘲的妙语。

德·拉摩尔先生和于连这个小教士朝夕相处时，总想使他更加活跃一些。他极力诱惑于连，刺激出他的傲气。既然人家要他讲真话，于连就决定什么都说出来，但有两件事情他不说：他对一个名

① 黎洛瓦尔（1753—1801），法国作家和新闻记者，常写针对大革命的讽刺文章。

字的狂热崇拜，侯爵听见这名字会发脾气的；还有他那彻底的不信神，这对一个未来的本堂神甫不大合适。

他和德·博瓦西骑士的故事来得恰到好处。当侯爵听到圣奥诺雷街咖啡店里的那一幕时，一个粗鲁的马车夫辱骂于连，他笑得连眼泪都流出来了。这正是宾主之间肝胆相照的时候。

德·拉摩尔侯爵对于连奇怪的性格很感兴趣。起初他是为了个人乐趣，而对于连可笑的举动加以怜惜。很快，他觉得慢慢地纠正这年轻人看人看事的错误方式更有意义。

"其他的外省人，来到巴黎会赞美巴黎的一切是多么美好。"侯爵心里想，"这个人却憎恨巴黎的一切。他们造作得太过分，而他又太天真，愚蠢的人往往会把他当作白痴。"

痛风病的发作因为冬季的严寒，一直拖着，持续了好几个月。

"有人对一只很漂亮的西班牙猎犬发生了眷恋。"侯爵暗想道，"我喜欢这个小教士为什么就有愧于心呢？他是个有性格的人，我把他当儿子看待，那又怎么样！有何不妥？这个怪念头，如果持续下去，我就在遗嘱中付出一粒值五百路易的钻石。"

德·拉摩尔先生了解受他保护的人的刚强性格以后，每天便教他一些新奇的事物。

于连发现这位侯爵大人在同一件事上经常给他两种互相矛盾的处理意见，这使于连有些不安。

这样下去很可能对他不利，从此，于连同德·拉摩尔先生一起工作时，总要带上一个笔记本。于连把德·拉摩尔先生的一切决定都记录下来，并请他签字。于连用了一个文书，由他把有关每件事的决定抄录在一个特殊的登记簿上。这个登记簿也抄录了所有的信件。

这个主意开始时好像荒唐之极，无聊之极。然而不出两个月，侯爵就感到了它的好处。于连还向他建议聘请一个从银行出来的家伙，让他用复式账登记好于连负责经管的地产的所有收入和支出。

这样一来，侯爵觉得对自己的财产一目了然，更引发了他去做两三件新的投机生意的乐趣，而且不需要那些中饱私囊的代理人的帮助。

“您取三千法郎给您自己使用吧。”一天德·拉摩尔向他的年轻管理人说。

“先生，我的品行可能受到诽谤。”

“那么，您说应该怎么处理呢？”侯爵有点气愤地问道。

“请您做一个决定，亲手写在登记簿上，这个决定写明给我三千法郎。而且，这种记账方法完全是彼拉尔神父的主意。”侯爵只好写着这个决定，满脸苦相。

当天晚上，当于连穿着蓝衣出现时，侯爵就不再谈公事了。侯爵抚慰着我们的主人公痛苦的自尊心，使他很快就不由自主地对这个可爱的老人产生了好感。这并不是说于连先生重感情，如同巴黎人所知道的那样，但他也不是个怪胎，自从老外科军医逝世以后，确实没有一个人和他说话如此这般地亲善。他惊奇地注意到，侯爵很有礼貌地照顾他的自尊心，而他在老外科军医那里却从未见过。

他终于了解到，老军医对他的十字勋章比侯爵对他的蓝绶勋带还要感到自豪，而且侯爵的父亲还是一个大贵族呀。

一天早晨，于连穿着黑衣处理公务，在商谈公事时，侯爵觉得于连很有意思，就把他留下了整整两个小时。一定要把出面人刚从交易所送来的钞票送几张给他。

“侯爵先生，我恳求您允许我说几句话。我希望这不会对您有失敬之处。”

“请说吧！我的朋友。”

“我恳求侯爵先生，能允许我拒绝接受您的这份礼物。因为穿黑礼服者无权接受，它会完全毁掉您对穿蓝衣人所给予的待遇。”他毕恭毕敬地行了个礼，看也不看一眼就走了。

侯爵觉得这件事挺有意思的，当天晚上就把这件事讲给彼拉尔神父听了。

“有一件事我得向您承认了，我亲爱的神甫。我知道于连的出身，而且我允许您不为这段隐情保守秘密。”

“他今天早晨的举止是高贵的。”侯爵心想，“我要使他成为一名新的贵族！”

多日后，侯爵病愈，终于可以出门了。

“到伦敦住上两个月，”他对于连说，“特别信使和其他信使会把我收到的信连同我的批语送给您。您写好回信，连同原信再给我送回来。我算了一下，要耽搁也不过五天工夫。”

在大路上奔驰时，于连感觉到派他去处理的那些所谓事情实在是毫无意义。

于连踏上英国土地时是怀着怎么样的愤怒，甚至是厌恶的情绪就不细说了。我们知道他对拿破仑狂热地崇拜。他把每个英国的军官都看作是哈德逊·洛甫[①]先生，把每一个英国的贵族都看作是巴瑟斯特——正是他们进行了对圣赫勒拿岛的可耻的污蔑，他得到的酬报就是当了十年内阁大臣。

在伦敦，于连终于见识了上流贵族社会的高傲。他结交了几个俄国的轻年贵族，他们对于连讲述了他们英国的社会生活经验。

“亲爱的索海尔，您真是令人羡慕。”他们对他说道，“别人要你怎么样，您就一定偏不怎么样。您有一种与生俱来的冷静态度。您对现实好像毫无触觉，这是我们无论怎样也做不到的。”

“您还不清楚您所处的时代。”科拉索夫亲王对于连说道，“您天生一副冷脸，距现时的感觉千里之遥，我们用尽千方百计而终不可得。您必须得永远做和别人的期待相反的事情。坦率地讲，这就是这个时代唯一的真理！我劝您不要发疯，也不要装假，因为别人正等着看您那样做。”

一天，菲兹—弗尔克公爵邀请科拉索夫亲王和于连吃晚饭，于连在客厅里很受大家欢迎。晚宴开始前人们等了一个小时。在二十个等候着的人中，于连的举止行为，至今还让驻伦敦大使馆的年轻秘书们所津津乐道。那天，于连的仪态真是美妙至极。

于连也不管那些花花公子对他的冷嘲热讽。坚持要去拜访著名

① 哈德逊·洛甫（1769—1844）英国军官，拿破仑被囚禁在圣赫勒拿岛期间，他是该岛的总督。巴瑟斯特，当时英国的殖民事务大臣，曾授意哈德逊·洛甫苛待拿破仑。

的菲利普·瓦纳，他是自洛克[1]以来，英国唯一的哲学家。于连找到他时，他刚好坐满七年监狱。

"在这个国度里，贵族是不开玩笑的。"于连心想道，"何况瓦纳已经声名狼藉，遭人遗弃……"

于连发现他精神饱满，贵族的狂怒消除了他的烦闷。

于连离开监狱时暗想道："这是我在英国遇到的唯一快乐的人。"

"暴君们动不动就搬出上帝来，对他们来说，这是最有用的。"瓦纳对于连说过这样的话。

其余那些被看作是玩世不恭的理论，就略而不谈了。

"您从英国给我带回了什么有趣的思想？"侯爵问。于连不说话。"您带回什么思想了，有趣还是没有趣？"侯爵又急急问道。

于连说道："第一，哪怕是最智慧的英国人，一天也要疯癫一小时。这个国家的神祇就是自杀魔王，他每天都要来看你。第二，无论什么人，登上大不列颠的陆地，他的智慧都要失去四分之一。第三，世界上没有什么东西比英国的风景更美丽、更动人、更值得赞赏。"

"现在该换我说了。"侯爵说道，"第一，为什么您要到俄国大使的舞会上去说法国有三十万二十五岁的年轻人渴望战争？您以为这种话是国王们爱听的吗？"

"我不知道和这种大外交家们说话应怎么办才好，"于连说道，"如果说些报纸上的老生常谈，您就会被当成傻瓜。如果胆敢说些真实的、新鲜的东西，他们就会大吃一惊，不知回答什么好，而在第二天清晨七点钟，他们又会派大使馆的一等秘书来告诉您，说您毫无眼光。"

"不坏，"侯爵笑着说，"尽管如此，我敢打赌，思想深刻者先生，您没有猜到您为什么去英国。"

"请您原谅。"于连说道，"我去那里应该是为了每星期在大使馆陪他吃一顿晚饭，这位大使是一个非常有礼貌的人。"

---

① 洛克（1632—1704），英国唯物主义哲学家，分权学说的创造者。

“是为了这枚十字勋章去的，您看，就在这儿！您拿着吧。”侯爵对他说道，“我不想让您脱下黑礼服，但我已经习惯和穿蓝衣人说话时的那种有趣的语调。在没有我新的命令以前，请您一定记住：当我每次看见这十字勋章时，您就是我的好朋友雷兹公爵的小儿子。六个月之前就被雇用在外交界工作，不过自己并不知道。请您注意，”侯爵打断了他的谢恩，用极其严肃认真的态度继续说，“我不希望看到您忘记您的身份，否则这对保护者和被保护者都将是永远的不幸和过错。等您对我的诉讼感到厌烦，或者我不需要您的时候，我就给您谋求一个好的教区。像我们的老朋友彼拉尔神父现在的教区那样。此外，您就什么也不会有了。”侯爵相当冷静地补充道。

这枚勋章让于连的自尊得到满足，话也多得多了。他自以为不那么经常地受到一些可能引起不礼貌的话的冒犯了，也不像以前那样常被当作容易引起一些不太礼貌词语的影射对象。在谈话兴趣浓厚时，这种词句并不是所有人一听就明白的。

这枚勋章为他招来了一次不寻常的拜访，拜访人是华勒诺男爵先生。他来巴黎是感谢内阁授予他男爵的爵位。他即将被任命为维里业市的市长，代替离任的德·雷纳先生。

华勒诺先生告诉于连，不久前，有人发现德·雷纳竟是个雅各宾派。于连不禁笑了。

事实是这样的：选举正在准备中，新男爵是内阁推荐的候选人，而在实际上受极端保王派控制的选举大会上，德·雷纳先生却获得了自由党人的支持。

于连很想了解一点关于德·雷纳夫人的信息，但是没有成功。男爵看来对他们的旧怨还耿耿于怀，一点口风也不露。最后，华勒诺男爵只好请于连去疏通，让于连的父亲在即将要举行的选举中投他一票。于连答应往家里回信。

“骑士先生，您应该把我介绍给德·拉摩尔侯爵先生。”

“是的，我应该介绍。”于连心想，“可是像你这样一个大浑账！”

“说实在的，”他回答，“我在德·拉摩尔府是个太小的伙计，没有资格介绍。”

当晚，于连把这一切事情都告诉了侯爵，他又向侯爵说起华勒诺的想法以及从一八一四年以来他的一切行为和表现，

“您明天不但要把这位新男爵介绍给我，”德·拉摩尔先生用十分认真的态度说道，“我后天还要请他吃晚饭。他将是我们的新省长中的一个。”

“在这样的情形下，”于连冷静地说道，“我就要为我的父亲请求贫民收容所所长的职务了。”

“好哇，”侯爵说，神色又变得快活了，“同意。我正等着一番说教呢。您开始成熟了。”

于连从华勒诺男爵那里得知维里业区的彩票局局长死了。于连觉得把这个职位给德·肖兰先生倒很有趣，这个老蠢蛋从前曾在德·拉摩尔先生住过的房间里拾到过这个老笨蛋的请求书。侯爵在向财政大臣请求这个职务的信上签字时，听到于连讲述那份文件的来历，开心得捧腹大笑。

德·肖兰先生刚被任用，于连才知道省议会曾为格罗先生要求过这一位置。格罗先生是著名的几何学家，为人很慷慨，每年只有一千四百法郎薪水。可是他每年要拿出六百法郎借给刚死去的局长，帮他养活他的家人。

于连才对自己刚做的事情感到十分惊讶。

“这个局长的家庭现在怎么生活呢？”这不免使他心里感到难过。

于连对自己的所为大吃一惊。“这没什么，”他心里对自己说，“如果我想发迹，还得干出许许多多不公平的事来，而且还要学会用一套动人的言辞把它掩饰起来。可怜的格罗先生！配得上这勋章的应该是他，而实际上占有勋章的却是我。我应该遵照给我勋章的政府的意旨行事。”

第八章

与众不同

一天，于连从塞纳河边的维勒基埃归来，那是一块可爱的土地。德·拉摩尔先生对它特别感兴趣，因为那是他所有的地产中唯一一块属于卜尼法斯·德·拉摩尔家族的地产。于连在府中看到侯爵夫人和她女儿正好从耶尔回来。

现在于连已是一个花花公子了，他了解巴黎的生活艺术。他对德·拉摩尔小姐采取了非常冷淡的态度。

德·拉摩尔小姐觉得于连长高了，脸色依旧苍白。他的身材，他的举动，再也没有一点外省人的痕迹。可是他的谈吐则不一样，他的谈吐总是过于认真，过分严肃，过分正经。因为他的自尊心，他在谈吐中却丝毫显不出他是个下级人员。人们只觉得他把很多事看得太严重了，但是大家都知道他是个说话算数的人。

“他缺少的是潇洒和风度，而不是智慧。”德·拉摩尔小姐对她父亲说道。随后拿送给于连的十字勋章来调笑她的父亲，“我哥哥向您要一枚勋章，都已经要了十八个月了，而且他还是拉摩尔家族的人！”

“是的，但是于连有很意外的情况，这是您向我所述说的拉摩尔家族的人从来没有遇见过的。”

仆人通报雷兹公爵到了。

玛蒂尔德不禁打了个哈欠。看到他，她好像又想到了她父亲客厅里那些古老的镀金装饰物和常来常往的宾客。她可以想象到她在巴黎又要过那种十分枯燥的生活了。可她在耶尔时却惦记着巴黎。

“我居然十九岁了！”她暗叹道，“这是幸福的年龄，所有那些切口镀金的无聊书籍都这么说。”

她的目光停滞在八到十本新诗集上，这是她到普罗旺斯旅游时堆积在客厅小桌子上的。不幸的是——她比德·克罗兹诺瓦、德·凯律、德·吕兹先生和其他的朋友们聪明。她完全可以想象得出他们可能要向她说些什么话，如普罗旺斯的美丽、诗歌、南方……”

这双美丽的眼睛，流露出深沉的闷烦，而更坏的是，显露出对追求快乐的绝望，这双眼睛却停滞在于连身上，“至少，这个人和别人不完全一样！”

“索海尔先生，”她说道，她的语调是活泼、简洁的，不带一点娇气，完全不是那种上等社会的年轻女人经常用的语气，“索海尔先生，您愿意同我一起参加今晚德·雷兹先生家的酒会吗？”

“小姐，我还不曾荣获这种幸运，被介绍给公爵先生。”这句话和这个头衔，简直是被这个骄傲的外省人龇牙咧嘴挤出来的。

“和我哥哥一起来参加舞会吧。”她非常直接地补充道。

于连恭敬地鞠躬。“这么看来，就是在酒会上，我也得向她家的每一个成员汇报我的工作。我也难怪，我不是她家聘来办事的吗？”接着他又生气地想，“谁知道，我要对这个女儿说的话会不会和她父亲、哥哥、母亲的计划发生矛盾！”

“这个大女孩真叫我不愉快！”他暗想道，同时注视着德·拉摩尔小姐走过去，因为她的母亲在喊她，要把她介绍给自己的一批女友。

“她太时髦了，上衣露出了她整个的肩头……她比旅行前的脸色还要苍白……

金栗色头发简直淡到没有色彩！人们还认为那是阳光在其间闪耀呢！她那行礼的姿态，看人的样子，多么骄傲呀，简直是王后的做派！”

在她哥哥即将要离开客厅时，她把他又拉了回来。诺尔贝伯爵靠近于连身旁说：“亲爱的索海尔，为了参加雷兹公爵的舞会，半夜时，您愿意我到哪儿去找您呢？”

“我很明白是谁使我得到了这样的厚爱。”于连回答说，同时深深地向他鞠躬。

于连很不舒服，但是他从诺尔贝那种礼貌，甚至是极为关心的话调中找不到任何问题，只好拿自己那句回答的话来解气，他发现其中有一点自贱的味道。

当天晚上，他来到舞会上，雷兹公爵府邸的豪华富丽使他大为震惊。府邸前院的上侧，覆盖着用深红色细布制成的巨大帐篷，上面缀满了金色的星星——再没有比这更别致的了。在帐篷下，院子布置成了一片正在开花的橘树和夹竹桃树林。花盆很小心细致地埋在地下，而且埋得很深。所以，看起来这些花树好像是从土壤中长出来似的。

在于连眼里，这一切都是很了不起的。他从未想到世界上会有如此这般奢华的地方！顷刻间，他那激动着的想象力，已经把他的恶劣情绪抛到九霄云外去了。

在赴酒会的途中，诺尔贝是快乐的。于连却十分悲观，他们刚一走进院子，两种截然不同的心情又相互换化了。

诺尔贝在如此的富丽豪华中，只注意几件被大家忽略的细节。他计算出每一件东西的费用，当达到一个相当高的总额时，他便露出了近乎嫉妒的表情，而且生气了。

至于于连呢，刚走进第一个跳舞的客厅，就眼花缭乱了。他到处观赏，差不多激动得有点胆怯了。大家都拥挤在第二间客厅的门口，人数之多，以至于连都不能向前移动一步。这间客厅是仿制阿尔汉布拉宫①布置的。

“不得不承认——这就是舞会中的王后呀！”一个有留有小胡

① 摩尔人占领西班牙时在格林纳达建造的宫殿，装饰豪华，园林美不胜收。

子的年轻人说道，他的肩头已撞到于连的胸部了。

“整个冬天，富尔蒙小姐在这里都是最美丽的。”一个在他旁边的人应声答道，“她现在看到自己排到第二位了，你瞧她那奇怪的眼色。”

“真的，她在竭尽全力让人喜欢她。你瞧，跳独舞时她独自出场，她的微笑多么迷人。真是千金难求呀！”

“德·拉摩尔小姐好像在克制她胜利的心情，她分明感觉到了自己的胜利。简直可以说，她好像怕和她说话的人不感到愉快似的。”

“太好了！这才是诱惑的艺术啊！”

于连想看这个诱惑人的女人是什么样子，可是七八个身材比他高大的男人挡住了他的视线。

“在如此高贵的矜持中，却带有一股俏劲儿！”小胡子年轻人说道。

“还有这对蓝色闪亮的大眼睛，在它好像要泄漏真情时，是如此缓慢地低了下来。”旁边的人说道，“真的！再没有比这更美妙的了！”

“你看，在她身边的富尔蒙小姐显得多么的平凡！”第三个人说道。

“这种矜持的姿态好像在说：‘如果您是个配得上我的男人，我对您将是多么崇拜啊！’”

“谁能配得上高贵矜持的玛蒂尔德呢？”第一个人说道，“也许是个君主，俊俏、机智，身材称匀，是战场上的英雄，年纪不到二十岁。”

“俄国皇帝的私生子……通过联姻，可以为他建立一个君主国。或者肯定就是泰莱尔伯爵，他简直是个衣冠楚楚的农民……”

这会儿，门口人已经不多了，于连可以进去了。

“既然在这些人眼里她是这样的迷人，那就值得去研究研究了！”于连思考道，“可以了解一下这些人的审美观点是什么。”

当他用眼睛去搜寻她时，她正注视着他。“我的责任在驱使我。”于连想道，不过，除了他的脸色稍有怒气以外，他的好奇心使他轻松地走上前去，玛蒂尔德穿着领口很低的上衣，这使他的轻松感很快有所增强，但那并不怎么能迎合他强烈的自尊心。

“她的美丽有着青春的魅力。”他暗想道。

五六个年轻贵族把于连和玛蒂尔德隔开了，于连认出了那是刚才在门口谈话的那几位。

“先生，您整个冬季都在这里吗？”她向他问道，“在这个季节里，今晚的舞会真要算最迷人的吧？”他不回答。

“我觉得很美，库隆①的方形舞，这些夫人们舞得很熟练。”

年轻的贵族们都回过头来，观看最幸福的男人是谁。她是坚决要得到他的回答，可是，那回答未免令人泄气。

“我不是一个高明的裁判员，尊敬的玛蒂尔德小姐，我过的生活就是抄抄写写。像这样奢华的舞会，我还是第一次来。”

小胡子的年轻贵族甚至感到于连有失体统。

“您是一位圣哲学者，于连先生。”她继续说道，她对他更感兴趣了，“您像一个哲学家一样注视所有这些酒会，所有这些庆祝会，像卢梭一样。这些疯狂的事情使您惊奇，但是不能引诱您。”

玛蒂尔德小姐这句话把于连的幻想都从心里驱逐出去了。他的嘴角露出了也许有点过分的轻蔑表情。

“卢梭，”他答道，“就我看来，不过是个傻子。他敢于评论上流社会但不了解上流社会。”

“他写过《社会契约论》。”玛蒂尔德用崇敬的语气说道。

“虽然说他宣传共和政体，反对君主专权。但是如果有一位公爵，改变他饭后散步的方向，和他的平民朋友走一走，这个暴发户会满足异常的。”

“是的！卢森堡公爵曾伴送一位库安德先生向着巴黎那边走去②……”德·拉摩尔小姐说道，带着初次指导别人的快乐和畅快。

她为自己这点学识感到无比兴奋，就好像一个法兰西学院的院

① 库隆，帝国和复辟时期著名的舞蹈家。

② 典出卢梭的《忏悔录》。

士发现了费尔特里乌斯国王[①]的存在一样。

于连注视着她，目光敏锐而严肃。玛蒂尔德的兴奋立即消失了，对方的严肃已使她十分狼狈。她特别惊奇的是，她习惯使别人难堪，而她现在也尝到这种滋味了。

克罗兹诺瓦侯爵这时急急忙忙地向德·拉摩尔小姐走过来，但到了离他两三步的地方，由于人太挤，怎么也过不来，隔着人群，看着她微笑。年轻的鲁弗雷侯爵夫人正在他的身旁，她是玛蒂尔德的表姐。她挽着丈夫的胳臂，他们的新婚只有十五天。鲁弗雷侯爵也非常年轻，他能够接受一桩完全由公证人安排的门当户对的婚姻，而又觉得他妻子无比美丽。等到他年老的伯父一死，鲁弗雷先生就是公爵了。

克罗兹诺瓦侯爵无法穿越过人群，只能笑眯眯地看着玛蒂尔德，玛蒂尔德也正用一双天蓝色的大眼睛瞧着他和他周围的贵族们。

“这是一群庸人！”她心想着，“瞧这个想和我结婚的克罗兹诺瓦吧，他温和、懂礼貌，举止谈吐和鲁弗雷先生一样无可挑剔。如果不让人腻烦，这些先生们倒很可爱。将来，他也会带着这种沾沾自喜跟我到舞会上去。在我们结婚一年后，我的车辆马匹、我的衣服，我距离巴黎二十里路的别墅……这一切都将使一个叫德·鲁瓦维尔伯爵夫人那样的暴发户嫉妒得要命，但在这以后，又能怎样呢？”

玛蒂尔德对这想象中的远景厌倦了。克罗兹诺瓦侯爵终于走到她身旁，他对着她说话，但她在想自己的事情，没注意听。他讲话的声音和舞会上的声音，对她来说，没什么差别。她目光自然地跟着于连，这时于连已经带着一种恭敬而自傲的态度离开了她。

在另一个角落，远离来往的人们，玛蒂尔德看见了阿塔米拉伯爵，他在自己的国家里已经被判处死刑，这是读者早就知道的。在路易十四时代，他有一位亲戚嫁给了孔蒂亲王，这件旧事使他或多

① 有一位学者，法兰西学院院士误把Jupiter Feretrius译为“朱比特与费雷特里乌斯王”，其实费雷特里乌斯是朱比特的外号。

或少地可以避免圣会暗探的仇视。

“我现在才了解死刑足以使人立名。”玛蒂尔德心想道，“这是唯一用金钱不能买到的东西。”

“刚才我想到的简直就是句绝好的俏皮话！可惜它想起来的不是时候，我没能当众表演一番。”玛蒂尔德太讲究情趣，她不愿把提前准备好的俏皮话在交谈中使用。但她又有极大的虚荣心，想出妙句也会沾沾自喜。这时，在她充满愁容的脸上已呈现出一层幸福的喜色。克罗兹诺瓦侯爵一直不断地和她讲话，以为成功就在自己眼前，于是他讲得更有精神了。

“我的俏皮话有哪个坏家伙能非难呢？”玛蒂尔德暗暗思考着。

“谁不同意，我就可以回答，子爵、男爵的称号可以用金钱购买，十字勋章可以赠送，我的哥哥不就才弄到一个吗？但是，他有什么功劳呢？头衔也是可以得到的。十年的兵营生活还不如有陆军大臣这样的亲戚。像诺尔贝这样的人就能当轻骑兵上尉而且还有一笔大的财产……这本来是最难得的，因而也是最有价值的。这说来也奇怪！这和书本上讲述的一切完全不一样……好吧！想成为有钱人吗？只要跟路特希尔德先生的女儿结婚就可以了……

“唯有死亡才是人们不愿看到的事。”

“您认识阿塔米拉伯爵吗？”她问克罗兹诺瓦先生问道。

她仿佛刚刚把思想从远处拉回来，而提出问题和可爱的侯爵唠叨了五分钟毫无关联的话。这使性情和蔼的克罗兹诺瓦侯爵也不免感到有些不知道该怎么处理了。不过他是一个聪明人，而且以聪明著称。

“玛蒂尔德的性格真是不一样。”他心想道，“这无疑是个坏毛病，但是她却能把最漂亮的社会地位带给她的丈夫！我真搞不清德·拉摩尔侯爵到底是怎么办到的，他可以和各个政党中最优秀的人物往来，他是一个永远不会沉没的人。

玛蒂尔德这种不一样的性格还可能被认为是天才的表现呢。有这样高贵优秀的血统，又有这样庞大的财富，那是多么出色的一个人呀！个性、智慧和灵活，她把它们很恰当地糅合在一起，就给人以十分可爱的印象……”

克罗兹诺瓦侯爵像如何背书一样，无精打采地回答玛蒂尔德：“谁不认识那可怜的阿塔米拉呢？”于是他把他那个尚未成功的、荒唐可笑的阴谋向她讲述了一遍。

“荒唐到了极点！”玛蒂尔德回答道，好像是自言自语似的，“可他到底还是做了。我要认识这一个有大丈夫气概的人，请您把他带到我这里来。”她向侯爵补充道，侯爵十分不情愿。

阿塔米拉伯爵也曾公开夸耀过德·拉摩尔小姐，他赞美她的高傲，而且近乎没有礼貌的态度。在他看来，她也是巴黎的美人。

“坐在王位上的她，肯定是很美的啊！”他向克罗兹诺瓦先生说道，他没有任何抗议就跟着他来了。

世上的人认为坏事莫过于搞政变的，搞政变就有雅克宾派的嫌疑。有什么比失败的雅各宾派更丑恶呢？

玛蒂尔德和克罗兹诺瓦先生一样，都在嘲笑和讽刺阿塔米拉的自由主义，但她却愉快地听着。

“一个阴谋家竟然来参加舞会，真是有趣！”她心里想。

她发现这人留着小黑胡子，有一张在休息中的狮子一样的脸，但不久她便觉察到他只抱有一种态度：那就是实用和对实用的赞赏。

在他的国家里除了成立两院制的内阁以外，再也没有能值得年轻的伯爵关注的了。当他看见一位秘鲁的将军走进来时，这个在舞会中最迷人的人——他高兴地离开了玛蒂尔德。

一群蓄着小胡子的年轻人挤到玛蒂尔德身边来了。她十分清楚地看到阿塔米拉丝毫没有受到自己的迷惑，她对他的离去感到很不高兴。她注视着阿塔米拉和秘鲁的将军谈话时那一双闪闪发光黑眼睛。德·拉摩尔小姐用一种讳莫如深的目光看了看这些法国年轻人，那种神态，是她的任何一位竞争者所不能模仿的。

“他们当中有哪一位，”她心想，“甘愿被判处死刑呢？”

她这奇特的目光，使愚蠢的人感到得意，但使其他的人感到惴惴不安。他们害怕玛蒂尔德会说出什么讽刺的话，使人难以回答。

“高贵的出身给人数以万计的优点，而没有这些优点会使我生气的。这从于连身上就可以体现出来。”玛蒂尔德暗想到，“但是高贵的出身却又使被判处死刑者的那些优点没落。”

这时，有人在她身旁说道：“阿塔米拉伯爵是圣纳扎萝——比蒙泰尔的第二个儿子。他的一位祖先曾经打算营救一二六八年被斩首的康拉德[①]。这是那不勒斯最高贵的家族。”

玛蒂尔德心里想：“这就更加证明了我的格言！高贵的出身会毁灭人的性格力量。而没有这种力量，一个人便不会服从被判的死刑。今晚我注定要发表许多谬论。既然我和别的女人一样，也不过是个女人，那么，我就得去跳跳舞。”

她接受了克罗兹诺瓦侯爵的请求，他在这一小时里，曾几次请求她能和他跳一次加洛普舞。玛蒂尔德为了排除自己的苦闷，尽力现出迷人的样子，这使克罗兹诺瓦先生兴奋极了。

但是，不论是跳舞，还是取悦于一个漂亮的宫廷青年，都无法舒展玛蒂尔德的心情。她不可能有比这更大的成功了。

她是舞会上的王后，但她对此的态度是十分冷淡的。

“和克罗兹诺瓦这样的人在一起，我将过着一种黯淡无光的生活！”她暗想道，“假如离开巴黎六个月，在一个使所有的巴黎女人都羡慕的舞会上我都不可能找到快乐，那还能到哪儿去找呢？

再说，我在这里受到了整个社会的尊敬，这个社会的成员，没有谁比他们更好的了。除了几个贵族院议员和一两个像于连这样的人以外，便再没有其他市民阶层了。因此还有什么优越的命运条件没有给我呢？荣华、财富、青春，唉！除了幸福，我拥有了一切。

“在我的优点中，最大的问题的仍然是他们整夜都在向我谈论他们的智慧。我相信我有，因为很明显，他们都怕我了。如果他们敢谈论一个严肃的话题，不过五分钟，他们便会紧张得喘不过气来，好像从我儿这一小时中所谈的事件上可以获得一项重大发现似

---

① 即日耳曼皇帝康拉德五世，曾企图收复那不勒斯王国，兵败被俘处斩。

的。我的美丽是德·斯塔尔夫人[1]宁愿牺牲一切来换取的。可是事实上，我却苦闷得要死。假如我把我的姓氏换成克罗兹诺瓦侯爵的姓氏，我是否会就有理由不像现在这样苦闷呢？

“但是，天哪！”她继续想道，几乎快哭出来了，“他难道不是一个完美的人吗？他是当代的杰出人物。你看他时，他总会找些可爱的、甚至聪明的话来和你搭讪，他是个值得尊重的人……不过索海尔这个人真是奇怪，”她自言自语道，这时她眼中的愤怒代替了忧郁，“我已经明示他我有话要和他讲，可是他就是不肯再露面了！”

① 斯塔尔夫人（1766—1817），法国大革命时期女作家，浪漫派的先驱，因思想自由，曾遭拿破仑流放。

第九章

舞 会

“您有点闹脾气。”德·拉摩尔侯爵夫人对女儿说，“我警告您，这在舞会上很没有风度。”

“我只是有点头痛。”玛蒂尔德随意地回答道，“这里实在太热了！”

正在此时，似乎是为了证实德·拉摩尔小姐的话——托利老男爵突然头晕，昏倒了，不得不被抬出去。有人说是中风，真是一件扫兴的事。

玛蒂尔德丝毫不关心这些，她早有打算，绝不理会那些老年人和所有惯于述说悲惨事情的人。

她跳舞，避开关于中风的谈话，其实男爵并没有中风，因为他第二天又露面了。

“为什么索海尔先生总是不来呢？”她跳过舞之后又在想。她几乎要用眼睛找他了，突然发现他在另一间客厅里，怪事，他好像失去了对他来说如此自然的那种不动声色的冷淡态度，已不再有英国人的风度了。

“他在同阿塔米拉伯爵谈话——那位被判了死刑的人！”玛蒂尔德暗自想道，“他的眼里充满了阴沉的热情，还乔装出一副亲王的派头，他眼中流露出来的顾盼神情显得越来越骄傲了。”

于连渐渐走近她坐的地方，同时老是不断地和阿塔米拉伯爵谈话。她凝视着他，研究他的表情，想从中发现那些使一个人有幸被判死刑的高超品质。

正经过她跟前时，他对阿塔米拉伯爵说道："真的，丹东是个大丈夫！"

"天呀！他将来会是丹东吗？"玛蒂尔德自忖道，"可是他的面孔是那么高贵，而那个丹东却丑得可怕，我觉得简直是个屠夫。"于连走得更近了，她毫不犹豫地叫他，并且很骄傲地提出了一个问题，这些从一个年轻姑娘口里说出来，很是不平凡。

"丹东[①]不是个屠夫吗？"她问道。

"是的，在某些人的眼里是的。"于连回答道，表现出一副不可掩饰的轻蔑表情。同时，由于他正和阿塔米拉谈话，他眼里还充满了火花。

"不过，对于出身高贵的人来说，不幸的是，他却是塞纳河畔梅里地区的律师。也就是说，小姐，"他恶狠狠地补充道，"他跟我在这里看见的好几位贵族院议员完全一样。的确，在一个美人的眼中，丹东有一个巨大的错点，他很丑。"

这最后几句话，于连说得很快，态度奇怪，而且肯定是很不礼貌的。

于连等了片刻，上身微微前倾，神态谦卑却又透着傲气。似乎在说："我是花钱雇来回答您的，而我靠我的工钱生活。"他不愿抬起头来看一眼玛蒂尔德。而她呢，睁着一双清亮的大眼睛看着他，好像看她的奴仆一样。最后，由于她一直不说话，于连抬起头望着她，好像是仆人为了接受命令，注视着他的主人似的。尽管他的双眼迎面看着玛蒂尔德的眼睛——因为她老是奇异地注视着他——他却匆匆忙忙离开了那里。

"他长得真漂亮！"玛蒂尔德终于从幻想中醒过来，暗暗自忖道，"他对丑陋竟然做出如此的赞扬！不留任何余地！他和凯律、

① 丹东（1759—1794），法国大革命时期雅各宾派主要领导人之一。1794年以反叛罪被处死刑。

克罗兹诺瓦都不一样。这个索海尔的神态有点儿像我父亲在舞会上模仿的拿破仑。”这时她完全不记得丹东了。“我今晚真够烦的！”她猛地抓住她哥哥的小臂，拖着他陪她在舞场里飞舞于不同的圈子，这完全是出于无奈。忽然，她脑子里出现了一个想法，她要去倾听于连和那个被判死刑者的谈话。

人非常多，玛蒂尔德终于赶上了他们。在距她两步远的地方，阿塔米拉正准备走近一张茶盘，去取一杯冰水。他在跟于连说话，身子转过来了一小半。他看见一只穿着绣花衣服的胳膊正在拿旁边的一杯冷饮。绣花衣服似乎引起了他的注意，他完全把身子转过来了，看看这只手究竟属于何人。顿时，他那如此高贵、如此天真的眼睛流露出一丝厌恶。

“您看这个人……”他对于连低声说道，“这就是某国的大使，阿拉斯利亲王。今天早晨，他把想引渡我的事对你们法国外交大臣德·纳瓦尔先生正式提了出来。您看，他就在那儿打惠斯脱牌。德·奈瓦尔先生也准备把我交出去，因为我们在一八一六年交给你们两、三个阴谋分子。如果他把我交给了我的国王，在二十四小时内我就会被绞死。”

“无耻！”于连用中高的声音骂道。

玛蒂尔德静静地听着他们的谈话，没漏掉半个字。她的愁闷已消失得无影无踪了。

“还不是最无耻的。”阿塔米拉先生继续说道，“我跟您谈我是为了给您一个强烈的印象。您看看阿拉塞利亲王，每隔五分钟，他就要看一眼他的金羊毛勋章。看到自己胸前的这个小东西，您简直难以想象他有多愉快。这可怜的家伙，其实是多么不合时宜啊。这种勋章在前一百年，是一个无上的荣誉，但在那个时期，他肯定是无法援用的。今天，在出身高贵的人中间，只有阿拉塞利这种人才对它心醉神迷。他为了得到它可以把全城的人都绞死。”

“他就是用这个代价去得到的吗？”于连急迫地问道。

“不完全是那样。”阿塔米拉严肃地回答，“他也许是把他的国家里被认为是自由党人的三十来个富有的产业主扔进了河里。

“罪大恶极！”于连低吼道。

德·拉摩尔小姐带着浓厚的兴趣在他们一旁侧耳倾听，由于她离于连太近，以致她那美丽的发丝几乎要擦到他的肩膀了。

“您很年轻！”阿塔米拉伯爵说，“我向您说过，我有个妹妹，嫁在普罗旺斯。她还很漂亮、善良、温柔，是个极好的家庭主妇，忠于她的一切职责，虔诚但不装假。”

“他说这些话，是要表达什么意思呢？”德·拉摩尔小姐暗自思考着。

“她此刻很幸福，”阿塔米拉继续说着，“在一八一五年她也是幸福的。那时我藏在她家里，在昂蒂布[①]附近的庄园里。您瞧，当她听说奈伊元帅被处决时，竟跳起舞来！”

“这是真的吗？”于连大为惊恐。

“这是党派精神，”阿塔米拉接着又说道，“十九世纪不会有真正的激情了，因此人们在法国才这么厌倦。人们做着最残忍的事，却没有残忍的精神。”

“太糟糕了！”于连说道，“要犯罪也该痛痛快快的，犯罪只有这点好处。我们也只能用这个理由来为犯罪辩护了。”

德·拉摩尔小姐听得入神，完全忘记了她对自己的要求，她差不多整个人都站在阿塔米拉和于连当中了。她的哥哥习惯于听从她的命令，此时他一面挽着她的胳臂，一面放眼去望厅里各个角落。他故作镇静，装出被人群阻挡的样子。

“您说对了！”阿塔米拉说道，“现在的人做什么事情都不起劲儿，随做随忘，连犯罪也一样。我可以给您指出，在这舞会里，也许有十个人将被判为杀人犯。他们把这件事忘记了，大家也都把这些忘记了。”

“有许多人，如果他们的爱犬腿部受伤，他们会难过得眼泪都流出来了。在拉雪兹神父公墓里，当人们在坟墓前抛下鲜花时，人家会告诉我们说，他们拥有勇敢骑士的一切美德，于是他们就谈起生在亨利四世时代的祖先的丰功伟绩。不管阿拉斯利亲王怎样卖力

① 法国南部城市，有海滨浴场。

气，我仍未被绞死，而且我一旦享用我在巴黎的财产，我愿意请您跟八个到十个受人敬重、毫无悔恨之心的杀人犯一块儿吃饭。

“您和我，我们将是这顿晚饭上唯一没有沾上鲜血的人，但是，我将被当作嗜血成性的、雅各宾派的怪物受到鄙视，甚至憎恨，而您将只作为一个混入上流社会的平民而受到鄙视。”

“一点没错！”德·拉摩尔小姐说。

阿塔米拉诧异地看了看她，于连却不屑地回过头去。

“请注意，我带头搞的那次革命没有成功，”阿塔米拉伯爵继续说道，“它没有成功，只因为我不愿砍掉三个人的脑袋，还有发七八百万现金给我们的党员。当时存放这笔现金的钱柜的钥匙，掌握在我手里。我的国王，恨不得今天就把我吊死，想当年，在暴动前，他却和我是那么亲密无间。要是我砍掉了那三个人的脑袋，散发了柜子里的一部分钱，他会给我最高荣誉的勋章。他会把他的大勋章颁给我，因为我至少可以取得一半成功，我的国家也会有一个像样的宪章……世上的事就是这样，不过一局棋罢了。”

“也就是说，”于连眼里冒着火花说道，“您还不知道如何玩这种游戏，要是现在……”

“您是不是想说，我会砍掉一些人的脑袋，我不会成为您曾向我解释的那种吉伦特派？我要回答您，”阿塔米拉悲伤地说道，“要是您在决斗中杀了人，那比刽子手使用的屠刀酷多了。”

“确实如此！”于连说道，“为了目的不择手段。如果我不是这样卑微，而是有权力的话，为了抢救四个人的性命。我会绞死三个人。

他的眼睛里闪烁着真诚的火焰和对世人虚妄评判的轻蔑，这双眼睛对上站在他身旁很近的德·拉摩尔小姐的眼睛。他那轻蔑的神情，不但没有变得温文尔雅，反而加重了。

德·拉摩尔小姐受到了很大的刺激，可是她再也无法忘记于连。她气愤地拉着她哥哥离开了。

“我该去喝潘趣酒[①]，大跳其舞，”她对自己说，“我要挑一

① 一种混合着酒、糖、茶、柠檬等的饮料。

个最好的，不惜一切代价引人注目。好吧，就是这个极端无礼的德·费瓦克伯爵。”她接受了他的请求，一道跳舞去了。

“我现在倒要看看，”她心里想，“这两个人当中谁更无礼。不过，如果要充分地嘲弄他，就得先使他讲话。”

不久，四组舞余下的部分只是摆摆样子，谁也不愿意漏掉马蒂尔德任何一句尖酸刻薄的妙语连珠。

德·费瓦克先生紧张得说不出一句有意义的话来，只好讲一些交际场面上的语言，故作媚态。

玛蒂尔德憋了一肚子气，对他的态度十分残酷，完全把他当作仇人。

她一直跳到天亮，下场时已疲惫不堪。在回去的车子里，剩下的一点儿力气还被用来让她感到悲哀和不幸。她被于连蔑视，却不能蔑视他。

于连达到了幸福的高峰，他不知不觉地陶醉在音乐、鲜花、美女还有优雅的气氛中。尤其是想象自己的卓尔不凡，还有人类的自由……

“多完美的舞会呀！”他跟伯爵说道，“这里什么也不缺。”

“缺少思想！”阿塔米拉伯爵说。

他的表情泄露了轻蔑，这轻蔑就更加刺人，因为看得出来，礼节要求必须隐藏这种轻蔑。

“您说对了！伯爵先生，但是思想也是谋反的思想，不对吗？”

“我能来到这里，是因为我的姓氏。但在你们的客厅里是不能有任何思想的，即使有也不能超过几句讽刺民歌的水平，只有这样才会受到欢迎。一个有思想的人，如果在言辞里表现出毅力和新鲜的见解，他们就说是玩世不恭。你们的伟大的法官老爷们，不是把这个词扣在库里埃[1]的头上了吗？你们把他投入监狱，像贝朗瑞一样。在你们这儿，凡是精神方面稍有价值的东西，圣会就将其送上轻罪法庭，上流社会则鼓掌叫好。

---

① 库里埃（1772—1825）法国作家，曾通过讽刺小册子和书信的形式，以犀利的笔锋抨击法国复辟王朝。

“这是因为你们这个古老的社会重视礼节的思想……你们永远不能在军威武功之上有所建树。你们法国可以产生缪拉[①]，但永远不会出现华盛顿。我在法国只看见了虚荣。一个说话有创见的人脱口说了句不谨慎的俏皮话，而主人就以为是丢了脸。”

刚说到这里，送于连回去的车子在德·拉摩尔府邸门前停下了。于连很欣赏这个阴谋家，阿塔米拉曾经给了他这样一句漂亮的表扬。这显然是出自于一种深刻的了解和信念：“您没有法国人的轻浮，好好理解功利原则吧。”正好在前天晚上，于连刚看过加西米尔·德拉维涅[②]先生的悲剧——《玛里诺·法利埃罗》。

“伊斯拉埃尔·贝尔蒂西奥[③]，军械厂里的普通木工，不是比所有这些威尼斯贵族更有性格吗？”我们这位叛逆的平民暗想道，“然而这些人的被证实的贵族血统可以上溯至公元七〇〇年，比查理曼大帝还早一个世纪；对于在晚夜，德·雷兹先生的舞会上，最原始的贵族世系，也只能勉强追溯到十三世纪。好！尽管那些威尼斯贵族出身如此高贵，可人们记住的却是伊斯拉埃尔·贝尔蒂西奥。

“一次阴谋，就能毁灭社会偏见所带来的一切问题。在这种情况下，一个人可以凭着他对生死的态度立即取得与之相应的地位，思想本身也失去影响……

“在华勒诺和德·雷纳当道的今天，丹东今天还能有什么辉煌呢？”

“我的意思是，他会卖身投靠教会，当上内阁大臣，但是归根结底，这位伟大的丹东偷盗过；米拉波也出卖过自己；拿破仑也曾在意大利偷盗了数百万。不然他会一下子就成为贫穷的俘虏，一筹

① 缪拉（1767—1815）帝国时期的元帅，拿破仑的妹夫，1808至1815年曾被封为那不勒斯国王。

② 德拉维涅（1793—1843），法国诗人，戏剧家。

③ 《玛利诺·法里埃罗》一剧中兵工厂一个普通木匠的名字。

莫展，如同皮什格吕[①]一样。只有拉法夷特[②]从没偷盗过。一个人应该偷盗吗？应该出卖自己吗？”于连心里思考着。

这个问题一下子把他难住了。夜里剩下的时间里，他读大革命的历史。

第二天，当他在图书室写信时还思考着与阿塔米拉伯爵的谈话。

“事实上，”他好一阵出神，然后对自己说，“如果这些西班牙自由党人把人民牵连进罪行里去，是不会这么容易就被清除掉的。这是些骄傲的、夸夸其谈的孩子，像我一样！”于连突然叫道，仿佛大梦方醒，跳了起来。

“我做了什么了不起的事情来评论这些倒霉的人们呢？他们一生中毕竟有几次敢于并已经动手了啊？谁知道在伟大的行动中会遇到什么呢？因为这类事，做起来并不会像开枪那样简单……”德·拉摩尔小姐出其不意的到来打断了他，他对丹东、米拉波、卡尔诺[③]这些没有被征服的人的伟大性格是这样赞赏，以致他的眼睛虽说停留在德·拉摩尔小姐身上，却并没有想到她。没有向她敬礼，却没有想到她，没有向她敬礼，几乎没有看见她。当他那双睁得如此开的大眼睛终于觉察到她的存在时，目光顿时暗了下去。德·拉摩尔小姐感受到了这一情景，心里十分难过。

她向他要韦利[④]的《法国史》，书放在最上一格，她够不着。于连不得不去搬两架梯子中最高的那一架。他放好梯子，取出她要的那本书给了她，但是心里仍没有想到她。当他把梯子放回原处时，因为心思不在那上面，胳膊肘碰在书橱的一块玻璃上。咣啷一声，碎片落在地上，这才惊醒了他。他赶紧向德·拉摩尔小姐道歉，并努力做得有礼貌些，但也仅是有礼貌罢了。玛蒂尔德看到她显然打扰了于连，而且他宁肯去想自己的问题，却也不愿和她谈话。她注

---

① 皮什格吕（1761—1804），法国将军，曾与卡杜达尔及莫罗一起阴谋刺杀拿破仑，事败后死在狱中。

② 拉法夷特（1757—1834），法国将军，复辟时期的反对派。

③ 卡尔诺（1753—1823），法国数学家，物理学家，政治家和军事家。

④ 韦利（1709—1759），法国历史学家。

视了他一阵子才慢慢走开了。

于连看着她离开，发现她衣着的朴素和前天晚上的花枝乱颤形成鲜明的对比，两种容貌之间的差别，同样地引人注目。这个年轻姑娘，在雷兹公爵的舞会上那么骄矜，现在却表现了出一种恳求的神色。于连暗想道："这黑色的连衣裙更显出她腰身的美。她有女王的做派，可是她为什么要戴孝？"

"如果我去问别人她为什么穿丧服，肯定又要闹笑话了。"于连完全从极度兴奋的状态中走了出来，"我得重新读一读早晨写的信，谁知道我会找出多少漏掉的字和愚蠢的错误。"当他正勉强注意看第一封信时，忽然听见身旁有丝绸衣衫的声音，急忙转过头——德·拉摩尔小姐已站在离书桌两步远的地方，她对着于连嫣然一笑。这第二次的突然来访使于连有了点生气。

至于玛蒂尔德，她刚才强烈地感觉到她在这年轻人眼中无足轻重。那笑是为了掩饰她的窘迫，这她倒是成功了。

"索海尔先生，您肯定是在想一件很有意思的事……是不是关于阿塔米拉伯爵谋反的奇异故事呢？正是那桩阴谋把阿尔塔米拉伯爵先生送到巴黎来的。告诉我是怎么回事，我很想知道。我会严守秘密的，我向您发誓！"这她对自己讲出的这些话也感到非常惊讶。怎么？自己竟向一个下人哀求起来了！这使她显得更加狼狈了，于是用一种轻率的语气说道："您一向那么有看法，是什么把您变成了一个富有灵感的人？一个像米开朗基罗那样的先知呢？"

这种尖锐而唐突的询问深深地伤了于连，重又激起他全部的疯狂。

"丹东的偷盗行为是正当的吗？"他突然向她说道，且语气越来越凶狠，

"皮埃蒙特[1]革命党人和西班牙革命党人应当用犯罪的方法来危害他们的人民吗？难倒应该把军队里所有的职位和勋章都送给那些毫无意义的人是正当的吗？戴上这些勋章的人难道不怕国王回来

① 意大利西北地区。

吗？应该让都灵[①]的金库遭到抢劫吗？所以，小姐，”他一面说一面走到玛蒂尔德跟前，样子十分可怕，“想把愚昧和罪恶逐出地球的人应该像暴风雨一扫而过茫无目的地作恶吗？”

玛蒂尔德害怕了，承受不住他的目光，倒退了两步。她看了看他，对自己的恐惧感到羞耻，轻轻地快步走出图书室。

① 古撒丁王国首都，皮埃蒙特工商业的中心。

第十章

玛格丽特王后

于连把他写的信重读了一遍。晚饭的铃声响了，他对自己说：“我在这个巴黎玩偶眼中一定很可笑！我简直疯了，居然把我想的如实告诉了她！不过，也许并非那么疯狂。在那种情况下，我理应说真话。

“她为什么问我的私事呢？她提出这个问题肯定没有经过思考，她太不懂人情世故了。我的关于丹东的想法并不包括在她父亲花钱雇我的工作之中。”

于连来到餐厅看到，德·拉摩尔小姐身穿重孝。这使他一时忘记了生气，不过特别引起他注意的是在这一家人中，除了她以外再没有第二个人是穿丧服的。

饭后，他完全摆脱了困扰他一整天的兴奋。碰巧，那位懂拉丁文的院士也在座。

“如果像我所想象的那样，”于连心想，“询问一下德·拉摩尔小姐穿孝的问题，如果是件荒唐的事情的话，这个人对我的嘲笑也会是最轻的。”

玛蒂尔德用随性的目光注视着他。

“这是这个地方女人卖弄风情的表现。这就像德·雷内尔夫人曾向我描述的那样，”于连暗想道，“今天早晨我对她很不礼貌，她一时心血来潮，想要和我谈话，我没有搭理她，这样在她眼里，我便抬高了身价。肯定只有魔鬼才不会放过这个机会。不久，她那看不起人的高傲就会好好地报复我。

我失去的那一位夫人是多么的与众不同啊！她有着多么可爱的性格啊！她是多么天真烂漫啊！她的想法，我比她还先知道，我看着它们如何产生。在她心里，我唯一的对手是害怕孩子会死掉。这是一种合理并且自然的感情，甚至对我也是可爱的，虽然它给我带来痛苦。那时候我真傻。从前对巴黎所持有的想法使我不能理智地对待这个崇高的女人。”

“多么不同啊，伟大的天主！在这儿我看到的是什么呢？冷酷而高傲的虚荣心，各种程度的自尊心，除此之外一无所有。”

晚餐结束后，大家就都离开了。

于连暗想道：“别让那位院士被别人请走，”当大家都到花园去的时候，他来到院士身边，表现出温柔恭顺的样子，院士对《艾那尼》[①]上演成功的愤慨表示同情。

“要是我们仍处在国王下密诏的时代……”他说道。

“那他就不敢了！”院士叫道，并且做了一个塔尔马式的夸张手势。

在谈到一朵花时，于连引用了维吉尔《农事诗》中的言辞。并且认为没有什么诗能和德利尔神甫[②]的诗比美。一句话，他百般恭维院士。然后他用一种最无所谓的口吻说：“我想德·拉摩尔小姐是继承了她的某一位伯父的遗产，所以才为他服丧戴孝的吧。”

“怎么！”院士突然停下来，对他说，“您待在这个家庭里，居然不知道她的怪脾气？让我感到奇怪的是她母亲也愿意她这样做。这只在我们之间谈谈，这家人并不全部都是以意志坚强著称的。玛蒂尔德小姐一个人的性格力量抵得上他们所有的人，她牵着

① 雨果的著名诗剧，1830年2月25日在巴黎法兰西剧院首演成功，标志着浪漫主义对古典主义的胜利。

② 德利尔（1738—1813），18世纪法国诗人，法兰西学院院士，曾翻译维吉尔的诗。

他们的鼻子走。今天是四月三十日！”院士说到这里便停住了，意味深长地瞧着于连。于连用他特有的俏皮神情对他微笑着。

“支配全家、穿着丧服，还有四月三十日，这三者之间到底有什么关系呢？”他暗想道，“我一定是比自己所想象的还要愚蠢很多。”

于连的眼睛继续在发问。

“我们去花园转转吧……”院士说道，他看到有机会讲一个长长的风雅故事，不禁欣欣然。

“怎么？难道你不知道一五七四年四月三十日发生的事，这怎么可能？”

“发生在哪里？”于连惊奇地问。

“格雷沃广场。”

于连很惊异，他还不是很明白。他天生好奇，想听到悲剧性的下文，因而两眼闪烁着期待性的光芒，而这样的眼睛往往是说故事者最喜欢从听故事的人那里看到的。

院士很高兴找到了这一双从未听过这故事的耳朵，于是，他很详细地告诉于连：“一五七四年四月三十日，当时最英俊的青年博尼法斯·德·拉摩尔和他的朋友——一位名名叫阿尼巴尔·德·科科纳索皮埃蒙特的绅士，在格雷沃广场被斩首。拉摩尔是玛格丽特·德·纳瓦拉王后[①]崇拜的情人，请您注意，”院士补充道，“德·拉摩尔小姐的名字就叫‘玛蒂尔德·玛格丽特。’拉摩尔是德·阿朗松公爵[②]宠幸的人，同时又是德·纳瓦拉国王的密友。德·纳瓦拉国王，自亨利四世时起，便是德·拉摩尔情妇的丈夫。一五七四年这一年封斋前的星期二那天，当时宫廷在圣日耳曼，可怜的国王查理九世快死了。卡特琳·德·美第奇王后曾把王子们囚禁在王宫里，而这些王子都是拉摩尔的朋友。为了劫走他们，他派遣了二百名骑兵，进逼宫墙之下。由于德·阿朗松公爵害怕了，便

① 法王亨利二世及卡特琳娜·德·梅迪契之女，后来的亨利四世的妻子。

② 即卡特琳娜·德·梅迪契的第四子，后又封为安茹公爵。

把拉摩尔交给了刽子手。

“但是，真正打动玛蒂尔德小姐的，七、八年前她亲口对我承认的，那时她才十二岁，因为那是个人头啊，是个人头啊！”院士抬起眼睛望着天空，“在这场政治灾难中真正打动她的，是玛格丽特·德·纳瓦尔王后藏在倍莱沃广场的一所房子里，竟敢派人向刽子手索要情人的脑袋。第二天午夜，她捧着那颗头颅，坐上车，亲手把它葬在蒙特玛尔山脚下的小教堂里。”

“这是可能的吗？”于连叫起来，深受感动。

“玛蒂尔德小姐瞧不起她哥哥，因为正如您所看到的那样，她的哥哥丝毫不注意这段古老的历史。每逢四月三十日，也不戴孝。从那次有名的行刑以后，为了纪念拉摩尔对科科纳索的亲密友谊，因为这位科科纳索是意大利人，名字叫阿尼巴尔，因此这个家庭的所有男人都叫这个名字。而且，”院士放低声音说，“而且这位科科纳索，据查理九世本人说——就是一五七二年八月二十四日事件[①]中最残酷的凶手之一！但是我亲爱的索海尔，您和这家人同桌共餐，为什么不知道这些事呢？”

“这便是为什么德·拉摩尔小姐曾经两次在餐桌上用阿尼巴尔这个名字叫她哥哥的原因。我当时还以为自己听错了呢。”于连暗自想着。

这是一种责备。奇怪的是侯爵夫人竟容忍这种疯狂……将来这个高个子姑娘的丈夫有他好看的呢！”这位大小姐未来的丈夫会有更多疯狂的事，够她瞧的！”他说完这一番话后，又说了五六句讥讽的话。

院士眼中所表现出的欢乐和亲昵引起了于连的反感。

“我们同是这家的奴仆，我们却专门在说主人的坏话。”于连自忖道，“但是从院士那方面来说我却一点也不觉得奇怪。”

有一天，于连无意间撞见他跪在德·拉摩尔侯爵夫人面前。他在为他的一个外省的侄子求一个烟草收税人的职务。德·拉摩尔小姐的一个年轻侍女像从前的爱丽莎一样追求于连，晚上她让他明

---

① 指圣巴托罗缪之夜天主教派对胡格诺派（即法国新教）的大屠杀。

白，她的女主人戴孝绝不是为了引人注目。这个古怪的行动扎根在她性格的深处。她真的爱那个拉摩尔，他是那个时代最有才智的皇后的心爱情人，他为了想让朋友们获得自由而死。而且是怎样的朋友啊！王族的首位亲王和亨利四世。

于连对于德·雷纳夫人表现出的自然淳朴很习惯。他在所有巴黎女人身上看到的只有装腔作势。只要他心情稍微有些忧郁，就找不出话来跟她们说，然而德·拉摩尔小姐是个例外。

他开始不再把举止高贵所具有的那种美视为心灵干枯了。他和德·拉摩尔小姐有过多次的长谈——在春季美好的天气里，她经常和于连在花园里沿着客厅敞开的窗子下散步。有一天，她告诉他，自己在阅读欧比涅[①]写的历史和布兰多姆[②]的某些著作。

“奇特的读物，”于连想，“而侯爵夫人连瓦尔特·司各特[③]的小说都不准她看！”

有一天，她讲给他听她刚在艾图瓦尔[④]的《回忆录》中看到的一段故事：“在亨利三世王朝时期，有一位少妇发现她的丈夫不忠，于是就把他刺死了。”她的眼睛里闪烁着喜悦的光芒，证明她的倾慕是真诚的。

于连的自尊心得到了满足。一个处处受人敬重的，用院士的话说，牵着全家人鼻子走的女人，居然肯用一种近乎友谊的口吻跟他说话。“我弄错了！”一会儿于连又暗自想道，“这不是亲密，我只不过是悲剧中的一个知情人而已，这是因为她需要说话呀！我在这里被认为是有学问的人。我应该去读布兰多姆和德·欧比涅的书以及艾图瓦尔的《回忆录》，我可以对德·拉摩尔小姐谈到的那些轶闻趣事中的几则提出反驳。我要从这种被动的心腹人的角色中摆脱出来。”

逐渐地，他和这位外表矜持，同时又容易接近的姑奶奶谈得比

① 多比涅（1552—1630），法国历史学家，作家。
② 布兰多姆（1540—1614），法国回忆录作家。
③ 司各特（1771—1832），苏格兰历史小说家，其作品在法国颇具影响。
④ 艾图瓦尔（1546—1611），法国编年史家。

较投机了，他忘记自己扮演了一个具有反抗性的平民的苦恼角色。他觉得德·拉摩尔小组很有学问，而且通情达理。她在花园里发表的见解和她在客厅里的言谈截然不同。有时她跟他在一起，兴奋、坦率，和平时如此高傲、如此冷淡的态度完全对立。

有一天她向于连说："联盟战争是法国历史上的英雄时代！"她的眼中闪耀着一种才智和热情的光芒。

"神圣同盟[①]的战争时期是法国的英雄年代，在那个时代里，每个人都为了获得他所向往的事物而战斗！为使他的党派获得胜利而战斗！而不只是为获得一枚十字勋章——就像在你们的皇帝时代那样。您得同意，那时的人不这么自私，不这么卑劣。我爱那个时代。"

"卜尼法斯·德·拉摩尔便是那个世纪的一位英雄。"他向她说道。

"至少他被人爱，而那样被人爱也许是很甜蜜的。如今的女人有哪一个碰到被斩首的情夫的脑袋不会感到害怕呢？"

德·拉摩尔夫人把女儿叫进去了。为了伪善，就要隐瞒真相。然而于连，正如同人们所看到的，向德·拉摩尔小姐透露了一半。

"这就是他们占尽了优势的大方，凭着祖先的姓氏，他们便能超凡脱俗。"于连独自在花园里暗道，"他们祖先的历史使他们脱离了庸俗的情感，他们不用时时刻刻去想生活的问题。多么深重的苦难啊！"他痛苦地补充道，"对这些大事我是没有发言权的。也许是我看错了。我的生活只是一连串的伪善，这是因为我没有一千法郎来购买面包。"

"先生，您在这儿想些什么呢？"玛蒂尔德跑回来，向他问道。

这个问题有亲密的意思，她气喘吁吁地跑回来，就是要为了和他待在一起。

于连对老是蔑视自己也感到厌倦了。出于骄傲，他坦率地谈了自己的想法。他对一个如此富有的人谈自己的贫穷，脸憋得通红。

---

① 16世纪法国天主教为反对新教而结成的联盟。

他试图通过自豪的口气清楚地表明他不求什么。玛蒂尔德觉得他从未这样漂亮过，她发现他有一种敏感和坦白的表情，这实在是他常常缺乏的。

不到一个月后，于连在德·拉摩尔府邸的花园一边散步，一边沉思。但是他脸上不再有那种哲学家的严峻和骄矜，那种表情是他内心里长期的自卑感在脸上留下的痕迹。德·拉摩尔小姐这时也在花园里和她哥哥一起跑步，她突然说自己的脚擦伤了，于是于连扶着她走到客厅的门口。

“她靠在我胳膊上的方式真奇怪！”于连对自己说，“是我自命不凡，还是她真对我有兴趣？她听我说话时是如此含情脉脉，即使我对她承认自尊心所遭受的痛苦时也是如此。但是她对其他所有人却又是何等的骄傲！如果现在有人在客厅里看见她这种表情，定会惊讶异常的。肯定，她对任何人都不会有这种温柔善良的神情。”

于连竭力不去夸张这种奇怪的友谊。这种友谊被他比作武装交往。每天他们见面后，在继续前一天见面所使用的亲密语气之前，他差不多总要问自己：“我们今天是朋友还是敌人？”开头的一些话总是没有什么内容。于连知道，只要任由她顶撞自己一次而不去报复，那就一切都完了。

“如果我对我个人的尊严稍有放弃，随之而来的将是她明目张胆的看不起，难道不是吗？”

有许多次，在她心情不佳时，玛蒂尔德试图对他摆出一种贵妇的派头，她在这方面确实做得非常巧妙，可是于连却一下子把她顶回去了。

一天，他突然打断她的话，向她说：“德·拉摩尔小姐有没有什么命令要给她父亲的秘书吗？”他应该听候她的吩咐，并且恭恭敬敬地执行，除此之外，他并没有话要对她说。他绝不是被花钱雇来向她谈思想的。”

于连的这种行为和奇怪的怀疑，使他开始几个月在这华贵客厅里所出现的愁闷都消失了。在那里，人们什么都要怕，拿任何东西开玩笑都有失体面。

“她若是爱我，倒蛮有趣！无论她爱我与否，”于连继续想，“我有了一个有才智的女孩子作为亲密的知己。我看见全家人都在她面前发抖，尤其是克罗兹诺瓦侯爵。这个年轻人如此礼貌，如此温柔，如此勇敢，兼有出身和财富带来的种种好处，而我只要能有其中的一种，就会心满意足！他疯狂地爱她，他应该娶她。德·拉摩尔先生曾经让我给拟定婚约的两位公证人写过多少信啊！而我呢，手上握着笔，地位如此低下，两个小时之后，却在这花园里战胜了这个如此可爱的年轻人，因为她的偏爱是明显的、直接的。也许她恨他是她未来的丈夫。她相当高傲，会这样做的。而她对我的亲切，我是以一个地位低下的心腹的身份得到的。

“不对！不是我疯了，就是她在追求我，我越是对她冷淡和敬而远之，她就越是要找我。这可能是事先有准备的，是假装出来的。可是每次当我意外地出现在她面前时，我看见她的眼睛便亮了起来。难道巴黎的女人能装假到这种地步？管它呢！表面上看来对我有利，我且享受这表面吧。反正表面上看她是喜欢我的，我就享受这种表面的欢乐吧！天呀！她是多么的美丽啊！她那双蓝色的大眼睛，那样出神地看着我的时候，是多么讨人喜欢啊！今年的春天和去年的春天有这么大的区别，那时候，我在三百个恶毒肮脏的伪君子中间，过着悲惨的生活，全靠性格的力量支撑。我几乎跟他们一样恶毒。”

在那些怀疑的日子里，于连自忖道：“这个姑娘在和我开玩笑。她和她哥哥约好一起来捉弄我。不过，她的神态好像又很鄙视她哥哥那种缺乏个性的性格。‘他的确是勇敢的，但是此外便一无所长。’她曾对我说过，‘再说，他也就是在西班牙人的宝剑面前才是勇敢的。巴黎的一切都使他感到害怕，他看见到处都有被嘲笑的危险。他没有一种思想是能够脱离世俗的，我常常不得不出面保护他。’一个十九岁的姑娘！在这个年纪上，一个人能在一天的每时每刻都忠于为自己规定的虚伪吗？

“可是在另一方面，每次德·拉摩尔小姐带着那种奇异的表情，用她那蓝色的大眼睛注视我时，诺尔贝伯爵总是走开。他难道不该为自己妹妹特别看得起家里的一个‘仆人’而生气吗？因为我曾经听到公爵曾这样称呼过我。”

想起这件事，愤怒就取代了任何别的感情，“是这位有怪癖的老公爵喜欢陈旧的语言吗？”

“她确实是漂亮呀！”于连继续自忖道，目光凶残得像一只老虎一样。

“反正她很漂亮！”于连继续想，目光如老虎一般，“我要得到她，然后走开，谁阻止我逃走谁倒霉！”

这个念头是于连心中唯一所想，他简直不能去想其他任何事了。日子过得很快，一整天就像一个钟头。

每次，他想找些正经事来做，可是脑子总是集中不起来。一刻钟以后，他又清醒过来，心里扑扑直跳，头昏脑涨，老想着那个问题：“她爱我吗？”

第十一章

青春王国

假如于连能够把夸大玛蒂尔德美丽的时间，或为她的出身高贵而怀恨生气的时间，都拿来研究客厅里发生的事，他一定会明白玛蒂尔德为什么能够主宰她周围的一切事物了。

有人让她不高兴，她就会用一句玩笑惩罚他，她的玩笑那么有分寸，选得那么好，表面上那么得体，来得那么适时，让人越想越觉得伤口每时每刻都在扩大。渐渐地，它会变得让受伤的自尊心感到残忍。家里其他人真心渴望的许多东西，她都看不上眼，因此在他们眼里她总是冷酷无情的。

毫无意义的议论，特别是那些迎合虚伪心的言辞的那种陈腐气味，实在叫人无法忍受。于连对这点是感觉得到的，在经过最初的兴奋之后。

“礼貌，”于连心想，“不过是举止不雅引起的愤怒暂时缺席罢了。玛蒂尔德时常感到烦闷，实际上也许她会处处感到烦闷。于是说一些讽刺别人的话，就成为她的一种消遣和快乐了。”

也许是为了得到比她的长辈、院士和五六个向她献殷勤的下属稍更有趣的牺牲品，她把矛头全部对准克罗兹诺瓦侯爵、凯律伯爵以及两三个出身特别高贵不凡的青年。但那又怎样？这些人也不过是接受讽刺的新对象罢了。

因为我们爱玛蒂尔德，所以我们痛苦地承认，她接到过他们中间几位的信，有几次还写了回信。不过她不是个会受时代风气所影响的特殊人物，我们就一般不能用“不慎”二字去责备这位圣心修道院的贵族女学生。

一天，克罗兹诺瓦侯爵交还给玛蒂尔德一封写给他的信，这封信非常影响他的名誉。他以为这种极其谨慎的行为会大大促进他的婚事。但是玛蒂尔德所喜欢的却是在她的书信中这种不谨慎的态度。她的乐趣就在于玩弄自己的命运，于是在这以后，她有六个星期没再和他交谈。

她拿这些年轻人的信消磨时间，但是据她看，这些信都是一副腔调，总是最深沉、最忧郁的激情。

“他们都说自己是个完人，准备去朝拜巴勒斯坦圣地。”她向她表妹说道，“您还知道比这更乏味的事吗？这就是我这一辈子要收到的信。这种信大概每隔二十年，根据当时风行的活动的不同，就会改变一次。它们在帝国时代一定不会这样没有色彩。那时候上流社会的年轻人见过或有过一些确实伟大的行动。我的伯父德·N·公爵就去过瓦格拉姆[①]。”

“挥舞战刀需要有什么样的智力呢？他们如果遇到这种事，就要说个没完没了！”玛蒂尔德的表妹德·圣埃雷迪泰小姐说道。

“我就喜欢听这些故事——真正的战争，像拿破仑的那样，一次就杀死成千上万的士兵，那才能表现出勇敢来。不怕危险才可能提高人们的思想境界，诗人摆脱烦闷和无聊。这苦闷是有传染性的。他们中有哪个能想到要去做点不平凡的事呢？他们都想跟我结婚，想得美！我富有，我父亲又会提拔他的女婿。啊！但愿我父亲能找到一个稍微有趣些的！”

玛蒂尔德对生活的这种锐利、鲜明而又生动的看法，使她的言语不免受到感染。在她的那些有礼貌的朋友眼中，她的某些话，常常成了白璧之瑕。如果她不是表现得那么时髦的话，她的朋友们差不多都要认为，她有点偏激，没有女人应有的细致。

---

① 奥地利村庄，1809年7月6日拿破仑曾大败奥军于此。

她呢，她则对充斥着布洛涅森林的那些漂亮骑士太不公正。她瞻望未来并不感到恐惧，那就是一种强烈的情感了，而是感到一种厌恶，这在她那个年纪是很罕见的。

她还有什么可渴求的呢？财富、身世、智慧以及让值得夸耀的美丽，在她看来，上天都已把所有这一切集中在她身上了。

这就是这位圣日耳曼区最令人羡慕的女继承人开始感到跟于连一起散步很愉快时的种种想法。她对于连的骄傲感到惊异，她欣赏这位小市民的才干。“他将来会象莫里神甫[①]一样当上主教的。”她心里想。

我们的英雄对她的许多想法表示异议，态度诚恳而非出自儿戏，引起她极大的关注和思考。她把他们谈话的细节告诉了自己的女友，可发现自己怎么也不能惟妙惟肖地把它表达出来。

突然间，她恍然大悟：“我得到了爱的幸福。”一天，她对自己说，不可思议的喜悦让她兴奋不已。

她异常兴奋地对自己说道：“我在恋爱！我在恋爱了！这是明摆着的事！一个聪明而又美丽的姑娘，在我这样的年龄的少女，如果不恋爱，那令人魂牵梦萦的乐趣该往何处去寻找呢？我简直是在白费气力！我永远不会同克罗兹诺瓦、凯律产生爱情。他们都是些完美的人，也许是因为太完美了，总之，使我厌烦。”

她曾读过《曼侬·莱斯戈》[②]《新爱洛伊丝》和《葡萄牙修女的书简》，现在她又把那些书里有关热情的描写回顾了一遍。她所向往的是那伟大的热情，不是轻率的爱情。当然，都是伟大的激情，轻浮的爱与她这个年纪、她这样出身的姑娘不配。爱情这名称，她只给予在亨利三世和巴松彼埃尔[③]时代的法国能够遇到的那种壮烈的感情。这种爱情绝不在障碍面前卑劣地退却，甚至远甚于此，它能

---

① 莫里神甫（1746—1817），鞋匠之子，后成为宣教家，并当选为法兰西学院院士。

② 18世纪法国作家普莱沃（1697—1763）所写的一部曲折离奇的爱情小说。曼侬·莱斯戈为其是的女主角。

③ 巴松彼埃尔，17世纪法国元帅及外交家，曾因密谋反对红衣主教及首相黎希留而被关进巴士底狱。

使人完成伟大的事业。

如今再也不会有像卡特琳·德·美第奇[①]或路易十三那样真正的宫廷，这对我来说是多么的不幸呀！我觉得我能干出最大胆、最伟大的事情。如果有一位英勇的国王，例如路易十三那样的，拜倒在我脚下，我什么壮举不能让他做出来呢！如同德·托利男爵经常说的那样，然后再去重新征服他的王国。那么，就不会有宪章了……而且于连还会协助我！他究竟缺少什么？头衔和财产。他能为自己赢得一个头衔，他能获得财富。

“克罗兹诺瓦什么都不缺，他一辈子也就是个半保王党半自由党的公爵。他这个犹豫不决的人，用语言代替行动，永远不走极端，因此到处都属于第二流。”

“有哪一个伟大的行动在开始干的时候不是一种极端呢？只是在完成的时候，一般人才认为是可能的。是的，在我的心中占有统治地位的，是爱情及其所产生的一切奇迹；我在激励着我的火焰中感到了它。上天应该给我这个恩惠。它不会白白地把所有的优点集中在一个人身上。我的幸福将是配得上我的。我的每一天将不是冷冰冰的相似于过去的一天。敢于爱一个社会地位距我如此之远的人，这已经有其伟大和勇敢了。让我们看看，他能不能继续配得上我？我只要一看见他身上有弱点，便立刻抛弃他。一个像我这样出身的女孩子，而且具有公认的骑士性格（这是她父亲的话），就不应该像个傻丫头那样行事。如果我真爱上了克罗兹诺瓦侯爵，那岂不是在做蠢事吗？那我就是把我极端鄙视的、我的表姐妹们所享受的那一套幸福翻印过来了。我事先都知道这个可怜的侯爵要向我说些什么，我要向他说些什么。和一个没有感觉的人谈恋爱算什么恋爱？那和出家当修女又有什么不同？说不定我也会签订像我最小的表妹签的那样一个婚约，长辈们大为感动，除非他们心里窝火，因为对方的公证人头一天在婚约里又加了最后一个条件。”

---

① 中东及北非地区沙漠中的游牧民族。

第十二章

就是这个人

“于连和我不需要签订婚约，也不需要公证人来为我们举办市民阶级的仪式。这些都是英雄美人式命运的产物！除了他缺少贵族的身世之外，可以说完全就是玛格丽特·德·瓦罗亚和当时最杰出的青年拉摩尔式的爱情。这难倒是我的错吗？宫里那些年轻人那么坚决地拥护礼仪，一想到稍微有些出格的冒险行动就吓得脸色发白。那么旅行希腊或非洲，对于他们而言就是勇敢的表现，而且前提是必须结伴同行。假如他们一旦发现自己是孤单的，就害怕了，不是怕贝督因人[①]的长矛，而是害怕成为笑柄，这种恐惧简直让他们发疯。

“我的小于连却相反、他只喜欢单独行动。这个得天独厚的人从无一点儿从别人那里寻求支持和帮助的念头！他蔑视别人，正是为此我才不蔑视他。

“假如于连出身贫穷但却是个贵族，我和他的爱情不过是粗茶淡饭一样平凡，一桩门不当户不对的婚姻而已。我不喜欢这样的爱情，因为它缺乏伟大的爱情所具有的特征：即需要克服的巨大困难和吉凶难料的变故。”

德·拉摩尔小姐念念不忘这些崇高的理论，以至第二天在克罗

① 引自拉封丹寓言诗《牧羊人和羊群》

兹诺瓦侯爵和她哥哥面前，竟然不知不觉地称赞起于连来了。她说得滔滔不绝，终于引起他们的不满。

“您得当心这个精力充沛的青年啊！”她哥哥叫道，“如果再发生一次革命，我们都会被他送上断头台！”

她小心避开正面回答，忙就精力引起的恐惧打趣她的哥哥和克罗兹诺瓦侯爵“因所谓的精力”而引起带来的恐惧。其实是害怕遇到意外而无力解决。

“哎呀呀，先生们，你们老是害怕成为笑柄，这个怪物已不幸于一八一六年死了。”

德·拉摩尔先生曾说过这样的一句话：“在有两个政党的国家里，再没有什么可以嘲笑的了。”

他的女儿早已懂得这句话的含义。

“先生们，”她向于连的敌人们大喊，“看来你们这辈子都要害怕，事后会有人告诉你们说：‘这不是一只狼，不过是夜幕降临罢了[①]。’”

玛蒂尔德随即离开了他们。她哥哥的话，令她感到恐惧和不安。但从第二天起，她忽然发现那些话是对于连最好的颂扬。

“在这个任何精力都已死亡的世纪，他的精力让他们害怕。我要告诉他我哥哥的话，我想看看他如何回答。可是我得选个他两眼放光的时候。那时他就不能对我说谎了。”

“他会是一个丹东！”她在长久的不清晰的梦想以后继续自忖道。

“好！革命会再度发生，克罗兹诺瓦和我哥哥将扮演怎样的角色呢？那是事先就定了的，崇高的逆来顺受。那将是英勇的绵羊，任人宰杀而不吭一声。可笑的是他们临死前唯一的恐惧，却是怕有伤风雅。我的小于连则不然，他如果有一线逃走的希望，就一定会开枪打死逮捕他的雅各宾党人。他不会害怕有伤风雅！”

这最后一句话使她陷入沉思，唤醒了痛苦的回忆，并挫伤了她全部的勇气。这让她想起了德·凯律、德·克罗兹诺瓦、德·吕兹

① 德国城市，法国大革命后，路易18曾流亡至此。

和她哥哥的讥讽。他们一直对于连教士不满，说他卑微而虚伪。

“但是，”她突然又想，眼睛里闪烁着喜悦，“不管他们愿意不愿意，他们那尖酸频繁的取笑恰恰证明了他是我们这个冬季见到的最出色的人。他的缺点，他的可笑，有什么关系？他大气磅礴，这使他们不快，尽管他们是那么善良，那么宽容。当然，他穷，他念书是为了当教士。他们是轻骑兵上尉，不需要念书，当然舒服多了。”

“可怜的小伙子，为了生存，不得不身着黑衣，脸上也总是装出教士的神情，但除了这些不利因素以外，但显而易见的是他的长处引起了他们的恐惧，所谓教士的那种神态，只要我们单独相处时，它便消失得无影无踪。当这些先生们说出他们自以为是一句巧妙而惊人的话时，他们不是首先要瞧着于连吗？我非常了解他们。然而他们也很清楚，除非是他们主动发问，不然他是永远不会和他们交谈的。他只同我一人交流，因为他坚信我的灵魂是高尚的。他回答他们的异议仅以礼貌为限，恰到好处，然后立即敬而远之。如果同我在一起，他们能谈上好几个小时，只要我提出一点小疑问，他也会坚持自己的意见。总之，整个冬天我们没有放枪，只以言语引起别人的注意。而且，我父亲是个出类拔萃的人，能使我们家兴旺发达，他也敬重于连。所有的人都恨他，唯独我母亲的教友除外，没人敢蔑视他。”

德·凯律伯爵假装对养马有很大的兴趣，把时间都花在马厩里，常常在马厩里面吃早餐。他这种伟大的精神，这种酷爱，再加上从来不笑的习惯，使他在朋友中间颇受尊敬：他是这个小圈子里的一只鹰。

第二天，他们刚聚集在德·拉摩尔夫人的椅子背后，德·凯律得到克罗兹诺瓦和诺尔贝的支持，于是趁着于连不在，便猛烈攻击起玛蒂尔德对于连的偏袒。开始行动的时候他们就看见德·拉摩尔小姐向这边走过来。她远远地就看出此中的奥妙，感到非常高兴。

“他们联合起来，”她心想，“反对一个有天才的人，他没有十个路易的年金，只有问到了才能回答。他穿着黑衣，他们尚且害怕。他若戴上肩章，又会怎样呢？”

她从来没有像现在这样出色过——对方的攻击一开始，她便给予凯律和他的盟友以诙谐的讽刺。这些杰出军官的玩笑的炮火一被打哑，她向德·凯律先生说道：“假如明天有位弗朗什—孔泰山区的乡绅发现于连是他的私生子，而且给他一个贵族姓氏和几千法郎，六个星期后，他就会与你们一样蓄起小胡子来了。不出六个月，他就会像你们一样，先生们，当上轻骑兵军官。这时就没人把他当作笑柄了。未来的公爵先生，我看您现在又要搬出那套陈词滥调，外省的贵族永远比不上朝廷贵族。但是，如果我想把您逼入绝境，如果我心存狡诈说于连的父亲是一位西班牙公爵，拿破仑时代作为战俘被囚禁在贝藏松，出于良心的谴责，临终时才承认于连是他的儿子，那么您还有什么话要说呢？”

所有这些不合法的身世假设，在德·凯律和德·克罗兹诺瓦看来，都有伤风雅。这就是他们在玛蒂尔德的议论中看到的一切。

尽管诺尔贝多么沉得住气，可是妹妹的那些话说得实在太露骨，他不能不挂上一副严肃的神色，应该承认，这与他那张布满笑容、和善温厚的脸相上不协调，他斗胆说了几句话。

“我的朋友，难道你病了么？”玛蒂尔德严肃地回应说，“您一定很不舒服，要不怎么用说教回答玩笑呢？”

“道德说教，您！您是想谋得一个省长职位吗？”

玛蒂尔德很快忘记了德·凯律伯爵的愤怒、诺尔贝的纳闷和德·克罗兹诺瓦先生沉默的失望。她必须在刚才攫住她心灵的那个致命念头上拿定主意。

“于连跟我够真诚了，”她对自己说，“在他那个年纪，地位低下，又被一种惊人的抱负搞得那么不幸，他需要一个女朋友。也许我就是这个女朋友。可是我看不出他有什么爱情，以他那大胆的性格，他早该自我吐露这爱情了。”

玛蒂尔德的这种疑惑和自我争辩几乎占据了她的所有时间。于连每次和她谈话，她都为此找出新的理由。于是，她平时难以解脱的厌倦时刻被驱散得一干二净了。

她的父亲是个非常聪明的内阁大臣，因此她在圣心修道院时受到最为过分的阿谀奉承。这种不幸是永远无法弥补的。人们让她相信，因为她的身世和财产等原因，她应当比其他所有人更幸福。这便是王亲贵族的烦恼和他们做出一切疯狂行为的根源。

玛蒂尔德未能逃脱这种想法带来的有害影响。无论一个人多么有才智，他都不能在十岁的时候就警惕全修道院的恭维，何况看起来又那么有根有据。

自从她爱上于连的那一刹那开始，她便不感到烦闷了。她每天都庆幸自己已决定投身到伟大的爱情之中。

“这玩意儿是很危险的！”她心里想，“很好，简直太好了！”

“没有伟大的激情，我在从十六岁到二十岁这段人生最美好的时光里，被厌倦折磨得憔悴不堪。我已经失去我最美好的岁月了，我没有别的快乐，只好听我母亲的那些女友胡说八道，据说，她们一七九二年在科布伦茨[①]，并不完全像今天她们说起话来那么正儿八经的。”

正当玛蒂尔德困扰于这些不稳定情绪时，于连却不明白她的目光为什么总是长久地停留在他身上。他觉察到诺尔贝伯爵对他的态度愈加冷淡，德·凯律、德·吕兹和德·克罗兹诺瓦这些先生们的态度也愈加傲慢，好在他已习以为常。那一次晚会上他显露出与他的地位不相称的才华。他就有可能受到那种令人不快的对待。若不是因为玛蒂尔德给予他的特殊接待和这个小圈子引起了他的好奇心，他绝对不会在晚餐后跟着这些留小胡子的漂亮年轻人陪同德·拉摩尔小姐到花园去的。

“是的！我不能不承认了……”于连暗想，“德·拉摩尔小姐看我的时候的眼神实在特别。但是就是在她那双美丽的蓝色大眼睛最无拘束地睁大凝视着我的时候，我也总是在其深处看到了考察、冷酷和恶毒。这可能是爱情吗？这和德·雷纳夫人的目光是多么不同啊！”

一天晚餐后，于连随着德·拉摩尔先生到书房里去，随即又回

① 德国城市，法国大革命后，路易十八曾流亡至此。

到了花园里。玛蒂尔德那一伙人没注意他走近，他听见了几句话，声音很高。她正在折磨她哥哥。于连清楚地听见他的名字被提到两次。他突然出现在他们面前时一片沉寂，他们努力来打破这死一般的沉寂。德·拉摩尔小姐和她哥哥都过于激动，所以都有些尴尬。德·凯律、德·克罗兹诺瓦和德·吕兹和他们的一位朋友，对于连表现出冰冷的态度，看到这样的情况后他就立刻离开了。

第十三章

阴 谋

第二天，他又撞见诺贝尔和她妹妹正在谈论他。他一到，又是像昨天一样，一片死一般的沉默。他的疑心没了边际。

“这些可爱的年轻人是在想办法嘲弄我吗？应当承认，对一个穷秘书，这比德·拉摩尔小姐虚伪的热情要自然得多。首先，这些人能有激情吗？愚弄是他们的拿手好戏。他们嫉妒我那点可怜的口才。善妒又是他们的弱点之一。他们那一套完全可以这样解释。德·拉摩尔小姐让我相信她看中了我，只不过是想要在她的情人面前拿我开心罢了。”

这一残忍的怀疑完全改变了于连的精神状态。这个念头在他心中发现的爱情的萌芽，轻而易举地把它扼杀了。这种爱情仅仅建立在玛蒂尔德罕见的美貌上，或者更建立在她皇后般的举止和令人赞叹的打扮上。像他这样聪明的乡下人，来到了社会上层，最使他感到惊异的，莫过于贵族社会的漂亮女人了。在前些日子，使于连追慕的绝不是玛蒂尔德的性格。他有足够的理智，知道自己还不了解这种性格。他所看到的可能只是一种表象。

譬如说，玛蒂尔德绝对不肯缺席在礼拜天举行的弥撒，她几乎每次都要陪伴她母亲到那里去。假如在德·拉摩尔府邸的客厅里，竟敢对王室或者教会的史记以想当然的利益企图含沙射影地开个什么玩笑，玛蒂尔德便会立刻摆出一副冰冷严厉的面孔。这时她那锋利的目光，犹如古老画像一样表情高傲。

然而于连确信，她的房间里总是放有伏尔泰的一、两卷最具哲学性的著作。他本人也时常偷取几卷这类装帧精美的书。每当他取出一册，便把邻近的书放得稀疏点。为了使其他人取书籍时不露出痕迹来，但是他很快发现，另有一人也在读伏尔泰。他使用神学院的一种诡计——故意把几根鬃毛放在他认为可能引起德·拉摩尔小姐兴趣的书上面。果然，一连几星期，这几本书都不见了。

德·拉摩尔先生无法忍受书店老板给他送来一些假回忆录，所有的假回忆录都给他送了来，就命令于连把所有略具刺激性的新书都买回来。为了不让这些书的毒素在家里传播开，于连还奉命把这些书安放在侯爵本人卧室的一个小书橱里。但不久，他很快就确信，只要这些新书与王座或祭坛的利益相敌对，很快便不翼而飞。但肯定不是诺贝尔在读。

于连太过重视这条经验，他认为德·拉摩尔小姐正在玩马基雅维利那套口是心非的把戏。这种臆断的险诈，在他眼里却有其可爱之处，几乎就是她精神上的唯一可爱之处。对于伪善和道德言辞的反感，使他走向了另一极端。

他这种看法完全出自想象而非出自爱情。

德·拉摩尔小姐窈窕的身材、精致的衣裙、白皙的手指、美丽的胳膊以及高雅的举止，曾使于连产生种种幻想。正是有了这些幻想之后，他才坠入了情网。为了使她所拥有的可爱更加完美，他还把她想象成了卡特琳·德·美第奇。对于他所设想的她的性格来说，深则不厌其深，恶则不厌其恶。这就是他年轻时代羡慕的马斯隆、德·弗里莱和卡斯塔奈德之流所追求的理想。简单地说，就是他心目中巴黎人的理想。

还有什么比相信巴黎人城府深广和性情邪恶更可笑的吗？

于连暗想："也许他们可能联合起来嘲笑我。"假如不是看到过他与玛蒂尔德谈话时眼里所流露出的冰冷，是不会对他的性格有任何了解的。一种苦涩的讥讽拒绝了玛蒂尔德的友谊，这友谊是她在两三次谈话时大胆地向他表示的。

这个女孩子的心素来冷漠，厌倦，对精神的东西很敏感，受到这种突如其来的古怪态度的刺激，一变而为热情洋溢，流露出自然的本性。不过在玛蒂尔德的性格里，还有许多骄矜的成分。因此，把自己的幸福寄托在别人身上的这种感情从一开始就带着一种淡淡的忧郁。

自从于连来巴黎以后大有长进，完全可以看出那绝非纯粹的心烦。他不像从前那样贪恋舞会、观剧和其他各种娱乐，而是以逃避的方式来解决问题。

法国人唱的歌让玛蒂尔德厌烦得要死，然而把歌剧院散场时露面当作职责的于连注意到，只要她能，她就让人带她上歌剧院。他自认为看出她已经失去了一些原本闪耀在她各种活动中的那种完美的分寸感。有时她过于逞强，用侮辱人的笑话回应她的朋友。他觉得德·克罗兹诺瓦特别讨厌。

“只有贪财的人，才会放弃这位小姐。”于连暗想道。

至于他本人呢，玛蒂尔德对男性的侮辱使他非常气愤，于是他的态变得度更加冷酷了，有时他甚至用不敬的话去回答她。

于连决心不为玛蒂尔德感兴趣的表示所骗，然而有些日子里这种表示毕竟是很明显的，他的眼睛已经开始睁开了，发现她是那样的漂亮，有时不免心慌意乱。

“上流社会这些年轻人的机敏和耐心最终会战胜我的缺乏经验，”他对自己说，“我得走，让这一切有个了结。”侯爵在下朗格多克有不少小块地产和房产，刚刚交给他管理。去一趟是有必要的，德·拉摩尔先生勉强同意了。除了与他那勃勃野心有关的事务外，于连已经成了另一个他了。

“到底我还是没有上他们的当！”于连在准备行装时暗想道，“德·拉摩尔小姐对这些先生们的玩笑不管是真是假，或只是为取得我的信任，我总算开心过了。”

“如果这不是对付木匠儿子的阴谋，那么德·拉摩尔小姐的态度便是很难解释的。但是她对德·克罗兹诺瓦的态度也同样无法解释，至少和对我的一样，譬如昨天，她真的发了脾气，我很高兴她为了对我好而强迫一个年轻人做他不愿做的事，她既高贵又富有，而我是既贫穷又卑贱，恰应对比。这是我打得最漂亮的一次胜仗，它会使我在朗格多克平原上旅行时，即使坐在马车里也会感到心情舒畅的。”

于连对他的动身保密，但是玛蒂尔德比他知道得还清楚，他第二天将离开巴黎，而且时间很长。她推说头疼得厉害，客厅里空气太闷，更加剧了她的头疼。她向诺尔贝、克罗兹诺瓦、凯律、吕兹以及另外几个来府邸用晚餐的年轻朋友发出一阵阵伤人的嘲笑，所以他们不得不开不离开这里。她注视着于连，眼神非常奇怪。

“这目光也许是在演戏吧……”于连暗想道，“可这急促的呼吸呢，还有这心慌意乱的种种表现呢？算了吧！我是什么人，居然想判断这些事？这可是巴黎女人中最高贵最细致的一位呀！这种急促的呼吸差点使我动了心，那也许是从她心爱的莱奥蒂纳·费伊那里学来的吧？”

花园里就剩他们俩了，谈话显然已无法进行。

“不！于连根本不了解我。”深感不幸的玛蒂尔德痛苦地暗想道。

正当于连向她告别时，她用力握住他的胳膊说道：“您今晚将收到我的一封信。”她的嗓音都变了，简直听不出是她的声音。

此情此景立刻感动了于连。

“我的父亲，”她继续说，“对您的效劳有公正的评价。明天必须走，找一个借口。”她说完就跑了。

她的身材多可爱呀……她的脚也最漂亮，跑起来姿态优雅，把于连都看傻了。然而，谁能猜得到，她的身影完全消失之后，于连又想了些什么？他认为她刚才说“应该”这个词时使用的命令语气，对他是种侮辱。

路易十五临终时，也曾深受“应该”这个词的刺激，这个词是他的御医不该使用的，不过路易十五可不是暴发户。

一小时后，仆人交给于连一封信，其实这是一封求爱信。

“文笔还不太做作。”于连心想，他想用文字的评论控制喜悦，然而他的脸已经抽紧，禁不住笑了。

“我呀！”他忽然高声叫道，无法控制自己难以抑倒的热情，“一个穷乡下人，居然得到一位贵妇人的爱情表白！”

“至于我，干得还不坏，”他想，尽可能压住心头的喜悦，“我知道如何保持我的性格的尊严。我从未说过我爱她。”

他开始对她的字体来了兴趣，德·拉摩尔小姐写得一手漂亮的英国式小字。他需要做点体力上的事，好从那快要使他发狂的喜悦中解脱出来。

“……您的别离，使我不得不开口了……不能再和您见面是我无法忍受的！”

一个想法突然袭上他的心头，仿佛一大发现，打断了他对玛蒂尔德的信的研究，使他感到加倍的快乐。

“我打败了德·克罗兹诺瓦侯爵！”他大声说道，“我只会谈正经事！而他生得英俊！他有小胡子和一身可爱的军服，他常常在最恰当的时候找出一两句聪明巧妙的话来说。”

于连有了美妙的一刻，他在花园里信步来去，幸福得发狂。

后来，他上楼回到自己的办公室，并且让仆人传话说他要见德·拉摩尔侯爵，幸亏侯爵没出门。他让侯爵看几份标明来自诺曼底的文件，很容易地证明了诺曼底的诉讼要处理，他不得不推迟到朗格多克的行期。

“我很高兴您不走了！”当他们谈完工作后，侯爵向于连说道，“我喜欢看见您。”于连退下，这句话使他感到别扭。

“我吗？要去诱惑他女儿！也许因此使她和德·克罗兹诺瓦侯爵的婚事泡汤。这可是他的未来最迷人的一件事啊，如果他当不了公爵，至少他的女儿会有一个凳子。

于连忽然想要去朗格多克了，他忘记了玛蒂尔德的情书，甚至向侯爵做的解释。不过，这道德的光辉一闪即逝。

“我真善良，”他对自己说，“我，一介平民，居然可怜起一个这种地位的人家了！我，一个被公爵称为仆人的人！侯爵是如何增加他那巨大的家产的？侯爵是怎样迅速地聚拢起巨大的财富呢？当他在宫廷里得知第二天有可能发生政变，就预先抛售了他的公债券。而我呢，则像后娘养的，被老天爷扔到社会的最底层，虽然给了我一颗高尚的心，可是却没有给我一千法郎的进账，确切地说，就是没有面包！我居然要拒绝已在我面前的欢乐！我正艰难地在这个平庸炙热的沙漠里旅行，怎么会拒绝可以解我口渴的清泉呢？毫无疑问！我绝不该这样愚蠢，在这个自私的沙漠里，每个人都在为自己做着打算。”

这时他想起了德·拉摩尔夫人，特别是她的朋友，那些贵妇们向他投来的满含着轻蔑的目光。

战胜侯爵的喜悦终于使这种道德的回忆败下阵来。

“他生气该多好！”于连说道，“我现在多么有把握给他一剑啊。”他摆了个姿势，做二次进攻状。

“在这之前，我不过是一个村里学究，偷偷摸摸地浪费了一些勇气。如今有了这封信，我便是与侯爵平等的人了。”

“是的，”他怀着无限的欣喜悠悠地对自己说，“侯爵和我，我们俩的价值已经被衡量过了，可怜木匠占了上风。”

“好了！”他高声喊道，“我就在我这封绝妙的回信上签字——德·拉摩尔小姐，我忘了自己的身份。我要让您明白并且清楚地感觉到，您是为了一个木匠的儿子而背弃了曾经跟随圣路易参加十字军东征的大名鼎鼎的一个后裔。”

于连无法抑制自己的欢乐，于是他就下楼到花园里去。他把自己锁在里面的房间里，房间实在是太狭窄，使他呼吸困难。

“我，汝拉山区的穷乡下人，”他不断他重复着，“我，注定一辈子穿这身惨兮兮的黑衣服！唉，早二十年，我会像他们一样穿军装，那时候一个像我这样的人，要么阵亡，要么三十六岁当上将军。”他紧紧握在手里的那封信，使他有了一个英雄般的风度和大度。“现在，确实如此，穿上这身衣服，到了四十岁，也可以像博韦的主教先生那样有一万法郎的薪水和蓝绶带。”

“可不是吗？”他暗想着，脸上露出狡黠的笑。

“我比他们有更多的聪明才智，我知道怎么选择我这个时代的制服。”他觉得自己的雄心和对法衣的眷恋更加强烈起来，“有多少红衣主教出身比我还低，而他们掌过大权！例如我的同乡朗倍维尔[①]。”

于连内心的激动渐渐地平静了下来，谨慎的念头又在脑子里出现了。就像他的老师达尔杜弗一样，他暗自吟诵下面这段台词：

> 我担心这些都是赤裸裸的诡计……
> 我决不相信如此甜蜜的语言，
> 除非给出一点我所渴望的恩惠，
> 这才能使我放心。
>
> 《伪君子》第四幕第五场

“达尔杜弗也是被女人毁了！他并不比别人坏……我的回信也可能被出示……我们找到了下面这种办法来对付，”他缓慢地说道，语调中带着有一点被抑制着的凶残。

“在回信的开头，可以引用几句玛蒂尔德信中最生动的句子吗。

“是的！德·克罗兹诺瓦先生的四个仆人会向我扑来，把原信抢走的。”

“不会，因为我武装得很好，谁都知道我有朝仆人开枪的习惯。

“好吧！也许他们中的一个有勇气向我扑来，因为有人给了他一百个金币作为赏金。我打死或打伤他，那就热闹了！活该！他们可以按照法律把我送入监狱。我在轻罪法庭受审，经法官们公平合

① 朗倍维尔（1517—1586），出生在贝藏松，后成为查理五世和腓力二世的大臣。

理地判决，把我拘禁在普瓦西，和丰唐先生、马加隆[①]先生做伴。我便要在那里和四百个穷鬼乱横七竖八地睡在一起……我会同情这些人的！”

他突然站起来大声说道：“他们怜悯落在他们手里的第三等级的人吗？”这句话是他对德·拉摩尔侯爵最后一声感恩的叹息，因为侯爵一直在不停地折磨着他。

“且慢，贵族先生们，我知道这种马基雅维里式的小伎俩。马斯隆神父和修道院的卡斯塔奈德先生加起来也不会比你们更高明。一旦你们把这封教唆信抢去，我就会成为科尔马的卡隆上校[②]第二了。”

“等一等，先生们，我要把这封要命的信装在小包里封好，托彼拉尔神甫保管。他是个正直的人，他是个虔诚的冉森派教徒，他不会被金钱诱惑。不过他会拆开我的信件，我还是把这封信寄给富凯吧。”应当承认，这时，于连的目光是凶狠的，脸上的表情是丑恶的，显示出纯粹的罪恶。这是一个正在和整个社会作战的不幸的人。

“拿起武器来！”[③]于连叫嚷道。

他一步跳下德·拉摩尔府邸门前的石阶，他走进街角一个代书人的铺子，那人害怕了。他把德·拉摩尔小姐那封信给代书人，说道：“请您抄下来。”

当代书人抄写时，他自己写信给富凯，求他替他保存好这珍贵的物品。

“不过，”他忽然停下笔来自言自语道，“邮局的书信检查处会拆开我的信，把你们要找的那封信给你们……不，先生们。”他立刻走到一家新教徒开的书店，买了一本《圣经》，偷偷地把玛蒂尔德的信放在书皮底下。包装好后，这个包裹就交给了载客的马

① 丰唐和马加隆均为刊物主编，因抨击当局，1830年被捕，囚禁于普瓦西中央监狱。

② 卡隆上校，曾为拿破仑麾下军官，1822年被控阴谋反对复辟王朝，遭枪决。

③ 《马赛曲》的歌词。

车，被富凯的一个工人带去了。在巴黎是没人知道这个工人的名字的。

这件事办完之后，他轻松愉快地回到德·拉摩尔府。“现在，该我们了！”他大声嚷道，把自己锁在房里，脱掉了外衣，开始给玛蒂尔德写回信：

“怎么！小姐，竟是德·拉摩尔小姐命令她父亲的仆人阿塞纳给汝拉山的穷木匠送来一封极富诱惑性的信，一个可怜的木匠，无疑是为了玩弄他的单纯……”然后他把信中明显表示爱情的词句抄了下来。

他这封信真可以为德·博瓦西骑士先生的外交增光了。此刻刚刚十点钟，于连陶醉在幸福和对自己的力量的感觉之中，这种预想的感觉对一个穷光蛋来说是那样地新奇，他走进意大利歌剧院，倾听他的朋友杰罗尼莫唱歌，音乐从来没有令他如此兴奋过，他感到他简直就是一位天神。

第十四章

少女情怀

玛蒂尔德写完信后，心里也不是没有斗争的。不管她最初是如何对于连产生兴趣的，反正这种兴趣很快便压倒了她内心的骄傲。这骄傲从她懂人情世故时就是她内心的唯一主宰。她这冷酷、高傲的心灵，还是第一次被热情所融化。不过即使这热情征服了她的骄傲，但她仍然忠于骄傲的习惯。两个月的斗争和新的感觉可以说使她在精神上完全变了一个人。

玛蒂尔德以为看见了幸福。对于那种既有勇气又有极高才智的心灵来说，看见了幸福乃是一件具有无上权力的事情，然而这仍要和尊严及一切世俗的责任感进行长久的斗争。一天，她早晨刚七点就走进她母亲的房间，求她准她躲到维尔基埃去。侯爵夫人甚至不屑于理她，劝她回到床上去。这是世俗的智慧和对传统观念的尊重所做的最后一次努力。

怕违背凯律、吕兹、克罗兹诺瓦之流所谓的神圣见解，怕做错事，这些在她精神上并没有多大的压力，她觉得他们这种人不配理解她，要是买一辆车或一块地，她早就去找他们商量了。她真正害怕的是于连对她不满意。

说不定，他也仅仅是具有一种超人的外表而已！

她最憎恨缺乏个性，这是她对围绕在她身边那群英俊少年唯一不满意的地方，越是文雅地讥讽脱离时代的风尚或是追随时代风尚的人，越是被她瞧不起。

“他们是勇敢的，仅仅如此而已。再说，他们该如何表现他们的勇敢呢？”她暗想道，“他们勇于决斗，但决斗已不是是一种形式罢了，一切都预先设定好了，甚至包括决斗者跌倒时应说的话。直挺挺躺在草地上，手放在胸口上，应该宽宏大量地原谅对方，还要给一位美人儿留下一句话，这美人儿常常是虚构的，而她在您死去的那天依然要去参加舞会，以免引起别人的疑心。”

“他们可以率领一队刀光闪闪的骑兵直面危险，然而那种孤身面对的、特殊的、意外的、真正丑恶的危险呢？

“唉！”玛蒂尔德暗想道，“只有在亨利三世的朝廷上，才能找到个性和身世都出众的人啊！假使于连曾经在雅尔纳克和蒙孔图尔[①]两地服过兵役，我就不会怀疑什么了。在这个精力旺盛的时代，法国人不是任人玩弄的木偶。战争的日子几乎可以说不能有半点犹豫。

“那时人们的生活，就和埃及的木乃伊一样，裹在和大家一样的尸布里，永远不变。”她补充说道，“那天夜里十一点，从苏瓦松宫出来独自回家，比去阿尔及尔[②]旅行还需要更多的勇气。在那个时代，一个人的生活，就是一连串的偶然。现在，文明取代了冒险，一切都按部就班，如果思想不规范，讽刺挖苦就没完没了的。如果它出现在重大的事件里，那么，就不会有比我们的恐惧更令人鄙视的了。如果它出现在事件里，我们就会出于恐惧而什么样的卑鄙都干得出来。这是一个多么倒退而烦闷的世界啊！要是波尼法斯·德·拉摩尔从坟墓中探出他被砍掉的脑袋，看到他的十七名后代子孙在1793年像绵羊一样任人逮捕，两天以后就被送上断头台，会做何感想呢？死是肯定的，然而进行自卫，至少打死一、两个雅各宾分子，那就是有失体统。哎！在法国的英雄时代，在波尼法

① 均为法国地名，16世纪中叶，当时的安茹公爵（即日后的亨利三世）曾率军在此击败新教徒。

② 阿尔及利亚首都，19世纪30年代为法国所攻占。

斯·德·拉摩尔的世纪，于连准会当上骑兵上尉。至于我哥哥，他倒是该做个合乎时宜的青年教士，眼中有智慧，嘴上有理性。”

几个月之前，玛蒂尔德已经不指望能遇见一个稍微不同凡响的人了。她大胆地给上流社会的几个年轻人写过信，从中得到一点儿乐趣。一个女孩子的这种如此不相宜、不谨慎的大胆妄为，可能在全肖纳府的人眼里损害了她的名誉，他们看到这桩拟议中的婚事告吹了，一定想知道是什么原因。那时候，遇到写信的日子，玛蒂尔德就睡不着觉。

这一次，她敢于说她爱上了。她主动（多么可怕的字眼儿！）给一个处在社会最底层的男人写信。

如果被人发现，这将是一个永久的耻辱。凡是来过她家的女人，有谁能表示容受这样的事情呢？还能找到什么词句可以减轻客厅里那种可怕的轻蔑呢？嘴上说说已经很可怕，何况写成文字！

嘴上说已经可怕，何况动笔写？拿破仑获悉拜兰[①]的投降消息之后高声说：“事情不可写在纸上的呀！”而这句话正是于连告诉她的！好像事先给了她一个警告。

但这一切对她来说还算不上什么，玛蒂尔德还有其他的忧虑。她忘记了给社会造成的恶劣影响，使自己蒙受永远不能洗刷的、备受蔑视的污点，因为她污辱了自己的门第，因为玛蒂尔德背叛了自己的阶级，她写信给一个和克罗兹诺瓦、德·吕兹、凯律的地位有天壤之别的人。

即便跟于连只是普通交往，其性格之幽深、之不可知，也会令人害怕。而她却要他做情人，也许做主人！

“要是有朝一日他支配了我，有什么狂妄的意图他不会提出来呢？好吧！那时我将像美狄亚[②]那样对自己说：‘任他千难万险，我自岿然不动。’”

她认为，于连对血统的高贵不存丝毫的敬意。更有甚者，也许他对她不存丝毫的爱情。

---

① 西班牙城名，1808年法国将军杜邦在此兵败，与西班牙军签订降约。

② 希腊神话传说中科尔喀斯王的女儿，精通巫术。

在这些可怕的怀疑背后，女性的骄傲思想又出现了。

“在一个像我这样的女孩子的命运中，一切都该是独特的。”玛蒂尔德焦躁不安地高声说道。于是她从小就受到鼓动的骄傲在这里遇到对手了。

就在此时，于连的启程加速了事态的发展。

夜已很深，于连心生一计，把一个很重的箱子送到楼下门房那儿，他叫来一个跑腿的仆人把箱子运走。这个打杂的就是被德·拉摩尔小姐女仆看中的人。

“这举动也许不会有任何作用。”他暗想道，“不过要是成功的话，她必然相信我已离开了。”他开了这个玩笑，然后十分得意地睡去了。玛蒂尔德却彻夜未眠。

第二天一大早，于连趁人们不注意，溜出了府邸，但在八点前，他又转了回来。

他刚走进图书室，德·拉摩尔小姐就出现在门口。他把回信交给了她。他想他应该跟她说句话，至少这最方便，但德·拉摩尔小姐在他没有开口之前就走开了。于连倒也愿意这样，因为他实在不知道该对她说些什么。

要是这一切不是和诺尔贝伯爵商量好的把戏，很明显，那就是我的极其冷酷的目光点燃了这个出身如此高贵的姑娘竟敢对我怀有的怪异的爱情。要是我因此就对这个金黄头发的女孩子发产兴趣，那就太傻了！这番推论，把他变得比以往更冷酷、更机警了。

“在这场正在准备着的战斗中，”他补充道，“因出身而产生的骄傲，就像一座高山，是横亘在我和她之间的一座堡垒。正是在这个问题上，我应该使用策略。我留在巴黎是一个错误，行程的推迟让我被人轻视，而且暴露了自己。走了有什么危险呢？如果他们拿我开玩笑，我也拿他们开玩笑。如果她对我的同情多少有点真实性，那么我的离开就会使这同情增强百倍。”

德·拉摩尔小姐的信，使于连的虚荣心痛快淋漓地得到了满足，以致他在嘲笑自己的遭遇时，竟忘了认真考虑一下离开对他来说有什么好处。

对失误极端的敏感，这是他性格中的致命之处。这个失误使他大为恼火，几乎不再想这次小小的挫折之前的那个令人难以置信的胜利了。

大约在九点钟，德·拉摩尔小姐又出现在图书室门口，她抛给于连一封信便跑开了。

“这好像是本书，简体的爱情小说。”他拾起这封信时说道，“敌人虚晃一枪，我将应之以冷漠和道德。”

人家要他做出决定性的答复呢，口气的高傲更增加了他内心的快乐。他乘兴写了两页纸，愚弄那些想看他笑话的人，并且在信的末尾又开了个玩笑，说他决定第二天早晨动身。

“信写完了，花园便是交信的地方。”他心里想，便立刻到花园里去了。他望了望德·拉摩尔小姐房间的窗户。

卧室在二楼，紧挨着她母亲的那个房间，但是一楼和二楼间有个很大的夹层。

这二楼相当高，当于连手里拿着信在栽有菩提树的小路上徘徊时，从德·拉摩尔小姐房间的窗子里是望不见他的。椴树修剪得极好，形成一个拱顶，挡住了视线。

“怎么搞的！”于连生气地对自己说，“又是不慎之举！如果他们想嘲笑我，让我在众目睽睽之下手里拿着信，这可帮了我的敌人的忙了。”

诺尔贝的房间恰在他妹妹房间的正上方。一旦于连从菩提树枝叶形成的穹顶下走出来，伯爵和他的朋友们都会把他的一举一动都看在眼里。

德·拉摩尔小姐出现在了她的玻璃窗后，他稍稍举起信，把头低下了。于连立即跑回他的寝室，正巧在楼梯上遇上了美丽的玛蒂尔德，她动作敏捷地把那封信接过去，眼里满含笑意。

于连对自己说：“就是在有了亲密的关系六个月之后，她敢于接受我的一封信，那眼睛里该洋溢着多少激情啊！我相信，她从来不曾这样眼睛笑盈盈地看过我。

他那封回信，写到后来，连词意都不怎么清楚了。他对那些无聊的动机感到惭愧了吗?

“但是，”他继续想道，“晨装的高雅，仪态的高雅，也是多么不同啊！一个富有审美观的人，在三十步以外看见德·拉摩尔小姐，就可猜出她的社会阶层。这就是人们所谓的显著优点。”

于连在肆意地开玩笑，但他并不清楚自己的全部思想。德·雷纳夫人没有德·克罗兹诺瓦侯爵为她牺牲。而在当时，他的情敌只有那个卑鄙的专区区长夏尔科先生，他用了德·莫吉隆这个姓，因为姓德·莫吉隆的人现已绝迹。

五点钟，于连收到第三封信，是从图书室的门口扔进来的。德·拉摩尔小姐依旧是一溜烟儿跑了。

“我们要是谈话会方便得很，”于连笑着暗想道，“偏要耗费这么多笔墨！足见敌人需要获得我的书信，而且要许多书信，这是很明显的事！”他并不急于拆开这一封。“又是些漂亮的句子。”他想，可是，他读着读着，脸色发白了。信只有八行字。

我需要和您谈谈，我必须在今晚和您谈谈，深夜一点钟时，您来花园里。您把放在井边的园丁大梯子搬来，搬来园丁的大梯子，就在井边；搭在我的窗口上，爬到我屋里。有月光，没关系。”

第十五章

巧设陷阱

“这太严重了！”于连心里想，“这未免也太明显了吧！”

想了一会儿他又补充道：“这位美丽的小姐可以在图书室里跟我谈，感谢天主，她有完全的自由。侯爵怕我让他看账，从不到图书室来。德·拉摩尔先生和诺尔贝伯爵，是两个唯一可能到这儿来的人，可他们几乎整天都不在家，他们什么时候才回府邸，那是很容易知道的。高贵的玛蒂尔德，姿容绝代，即使嫁给王侯也不为过，现在居然要我去干这可怕的不谨慎的事！”

“很明显，他们是想陷害我！起码是想拿我开玩笑，最初是诱使我写信，但我在心中并没有任何不当之处，于是，便想让我干一件具体的行动。这些漂亮的年轻先生们把我看得太愚蠢、太狂妄了。见鬼去吧！顶着最亮的大月亮，爬梯子上二十五尺高的二层楼！而且要在皎洁的月光里！他们将有充分的时间看见我，即使是邻近府邸里的人也能看见我。那样，我在梯子上真够有意思的！”于连回到自己的房间里，一边整理箱子，一边吹着口哨。他决定要走了，甚至不写回信。

但是，这个明智的决定并没让他平静下来。

“万一玛蒂尔德是真心实意的呢？”

他把箱子盖好了，突然想：“那我就在她的眼中扮演了一个十足的懦夫的角色了。而我，我没有高贵的出身，我必须有伟大的品质，这可是现钱，不是好听的假设，由响当当的行动证明过了的……”

他在房里徘徊了一刻钟。

“否认有什么用？”他终于喊出来，“她认为我是个完全没有用的人！我不但会失掉高等社会里的一位最出色的美人，就像大家所公认的在雷兹公爵的舞会上那样，而且也失去了极大的快乐，不久就要成为公爵的德·克罗兹诺瓦侯爵将成为我的牺牲品。这位可爱的年轻人，他拥有一切优点：机智、出身、财富……这些都是我所没有的。

“这种后悔将令我抱憾终身，倒不是为了她。‘天下情妇到处都是……但是荣誉却只有一种！’年老的唐·迭戈[①]曾说。显而易见的是，我在遇到的第一个危险面前退却了，因为跟德·博瓦西先生的决斗不过是个玩笑罢了。这一次可完全不同了。我可能成为一个仆人射击的靶子，不过这还是最小的危险，我可能名誉扫地。

“这样一来就严重了，孩子！”他学着加斯科涅人[②]的地方口音快乐地补充道，“事关名誉呀！一个被命运抛到像我这么低的地位上的可怜虫，绝不会再找到这样的机会了。我以后会交上好运的，但总会差些……”

他思考了很久，快步地踱来踱去，并时不时地站住。房里放着一座主教的精美大理石半身像，于连不自觉地被它吸引了目光。这雕像在灯光下严厉地注视着他，责备他缺乏法国人的性格中的那种大胆。

“伟人啊，若是在你那个时代，我还会这样犹豫吗？”

“往坏里说，”于连对自己说，“假定这一切是个圈套，那对一个女孩子来说也是很危险、很麻烦的。他们知道我不是一个闭口不言的人。要我不说话，得杀了我才行。在一五七四年，卜尼法

① 高乃依的名剧《熙德》中主人公罗德里的父亲。

② 加斯科涅人以性格开朗，爱吹牛皮著称。

斯·德·拉摩尔的时代，是可以这样做的。可是今天却没人敢做。德·拉摩尔小姐让人如此善于嫉妒啊！明天，她的耻辱就会传进四百个客厅，而且是怎样地被津津乐道啊！

“仆人们私下里叽叽喳喳，议论我受到明显的偏爱，我知道，我听见过……

“另一方面，她的信……他们可能以为我会把信随身带着。他们在她的卧室里把我抓住，把信抢走。我可能要对付两个人、三个人、四个人，谁知道呢？可是他们到哪儿去找这样的人呢？在巴黎什么地方能雇到嘴严的人呢？法律让他们害怕……当然了！一定是凯吕斯们、克鲁瓦泽努瓦们、吕兹们自己来干。

“等着瞧！先生们，我会让你们脸上挂彩。让你们永远记得我，像恺撒的士兵在法萨勒[①]战场上那样……至于信件，我会把它们放在安全的地方。”

于连把最后两封信抄下来，夹在图书室里那套精美的伏尔泰全集的一卷里，原信则亲自送到邮局。

“我要投身于一件多么疯狂的事呀！”在返回时，他不胜惊骇地想道。于连竟然有一刻钟没有去想他当晚要做的事了。

“但是，如果我拒绝了，以后我一定会看不起自己！这会成为我毕生反复怀疑的对象，而这样的怀疑乃是不幸中最大的不幸。而这种怀疑是最难以忍受的痛苦，我不是曾经为了阿曼达的情人有过体验吗？要是一桩很明确的罪行，我相信我会比较容易地饶恕我自己。一旦承认了，我就置于脑后。

“什么？这回的对手是法国一个名门望族的世家子弟，而我却心悦诚服地甘拜下风？说到底，不去就是胆小怕事，充当法国一个具有最光辉姓氏的人的情敌，我怎么心甘情愿地承认自己比不上他一句话？”

“不去就是懦弱！这一句话会决定一切，”于连起身嚷道，“再说她的确非常漂亮呀！”

“如果这不是背叛，那她为我干出的是怎样的疯狂啊！如果这

① 即今之海地。

是愚弄，当然了，先生们，是否认真对待这种玩笑，那就在我了，而我会认真对待的。

“可是如果当我走进她房里时，他们立即捆住我的胳膊，他们很可能是已安置好了什么精巧的机关的！”

“这像是一场战斗！”他含笑暗自说道，“我的剑术老师曾经说过，什么都可以用来防御的。只是善良的天主愿意结束争端，会让其中一方忘记了防御。再说，我会用这个来回敬他们的。”他从口袋里掏出两把手枪，尽管火药还有效，他还是换过了。

还要等好几个钟头，为了找点事情做，于连给富凯写信：“我的朋友，只有在发生意外的情况下，你听人说我遇到了怪事，才可以拆开所附的信件。到那时，把我寄给你的手稿上的专名去掉，抄八份寄给马赛、波尔多、里昂，布鲁塞尔等地的报馆。十天以后，把手稿印出来，先寄一份给德·拉摩尔侯爵先生，半个月后，把余下的在夜间撒向维里业的大街小巷。”

这份是用故事形式来写的，除非发生意外，富凯才能拆开的短短备忘录，于连为自己辩白，他尽可能让它不牵到连德·拉摩尔小姐，非常清楚地把自己的地位描写出来。

于连包好邮件，当晚餐的钟声敲响时，这钟声让他心跳得厉害。脑子里还回想着刚才那番叙述，觉得悲剧即将发生。于连似乎已经看到自己被仆人抓着，捆绑起来，嘴里塞上衣服似的东西，扔进了地窖里，地窖里还有个仆人专门来监视他。

如果为了贵族家庭的荣誉，需要让这个冒险故事有个悲剧的结局的话，那么使用毒药，一切便不会留下痕迹。于是他被宣布是病死的，他的尸体被裹上衣服抬到自己生前的房里去了。像个悲惨故事的作者一样，于连也被自己编的故事打动了，进入餐厅时竟真的感到了恐惧。他一个个看过那些穿着华丽号衣的仆人。他研究他们的相貌。

“哪些人已被选定去执行今晚的任务了呢？”他暗想。

“在这个家里，总是念念不忘亨利三世的宫廷，也常常提及，若是他们认为受到了冒犯，做起事来要比其他同等地位的人更为果断。”他注视着德·拉摩尔小姐，想从她的眼神里看出已经谋划好了的计划。她脸色苍白，看起来和中世纪的人完全一样。他没想到她会有这样崇高的气质，她不仅美丽而且有威严，他爱上她了。

晚饭后，他装作散步，进了花园，但是枉费心机，德·拉摩尔小姐始终没有出来。如果这个时候，他能和她聊上几句，那就可以解除他心中的郁闷了。

为什么不承认呢？他害怕。由于他决心行动，他就无所顾忌地沉浸在这种感觉里了。

“只要到了要行动的时候，我会拿出十足的勇气！”他心里想，“此刻我心里怎么想，与这又有什么关系呢？”他去察看地势和梯子的分量。

“我命中注定要使用这种工具！”他笑着对自己说，“在这里如同在维里业。多么不同啊！那时候，”他叹了口气，“我不必怀疑我为之冒险的那个人，而且危险也是多么的不同啊！

“如果我死在德·雷纳先生的花园里，我不会丢脸的。人们很容易就会把我的死说成是原因不明。在这儿，什么可恶的故事都不会编造出来啊，都会在德·肖纳、德·凯律、德·吕兹的府邸以及其他所有地方传播出来呢。下一代人会把我看成一个十足的恶魔。

“在两、三年内。”他笑着说，不免自嘲一番，但是这个想法让他泄气，“谁能替我辩白呢？就算富凯把我留下的小册子印出来，不过是又多了一种耻辱罢了。怎么！一个人家收留了我，我得到殷勤的接待，无微不至的关怀，可是作为回报，我却刊印小册子，抨击那里发生的事，败坏女人的名誉！啊！万万不行，我宁愿蒙在鼓里！”

这真是可怕的一夜！

第十六章

午夜过后

当十一点的钟声响起时，于连正准备给富凯写一封信，他故意弄响他房门上的锁，把自己关在屋里。他蹑手蹑脚地去观察整座房子，尤其是仆人们住的五楼，没有任何异常。德·拉摩尔夫人的一个女仆在招待访客，其他仆人欢乐地喝着酒。

“笑成这样的那些人，”于连想，“大概不参加夜里的行动，他们应该更严肃才是。”

最后他站在花园里一个黑暗的角落里，“如果他们的计划是瞒着家里的仆人，他们会让负责抓我的人从花园的墙上爬过来。

“如果德·克罗兹诺瓦先生更冷静一些，他应当在我还没进入她的房间前就把我捉住，让他想娶的人的名誉少受些损害。”

他做了一番仔细的军事察看。

“这可是事关我的名誉的事啊，”他心想，“如果我干出什么蠢事，我自己都认为没有理由对自己说：‘我没有想到。’”

夜色晴朗得让人绝望。十一点，月亮已挂高空，十二点半的时候，月光已经把向着花园的那整座府邸的正面照得通亮。

“她一定是疯了！”于连暗想道。

一点的钟声响起的时候，诺尔贝伯爵的窗子里还亮着灯。于连一辈子还没有这么害怕过，他只看到这次出击的种种危险，没有丝毫的热情。

他去搬那架巨大的梯子，等了五分钟，看看她会不会改变主意。一点五分，他把梯子靠在玛蒂尔德的窗口上。他手上拿着枪，慢慢地往上爬，奇怪的是居然没有受到攻击。他到了窗前的时候，窗子无声地开了。

“先生，您可来了……”玛蒂尔德十分感动地说，“这一小时，我一直注意着您的行动。”

于连感到很局促，不知如何是好，他根本就没有爱情。窘迫中，他想自己应该大胆，就试图拥抱玛蒂尔德。

“不！”她推开他叫喊着。

他很高兴遭到拒绝，急忙向周围扫了一眼，月光很亮，照得德·拉摩尔小姐房间里的影子分外的黑。

“好像有人藏在那影子后，只是我看不见罢了。”于连对自己说。

“您衣服口袋里藏着什么啊？”玛蒂尔德问道，很高兴找到了话题。她感到不同寻常的痛苦，一个出身高贵的女孩子自然具有的那种矜持感和羞怯感又占了上风，折磨着她。

“我有各式各样武器和手枪。”于连回答说，他也很高兴找到了话题。

“必须先把梯子放下去。”

“梯子太大，会碰碎下面客厅或夹层的玻璃窗。”

“当然不能打碎玻璃窗。”玛蒂尔德回答道。

她试图用平常的语调来说话，但没有做到。

“我看您可以用绳子拴在梯子的第一蹬上，把梯子放倒。我屋里经常准备着绳子。”

“这就是动了情的女人么？”于连心里在想，“她竟然爱上了他！她竟然敢说出她心中的爱，在这一切的安排里，她表现得如此冷静且明智，这足以证明，我并没有战胜德·克罗兹诺瓦先生，我仅是成了他的接班人罢了。不过这对我又有什么关系呢？难道我爱她吗？他有一个接替者，这会让他大为恼火，这个接替者是我，就更让他恼火，在这个意义上我战胜了侯爵。难道他会因为有了一个接班人而大大生气？碰巧，这接班人不是别人就是我啊，他会更生气的。昨晚在托尔托尼咖啡店和我见面时，他是那么骄傲，他装作没认出我，后来当他躲不过去时，他又会摆出一副多么凶恶的样子！”

于连把绳子系在梯子的一端，慢慢地放倒。身子尽量探出阳台外，不让梯子碰着玻璃窗。“这可是个杀死我的好机会，如果有人藏在玛蒂尔德的房里。”然而到处依然是一片沉寂。

梯子触到地面，于连设法让它顺卧在墙边种着奇花异草的花坛里。

但是周围一片死寂。

梯子缓缓接触到了地面，于连想法把它放在墙边栽满花卉的花坛上。

“我母亲看见她的美丽的花草都被压坏了，”玛蒂尔德说，“会说什么呀！得把绳子扔掉，”她又极其冷静地说，“如果有人看见绳子直通到阳台上，那可就说不清了。”

她用极端冷静的态度补充着：“如果让别人看到这绳子一直牵到阳台上，那可就不好说了！”

“怎么我得出去？”于连学着克里奥尔语，开玩笑地说（家里有个女仆出生在圣多明各[①]）。“您吗，可以从房门出去。”玛蒂尔德回答道，她对自己的这一意见感到十分高兴。

“呵！”她心想，“这可真是一个值得我用心去爱的人呀！”

于连把绳子扔下去，玛蒂尔德抱着他的胳膊。他以为自己被敌人捉住了，急忙转过身，立刻抽出一把匕首来。她听到了窗子有动静。两个人大气也不敢出，一动不动站在那里。月光笼罩在他们身上，声音没有再响起，不用可担忧的。

这时，窘迫又开始了，双方都深有所感。于连看了看，门上的插销都插上了。他还想看看床下，但是不敢。那底下可能安置了一、两个仆人。最后，他害怕日后会责备自己不谨慎，还是看

① 即今之海地。

了看。

玛蒂尔德陷入了因为极端胆怯而产生的忧虑中，她感到她自己的处境太恐怖了。

“您把我的信怎么处理了？”她终于问道。

“多好的机会啊，如果这些先生们在偷听，他们可该为难了，战斗也能避免了！”于连想。

“第一封藏在一本很厚的《新约全书》里，昨夜的邮车已把它带到很远的地方了。”

对于这些细节，他侃侃而谈，清晰明快，如果有人藏在那两个大衣柜里，一定能听见。这两个柜子他没敢前去查看。

“其余两封也已经邮出，寄往同一个地方。”

“伟大的天主！为什么要有这么多的戒备？”玛蒂尔德惊讶地问。

“为什么我会撒谎呢？”于连完全认同了他的怀疑。

“原来这就是你的信写得那么冷淡的原因啊！”玛蒂尔德叫道，口吻中疯狂多于温柔。

于连注意了这一细微的差别。用“你”这种亲密的称呼，让他飘飘然了，至少使他胸中的怀疑烟消云散了。他觉得他的地位已经提高了，他竟然敢把这个如此美丽且又引起他的无限敬意的姑娘抱在怀中。他没有遭到完全地拒绝。

他搜索着自己的记忆，和以往在贝藏松同阿曼达在一起时一样，背诵了很多来自《新爱洛伊丝》的美丽句子。

“你拥有一个男子汉的胆量！”她向他说，没太留意他背诵的词句。

“我承认，我想考验考验你的勇气。你最初的那些猜疑和你的决心证明了你比我想象的还要勇敢。”

玛蒂尔德努力用“你”来称呼他，注意力集中在这种异乎寻常的说话方式而不是多说的内容。这种称呼，在语调上一点都不亲切，一会儿后，于连并没感觉到一点快乐。

这种剥除了温情的你我相称没有使于连感到一点点快乐；他奇

怪怎么一点幸福也没有，最后，他为了有所感，就求助于理智。

他感觉他已经受到一个如此骄傲的年轻姑娘的尊重，而能得到她的称赞是很不容易了的。如此这般，他终于感到一种自尊心得到满足的幸福。

这并不是他以前在德·雷纳夫人身边所得到的那种心灵上的快感。

“天哪，是这么个人啊！”在这最初时刻萌发的情感中，一点柔情的东西也没有。那是一种野心实现后感到的狂喜，而于连恰恰是有野心的。他谈起他怀疑的那些人和他发明的防御措施。他一边说，一边思考着怎样充分利用自己的胜利。

玛蒂尔德仍然十分窘迫，她对自己这样的举动似乎也感到害怕了，当她找到一个谈话的题目时，很开心。

他们还谈到了以后会面的方法。于连对自己在讨论中再次表现出的智慧和勇敢感到非常欣慰。他们要对付的人都很有头脑，小唐博一定是个奸细，不过他和玛蒂尔德也并不是笨蛋。

“我可以去府里任何地方而不引起疑心，”于连喊道，“甚至在德·拉摩尔夫人的房间。”

要到她女儿的卧室必得经过她的卧室。如果玛蒂尔德认为还是爬梯子好，他会怀着一颗欣喜若狂的心来冒这个小小的危险。

玛蒂尔德对他说话时那种胜利者的神气颇为反感。

“这么说他已是我的主人了么？”她暗想道。她已经被懊悔抓住灵魂。

出于理智，她对自己所做的荒唐事非常不以为然，只要她能办得到，她愿意自己和于连同归于尽。当她的意志力让懊悔平静下来时，羞怯的情绪和贞操的观念又让她痛苦不堪。她无论如何不曾料到自己会落到这种可怕的境地。

“不过我总得和他说！”她最后对自己说道，“和情人谈话是理所当然的事情。”

为了达到目的，她把这几天来，自己为于连的问题做出的决定一股脑儿都说了出来，但她的温情多半表现在她所用的言辞里，而不是表现在她的声音里。

她曾经决定，如果他敢于像规定给他的那样，借助园丁的梯子爬进她的房间，她就把自己给了他。但是，把这种温情脉脉的话说出口，不会有人比她的口吻更冷淡、更客气了。到此为止，这次幽会一直是冷冰冰的。这简直是把爱情当成了仇恨。对于一个不谨慎的女孩子来说，这是怎样的道德教训啊！为了这样的一刻，值得毁掉自己的未来吗？

经过长时间犹豫，玛蒂尔德终于做了他的可爱的情妇。

实际上，他们的狂热有些勉强。热烈的爱情与其说是现实，不如说是一种模仿的式样。

德·拉摩尔小姐认为她是在为她自己和自己的情人共同力行一项义务。

“可怜的孩子！”她对自己说，“他表现出了十足的勇气，他应该幸福，不然就是我没有性格。”然而，她宁愿以永恒的不幸为代价，摆脱她正在履行的残酷职责。

不论怎样强烈地逼迫自己，她还是履行了所有诺言。

没有任何悔恨，也没有任何责备，来破坏这个夜晚，对于连来讲，这一夜与其说是幸福，不如说是奇异。这和他在维里业最后的二十四小时相比，有多大的不同啊！

“巴黎的这些高雅规矩找到了败坏一切甚至爱情的秘诀。”于连暗想着，心里感到极端的不平衡。

他站在一个大桃花心木柜子里考虑着这些事情——听到隔壁德·拉摩尔夫人房里有了响声，他钻进了柜子里。

早晨玛蒂尔德要跟着母亲去做弥撒，女仆们也纷纷离开了屋子，于连在她们回来继续干活之前出来了。

他骑上马，到巴黎附近找一个最僻静的地方，心里与其说是高兴，倒不如说是吃惊。他感到幸福，更感到惊奇。幸福不时地占据他的心，就像一个年轻少尉有了什么惊人之举，一下子被司令官提升为上校了。

在昨晚高于他之上的一切，现在却和他并列，甚至说在他的脚下。在他越走越远时，他的幸福感也逐渐增加了。

马蒂尔德感觉不出什么温馨，尽管温馨这个字眼有些奇怪。她之所以和于连共度良宵，仅仅是在履行一种责任而已。在那晚发生的一切中，玛蒂尔德发现的并不是小说里所描绘的那种圆满的快乐，而是羞愧与不幸。除此之外，便没有什么她料想不到的东西了。

“是我弄错了？难道我对他没有爱情？”她对自己说。

第十七章

古 剑

她没有来吃晚饭，晚上她到客厅里待了一会儿，但没有看一眼于连。他觉得这种态度太奇怪了。

他想："我不了解他们的习惯，以后她会把这一切给我解释清楚的。"但是，最强烈的好奇弄得他坐立不安，除了天天看见他们日常生活中的那些举动以外，我并不了解上流社会的习惯，将来她会向我解释。"

然而，处于极度的好奇让他仔细观察了一下马蒂尔德脸上的表情，他不得不承认她态度冷酷，而且是含有恶意的。显然她和昨天晚上不是同一个人。显然，这不是同一个女人了，昨天夜里她洋溢或假装洋溢着幸福的狂热，只是那狂热太过分，不可能是真的。

第二天，第三天，她的表情一样的冷漠，她不看他，好像是没有看到一样。于连受着最强烈不安的煎熬，第一天他还只觉得受到胜利感的鼓舞，现在却相距千里之遥了。

"是不是又讲起品德来了？"他心想道，"但是这个词儿，对高傲的玛蒂尔德来说未免太俗了。

"在日常生活中，她并不大信仰那个，"于连心想道，"她喜欢宗教，那是因为宗教能够维护她的阶级利益。"

"但是，她能不能仅仅由于脆弱就强烈谴责她所犯的错误呢？”于连相信他是她的第一个情夫。

随后他又暗想：“但，我必须承认，从她的举动来看，她一点也不憨厚、单纯和温柔，我从未见过如此高傲的女王。她会轻视我么？仅仅因为我出身低微，她就责备自己对我干下的事，这也是她做得出的。”

于连脑子里充满了书本中的理论和从维里业的回忆中得来的不满。幻想着一个温柔的情妇，她从使情夫得到幸福的那一刻起就不再考虑自己的存在——玛蒂尔德的虚荣心在他心目中，简直是到了无法控制的地步。

两个月后，她不再烦闷，也不再害怕，可是，于连却不知不觉地失去了他最有利的时机。

“我给我自己找了个主人！”德·拉摩尔小姐在她的房间里激动地踱着步子自言自语。

“他很看重名誉，这好极了。但是如果我把他的虚荣心逼进绝境，他就会报复，他会采取什么样的报复行为呢？将我们的关系公之于众。如果那样子的话就是我们这个世纪的不幸，什么也医治不了我们的烦闷。”

玛蒂尔德从不曾有过情夫，在这种甚至最冷漠的心灵也会滋生某种温柔梦幻的生活境况里，她陷入最苦涩的沉思。

“我完全受他支配，因为他采取的是高压手段，如果我把他逼急了，他会狠狠惩罚我的！”

单单想到这里，足以让玛蒂尔德去触犯于连，因为勇敢是她最重要的个性。除了这个念头用自己整个的生命当赌注来孤注一掷外，没有什么能刺激她，医好她那不断再生的根深蒂固的厌倦。

第三天，因为德·拉摩尔小姐还是执意不看他，于连不顾忌她的意见，在晚餐后跟随她到了台球房。

“好吧，先生，您不顾我明确表示出的意愿，一定要跟我说话？”她强压住怒火跟他说道，“告诉您，天底下，还没有人敢这样做！”

这对情人的谈话再滑稽不过了。他们谁也没有料到，彼此都恨得牙痒痒的，他们双方都没有忍耐的性子，却都拥有上流社会的习气，因此他们很快就明确宣布永远断绝关系。

“我向您发誓，会永远保守秘密！”于连说道，“我甚至还可以发誓永远不同您说话，只要您的名声不因这种过于明显的变化而受到损害。”他恭恭敬敬地行了礼，走了。

这样就完成了他所谓的义务，没有太大困难，他绝不相信自己已经深深爱上了德·拉摩尔小姐。

很显然，三天前，在被藏在大桃花心木柜子里时，他还是没有爱上她。但是当他们永远决裂时，在他的心灵里便迅速地发生了变化。

记忆无情，他回想起那天夜里的详细经过，其实，他根本就没有动情。

在宣布永远决裂的第二天夜里，于连差点疯掉了。因为他不得不承认他确实已经爱上了德·拉摩尔小姐。

跟着这一发现而来的是可怕的斗争：他的种种情感全都被搅乱了。

八天以后，他觉得他不但不能傲视德·克罗兹诺瓦先生，反而是想抱着他大哭一场。

他对不幸也习惯了，很快有了点理智，就决定去朗格多克，他打好箱子去了驿站。

到驿站的时候，他感到他快要支持不住了。有人告诉他恰好第二天开往图卢兹的车子里还有一个位置时，他差点昏了过去。他订下这个座位，回到德·拉摩尔府邸，准备向侯爵先生禀报。

德·拉摩尔先生出门了。半死不活的于连去图书室等他。哎呀，德·拉摩尔小姐在那儿，这可怎么办？

她看见他走进来，顿时露出恶狠狠的眼神。

于连太不幸了，又被这意外的相遇弄昏了头，心一软，竟用最温柔的、发自内心的口吻对她说：“这么说，您不爱我了？”

“我恨我委身于一个来历不明的人！”玛蒂尔德一边说，一边悔恨万分地哭着。

“一个来历不明的人？”于连叫道，同时他扑向那当作古董挂在图书室的一把中世纪的古剑。

他和玛蒂尔德说话时已经痛苦万分，当他见她流出羞愧的眼泪时，痛苦更是增加了百倍。如果能杀死她，他就是世界上最幸福的人了。

当他吃力地从古老剑鞘里把剑抽出来时，他被一种异样新奇的感觉所吸引着。就在这时，玛蒂尔德感到了幸福，一种如此新奇的感觉油然而生，她高傲地朝他走去，眼泪也不流了。

于连突然想到有恩于自己的人——德·拉摩尔侯爵。

“我要杀死他女儿？太可怕了！”他作势把剑扔掉，但转念一琢磨，“她看到我这个滑稽的动作，一定会乐坏了。”这个念头，立刻让他恢复了冷静。他好奇地注视着古剑的锋口，好像看看有没有锈斑，然后插入鞘中，极其沉着地挂回到那颗镀金的青铜钉子上。

这个动作越来越慢，花了足足一分钟。

德·拉摩尔小姐惊异地看着他。“我的情人差点杀了我！”她暗想。

这个想法，把她带回查理九世和亨利三世那美好的岁月中去。

她站在刚把剑挂回去的于连面前，一动不动，凝视着他，眼睛里不再有仇恨了。应该承认，此刻的她是很迷人的，

“我又要对他心软了。”玛蒂尔德对自己说，“在我和他如此坚决地讲话以后，再次失足，会让他更进一步认为我是他的主人。”于是她逃走了。

“天哪！她真够美丽呀！”于连看着她跑开时说道，“就是这个女人在一个星期前，她不顾一切投入我的怀抱，唉，良辰不再，而这都怪我自己，这样千载难逢、千金难买的机会，我竟然丝毫没有感觉……应该承认我生来就不是个幸运的人。”

侯爵回来了，于连急忙向他汇报自己拟定的行程。

“您要去哪里？”侯爵问。

“朗格多克。”

“对不起，不行，您留下有更重大的使命，如果要走，也是去北方……甚至，用一句军事术语，我命令您在府中待命。您外出不得超过两个或三个钟头，我可能随时需要您。”

于连行了个礼，一言不发地退下，这让侯爵感到惊讶。他一句话也说不出来，回到房中把自己关起来。在那里，他可以随意夸大命运的残酷。

“这么说……”他对自己说，“我走开都不行了！天知道侯爵要把我留在巴黎多久啊！天哪！我会变成什么样子呀？现在，都找不到个商量的人。彼拉尔神父不会让我说完第一句话，阿塔米拉伯爵为了让我散散心，可能会要求我参与什么阴谋。”

“然而我疯了，我感觉到了，我疯了！

“谁能引导我？我将会变成什么样子呢？”

第十八章

备受煎熬

德·拉摩尔小姐很高兴，一心想着差点儿被情人杀掉。

她甚至对自己说："这才是值得我甘拜下风的男子，他险些把我杀了。得把多少漂亮的上流社会青年融合在一起，才会产生这种热情的举动呢?

"应该承认，他实在太漂亮了！反正，我还不曾这样疯狂地爱过他。"

这时，如有大大方方和他重归于好的机会，她是绝对不会放过的，于连待在自己房里锁上门，在痛苦的绝望中挣扎。一时被疯狂的思想所左右，他脑子里转着种种疯狂的念头，他想到去扑倒在她的脚下。如果他不是躲在一个偏僻的地方，而是在花园里和府邸中到处转转，他可能刹那间就把他那可怕的不幸变成最强烈的幸福了。

但我们不要怪他不够机灵，否则他就做不出英雄盖世的把剑动作，恰恰他的这个举动，当时在玛蒂尔德眼里，确实让于连显得漂亮极了！这种反复无常的对于连的痴情，让玛蒂尔德兴奋了一整天。玛蒂尔德陶醉了，一心只想着差点儿被情人杀死的幸福。而且对它的消逝感到很惋惜。

她对自己说："事实上，在这个可怜的小伙子看来，我对他的爱情始于半夜一点，当时我看见他从梯子上爬进来，外衣口袋侧兜带着手枪，但这热情只持续到早晨八点钟。当我听到圣瓦莱尔望弥撒的钟时声，才想到他会相信他自己就是我的主宰，可能要用恐怖的手段让我服从。”

吃完晚饭后，德·拉摩尔小姐没有回避于连。反而找他说话，差不多是催促他跟她到花园里去，他服从了。他毕竟没受过这种考验。玛蒂尔德甚至还没察觉，她对被于连重新挑动起来的爱情让步了。

她觉得和他并肩散步，竟如此赏心悦目，她好奇地注视着那双早晨曾要拔剑要杀死她的手。

有过这样的举动，发生过那一切之后，他们过去那样的谈话不会再有了。

玛蒂尔德渐渐对于连放下防备，谈到她的感情的历程。她在这种谈话里发现了一种奇异的快感，她甚至还冗长地向他描述她从前对德·克罗兹诺瓦和德·凯律等人发生过的短暂感情冲动呢。

“怎么，还有德·凯律先生？”于连叫了起来，一个被冷落的情人所感到的痛苦和嫉妒，全在这句话里爆发出来了。玛蒂尔德已经看到这一点，但她一点也不生气。

她继续折磨于连，细细地讲她的旧情，讲得有声有色，尽是推心置腹的由衷之言，他看得出来，她描绘的是如在眼前的事情。他痛苦地注意到，她一边说，一边在她自己的心中有了新的发现。

因为嫉妒所产生的不幸，已经到边缘。

疑心情敌仍被爱着，这已经很残酷了。如果看到心爱的女人详细地向他承认情敌在她心里所引起的爱情，那无疑到达了痛苦的顶点！

以前，他心高气傲，把德·凯律和德·克罗兹诺瓦之流都不放在眼里，此时经马蒂尔德一说，犹如五雷轰顶，心里难受之余，又夸大了他们仅有的几种优点，自愧不如，一个劲儿地自怨自艾。

他觉得玛蒂尔德是值得崇拜的，任何语言都无力表达他对她的极度崇拜。他在她身边走着，偷偷地望着她的手，她的胳膊，她那女王般的仪态。

他已完全被爱情和不幸搞垮，差不多就要跪在她面前向她呼号：可怜我吧！

“这样一个美丽又高高在上的女人……在爱过我之后，无疑会紧接着爱上德·凯律先生了！”

就是在他的胸中灌满熔铅，他也没有这么痛苦。

可怜的孩子啊，这么不幸，他怎么会知道德·拉摩尔小姐的心思呢？

正是由于跟他谈话，德·拉摩尔小姐才会很有兴致地回忆以往对德·凯律先生或是对德·克罗兹诺瓦先生有过的那点儿爱情。

这让于连很痛苦。在几天前，不多天以前，他在这条椴树成荫的小路上等着一点钟敲响，爬进她的屋里，而今在这同一条小路上他听着对别人的爱情的巨细无遗的倾诉。一个人是不能承受比这更强烈的不幸的。

此时此地，情何以堪啊。

一个人怎么会有更大的毅力来承受这种痛苦！

九点半后玛蒂尔德才和于连离开花园，她的母亲曾喊过她三次。“今天我爱上的人，比我前几天快要爱上的人强多了！”她暗想道，但她也不是特别确定。这种残酷的亲昵，竟然有八天！

可以看出，于连毫无人生经验，甚至没有读过小说。他若不那么笨，若能稍许冷静地对受到他如此崇拜又向他说了些如此奇特的知心话的女孩子说：“您得知道，虽说我没有那些先生高贵，但终究您爱的还是我呵！”

“您现在不再爱我了，但我是爱您的呀！”一天，于连散了好长时间步，基于爱情和痛苦的双重刺激，跟她叫嚷着。这差不多是他所能干的最大蠢事了。

此话一出，德·拉摩尔小姐便顿觉无趣，不愿意在和他说心里话了，她一开始觉得奇怪，于连在经历过和她那段感情后，他可能已经不爱她了。

“骄傲无疑已经扼杀了他的爱情。”她对自己说，“他不是那种人，能眼睁睁地看着自己白白地被置于凯律、德·吕兹、克罗兹诺瓦这般人之下。虽说他也承认他们的地位确实比他高很多。”

他的话如此坦率，也如此愚蠢，顷刻间改变了一切：玛蒂尔德确信自己被爱上，就彻底地鄙视他了。

于连一点也不了解玛蒂尔德的内心活动。但是他敏感的自尊心已让他觉察到她很轻视他。她立即离他而去，临走那一道目光里流露出最可怕的鄙视。他很知趣，尽可能不在她面前露面，而且从不看她。

如果在晚餐后，他看见她和德·凯律、德·吕兹或另一个她曾经对他表示过一点爱情的人一起散步，于连会是什么心情呢？

凡是所有和德·拉摩尔小姐有关的想法，于连都觉得很可怕，他连那些最普通的书信也看不下去了。

“您疯了！”一天早晨，侯爵对他说。

于连害怕自己被识破，就说是病了，侯爵竟然相信他了。晚餐时，对他来讲，真是幸运到了极点。侯爵先生拿他将要旅行一事和他开了几句玩笑，只有玛蒂尔德心里知道：这次旅行不会太短。于连躲避她已有好几天了，而那些年轻人，虽然如此出色，拥有她曾经爱过的这个苍白阴沉的人所缺少的一切，也已无力把她从梦幻中拖出来了。

“一个平常的女孩……”她对自己说，“会在客厅里那些引人注目的漂亮年轻人当中寻找她中意的人，然而天才的特征之一，是不让自己的思想踏上凡夫俗子走过的老路。

“于连没有财产，而我却有，如果我嫁给这样一个人，一辈子都会引人瞩目，不会寂寂无闻。我绝不像我的表姐妹们那样，老害怕革命再次发生。由于她们对民众的恐惧，甚至不敢去抱怨一个不为她们赶车的马车夫。而我肯定会扮演一个角色，一个伟大的角色，因为我选择的人有性格，野心勃勃。他缺什么呢？朋友？钱？我都可以给他。”

但她在思想上总有点把于连当下人，只要愿意，要他怎么样爱自己都行。

第十九章

荒诞的歌剧

玛蒂尔德一心想着未来，想着她所希望扮演的角色，她甚至还怀念以前和于连进行过的枯燥和不着边际的讨论了。由于厌倦这种深邃思想了，有时她又怀念她同他在一起有过的幸福时光。这些回忆绝非不含有悔恨，有些时候她确实也感到难以忍受。

“但是，如果说人人都有弱点……”她对自己说，“仅仅为了一个有才华的人就忘了自己的责任，倒也配得上我这样的女孩子人家绝不会说迷住我的是他那漂亮的小胡子和骑马的姿势。而是说他那些关于法国前途的深刻的议论，以及即将降临我们头上的那些事以及和一六八八年英国革命颇有相似之处的看法。这些都让我那么倾心！”

她这样回答自己的悔恨思想：“我是一个软弱的女人，但是我至少没有像一个玩偶被表面的长处弄昏了头。

因为它表现出一个伟大灵魂突出的特征，所以我爱他的容貌。

“如果发生场革命，为什么于连·索海尔不能扮演罗兰[①]的角色呢？为什么我就不能扮演罗兰夫人的角色呢？比起斯塔尔夫人，

---

① 罗兰（1734—1793），法国大革命中共和政府的内政部长，倾向吉隆特党，其妻罗兰夫人因支持吉隆特党人被上台执政的雅各宾派送上断头台，罗兰营救未果，愤而自杀。

我更喜欢罗兰夫人。在我们这个时代，行为上伤风败俗总是块绊脚石，我绝不会再度失足，遭人唾骂，否则，连我自己也要羞死了。

应该承认，玛蒂尔德的梦想，并不都是像我们刚才描写的那么严重的。

她偷看着于连，觉得他的一举一动都优雅迷人。

“毫无疑问的，”她对自己说，“我已经摧毁了在他心里他认为他有这个权利的大大小小的一切想法。

“八天前，在花园里，这个可怜的少年痛苦而又深情地对我吐露爱的心曲，证明他是真诚的，应该承认，我这个人的确不知好歹，听了一句这么情深义重的话居然生起气来。难道我不是他的妻子吗？他的话很有道理，而且他是个招人喜欢的人，在我和于连多次漫长的谈话中，我应该承认，我只是厌倦了生活，非常残忍地向他叙述我对他所嫉妒的那些上流社会年轻人表示过苍白无力的爱情。但他仍然是爱我的啊！他哪里知道，他们是毫无威胁性的对手，跟他比起来，他们是多么苍白无力，都是一个照着一个画出来的！”

玛蒂尔德想着想着，信手在她的纪念册上用铅笔涂抹起来。她刚画成的一个侧面像，使她大吃一惊，继而又使她心花怒放：这侧面像和于连惊人的相似。

“这是上天的声音！真是一个爱情的奇迹！”她欣喜若狂地叫道，“我想都没想，就画出了他的肖像。”

她回到自己的房间里，关上门，取出颜料，想专心致志地要画一幅于连的肖像，可是却怎么也画不好。

玛蒂尔德非常高兴，她从中看出伟大的激情。直到很晚的时候，侯爵夫人打发人来叫她上意大利歌剧院，她才放下手中的纪念册。她只有一个念头，用眼睛寻找于连，要她母亲邀他陪她们一道去。于连根本没有露面，在包厢里陪同这些女眷的只有几个庸俗之辈。整个第一幕歌剧演出时，玛蒂尔德怀着最强烈的热情想着所爱的人，但是演到第二幕时，一句爱情的绝句，应该承认，配上不愧为出自西马罗沙[①]的乐曲。女主人翁唱道："应该惩罚我对他的过分崇拜，我爱他爱得太过分了！"

从她听到这一壮丽的美妙旋律那一刻起，世界上现存的一切对她玛蒂尔德来说都消失了，跟她说话，她不应，她母亲责备她，她也只是勉强抬头望望母亲而已。她心醉神迷，兴奋的心情可以与于连近几天来对她产生的狂暴热情相比了。这句爱情的格言，仿佛与她契合无间，因此对于连的想念没有占据她全部思想时，她整个人被这一歌颂爱情的神圣优美的旋律所吸引住了。由于她喜欢音乐，这天晚上她变得和德·雷纳夫人一样思念于连。有头脑的爱情无疑比真正的爱情更具情趣，但是它只有短暂的热情；它太了解自己，不断地审视自己；它不会把思想引入歧途，它就是靠思想站立起来的。

玛蒂尔德回到家中，不管德·拉摩尔夫人说什么，玛蒂尔德借口发烧，她整夜在钢琴上反复弹奏那段旋律，唱着使她着迷的那段著名咏叹调。

这个疯狂之夜的结果是，他认为她已经战胜了她的爱情。

我也不认为人们会责怪她们太看不起荣华、富贵、车马、地产那些足以保证人们社会地位的东西。这些好东西不会让他们讨厌的，而一般都是人们朝思暮想、求之不得的东西，如果说她们心里有激情的话，那就是要获得这些东西。

能为于连这样有几分才华的年轻人提供前程的，也绝非爱情，他们紧紧地依附于一个小集团，如果小集团发迹，社会上的好东西就会纷纷落在他们身上。

倒霉的是那些不属于任何集团的学者，哪怕不被肯定的小小的成功都要受到指责。道德高尚者靠偷盗他而声名大振。喂，先生，一部小说是沿着大路往来的一面镜子。第二天，玛蒂尔德都在寻找机会向自己确定她是否战胜了她那疯狂的热情。她的最大目的就是要让于连处处不开心。于连在盯着她的一举一动。

于连太不幸，尤其是太激动，看不破这种如此复杂的爱情诡

---

① 西马罗沙（1749—1801），意大利著名作曲家。

计，更看不出其中包含的一切对他有利的东西。他更看不到一切她对他有利的思想情况，反倒成为了这个诡计的受害者，他的不幸或许从来没像现在这样严重过。他的行动已经很少接受理智的引导。

如果有哪位愁眉苦脸哲学家告诉他："赶紧设法利用对您有利的情况吧，这种在巴黎可以见到的有头脑的爱情中，同一种态度不能持续两天以上。"他听了也不会懂的。

但是不管他如何激动，于连还是有荣誉感的。他懂得他的第一职责就是谨慎小心。随便找个人讨主意，倾诉痛苦，这可能是一种幸福。可以比作一个穿越炎热沙漠的不幸的人，突然从天上接到一滴冰水。但他也认识到如果有人遇见他冒失地问他，他会泪如泉涌。于是他把自己关进了房里。

他看见玛蒂尔德在花园里散步很长时间了，刚好离开，他从楼下来，到她摘过一朵玫瑰花的花丛那里去。

夜色阴暗，他可以完全沉浸在不幸之中。德·拉摩尔小姐爱上了那些年轻军官中的一位，她刚才还跟他们一起说笑呢。她是爱过他，但是她已经知道他很少长处。

"的确，我的长处也不多！"于连笃信不疑地自言自语道，"总之，我是一个平常的人，让别人讨厌，连自己都受不了。"

他对他身上所有的优点，对所有他曾经热烈地爱过的那些东西，厌恶得要死；在这种颠倒的想象的状态中，他开始用他的想象来判断人生。这种错误是一个出类拔萃的人的错误。

有好几次他想到了自杀，那种情景充满了迷人的力量，那是片刻愉快的休息，那是献给沙漠里将要渴死的可怜人的一杯冰水。

"我的死，会加深她对我的鄙视！"他喊道，"我将会留下怎样的回忆呀！"

一个人跌进不幸的最后一道深渊，除了勇气，再无别的办法。于连还没有足够的才能对自己说："胆子要大。"然而当他望了望玛蒂尔德的房间的窗户时，他透过百叶窗看见她熄灯了，他想象着他这一生，唉！只见过一次的可爱的房间，他的想象到此为止。

一点的钟声响了，他听见了，对自己说："我要用梯子爬进去！哪怕只待一分钟。"

真是灵机一动，正当的理由纷纷涌来，"我还能更不幸吗？"

他跑去搬梯子，园丁已把梯子锁住了。于连此时好像拥有了超人的力量，于连砸下一把小手枪的击铁，这时他有了一股超人的力气，他用击铁把链子上的一个链环拧断，不多时他就搬走了梯子，靠在玛蒂尔德的窗前了。

"她会发火了，对我百般蔑视！那又有什么关系？我吻她，最后一个吻，然后就回到自己的房间里自杀……总之，我的嘴唇将在我死之前接触到她的脸颊。"

他飞也似的攀上梯子，他敲打着百叶窗，过了一会儿，玛蒂尔德听见了，她想要打开百叶窗，但是却被梯子挡住了。于连紧紧抓住用来固定百叶窗的铁钩子，冒着随时会被摔下去的危险，猛地一推梯子，令其稍稍挪动。玛蒂尔德终于能打开窗子了。他跳进房间里去时，已是个累得半死不活的人了。

"果然是你呀！"说着她投入了他的怀抱……

谁又能描写出于连这种说不尽的幸福呢？玛蒂尔德此刻的幸福感和他差不了多少。

她向他诉说她的不是，她在谴责她自己。

"惩罚我那残忍的骄傲吧！"她对他说，紧紧地搂住他，他都快喘不过气来了，"你是我的主人，我是你的奴隶，我要跪下求你饶恕，因为我竟然想要反抗你。"

她挣脱他的拥抱，扑倒在地。

"是的，你是我的主人，"她对他说，仍旧陶醉在幸福和爱情之中，"永远地主宰我吧，严厉地惩罚你的奴隶吧，如果她想反抗。"

过了一会儿，她从他的怀里挣出来，点燃蜡烛，于连费了很大的劲儿才阻止她剪去自己那一边的头发。

"我要记住了，"她向他说，"我是你的奴仆，万一可憎的骄傲让我昏了头，你就把这头发给我看，并提醒说，'已经不再是爱情了，也不管您心有什么感受，您曾发誓要顺从，那就以名誉担保顺从！’”

迷乱和快乐达到这种程度，简直无法描写。

于连的道德感和幸福感并驾齐驱。“我必须从梯子下去了。”当他看见曙光已经出现在花园东边时，他对玛蒂尔德说，“我不得不做出牺牲才配得上您。我做出了牺牲，不负您的爱，这种艳福虽然销魂蚀骨，非常人所能享有，但我必须暂时割舍，为了您的名誉而做出牺牲，如果知道我的这颗心，您就该明白我是如何克制自己的。您会永远像现在这样对我吗？如果让荣誉讲话，这就够了。您要知道，自我们第一次相会之后，所有的怀疑并不都是针对小偷的。德·拉摩尔先生已经在花园里安置了一个看守。德·克罗兹诺瓦先生周围也布满密探，他每天晚上做什么大家都知道……”

“可怜的孩子啊！”玛蒂尔德喊道，同时大笑起来。

听到这儿，玛蒂尔德不禁哈哈大笑，她母亲和一个侍女被惊醒了，突然，她们隔着门跟她说话。于连望着她，她的脸白了，斥责那个侍女，不理她母亲。

“如果她们打开窗子，她们就会看见梯子了！”于连跟她说道。

他又一次把她抱在怀里，然后跳上梯子，不是下，简直是滑，一转眼便到了地上。

三秒钟以后，梯子已安放到菩提树下的小路上，玛蒂尔德的荣誉保住了。于连缓过神来，才发现自己浑身是血，几乎一丝不挂，他从梯子上滑下来时，不留神受了伤。

极度的幸福让他精神抖擞，浑身是劲儿，如果此刻他孤身面对二十个人，不过是又给他添一桩乐事罢了。幸好他的武艺没有受到考验。他把梯子安放到原处，重新锁上链子，玛蒂尔德窗下那方种着奇花异草的花坛里留下了梯子的痕迹，他也没有忘记回去除掉。

黑暗中他用手在松软的地上摸着，看那些痕迹是不是完全都被擦掉，他觉得有件东西落在了手上——原来是玛蒂尔德剪下的那一束头发，她把它扔了下来。

她在窗口望向他。

“这是您的奴仆送给你的，”她对他说，声音相当大，“这是永远服从的标志。我不要理智了，做我的主人吧。”

于连被打败了，几乎又要去拿梯子，再次爬到她房间去。然而，此刻最强的还是理智。

从花园回到府邸，也不是一件容易的事。他把一间地下室的门撞开了，到了府中，他不得不尽可能轻地撬开他的房门。他离开那间小屋时那么匆忙，慌乱中连装在衣服口袋里的钥匙都忘了。

“但愿她想到把我丢下的那件衣服藏好！”他想。

此刻疲乏已战胜了幸福，当太阳升起来时，他沉入梦乡。

午餐的钟声好不容易才把他叫醒。他来到餐厅，很快，玛蒂尔德也进来了。看到这个如此美丽、如此受尊敬的女人眼中闪烁着绵绵的情意，于连的骄傲得到了很大的满足，然而很快，他的谨慎被惊动了。

玛蒂尔德推说时间少，不能好好整理。于连一眼就能看出她昨夜剪去头发为他做出的重大牺牲。

假使有什么够能破坏这样一张美丽的脸的话，玛蒂尔德已经做到了——她那美丽的、略带灰色的金发整个一边几乎被剪掉，只剩下半寸长。

午餐时，玛蒂尔德的一举一动，都和她的不谨慎相对应。可以说她正竭力让大家知道她对于连的疯狂爱情。幸好那天德·拉摩尔先生和夫人一心关注的是即将举行的蓝绶勋带颁发典礼，德·肖纳先生并没有包括在这次典礼之内。

快用完餐时，玛蒂尔德跟于连说话时竟然称呼他为“我的主人”，于连的眼白都羞红了。

或是偶然，或许是德·拉摩尔夫人故意的安排，在这一天玛蒂尔德简直没有一刻独自一人待着。直到晚上，从餐厅到客厅去的路上，她才找到了和于连说话的机会：“我的计划全都被扰乱了。“您会认为这是我的借口吗？妈妈刚决定让她的一个女仆住到我的套房里来。”

这一天过得快如闪电。于连幸福到了极点。第二天早晨刚七点，他就坐在图书室里，他希望德·拉摩尔小姐也能来，他为她写了一封长长的信。

他几个钟头以后才看见她，是吃午饭的时候。这一天，她非常细心地梳了头，极其巧妙地遮掩住头发被剪掉的地方。她瞟了于连一两眼，但是目光礼貌而平静，“我的主人”这称呼也不提了。

于连惊讶得喘不过气来了……玛蒂尔德几乎在责怪自己为于连所做的一切。

深思熟虑，她断定于连即使不是个常人，却也不够超群，不配她大着胆子做出那些奇特的疯狂之举。总之，她已经不怎么想爱情了。这一天，她已经厌倦了爱情。

而于连，他的心翻腾得像个十六岁的孩子。这顿饭似乎永远吃不完，怀疑、惊异和失望轮翻地折磨他。

他一旦能不失礼貌地离开餐桌，就立即冲向马厩，自己动手给马装上鞍子，跃马飞奔而去，他怕心一软坏了名声。

“我必须用肉体的疲劳来代替心灵的痛苦！”他一边在默东树林里驰骋，一边想着，“我做了什么，说了什么，竟遭此不幸？”

“我今天应该什么也不做，什么也不说了。”他回到府邸时对自己说，“我的肉体也会像我的心灵一样死去。”

于连已经死了，仅是他的躯体仍在行动罢了。

第二十章

一个日本花瓶

晚餐的钟声响了，客厅里，于连看见玛蒂尔德正在劝说她哥哥和德·克罗兹诺瓦侯爵晚上不要去叙雷讷参加德·费瓦克元帅夫人家的晚会。

在他们面前，她真是极尽迷人、妩媚之能事。晚餐后，德·吕兹、德·凯律和其他几个朋友全来了。德·拉摩尔小姐重新重视兄妹之情并注意了礼节。尽管那晚天气非常好，她还是坚持不去花园，她希望大家不要远离德·拉摩尔夫人坐的那张安乐椅。像冬天一样，那张蓝色的长沙发又成了这群人的中心。

玛蒂尔德对花园很是反感，至少她觉得花园十分乏味，因为花园使她想到于连。

不幸降低了智力，我们的英雄太笨，居然又站在那把小草垫椅子旁边了，即使它曾经是他那么辉煌的胜利的见证。今天却没人跟他说话，他待在那里没人理会，甚至比这还要糟糕。

德·拉摩尔小姐的几个朋友，像是故意把背对着他，至少于连自己是这么想的。

“这是一种宫廷上的失宠啊！”他想。他决定研究一下那些企图用轻蔑制服他的人。

德·吕兹先生的伯父在宫廷里担任要职，这位漂亮的军官每逢与人交谈，开头总要加上这么一种特殊的作料：他的伯父早晨七点钟就动身去圣克卢[①]，并且打算在那里过夜。这一情况好像是随口说出的，但是它从没被忘记过。

于连痛苦的目光颇为严厉，观察着德·克罗兹诺瓦先生，注意到这个可爱而善良的年轻人，认为他具有非常的影响力。如果他看见一个稍许重要些的事件被归结为一个简单而十分自然的原因，他甚至会伤心、生气。

“这可能有点发疯了，”他心里想，“这种性格跟科拉索夫亲王向我描述过的亚历山大皇帝[②]的性格有明显的联系。”

刚到巴黎的第一年里，因为刚从修道院里出来，这些可爱的年轻人的情谊对于连来说，是那么新鲜。这使他着了迷，他对这友谊只有赞赏。然而，他们真实的一面，此刻才开始在他的心中清晰起来。

“我不配待在这里。”他突然想到。问题是如何离开那小草垫椅子，又不显笨拙，他想找出个办法，他向被别的事情占得满满的想象力要求点新东西。应该求助于记忆，然而他的记忆中，应该承认，此类资源并不丰富。这让人同情的孩子没有太多的经验，因此当他站起来离开时，显得窘态十足，而且大家都注意到了。他的困窘在举手投足中显得太明显了。这段时间，他一直扮演着一个讨人嫌的下属的角色，他们甚至懒得掩饰对他的看法。

他刚才对他情敌的批评性观察，最终使他乐观地看待自己的不幸，他拥有对前两天发生的事情的回忆来支撑他的自豪感。

“与我比较，”他暗想，“他们纵有千百个优点，但是，玛蒂尔德却没有对他们中任何一个，像对我一样，曾两次降格以从。”

但是，他完全不能了解这个怪人，是命运之神使她成为他全部幸福的主宰吗?

第二天，他坚持要用疲劳毁掉他自己和他的马。晚上，他不想再靠近那张蓝色长沙发了，玛蒂尔德依旧坐在那儿。他注意到诺贝

---

① 圣克卢，位于巴黎西南，法国王宫所在地。

② 指俄国亚历山大一世。

尔伯爵在房子里碰见他时，甚至不肯看他一眼。

“他一向是那么有礼貌的……”他暗想，“现在他这样做，显然非常勉强。”

对于连来说，睡眠可能是最幸福的事了。尽管身体疲惫不堪，回忆毕竟诱人，又开始侵入他的全部想象之中。他已把他自己交付给了命运之神。

他觉得只有一件事会给自己带来无限的安慰，那就是和玛蒂尔德谈话。不过，对她说些什么呢？

一天早晨七点钟，他想得正沉，突然看见她到图书室来了。

“先生，我知道，您想和我谈话。”

“伟大的天主！谁告诉您的？”

“我知道！但告诉我们那有什么关系？如果您缺乏成就感，您就会糟蹋我的，至少您想试一下。然而我不相信这种危险是真实的，它当然不能阻止我说真话。我不再爱您了，先生！我的疯狂使我走错了路……”

于连被爱情和不幸搅得狂乱不能自制，受此可怕的一击，想为自己辩白几句。荒谬绝伦。惹人讨厌是可以辩白的事吗？然而理智已经不再对他的行动有任何的威力了。一种盲目的本能驱使他延缓对命运做出决定。他觉得只要他在说话，一切就还没有结束。玛蒂尔德听不进他的话，他说话的声音激怒了她，她想不到他竟敢打断了她。道德和骄傲所产生的悔恨，使她也觉得很不幸。想到把自己完全交给了一个小教士——农民的儿子，她感到简直抬不起头来。

“这差不多就像是我责备自己失身于一个仆人。”这是她夸大了自己的不幸。

对一个勇敢而骄傲的人来说，从对自己生气到对别人愤怒，只有一步之遥。在这种情况下，暴跳如雷乃是一种强烈的快乐。

顷刻间，德·拉摩尔小姐竟然把最难堪的蔑视强加在于连身上。她有无穷的智慧来伤害别人的自尊心，使之受到严重的创伤。

生平第一次，于连被迫在一个对他充满最强烈仇恨的高超才智面前屈服了。他这时不但一点没有想到替自己辩护，反而开始轻视自己了。她那些轻蔑的表示如此残酷，经过如此巧妙的算计来摧毁他可能对自己有的一切好看法，朝他劈头盖脸地压下来，他觉得玛蒂尔德说得很有道理，甚至还不够。

这样去对待前几天她对他的崇拜，不仅惩罚了自己，也惩罚了于连。但是她觉得其中有一种轻快而骄矜的快感。

没有经过过多的思考，她一股脑儿地把那些辱骂他的刻薄话说了出来。她只是在重复反对爱情的一方一周来在她心里说过的话。

她所说的每一句话都如一把利剑刺入于连的心，使他极端痛苦。他想逃跑，德·拉摩尔小姐却一把拉住他的胳膊。

“请您注意！”他向她说，“您说话声音太高，隔壁房间的人会听见的。”

“管它呢！”德·拉摩尔小姐骄傲地回答，“谁敢说他听见我说的话？我就好好地治治他的自尊心！”

当于连终于能够离开图书室的时候，他感到惊奇，他居然不那么强烈地感到不幸了。

“她不再爱我了，”他反复对自己说，而且声音很高，好像要努力使自己明白自己的处境，“后来她爱了我八天或十天，而我呢，我却要爱她一辈子。”

“这可能吗？就在几天前，她在我的心里还算不了什么！完全算不了什么！”

快乐淹没了玛蒂尔德的心，她和他一刀两断了！这样彻底干净地斩断这段旧情，使她无比欣慰。这位小先生一下子全明白他从来没有取得、而且也永远不会取得任何支配她的权力。她感到如此幸福，以致此时此刻在她感觉她一点也没有爱过他。

经过如此残忍、如此令人屈辱的一幕之后，对于一个不像于连那么热情洋溢的人来说，爱情会变得不可能。德·拉摩尔小姐一刻也不曾离开过她对自己的责任，她那些令人难堪的话，那么有条理，即使在冷静的时刻回忆起来，也会觉得真实。

于连一开始从这惊人的一幕中得出的结论是，玛蒂尔德的骄傲无边无际。他坚信他们之间的一切都完了。可是第二天午餐时，在他面前她却又笨拙又担怯。他在此前还不曾犯过这样的错误。不论遇到大事还是小事，他总是明确地知道自己要说什么做什么，而且总是坚决地去执行。

这一天，吃过中饭，德·拉摩尔夫人要他递给她一本具有煽动性但颇罕见的小册子，那是她的本堂神甫早上偷偷带给她的。于连从靠墙的小桌上拿起小册子时，碰倒了一个蓝色的旧瓷瓶，这瓷瓶可真是要多难看有多难看。德·拉摩尔夫人痛苦地喊起来，她站起来走过去看看她那心爱花瓶的残骸。

“这是日本古瓶，”她说，“是从我那当谢尔修道院院长的姑婆那里得来的，这是荷兰人送给摄政王奥尔良公爵的一件礼物，他又给了他女儿……”

玛蒂尔德注视着母亲的一举一动，看到自己一向讨厌的蓝花瓶被打碎了，倒是非常高兴。于连没有说话，也不恐慌，此时他知道德·拉摩尔小姐就站在他跟前。

“这花瓶，”他对她说，“永远地毁了，曾经主宰我的心的一种感情也永远地毁了。它曾使我做出种种疯狂的事情，请您接受我的道歉。”他说完，扬长而去。

他离开客厅时，德·拉摩尔夫人说道：“这位索海尔先生打碎了我的花瓶，倒好像很得意啊。”

这句话击中了玛蒂尔德的心。“不错”，她暗道，“母亲说得对，正是这个原因她如此兴奋。”

这会儿她才不为昨天那一幕而快乐。

“得，一切都结束了。”她对自己说，表面上很平静，“我得了一个大教训。这个错误是可怕的，令人感到屈辱！它会让我在以后的生活里变得聪明。”

“我说的话确定不是真心话吗？”于连心想，“为什么以前对这个疯狂女人的爱到现在还在折磨我呢？”

这爱情的大火，不但没有如他希望的那样被熄灭，反而更加炽烈地燃烧起来。

“然而她因此就不那么可爱了吗？一个女人还能比她更漂亮

吗？最高雅的文明所能呈献的给人以最强烈快乐的那些东西不是都抢着聚集在德·拉摩尔小姐身上吗？”

过去的这些幸福回忆，占据了于连全部的身心，并且很快使他丧失了全部理性。只是与回忆徒劳地做着斗争，然后回忆的力量就会更加强大。

那只古老的日本花瓶被打碎以后，于连毫无疑问地成了世上界最不幸的人。

第二十一章

秘密约见

侯爵派人把于连叫来，此时的德·拉摩尔先生眼睛闪闪发光，好像变年轻了。

“我们来谈一下您的记忆力吧，”他对于连说，“据说神乎其神！您能记住这四页东西再到伦敦背出来吗？但是要一字不差！”

侯爵悻悻地揉搓着当天的《每日新闻》，试图掩饰他那极为严肃的神情，但这是徒劳。于连从来没有见过他这种神态，即使是在研究德·弗里莱神父诉讼案件时也没有。

于连经验已经足够，他感到应该对侯爵这样的人，用轻松的语调完全足够了。

“这一期《每日新闻》也许不太有意思，如果侯爵先生允许，明天早晨我将荣幸地全部为先生背出来。”

“怎么！就连广告也可以能背出来吗？”

“完全正确，一字不落。”

“能向我保证吗？”侯爵忽然严厉地说。

“是的，先生，只有对于食言的恐惧才能干扰我的记忆力。”

“我不要求您发誓永远不把您将听见的东西说出去，我已深知您的为人而不愿侮辱您。我替您做担保，我要带您到一个客厅去，那里有二十个人在集会，您要把每一个人所说的话都记下来。

“您不必担心，那绝不是乱哄哄的谈话，大家轮流发言，当然我不是说有先后次序。”侯爵恢复了常态，神色狡黠而轻松，“我们讨论时，您差不多可能记录二十多页，回到这里以后，把它们减成四页，就是这四页而不是那一整份《每日新闻》，您明天早上要向我背诵出来！然后您马上出发，像一个热情旅行的年轻人去乘车。您必须做到不引起任何人的注意，到一个伟大人物身边。在他那儿，您要更加机智一些。要把他周围的人都瞒过，因为他那些秘书、仆人中有投敌的人，他们会沿途守候并截住我们的使者。”

“我还要给您一封介绍信，虽然不很很重要。阁下看您的时候，您把我这只表拿出来，我把它借给您在旅途中使用。您把它带在身上，它对您是有用的，现在把您的表给我吧。”

“公爵本人会在您的口述下，亲自写下您默记在心的那四页记录。

“然后，千万注意，不是在此之前，如果阁下问您，您就把会议情况讲给他听。

“您路上不会寂寞的，在巴黎和这位大臣的住所之间，有人巴不得朝索莱尔神甫打上一枪。如果他们完成了他们的使命，我将等待很长一段时间。因为，亲爱的索海尔，我们怎么才能知道您已经死了呢？您纵然热情无限，也不可能把自己死亡的消息带给我们的。”

“立即去买一套衣服，”侯爵严肃地说，“按照两年前的式样穿戴起来。今天晚上您得拿出点不修边幅的样子。而在路上，您要像平时一样。您感到奇怪吗？您疑心到什么了吗？是的，我的朋友，您听到发言的那些可敬的人物中间，很可能有一位把情报送出去，根据这些情报，他们就会在您吃晚饭的那家好客店里至少给您来点儿鸦片。”

“最好，”于连说道，“是多走三十里，不必走直路。我想是要从罗马……”

侯爵立刻显现出盛气凌人的样子，自从在博莱—勒奥瞻仰圣骸以来，于连还不曾见过这种态度。

“我认为合适的时候会告诉您，先生，您会知道的，我不喜欢别人多问。”

“我不是问，先生，我发誓，”于连情不自禁地说，“我想着想着就出了声，我是在心里找一条最稳妥的路。”

“您想得倒挺多的。不过，千万不要忘记一个使者，特别是像您这样年龄的，不应当总让别人相信您。”

于连深感屈辱，是他错了。他为了自尊心想找个借口，可是没有找到。

“现在，您应当知道……”德·拉摩尔先生补充道，“一个人犯了错误，就应当时常自我反省。”

一个钟头之后，于连来到侯爵的前厅，一副下属模样，旧时的衣服，白领带不白，整个外表透着几分学究气。

侯爵一看见他就哈哈大笑起来，这时他才相信于连是完全值得信任的。

“如果这个年轻人出卖我，”德·拉摩尔先生心想，“那还相信谁呢？然而，只要行动，总得相信什么人。我儿子和他那些朋友的品质均为一流，绝对勇敢，绝对忠诚。要是战斗的话，他们会在王座阶前战死，他们什么都会……除了眼下需要干的这件事。如果我看见他们中间哪一位能记住四大页，跑一百里路不被发觉，那才见鬼呢。诺尔贝会像他的祖先一样临危不惧，这就是一个青年军人应有的品德。

“至于临危不惧，”侯爵陷入深思，他叹了口气说，“或许这个索海尔同样也能做到……”

“上车吧。”侯爵说，像是驱除心底一个讨厌的念头似的。

“先生，”于连说，“人们为我准备这身衣服的时候，我已经把今天的《每日新闻》默记在心了。”侯爵拿起报纸，于连一字不错地背了出来。

“好，”侯爵说，今天晚上他很像个外交家，“这段时间里，这年轻人不会注意我们经过的街道。”

他们走进了一间大客厅，这间客厅墙壁阴暗，有一部分装有板壁，一部分挂有绿绒帷幕。大厅中间，一个仆人沉着脸，摆好一张大餐桌，又铺上一块有墨水渍的大绿毯，把它变成一张会议桌。那块绿毯子是某个政府部门遗留下来的。

屋子的主人身材高大，但没有人告诉他的姓名。于连观察他的容貌及谈吐，发现他极为深谋远虑。

遵照侯爵的意思，于连在桌子的下首落座。为表现出镇静，他开始削羽毛笔尖。他用眼角数了数，有七个人说话，但是他只能看见他们的后背。其中有两个人用平等的口吻同德·拉摩尔先生说话，其余的人言谈中则表现出或多或少的尊敬。

这时又来了一位，未经通报。“这就怪了，”于连心想道，“在这里，人们进来可以不通报。难道是为了我才这么谨慎的吗？”众人都起身迎接新来的人。他佩戴着和客厅里的三个人相同的级别很高的勋章。他们说话声音非常低。为了判断这个新来的人，于连只好从他的容貌和举止加以观察。这个人矮而粗壮，面色通红，眼睛发亮，除了满脸野猪式的凶恶神气以外，没有别的表情。

紧随其后的是一个完全不同的人。一下子紧紧地吸引了于连的注意力。这个人很高很瘦，穿着三、四件背心。他的目光和蔼，举止彬彬有礼。

“这绝对是贝藏松老主教的扮相，”于连暗想，“显然这个人属于教会，看上去不会超过五十岁到五十五岁，神情再慈祥不过了。

年轻的德·阿格德主教来了。他环望四周，目光落到于连身上，神情非常惊异。自从博莱—勒奥典礼以来，他没有与于连说过话。主教惊异的目光使于连发窘，并感到气恼。“怎么！”于连暗想，认识一个人老是让我倒霉吗？这些大人我从未见过，可我一点也不害怕，这年轻主教的目光却让我不知所措！应该承认，我这个人很怪，很倒霉。”

很快，一个头发极黑的小个子风风火火地进来了，进门就说话。他嘴里喋喋不休，面色发黄，神态略显疯狂。这个哆嗦的家伙进门以后，原来聚集在一起聊天的那些人，便各自散开了，显然是要避开这神经的家伙。

大家离开壁炉，走近于连坐的地方。于连越来越不自在，因为不管他多么努力，他也不能听不见，虽然他经验不足，但是听得出他们所讨论的事情至关重要。本来这些事情应该守口如瓶的，但却被毫无掩饰地说了出来！

于连尽可能慢地削，也已经削了二十来只了，这个办法快用到头了。他看看德·拉摩尔先生，希望他给自己某些暗示，但德·拉摩尔先生却没有注意他，显然，已经把他抛在脑后了。

“我现在做的事真可笑，”于连一边削笔，一边暗想着，“然而这些相貌如此平庸的人，别人或他们自己把如此重要的事情委托给他们，该是一些敏感的人。我这倒霉的目光有种询问的意味，不大恭敬，肯定会刺激他们。如果我老是低头不看他们，又好像是搜集他们的言论。”

他窘迫到了极点，并听见了一些奇怪的事情。

第二十二章

道德争论

仆人慌慌张张地跑来报告："公爵到了。"

"住嘴，您这个傻瓜，"公爵说着走了进来。他这句话说得那么好，那么威风凛凛，于连听了不由想到，知道如何对仆人发脾气，就是这位大人的所有本事了。于连抬起眼睛，随即又垂下了。他猜出了新来的人的重要性，担心盯着他看是不谨慎的举动。

公爵五十来岁，却像个花花公子，走路趾高气扬。此人尖头大鼻子，一张脸像钩子似的向前凸出着，要比他的神情更高贵、更空洞。他一到，会议就开始了。

于连正仔细观察着那人，突然被德·拉摩尔先生的声音打断。"我向各位介绍教士索海尔先生，"侯爵郑重其事地宣布，"他的记忆力惊人，一个钟头之前我才跟他谈到他有幸担负的使命，为了证明他的记忆力，他背出了《每日新闻》的第一版。"

"啊！就是关于那个可怜的消息……"屋主人惊诧道。他急忙拿起报纸，想表现自己的重要性，滑稽地看着于连，"开始吧，先生。"

一片寂静，所有的眼睛都盯着于连。他背得滚瓜烂熟，背了二十行。"够了。"公爵说，那个目光如野猪样的小个子坐下了。他是主席，因为他刚落座，就指了指一张牌桌，示意于连把它搬到他身边。于连带着书写用具坐下了。他数了数，十二个人坐在绿台布周围。

“索海尔先生，”公爵说，“请你到隔壁屋子去，一会儿有人请你进来。”

房主人显得颇不安，“护窗板没有关上，”他稍稍压低声音对旁边的人说，“至少我现在在别人的怂恿下参与了一个阴谋。”

于连心想：“幸好这个阴谋不会把我送到格雷沃广场。万一有危险，应主要由侯爵负责。但愿我有机会弥补我的疯狂行为对他造成的痛苦！”

他一边想着他那种种的疯狂和他的不幸，一边察看周围的环境，直看得牢记在心，永远不忘。直到这时，他才想起来，他根本没听见侯爵对仆人说街道的名字。侯爵乘了一辆封闭的马车，这对他是从未有过的。

于连反复思索了很久。墙上张着红色天鹅绒帷幔，饰有很宽的金线。靠墙的小桌上放着一个很大的象牙十字架，壁炉架上竖着一本装订精美的德·迈斯特的《教皇论》。于连翻着书装作没有听见。隔壁屋子里谈话声音忽高忽低。最后，门开了，有人请他进去。

“请你们记住，先生们，”主席说，“从现在起，我们是在公爵先生面前说话。这位先生，”他指向于连说，“是一位年轻的教士，他忠于我们的神圣事业，且具有奇异的记忆力，能把我们的谈话轻易背出来。”

“请先生发言。”他说，指了指态度慈祥、穿着三、四件背心的那个人。于连觉得直呼背心先生更来得自然。他摊开纸，写了很多。

作者很想在这里留下一页空白。“这未免也太不雅观？”出版家说，“像这样的作品，不雅就意味着死亡。”

“政治，”作者回答道，“是挂在文学脖子上的一块石头，不出六个月，就会让它沉下去。在妙趣横生的想象中有了政治，就好比音乐会中放了一枪。声音不大，但很刺耳，与任何乐器的声音都不一样。这种政治会得罪一半的读者，使另外一半读者生厌，因为他们在报纸上已经看过这种和政治有关的更特殊、更有力量的叙述了……”

“如果您的人物不谈论政治，”出版家说，“那他们就不是一八三〇年的法国人了，您的书也就不像您要求的那样是一面镜子了。

于连已记录了二十六页之多，但他记录的只不过是一些无聊的摘要。按照惯例，他必须删减掉那些令人感到可笑的部分，而这里有太多令人讨厌，而且不太真实的东西（参阅《审判公报》）。

穿好几件背心、态度慈祥的那个人（可能是位主教）常微微一笑，于是他那厚厚的眼皮下的眼睛就射出一种奇特的光，表情也比平时来得果断。这个人，人家让他第一个在公爵（“什么公爵呢？”于连心想。）面前发言，显然是要陈述各种观点，履行代理检察长的职责。于连觉得他游移不定，没有明确的结论，人们也常常这样指责那些法官们。讨论中，公爵甚至就此责备他。

做了一番有关道德和宽容哲学的夸夸其谈之后，穿背心的人说道：

“高贵的英国，在一个伟大人物、不朽的皮特[①]的领导下，为了阻止革命，已经花费了四百亿法郎。今天请允许我坦白地提出一个令人惊奇的看法，我认为英国还不大懂得如何对付像拿破仑这样的人，尤其是他只是依靠道德来进行抵制的时候，唯有个人手段才具有决定性……”

“呵！又在赞美暗杀了！”屋主人不安地哗然。

“饶了我们吧，您那一套感伤的说教！”主席生气地叫道。他野猪式的眼睛射出凶恶的光芒，“继续说下去。”他向穿背心的人喊道，他的腮帮和前额都气得发紫了。

“高贵的英国，”那位发言人继续讲，“如今已被拖垮，每个英国人在付面包钱之前，必须先支付用来对付雅各宾党人的那四百

① 皮特（1759—1806），法国大革命时期的英国首相，曾组织各国联军对抗法国。

亿法郎的利息。它不再有皮特……”

“但它还有威灵顿公爵[①]。”一个神气十足的军人嚷道。

“肃静，先生们，”主席叫道，“要是继续这样的争论，我们就没有必要请索海尔先生进来了。”

“我们知道先生有很多想法，”公爵一边略显生气地说着，一边注视着那个打断他说话的人，这人曾经是拿破仑部下的一位将军。于连感觉这句话与个人私事有关系，带有强烈的攻击意味。大家都微微一笑，变节的将军看来要大发雷霆了。

“再也不会有皮特了，先生们。”报告人又说，一副泄了气的样子，就像一个对于说服听众已然完全不抱希望的人，“即使英国再出来一个皮特，也不可能用同样的方法欺骗自己回家两次……”

“就像拿破仑这样的常胜将军不会在法国出现就是这个原因。”那位打岔的军人嚷着。

这一次，主席和公爵都不敢发怒，尽管于连相信他从他们的眼睛里看出，他们很想发怒，他们都垂下眼睛，公爵只是叹了口气，声音响得让大家都听得见。

但是那位发言人憋不住了。

“你们都希望我赶快讲完，”他激动地喊着，完全不顾礼貌性的微笑和语气的分寸，“有人急着要我赶快讲完，根本不考虑我做了多大努力才不刺痛任何人的耳朵，不管有多么长。好吧，先生们，我讲得简短些。

“我要用非常通俗的语言对你们说：英国再没有一个苏来为这种高尚的事业服务。就是皮特本人回来，用上他全部的天才，也不能欺骗英国的小业主了，因为他们知道，短短的滑铁卢战役就花了他们十亿法郎。既然有人要我把话说明白，”报告人越来越激动，“那我就告诉你们：你们自己帮自己吧。因为英国没有一基尼给你们，要是英国不出钱，奥地利、俄罗斯、普鲁士只能跟法国打一个或两个战役，他们只有勇气，没有钱。

---

① 威灵顿公爵（1769—1852），曾在滑铁卢一役率领欧洲联军击败拿破仑，后任英国首相。

“你们也许希望雅各宾党人征集年轻的士兵，在第一个战役里就被击败，可能会在第二个战役里，但在第三个战役里，你们会碰到1794年的士兵，他们不再是1792年招募来的农民了。”

这时，三四个人一齐打断了他的发言。

“先生，”主席向于连说，“到隔壁房间去把记录的开头部分誊清。”于连十分遗憾地出去了。发言人刚刚提到的那些问题，正是他经常思考的。

“他们害怕我嘲笑他们。”他暗想道。再叫他进去时，德·拉摩尔先生在发言，那股严肃劲儿，对于了解他的于连来说，显得很滑稽：

“……是的，先生们，特别是对这个不幸的民族，我们可以这样说，‘是刻成神像，桌子还是脸盆，[①]？

“它将是神！“寓言家叫道。”先生们，这句至理名言，应该是属于你们的。抓紧行动吧！依靠你们自己的力量行动吧，如此则高贵的法国会再度出现，差不多就像我们的先人创建的那样，就像我们在路易十六逝世前看见的那样。”

“英国，至少是英国的贵族，和我们一样憎恨那卑鄙的雅各宾派，但没有英国的黄金，奥、俄、普三国只能打两三次仗。这足以导致一次有效的军事占领，就像黎塞留先生在一八一七年那样盲目地占领！我却不那样想。”

这时，有人打断他，但被所有人的“嘘”声压住了。这次打岔的仍然是那位帝国时代的将军，他希望得到勋章，并且表明自己也是秘密照会的编写人。

“我却不那样想。”一阵骚动之后，德·拉摩尔先生再次重复。他强调那个“我”字，那股傲慢劲儿迷住了于连。

“这才叫高明，”于连一边想，一边挥毫，写得几乎和侯爵说得一样快，“侯爵一句很恰当的话，就战胜了这位变节将军指挥的二十个战役。”

“一次新的军事占领，”侯爵极其审慎，继续讲道，“我不单单依靠外国。在《环球报》上写煽动性文章的那些年轻人，其中会有三四千名青年军官，其中也许会有一个克莱贝尔，一个奥什，一个儒尔当和一个皮什格鲁那样有才干的将领[①]，不过最后一位居心不良。”

“我们没有表彰他，”主席插了一句，“而他应说永垂不朽。”

“总之，法国必须有两个政党，”侯爵继续说道，“不是徒有虚名的两个党，而是立场鲜明、判断有别的两个党。让我们弄清楚应该打垮谁吧。一方是记者、选民，一句话，舆论，青年和所有崇拜青年的人。当他们被自己的空话搞得晕头转向时，我们就享有国家这一预算的实际好处了。”此时又有人打岔。

“您，先生，”侯爵对插嘴的人说，那高傲，那自得，真叫人佩服，“您没有花费，这个字眼您听起来可能感到刺耳，可您贪污了国家预算支出中的四万法郎，还有从王室中领来的八万法郎。

“好吧，先生，既然您逼我，我就大胆地拿您举个例子。您说您像那参加十字军远征的高贵祖先那样，您的高贵的先人曾跟随圣路易参加十字军东征，为了这十二万法郎，您就应该至少组建一个团，一个连，我怎么说呢？哪怕是五十个人组成的半个连，准备好去打仗，不顾一切地忠于我们的事业。而现在您身边只有一些仆人，遇到暴乱时，只有害怕。

“先生们，朝廷、祭台和贵族，明天都会被消灭，只要你们不在每个省建立一支拥有五百个忠诚的人的力量，如我所说的忠心的人，不仅有法国人的勇敢，而且还有西班牙人的坚定。

“这支队伍的一半要由我们的孩子，我们的侄子，总之要由真正的贵族子弟组成。他们每一个人的身边都要有一个人，不是夸夸其谈的、一旦一八一五年[②]重现就戴上三色帽徽的小资产者，而是像卡特利诺[③]那样单纯而坦率的农民；我们这些贵族将会想要教育他，他可能是我们的好兄弟。我们每个人大可贡献收入的五分之一，用做在每个省组织五百人的忠诚的资金。那时候你们就可以指望一次

① 均为法国大革命时代平民出生的将军。

② 指1815年拿破仑的百日事变。

③ 法国大革命中旺代反叛农民军的领袖，在进攻南特时被击毙。

外国人的军事占领了。外国士兵如果没有把握能在每个省里找到五百名友好的士兵，是连第戎也不会到的。

“外国的君王不会听你们的话，只有当你们告诉他们有两万贵族子弟随时准备拿起武器打开法国的大门，才会听你们的。他们也许会觉得这件事很艰难，但是，先生们，为我们的生命着想这是值得的。在言论自由和我们贵族的存亡之间，将会有一场殊死恶战。当厂主，或者是农民拿起枪杆，这由你们选择。他们的胆子可以小一些，但千万别太愚蠢，还是睁开眼睛好好看看吧。”

“组织起你们的队伍[①]，我要用雅各宾党人的这句歌词对你们说。那时候就会有某个高贵的居斯塔夫—阿道尔夫[②]，有感于王政原则的燃眉之急，冲向距家园三百里以外的地方，为你们做出居斯塔夫为新教诸亲王所做的事情。你们还想继续空谈而不行动吗？五十年后，在欧洲将只有共和国的大总统，没有国王。随着ROI（国王）这三个字母的消失，僧侣和贵族也要一同消失。我只能看见一些候选人向肮脏的群众献媚。

“你们说，法国此刻没有一位人人信赖、熟悉、爱戴的将军，组织军队是为了王座和祭坛的利益，老兵都被清除了，所有有经验的老兵都被遣散了，而普鲁士和奥地利的每一个团队里都有五十个上过前线的下级军官。

“有二十万小资产阶级的青年热衷于战争……”

“不要再说这些令人不快的事了。”一个庄重的人自负地说道，语气显然比教会里的那位权威人士还强烈，而德·拉摩尔先生却没有生气，只是惬意地笑了一笑，于连觉得这无疑是个重大的发现。

“终于说出了重要的话，”于连心想道，“今晚我骑马要去的地方就是……”

① 法国《马赛曲》歌词。

② 瑞典国王（1549—1632），以文治武功著称，在百年战争中曾力挫奥匈帝国，维护新政。

第二十三章

教士、树林、自由

那个庄重的人继续发言，看得出，他熟悉情况。他的雄辩温和而有节制，于连非常喜欢，他陈述了下列重大事实：

“一，英国没有一个子儿来帮助我们，节约和幽默在那里同样时髦。就算是那些圣者，也不会给我们钱，而且布鲁汉姆[①]先生会取笑我们的。

“二，没有英国的黄金，就不能让欧洲那些国王打两个战役；而两个战役还不足以对付小资产阶级。

“三，我们必须在法国组织一个武装政党，舍此欧洲的王政原则连这两个战役也不敢打。

“还有第四点，我向你们明确指出的就是：没有教士，就不可能在法国建立一个武装的政党。我敢于向你们提出，因为我将向你们证明，先生们。应该将一切给予教士。

“因为他们日夜忙于处理自己的事务，而且有许多有才能的人们指导，这些人远离时势风云，距离你们的国境有三百里……”

“啊！罗马，罗马！”屋主人叫了出来。

“是的，先生，罗马！”红衣主教自豪地说，“不管你们年轻时流行过什么巧妙的笑话，我在一八三〇年要大声说，只有罗马指

① 英国国务活动家和历史学家。

导下的教士能对老百姓讲话。

“五万个教士，在其首脑指定的日子里，说出同样的话时，而老百姓呢，说到底毕竟是他们提供士兵，比起世界上所有的歪诗来，他们更容易被教士的声音打动……”（这人的讲话引起了喃喃的低语声。）

“教士们比你们的才能大得多，”枢机主教提高嗓音继续说道，“为了这个主要目标，即在法国建立武装政党，你们做过的，我们都做过了。”说到这里，他罗列出许多事实……把八万支枪送到旺代去的是谁等等。

“教士没有树林[①]，就一事无成。一打仗，财政部长就给办事的人写信，通知他除了给本堂神甫的钱之外，别的钱一概没有。法国不信神，她却偏爱战争。不管是谁，只要给她战争，就会加倍地出名。因为用通俗话来说，战争就是在使耶稣会的教士们挨饿的罪魁祸首。打仗就是让法国人这骄傲的怪物摆脱外国干涉的威胁。”

主教的讲话得到听众的深切认同。“我认为德·纳瓦尔先生，”他继续讲道，“应该离开内阁，他待在内阁实在是没有必要。”

听到这句话，所有的人都站起来，七嘴八舌地嚷嚷。“又该让我走了，”于连暗想着，但是那位明智的主席早已忘记了于连的存在。

所有的眼睛都在搜寻德·纳瓦尔先生。于连曾经在德·纳瓦尔先生的舞会上见过他。

—片混乱，如同报纸谈到议会时所说。过了整整一刻钟，才稍许静了下来。随后德·纳瓦尔先生站起来，用一种信徒的声调讲话：

“我不会向你们保证，说自己一点也不留恋首相的职位。

“事实向我证明，先生们，我的名字使许多温和派反对我们，从而加强了雅各宾党人的力量。因此，我乐意引退，然而天主的道路只有少数人才看得见。”他又补充说，两眼盯着红衣主教，补充

① 大革命时，教会的林产被没收。

道，“天主对我说，你要么上断头台，要么重建法国君主制度，把议会的权力降低到路易十五时代高等法院的水平，而这件事，先生们，我将去做。”

说到这儿，他停住，重新坐下，屋子里一片沉寂。

“真是一个好演员。”于连暗想。像往常一样，他想得太聪明了。德·纳瓦尔先生被一夜如此激烈的辩论所打动，尤其是讨论的诚恳态度的激励，此刻对他的使命深信不疑。此人勇气可嘉，但没有头脑。

在“我一定会做到”那句名言说出后的片刻寂静中，午夜的钟声响了。于连觉得时钟的声音中有一种庄严而阴郁的东西。他被打动了。

讨论很快重新开始，越来越活跃，尤其那股天真劲儿简直令人难以置信。“这些人会让我中毒，”于连暗想道，“他们怎么能当着一个平民的面说这些话呢？”

两点的钟声响了，他们还在说。房主人早已睡着。德·拉摩尔先生不得不摇铃叫人来换蜡烛。总理德·纳瓦尔一点三刻离去，没少从他身边的镜子里研究于连的相貌。他的离去让大家感到轻松了许多。

当仆人更换蜡烛时，穿背心的人向他旁边的人耳语：

“这个人会向国王说些什么呢？只有天知道！他可以和我们开玩笑，也可以破坏我们的前途。

“应该承认，他上这儿来，真是少有的自负，甚至厚颜无耻。居然来到这里。在当首相以前，他常常到这来，但是职位可以改变一切，总理职位到手，什么就都变了，个人的兴趣也荡然无存，他应该感觉到这一点。”

首相刚走出去，拿破仑手下的那位将军闭上了眼睛。随后，发表了一番评论之后，他看了看表，也离去了。

“我敢打赌，”穿背心的人说，“这位将军去追首相了，他会向他道歉，说他不该到这儿来，并且声称他领导我们。”

人们迷迷糊糊的，已经换完了蜡烛。

“我们磋商吧，先生们，”主席说道，“但我们不要再彼此争论了。请注意，考虑考虑记录的内容吧，四十八小时之后我们外面的朋友就要读到了。刚才有人提到各位总监。既然德·纳瓦尔先生已经离开了，我们可以继续讨论吧，总监先生们又怎样？有什么关系？他们以后还不是得听我们的。”

红衣主教狡黠地笑笑，表示同意。“我觉得，最容易的是概括我们的立场。”年轻的阿格德主教说，强压住一股由最激昂的狂热凝聚而成的烈火。他一直保持沉默，于连注意到他的眼睛从讨论一个钟头以后，就由温和平静一变而为烈焰飞腾。现在他的心灵简直如维苏威火山熔岩一样喷涌四溢了。

“从1806年到1814年，英国只犯了一个错误，”他讲道，“那就是没有对拿破仑采取直接的、个人的行动。当这个人封官赐爵、登极为帝后，天主赋予他的使命便宣告结束，除了毁掉他，再无其他用处。《圣经》里也不只一处告诉我们怎样铲除暴君（在这里他引用了许多句拉丁文）。

“今天，先生们，要献作祭品的不是一个人，而是整个巴黎。全国都在仿效巴黎！巴黎用它的报纸和客厅制造了这个灾难，让我们这个新巴比伦灭亡！

“祭坛和巴黎之间的矛盾必须结束。这场灾难甚至与王座的利益有关。为什么巴黎在波拿巴统治下竟大气也不敢出呢？向圣罗克[①]的大炮去请教吧……”

直到早晨三点钟，于连和德·拉摩尔侯爵才离开那里。侯爵既疲倦又惭愧。他在跟于连说话的时候，生平第一次口气中有了恳求的味道。他要求于连保证绝不把他刚才碰巧见到的过分的狂热泄露出去。“不要对我们的外国朋友谈起这件事，除非他们坚决想要知道我们那些疯狂的年轻人的情况。内阁被推翻，和他们又有什么关系？他们将来都会当上枢机主教，能到罗马去避难，而我们却只能在城堡里遭到农民的屠杀。”

根据于连所记录的二十六页会议记录材料，直到四点三刻，侯

① 巴黎的一座教堂，大革命时期保王党暴乱分子总部所在地。

爵整理好一份秘密照会。

“我疲倦死了，”侯爵说道，“从这份记录的结尾部分缺乏明晰性的结论。我一生做过的事情中，这一件最让我不满意了。好吧，我的朋友，”他补充说，“赶紧去休息几个钟头，为了您的安全，我亲自把您锁在您的屋子里。”

第二天，侯爵把于连带到一座离巴黎相当远的、孤零零的古堡里。那里的人很是奇怪，于连判断他们都是教士。他们交给于连一张护照，上面写着一个假名字，但却强调他一定要假装不知道这次旅行的真正目的地。他孤身一人登上一辆敞篷四轮马车。

侯爵一点也不担心他的记忆力，他已经听到于连背诵了好几次秘密照会内容，他最担心的是于连中途遭遇拦截。

“要特别注意，要装出一副出门旅行消磨时间的狂人的样子，”于连离开客厅时侯爵用友好的态度对他说道，“昨晚我们的晚会，也许会有好几个叛徒。”

旅行迅速而凄凉。于连一离开侯爵，就把秘密记录和使命忘了，一心只想着玛蒂尔德的鄙视。

在距梅斯[①]几里路外的一个村庄里，驿站长告诉他没有马匹了。时间已是晚间十点钟。于连很生气，让人准备晚餐。他在门前溜达，趁人不注意，慢慢地走过马厩的院子，果然没有马。

“这个人的模样真奇怪，”于连暗想道，“他用他那粗野的眼光打量我。”

正如人们所看到的，他已经开始不相信他们对他说的话了，他考虑晚饭后溜走，为了解一点当地的情况，他离开房间到厨房去烤火。他忽然看见著名的歌唱家杰罗尼莫先生也在那里时，真是高兴得无法形容。

这位那不勒斯歌手，叫人把靠椅搬到火炉旁坐下，长吁短叹，他一个人说的话，比围着他的二十个惊讶的德国农民加起来说的还多。

“这群人简直要把我毁了，”他向于连叫嚷，“我明天在美因

① 法国东部城市，摩泽尔省省会，邻近德国。

茨[1]演唱，有七位亲王远道而来听我演唱。我们出去呼吸点新鲜空气吧。”他意味深长地说。

他在大路上走了百步，估计不会被人听见时，向于连说道：

“您知道他搞的什么名堂吗？这个驿站长是个骗子，我在溜达的时候给了一个小顽童二十个苏，他告诉了我真相。在村子另一头的马厩里至少有十二匹马。他们想延误一个信使的行程。”

“真的吗？”于连装作很天真地惊讶道。

仅仅发现是骗局还不够，关键是要离开这里，这就是杰罗尼莫和他的朋友没有办到的。“等到天亮吧，”歌唱家最后说道，“他们怀疑我们了。他们要找的大概是您或者我。明天早晨我们要一份丰盛的早餐，我们就出门散步，趁机逃走，另外雇马，赶到下一个驿站去。”

“那您的行李怎么办呢？”于连想道，暗想被派来拦截他的或许就是这位杰罗尼莫先生。晚餐后他们就睡了。于连还在睡头一觉，突然被两个人说话的声音惊醒，他们倒不大顾忌什么。

他认出了驿站长，他手里提着半照灯，灯光落在于连叫人替他搬到房间里来的旅行箱上。驿站长身旁有一个人，正不慌不忙地翻箱子。于连只能看出那人衣服的袖子，黑色，很紧。

“这是教士的会衣。”他反应过来，轻轻地抓住枕头下的手枪。

“教士先生，不用担心，他不会醒过来的，”驿站长说，“我们给他们喝的酒，就是您亲自准备的那种。”

“我什么也没找到，”教士回答道，“内衣、香水、发蜡、乱七八糟的小东西倒不少，这是个寻欢作乐的当代青年。密使大概是另一个，他装作说话有意大利口音。”

这两个人走近于连，在他的旅行装的口袋里搜寻，他很想把他们当作强盗杀掉。“不会有什么危险的。那我真成了一个傻瓜，”他想道，“那样做就会破坏我的使命。”

“这显然不是个外交界的人。”教士把他的衣服搜查完，“不是一个外交家。”他走了，幸亏走了。

---

① 德国西部城市名。

“他要是到床上来摸我，他就倒霉了！”于连暗想道，“他可能过来用匕首刺我，我岂能容他这么干。”

教士刚转过头去，于连的眼睛就半张开了，他大为吃惊，他竟然是卡斯塔奈德神父！其实，尽管那两个人想低声说话，他一开始就觉得一个声音很熟。于连突然被一种强烈的欲望攫住，正想把一个最卑鄙的流氓从大地上清除掉……

“但是我的使命怎么办！”他冷静地想着。

教士和他的随从出去了。一刻钟后，于连假装醒来，大声呼叫，惊醒了全屋的人。

“我中毒了，”他叫道，“难受得要命！”他设法找了个借口去营救杰罗尼莫，却发现他被酒里的鸦片麻醉，处于半昏迷的状态。

于连有戒备，晚餐时他只吃了些从巴黎带来的巧克力。他没有叫醒杰罗尼莫，劝不动他下决心离开。

“即使有人给我整个那不勒斯王国，”歌唱家哼哼着，“我也不愿意放弃此刻安睡的快乐。”

“那七位亲王怎么办呢？”

“让他们等着吧。”

于连一个人走了，再没有出什么事，就到了那位大人物的住处。他花了一个上午求见，没有成功。也巧，快到四点钟时，公爵想透透气。于连看见他步行出来，毫不犹豫地走上前去，请求施舍。离大人物两步远的时候，他掏出德·拉摩尔侯爵的表，有意让他看见。“远远地跟着我。”那人对他说，并不看他。

又走了一里路，公爵突然拐进了一个咖啡店。就在这个下等客栈的一个小房间里，于连激动地向公爵背诵了四大页照会内容。当他背诵完后，公爵对他说：“再背一遍，慢一些。”

这位亲王做了些记录。“步行到邻近的驿站，把您的行李和马车丢在这里，您可以去斯特拉斯堡或其他地方，都随您的便。这个月二十二号（谈话的当天是十号）十二点半再回到这儿。不要说话，半小时后您再离开！”

于连仅仅听到这几句话，但这已使他极为敬佩。“处理大事就是这样啊！”他想，“这位大政治家如果听见三天前那些狂热的饶舌者说的话，该怎么说呢？”

两天后，于连到了斯特拉斯堡，他觉得没事可干，就有意地绕了个大圈子。要是卡斯塔奈德神父那个可恶的家伙认出了我，是不会轻易放过我的。要是我不能完成使命，他就会嘲笑我，那么他该多得意。”

幸好卡斯塔奈德神父，这个圣会安插在北方边境上的特务头子，没有认出他来。斯特拉斯堡的耶稣会教士虽然稽查得很细心，但也没有注意到于连。他身着蓝色小礼服，佩带十字勋章，俨然是一位热衷打扮的青年军官。

第二十四章

斯特拉斯堡

于连在斯特拉斯堡待了八天，只好以建立军功、效忠祖国的念头聊以自遣，他这是爱上了吗？他不知道，只是在他痛苦的心中，感到玛蒂尔德是他唯一的幸福和思想的绝对主宰。他用所有的毅力来支撑自己，让自己不至于陷入失望之中。只要与德·拉摩尔小姐无关的事，他已不可能去想了。从前，德·雷纳夫人激起的感情，用野心、虚荣心的小小满足就能排遣。玛蒂尔德占据了他的一切，他仿佛看到在他未来的生活中到处是玛蒂尔德的身影。

将来无论哪个方面，于连认为自己都不会成功的。在维里业时的于连，曾是那样的自负和骄傲，此时却陷入了一种异常可笑的极度自卑情绪之中。

三天前，他会很高兴地杀死卡斯塔奈德神父而不感到愧疚，而今在斯特拉斯堡，倘若一个孩子跟他争吵，他会认为那孩子对。他重新想想此生遇见的那些对手，那些敌人，总觉得是他于连错了。

正是这强大的想象力，以前不断地帮助他描绘胜利的光辉前景，现在却成了他没法调和的仇敌了。

旅人的生活是绝对孤独的，他扩大了这黑色想象的王国的版图。什么样的珍宝能抵得上一个朋友！“但是，”于连对自己说，“难道有一颗心为我跳动吗？即使我有一个朋友，荣誉不是也要命令我永远沉默吗？”

他骑着马在凯尔的郊外闷闷不乐地徜徉。这是莱茵河岸上的一个小镇，因德塞和古维翁·圣西尔[1]而闻名于世。一个德国农民，把那些溪流、道路以及莱茵河上因两位勇敢的将军而出名的，一一指给他看。于连左手牵着缰绳，右手展开圣西尔元帅《回忆录》中精美的地图。突然，耳畔一声快乐的叫喊，他抬起了头。

原来是科拉索夫亲王，这位伦敦结交的朋友几个月前曾经向他披露高级自命不凡的基本原则。科拉索夫忠于这门伟大的艺术，前一天到达斯特拉斯堡，一个钟头前到了凯尔，他这一辈子没读过一行关于一七九六年围城战的文字，此刻却无所不知地对于连大谈起这场围城战。德国农民惊讶地望着他，他懂的法国话足够他听出亲王犯了多少巨大的错误。于连的想法和这个人的想法则完全不同，他用惊异的眼光注视着这位漂亮的亲王，欣赏着他那骑马的娴雅的姿态。

“这人多幸运啊！”于连暗想道，“裤子多么合身，头发剪得多么漂亮！唉！如果我是这样，也许她不会爱了我三天就讨厌我了。”

这位亲王讲完攻城的事迹之后，对于连说道：“您的脸色有点像特拉伯修会修士，您把我在伦敦告诉您的严肃原则，理解得太过头了。愁容满面不能算有风度，要神情厌倦才行。如果您发愁，这说明您缺了什么，有什么东西您没有成功。

“您愁眉苦脸表明您的地位。反过来，如果您只是厌倦，那就说明低下的东西百般使您愉悦而终属徒劳。您必须明白，亲爱的朋友，误解是件多么可怕的事。”

于连抛了一个金币给那个张着嘴听他们谈话的农民。

“好，”亲王说，“有风度，高贵的轻蔑，好极了！”说着，他纵马疾驰而去。于连紧紧跟上，佩服得傻瓜一般。

“啊！要是我能像他那样，她就不会为了克鲁瓦而斯努瓦把我抛弃了！”他的理智越是受到亲王那些可笑之处的冲撞，他就越是

① 均为法国大革命时期的著名将领。

鄙视自己不能欣赏它们，还以自己没有如此风趣而苦恼。他厌恶自己已经到了无以复加的程度。

亲王发现他确实很忧伤。“啊，真的发愁了，我亲爱的朋友。”回到斯特拉斯堡，亲王对他说，“您的钱都丢了吗，还是爱上了一个小女伶？俄国人热衷仿效法国的风尚，但总是落后五十年，他们现在还处在路易十五的时代。”

这句关于爱情的戏言，使于连热泪盈眶，“我为什么不向这个可爱的人请教一下呢？”他忽然闪过这个念头。

“是这样，我的朋友，”他向亲王诉苦，“您看，在斯特拉斯堡时我已坠入情网，后来遭到遗弃。住在邻近城里的一个迷人的女子热恋了三天，竟把我甩了，她的变心使我痛不欲生。”

他用了假名，向亲王描绘了一番玛蒂尔德的行为和性格。

“您用不着讲完，”科拉索夫说道，“为了让您对您的医生有足够的信心，让我替您讲下去吧。这位少妇的丈夫家财巨万，或者更可能是她属于当地最高的贵族阶层。反正是她有点足够自豪的东西。”

于连点点头，却没有勇气再说话。

“很好，”亲王说道，“我这有三剂苦药，您必须立刻服用：第一，您必须每天去看望那位夫人……您怎么称呼她呢？”

“德·杜布瓦[①]夫人。”

“多怪的名字！”亲王哈哈大笑，“亲王放声大笑，“请您原谅，对您来说，这个姓当然是相当崇高的。每天要去看望德·杜布瓦夫人，别显得特别冷漠别扭，特别在她面前，您必须记住，想想你们这个世纪的伟大原则吧：与人们对您的期待背道而驰。您要表现得和您一个礼拜之前有幸蒙她厚爱时一模一样。”

“唉！那时我很安静，”于连失望地叫道，“我觉得我那时是在怜悯她……”

“飞蛾扑火，”亲王继续说道，“一个和世界一样古老的比喻。”

---

① 在法语中的意思是“木头”。

“第一，您每天去看她；第二，您追求她那个社交圈子里的一个女人，但不要表现出热情，明白吗？实不相瞒，您扮演这个角色很难，您是在演戏，但要是别人看出您在演戏，您就没有希望了。”

“她太聪明，但我又这样差！没有希望了。”于连忧伤地说。

“不，您只不过是爱得比我想象的还要深罢了。德·杜布瓦夫人在内心深处只想着她自己，像所有那些得天独厚的女人一样，或者有太多的尊贵，或者有太多的钱财。她老是看自己，而不看您，因此她不了解您。两三次爱的冲动之后，她借助想象力的巨大努力，委身于您，她在您身上看见了她梦想的英雄，而不是真实的您……

“怎么！这些基本道理您都不明白吗？我亲爱的索海尔，难道您还是个小学生吗？”

“好吧，咱们进这家商店看看，这家有一条漂亮的黑领带，简直就是伯廷顿街的约翰·安徒生的作品。看在我的面子上，您把它买了，把您脖子上的那根可怕的黑绳子丢掉吧。”

当他们从斯特拉斯堡的最好一家的金银丝织品商店里出来时，亲王继续说道：“伟大的天主，什么名字啊！别生气，我亲爱的索海尔，我实在没办法……与她来往的都是些什么人？我简直难以想象……您想去追求的是到底谁呀？”

“一个十分正经的女人，富翁袜商的女儿。她有一双世界上最美丽的眼睛，我非常喜欢她。她无疑在当地地位最高，她样样都好，可是只要有人谈起买卖和店铺，她就满脸通红，甚至有点狼狈。但不幸的是她父亲就是斯特拉斯堡的一个最出名的商人。”

“如果一谈起产业就这样？”亲王笑着分析，“那么可以断定，您的美人儿想到的是她自己而不是您。这个偏见虽然很神圣，但用处很大，它可以使您在她那美丽的眼睛前面不会有片刻的疯狂。您必定成功。”

于连忽想到了德·费瓦克元帅夫人经常去德·拉摩尔府邸作客。那是一个外国美人儿，嫁给一位元帅，而元帅一年后就死了。

她毕生的目标似乎就是让人忘掉她是实业家的女儿，为了在巴黎成个人物，她就带头维护道德。

于连由衷地钦佩亲王，若有他那套逗人发笑的本领，他愿意付出任何代价。这两位朋友谈得很投机，科拉索夫万分满足，从来没有一个法国人花这么长时间听自己说话。“看来，”亲王很得意，“我可以给我的老师们讲课了！”

“我们一致同意，”他第十次对于连说，“您当着德·杜布瓦夫人的面跟斯特拉斯堡的袜商的年轻美丽的女儿说话时，不可有一丁点儿热情。相反，在您给她写信时，却要表现出强烈的热情。看一封优秀的情书，对一个一本正经的女人来说，是最大的快乐，也是一种短暂的休憩。她不演戏，敢于倾听内心的呼声。所以，每天要写两封信。”

“办不到，办不到！”于连垂头丧气地叫道，“我宁肯被人剁成碎块，也不愿意写什么情书。我是一具死尸，我亲爱的朋友，别再对我抱任何希望，让我死在路边吧。”

“谁让您造句啦？我的包里有六本手抄的情书。针对各种性格的女人，我还有针对最贞洁的女人的呢。您不是知道，卡利斯基曾在距伦敦三里地的里奇蒙—拉泰拉斯，追求过全英国最漂亮的公谊会教派的修女吗？”

于连早晨两点钟离开他的朋友，感到不那么痛苦了。

第二天亲王雇了一个抄书人。两天后，于连收到五十三封情书，编号清楚，都是专为最有道德和最忧伤的女人写的。

“没有第五十四封，”亲王说道，“因为卡利斯基拒绝了。但是，既然您的目的只是征服德·杜布瓦夫人的心，受到袜商女儿的冷落又有什么关系呢？”

他们天天骑马，亲王发疯似的喜欢于连。他不知道如何向他证明他这突如其来的友谊，他竟想把他的一个表妹，莫斯科的富有的女继承人许给他。“一旦结了婚，”他说，“我的影响和您的这枚十字勋章可以让您两年内当上上校。”

“可这又不是拿破仑颁布的十字勋章！”

“那有什么关系，”亲王说道，“但它是拿破仑创立的呀！而且现在它仍是欧洲的第一勋章。”

于连差不多要接受了，但是他的责任要求他回到大人物那儿去。他离开科拉索夫时，答应写信，他收到了对他送来的秘密记录的答复，朝巴黎飞奔而去。但是他刚刚连续独处了两天，就觉得离开法国和玛蒂尔德对他来说是一种比死亡还痛苦的折磨。“我不会和科拉索夫给我的几百万结婚。”

“他专门研究诱惑的艺术，十五年来，他就琢磨这一件事，现在他已经三十岁了。不能说他缺乏才智；他精明、狡黠；热情、诗意在这种性格里不可能存在；他是管理财务的教士，这就更不会有什么差错了。

“必须这样做，去追求德·费瓦克元帅夫人。”

“她很可能让我感到厌倦，但是我会望着她的眼睛，那么美，那么像我在这世界上最爱的那一双眼睛。

“她是外国人，一个新的性格，值得观察。”

“我疯了，我快沉没了。我不应只相信我自己，还应听从一个朋友的劝告，不应当只相信我自己。”

第二十五章

关于道德的自身

刚回到巴黎，于连会见了德·拉摩尔侯爵，但是他带回的信息似乎使侯爵非常为难。但是我们的英雄没任何耽搁，便立即跑到阿塔米拉伯爵那里去了。这位漂亮的外国人，占了被判死刑的好处，又兼有颇为庄重的仪态和信教虔诚的福气，加上伯爵这样高贵的出身，对德·费瓦克夫人来说，再合适不过了，因此她常常会见他。

于连郑重地向他承认他非常爱她。

“她的品德最纯洁，最高尚，”阿塔米拉回答道，有时候，她用的词我都懂，可是连成句子我就不懂了。她常常让我觉得我的法国话不像别人认为的那么好。认识她，可以使您出名，加重您在社交界的分量。不过，我们去找比斯托斯吧。”这位遵守规则的阿塔米拉伯爵说道，“他曾经追求过元帅夫人。”

唐·迪埃戈·布斯托斯没有说话，只是听他们把事情讲出来，好像一个律师在他的办公室里那样。他的脸像僧侣的脸一般又肥又大，有两片小黑胡子态度严肃，而且他是一个好烧炭党人[①]。

“我明白了，”他终于向于连说道，“德·费瓦克元帅夫人有过情人吗？因此您有成功的希望吗？我应该对您说，我吗，我失败

① 法国秘密组织，志在推翻波旁王朝。

了。现在我不再感到恼火，我这样说服自己：她常常发脾气，我很快就跟您讲，她还挺爱报复。一会儿我跟您详淡。”

“我倒没有发现她有多胆汁的特质，此种气质是天才的气质，是涂在一切行动上的一层激情的光泽。相反，倒是荷兰人那种冷淡安详的天性，才使她成了罕有的光彩照人的美人。”

于连对这位西班牙人的傲慢劲儿和顽强的冷淡，非常不厌烦，只是不时无精打采地用单音节词回应他。

“您还愿听我继续说下去吗？”唐·迪埃戈·布斯托斯严肃地问。

“请原谅法国人的急性子，我洗耳恭听。”于连说。

“德·费瓦克元帅夫人完全陷入在憎恨中，她毫不留情地控告一些她从未见过的人，律师啦，写像科莱那样的歌词的穷文人啦，您知道吗？”

“我这人很奇特……”

于连不得不耐心听他唱完。这个西班牙人十分满意地用法文唱着。

唱完了以后，唐·迪埃戈·布斯托斯接着说：“元帅夫人就把这首歌的作者撵走了，有一天爱情在酒馆里……”

于连担心他又要把这首歌唱下去。他分析了歌词，这首歌的确有亵渎神明的意思。

“元帅夫人对这首歌发怒的时候，”唐·迭戈说，“我提醒她，她这种地位的女人根本就不应该读眼下出版的那些无聊玩意儿。不管宗教的虔诚和风气的严肃如何发展，在法国总会有一种酒馆文学。当德·费瓦克夫人让人把作者——一个领半饷的穷鬼的一千八百法郎的职位撤掉的时候，我对她说：‘您用您的武器攻击了这个拙劣的诗人，他会用他的诗回击您，他会写一首关于道德高尚的女人的歌的。金碧辉煌的客厅是您的，可是喜欢笑的人却会把他那些俏皮话到处传唱。’先生，您知道元帅夫人是如何回答我的吗？‘为了主的尊严，整个巴黎都会看到我迎难而上，这将是法国的一番新貌。民众可以从中学会尊重品德。这将是我一生中最美丽的日子。’她的眼睛从来没有那样美丽过。”

“是的，她的眼睛好漂亮！”于连叫道。

“我看您已坠入情网了……”唐·迪埃戈·布斯托斯继续严肃地说道，“她并没有那种驱使人进行报复的多胆汁特质。如果说她喜欢伤害人，那是因为她感到不幸，我疑心那是一种内心的不幸，她会对自己的职业感到厌倦吗？她会是一个伪善的女人吗？”

说到这里，西班牙人默默地看着于连足足有一分钟之久。

“这就是问题的核心，”他继续说道，“而你的希望也就在这里，两年时间里，我作为她最谦卑的仆人，关于这个问题我想了很多。恋爱中的先生，取决于这一重大问题：她是一个对以卫道为己任感到厌倦、并且因感到不幸而变得凶恶的正经女人吗？”

“我都对你说过十二遍了！”阿塔米拉终于打破了沉默说道，“就像我跟您说过二十遍那样，干脆就是出于法国人的虚荣心？是对她父亲，著名的呢绒商的回忆造成了这个生性阴郁冷酷的人的不幸。对她来说幸福只有一个，就是她在托莱多受一个忏悔师的折磨。他每天都会向她指出，地狱的门是向她敞开着的。”

当于连出来时，唐·迪埃戈更加郑重地对他说：“阿塔米拉告诉我，我们大家都是同路，有朝一日您会帮助我们重获自由的，因此我愿意在这小小的消遣中助您一臂之力。了解一下元帅夫人的风格对您有好处，这是她的四封亲笔信。”“您让我抄下来，抄完还给您。”于连嚷道。

“我们所说的话，任何一句也不要讲啊！”

“绝对不会，我用人格向您担保！”于连嚷道。

“愿天主保佑您！”西班牙人说道，然后他默默无言地把阿塔米拉和于连送到楼梯口。

这一幕使得我们的英雄有点兴奋起来，差不多要笑出声来。“瞧，”他心中窃喜，“这位虔诚的阿塔米拉竟帮助我去干通奸的勾当！”

他和唐·迪埃戈郑重地谈话时，于连注意到了阿利格尔府邸内的大钟所报的时刻。

晚餐时间快到了，他又能看到玛蒂尔德了！回到寝室，他回去仔细穿好衣服，还特意把自己修饰了一番。

“开始就干蠢事，”他下楼时心想，“应该严格遵守亲王的医嘱。”

他又上楼回到自己房间里，换了一套极其简单的旅行服。

“现在，”他想，“要注意目光。”这时才到五点半，晚饭是六点钟，他想去客厅看看，没有人。一瞧见那张蓝沙发，他急忙跑过去跪下，亲吻玛蒂尔德放过胳膊的地方，激动得流下了眼泪，他的脸也顿时灼热起来。“我这种敏感太愚蠢了，”他对自己说，“它会出卖我的。”他拿起一份报纸，想静下心来，从客厅到花园走了三四个来回。

他浑身发抖，在一棵大橡树后藏好，大着胆子看德·拉摩尔小姐的窗户。那窗子紧闭着，他几乎昏倒在地上。他呆呆地靠着橡树，过了很长一段时间，才蹑手蹑脚地走过去看看园丁的铁链。

被他拧断的铁链子到现在还没有修复，但此情此景已经大不相同了。于连被一阵疯狂的热情所击中，拿起铁链来吻。

于连在客厅和花园之间徘徊了好久，此时非常疲惫，但却默默祈祷着首战告捷。“我的眼睛不能有任何神采，否则便会泄露我的秘密。”客人陆续来到客厅，每一次开门他的心就紧张一次。

大家开始入座，最后德·拉摩尔小姐出现了。让人等的老习惯坚持不误。她看见了于连，脸腾地红了。因为她不知道于连已经回来了。于连遵从科拉索夫亲王的嘱咐，一直盯着她的手，那双手在抖。这个发现也使他慌乱得无法形容，他相当高兴，他只显得疲倦。

德·拉摩尔先生对他赞叹不已。一会儿，侯爵夫人也跟他交谈起来，并关切了一番。于连时刻在想：“我不应该过多地注视德·拉摩尔小姐，但我的视线也没有必要回避她。我必须表露出发生前八天的那种表情……”他有理由对成功感到满意，留在客厅不动。他头一次向女主人献殷勤，尽力让她那个圈子里的男人说话，并让谈话保持活跃。

他的礼貌得到了回报。大约在八点钟时，仆人通报德·费瓦克元帅夫人来到。于连溜出去，很快重新露面。十分用心地打扮了一番。德·拉摩尔夫人见于连这么彬彬有礼，感到非常愉快，为了表示她的满意，她特意和于连聊起了他旅行的情况。于连在元帅夫人身旁坐下，正好让玛蒂尔德看不见他的眼睛。这样坐定，他完全按照那门艺术的规定，表示对德·费瓦克夫人的极度爱慕。科拉索夫给他的五十三封信中，第一封即是发一段热烈洋溢的爱情台词开始的。

元帅夫人说她要去歌剧院，于连也一起去了那里。他撞见了博瓦西骑士，骑士把他带进宫内侍从先生们的包厢，正好挨着德·费瓦克夫人的包厢。于连一个劲儿地看她。回府邸时，他暗想道："我必须记下攻城日记，否则我会忘记我的突击战术。"他强迫自己就这个乏味的主题写下两三页，这样他才几乎不去想德·拉摩尔小姐了，岂不妙哉！

他旅行的这段时间，玛蒂尔德也差不多完全忘记了他。"说到底，不过是一个常人罢了，"她想，"他的名字永远让我记住将是我一生中最大的错误。应该诚心诚意地回到一般人所谓的明智和名誉上去，一个女人要是忘了这些，就会失去一切。"她对父亲说她和克罗兹诺瓦侯爵商量已久的婚约已经可以确定下来了。他高兴得发狂，如果有人告诉他玛蒂尔德使他感到十分骄傲，只能消极地忍受，那他会非常感觉奇怪的。

但再一次见到于连时，德·拉摩尔小姐所有的想法又都改变了。"事实上，他才是我的丈夫，"她心里认为，"如果我诚心诚意地回到明智的观念上去，我要嫁给的显然是他呀。"

她预料于连会纠缠，会显出不幸的样子；她已准备好她的回答，因为吃罢晚饭，他肯定试图跟她说几句话。恰恰相反，他坚决地待在客厅里，甚至不朝花园看一眼，天知道这有多难！"最好立即把事情搞清楚。"德·拉摩尔小姐心想。然后她独自走到花园里去，于连却没有出现。玛蒂尔德在客厅的落地窗前来回踱步，看见他忙着向德·费瓦克夫人津津有味地描述莱茵河畔山丘上秃秃的古堡，这些古堡给山丘增添了不少特色。对于一些称为才智的，感伤的、别致的句子，他已开始用得不错了。

那时要是科拉索夫亲王在巴黎，一定会备感骄傲，因为当时情况，完全如他所料。

接下来几天，于连的表现，也会受到他的赞许。

秘密政府的成员们密谋颁发几条蓝绶带，德·费瓦克元帅夫人坚持她的叔祖父应该获得勋带，德·拉摩尔侯爵也为他的岳父做出了同样要求。他们联合进行，元帅夫人几乎每天都要到德·拉摩尔府邸拜访。从她那儿，于连知道侯爵快当部长了。他向王党提出了一个非常巧妙的计划，三年内取消宪章而又不致引起震动。

如果德·拉摩尔先生进入内阁，于连就有希望当主教。然而，在他眼里，这些重大的利益都仿佛蒙着一层薄纱，他只能在想象中模模糊糊地看到，而且可以说还离得很远。那场可怕的失恋，已使他形成了一个怪癖，他觉得生活中所有利益，都将取决于他和德·拉摩尔小姐之间的关系。他估计经过五六年的细心呵护，他会重新被她爱上。

人们看到，这个那么冷静的头脑已经跌进完全丧失理智的状态。过去他所拥有的十分出色的特点中，现在只留下了一点儿坚韧。他严格地执行科拉索夫亲王嘱咐他的行动计划，每晚都坐在德·费瓦克夫人靠背椅旁，但却找不出一句话应付她。

他强迫自己，努力在玛蒂尔德眼中显出已经痊愈的样子，这使他的全部精力消耗殆尽。他待在元帅夫人身旁，没有一点活气，甚至他的眼睛也失去了全部的光芒，仿佛处在极端的肉体痛苦之中。

这几天，德·拉摩尔夫人竭力赞扬于连的才能。由于她的意见，他才可能成为公爵夫人丈夫的翻版。

第二十六章

道德与爱

“这家人看人看事的方式有点疯狂，”元帅夫人想，“他们都迷上了他们的年轻神甫，他就知道听，眼睛倒真的挺美。”

于连，他却感到元帅夫人差不多可以说是一个完美的沉静贵族的典型，透出一种准确无误的礼貌，假若有任何意外的情绪波动，缺乏自制，德·费瓦克夫人便以为是受到了奇耻大辱，其严重程度犹如在下人面前失去尊严。感情方面最小的暗示，在她来看，都是一种道德上的失态，应感到羞愧。因为这种失态会极大地损害一个上流社会人的道德。她最大的快乐就是谈起国王最后一次狩猎，她最心爱的书籍是圣西门公爵[①]的《回忆录》，特别是关于家谱的那部分。

他先到了那里，小心地把他的椅子调个方向，好让自己看不见玛蒂尔德。玛蒂尔德对于连的这种故意躲避感到惊异，有一天，她离开蓝色长沙发，到挨着元帅夫人的扶手椅的一张小桌子旁做女红。这样，从元帅夫人的帽子下沿，于连反而把玛蒂尔德看得更加清楚了。这一双眼睛可以支配他的命运。如此近距离看去，起初使他害怕，接着猛地把他从平时的冷漠中拖了出来，他说话了，而且谈锋极健。

他虽然在与元帅夫人谈话，但目的却在于刺激玛蒂尔德。他谈得异常兴奋，但德·费瓦克夫人听着简直莫名其妙。

---

① 德·圣西门公爵（1675—1755），法国散文家。

这算是初步的成绩。如果于连灵机一动，加上点德国神秘主义，高超的宗教信仰和耶稣会教义，元帅夫人就会立刻把他列入被招来改造时代的高人之中了。

“他竟能和德·费瓦克夫人谈得这么长，还这么起劲儿，真太奇怪了，”玛蒂尔德心想着，“我不愿再听下去了。”这天晚上直到人散，她居然说到做到了，尽管费了点劲儿。

午夜，她拿着蜡烛陪她母亲回寝室，走到楼梯上时，德·拉摩尔夫人又把于连表扬了一番。玛蒂尔德很生气，简直无法入睡。只有一个念头使她平静下来，“我蔑视的东西依然可以造就元帅夫人眼中的出类拔萃之人。”

于连既然已经开始行动了，就不感到痛苦了。他的目光无意间落在那个俄罗斯羊皮文件包上，里面放着科拉索夫亲王送给他的五十三封情书。第一封中最后附注：初次见面后的第八天寄出此信。

“已经晚了！”于连感叹，“我和德·费瓦克夫人很久以前就见过面了。”他立即动手抄第一封情书，那是一篇说教，充满卫道的陈词滥调，讨厌得要命，于连抄写到第二段便沉沉睡去了。

几个小时后，刺眼的阳光把伏在书桌上的他唤醒了。他一生中最难受的时刻就是每天早晨总要自怨自艾一番，可这一天，他抄完信，差不多要笑出来了。“这怎么可能？”他自言自语道，“难道有年轻人这样写信吗？”他数了数，长达九行的句子有好几个。在原信下方，有一行用铅笔写的批注：

这些信必须亲自去送：骑马，打黑色领带，穿蓝色小礼服；把信交给随从时，面带愁容，目光要含着深深的忧郁，要是遇见女仆，就偷偷地擦眼睛，并和她搭讪。

于连按照说明做了。

“我可真是大胆，”于连从德·费瓦克夫人府邸里出来时回想，“但是科拉索夫活该倒霉，竟敢给一个如此著名的有德女人写信！我将受到她极端的轻蔑，不过倒是再没有比这更让我开心的了。事实上，这件事是唯一使我高兴的事。是的，这个人如此令人作呕，却被我称作情人，当作揶揄的对象，倒也会令我开心。我要是自以为了不起，为了消愁破闷，我会去犯罪的。”

一个月以来，于连生活中最美好的时刻，就是他把马牵回马厩的时候。科拉索夫明确禁止他在任何借口下看离他而去的情妇。科拉索夫曾特别关照他，不论有任何理由，都不要理也不要看那个抛弃他的情妇。但玛蒂尔德非常熟悉的马蹄声以及于连叫人时用马鞭叩马厩门的声音，偶尔把会她吸引到窗帘后面来。细布窗帘很薄，于连可以看过去。从帽根底下想个办法，他可以看看她的身体而不看她的眼睛。由此，他心想：“她也看不到我的目光，再说，在这里看她也不合适。”

晚上，德·费瓦克夫人一如往常地对待于连，就好像完全没有收到托门房转交给她的信，虽然那封信富有神秘哲学思想，且带着于连的忧郁神情。于连偶然发现了侃侃而谈的诀窍，于是他安排好自己的位置，能够看见玛蒂尔德的眼睛。她呢，则在元帅夫人到后不久，离开了蓝色长沙发：这是从她那个平时的小圈子里开小差啊。德·克鲁瓦泽努瓦看到这种新的任性举动，不免灰心丧气；他的显而易见的痛苦把于连残酷的不幸一扫而光。

意外的惊喜让于连精神抖擞，谈得天花乱坠，连最讲道德的人听了也为之动心，因为在最庄严的道德的心灵里，一个人的自尊心也会浮现出来，元帅夫人在上车时暗忖：“德·拉摩尔夫人是对的，这位年轻教士确有出色之处。开头几天，大概是我的在场把他吓着了。事实上，在这个家里遇见的人都很轻浮。我只看见一些因年老色衰才变得有道德的女人，她们很需要年龄结成的感情。这个年轻人可能已经看出这一差别，他的信写得很不错，但我担心他在信里提出要我给他指点迷津，归根到底是一种不自觉的感情流露。”

“不过，多少人的转变就是这样开始的啊！这一次，我感到这是一个好苗头。他的文体和我所见的其他年轻人写的信很不一样。不能不承认这年轻教士的文章中有热忱、深刻的严肃和坚定的信念，他会有玛西永[①]的温和的美德的。”

① 玛西永（1663—1742），法国著名宣教家，其演说辞娓娓动听。

第二十七章

最好的职位

于是，主教的职位和于连的名字第一次在这个女人的脑海中联系起来了，早晚法国教会里最好职位会是由这位夫人来分配的。但是这种利益并没有打动于连，在此刻，他不想去想任何和他眼前不幸无关的事：一切都在加深他的不幸，就连看见她的卧室，他也会难受。晚上，当他端着蜡烛回来，每一件家具，每一种小饰物，都像在开口说话，尖刻地宣布他的不幸的新细节。

“这一天，我干的可真是苦差事。”他走进卧室自言自语道。这么久了，他从未有过这样的激动的心情，希望这第二封信不要和第一封信一样令人生厌。

果然，它比第一封还要乏味。他觉得他抄的东西那么荒唐，到后来就一行行写下去，根本不想是什么意思。

“这些东西，”他自言自语着，“比我的外交学教授在伦敦让我抄写的《明斯特和约》①还要难懂。”

这时他忽然想起德·费瓦克夫人写给那个严肃的西班牙人堂·迪埃戈·布斯托斯的信，他忘了把那些信的原件归还他，他找了出来。果然和那个年轻的俄国贵族的信几乎一样地不知所云，模棱两可，空洞无物，什么都想说，末了却什么也没说。“这种文体真像风吹的竖琴。”于连心想，“在一大堆有关虚无、死亡、

① 又称《威斯特伐里和约》，17世纪欧洲30年战争结束时签订的和约。

无限等崇高的思想里，我看害怕被人取笑这种可恶的心理才是真实的。”

他清楚地感觉到，在玛蒂尔德看来，他说的那些东西都是荒谬绝伦的，然而他想以措辞的高雅来打动她。“我说的东西越虚假，我越应该讨她喜欢。”于连想。于是，他肆无忌惮地夸大自然的某些方面。他很快发现，为了在元帅夫人眼中不显庸俗，尤其应该避免简单而合理的思想。他或者这样继续说下去，或者缩短他的夸夸其谈，全凭他在必须讨好的两位贵妇眼中看到的是成功还是冷淡。

总之，他这样的生活，比起无所作为地过日子，就好得多了。

“但是，”一天晚上他暗想，“我已抄写的十五封那种可怕的论文式的情书中，之前的十四封，我都妥当地经由其看门人交给元帅夫人。我快荣幸地塞满她那书桌的所有抽屉了。然而她对待我就像我根本没有写过信一样！这一切会有什么样的结局呢？我这样不懈的努力，会不会令她和我一样也感到很厌烦呢？那个俄国人，科拉索夫的朋友，爱上了里奇蒙公谊会教派美丽的女信徒，必须承认，当时一定是个可怕的人，没有人比他更讨厌了。”

正像一个平庸的人偶然遇到一位名将在指挥作战，于连一点也不知道这个年轻的俄国人对那位严肃的英国姑娘发动了怎样激烈的一场心理战。前十四封信的目的，只是针对自己冒昧作书之事请求饶恕。这个温柔的人儿也许感到无比烦闷，应该让她养成接到一些信的习惯，这些信也许比她的日常生活少一些平庸。

一天早晨，有人交给于连一封信，他一眼就看出信封上有德·费瓦克夫人的贵族纹章，几天前他是绝不会如此急切的，不过是一张晚餐的请柬。

他急忙跑去查看科拉索夫亲王给他的告诫。不幸的是这位年轻的俄国人却叫他像诗人多拉[①]那样轻浮。在元帅夫人的宴席上应抱怎样的态度，于连一时还犹豫不定。

客厅极其富画堂皇，金光闪闪，一如杜伊勒里宫里狄安娜画廊，护壁板上挂着一些油画。画上有明显的涂抹痕迹。于连后来才

① 多拉（1734—1780），法国七星社的诗人之一。

知道，女主人觉得这些画的主题不甚雅观，遂命人加以修改。“好一个道德的世纪！”他想。

在客厅里，他注意到有三个人曾参加过秘密照会，其中之一，便是主教大人，元帅夫人的叔父，他掌管教士的俸禄，据说对他这个侄女是有求必应。“我迈了多大的一步啊，”于连想着不禁苦笑，“我的兴趣才不在于此呢！我居然同著名的主教一起进餐。”

晚宴平平常常，谈话也让人不耐烦。“这是一本拙劣的书的目录，”于连想，“人类思想中所有的大问题都没涉及到。但听了三分钟后，人们禁不住就要问：‘占上风的究竟是言者的夸张呢，还是其可恶的无知呢？’”

读者也许已经把那个名叫唐博的小文人忘记了，他是院士的侄儿，未来的教授，好像就是被指派来诬蔑败坏德·拉摩尔府邸的客厅的名声的。

于连正是从这个小人那里第一次想到，德·费瓦克夫人不回他的信，却可能宽容地对待支配他写信的那种感情。想到于连的成功，唐博先生那卑鄙的灵魂被撕裂了。然而另一方面，一个有才能的人跟一个傻瓜一样，没有分身之术，“如果索莱尔成为高尚的元帅夫人的情夫，”未来的教授心想，“她会把他安排在教会里的那个好位置上，而我就会在德·拉摩尔府里把他摆脱掉。”

彼拉尔神父看到于连在德·费瓦克府邸里取得成功，狠狠地训斥了他一顿。因为在严厉的冉森派和贞洁的元帅夫人所主持的复兴的、君主的、拥护耶稣会教派的沙龙里面，存在着教派之间的竞争。

第二十八章

《曼侬·莱斯戈》[1]

俄国人指示，切记永远不要在口头上反驳写信的对象。不应以任何借口背离心醉神迷的倾慕者的角色。那些信永远以这种假设为出发点。

一天晚上，在歌剧院德·费瓦克夫人的包厢里，于连大肆宣扬舞剧《曼侬·莱斯戈》。他赞扬这部歌剧的唯一理由，是因为他觉得这毫无意义。

但元帅夫人认为这部舞剧远赶不上普雷沃神父的小说。

“怎么！”于连又惊又喜，“一个道德如此高尚的女人竟吹捧一本小说！”德·费瓦克夫人每礼拜总有两三次对作家极尽轻蔑之能事，因为他们最喜欢用无聊的作品来腐蚀年轻人，而年轻人却非常无知，极其容易犯低级的错误。

“在这种不道德的、危险的体裁中，”元帅夫人继续讲，“《曼侬·莱斯戈》首当其冲。《曼侬·莱斯戈》深刻而真实地描写了一个犯罪心灵的软弱及其所承受的痛苦，不过，您的波拿巴仍然在圣赫勒拿岛宣称这是一部写给仆人看的小说。”

这句话让于连的精神紧张起来，“有人想在元帅夫人面前毁掉我，有人告诉了她我对拿破仑的热情。这件事一定使她不太痛快，

① 18世纪法国作家普雷沃神甫的言情小说，曾改编为歌剧及芭蕾舞剧。

所以她才故意这样说我。”这个发现在当天晚上引起了他的兴趣，使他成为一个受人喜欢的人。他在歌剧院向元帅夫人告别时，她对他说：“您得记住，先生，一个人要是爱我，就不应该爱拿破仑。我们只能把他当作天意强迫我们接受的一件不可避免的事物。而且拿破仑太严肃了，再则他一点也不懂得欣赏艺术。”

“一个人要是爱我！”于连暗自重复着，“这句话可能说明不了任何问题，也可能说明一切问题。我们可怜的外省人就是掌握不了这种语言的奥秘。”当他抄写着一封冗长的情书时，他十分怀念德·雷纳夫人。

“怎么回事，”第二天元帅夫人假装很冷漠地对他说道，“昨晚从歌剧院回家后您给我写的信中，为什么说起伦敦和里奇蒙来了呢？”

于连很尴尬。他逐行地抄，没有想写的是什么，看来是忘了用巴黎和圣克鲁替换原信中的伦敦和里奇蒙。他开始了两个或三个句子，但怎么也结束不了，他觉得马上要发疯般大笑起来。最后，他搜肠刮肚，好不容易来了个主意，说：“讨论人类灵魂的最崇高、最重大的利益，令我非常激动。写着写着，我的灵魂可能一时走神了。”

“我留给她的印象已经很深了，”他暗自欣喜，“在夜谈的后半段时间里，我不会感觉到厌倦了。”他从德·费瓦克府邸跑了出来。晚上，当他把前一天抄的那封原信再看一遍时，很快就找到了伦敦和里奇蒙的那些出了差错的段落。于连十分惊讶地发现那封信还是挺富有柔情的。

他的话表面上很轻浮，而他的信却具有崇高的、近乎“启示录”那样的深刻，这种对比使他不同凡响。元帅夫人特别喜欢那些冗长的句子，这与伏尔泰倡导的轻快文体大相径庭，当时的伏尔泰在人们眼中是一个不道德的作家。尽管我们的主人公竭力把一切合乎常情常理的东西从谈话中消除出去，他的谈话仍有一种反王政、不信神的色彩，她身边的人虽然都具有崇高的品德，但他们整晚都说不出一句有意义的话来。因此这位夫人很容易被一切表面新奇的事物所深深打动，不过同时她又认为自己理应对这些东西感到愤慨。她把这种缺点称作“打上了这个轻浮时代的印记”。

但是这类的社交场合，只有在需要它的时候才值得去看看。由这种枯燥生活而来的苦闷，无疑会博得读者的同情。我们的旅行，此刻正进入一个荆棘丛生的荒芜地带。

于连被德·费瓦克夫人占据的那一段时光里，德·拉摩尔小姐必须竭力控制自己不去想念他。她的灵魂中进行着激烈的搏斗，有时候，她庆幸能够蔑视这位如此愁苦的年轻人了；然而，她又身不由己地被他的谈话俘获了。最令她不解的是她感觉到于连的虚伪了，他向元帅夫人所讲的没有一句是真话，至少他的思维方式极端诡谲，玛蒂尔德对这一点心知肚明。这种阴险的计谋，引起了她的注意。“那是多么深刻呵！”她暗想，“跟持有相同论调的唐博先生那样的夸夸其谈的傻瓜或者平庸粗俗的骗子相比，又是多么不同啊！”

于连的日子却很不好过。他每天必须在元帅夫人的客厅里，来履行这种最艰苦的义务。他做出一切努力，尽可能表演好这个角色，他为了扮演一个角色而付出的努力终于使他的心灵疲惫不堪。每天夜里他走过德·费瓦克府邸宽阔的院子时，常常是依靠性格和理智的力量才不至于陷入绝望的深渊。

“我在神学院里战胜了绝望，”他对自己说，“而那时我的前景是多么可怕啊！我或是飞黄腾达，或是横遭厄运，无论是哪种情况，我都必须和天底下最可鄙、最可厌的人朝夕相处，度过我的一生。第二年春天，短短的十一个月以后，我成了也许是我那个年纪的年轻人中最幸福的一个。”

但是，这些严密的推理碰上可怕的现实，往往不起作用。他每天都在吃午饭和吃晚饭的时候看见玛蒂尔德。德·拉摩尔先生吩咐他写过很多信，从这些信中，他得知她快要与德·克罗兹诺瓦先生结婚了。如今这位可爱的年轻人，每天要来德·拉摩尔府邸两趟：他的一举一动，都映入了他的失恋情人嫉妒的眼中。

每次他看见德·拉摩尔小姐对求婚者表示好感，在回到自己的房里后，于连总是凝视一番自己的手枪。

“啊！”他对自己说，“把内衣的标志去掉，到个距巴黎二十里远的什么僻静的森林里，结束我这可憎的一生，不是更明智吗！当地没有人会认识我，我的死在两个星期内将是一个谜，两星期以后，有谁会关心我呢？”

他的这一结论非常明智。然而第二天，隐约看见玛蒂尔德的胳膊，只消袖口和手套之间那一段就足以把我们这位年轻的哲人投进残酷的回忆中去，“好吧！”他暗下决心，“我要把这个俄国人的计划进行到底。这一切到底应该怎样结束呢？”

“说到元帅夫人，在抄完这五十三封信后，我就不会再写信了。”

“说到玛蒂尔德，如此艰难地演了六个礼拜的戏，或是她的愤怒丝毫无改，或是我得到片刻的和解。天哪！那我会多么高兴啊！”他不能想下去了。

长时间的幻想后，他又开始了他那套理论。“看起来，”他想着，“或许我会得到一天的幸福，然后她的冷酷重新开始，唉！就是因为我不能讨得她的欢心；那我就什么办法也没有了，我毁了，永远地完了……

“依她这样的性格，能给我什么承诺呢？唉！我的卑微可以回答这一切。举止不够高雅，说话笨拙而单调。天哪！我为什么是我呢？”

第二十九章

痛苦与烦恼

德·费瓦克夫人刚开始读于连这些长信的时候，并不快乐，后来她才慢慢有了兴趣。但是有件事使她感到懊丧：“可惜了索海尔先生，他并没有下决心当教士！我私下可以和他接触一下。不过他带上十字勋章，又穿一套差不多是小市民的服装，很容易招来负面的评论，这又该怎么解释呢？”

她想不下去了，“某个狡猾的女友会猜疑，甚至散布说他是我娘家方面的小表弟，地位低下，是个得过国民自卫军的勋章的商人。”

在她遇见于连之前，德·费瓦克夫人最大的快乐就是在她的姓名旁边写下“元帅夫人”几个字。后来，出于暴发户的病态心理，她对什么都不满意，也就兴味索然了。

“让他当上巴黎附近某个教区的代理主教，”元帅夫人暗想道，“这件事对我来说是如此轻而易举的呀！但是这位索海尔先生却没有任何头衔，还是德·拉摩尔先生的小秘书！真是让人扫兴。”

这位谨小慎微的夫人平生第一次为一件事与她身份和社会地位毫无关系的事情操心，而这种兴趣和她所希获得的高等社会地位却是背道而驰的。

这颗什么都害怕的心第一次被一种与她对身份和优越的社会地位的追求无关的利益所打动。她的老门房注意到，他把那位神情如此忧郁的英俊的青年的信送来时，准能看见元帅夫人脸上的心不在焉和不满一下子消失，而那种神情她一见有下人来到总是立刻就挂在脸上的。她的声誉日渐提高，是可以抵制那些写得非常好的匿名信。唐博曾经供给德·吕兹、德·克罗兹诺瓦和德·凯律先生们两三个极其巧妙的和元帅夫人有关的诽谤性故事。而这些先生们又不问原因地予以传播，结果毫无用处。元帅夫人的智力是顶不住这种庸俗的手段的，她偶尔向玛蒂尔德谈谈她的一些怀疑，而且常常得到安慰。

一天，德·费瓦克夫人三次询问有没有信送来之后，突然决定要给于连写回信。

这便是于连奉行厌倦生活的原性则的胜利。

在写第二封回信时，元帅夫人觉得亲笔去写这样一个平凡的地址："德·拉摩尔侯爵府内，索海尔先生收"，实在是太滑稽了，她几乎想停下来不写了。

"您把自己的地址写好，把信封带给我。"晚上，她冷漠地向于连说道。

"我这是情夫与男仆集于一身了。"于连想，他鞠了一个躬，高兴地装出一副老态，活像德·拉摩尔先生的老仆阿尔塞纳。

当天夜里，他就送来了写好地址的信封。第二天一大早，他收到第三封信，他看了开头的五六行和结尾的两三行。信有四页，字很小，也很密。

渐渐地她养成几乎每天都要写信的良好习惯。于连忠实地照抄俄国人的信札作为回信。这是夸张风格的一大好处：德·费瓦克夫人对回信与她写去的信在内容上没什么联系，也不感到诧异。

小唐博自愿充当密探，监视于连的行动，他要是告诉她，那些信都原封未动，被随手扔在了于连的抽屉里，她的自尊心会受到多大的伤害啊！

一天早上，门房把元帅夫人写给他的信带到图书室，被玛蒂尔德撞见了，玛蒂尔德恰巧看见那封信上面于连亲笔写下的地址。门房出来后，她进去了；信放在桌子边上；于连正忙着写东西，没有把信放进抽屉。

“我再也忍受不了！”玛蒂尔德抓住那封信叫道，“您竟然完全忘记了我，我才是您的妻子。先生，您的行为太可怕了！”

说到这里，她的傲慢一下子被可怕的举止失当惊醒，使她说不出话来；她泪如雨下，很快地，于连看到她几乎要停止呼吸了。

于连惊异而慌乱，回过神来后才发现这是多么宝贵、多么幸运的一刻。他扶着玛蒂尔德坐下，她差不多已经倒在他怀里了。

在做这个动作的一刹那，他真是欣喜到了极点。紧接着，他突然回想到科拉索夫的教训：因为一句话我可能会失去一切。

策略迫使他做出的努力何其艰巨，“我甚至不能容许我自己把这个柔软而迷人的身躯紧贴在我的心上，她会蔑视、虐待我的。她的性格多么可怕啊！”

他在咒骂玛蒂尔德的性格，同时却在百倍宠爱着她，他觉得在他臂弯里的是一位王后。

于连的无情冷酷，加重了她心中由骄傲而产生的痛苦，于连无动于衷的冷淡更加剧了她的不幸。她太不冷静，想不到从他的眼睛里看看他此刻对她是什么感情。她不愿看他，害怕他蔑视她。

她呆呆地坐在图书室的沙发上，把头转过去避开于连，经受着一个人的自尊心和爱情所能经受的最剧烈的痛苦。她刚才做的事多么可怕啊！

“我多么不幸啊！我活该看见自己最有失身份的奉迎遭到拒绝！而且是遭到谁的拒绝？”她的自尊痛苦得发了狂，“我父亲的一个仆人！”

“我忍受不了啊！”她大声叫道。

她愤怒地站了起来，拉开距离她仅两步远的于连的抽屉。眼前是八九封没有拆开的信，和门房刚送来的那一封完全一样。她认出姓名地址都是于连的笔迹，简直被吓傻了。每个信封的地址，都是于连的笔迹，虽有故意做作的痕迹。

“就这样，”她怒不可遏地大叫，“您不但同她要好，而且您还瞧不起她。您，一个穷光蛋，瞧不起德·费瓦克元帅夫人！”

“啊，饶恕我吧，我的朋友，”她应声跪下来，“如果你愿意，就蔑视我吧，但是要爱我啊，没有你的爱情我活不了了。”她真的昏过去了，说到这里，就瘫倒在地。

“看呀！”于连心里一惊，“这个骄傲的女人，居然躺在我的脚下了！”

第三十章

剧院的包厢

在这场汹涌澎湃的感情波动中，于连感到的是惊奇多于幸福。玛蒂尔德的咒骂向他证实了俄国人的计谋是多么的高明。“少说话，多行动，这就是使我获得成功的唯一方法。”

他扶起玛蒂尔德，没有说话，把她安置在沙发上。渐渐地她抽泣起来。

为了掩饰自己的窘态，她把德·费瓦克夫人的信取过来，慢慢地拆开。当她认出元帅夫人的笔迹时，身子不禁神经质地动了一下，很是明显。她逐页翻看，没有读，大部分信都有六页。“至少，您得回答我吧，”最后她哀求道，但是不敢看他，“您知道我很骄傲，我承认，我的地位甚至是我的性格造就了我的不幸。这要命的爱情驱使我做出的所有那些牺牲，德·费瓦克夫人也为您做出了吗？”

忧郁的沉默是于连全部的回答。“她有什么权利，”他心想，“拿一个正派人不会有的失态行为来责问我呢？”

玛蒂尔德想要看这些信，可是她满眼都是泪水，没法去看。

一个月以来，她极度痛苦，但高傲之下她又不愿承认自己的感情。这次事件的发生只是偶然，只是爱情一时战胜了她的骄傲而已。她坐在沙发上，离他很近。他望着她的头发和白皙的脖子，突然完全忘了自己应该如何做了，他伸出胳膊搂住她的腰，几乎把她紧抱在胸前。

她的头转向他：她的眼睛里流露出极度的痛苦，已经认不出平时的样子了。

于连觉得自己再也没有能力支撑下去，强迫自己去做那样的事，实在太艰苦了。

“如果我让自己沉浸在爱她的幸福中，”于连暗自想，“一会儿，她那双眼睛除了最冷酷的轻蔑外，就不会再有其他的表情了。”然而就在这时，她声音微弱，有气无力地勉强成句，一再保证，她懊悔太多的骄傲让她做出那些举动。

“我也很骄傲呀！”于连喃喃地说道，脸上的表情说明他的体力衰弱到了极点。

玛蒂尔德急忙回过头来看他。听见他的声音成了她的一大幸福，她原本几乎不抱希望了。此时此刻，她想起她的高傲，就不禁要加以诅咒。她很想找一个违反常情、出人意料的举动，向他证明她是多么崇拜他而又是多么憎恨她自己。

“也许就是因为这点骄傲，”于连继续说道，“肯定是因为这种勇气十足的、与男子汉相配的坚定，您此刻才尊敬我。我可能有情于元帅夫人……”

玛蒂尔德战栗了一下，眼睛露出惊异的神色。她似乎准备听取判决。这个变化没有逃过于连的眼睛，他感到他的勇气正在消失。

“唉！”他一边听自己嘴里说出的那些空洞的话，好像是和他毫不相干的声音，一边暗想，“如果我能在这如此苍白的脸颊上印满了吻，而你又感觉不到，那有多好！”

“我可能爱上了元帅夫人，”他继续说着，声音越来越微弱，“但是我还不能确定她一定对我感兴趣……”

玛蒂尔德注视着他。于连任她注视，他希望他脸上的表情没有出卖他。他感觉爱情渗透了他整个心灵。他越发感到自己从来没有像现在这样爱她。此刻他和玛蒂尔德几乎是同样的疯狂。如果她有足够的冷静和勇气，耍个手腕，他一定会跪倒在她面前，发誓放弃这无意义的做戏。他还有点力气，能够继续说话。“呵！科拉索夫呵！”他在心里呼唤道，“您怎么不在这里！我多么需要您的一句话来指点我的行动呵！”

他还有足够的勇气继续说下去：“就算没有别的感情，感激也足以让我眷恋元帅夫人；她对我表现出宽容，别人轻蔑我时，她安慰我……我不能把无限的信任，放在那些表面看来极端愉快而实际并不持久的事上去。”

“噢！天哪！”玛蒂尔德叫道。

“好吧！您能向我保证什么呢？”于连继续说道，他的声音坚定有力，好像他暂时要抛开那种外交上的谨慎态度，“什么保证，哪位神明可以向我担保您对我的这种爱慕的态度能持续两天以上呢？”

“我对您有无限的爱，如果您不爱我，我会异常痛苦，这就是保证。”她突然把脸转向他，紧握着他的双手对他说道。

她刚才动作太猛，短披肩稍稍动了。于连看见了她那迷人的双肩。她那略微散乱的头发又勾起他甜蜜的回忆……

他要让步了。“一句话不慎，”他心里说，“我就会让那一长串在绝望中苦熬的日子重新开始。德·雷纳夫人往往有很多理由去做她心里想的事，但是这个上流社会的年轻姑娘，绝不会让她的心灵有所感动，只有在有充分的理由向她证明她的心应该被感动，她才让她的心受感动。”

在刹那间，他想通了这个真理，又恢复了勇气。

他把被玛蒂尔德紧握着的手收了回来，带着明显的恭敬，稍稍离开她一点。男人的勇气也不能走得更远了。接着他开始收集散在沙发上的所有德·费瓦克夫人信札，然后他用一种极有礼貌、而在此时又是极为残酷的态度说道：

“请德·拉摩尔小姐允许我考虑这一切。”他迅速离开，走出图书室。她听见他陆续地关上了所有的门。

“这怪物真沉得住气。”她暗想着。

“我在说什么？怪物！他明智，谨慎，善良，是我错了，我犯了想象不到的错误。”

这种想法继续保持下去。玛蒂尔德整整一天都很是幸福的，因为她已完全属于爱情了。简直可以说，这个心灵从未受过骄傲的搅动，而且是怎样的骄傲啊！

晚间的客厅里，当仆人通报德·费瓦克夫人驾到时，玛蒂尔德不禁毛骨悚然。她觉得仆人的声音颇为不祥，她看见元帅夫人时觉得受不了，很快离去。于连并不为他艰难的胜利骄傲，他害怕自己的眼睛泄露秘密，因而他没有在德·拉摩尔府邸吃晚饭。

随着战斗的时刻过去，他开始感觉到爱情的来临和幸福的感觉。他开始责备他自己。“我为什么要去抵制她呢？”他暗想道，“她若不爱我了怎么办！一瞬间便可改变这个高傲的心灵；应该承认，我那样对待她真是太可恶了。”

晚上，他觉得他必须得到滑稽歌剧院德·费瓦克夫人的包厢去。她特意邀请过他。他去或者失礼地不去，很明显玛蒂尔德不会不知道的，可是晚会快开始了，他还没有勇气跨进这个剧场。他害怕只要开口说话，就会失去他的幸福。

十点钟响了，无论如何，他必须露面。

幸好，他发现元帅夫人的包厢里坐满了女眷，他只好靠门站着，而且脸完全被帽子遮住了。这个位置使他摆脱了一场笑话。那时台上正在演唱，卡罗利娜那绝望而神圣的声调，使他泪如雨下。德·费瓦克夫人看见了他的眼泪，这眼泪跟他平时那种男子汉的坚毅面容形成强烈对比，这颗贵妇的心被打动了，但她那仅有的一点女性的温柔使她开腔了。她想享受一下她自己说话的声音。

“您看见德·拉摩尔夫人了吗？”她对他缓慢地说道，“她们在第三层。”于连立刻颇不礼貌地靠在包厢的前面，探出身子。他看见了玛蒂尔德，她的眼睛里闪着泪光。

“今晚可不是她们进剧院的时候，”于连暗想道，“她们未免太热心了！”

尽管一个常上她家献殷勤的女人热心提供的包厢不合她们的身份，玛蒂尔德还是催促她母亲去观剧，因为她想看看这天晚上于连是否和元帅夫人在一起。

第三十一章

威吓于她

于连跑到了德·拉摩尔夫人的包厢里。他的眼睛看到玛蒂尔德含泪的双眼，她毫无拘束地哭着。包厢里只有些地位低下的人，借给她们包厢的那个女友和她的几个熟识的男人。玛蒂尔德好像忘记了对她母亲的恐惧，把她的手放到于连的手上。但她差不多被眼泪哽噎住了，只对他说了一句话："保证！"

"至少我不和她说话。"于连暗想道，但已深受感动。他借口三屋灯光太晃眼，所以用手遮住眼睛。"如果我说话，她就会知道我非常激动，因为我说话的声音会出卖我，我还可能失去一切。"

这时他内心的斗争比早晨还要激烈，毕竟他不能无动于衷。他害怕玛蒂尔德的虚荣心再次发作。他陶醉于爱情和快乐，却极力克制，不跟她说话。

这就是他的性格中最好的特征：一个人能有这样的毅力，就一定会有远大的前程。

德·拉摩尔小姐坚持要带于连回府邸去。幸好当时雨下得很大，他们才没有回去。但是侯爵夫人让他坐在自己的对面，不断与他说话，他根本不能跟她女儿说话。人们真可以认为侯爵夫人在小心呵护于连的幸福；于连不再担忧过度的激动会令他丧失一切，整个人沉溺在热情之中了。

还用我说什么吗？于连回到房间，竟然跪下来把科拉索夫亲王给他的那些情书吻个不停。

“伟大的人啊！我什么不是你给的呢？”他在疯狂中大叫。

渐渐地，他冷静了些。他把自己比作一位将军刚刚赢得了一场大战役的一半。“优势是肯定的，也是巨大的，”他暗想道，“但是明天将发生什么呢？一转眼间，一切又可能会消失的。”

他激动地翻开拿破仑在圣赫勒拿岛口授的《回忆录》，强迫自己阅读，长长的两个钟头，他强迫自己读。他只是眼睛在看，管它呢，他仍然强迫自己读下去，在这种奇特的阅读中，他的头脑和他的心灵进入至高无上的境界，在不知不觉中活动着。“她的心和德·雷纳夫人的心大不一样。”他暗想着，可是他不愿往下去想了。

他在小房间里来回走着，沉醉在欢乐之中。实际上，这种幸福是骄傲多于爱情。

“让她恐惧！”他骄傲地重复说道，不过他的确有理由骄傲，“即使在最幸福的时刻，德·雷纳夫人仍在怀疑我的爱情能否和她的爱情画等号。这里，我制服的是一个恶魔，因此必须制服。”

“让她恐惧！”他突然叫道，把书扔得老远，“只有使敌人恐惧，对方才会服从我，不敢轻视我。”

他清楚第二天早晨八点钟玛蒂尔德会准时到图书室里来，所以直到九点钟他才去那里。虽然他企盼爱情，但他的理智还是战胜住了冲动。几乎每一分钟他都对自己重复道：“我要使她永远不能摆脱这个巨大的疑问：‘他爱我吗？’她那辉煌的地位，包围着她的种种阿谀奉承，都使她有些过于自信。”

他见她脸色苍白，安静地坐在沙发上，显然十分疲惫，动都不能动了。她向他伸出手来：“朋友，我确实冒犯了你，你生我的气是应该的。”

于连没想到她的语气如此简单。他内心的防线，差点被击溃。

“您要保证，我的朋友，”一阵沉默之后，她真希望打破这沉默呀，她继续说道，“您是对的。把我拐走吧，我们一起逃到伦敦去……我将永远丧失名誉，被人瞧不起……”她鼓起勇气从于连那里缩回她的手，蒙住自己的眼睛。女性的矜持和道德观念又重新回到她的心中……“好吧，来毁坏我的名誉吧！”她叹了口气，“这就是保证。”

“昨天我是幸福的，因为我勇敢坚强的面对。”于连想。他沉默了片刻，他还能控制自己的心，就以一种冷冰冰的口吻说：

“要是前往伦敦，要是您身败名裂，又有谁能保证您爱我呢？谁又能保证我坐在驿车上，您一点也不讨厌我呢？一点也不令您讨厌呢？我又不是一个怪物，我只是又多了一个不幸。成为障碍的不是您的社会地位，真不幸，是您的性格。您能向您自己保证爱我一个礼拜吗？”

“唉！”于连浮想联翩，“让她爱我八天吧，就算是八天，然后我就幸福地死去。未来于我何干？生命于我何干？如果我愿意，这幸福立刻就能开始，完全取决于我！”

玛蒂尔德看着他，沉思着。

“那样说，我完全配不上您了。”她握着他的手说道。

于连抱住她，但同时理性的铁手攫住了他的心。要是她看出我有多么崇拜她，我又会失去她的。于是，他又拿出了一个男子汉应有的全部尊严，推开了她的胳膊。

当天和以后的许多天里，他知道如何把他那过度的幸福藏住，有时候，他甚至放弃了把她抱在怀里的快乐。

但有时，幸福的狂热又战胜了谨慎的告诫。

过去，于连常常跑到花园里靠近遮掩梯子的金银花花棚里去站着，一面远远地观望玛蒂尔德的百叶窗，一面暗叹她的反复无常。旁边有一株很大的橡树，树干正好挡住他，不让那些好事之徒看见。

他和玛蒂尔德走过这个使他如此清晰地回想起他那极度不幸的地方，往日的绝望和眼下的幸福对比太强烈了，对他的刺激实在太强烈了。他饱含热泪地把玛蒂尔德的手放到他的唇边说道：“就是在这里，我常常思念您；就是这里，我常常探望那扇百叶窗，几个钟头地等待着我能看见这只手打开它的那个幸运的时刻……”

他的心完全地软了。真实而毫无虚假地叙述了他以前的极度失望。简短的感叹则表明了如今他已经结束了那可怕的痛苦，取而代之的是无限的幸福……

“天哪！我在干什么？”于连突然醒悟过来，自言自语道，“我在毁灭我自己啊。”

他极其惊慌，他确信德·拉摩尔小姐眼里已没有那么多的爱情了。这仅仅是幻觉，但是于连脸色的骤然变化，笼罩了一层死人一般的苍白。他的眼睛一下子黯淡了，一种不无恶意的高傲的表情很快取代了最真实、最自然的爱的表情。

“您怎么啦，我的朋友？”玛蒂尔德用柔媚不安的神情向他说道。

“我在说谎，”于连生气地自责道，“我在向您说谎。我讨厌自己说谎，但是天主知道我非常尊重您也不想说谎。您爱我，您忠于我，我不需要花言巧语讨您喜欢。”

“天哪！前两分钟您对我讲的那些好听的话，难道全都是谎言吗？”

“我强烈地谴责这些话，亲爱的朋友。那都是我过去为了一个爱我却讨厌的女人编造出来的……这是我的性格的缺陷，我向您坦白，饶恕我吧。”

玛蒂尔德的面颊都被痛苦的眼泪淹没了。

“只要有一点点刺激我就会回到梦想里去，”于连继续说，“我可恶的记忆，就给我提供机会，我也就多说了几句。”

“那我刚才在无意中做了件让您不愉快的事吗？”玛蒂尔德天真地问。

“我记得，有一天，您走过这金银花廊时摘了一朵花，德·吕兹先生要把它从您手中拿去，您也就让他拿去了。而我当时离您不到两步远。”

“德·吕兹先生？不可能！”玛蒂尔德带着她那如此自然的高傲说，“我绝不会那样做。”

“我非常确定。”于连争辩道。

“好吧！就算是吧，我的朋友。”玛蒂尔德一面说，一面愁苦地低下头。因为她心里明白，几个月以来，她从来没有允许德·吕兹先生有过那样的举动。

于连怀着一种无法形容的温情望着她，“不！”他随即对自己说，“她还是那样爱我。”

晚上，她笑着责备于连不应对德·费瓦克夫人产生兴趣：“一个小市民爱一个暴发户！也许只有这种人不能被我的于连弄得神魂颠倒，但她已经把您变成一个地道的花花公子了。”她边说边玩弄他的头发。

于连在自认受到玛蒂尔德蔑视的那段时间里，成了巴黎穿戴最讲究的男人之一。即便如此，他仍然胜过此类人一筹；他一旦打扮好，就不再想了。

但是有件事仍然使玛蒂尔德很生气，于连还在继续抄写俄国人的信札，送给元帅夫人。

第三十二章

矛盾重重

一位英国旅行者说他和一只老虎亲密相处，他养大了它，爱抚它，然而桌子上总是放着一把上了膛的手枪。

于连只是在玛蒂尔德看不出他的眼睛的幸福时才敢放浪形骸，他严格地履行他的计划，不时对她说出几句严厉的话。

当玛蒂尔德的柔情和她的过度忠诚快要使他失控的时候，他鼓起勇气突然离开了她。

玛蒂尔德生平之中，第一次坠入爱河。

生活，在她看来，总是像蜗牛一样爬得那么慢，但是她的生活现在却已开始飞翔了。

不过，骄傲总还是冒冒头儿，她想大胆地面对爱情能够让她经历的种种危险。倒是于连谨慎从事，也只是在有危险的时候她才不顺从他的意志。她跟他在一起时是温顺的，甚至是谦卑的，但是对家里身边的人，无论是亲属还是仆人，她是更加傲慢了。

晚上在客厅里，即使当着六十人的面，她也会叫住于连与他单独交谈，并且谈话时间很长。

一天小唐博坐在他们旁边，玛蒂尔德叫他去图书室取一本斯莫莱特[①]的书，那里面涉及到1688年的革命，他迟疑了一下，她便说：

---

① 斯莫莱特（1721—1771），英国小说家，著有《蓝登传》。

"您倒是什么都不急呀！"表情是一种令人感到屈辱的高傲，这对于连的心是一大安慰。

"您真是个怪物，您注意到他的表情没有？"他对她说道。

"他伯父在我们家侍候了十一二年，让他继续待在这儿是看在他的伯父的面子上，不然的话，我可以叫人立刻把他赶出去。"

她对德·克罗兹诺瓦和德·吕兹这些先生们，表面上彬彬有礼，内里几乎是同样地咄咄逼人。她狠狠地责备自己，不该对于连吐露出自己的秘密，特别不该承认她对那几位喜欢她的先生们有兴趣，其实根本没这回事，不过是夸大了言辞。

尽管她有过种种美好的决心，她那女性的骄傲仍然每天都阻止她对于连说："因为是跟您说，我才觉得描述我的软弱是一种快乐，那一次德·克罗兹诺瓦先生把手放在大理石桌子上，稍稍碰了碰我的手，我就没有把手抽回来。"

而现在呢，一旦这些先生中有人和她讲上几分钟的话，她就会找一个问题来问于连，借此使于连留在她身边。

她发现她怀孕了，很开心，就把这件事告诉了于连。

"现在您还怀疑我吗？这不就是保证吗？我已经永远是您的妻子了。"

这个消息使于连深感震惊，他差点忘了他的行动准则。"怎么能对这个为了我而身败名裂的可怜的女孩子有意地冷淡无礼呢？"只要她有一点点痛苦的样子，哪怕是在理智发出它那可怕的声音的日子里，他也再无勇气对她说出那些残酷的话了，尽管根据他的经验，这种话对他们的爱情之持续是不可或缺的。

"我要给我的父亲写信，"一天玛蒂尔德对他说，"对我来说，他不但是父亲，还是朋友。对于他，您和我不能欺骗他，哪怕是一分钟，也是不应该的。"

"天哪！您怎么能这样做呢？"于连惊恐地叫道。

"履行我的职责。"她说，两眼中闪动着喜悦。

她比他的情人要来得大度。

"但是他是不会顾惜我的名誉的，他会从这儿把我赶走的！"

“这是他的权利，我们应该尊重他。如果他赶您出去，我会挎着您的胳膊，大摇大摆地从正门走出去。”

于连诧异极了，请求她再缓一个星期。

“不能再等了，”她回答说，“我听见荣誉在说，认真履行职责吧。”

“好吧！我命令您等待。”于连最后说道，“您的名誉不会受损的，我是您的丈夫。因为这个事关重大的决定，将使我们的身份发生变化。我也有责任。这样吧，今天是星期二，下周二德·雷兹公爵举办晚宴，当德·拉摩尔先生晚上回到家时，门房将给他这封决定命运的信……他一心想让您成为公爵夫人，对此我确信不疑，想想他的不幸有多大吧！”

“您的意思是说要预防到他的报复？”

“我可怜的恩人，伤害他，我会感到痛心。但是我不怕，任何人我都不怕。”

玛蒂尔德终于服从了。自从她把她的新情况告诉了于连后，这是他第一次用命令的语气向她讲话。他现在比以往任何时候都爱她，充满着心中的温柔，他窃喜她借马蒂尔德目前的处境，可以不必对她说狠心的话了。但是要向德·拉摩尔先生招认的事，深深地触动着他。他将要和玛蒂尔德分别吗？她看见他走时会难过吗？过了一个月之后，她还会想他吗？

他还有另一种恐惧，那就是侯爵会向他发出一番正义的斥责。

晚上，他向玛蒂尔德承认他忧愁的第二个原因，但是由于被爱情冲昏了头脑，随后他承认了第一个原因。

她的脸色陡然变了。

“离开我半年，对您真是一种不幸？”她说。

“很大的不幸，是目前我唯一害怕的。”

玛蒂尔德感到非常幸福。于连投入地进行着他的角色，竟让她觉得两个人当中是她爱得最深。

决定命运的星期二很快到来。午夜，侯爵回府，拿着一封信，注明要在身旁无人时由他亲自拆阅。

我的父亲：

我们之间的一切社会关系都已破裂，只剩下自然关系了。除了我的丈夫，您现在是，也将永远是我最亲爱的人。我的眼里满含着泪水，我想到了我给您造成的痛苦，但是，为了不使我的耻辱公开，为了让您有时间考虑和行动，我不能把应该向您招认的事情拖下去不说了。若是您的恩情——我明白您对我的恩情是像大海一样无边的——如果您愿意给我一份小小的年金，我将和我的丈夫去您愿意的地方生活，比方说去瑞士。他的姓氏如此卑微，绝不会有人认出索海尔夫人、维里业木匠的儿媳妇就是您的女儿。我在写这个姓氏时是多么无奈呵！我在替于连担心，怕他惹您生气，虽说从情理上讲，这是理所当然的。我不愿当公爵夫人，我的父亲，我爱他，是我首先爱上了他，是我诱惑了他。我从您那里继承了一颗高尚的心灵，不会把我的注意力投向庸俗或我觉得庸俗的事情上去。为了博取您的欢心，我曾对德·克罗兹诺瓦先生有过些想法，但都毫无意义。为什么您要把真正有价值的人置于我的眼下呢？我从耶尔回来时，您自己对我说：这位年轻的索海尔是唯一让我开心的人；这位可怜的孩子，对这封信给您带来的痛苦，和我一样感到痛心。我很清楚，作为父亲怎能不生气，但请您永远像一个朋友那样疼爱我吧。

于连素来就很尊重我，有时和我说话，只是出于他对您的感激。因为他性格中天然的高傲使他只在正式场合理会那些远远高出于他的人。他对社会地位的差别具有一种强烈的、天生的感觉。我羞于向我最好的朋友承认，而这是绝不能向其他任何人承认的，是我，有一天在花园里主动抱住了他的胳膊。

二十四个钟头之后，您为什么还对他生气呢？我的错误无法补救。如果您一定要的话，将由我转达他的深切的敬意和使您感到不快的遗憾。您不会再见到他，然而他去哪儿，我就会去哪儿跟他会面。这是他的权利，也是我的责任，他是我的孩子的父亲。

如果您的仁慈愿意给我们六千法郎以供度日，我将怀着感激之情接受；不然于连就打算去贝藏松定居，在那里讲授拉丁文和文学。不管他的出身如何卑微，我相信他会飞黄腾达的。同他在一起，我深信会有出头之日。如果发生革命，我确信他会担任主要角色。在那些向我求婚的人当中，有哪一个您能这样说呢？他们的确有数不清的财产！但是我不能单从这方面去找青睐他们的理由。即使在今天的政治环境下，我的于连也能够获得很高的地位，要是他有百万资财和我父亲的保护就更有可能了……

玛蒂尔德知道侯爵很是意气用事的，于是写了八页之多。

“如何是好？”半夜里，当德·拉摩尔先生正看这封信时，于连在花园里散步时暗想，“第一，我的责任在哪儿？第二，我的利益在哪儿？他对我恩重如山：没有他我只会是个地位低下的无赖，而且还不能无赖到不受人憎恨和欺侮的程度。已培养我成为一个上流社会的人士了。我首先减少了我是一贯的欺骗行为，其次也不那么卑鄙了。这比送给我百万金钱要有价值的多！是他给了我这枚十字勋章和使我出人头地的表面上的外交服务。

“要是他用笔来记录我行为的话会怎样写呢……”

于连正沉思着，突然被德·拉摩尔先生的老仆人打断了。

“侯爵让您立刻去见他，不管您是否穿戴整齐。”

老仆人和于连一同走着，低声对他说：“侯爵正大发脾气呢，您可得当心啊！”

第三十三章

堕入地狱

于连发现侯爵大怒，也许这位贵人生平第一次顾不上文雅了，他破口大骂，嘴上来什么就骂什么。我们的英雄吃惊了，不耐烦了，不过他的感激之情丝毫不曾动摇。“这可怜的人，长久以来思想深处盘算着多少美好的计划，如今竟眼睁睁地看着它们顷刻间垮台了！不过我应该回答他，我的沉默会增加他的愤怒。于是他借用达尔丢夫的话回答道：

“我不是一个天使……我曾经任劳任怨地为您服务，您也慷慨地给予我报酬……我对您是感激的，当时我只有二十二岁……在这个家中，了解我的只有您和那个可爱的人儿……”

“魔鬼！”侯爵吼了起来，“可爱的！可爱的！在您开始觉得她可爱的那一天，我就该叫你滚蛋。”

“我曾经试过，那时，我请求您让我去朗格多克。”

侯爵气得走来走去，累了，也被痛苦压倒，一屁股坐在椅子上。于连听见他低声自语：“这倒也不是个坏人。”

“是的，我并不那么坏啊。”于连嚷道，同时应声跪了下来。但是他感到这个举动极为可耻，马上又站了起来。

侯爵的确是气糊涂了。看见他跪下，侯爵又百般辱骂起来，骂得凶且俗，与车夫无异。辱骂用词新奇，也许能化解愤怒。

"怎么？我的女儿以后叫作索海尔太太！怎么？我的女儿不是公爵夫人！"每当这两个念头同样清晰地呈现，德·拉摩尔先生就像在受酷刑一般痛苦，无法控制自己的情绪。于连害怕要挨揍。

侯爵渐渐习惯他的不幸了，在清醒的间隙，他也对于连提出相当合情合理的指责：

"您应当逃走，先生，"他说道，"逃走是您的义务……您是世界上最下流的人……"

于连走到桌旁写道：

> 很久以来，生活于我已不堪忍受，现在该结束它了。我请求侯爵先生允许我表示无限的感激之情，并允许我因死在府中而给他造成的麻烦深表歉意。

"请侯爵赏脸看下这张字条，"于连说，"杀了我吧，或是叫您的仆人杀了我。现在是深夜一点钟，我到花园里，慢慢朝后墙走。"

"滚吧！"当他走开时，侯爵对他吼道。

"我明白，"于连心想，"看到我不把我的死栽到他的仆人头上，他也许会高兴的……让他杀死我吧，也好，这是我给他的一个满足……但是，天哪！我爱生命……为了我的儿子，我应该活下去。"

最初他感觉很危险，但是散步几分钟之后，这个想法第一次如此清晰地浮现在他的脑海里，完全占据了他的心神。

这种关切如此新奇，使他成了个谨慎的人。"我得有个人商量如何对付这个狂暴的人……他毫无理智，什么事都干得出来。富凯离得太远，再说他也不会理解侯爵这种人的感情。阿塔米拉伯爵……我有把握他永远保持沉默吗？我的主意不应横生枝节，使我的处境复杂化。唉！只留下沉郁的彼拉尔神父了……冉森派教义已使他心胸狭窄……一个耶稣会的坏蛋倒是深谙社会，对我或许更有好处……一旦听到我的罪恶，彼拉尔先生肯定会打我的。"

达尔丢夫的天才挽救了于连："好吧，我去对他忏悔。"这就是他在花园中散步整整两小时后所做的重大决定。他不再想他可能挨枪子儿了，他困得不行。

第二天一大早，于连就到了巴黎几法里之外，去敲严厉的冉森派的门。他大为惊讶，他发现神甫对他的忏悔并无过分的惊奇之感。

"也许我应该责怪自己，"神甫对自己说，担心多于气愤，"我相信我已猜到这桩恋情，我对您的友情，不幸的孩子，阻止我告诉她父亲……"

"他会做什么呢？"于连急忙问。

他很爱这个教士，如果面对一场指责将是很难受的。

"我看有三个办法，"于连继续说，"第一，德·拉摩尔先生把我处死。"于是他讲述他留给侯爵的那封决定自杀的信。"第二，他或许叫诺尔贝伯爵同我决斗，把我当作枪靶子。"

"您能接受吗？"彼拉尔教士说着，气得站起来了。

"您还没有让我说完呢，我当然不会向我的恩人的儿子开枪。"第三，他可能让我离开。如果他对我说：'去爱丁堡，去纽约，'我会服从的，那时候，他们可以掩盖德·拉摩尔小姐的状况，不过我不能容忍他们除掉我的儿子。"

"这一点毋庸置疑，这会是那个道德败坏的人的第一个念头……"

在巴黎，玛蒂尔德正濒临绝望。她在早晨七点钟去见过父亲。他给她看了于连的绝命书，她发抖了，就怕他以为结束生命才是高贵的，"为什么您不经我同意就让他自杀？"她心想道，我的痛苦已经变成愤怒。

"如果他死了，我也死。"她对她父亲说，"您将是他的死因……您也许会高兴吧……但是我要向他的亡灵起誓，首先我将戴孝，我将公开我的索海尔寡妇的身份，我还要散发讣告，您瞧着吧……您等着吧，我不会胆怯懦弱的。"

她竟爱得如此疯狂。如今轮到德·拉摩尔先生惊慌失措了。

他开始理智地审视这一事件。早餐时，玛蒂尔德没有来吃饭。侯爵如释重负。特别是他发现她什么也没有对母亲说，就更感到宽慰了

午时，于连回来了，院子里传来嗒嗒的马蹄声。于连纵身下马，玛蒂尔德立即派人来叫他，几乎当着女仆的面冲向他的怀中。于连并没对这种狂热无所适从，与彼拉尔神父进行了很长时间的交谈，他变得很机警，而且富有计谋。他再也不胡思乱想了，玛蒂尔德满含眼泪地告诉他，她看到了他要自杀的信。

"我的父亲会改变主意的，我求您立刻动身去维尔基埃。骑上马，赶在他们吃完饭之前走出府邸。"

由于于连丝毫没有改变他那惊异且冷静的神情，她放声大哭起来。

"让我来处理这件事吧。"她哭喊着，同时紧紧搂住于连，"你知道我不是有意离开你。给我写信，写给我的女仆，让别人写信封，我会给你写很长很长的信。再见！逃吧。"

这最后一句话刺伤了于连，不过他还是服从了。"命中注定，"他想，"就是在最好的时候，这些人也知道如何刺痛我。"

玛蒂尔德坚决地抵制她父亲的各种谨慎的计划。谈判的基础只有一个，其余的她都不愿意：这个原则就是，她将是索海尔太太，同她的丈夫在瑞士贫寒地生活，或者和她的父亲住在巴黎。她坚决反对秘密分娩，"那样的话就有可能开始对我进行诽谤和侮辱。结婚后两个月，我和丈夫出门旅行，这样我们就容易安排我的儿子出世的适当时期了。"

玛蒂尔德的坚定意愿，起初遭到侯爵愤怒的训斥，但后来他还是有些动摇了。

他心肠软下来了，向他女儿说："这有一张一万法郎年金的存折，你拿去给你的于连，叫他赶快把钱取出来，这样我就不可能再收回来了。"

于连知道玛蒂尔德喜欢发号施令，为了服从她，就赶了四十法里的冤枉路：他在维尔基埃和佃户们把账目算清，侯爵的恩惠给了

他返回的机会，他去求彼拉尔神甫收留他，彼拉尔神甫在他不在的那段时间里已经成了玛蒂尔德最有用的盟友了。侯爵每次问到他，他都证实公开结婚以外的一切办法在天主的眼里都是罪恶。

“幸亏在这里，”教士补充道，“世俗的道理和宗教的原则是一致的。德·拉摩尔小姐性情急躁，自己都保不住秘密，别人还能指望秘密能保住一时一刻吗？如果不接受光明磊落的公开结婚，社会将在长得多的时间里关注这宗奇怪的门户不当的婚事，将会长时间地议论不休，所以应该把事情一次讲清楚，不管是表面上还是事实上都不让它有丝毫的隐瞒。”

“不错，”侯爵沉思后回答，“这样做了，如果三天以后还议论这桩婚事，那就成了没头脑的人的废话了。应该利用政府采取重大的反雅各宾措施的机会，悄悄地跟着把事情办了。”

德·拉摩尔先生的两三位朋友，与彼拉尔神父的意见一致。在他们认为，最大的问题是玛蒂尔德坚定的性格。但在听了许多好理由之后，侯爵在内心深处仍然不甘心放弃他女儿即将获得御赐宝座的机会。

他的记忆和想象中充满了各种各样的花招和欺骗，那在他年轻时还是可能的。屈服于需要，害怕法律，他认为对他那种地位的人来说，是荒谬丢脸的事。十年来他为了这个心爱的女儿想入非非，美梦联翩，如今付出了高昂的代价。

“谁能想到会发生这种事呢？”他心想着，“一个性格如此高傲、天赋如此超绝，对自己的姓氏比我还要骄傲的女孩子，法国最显赫的人家老早前来求婚的女孩子，竟会出这样的事！

“我们应该抛开世俗陈规。这个世界注定会把一切搞乱！我们正在进入混沌的世界。”

第三十四章

一个聪明人

任何理由也不能摧毁十年的美梦所建立起来的王国。侯爵并不认为生气是明智的，然而他又下不了决心饶恕。“这个于连要是能出个意外死掉就好了……”他有时候自言自语，这样，他那伤心的想象从追逐最荒唐的幻影中得到些许安慰。这些幻影使彼拉尔神甫那些明智的道理起不了作用。一个月就这样过去了，谈判没有前进一步。

家庭事件和在政治事件中一样，侯爵常有一些独到的见解，他可以为这些见解连续兴奋三天。这时，如果一个行动计划是建立在正确的推理之上的，他就不喜欢；他认为正中下怀的推理必须支持他的心爱的计划。三天来，他用一个诗人似的全部热忱从事研究，把问题提高到某一层次时，第四天他就不再去管了。

于连开始还对侯爵的迟缓感到困惑，可是过了几个礼拜，他开始猜到，德·拉摩尔先生在这件事情中还没有任何确定的计划。德·拉摩尔夫人和全家的人都以为于连到外省出差去处理地产的事了。其实他藏在彼拉尔神父的住处，几乎每天都和玛蒂尔德会面。她每天早晨要和她父亲待个一小时，但一连几星期，他们都不提起占据他们整个头脑的那件事。

“我不想知道这个人在哪里，”有一天侯爵对她说，“把这封信给他吧。”

玛蒂尔德念道：“朗格多克的土地，每年收入总共二万零六百法郎，其中一万零六百法郎给我的女儿，另外一万法郎给于连·索海尔先生。当然，土地也一起给你们。告诉公证人拟两个赠与契约，明天就给我，此后我们就不再有关系了！先生，这一切我真是意想不到啊！德·拉摩尔侯爵。”

“我非常感谢您，”玛蒂尔德兴奋地说道，“我们可以住在荆棘城堡，在阿让与马尔芒德之间。据说那里的风景和意大利一样美丽。”

这份赠予使于连极为惊讶。他不再是我们曾经认识的那个严厉冷漠的人了。儿子还没出生，其命运已经吸引住他的全部心思。对一个如此贫穷的人来说，这笔意外的财富还是相当可观的，他不禁生出一份野心。他眼看着他妻子或者说他有了一笔年金。对于玛蒂尔德，她的全部感情都集中在对丈夫的崇拜上，他的高傲使她如此称呼于连。她最大的、也是唯一的期望，就是让她的婚姻得到社会的认可。她时时都在夸大她表现出高度明智，把自己的命运和一个出类拔萃的男人的命运结合在一起。

于连几乎经常不在家，加上事务如此繁重，谈情说爱的时间又很少，这一切使得于连以前发明的明智策略获得了效果。

玛蒂尔德很少和她心爱的人见面，最后终于忍受不了了。

在她气恼时，她写信给父亲，信的开头与奥瑟罗[①]类似的语气：

“我宁愿要于连，而不愿要社会给予德·拉摩尔侯爵的女儿的所有娱乐，我的选择足够证明这一点，地位和虚荣，对我来说，是一文不值的。我和丈夫快有六个星期没有见面了，这足以说明我对您的尊敬。在下星期前，我要离开您去找他。您的恩德已使我们富有。除了可敬的彼拉尔神甫，没有人知道我的秘密。我要去他那儿，他将为我们主持婚礼，仪式结束一个钟头之后，我们便去朗格多克。除非有您的同意，否则我们不会在巴黎露面。然而使我伤心的是，这一切将被编成耸人听闻的传闻，用来攻击我，攻击您。一

① 莎士比亚的名剧《奥赛罗》中的主人公。

个愚蠢的公众所编造的那些俏皮话难道不会迫使我们善良的诺贝尔去找于连的麻烦吗？我了解他，在这种情况下，我对他是无能为力的。我们会在他的灵魂中发现一个反抗的平民。我跪下请求您，我的父亲啊！来参加我的婚礼吧，在彼拉尔神甫的教堂里，下礼拜四，那些恶毒的传闻将失去锋芒，您的独子的生命、我丈夫的生命将得到保障……”

这封信使侯爵的精神陷入极大的困惑中。可是最后还是得拿个主意呀，所有的微小习惯，所有一般朋友，都失去了作用。

在这种非同寻常的情况下，他性格中那些受到年轻时种种事件影响的重大特征，又恢复了它们的全部力量。在享有巨大资产和宫廷特权两年后，1790年的革命使他卷入可怕的惨境。这个严酷的锻炼改变了一个二十二岁的年轻人的心灵。实际上，他是坐镇眼下的财富之中，而不大为其所制。然而，同一种想象力使他的灵魂免受金钱的腐蚀，却使他沉浸在希望他女儿获得贵族称号的狂热中。

刚过去的六个星期中，侯爵偶尔心血来潮，觉得应该使于连富有；他觉得贫穷是可耻的，对他德·拉摩尔先生来说更是不体面的，而在他女儿的丈夫身上则是不可能的；他女儿的丈夫不应该是贫穷的，于是他赠予大量的金钱。第二天他的想象改变了，他觉得于连会领会他慷慨解囊背后的弦外之音。他会改名换姓，逃亡去美洲，写信给玛蒂尔德说他已经为她去死了。德·拉摩尔先生想象这封信已经写好，并且注意到这对他女儿性格产生的影响……

玛蒂尔德的真实的信把他从这些如此幼稚的梦幻中拉了出来，那一天他想了好久如何杀死于连或让他失踪，然后又想如何让他有个辉煌前程。他让于连用他的一处庄园的名称作姓氏；为什么不能把自己的爵位传给他呢？他的岳父德·肖纳公爵，自从他的独子战死西班牙之后，已经跟他说过好几次，想把他的爵位传给诺贝尔……

“我们不得不承认于连有一种特殊的办事才能，也颇有胆量，将来很可能会很优秀。”侯爵暗想道，“但是在他性格的深处，我发现有某种可怕的东西，这是他留给所有人的印象。”

“有一次我的女儿对我说得很好（在一封没有引用的信里）：于连不属于任何沙龙，任何党派。他没有寻求任何力量的帮助来反对我，要是我抛弃他，他也是毫无办法的，可这是对社会当前状况的无知吗？有两三次我对他说：‘要当候选人，只有沙龙的支持才是切实的、有用的支持……’”

“不，他像一个律师一样不放过任何机会，老奸巨猾……他绝不是路易十一[①]那类的性格。一方面，我看见他满口不宽容的格言警句……我简直被搞糊涂了……他向自己重复那些格言，是不是为了控制自己的情绪呢？”

“至少有一点很清楚：他受不了蔑视，我从这里下手掌握他。”

“真是，他没有上流社会的宗教信仰，他尊重我们并非出自本意的……这是个缺点，不过，一个神学院学生的灵魂忍受不了的应该是享乐和金钱的匮乏。他则完全不同，他绝对不能容忍别人的轻视。”

在女儿来信的催逼下，德·拉摩尔先生觉得必须下决心了，“总之，关键的问题在于：于连胆子大到追求我女儿的程度，是不是因为他知道我最爱她，我有十万埃居的进款呢？”

玛蒂尔德不这样认为，“不会的，我的于连，关于这一点我万分肯定，我不会骗我自己的。”

“这是真正的爱情吗？还是向上爬的、平庸的欲望呢？玛蒂尔德是有远见的，她首先感觉到这种怀疑会在我的心目中毁掉他，所以她才承认是她先爱上他的……”

“一个女孩子，性格如此高傲，竟然会忘掉自己的身份，首先做出那样粗俗的举动！一天夜晚在花园里抱住他的胳膊，多么可怕啊！好像她没有千百种稍微体面些的办法让他知道她看中了他似的。”

“辩解等于承认，我不相信玛蒂尔德……”这一天，侯爵的分析比平时更具结论性。不过，还是习惯占了上风，他决定争取时间，就给女儿写了一封信。因为在这座府邸里人们是互相写信的。

---

① 路易十一以诡计多端著称。

德·拉摩尔先生不敢和玛蒂尔德面对面地谈，不敢顶她。他怕突然一个让步，整个事情便告结束。于是，他在信中写道：

“不要再做傻事，这里有一张轻骑兵中尉的委任状，授予于连·索海尔·德·拉韦尔内骑士。您看得出我为他做了些什么。不要违抗我，不要问我。叫他在二十四时内动身去斯特拉斯堡报到，他的军队驻扎在那儿。这里还有一张向银行取敷的支票。他应该服从我。”

玛蒂尔德的爱情和快乐真是无穷无尽，决定趁胜利立刻回信：

“如果德·拉韦尔内先生知道您为他做的这一切，他会非常感谢您，定会感激涕零，诚惶诚恐，匍匐在您的脚下。然而，我的父亲如此宽宏大量，却独独把我忘了；您的女儿的名誉处在危险之中。一招不慎，就会造成永久的玷污，两万金币的金钱，也无法弥补。除非您答应我下月，婚礼在维勒基埃公开举行，我才把您的委任状交给德·拉韦尔内先生。因为过了这个期限不久，您的女儿就只能以德·拉韦尔内夫人的名义在公开场合露面了。亲爱的爸爸，我是多么感激您把我从索海尔这个姓氏中挽救了出来……”

可她没有料到回信竟是这样的：

“服从吧，否则我将收回成命。发抖吧，不谨慎的孩子。我还不了解您的于连是何许人，而您自己比我还了解得少。让他动身去斯特拉斯堡，想着走正道吧。我在半个月内让您知道我的决定。”

这封回信相当坚决，使玛蒂尔德感到诧异。“我不了解于连，”

这句话让她浮想联翩，很快就得出一些很具魅力的假设，而她认为这些假设是真实的。于连在精神上，还未披上沙龙那卑劣的小制服。父亲不相信他的优越性，恰好事实证明他具有优越性……

“不过，他这个心血来潮的想法刚刚露头，我若不服从，就可能导致一场公开的争吵；张扬出去会降低我的社会地位，可能让我在于连的眼中也不那么可爱了。关系破裂以后，我们将面临十年贫困。因为一个男人有才能而选他做丈夫，这种疯狂行为，要想不惹人非议，除非你金玉满堂。如果我离开我的父亲到遥远的地方去生活，像他这么大岁数的人，很可能把我忘了。诺尔贝将会娶一个可爱的、精明的女人，老年的路易十四还曾被勃艮等公爵夫人[①]所吸引……”

她决定服从，但是没有把她父亲的信给于连，因为他那火暴脾气会让他干出蠢事来。

晚上她告诉于连，他已经是骑兵中尉了，他喜出望外。我们可以从他一生的野心和他对他的儿子的热情中来想象他快乐的程度，不难想象他的快乐。姓氏的改变使他大为惊讶。

“总之，”他想，“我写完了我的小说，所有的成绩都是我的。我总算做到让这个骄傲的怪物爱我了。”他一面想，一面注视着玛蒂尔德，“她父亲没有她不能活，她没有我不能活。”

---

① 指路易十四的孙媳。

第三十五章

风暴来临

他完全沉浸在思考中，她向他表示热烈的感情，只是虚应着。他一直不说话，沉着脸。在玛蒂尔德眼中，他从未显得如此伟大，如此值得崇拜。她担心他的自尊太敏感，稍有不周，就会打乱整个局面。

她看见彼拉尔神父差不多每天早晨都到府邸来。于连不愿从他那儿知道她父亲的一点旨意吗？侯爵本人，不会突然一时兴起写信给他吗？得到如此巨大的幸福以后，于连的神色怎么还这么严厉呢？她不敢问他。

她不敢！她，玛蒂尔德！从这刻起，她对于连的感情里，掺杂了许多模糊的，无法预料的甚至是可怕的成分。这颗冷酷的心感觉到了一个在巴黎人赞赏的过度文明中长大的人所能有的全部热情。

第二天一早，于连来到彼拉尔神父的住处。驿马拖着一辆从邻近驿站租来的破旧车子进了院子。

“这样的车子已经不合时宜了，”这位严厉的神父面带不悦的神情说道，“这里有两万法郎，是德·拉摩尔先生送给您的，他要求您在一年内花完，但尽量别闹出笑话（交给一个年轻人这么一大笔钱，在神父看来，就是在给他一个犯罪的机会）。

“侯爵还补充说：‘于连·德·拉韦尔内先生的这笔钱是他父亲的，他父亲是谁就不必说了。德·拉韦尔内先生也许认为应该送一份礼物给维里埃的木匠索海尔先生，小时候他照应过他……’我可以负责去办这件事。”神父接着说，“就是终于促使德·拉摩尔先生同意和那个诡计多端的德·弗里莱代理主教达成和解。他的威望实在巨大，影响我们很深，事实上他才是统治贝藏松的人。他对您的高贵出身的默认将是谈判的一个心照不宣的条件。”

于连高兴得无法自抑，抱住彼拉尔神父，他的高贵出身已经得到了承认。

“呸！”彼拉尔神父说着，把他推开，“这种世俗的虚荣有何意思？至于索海尔和的他孩子们，我将以我的名义每年送给他们五百法郎的赡养费，分别付给他们每个人，只要我愿意的话。”

于连冷静下来，恢复高傲的态度。他向神父表示感谢，但措辞空洞，使自己不受任何约束。“这是真的吗？”他暗想道，“难道我真的可能是被可怕的拿破仑放逐到我们山区里的一个大贵人的私生子吗？”他越来越觉得这并非不可能，不禁对自己说，“我对我父亲的仇恨就是一个证明……我不再是个怪物了！”

在这场谈话结束以后，没过几天，轻骑兵第十五团，法国最优秀的轻骑兵团之一，在斯特拉斯堡的校场里演习。德·拉韦尔内骑士先生骑着一匹最漂亮的阿尔萨斯马，那是他刚花了六千法郎买的。他被任命为一个他从没听说过的团队的中尉，虽然之前他还未当过少尉。

他那毫无表情的神态，他那严厉、近乎凶恶的眼睛，他的苍白，他的不可动摇的冷静，从第一天起就树立了他的声誉。不久，他周全得体的礼貌，他娴熟的射击技能，使他的同僚们放弃了公开嘲笑他的意图。经过五、六天的犹豫，团里的舆论对他有利。一些喜欢幽默的老军官说：“这个年轻人，什么都有，就是没有年轻人的样子。”

于连在斯特拉斯堡写信给谢朗先生——维里业的老教士，他现在已经老态龙钟了：

我深信，当您得知我由于成家而变得富裕了，您一定非常高兴。这里有五百法郎，我请求您悄悄地、也别说出我的名字，把它分给那些像我从前那样贫穷而不幸的人，我相信您一定会帮助他们，就像以前帮助我那样。

使于连陶醉的是野心，不是虚荣。不过他仍把很大一部分注意力放在外表的修饰上。他的马，他的军服，他的随从的号衣都干净整洁，简直能给一丝不苟的英国大贵人增光了。由于他人的庇护，刚刚当上两天中尉，他就在盘算，怎样才能在三十岁以前成为统帅，就像所有伟大的将军一样，他得以在二十三岁时，身居中尉之上，现在他眼中只有荣誉和他的儿子。

他正沉浸在最狂妄的野心中，德·拉摩尔府邸的一个年轻仆人送来了一封信，他感到有些不妙。

“一切都完了，”玛蒂尔德给他写道，“尽可能快地赶回来，不顾一切，哪怕是开小差。您一到，就在×街×号的花园的小门旁，在马车里等我……我和您谈话，或许我可以把您领进花园。一切都完了，而且我担心无可挽回了；相信我，您看我在逆境中仍是忠诚的，坚定的。我爱您。”

几分钟后，于连得到了上校的许可，骑着马飞快地离开了斯特拉斯堡。可怕的不安吞噬着他，过了麦茨他就骑不动马了。他跳上一辆驿车，以一种惊人的速度，到达指定的地点，德·拉摩尔府邸花园的小门外。门开了，玛蒂尔德忘掉了一切尊严，立刻投入他的怀抱，幸亏那时刚刚早晨五点钟，街上还没有行人。

“一切都完了，我父亲怕看见我哭，星期四深夜就走了，谁也不知道他去了哪里！这是他的信，您看吧。”她和于连一起上了马车。

“我什么都能宽恕，就是不能宽恕那种因为您有钱就诱惑您的计划。看吧，不幸的孩子，这就是可怕的真相。我发誓，我绝不同意您和这个人结婚。如果他愿意走得远远的，离开法国，最好去美洲，我保证给他年金。您看看这封信吧，这是我了解他的情况而收到的回信。您可以看看，您不必写回信给我了，只要涉及这个人，哪怕一个字，我也不愿看。巴黎和您都令我感到厌恶。我要求您对将要发生的事，绝对保守秘密，痛痛快快地拒绝这个人吧，这样您可以重新得到一个父亲。”

“德·雷纳夫人的信在哪儿？”于连冷静地问。

“在这儿，我本来想等你有所准备后再交给你。”

信中写道：

“出于宗教道德与责任感，先生，我不得不告诉您一切。基于一条颠扑不破的真理和为了避免更大的丑闻，我在这一时刻不得不伤害别人。虽然痛苦，但我更应该负起责任。的确，先生，您向我打听全部真实情况的这个人，他的行为似乎是无法解释，或竟是正派的。这个贫穷潦倒贪婪虚伪专门诱惑不幸的女人的人，为了改变自己的身份，出人头地。现于一种责任使我不得不向您补充一句，我相信于连先生是没有任何宗教信仰的。凭良心说，我不能不这样想，他为了在一个家庭里获得成功，其手段之一就是竭力诱惑这个家里最有影响力的女人。装着一副无私的样子，高调的诺言，其最终的唯一目的，就是怎样支配那一家的主人和财产，而他留给他人的只是不幸和永恒的懊悔……”

这封信很长，每个字迹都因沾满泪水而模糊，它确实是德·雷纳夫人亲笔写的，而且比平时写得更要仔细。

“我不能责备德·拉摩尔先生，”于连看完信说道，“他是公正并谨慎的。哪个父亲愿意把他女儿嫁给这样一个人呢，再见吧！”

于连跳下马车，跑向等在马路一端的驿车，玛蒂尔德好像被他忘了，追了几步，然而来到店铺门口的商人都认识她，他们的目光逼得她急急退回花园里去。于连在去维里业的紧张的旅途中，不方便按约定写信给玛蒂尔德，原因是他不能够正常地写字。

星期天上午，他抵达了维里业。他最近的发迹已经成为了当地的特大新闻，以至于刚进一家武器店，老板就对他奉承了一番。

于连花费了很大的劲儿，才让老板知道他需要两把手枪。在他的请求下，老板帮他装上了子弹。

三声钟响了，这在法国乡村里是尽人皆知的信号，它在早晨各种钟声响过之后，宣布弥撒即将开始。

于连走进维里业刚建成的教堂，教堂里的所有大窗户，都用紫色的帷幔遮了起来。于连站在德·雷纳夫人身后不远的地方，她好像正在虔诚地祷告。看着眼前曾深爱过他的人，于连的胳膊发抖了，不能执行计划。“我不能，”他对自己说，“我真下不了手啊。”

此刻，辅助弥撒的年轻执事开始为供奉圣体的仪式摇铃，德·雷纳夫人低头的一刹那，她的披肩完全遮住了她的头。于连没有认出她，他对着她开了一枪，没打中，他接着开了第二枪，她倒在了地上。

第三十六章

悲惨的实情

于连站着不动，眼前一无所见。等到他稍微缓过点神来，他发现信徒们纷纷逃出教堂，教士也离开了祭坛。于连跟在几个边喊边逃的女人后面，慢慢地往外走。一个女人想逃得比别人快些，猛地推了他一把，他跌倒了。他的脚被人群撞倒的椅子绊住，当他起来时，感到脖子已被人抓住，一个穿制服的警察把他逮捕了。于连本能地要抓自己的手枪，却被另外的警察迅速地抓住了胳臂。

他戴着手铐，被带到一间上了两道锁的屋子里。而对于这一切，他一点反应也没有。

“我的天，一切都完了……”他清醒后大声喊道，“没错，半个月以后要被砍头，或者在这之前选择自杀。”

他不能再往下想了，他觉得自己的脑袋被猛力地夹住。他看了看是否有人抓住了他。不一会儿，他沉沉睡去了。

幸运的是德·雷纳夫人并没有受到致命的枪击。第一颗子弹击中了她的帽子，当她转身时，第二颗子弹已经发出，打在她的肩上，说来挺奇怪，子弹却被肩骨弹回去了，把一个哥特式的石柱打碎了一块。

经过长时间的、痛苦的包扎，外科医生，一个很严肃的人，对德·雷纳夫人说：“我可以像担保我自己的生命一样担保您的生命。”她深感痛苦。

一直以来，她都不想活了。听她忏悔的教士逼她给德·拉摩尔先生写信，这封信给这个因长久的不幸而变得虚弱不堪的人最后一击。这不幸就是于连的离别，而她把这叫作悔恨。这位从第戎新来的年轻教士，道德高尚，又热诚，他的确猜透了她的想法。

“这样死去，而又不是自杀，就不是罪恶了，”德·雷纳夫人暗想道，“天主或许会宽恕我甘愿死去的想法。”她不敢加这一句：“能够死在于连的手上，真是最大的幸福。”

所有人刚刚离开病房，她就让人把女仆艾丽莎叫来。

“监狱看守，”她对女仆说，满脸通红，“是个残酷的人，他肯定要虐待他，以为是做了件让我高兴的事……想到这儿我就受不了。您能不能像您自己要去的那样去把这装着几个路易的小包送给监狱看守？您对他说宗教不许他虐待他……尤其不要谈送钱的事儿。

只有按照上面的方法去做，维里业监狱看守才能对于连好点。看守人自然是那个工作尽职尽责的奴沃瓦先生，他看到阿佩尔先生非常惊慌。

一位审判官来到监狱。“我故意伤人，”于连对他说道，“我在某武器店买了手枪，并让店主人装上子弹。据民法第一三四二条，我应被判死刑，我等待着死刑。”一时没搞清状况的审判官，接着提出一系列问题，想使被告在回答时相互矛盾。

“您难道没看见吗？”于连微笑地对他说道，“我努力按照您所想的来承认我的罪行，您应该会因为我被判死刑而非常高兴吧？请您离开这里吧。”

“到现在为止，我还有一件事必须去做，”于连心想，“我应该给德·拉摩尔小姐写封信。”

他在信中说道：

我已复仇，遗憾的是我的名字将出现在报纸上，我不能悄悄地逃离这个世界。我将在两个月内死去。复仇是残酷的，一如与您分别的痛苦。从今以后，我禁止我自己写和说您的名字。永远不要说起我，甚至对我的儿子：沉默是尊重我的唯一方式。在普通人的眼里，我无非是个普通的杀人犯，请您在最后的时刻发个誓：您一定要彻彻底底忘记我。我劝您不要和任何人提起这件事情，因为需要很久才能耗尽我在您性格里看出的所有幻想和冒险的成分。您生来就该与中世纪的英雄们为伍，那就表现出他们的坚定的性格吧。但愿应该发生的事到现在为止，但愿一切都已经结束了，我只希望不要拖累您。您可以用假名，不要有什么知情人。如果一定需要一个朋友的话，就把彼拉尔神父留给您。

不要告诉任何人，特别是同属于您那个阶级的人，比如德·吕兹、德·凯律之流。

我死了一年后，您就跟德·克奴瓦斯奴瓦先生结婚，我请求您这么做，我以您丈夫的名义要求您这样做，不要给我写信，我也不会回信的。我觉得我远不如伊阿果[①]那么坏，我却要像他那样说："从今以后，我再也不说一句话。"

人们再也不会看见我说话和写信，您已经得到了我最后的话和最后的爱了。

于连·索海尔

信送出以后，于连稍稍清醒了些，第一次感到非常不幸。"我将死去"这句伟大的话大概已经把那些生自野心的希望一个个从他的心中拔去了，他觉得死亡本身并不可怕。他的一生不过是为不幸做长期的准备罢了，他不会有意忘记这个被认为是最大的不幸的不幸。"怎么！"他自言自语道，"比如在两个月内，我必须和一个武力高强的人一决高下，难倒我会胆战心惊，心里总是放不下吗？"

他用了一个多小时的时间，从这个角度来仔细分析自己。

当他看清楚了自己，真理如同狱里的石柱一样明显地呈现在他

① 莎士比亚的名剧《奥赛罗》中的人物，一个两面三刀的小人。

面前时，他感到后悔了。

“为什么我要悔恨？我受到了最残酷的侮辱，我杀了人，理当被判死刑，不过如此罢了。在和人类算清了账以后，我将死去。我所有责任都完成了，我不会亏欠任何人；我的死没有任何可耻的地方，只不过死在刑具下罢了。没错，只是这一点，在维里业的资产阶级眼中，就够耻辱的了。但是理智地看，还有比这更可蔑视的吗！我只有一个办法能让他们敬重我，就是在去刑场的路上向民众抛撒金币。想起了我，就想起了金子，这在他们后来就是光辉夺目的了。”

经过六十秒的考虑，他觉得问题已经很清楚了，“我在这个世界上没有事情可做了。”他暗想道，接着便沉沉地睡去了。

晚上九点钟，看守人送来晚饭，并叫醒了他。

“维里业的人在议论些什么？”

“于连先生，我就任这个职务那一天是在王家法院的十字架前宣过誓的，我不能不保持沉默。”

他没有开口但也没有走开。于连看出这种庸俗的伪善行为，感到很可笑。“我给他五个法郎，他就开口跟我说话，”他心想道，“我得让他等着。”

待他刚吃完饭，看守人还没有向他做出试探，就使用虚伪并柔顺的态度说道：

“出于我对您的友谊，于连先生，我不能不说了；尽管有人会说这有悖于法律的利益，因为这可能对您进行辩护有用……于连先生是个心地很好的人，所以当我告诉他德·雷纳夫人已经好些了的时候，他一定会非常高兴的。”

“什么！她还活着？”于连不禁站起来，叫了出来。

“怎么！您一点儿也不知道？”看守说，愚蠢的表情变为兴奋的贪婪，“先生应该送点儿什么给外科医生，根据法律和正义，他是不应该说出去的。可是我为了让先生高兴，就去了他那里，他什么都跟我说了……”

“总之，她还没有死，”于连很不耐烦地走过去，“你能用你的生命保证吗？”

看守是个六尺高的巨人，也不禁害怕了，直朝门口退。于连看到他采取了错误的手段，这样是弄不清真相的，于是他又坐了下来，扔了一个拿破仑金币给奴瓦卢先生。

当那个人的叙述渐渐向于连证明了德·雷纳夫还活着的时候，他感觉自己快要哭出来了。“出去！”他突然对他吼道。

看守服从了。门一关上，于连就叫起来：“伟大的天主！她没有死！”他跪了下去，热泪夺眶而出。

在这紧要关头，他却成了有信仰的人。教士们的伪善能算什么？它能使天主这一崇高无比的真理受到威胁吗？

也就从这一刻开始，于连才开始后悔犯下的罪。眼前的事对他来说还有希望，从巴黎来到维里业，他身体上、精神上那种激动不安的心情，到现在才平静下来。

他的泪水有着高贵的源头，他对等待着他的判决没有丝毫怀疑。

他自言自语道：“她现在很好地活着还是为了原谅我，还是为了爱我……”

第二天上午，监狱看守人叫醒他，对他说：

“于连先生，您很有勇气。我今天是第三次来，前两次都没敢打扰您。这有两瓶美酒，是我们本区教士马斯隆先生送给您的。”

“什么！那个流氓还没有离开这里吗？”于连说道。

“是的，先生，”监狱看守人小声回答道，“您小声讲话，大声讲话对您会非常不利。”

于连大笑起来，“在我目前的情况下，我的朋友，只有您才会坏我的事，如果您不再温和、仁慈……您会得到很好的酬报的。”于连不说了，脸色又变得专横。一枚硬币的赠予立即证实了这种脸色来得多么适时。

奴瓦卢先生又说起话来，把他所了解的有关德·雷纳夫人的一切情形都告诉了他，只是没有提起艾丽莎小姐来过。

这真是个小人。这时一个想法出现在于连的脑子里，这个丑恶的大汉可能每年只拿到三四百法郎的收入，因为他的牢房里关的人不太多；我可以保证他有一万法郎收入，如果他愿意跟我一起逃往瑞士……困难在于让他相信我的诚意。”让于连感到反胃的是，长时间与一个坏家伙商谈，不如暂时想点别的。

就在半夜，于连被一辆驿车带走了，一路上，他非常满意那些送他去监狱的宪兵。早上，到达贝藏松监狱的时候，他被安排在哥特式的城堡主塔最顶层。他欣赏它那优雅和动人的轻盈。越过一个深深的院子，从两堵墙之间的狭窄的缝隙望过去，可以见到一片极美的风景。

第二天有过一次审讯，此后一连好几天，都没有人打扰他。他的灵魂是平静的。他觉得自己的案子简单明了："我蓄意杀人，我应该被杀掉。"他对这个问题没有太多顾虑，以至于在审判员在他面前出现的苦恼、辩护，他都不在乎，而对于那天的仪式也没花太多时间去想，临近死亡，他什么也不想；判决以后再去想吧。

生活对他来说一点也不烦闷，他从一个新的角度看待所有的事情，他不再有野心了。他很少想德·拉摩尔小姐。他满脑子都是懊悔，德·雷纳夫人的影子经常出现在他脑海里，尤其是在夜深人静，高楼上只有白尾海雕的啼叫打扰他时。

他感谢上天没有让她受到致命伤。"真是怪事！"他心想，"我本以为她用那封给德·拉摩尔先生的信永远地毁了我的幸福，可从那以后不到半个月，我不再想当时孜孜以求的东西了……两三千的年金，平静地生活在那样的山区里……我当时是幸福的……可我当时身在福中不知福！"

过了一会儿，他从椅子上跳起来说："如果我把德·雷纳夫人打死了，我也不想活了，正因为这个想法，我才不会感到那么害怕。

"自杀！这是个大问题，"他暗想道，"法官们只为了追求法律形式，死揪住可怜的被告，他们甚至为了获得十字勋章，连最好的公民也会被他们绞死，我要想方设法逃脱他们的这种掌控，免遭他们用拙劣的法语进行的辱骂，外省报纸把那叫作雄辩……"

"我只有五六个星期的日子了，不能就这么死掉。"几天以后他想道，"拿破仑还是活下去了，生活非常美好，并且十分有意义。"他又笑着说，并着手列了个单子，让人把他想看的书从巴黎寄来。

第三十七章

在城堡上

楼道里传来巨大的走路声音，跟往常很不一样，鱼鹰叫着飞了起来，门开了，只见谢朗教士拄着拐杖，浑身发抖，一见面便扑在他怀里。

“啊！伟大的天主，这可能吗，我的孩子……我应该叫你恶魔呀！”

此刻这位老人已经泣不成声了。于连见他抖成这样，赶紧扶他到椅子上坐下。他沉重的手落在这个从前充满活力的人身上。而他对于于连来说，只是个模糊的印象了。

他缓过气来、说道：“前天我才收到您从斯特拉斯堡写来的信，还有送给维里业的穷人的五百法郎，他们给我送到了山里的利弗吕村，我退休后住在那里，在我侄子让的家里。昨天我听说您闯了大祸……天哪！这可能吗！”老人不流泪了，好像也没有思想了，只是机械地补充道，“您会需要您那五百法郎的，我给您带来了。”

“我最希望见到您，神父！”于连感动地说道，“我现在还有钱。”

谢朗不作声，两腮旁边的眼泪滑落下来。神情悲伤地望着于连，当于连亲吻他手的时候，老人有点莫名其妙了。这张脸过去是那么生动，那么有力地流露出最高贵的表情，而现在却是一片麻木迟钝。他很伤心。过了一会儿，一个村夫进来找这位老人，他对于连说："不能让他说太多话，他身体受不了。"于连才明白这就是他的侄儿。这次见面使于连沉入一种残酷的不幸之中，眼泪也不流了。他觉得一切都是悲惨的，无可慰藉的；他觉得他的心在胸膛里冻住了。

这真是他最痛苦的时候，之前所有美好的憧憬、幻想都被眼前的黑暗所代替。

这种可怕的状况持续了好几个钟头。精神中毒以后，需要在肉体上予以补救，需要喝香槟酒。于连觉得那是怯懦的表现。一整天他都在狭窄的主塔楼里走来走去，到了这可怕的一天快结束的时候，他突然叫道："我多傻！看到这可怜的老人让我感到可怕的悲哀，那是在我应该像别人一样地死去的情况下呀！"

无论内心怎样的挣扎，于连都觉得自己非常懦弱，以至于与谢郎神父的见面，让他痛苦不堪。

他觉得自己已经一无是处了，没有再活下去的理由了，但死亡真正站在面前时，他又很害怕。

"这就是我的恒温表，"他心里想，"今晚，我在登上断头台所需的勇气以下十度，今天早晨，这勇气我还有。不过，有什么关系！只要在最后时刻可以做到就行了。"恒温表这个想法，让他觉得有趣，使他终于得到了消遣。

第二天早晨他醒来，他觉得他前一天的沮丧极为可耻。"事关我的幸福，我的平静。"他差点就要写信给总检察长，要求不允许别人来看他。"可是如果是富凯呢？"他心想道，"如果他专程到这里看望我，看不到我，心里肯定很难过。"

也许有两个月他没有想到富凯了。"在斯特拉斯堡的时候，我真愚，从来都不用大脑思考问题。"他放心不下富凯，所以在屋子里烦躁地徘徊。"我的心再次冰凉，如果我再懦弱下去，像村学究那样死掉，恐怕马斯隆神父和华勒诺那帮人要高兴坏了。"

富凯来了，这个淳朴而善良的人痛苦得要发狂了。他只有一个主意，如果他还有主意的话，那就是变卖家产引诱看守，让于连逃走。他详详细细地跟他谈德·拉瓦莱特[①]先生的越狱。

“您这样我很难过，”于连对他说道，“我们不同，德·拉瓦莱特先生是无辜的，但我是有罪的。尽管您不愿意，但我还是会想到两者的不同。

“难道是真的吗？怎么！您愿意卖掉您所有的财产？”于连说道，脸上出现疑惑的神情。

富凯听见他的回答很高兴，便开始仔仔细细把财产卖的钱算清楚，并说给他听。

“这对一个乡下业主是多么崇高的努力啊！”于连想。“多少次节省，多少次斤斤计较的吝啬，我过去看了觉得那么脸红，而今他却全都为我牺牲了！我在德·拉摩尔府邸里看见过很多年轻人，他们正认真阅读《勒内》[②]这本小说，所以绝对不会干出那么荒唐的事，可是除了那些年轻、继承许多财产、但还不明白金钱价值的人以外，又有谁会那么做呢？”

富凯的所有语法上的错误，所有粗俗的举止，顷刻间消失，于连投入了他的怀抱。他抱着富凯，心里非常激动，而富凯看见他朋友眼里的热情，也非常兴奋，认为他同意逃走了。

他被眼前富凯的行为感动了，而与谢朗先生见面时的不良情绪则被一扫而光。他还有很好的前途，这是株好苗。他庆幸自己没有从仁慈变为卑鄙，他不曾像大多数人那样从温和走向狡猾，年龄反而给了他易受感动的仁爱之心，使他易于感动，而那种无端的猜疑也许会消除，但是这些空洞的预言，有什么意义呢？

尽管于连拼命想把事情简化，但是审讯仍旧越来越频繁，但他所有的回答，都是想让案情明了化：“我杀了人，而且是我故意杀的人。”每次他都这样说。然而法官首先看重形式。于连的申明非但没有缩短审讯，反而伤了法官的自尊心。他们想把于连转移到一个可怕的地牢里，因为富凯对他们进行了贿赂的缘故，他仍住在好

---

① 拿破仑的副官，滑铁卢之役后被囚，其妻探监，趁看守不备，夫妻易服，终于逃脱。

② 19世纪法国浪漫主义前驱夏多布里昂的小说。

房间里。

富凯为一些重要人物供应木柴，德·弗里莱神甫就是其中之一。善良的木柴商一直找到了这位权力极大的代理主教。他真是喜出望外，德·弗里莱先生对他说，于连的优良品质和过去在神学院的服务，都使他深受感动，他打算在法官面前为他美言几句。富凯听后，万分激动，他觉得救他朋友有希望了，所以出门的时候，便跪在地下恳求代理主教做弥撒时布施十个路易，祈求被告人被释放。

富凯儿在这犯了极大的错误，德·弗里莱神父绝不是一个像华勒诺那样的人。他表示拒绝，并让他了解最好的办法是把他的钱存着。代理主教不敢把话说得太直白，便让他用这钱去帮助那些需要救济的囚犯。

“这个于连的行为真是奇怪。”德·弗里莱先生暗想道，“可是对我来说不该有什么不可解释的事……也许有可能使他成为一个殉教者……无论如何，我会知道事情的底细的，我这样做会带给德·雷纳夫人恐惧，主要是因为她恨我，但或许会找到另一种方法，就是和德·拉摩尔先生和解，主要是他对这个小修士有一种偏爱。”

诉讼的和解，几星期前就签了字。彼拉尔神父，恰好在于连枪击德·雷纳夫人的那天离开了贝藏松，在离开之前，他曾说起过于连神秘的身世。

于连在他和死亡之间只看见一件讨厌的事情，就是他父亲的探访。他想写信给总检察长要求禁止一切探望，他就此征求富凯的意见。讨厌看见父亲，而且还是在这样的时候，这令木材商那颗正直的、市民的心深感不快。

他明白很多人恨他朋友的原因，但为了对他的不幸表示尊重，他把不满情绪埋在了心里。

“无论什么情况下，这一秘密命令总不应该用在您父亲身上吧。”他冷漠地回答道。

第三十八章

有权势的人

第二天清晨，城堡主塔的门被打开了。于连猛然惊醒，“啊！天哪！”他心想道：“肯定是父亲来了。多么不愉快的场面啊！”

就在这时，一个乡下人打扮的女人拥入他的怀里，紧紧地抱着他，他简直认不出来她就是德·拉摩尔小姐。

“直到收到你的信，才知道你在这里，你的罪行，其实是一种高贵的报复，它让我看见了伟大的心跳动在这胸膛里，我到了维里业才了解这件事。”

尽管他对德·拉摩尔小姐有意见，他还是觉得她非常漂亮，再说这些戒备之心他也未曾明确地承认过。他如何能在她的这些做法和说法中看不到一种高贵的、无私的、高踞于一个渺小庸俗的灵魂所敢做的一切之上的感情呢？过了一会儿后，他用华丽的语言对她说道：“以后的事情，大家都很清楚。我死了以后，希望你嫁给德·克罗兹诺瓦先生，我想他肯定会要一个寡妇的。这个可爱的寡妇高尚并带浪漫色彩的心灵，在事情结束之后，您将会愿意去全面了解那个年轻侯爵。您会过得非常幸福，但是，您这次来如果被别人看到会引起别人的猜疑，也将会对德·拉摩尔先生造成不好的影响，这是我永远也不能宽恕我自己的。我已经给他造成那么多的痛苦了！院士要说他在怀里暖和了一条蛇了。”

德·拉摩尔小姐恼怒地说道，“我非常感谢您那么冷酷理智的思考以及对我未来的操心。我的佣人和您一样的谨慎，为了以后方便，他办了张通行证，这样我就以米什莱夫人的名义，坐着驿车来到这里。”

“那么米什莱夫人怎么会这么轻而易举地来到我身边呢？”

“啊！您一直是我认为最聪明的人！起初我见到一个审判官的秘书，他不同意我到城堡主塔里来，我送了他一百法郎，但是钱拿到手后，他又反悔了，接着又提出很多要求，我被他骗了。”说到这里，她已经泣不成声。

“那后来又怎么样了呢？”于连问道。

“不要着急，我的小于连，”她一边说着，一边拥抱他，“然后我把名字告诉那位秘书，他认为我是一个巴黎的年轻女工，喜欢上了英俊的于连……他就是这么说的。我对他发誓说我是你的妻子，应当允许我每天来看你。”

于连心想道：“我无法阻止她。反正，德·拉摩尔先生是个如此显赫的贵人，舆论总会找到理由原谅那位娶了这位可爱的寡妇的年轻上校的。我即将到来的死很快会掩盖一切。”他快乐地沉湎在玛蒂尔德的爱情里，是疯狂，是心灵的伟大，是最奇幻的梦境。”她向他认真地提出，也要选择死亡。

当她与于连相见一段时间之后，一种强烈的好奇心，突然侵入她的心灵。她仔细打量着她的情人，觉得他的精神面貌完全超过了她的想象。卜尼法斯·德·拉摩尔像是又复活过来，似乎比以前更威猛。

玛蒂尔德相继见了几个周围一流的律师，她直接送给他们金钱，结果他们都是欣然接受了。

她很快明白，只要是不好解决的大案件，在贝藏松只有德·弗里莱神父可以完全解决。

她发现，顶着米什莱太太这么个卑微的名字，要见到圣会中最有权势的人物，真是难上加难。然而城里已经盛传，一个时装店的漂亮女工，疯狂地爱上了年轻的神甫于连·索海尔小教士的这个事情，很快在城里四处传开了。

玛蒂尔德独自在贝藏松的大街上跑来跑去，她确信这么做在群众中会留下深刻的印象，并且不会被认出来，这对她来说非常有帮助。她甚至想要在于连上断头台的途中，鼓动在场所有群众去营救于连。德·拉摩尔小姐觉得她很普通，但实际上，她已经足够让人人都注意到她了。

她已成为贝藏松众人举目的焦点，经过八天的请求之后，她才得到德·弗里莱的召见。

尽管她很勇敢，拉主教府的门铃时仍免不了要发抖。她登上楼梯，走向首席代理主教的房间，几乎迈不动步了。主教官邸的空阔寂寥，使她感到浑身发冷。“我可能坐在一张扶手椅上，扶手椅抓住我的胳膊，我就消失了。我的女仆找谁去打听我的下落呢？宪兵队长也不会轻易采取行动……我在这座大城市里孤立无援！”

当她走到主教的房间外时，她悬着的一颗心终于放松下来。首先，给她开门的人，是个身着漂亮制服的仆人。她等候召见的客厅，真是富丽堂皇，和庸俗的富贵真是与众不同，也只有在巴黎最高级的府邸里才能看得到。当她抬头看见德·弗里莱先生亲切 地向她走来时，之前所有负面的想象，都迅速消失了，她几乎在这张英俊的脸庞上找不出一点刚强、野蛮的，以及不受巴黎欢迎的性格的迹象。此刻这位在贝藏松掌控一切的教士微笑着，表现出他是个上流社会的人，是有良好修养的教士，有聪明才干的行政官。玛蒂尔德觉得自己确实是在巴黎了。

短短几分钟的时间，德·弗里莱先生就有办法让玛蒂尔德告诉他她就是他的劲敌德·拉摩尔侯爵的女儿。

“事实上我不是什么米什莱太太，”她说，完全恢复了高傲的态度，“承认这一点对我并不难，因为我是来向您，先生，询问有无可能安排德·拉韦尔内先生越狱。首先，他是一时糊涂才犯了罪，他开枪打伤的那个女人现在身体很好；其次，为了避免其他麻烦，我可以立即拿出五万法郎，甚至更多。只要可以救出德·拉韦尔内先生，任何条件我都会答应的。”

德·弗里莱先生听到这个姓名后，显得有点惊讶。玛蒂尔德把陆军大臣写给于连的几封信，拿出来给他看。

“您看，先生，我的父亲是在培养这个人。主要是我们已经秘密结婚了，我的父亲希望在宣布结婚的消息之前，把他提拔为高级军官。”

玛蒂尔德察觉到德·弗里莱先生原本和蔼喜悦的表情在知道这些事情之后，马上就烟消云散了。现在在他脸上表现出的，是一种极端的虚伪和狡猾。

这位神父有点不相信，再次把那些信件翻看了一遍。

“我能从这奇特的机密里得到什么好处？”他暗想，“我一下子和德·费瓦克元帅夫人的一位朋友搭上了密切的关系。元帅夫人可是主教大人的最有权势的侄女呀，通过她就能在法国当上主教。我过去还只是在未来才能看见的东西，不料想一下子出现在眼前。这可以让我实现我的一切愿望。”

玛蒂尔德单独与这个最有权势的人在一间封闭的屋子里，她起初对他忽然改变神态感到不解。“哼！”一会儿她又暗想道，“一个残酷自私、拥有特大权势和享乐的教士，如果再对他没有丝毫影响，那岂不就是最倒霉的事吗？”

对于眼前这条让他飞黄腾达的方法他真是期待，同时又对玛蒂尔德的才能非常佩服，德·弗里莱先生渐渐对她失去了戒心，激动得浑身发抖，几乎要跪在了地上。

“一切都清楚了，”她心想道，“德·费瓦克夫人的女友在这里没有办不到的事。”虽然不免怀有痛苦的妒忌，她还是不顾一切地说出于连是元帅夫人的密友，他几乎每日在她家里与主教会面。

“在本省最著名的居民中连续抽签四、五次，决定一份三十六名陪审员的名单，”代理主教说，目光中流露出强烈的野心，每个字都加重了语气，“要是在每一次的名单上我找八个到十个朋友，而且是那群人中最聪明的，那可真算我交了好运了。我几乎总能得到多数，甚至比判决所需还要多。您看，小姐，我可以很容易地得到免诉判决……”

可能是教士感觉对本教以外的人说了本不该说的，有点后悔，赶紧闭嘴，不再说话了。

现在轮到他使玛蒂尔德感到恐慌了，他告诉她在于连的事件中，当时最大的新闻，就是他曾激起了德·雷纳夫人巨大的热恋，而且长时间彼此相爱着。德·弗里莱先生已经看出他的这些话使对方感到极度的不安。

“我终于报复她了！”他心想道，“只能用这种方法来对付她，才不会失败。”在他看来，此刻这位美人增添了不少姿色，她快要失去理智了。他使自己平静下来，毫不犹豫地用匕首刺到了她的心脏。

“总之，我不会感到惊讶，”他用轻松的态度对她说，“如果我们获悉于连先生是出于嫉妒才向他曾经那样爱过的女人开了两枪，我是不会感到意外的。她绝非没有吸引力，最近她经常会见一个从第戎来的什么马基诺神甫，也是一个没有道德的冉森派，他们都是一路货色。”

在知道她的秘密之后，德·弗里莱怀着幸灾乐祸的心情，更加凶残地折磨着这个漂亮姑娘的心。

“为什么，”他一边说，一边不怀好意地盯着玛蒂尔德，“索海尔先生要选择教堂这里，还不是因为他的情敌那时候正好在教堂望弥撒，大家都误认为您保护的人非常聪明，而且特别谨慎。如果当时他藏在他熟悉的德·雷纳先生的花园里，那就更容易了。最起码不会被别人发现，甚至抓住，这样就可以轻松地将他忌恨的女人杀死。”

这番推理听起来那样的正确，终于使玛蒂尔德失去理智。这个高傲的灵魂浸透了那种在上流社会被视为能忠实地描绘人心的干枯的谨慎，不能很快地理解藐视一切谨慎乃是一种幸福，对一个热情的灵魂来说，这种幸福可以是很强烈的。在玛蒂尔德生活的巴黎上层阶级中，热情只能在很少的情况下摆脱谨慎，从窗户往下跳的都是住在六层楼以上的人。

总之，德·弗里莱神父相信自己很有权势。甚至让玛蒂尔德了解（显然他在说谎），他可以随意操控那个支持控诉于连的检察院。

在三十六位陪审官抽签决定后，最起码他可以和其中的三十位单独进行商谈。

因为在德·弗里莱先生眼里玛蒂尔德是那么美丽，所以在经过几次见面之后，主动坦白地和她说话。

第三十九章

阴谋诡计

离开主教官邸后，玛蒂尔德马上让人送信给德·费瓦克夫人，她仍然十分害怕。虽然也担心影响自己的名誉，但是她一秒钟也未耽搁。她极力要求情敌请主教亲笔写一封信给德·弗里莱先生。她又请求她亲自到贝藏松去一趟。这一举动出自她这样一颗嫉妒并骄矜的心灵，勇敢极了。

她听从了富凯的忠告，为谨慎起见，没有把她进行的一系列活动说给于连听。单单她来就已经够让他不安的了。可能是因为快要死的原因，他变得更善良，不仅对德·拉摩尔先生而且对玛蒂尔德也感到内疚。

“怎么！”他对自己说，“我跟她在一起，有时候心不在焉，甚至有时候烦闷无聊。现在她为我牺牲，我怎样才能报答她呢！我是个坏人吗？”在他野心勃勃的时候，他很少发现这个问题，那时的他，失败才是唯一的耻辱。

此时令他苦恼的是，玛蒂尔德对他的热情更深重了，为了营救他，甚至可以做任何的牺牲。

玛蒂尔德受到一种她引为自豪的、压倒她全部自尊心的感情的激励，真想让她的生命的每时每刻都充满着某种非凡的举动。她跟于连的长谈中尽是最奇特、对她最危险的计划。她给了看监狱的人很多贿赂，才得到在监狱自由走动的权利。玛蒂尔德这样做不怕牺牲她的名誉，就算全社会都知道了，那又怎样，她照样不在乎。跪倒在国王奔驰的马车前，引起亲王的注意，冒死请求赦免于连，这还是她那狂热勇敢的想象力所虚构出来的最实在的幻想呢，她从她在御前服务的朋友那里了解到自己一定会被准许步入圣克卢王家花园的禁区里去。

于连觉得自己配不上如此的献身精神。老实说，他已对英雄主义感到疲倦。要是面对一种单纯的、天真的、近乎羞怯的爱情，他会动心的。然而玛蒂尔德那颗高傲的心灵恰正相反，需要时时刻刻想到公众，想到别人。

她不想苟活于情夫之后，然而在她对他的生命怀有的焦虑和恐惧当中，尽量用自己伟大的爱情和崇高的行动来引起公众的注目。

于连毫不为这种英雄主义所动，为此颇感恼火。很难想象当他知道玛蒂尔德向善良的富凯说出一些令人震惊的计划时会是怎样的反应呢?

富凯简直不知该怎样责怪玛蒂尔德的忠诚才好，他自己也是为了救于连可以牺牲全部财产，拿生命去冒最大的风险。玛蒂尔德生活挥霍，这点他也没有想到。刚开始，富凯也非常喜欢金钱，但现在与玛蒂尔德相比他却更佩服她。

之后，他发现德·拉摩尔小姐时常调整自己的计划，她很善变，找到一个字眼来形容她这种十分烦人的性格，那就是“女人多变”，几乎等于外省最厉害的骂人的话，与坏脾气，几乎相差无几。

“奇怪，”有一天玛蒂尔德离开监狱时，于连暗想道，“一种如此热烈的激情，又是以我为对象，我却这样的麻木！两个月前我却是崇拜她的！后来我从书里看到快死的人对一切都无所谓，但是我却对自己的无动于衷而痛苦。我真的那么自私自利吗？我时常责备自己。

在他心里已没有野心了，但另一种情感却在他心里重生了，他把它叫作谋杀德·雷纳夫人的悔恨。

事实上，他是在狂热地爱着她。他独处且不担心有人打扰的时候，他可以纵情回忆从前在维里业的维尔基度过的美好时光，这时他就感到一种独特的幸福。在那转瞬即逝的日子里，就算它是一点细小的部分，但对他来说，却是一种无可抗拒的力量。他绝对不会再去想在巴黎的成功，他已经感到厌倦了。

这种心情迅速加剧，已被玛蒂尔德的嫉妒猜中几分。她清楚地感觉到她必须和这种对孤独的迷恋作战。有时她带着恐怖的表情说出德·雷纳夫人的名字，她看见于连在全身发抖，这样令她的热情更无边无际了。

“他要死了，我也不活了，”她真心地自言自语道，“要多真诚有多真诚。巴黎的那些沙龙里看见我这样地位的一个女孩子对一个行将赴死的情人崇拜到这种程度，会说些什么呢？类似这样的情感，只有在英雄时代才会遇到，正是这种爱情，才会使查理九世与亨利三世时代的人心受到触动。”

她紧紧地把于连的头搂在心口，沉浸在最强烈的冲动之中。“怎么！”她惊恐地想道，“这颗迷人的头注定要落地！那好吧！”她又想，周身燃烧着一种不乏幸福感的英雄气概，“我的嘴唇现在亲吻着这美丽的头发，他死后不出二十四个钟头就会变得冰凉。”

这些英雄主义和回忆，紧紧地缠住她不放。自杀的想法，居然那么的强烈，原来她以为他和这个骄矜的心离得还很远，但现在她发现她已渗入进去了，并且以一种绝对的力量支配着它。“不，我的先人的血流到我身上还一点儿也没有变温。”玛蒂尔德骄傲地说道。

“请您按我说的去做，”有一天她的情人对她说，“把您的孩子寄养在维里业，德·雷纳夫人会照看他的。”

“您的话太残忍了。”玛蒂尔德脸色顿时变得煞白。

“真的，我请求您一定要原谅我。”于连叫道，从梦中惊醒过来，把玛蒂尔德抱在怀里。

他揩干了她的眼泪，又回到原来的想法中去了，不过做得巧妙些了。他让谈话具有一种忧郁哲学的情调，他谈到那即将在他面前关闭的未来，“我们必须默认，亲爱的朋友，热情不过是偶然事件，但是这偶然事件，只会发生在那些超人的心灵里……我死亡，从根本上或许对您高傲的家庭来说是一种快乐，仆人们都能看得明白。被忽视将是这个不幸与耻辱之子的命运……当然这是我的想象，所以我不愿确定，但勇气却使我能够看到不太遥远的未来，您一定会遵从我最后的劝告，与侯爵结婚。”

“那简直就是让我丧失名誉！”

“丧失名誉落不到您这样的姓氏上去。您将是寡妇，一个疯子的寡妇，如此而已。我还要进一步说，我的罪行没有金钱的动机，丝毫也不是可耻的。也许将来某位贤明的立法者会战胜同时代人的偏见，取消了死刑，那时会有人以朋友的口吻说：德·拉摩尔小姐的第一任丈夫是个疯子，但不是一个坏人，把他的头砍掉是不公正的，于是我在人们的回忆中，就不是一个坏人了，至少在很多人看来是这样的，您的地位，财产以及才能，请允许我这么说，都会使德·克罗兹诺瓦先生，在成为您的丈夫之后，他在您的帮助下会干出一番事业的。他只有出身和勇敢，单靠这两种长处，可以在一七二九年造就一个完人，可是在一个世纪后的今天，就不合时宜了，结果只能是一个无法无天的人。想要做法国青年的领袖，还需要很多的其他素质。

“您要以坚强的性格，支持您丈夫参加的那个政党。您可以继承投石党[①]谢弗勒兹和隆格维尔的事业，但在那时，以前所激发出来的神圣热情会冷却下来。”

“请允许我对您说吧，”他说了许多作为准备的话之后，最后补充道：“十五年以后，您会把您之前对我的爱情看作是一种可以原谅的炽热，但最终是一种疯狂……”

他突然不说话了，低下头思考着。他又想起玛蒂尔德很不好的想法：“十五年后，德·雷纳夫人养育着我的儿子，而您却早已记不得了。”

---

① 投石党，17世纪以孔代亲王为首的贵族叛乱集团，投石党运动名义上是反对首相马扎兰，实际是地方贵族反对中央集权的政治斗争。

第四十章

宁　静

这次谈话，被一次审讯打断了，接着她又和请来的辩护律师进行商量。这是一段充满了漫不经心和温柔梦幻的生活中仅有的绝对令人不快的时刻。

“这是杀人，而且是预谋杀人，”于连用同样的语气向审判官和律师说道，“我很抱歉，这样就可以减轻你们的工作量了。”

“无论如何，”于连终于摆脱了这两个人，暗自思忖，“我得有勇气，看起来要比这两个人有勇气。他们都把这场不幸的结局，看作是灭顶之灾，然而我却要等到那时再去仔细地考虑它。

“这是因为我遭受过更大的不幸，”于连继续跟自己探讨哲理，“我第一次去斯特拉斯堡，那时我以为已被玛蒂尔德抛弃，我的痛苦要比现在大得多……不料我怀着那样的激情渴望的那种完全的亲密今天却使我冷若冰霜！事实上，比起让这个如此美丽的姑娘分享我的孤独来，我一个人独处感到更幸福……”

律师是个循规蹈矩、恪守形式的人，以为于连疯了，他和公众一样认为，是嫉妒让于连拿起了枪。一天，他试着让于连明白，不管是真是假，这种说法是一条辩护的途径。可是被告的态度转眼间变得激烈而尖锐。

“拿您的生命给我发誓，”他怒气冲冲地吼道，“请您记住，我以后再也不要听到那样的话了。”小心谨慎的律师一时间不知所措，害怕他会伤害他。

律师正在准备他的辩护词，因为决定性的时刻即将到来。贝藏松整个省府都在议论这个有名的案件，于连也不知道这些细节，因为他曾要求绝对不要在他面前谈论这件事。

有一天，富凯和玛蒂尔德准备要告诉他外面的传言，因为这些传言给他们带来了许多希望，他们刚张口说话，嘴便被于连堵住了。

“让我过我理想的日子吧。你们那些烦人的小事，你们那些多少总让我生气的现实生活的细节，会把我从天上拉下来。一个人能怎么死就怎么死，我哪，我只愿意按照我的方式去想死亡。别人跟我有什么关系！”

事实上，他想道：“好像我会在睡梦中渐渐死去。我这样的无名小卒，用不了多久，世人就会把我忘记，假使要去出演审判那出戏，也太无知了。”

“说来也怪了，越是快要死了就越能认识到应该怎样享受生活的艺术。”

最后那段日子里，他整天在主塔楼顶上的狭小平台上散步，抽着玛蒂尔德命人去荷兰弄来的上好雪茄，根本没想到城里所有的望远镜每天都等待着他的出现。然而他的心却在维尔基。他从未向富凯谈起德·雷纳夫人，但有几次，富凯也告诉过他，她的健康已经恢复，这句话在他心里引起了激烈的反应。

正当于连的灵魂几乎无时不沉浸在思想的国度之时，玛蒂尔德则忙于实际事务，这对一颗贵族的心来说倒也合适，她已经能使德·费瓦克元帅夫人与德·弗里莱先生之间的通信发展到相当亲密的阶段，信里居然提到主教职位这个词。

掌管圣职分配的可敬的高级教士，在他侄女的一封信上作为附注添了一句：“这可悲的索海尔不过是个笨蛋，我希望你把他交还给我们。”

德·弗里莱先生看见这句话，真是喜出望外。毫无疑问他能把于连救出来。在抽签决定三十六个陪审官的之前，他向玛蒂尔德说道：

“如果没有雅各宾派提出的这条法律，规定要选出许多的陪审官名单，其真正目的不过是剥夺出身好的人的势力罢了，在抽签决定此次开庭的三十六名陪审官的前一天，因为我曾让许多教士成功地获得赦免。”

翌日，在抽签决定的名单之中，德·弗里莱尔先生高兴地看到有贝藏松圣会的五个人，并且在非本城的人士中，还有华勒诺·穆瓦罗与肖兰等人。“这八个陪审官确定没有问题，”他向玛蒂尔德说道，“前五个没有实质性的意义。我的代理人华勒诺一切都听我指挥，肖兰是一个没有胆量的人。”

报纸将陪审官的名字传遍全省。德·雷纳夫人在她丈夫那种凶残的恐吓下，要逃离到贝藏松。德·雷纳先生能够得到的，只是她答应绝不下床，免得被传出庭作证而心中不快。“您不了解我的处境，”前任维里业市长说道，“我现在是他们所指的脱党的自由党人，毫无疑问，华勒诺那卑鄙的人与德·弗里莱先生肯定会让总检察长和审判官逼我做一些难堪的事。”

德·雷纳夫人没做什么抵抗就接受了她丈夫的命令。“要是我出现在审判庭上，”她暗想道，“那好像是我要复仇似的。”

尽管她对她的忏悔神甫和她丈夫做出种种许诺，她还是一到贝藏松就给三十六位陪审官每人写了一封亲笔信：

审判那一天，我绝不露面，因为如果我出席，会给索海尔先生的案件带来不利的影响。在这个世上，我只希望一件事：那就是索海尔先生能得救。请您不必怀疑，一个无辜的人因我而被判处死刑，这可怕的念头会败坏我的余生，并且无疑会缩短我的生命。我还活着，您怎么能判他死刑呢？不，毫无疑问，社会丝毫没有权剥夺一个人的生命，在维里业，大家都知道他有精神病。这个可怜的年轻人遭到大家的痛恨，他的仇人很多！但是他们当中，没有人不羡慕他的才华和渊博的学识，先生，请您注意你们要判决的不是一个普通的人，在将近十八个月的时间里，我们都知道他虔诚，老实，勤奋；不过，每年有两三次，他的忧郁症发作，甚至导致精神失常。维里业城的所有居民、我们在那里消夏的维尔基所有的邻居以及我们全家、还有专区区长先生，都可以证明他是个值得学习的虔诚的人，整本《圣经》他能背得出来。假设他不是一个虔诚的人，又怎么会长期地学习这部圣书呢？我的孩子们将给您送上这封信，他们只不过是些孩子，先生，请您屈尊问问他们，他们会把和这可怜的年轻人有关的详细情况告诉您，为了能使您相信判他死刑是野蛮的，这些情况还是很必要的。如果判他死刑，那就，不是为我报仇，而是让我去死。

他的仇人怎能否定这一事实呢？对我的伤害，不过是他一时的发病所产生的：这种病症是我的孩子们以前经常看见过的，更何况他对我的伤害并不严重，在不到两个月的休养以后，现在我都能乘车从维里业到贝藏松来了。先生，如果我获悉您还有一点点犹豫，不愿把一个无罪的人从野蛮的法律下解救下来，我一定不顾我丈夫的禁令，跳下床来，匍匐在您的脚下，替他求情。

先生，请您宣布此案不是蓄意杀人，那么您将不会因为一个无辜者的鲜血而受到良心上的谴责。

第四十一章

最后审判

德·雷纳夫人和玛蒂尔德最担心的这一天终于来到了。

城里异常的情景使他更加恐慌，甚至连富凯这种坚强的人，也有点坐不住了，全省的人都来到贝藏松看的这一案件审判。

几天前，所有的旅店就都住满了人。刑事法庭庭长先生受到讨旁听券的人包围，城里的女士们都想旁听审判，街上在叫卖于连的肖像，等等，等等。

好不容易等到这一时刻的到来，玛蒂尔德保留着主教大人的一封亲笔信，这位领导法国天主教会，执掌任免主教大权的高级神职人员竟肯屈尊请求赦免于连。审判前，玛蒂尔德把这封信亲自递交给了那位拥有实权的代理主教。

会晤结束，德·弗里莱先生见她离开时泪流满面，就说："我可以担保陪审团的裁决。"他终于抛掉他那外交家的含蓄，自己也几乎受了感动。"有十二个人负责审查您要保护的人的罪行是否确实，尤其是否有预谋，其中有六个是朋友，忠于我们的事业，我已暗示他们，我能不能当主教全靠他们了。华勒诺男爵是我让他当上维里业的市长的，他完全控制着他的两个下属，德·莫瓦诺先生和德·肖兰先生。当然，抽签也为我们这桩案子弄出两个思想极不端正的陪审官，不过，他们虽然是极端自由党人，遇有重大场合，还是忠实执行我的命令的，我已让人请求他们投和华勒诺先生一样的票。我已获悉第六位陪审官是个工业家，非常有钱，是个饶舌的自由党人，暗中希望向陆军部供货，毫无疑问，他不想得罪我。我已让人告诉他，华勒诺先生知道我有话。”

“华勒诺先生是谁呀？”玛蒂尔德不放心地问道。

“如果您认识他，您也不会为这件事而担心了。这个人能说会道，胆子大，脸皮厚，是个粗人，天生一块领导傻瓜的材料。一八一四年他交了好运，我还提拔他当省长。如果其他的陪审官不按照他的意旨投票，我想他会有办法打击他们的。”

玛蒂尔德这才放下心来。

晚上还有一场辩论等着她。为了使那个不愉快又已成定局的场面快点结束，于连打算在法庭上不表态。

“我只要我的律师发言，”他向玛蒂尔德说道，“我在所有这些敌人面前亮相的时间太长了。这些外省人对我靠您而迅速发迹感到恼怒，这些外省人中，没有人不希望我被判死刑，就算他们看见我上断头台会哭得相当伤心。”

“他们希望看见您被侮辱，那倒是真的，”玛蒂尔德回答道，“但是我不相信他们是残暴的。我亲自来到贝藏松，这已经引起所有女人的关切，剩下的将由您那漂亮面孔来完成。只要您在法官面前说一句话，听众就都是您的了……”

第二天早上九点，于连从牢房下来，去法院的大厅，院子里人山人海，警察们费尽力气才从人群中挤过去。于连睡得很好，镇定自若，对这群嫉妒的人除了豁达的怜悯外，并无别的感情，此时他心里只有一种感觉，就是对那些虽不残酷，但对他宣判死刑的消息幸灾乐祸的人产生了同情。他在人群中停留了十五分钟左右，他不能不承认，他的出现在公众中引起一种温柔的同情，这是他始料不及的。别人没有侮辱他。“这些外省人并不是我想象的那么可恶。”他心想。走进审判厅，建筑的优雅使他不胜惊讶。纯粹的哥特式，许多漂亮的小柱子，全部用石头精雕细刻出来。他仿佛到了英国。

过了会儿，他的目光又集中在十二个至十五个漂亮的妇女身上，她们紧挨着审判官与陪审官席位，正好面对着被告的座位。他朝公众转过身，看见梯形审判庭高处的环形旁听席上也满是女人，大部分很年轻，他也觉得很漂亮。在大厅其他地方，人也非常多，门口甚至发生了斗殴事件，警卫人员拿他们也没办法。

当所有寻找于连的人发现他已经出来，并坐在为被告安排的略微高一些的座位上时，人群中响起了惊异和同情的私语声。

这一天他看上去还不到二十岁，他穿着非常朴素，却又风度翩翩；他的头发和前额楚楚动人；玛蒂尔德坚持要亲自替他打扮。于连的脸色极其苍白。他刚在被告席上坐下，就听见四下里到外有人说："天主！他多年轻！……可这是个孩子啊……他比画像上还要好看。"

"被告，"坐在他右边的法警向他说道，"你看到坐在楼座上的六位太太没有？"他指给他看陪审官们落座的梯形审判庭上方突出的小旁听席，接着说道，"那就是省长夫人，她旁边的是侯爵夫人，她非常喜欢您，我听见她向预审法官替您说情。再过来的那位是戴维尔夫人。

"戴维尔夫人！"于连叫道，急得他面额都红起来了。他心里想，"她一离开这儿，准会写信告诉德·雷纳夫人。他怎么也没想到德·雷纳夫人已经来到了贝藏松。

证人的发言很快听毕。代理检察长念起诉书，刚念了几句，于连正面小旁听席上的两位夫人眼泪就下来了。"戴维尔夫人一般是不会哭的。"于连心想道。不过此刻他发现她的脸已经涨得通红。

代理检察长作悲天悯人状，用蹩脚的法语极力渲染所犯罪行如何野蛮。于连看到戴维尔夫人左右几位夫人露出激烈反对的神色，旁边的几位太太也是强烈反对。其中几个陪审官显然认识那几位太太，又说了一些让她们放心的话。"看来这件事还有扭转的余地。"于连暗想道。

直到这时，于连一直对参加审判的男人们怀有一种纯粹的轻蔑。代理检察长平庸的口才更增加了这种厌恶的感情。但是，渐渐地，看到自己很显然成了关切的对象，于连内心的冷酷消失了。

他对律师坚定的神情感到满意。“不要玩弄辞藻，”他对律师说，律师就要发言了。

“他们从博叙埃书中剽窃了许多夸张的词句，用来攻击您，倒是帮了您的大忙。”那位律师说。

果然，他还没说上五分钟，几乎所有的妇女都把她们的手帕捏在手里了。律师受到鼓舞，对陪审官们说了些极有力的话。于连不禁为之战栗，他觉得他都要哭了。“天哪！我的仇人们将会怎么评价我呢？”

他快要屈服在包围着他的柔情之中了，幸好这时他发现了德·华勒诺男爵先生傲慢的目光。

“这个混蛋的眼睛炯炯放光，”他心想道，“对这个可恶的人来说，这是多么伟大的胜利呵！如果我的罪行，只是产生这样的结果，我就应该诅咒它。天晓得，在冬天的晚上，他会向德·雷纳夫人说我些什么呀！”

这个念头抹去了其他一切想法。随后，于连被公众赞许的表示唤醒。律师刚刚结束辩护。于连想起了他应该跟律师握握手。时间很快过去了。

人们把点心送来给律师和被告。在这时于连才注意到下面这一特殊的情况：所有的妇女都还在原位坐着。

“我确实真的饿了，您呢？”律师说道。

“我也是。”于连回答道。

“您看，省长夫人也在那儿吃饭呢，”律师和他说道，一边用手指着楼座，“拿出勇气来，一切都会很顺利。”审判又开始了。

当法庭庭长做总结时，午夜的钟声响起来了。法庭庭长停下来，在周围焦虑的寂静中，钟声的回音充满了大厅。

“瞧，我的末日到了。”于连心想道。很快，他想到了责任，感到周身在燃烧。到此刻为止，他一直坚定着不心软，坚持不说话的决心。但是当法庭庭长问他还有没有话要说时，他站起来了。他看见戴维尔夫人的眼睛，在灯光照耀下闪闪发光。“莫非她也哭了？”他想。

“陪审官先生们，我原以为在死亡临近的时刻，我能够无视对我的轻蔑，然而我仍然感到了厌恶，这使我必须说几句话。先生们，我有幸没成为你们那个阶级中的一员，你们或许从我身上看见了一个农村乡下人，不甘心处于卑微的地位而起来反抗罢了。”

“我对你们不求任何的宽恕，”于连继续说，口气变得更加坚定有力。“我绝不存在幻想，等待我的是死亡，而死亡对我是公正的。我居然能够谋害最值得尊敬、最值得钦佩的女人的生命。德·雷纳夫人曾像慈母一样对待我，因此我的罪行是残暴的，而且有预谋的。陪审官先生们，我是应当被判处死刑的。即使我的罪行没有如此严重，我也看到有许多人，不会因我年轻而怜惜我，他们仍想通过我来惩罚一个阶级的年轻人，永远地让一个阶级的年轻人灰心丧气，因为他们虽然出身于卑贱的阶级，遭受贫困的压迫，可是有机会获得广博的知识，而且敢于闯入有钱人引以为自豪的上流社会里去。”

“先生们，这就是我所犯的罪，我将受到严厉的制裁，事实上，因为我不是受到与我同等的人的审判，将受到更为严厉的惩罚。在陪审官席位上，我没有看见一个富裕的农民，而只是一些愤愤不平的资产者。”

二十分钟里，于连一直用这种口气说话；他说出了郁结在心中的一切；代理检察长企盼着贵族的青睐，气得从座位上跳了起来；尽管于连的用语多少有些抽象，所有的女人仍然泪如雨下。连戴维尔夫人也拿起手帕来擦泪了。辩论结束前，于连再次提到蓄意谋杀、懊悔以及他从前在幸福的时期对德·雷纳夫人的尊敬和子女般的无限仰慕。戴维尔夫人在一声叫喊后便昏倒在座位上。

陪审官退到他们的房间的时候，一点的钟声响了。没有一个女人离开座位，好几个男人眼里噙着泪。交谈开始时很热烈，但是陪审团的决定久候不至，渐渐地，普遍的疲倦使大厅里安静下来。这时刻是庄严的，灯光变得黯淡，于连已经非常疲乏，他听周围的人在议论这种拖延是好还是坏的征兆。他高兴地看到大家还是都同情着他。陪审团还没有出来，可是仍没有一个妇女离开座位。

陪审官们议事的那个房间的小门开了，德·华勒诺男爵先生迈着威严的步子走了出来，所有的陪审官都紧随其后，他清了清嗓子，宣布说，根据天理良知，陪审团一致认定于连·索海尔犯了杀人罪，而且有预谋的杀人罪。这个宣告的结果必然是死刑，过了一会儿，死刑即被宣布。于连看看他的表，他想到了德·拉瓦莱特先生，那时正好两点一刻。“今天是星期五。”他心想着。

“是的，不过这一天对华勒诺这家伙是个好日子，他判了我死刑，我受到人们严密的监视，以致玛蒂尔德不能像德·拉瓦莱特夫人那样来搭救我，就那样，三天以后，同一时刻，我将会知道该如何对待那个伟大的也许了。”

这时，他听见一声喊叫，被唤回到现实世界中来。他周围的女人哭哭啼啼，他看见所有的脸都转向一个开在哥特式墙柱顶饰上的小旁听席。之后他才知道玛蒂尔德就藏在那里。因为那叫声只响了一次，大家又都开始望着于连，宪兵正为他在人群中打出条通道来。

“我不要华勒诺那个坏蛋笑话我，”于连暗想着，“他宣布导致死刑的声明时的表情是多么尴尬和虚假啊！而那个可怜的庭长，虽然当了多年法官，在宣判我死刑时眼里却含着泪。华勒诺这个家伙报复了我，他此刻一定是高兴坏了，我再也看不见她了！一切都完了。我们之间连最后的正式告别都不可能了，我已感觉到，要是我能把我憎恶心情说给她听，将是多么幸福啊！

“只需告诉她这句话就行了：‘判我死刑是对的。’”

第四十二章

律　师

于连被带回了监狱，关在一间为死囚准备的牢房里。平时他总是最细小的情况都不放过，这一次竟没有发觉他们并未让他回到主塔楼牢房。他一心想着跟德·雷纳夫人说些什么，如果他在最后的时刻有幸见到她的话。他会对她说些什么呢？她应该不会让他开口说话，但他很想向她描述内心的悔恨。到现在为止，我该如何做啊？总的来说，我杀她是对她爱的驱使。

他躺在床上，发现单子是粗布做的。他的眼睛睁开了。“啊！我是在地牢里，”他睁开眼自语道，“我已是一个被判了死刑的人。这很公平。”

“阿塔米拉伯爵曾告诉我，丹东在他死前，曾用他暴躁的声音说：‘真奇怪，砍头[①]这个词，不能有各种时态的变化，如我们可以说‘我将被砍头，你将被砍头’，却不能说‘我已经被砍头。’”

“为什么不能呢，”于连想，“如果有来世的话……说真的，如果我碰见基督徒的上帝，我就完了，那是个暴君，因此，他满脑子报复的念头；他的《圣经》说的尽是残酷的惩罚。我从未爱过他，我甚至从未想相信人爱他是真诚的。他没有怜悯心（他于是想起了《圣经》中好几个段落）。他将以可恶的方式惩罚我……”

① 法语动词的原意是以断头机处决。

“但如果我要遇到费讷隆[①]的天主呢！他也许会对我说：‘你将得到特大的宽恕，因为你曾真心地爱过……’

“我的爱多吗？啊！我爱过德·雷纳夫人，然而我的行为是残忍的。在这件事上和在别的事上一样，为了闪光的东西抛弃了质朴平常的东西……”

“但是话又说回来，这是多么美好的前途呀！战时是轻骑兵上校，平时是外交使团的秘书，然后是大使……因为我很快会熟谙事务的……因为用不了多久，我就能了解官场那一套……就算我只是个傻瓜，德·拉摩尔侯爵的女婿还会有什么可怕的呢？我的任何蠢事都会被原谅，甚至还会被当作才能呢。有才能的人，在维也纳或伦敦过最豪华的生活……”

“不一定是那样，先生，三天以内就要被砍头了。”

于连看到连看守的人都对自己进行嘲讽，忍不住笑出声来。

“的确如此，每人都有两面性。”他暗想道，“见鬼，谁会这样聪明想到这儿呢？

“好！是的，朋友，三天以后要上断头台。”他打断对他说话的那个人，“德·肖兰先生将跟马斯隆神甫合租一个窗口。好，在这个窗口的租金上，这两位可敬的人物谁将占谁的便宜呢？”

他忽然想起罗特鲁的戏剧中的一段：

拉迪斯拉斯
……我的灵魂已准备好。
国王（拉迪斯拉斯之父）
断头台准备好了，把您的头放上去吧。

“多好的回答啊！”于连心想道，随即他沉沉睡去了。早晨有人紧紧地抱住他，把他弄醒了。

“怎么，时间已到？”于连睁开眼睛惊骇地说道。

① 费纳隆（1651—1715），法国作家，曾在宫廷任太子太傅，著有《论子女教育》等。后被选入法兰西学院并成为康布雷大主教。

他以为自己马上要被砍头了。原来那是玛蒂尔德。

“幸亏她不知道我的想法。”这个念头使他平静下来了。他发现玛蒂尔德形容大变，像是病了半年，真真让人认不出来了。

“弗里莱这下流的家伙出卖了我！”她说道，使劲儿扭着自己的手，气得脸煞白。

“我昨天的发言不是很漂亮吗？”于连道，“这是我这辈子第一次即兴发言，好像也是最后一次。”

此时此刻，于连玩弄着玛蒂尔德的性格，冷静得像一位熟练的钢琴家弹琴。“不错，显贵的出身，我是没有的，”他继续说，“但是玛蒂尔德崇高的心灵把她的情人抬到了她的高度。您相信卜尼法斯·德·拉摩尔在审判官面前有我表现得好吗？”

这一天，玛蒂尔德充满了柔情，毫无做作，就像一位住在六层楼以上可怜的姑娘，但她从他这里得到的都是最简明的活。他不知不觉把她以前常常折磨他的痛苦还给她了。

“没有人知道尼罗河的源头，”于连心想，“人类的眼睛不能看见处在普通的溪流状态下的河中之王，因此，任何人的眼睛也将看不到软弱的于连，首先是因为他不软弱，但是，我有一颗易于被打动的心，最普通的一句话，只要用诚恳的口气说出来，就能让我的声音变得温和，甚至让我流泪。有多少次那些心肠冷酷的人因为这个缺点而看不起我啊！他们以为我在乞求宽恕，这就是我所不能忍受的。”

“据说丹东在上断头台时，因思念他的夫人而感动了别人。但是丹东曾使一个充满花花公子的国家振作了起来，阻止了敌人进攻巴黎……只有我自己知道我要做的事情……在别人眼里，我最多不过是个有待发展的人。”

“如果在这地牢里的，玛蒂尔德换成是德·雷纳夫人，我能够保证我自己吗？我的过度的绝望和过度的悔恨，在华勒诺们和当地所有贵族的眼里，可能被当作对死亡的可耻的恐惧。那些可恶的人，靠他们的经济地位才避开了犯罪的诱惑，他们是多么骄傲啊！刚刚判我死刑的德·肖兰先生和莫瓦罗先生肯定会说：‘看看什么叫生为木匠的儿子！他可以变得博学，机智，可勇气呢？勇气是学不来的。”

甚至面对这个可怜的、正在哭着的、甚至是再也哭不出来的玛蒂尔德，他还可以如此冷静，一面望着她那哭红的眼睛……他把她抱在自己的怀里，面对这种真实的痛苦，使他忘记了自己的推论……

“她将痛哭，我知道她的；就是我想杀她也没用，一切都将被忘记。我企图杀死的那个人将是唯一真心为我的死而哭泣的人。”他心想道，“但是，将来有一天她回想起来时，会感到多么可耻啊！她会认为自己现在的做法有多么的不值得，那个克罗兹诺瓦这个人相当软弱，会娶她的，而且我相信他做得对。她会让他去干出一番事业的。”

一个抱负远大而且坚定的人，有权摆弄粗俗的凡夫俗子。[①]

“唉！这倒很有趣。自从被判死刑以来，我以前念过的诗句又记起来了。这是一种衰退的表现……”

玛蒂尔德有气无力地向他重复道：“他就在隔壁房间里。”

最后他终于注意听这句话了。

“她的声音是微弱的，”他心想道，“然而口吻中她那专横的性格分毫无损。她为了压住火才放低了声音。

“是谁在那里？”他用温和的态度问她。

“律师，他想请您在上诉状上签字。”

“我不要上诉。”

“怎么？您不要上诉！”她说道，同时站了起来，眼里射出愤怒的光芒，“为什么？”

“因为此刻我有赴死的勇气，不至于太让人笑话。谁能对我说，两个月后，长时间待在这潮湿的黑牢里，我的状态还这么好？我预料还要跟教士见面，跟我父亲见面……这世界上再没有比这更让我不愉快的事了。让我死吧。”

听到这样的话，她怒气冲天。在贝藏松监狱地牢打开前，她没

① 引自伏尔泰悲剧《穆罕默德》。

能见到德·弗里莱神父，她把怒气全部发泄在于连身上。她崇拜他，然而在这一刻钟里，她却诅咒他的性格，后悔爱上了他。从前在德·拉摩尔府邸的图书室里毫不留情地辱骂他的那个高傲的玛蒂尔德，又出现在他眼前。

“为了你们家族的光荣，上天应把你生为男人！”他向她说道。

“至于我，”他想，“我要是在这种令人厌恶的日子里再过上两个月，成为贵族集团可能编造的卑鄙无耻的诽谤的目标，而唯一的安慰只有这个疯女人的诅咒，不然我才真是傻子呢……好！后天早晨，我将和一个以冷静和技术高超著称的人决斗……”

“这人非常高超，”他身上那另一半魔鬼说，“他从没有失败过。”

“好吧，但愿如此（玛蒂尔德仍在滔滔不绝地说）。”

“不，”他对自己说，“我不上诉。”

做出这个决定后，他又陷入遐想：

“六点钟，邮差经过，照常把报纸送了进来。八点钟，德·雷纳先生看完报纸后，艾丽莎踮着脚尖轻轻地走来，把报纸放在德·雷纳夫人床上。过了一会儿她醒了，心情紧张起来。她漂亮的手颤抖着，她读到了这几个字：在十点过五分时，他被执行了死刑。

“她将痛哭，我知道她的；就是我想杀她也没用，一切都将被忘记。我企图杀死的那个人将是唯一真心为我的死而哭泣的人。”

“啊！多么鲜明的对比！”他心想。

在玛蒂尔德继续吵闹的十五分钟里，他心里只有德·雷纳夫人。不管他怎么努力，而且不时还要回答玛蒂尔德的话，他还是不能把他的心从对维里业那间卧房的回忆上移开。他看贝藏松的报纸放在橙黄色绸面的被子上，他看见一只如此白皙的手痉挛地抓住它，看到德·雷纳夫人在啜泣……一颗颗泪珠从她可爱的脸颊上流下来。

德·拉摩尔小姐没办法从于连那里得到任何肯定的意见，于是，她把他的律师请了进来。这人是一七九六年远征意大利的部队的老队长，是马尼埃尔[①]的同事。

他反对犯人的决定，不过是做做样子。于连打算以尊敬的态度对待他，就向他逐条陈述理由。

“我的天，我的想法和您一样！”费利克斯·瓦诺先生终于对他说道，“不过您还有整整三天可以提出上诉，而且每天来是我的责任。如果两个月内监狱底下有座火山爆发，您就可以得救了。不过您也可能死于疾病。”他说话时注视着于连。

于连和他握手。

“谢谢您，您是个正直的人。我会考虑的！”

当玛蒂尔德陪同律师出去时，他感到他对律师比对她有着更深的友谊。

① 法国人，1796年参加意大利战役，后因伤退役，成为律师。

第四十三章

最后告别

一点钟时，他睡得正沉，突然觉得有泪水滴在手上，他醒了。“啊！又是玛蒂尔德！”他在朦胧的状态中想道。

“她每次都按自己的做法，用柔情来进攻我的决心。”

他想到一场新的悲怆景象，心中一阵厌烦，便闭目不睁。贝尔费戈尔[①]逃避妻子的诗句浮上脑际。

他听到一声奇异的叹息，睁开眼睛一看——竟然是德·雷纳夫人。

“啊！我在死之前还能看见您，这不是做梦吧？”他高声说道，同时跪倒在她脚下。

“但是，夫人，请您原谅我！在您眼里，我不过是个谋杀犯。”他清醒过来后忙说道。

“先生……我来求您提出上诉，我知道您不愿意……”她哽噎着喘不过气，说不出话。

“如果你想让我宽恕，”她对他说，站起来投进他的怀抱，“那就立刻对你的死刑判决提出上诉。”

---

① 法国17世纪诗人拉封丹的同名诗《贝费戈尔》中的魔鬼。

于连不停地吻着她。

“在这两个月之内，您能每天来看我吗？”

“我可以向你发誓。我每天都来！只要我的丈夫不阻止我。”

“我签字！”于连叫道，“怎么？你饶恕了我！这可能吗？”

他把她抱在怀里，他简要直发疯了。她轻轻地叫了一声。

“没什么……”她向他说，“只是你把我弄疼了。”

于连的眼泪哗地下来了。他稍稍离开些，在她的手上印满火一样的吻。

“最后一次，我是在维里业你的寝室看到你的，那时我怎么也没想到那是最后一次呢！”

“谁又能料到……我竟然会向德·拉摩尔先生写那封诬蔑信呢？”

“你要知道我永远爱的是你，除了你，我没有爱过别的人。”

“真的！”德·雷纳夫人叫道，轮到她喜出望外了。她靠在于连身上，于连跪着，他们泪眼相对，久久不说话。

她靠在跪在她面前的于连身上，静静地哭了很久。

于连在他的一生里，今天是最幸福的时刻。

很长一段时间后，德·雷纳夫人说道：“还有米什莱夫人，不如干脆叫她德·拉摩尔小姐吧，我开始真的相信这个离奇的故事了！”

“那些都是表面上的真实。”于连答道，“她是我的妻子，但却不是我的情人……”

他们上百次地互相打断，好不容易把互相不知道的事情讲出来了。

写给德·拉摩尔先生的那封信，是德·雷纳夫人的忏悔教士拟的草稿，然后由她抄写的。

“宗教使我犯了一桩多么可怕的罪行啊！”她向他说道，“我还已经把信里最可怕的语句改得温和了点……”

于连的兴奋和幸福向她证明了他已完全原谅了她。他还从未爱得这般疯狂。

“我仍然相信我是虔诚的。”德·雷纳夫人在后来的谈话里对他说，“我真心地相信天主。我也相信，而且也得到证实，我犯的罪是可怕的，自从我看见你，甚至你朝我开了两枪之后……”

这时，于连不管她是否说完，便开始疯狂地吻着她。

“放开我，”她继续说，“我想跟您讲讲清楚，免得忘记……我一看见你，所有的责任感都消失了，只剩下对你的爱，或者说爱这个字还嫌太弱。我对你感到了我只应对天主感到的那种东西：一种混合着尊敬，爱情，服从的东西……实际上，我不知道你在我心中唤起的是什么。你要对我说给看守一刀，我不待想就会去犯罪。在我离开你之前，你把这给我解释清楚吧，我想看清楚我的心。因为两个月后我们就要分别了……顺便说一句，我们要分别了吗？”她对他说，并嫣然一笑。

“我刚才说的话不算数，”于连站了起来叫道，“如果您想用毒药、刀子、手枪、火炭或其他任何方法来结束或伤害您的生命，我就坚决不上诉。”

德·雷纳夫人的脸色突然由晴转阴了，最初活泼的柔情，一下子就变为非常深沉了。

“假如我们立刻一起死去呢？”她终于向他问道。

“谁知道另一个世界有什么？”于连答道，“也许是痛苦，也许什么也没有。难道我们不能甜甜蜜蜜地共同过上两个月吗？两个月，那是许多天呀。我永远不会这样幸福的！”

“你永远不会像那时一样幸福了！”

“永远不会！”于连高兴地重复道，“我对你说话如同对自己说话一样，天主不容许我夸大事实。”

“你这样说话，就是命令我。”她说着，露出了羞怯而忧郁的微笑。

“那好！你以你对我的爱发誓，不以任何直接或间接的方式谋害你的生命……你要记住，”他继续说，“你必须为我的儿子活下去，因为玛蒂尔德一旦成为德·克罗兹诺瓦侯爵夫人后，就会把我的儿子丢给仆人去抚养。”

“我发誓！”她冷漠地回答，“不过我要把你亲笔签字的上诉书带走，我要去找总检察长。”

“当心，这样会连累到你自己的。”

“自从我到监狱里公开来看你以后，我就已经在贝藏松和弗朗什—孔泰全省，成为小故事里的女主角了。”她愁苦地说道，“严厉的廉耻的界限已经越过……我是一个丧失名誉的女人，真的，这是为了你……”

她的口气那么悲伤，于连拥抱了她，感到一种全新的幸福。那已经不是爱的陶醉，而是极端的感激了。他第一次觉察到，她为他做出的牺牲是多么的大。

显然有人通知了德·雷纳先生，说他的妻子曾到监狱看望于连，并探访了很久。所以三天以后，他派车子来接她，要求她立刻做到维里业。

这残酷的分离，使于连的生活从一开始就变得不愉快。两三个钟头后，有人告诉他，有个诡计多端，但在贝藏松的耶稣会里未能爬上去的教士，一大早就站在了监狱门外的路上。雨下得很大，那家伙企图装出受难的样子。于连心绪恶劣，这种蠢事使他大为恼火。

那天早上，他就拒绝了这个教士的探访，但是这人却早已下定决心，要于连向他忏悔。以便从他那里得到秘密并在贝藏松的年轻妇女面前进行炫耀。

他高声宣布，他要在监狱门口度过白天和黑夜。“天主派我来打动这个叛教者的心……”老百姓总是喜欢看热闹，开始聚集起来。

“是的，我的兄弟们！”他向门外围观的人群说道，“我将整天整夜待在这里。圣灵对我说过话，我接受了上天的使命来拯救这年轻的索海尔的灵魂。咱们一起祈祷吧……”

于连讨厌人家议论他，讨厌一切能够把注意力引向他的事情。

他想抓住时机悄悄地逃离这个世界。然而他又存着再见德·雷纳夫人的希望，他爱得发了狂。

监狱的正门口前面是一条最热闹的大街。想到这个一身泥巴的教士招来一大群人议论，他的心备受折磨。于连就感到浑身难受。“不用说，他嘴里时时刻刻喊着我的名字，这种情况我都讨厌极了。”

每隔一个钟头，他就叫那个听他话的管钥匙的人到门口去看看教士是否还在门口。

“先生，他跪在泥泞里……”看守每次都对他说，“他高声祈祷，为您的灵魂念连祷文……”

“无礼的家伙！”于连想，这时候，他果然听见一片低沉的嗡嗡声，当他看见管钥匙的人甚至也在不停地诵读祷词，他都要疯了。”

门口的人们渐渐议论起来，管钥匙的人补充道：“您的心肠一定很硬，才会拒绝这个圣洁的人的帮助。”

“噢，我的天！怎么能这样强人所难呢！”于连不管周围是否有人，在那里疯狂地喊。

“这家伙想在报上有一篇文章，他肯定会得到的。”

“呵！这些讨厌的外地人！在巴黎才不会发生这样的事情，这里骗人的技术也那么差。”

“让那个圣洁的教士进来吧，”于连对看守说，额上的汗直往下淌。看守画了个十字，高高兴兴地出去了。

那个圣洁的教士丑得可怕，而且还浑身是泥。冰冷的雨水更增加了黑牢的阴暗和潮湿。教士想拥抱于连，说话间拿出了深受感动的样子。最卑劣的伪善实在太明显。于连这一辈子还不曾这么愤怒过。

“这种人可真会装啊，太做作了。”于连生气到极点了。

大概十五分钟后，于连突然感觉自己胆小了。他此刻感到死亡真的很恐怖，死后尸体会渐渐腐烂掉。

他正要表现出软弱，或者扑向教士，用锁链勒死他，这时候他突然想，砍头那天还想请他为自己举行一个四十法郎的仪式。

教士一直待到中午才离开于连的牢房。

第四十四章

忧　虑

教士刚一出去，于连就大哭起来，为了死亡而哭，渐渐地他对自己说：“现在我真想把我的害怕告诉德·雷纳夫人。”

正当于连想这件事的时候，却听见玛蒂尔德的脚步声越来越近了。

“监狱里最大的不幸，”他想，“就是不能把门关上。”不管玛蒂尔德说什么，都只是让他生气。

她告诉他在审判的那天，德·华勒诺先生已经当上了省长，所以他才不把德·弗里莱先生放在眼里，给他判死刑。

“‘您的朋友是怎么想的呀，’德·弗里莱先生刚才对我说，‘居然去唤醒和攻击这个资产阶级贵族的虚荣心！为什么要谈社会等级？他告诉了他们为维护他们的政治利益应该做什么，这些傻瓜根本没想到，并且已准备流泪了，这种社会等级的利益蒙住了他们的眼睛，他们就看不见死刑的恐怖了。所以应当说他做事情太欠缺考虑了。如果我们不能用请求特赦的方法救他，他的死将是一种自杀……’”

玛蒂尔德当然不会把她还没有料到的事情告诉于连，那就是德·弗里莱神父看见于连已经完了。他在为自己能够成为于连的继承人而打着如意算盘。

于连很生气，又有抵触情绪，弄得几乎不能自制。

“您去为我做一次仪式吧。”他对玛蒂尔德说，“我想自己待一会儿。”

玛蒂尔德很反感德·雷纳夫人探望于连的事情，又听说她刚离开了贝藏松，感觉自己太委屈了，于是哭成了一个泪人儿。

她哭得可真厉害！这样做，只能让于连更生气了。

他非常想一个人待一会儿，但又怎样才能让玛蒂尔德离开这儿呢？

最后玛蒂尔德对他劝说了一会儿，终于走了，但这时，富凯又来了。

“我需要一个人待着，”他对这位忠实的朋友说……见他迟疑，就继续说，“我正在写一篇回忆录，供请求特赦用……还有……求求你，别再跟我谈死的事了，如果那天我有什么特别的需要，让我首先跟你说吧。”

于连终于独处，感到比以前更疲惫懦弱了。这颗已被折磨得虚弱不堪的心灵仅余的一点力量，现在剩下的所有力量是为了向德·拉摩尔小姐和富凯掩饰自己的情况，但现在已经耗完了。

黄昏时，脑海中突然闪过一个让他看到一点希望的念头。

“如果今天早上，就要砍我的头，我要让所有人都看不到我的脆弱！”

他忽然感觉自己也不是那么惨。

“现在，我是个胆小的人，”他唱歌似的说道，“别人都以为我很坚强。”

第二天，发生了一件不高兴的事。很久以前，他的父亲便宣布要来探监，这一天，于连还没有醒，这个白发苍苍的老木匠便走进了他的牢房。

于连希望父亲能够骂他一顿，这样他心里会好受一点，见面那天，他感觉非常对不起父亲。

“命运让我们在这世界上彼此挨在一起，”在看守打扫牢房时于连暗想道，“我们几乎是尽可能地伤害对方。他在我死的时候来给我最后的一击。”

别人刚走，父亲就开始骂他了。

于连忍不住，眼泪下来了。“这软弱真丢人！”他愤怒地自语着，“他肯定会见谁给谁说我很胆小，这对华勒诺之流与所有统治维里业的最平庸的伪善者来说，又将是一个怎样大的胜利啊！他们在法国势力很大，占尽了种种社会利益。至此我至少可以对自己说：他们得到了金钱，的确，一切荣誉都堆在他们身上，而我，我有的是心灵的高尚。”

“这个人们以后都会相信，他证明给人们看的是自己面对考验时是多么的软弱，是个十足的胆小鬼！”

于连濒临绝望。他不知道如何打发走父亲的。装假来欺骗这个目光如此锐利的老人，此刻完全是他力所不能及的。

他努力想尽所有的办法，最后说了句：“我有钱。”这句话真灵，立刻改变了老人的表情和于连的地位。

“我该怎样用这些钱呢？”于连比较平静地继续谈道。这句话使他完全摆脱了自卑感。

老木匠心急火燎，生怕这笔钱溜掉，于连似乎想留一部分给两个哥哥。他兴致勃勃地谈了许久。于连可以挖苦他了。

“好吧！关于我的遗嘱，天主已经给了我启示。我给哥哥们每人一千法郎，其余的都归您。”

“很好，”老人说，“剩下的归我。既然上帝降福感动了您的心，如果您想死得像个好基督徒，您最好是把您的债还上。还有我预先支付的您的伙食费和教育费，您还没想到呢……”

“难道这就是父爱！”当只剩一个人的时候，他伤心地说。一会儿，看监狱的人进来了。

“先生，父母来访之后，我总是要送一瓶好香槟酒来，价钱略贵一点，六法郎一瓶，不过它让人心情舒畅。”

“请您拿三个酒杯来，”于连孩子般热情地说，“让走廊里散步的两个犯人也一起来吧。”

看守带来两个苦役犯，他们是惯犯，正准备回苦役犯监狱。这是两个快活的恶棍，精明，勇敢，冷静，确实非同寻常。

“要是您给我二十法郎，”他们之一对于连说道，“我可以把我的生活详细地讲给您听。那可真是十分精彩的。”

“您不会说谎吧？”于连问。

“绝对不会，”他回答道，“我的朋友在这儿，他看着我的二十法郎眼红，我要是说假话，他会拆穿我的。”

“他的人生是可憎的，但却他是个勇敢的人，因为在他心里只有一种欲望，那就是金钱。”

他们走后，于连变了一个人。他对自己的一切怒气都消失了。剧烈的痛苦，因胆怯而激化，自从德·雷纳夫人离开后，他就陷入被怯懦所激化的痛苦中，现在这痛苦已经转变为忧郁了。

“如果我少被表面现象欺骗一点，”他暗想道，“我就能看出，巴黎的沙龙里充斥着我父亲那样的正人君子，或者这两个苦役犯那样的狡猾的坏蛋。他们说得对，客厅里的那些人早晨起床时绝不会有这样令人伤心的想法：今天我的晚饭该如何解决？然而他们却在炫耀他们的诚实！而且一旦当了陪审团，就可以洋洋自得地把一个因饿得快要昏倒而偷了一副银餐具的人判处死刑！”

“假设有一个法庭，专门处理的是丢官或者升官的案子，那便可以发现，沙龙里的谦谦君子多犯的罪和那两个苦役犯的罪没有差别了……

“世界上没有自然法，这个词儿不过是过了时的胡说八道而已，和那一天对我穷追不舍的代理检察长倒很相配，他的祖先靠路易十四的一次财产没收发了财。到了法律用刑罚来禁止某件事时，才有所谓法权。在有法律之前，只有狮子的力气，饥饿寒冷的生物的需要才是自然的，一句话，需要……不，受人敬重的那些人，不过是些犯罪时侥幸未被当场捉住的坏蛋罢了。社会派来攻击我的那个原告，正是由于做了一件肮脏的事才发财的。我犯了杀人罪，对我的这个判决是公正的，但是除了没杀人以外，那个判我死刑的华勒诺对社会的危害却要比我多百倍。”

“好吧！”于连愁苦但不愤怒地继续说，“尽管贪婪，我的父亲要比所有这些人强。他从未爱过我。我用一种不名誉的死让他丢脸，真太过分了。人们把害怕缺钱、夸大人的邪恶称作贪婪，这种贪婪使他在我可能留给他的三、四百路易的一笔钱里看到了安慰和安全的奇妙理由。他将来会在某个星期天的晚餐后，拿出他的金币来，给维里业所有羡慕他的人看，他的目光好像对他们说：‘有如此的回报，你们当中哪一个不愿意有个上断头台的儿子呢？’”

这种哲学可能是真实的，但它却使人渴望去死。五天如此漫长的日子就这样过去了。他对玛蒂尔德的态度温和而礼貌，他察觉她已被最强烈的嫉妒心所激怒。一天晚上，于连很认真地在想自杀的问题。德·雷纳夫人的离开把他投入到深深的不幸之中，精神变得软弱不堪。不论在现实生活中，还是在想象中，什么都不能使他高兴起来。缺少活动使他的健康开始受到损害，并把德国学生年轻的那种软弱而易激动的性格给了他。那种用一句有力的粗话赶走萦绕在不幸者头脑中的某些不适当念头的男性高傲，他正在失去。

“我爱过真理……但是现在真理又在哪儿呢？……到处都是伪善，至少也算是欺诈，甚至最有品行、最伟大的人也无一例外，这时他的眼神中流露出极度厌恶的表情……是的，人绝对不可能轻易相信别人。

“××夫人为她可怜的孤儿募捐时，对我说某亲王刚捐了十个路易，实际上都是谎言。但我在说什么？圣赫勒拿岛上的拿破仑呢为罗马王[①]发表的文告，纯粹是招摇撞骗。”

“伟大的天主！如果这样一个人，而且还是在灾难理应要他严

① 罗马王（1811—1832），拿破仑与奥国公主玛丽·路易丝之子，出生后封为罗马王。

格尽责的时候，居然也堕落到招摇撞骗的地步，对其他人还能期待什么呢……”

“真理究竟在哪里？在宗教里……是的，”他带着一种极端嘲弄的苦笑继续说，“在马斯隆、德·弗里莱、卡斯塔奈德那帮人的嘴里……也许在真正的基督教里？在那里教士并不比信徒们得到更多的酬报。但是圣保罗却得到了发号施令、夸夸其谈和让别人谈论他的快乐……”

“啊！如果有一个真正的宗教的话……我真是太傻了！我看见一座哥特式大教堂，一些令人肃然起敬的彩绘玻璃窗；我那软弱的心想象着玻璃窗上的教士……我的灵魂会了解他，因为我的灵魂需要他……但我发现的却是一个头发肮脏的坏蛋……除了衣着打扮外，他和博瓦西骑士没有什么不同。

“然而真正的教士，一个马西荣，一个费讷隆。马西荣曾为杜布瓦祝圣。圣西门的《回忆录》使我错怪了费讷隆，他到底还是个真正的教士……那时候，温柔的灵魂在世纪上就会有一个汇合点……我们将不再孤独……这善良的教士将跟我们谈天主。但是什么样的天主呢？但他宣讲的是怎样的天主呢？绝不是《圣经》里的天主，一个气度狭小的、残酷的、充满复仇心态的暴君，而是伏尔泰所指述的正直、仁慈、包罗万象的天主……”

他回忆起他烂熟于心的那部《圣经》，非常激动……然而，自从成为三位一体[①]，在我们的教士可怕的滥用之后，怎么还能相信天主这个伟大的名字呢？

“孤独地活着……是多么痛苦啊……”

“我疯了，不公正了，”于连心想，用手拍了拍脑门。“我在这牢里是孤独的，可我在世上并不曾孤独地生活，我有过强有力的责任观念。或错或对，我为我自己规定的责任仿佛一株结实的树干，暴风雨中我靠着它；我摇晃过，经受过撼动。说到底，我不过

① 基督教教义认为，上帝只有一个，但有三个“位格”：“圣父”“圣子”“圣灵”，是谓“三位一体”。

是个凡人罢了……但是，我没有被卷走。”

“地牢里阴湿的空气让我产生了孤独的感觉……”

“为何一面诅咒伪善，一面还要继续伪善呢？令我感到痛苦的，不是死亡、地牢，也不是潮湿的空气，而是德·雷纳夫人的离别。在维里业，为了能与她相会，一连几个星期，我只好躲在她家的地窖里，难道我曾抱怨过吗？”

“同时代人的影响占了上风，”他带着苦笑高声说，“我对自己说话，离死亡不过两步远，而我却还是伪善的……啊，十九世纪啊！

“……一个猎人在林中开了一枪，猎物掉下来，他冲上去抓住。他的靴子碰到一个两尺高的蚁巢，毁了蚂蚁的住处，蚂蚁和它们的卵散得远远的……蚂蚁中最有智慧的，也永远理解不了猎人靴子这个黑色的、巨大的、可怕的东西，它以难以置信地速度闯进它们的住处，还伴以一束发红的火光……”

“……因此，死生，永恒，对于其器官大到足以理解它们的人类来说，都是些很简单的事物……一个蜉蝣在烈日当空的夏季里，早上九点钟出生，晚上五点钟就死去，它如何能了解黑夜这两个字的含义呢？”

“让它再活五个钟头，它就看见和理解什么是夜了。”

“我自己也是这样的，我二十三岁就死了。再给我五年的生命，让我和德·雷纳夫人相聚吧……”

他像靡非斯特那样狞笑起来，“讨论这些大问题真是太愚蠢了！”

“第一，我是虚伪的，就好像有什么人在那儿听似的。”

“第二，我剩下的日子这样少了，我却忘了生活和爱！唉！德·雷纳夫人不在这里了，也许她的丈夫不会让她再到贝藏松来，继续败坏自己的名誉。”

“这就是我感到孤独的真正原因，而不是由于缺少一个正直、善良、全能、毫不凶恶、毫无报复之心的天主……

“啊！如果他存在……唉！我会跪倒在他脚下。我对他说：我该当一死。然而，伟大的天主，善良的天主，宽容的天主啊，把我所爱的人还给我吧！”

夜色已深。在一两个小时安静的睡眠后，富凯走了进来。

于连觉得自己坚强而又果断，像一个能洞察自己灵魂的人。

第四十五章

结　局

“别把可怜的夏斯·贝尔纳神甫叫来，我不想要这种恶作剧，”他对富凯说，“他会因为这三天的折磨而吃不下饭。你还是想办法为我找一个彼拉尔先生的朋友，就是那个不会要诡计的冉森派的教士吧。”

富凯正焦急地等着他开口呢。凡是外省舆论所要求的种种，于连都做得很得体。由于德·弗里莱先生的帮忙，即使忏悔的神父选得不好，于连在地牢中还是受到圣会的保护，他若是机灵些，是可以逃出去的。但是牢里恶劣的空气起了作用，他的智力减退了。只是在德·雷纳夫人回来时，他才显得有些活跃。

“我的第一个期盼就是为了你，”她紧紧地抱着他，她对他说道，“我是从维里业逃出来的……”

于连对她没有一丁点无谓的自尊心，把他的种种软弱和盘托出。她对他既温柔又可爱。

晚上，她一走出监狱，就让人把像抓住猎物一样抓住于连不放的年轻教士叫到她姑妈家。他一心想在贝藏松高等地位的年轻妇女中抬高自己的声望，因此德·雷纳夫人很自然地想到请他去博莱—勒奥修道院做一次九天的祷告。

于连对爱情的疯狂远非语言可以形容的。

依靠金钱的魅力并且利用极具虔诚而且有钱的姑母的权力，德·雷纳夫人每天能够和于连见两次面。

听到这个消息，玛蒂尔德妒意大发，直至丧失理智。德·弗里莱先生曾向她承认，他的势力还没有达到无视一切礼仪的程度，不能让人准她每日不止一次地去探望她的朋友。玛蒂尔德叫人跟踪德·雷纳夫人，以便了解她最微妙的动作。德·弗里莱先生使尽浑身解数，向她证明于连是配不上她的。

经受着这种种痛苦的煎熬，她反而更爱他了，几乎每天都跟他大吵大闹。

对于这个他如此不寻常地连累了的可怜女孩子，于连想竭尽全力做个正直的人，一直到底。但是任何时候，他对德·雷纳夫人疯狂的爱情却总是占上风，甚至在玛蒂尔德无法相信她的情敌的探监是纯洁的时，他便想到了拙劣理由："看来这场戏快要结束了，如果说我不能对她隐瞒得更好一些，如果我掩饰不住我的感情，这倒是我的一个借口。"

德·拉摩尔小姐得知了德·克罗兹诺瓦侯爵的死讯。德·泰莱尔先生，一位相当富有的人，竟敢就玛蒂尔德的失踪说了些令人难过的话，德·克罗兹诺瓦先生要求澄清事实，于是德·泰莱尔先生把他收到的匿名信拿出来向他证明，信里充满了巧妙地串联起来的种种细节，可怜的侯爵不能不看到事实真相。

德·泰莱尔又斗胆开了几句不够委婉的玩笑。愤怒和不幸令他发狂，德·克罗兹诺瓦先生提出要赔礼道歉的过分要求，致使那位百万富翁产生了决斗的办法。愚蠢占了上风，愚蠢胜利了，巴黎那些最配人爱的人之一，还不满二十四岁，就这样死于非命。这个噩耗，对于连日趋衰弱的灵魂产生了一种奇怪甚至病态的影响。

"可怜的克罗兹诺瓦，"他对玛蒂尔德说，"他对待我们一向非常好，而且为人正派，您在您母亲的客厅里干出那些轻率的事情之后，他本应恨我，找我的麻烦，因为跟着轻蔑来的仇恨通常都是狂暴的……”

德·克罗兹诺瓦先生的死，改变了于连对玛蒂尔德所有今后的想法。他花了几天时间，劝向她应该接受德·吕兹先生的求婚。“这个人腼腆，但是不过分伪善，”他对她说，“他肯定会加入求婚者的行列。他有抱负有事业心，比可怜的德·克罗兹诺瓦更沉着、坚忍，他家里也没有公爵领地，他不会对娶于连·索海尔的寡妇为妻有任何看法的。”

“而且是一个蔑视伟大的激情的寡妇，”玛蒂尔德冷冷地答道，“因为六个月的生活，已经足够让她看到，她的情人爱的不是她而是另一个女人，而这个女人正是他们一切不幸的根源。”

“您这话可不公道，德·雷纳夫人的探监，将给在巴黎的律师提供一些独特的理由，他将描绘凶手如何受到受害者的关怀。这会产生效果的，也许有一天您会看到我成了一出情节剧的主角呢……”

一种疯狂而又无法报复的嫉妒，一种无望的不幸的持续（纵使于连获救，又如何能挽回他的心？）一种因为死心塌地爱上了不忠实的情人而造成的羞辱和痛苦，使德·拉摩尔小姐完全沉浸在了忧郁的沉默中，即使是德·弗里莱先生的殷勤照顾和富凯的耿直坦率，也无法让她从沉默中解脱出来。

至于于连，除去被玛蒂尔德占用的时间外，倒是生活在爱情之中，几乎不问明天的事。当这种热情是极端的、没有任何矫饰的时候，就产生出一种奇特的效果，德·雷纳夫人几乎也在分享他那无忧无虑的情趣和甜蜜的欢乐。

“以前我们在维尔基树林里散步时，”于连对她说，“我本来可以多么的幸福啊，可是一种强烈的野心却把我带到虚幻之国去了。你迷人的胳膊就在我的唇边，但我没有把它紧紧拥在我的怀里，因为我对未来的幻想，把我从你那里夺走了。我为了建立巨大的财富，不得不进行数不清的战斗……是啊，如果您不到这监狱里来看我，我到死也不懂幸福是什么。”

两件事扰乱了这平静的生活，于连的忏悔神甫尽管是位冉森派，却没有逃过耶稣会的算计，不知不觉中成了他们的工具。

有一天他来对于连说，除非他愿意犯下可怕的自杀之罪，否则他应该想尽一切可能的办法去争取特赦。祭坛对巴黎的司法部门一直都有影响的，所以有个很容易的办法，那就是悔过，这样会引起轰动。

“大张旗鼓！”于连重复道，“啊！我也抓住您了，您也像一个传教士一样在演戏啊……”

“您的年龄，”冉森派教士严肃地说道，“您从上天得来的动人的面孔，您那无法解释的犯罪动机，德·拉摩尔小姐为了搭救您而采取的勇敢的行为，以及您的受害者向您表达出来的惊人的友谊，这一切都使您在贝藏松的妇女心中成了英雄。她们为了您，把一切都丢在了脑后，甚至连政治也忘记了……”

“您皈依宗教会在她们心中引起反响，留下深刻的印象。您可以对宗教大有用处，而我，难道因为耶稣会在这种情况下采取同样的做法这种毫无意义的理由，就犹豫不决吗？耶稣会的教士们在这种情况下也会采取相同的举动！所以，即使在这个让他们逃脱贪婪习性的特殊案例里，他们也还是会搞破坏的！但愿这样的事情不会发生……您的悔过会让人流下眼泪，这将会冲淡伏尔泰十几版反宗教著作的腐蚀作用。”

“如果我自轻自贱？我曾经野心勃勃，我不愿谴责我自己，那时我是根据时代的风尚行动。现在，我过一天是一天。但是，如果我做出某种怯懦的事情，我就在众目睽睽之下自找不幸……”

另外一件事源自德·雷纳夫人更让于连感到痛苦。不知哪位诡计多端的女友竟把这颗天真而又如此腼腆的灵魂说服了，她们向她指出她的职责是到圣克卢去，跪在查理十世面前求情。

她和于连分开，这对她本是一种牺牲，然而经过这样一番努力之后，抛头露面在别的时候可能是一桩比死还要难受的事，现在在她眼里却不算什么了。

“我要去面见国王，我要向全世界公布你是我的情人，因为一个人的生命，一个于连这样的人的生命，应该超过任何利弊的权衡。我要说你是因为嫉妒才会想要谋杀我的。有很多同样可怜的年轻人都是因为陪审官或者国王的慈悲而获得拯救……”

“我不再见你了，我叫人对你关上监狱的大门。”于连嚷道，“如果你不对我发誓不做任何使我们俩当众出丑的事，我明天肯定因绝望而自杀。去巴黎的主意，肯定不是你出的。告诉我是哪个女阴谋家向你提出这个建议的。”

“让我们幸福地度过这短暂人生中为数不多的日子吧！藏起我们的存在吧，我们的罪孽已经太明显了。德·拉摩尔小姐在巴黎很有影响，相信她会做力可能及的一切事情吧。在外省，所有的有钱有势的人都反对我。你的行动只会激起这批有钱人的愤怒，特别是态度温和的人，对他们来说，生活是一件多么容易的事……不要让马斯隆和华勒诺之流以及比他们高明一些的人来嘲笑我们。”

牢里的恶劣空气，于连已不能忍受。幸亏在大家通知他去受刑的那天，柔和的阳光使万物欣欣向荣，于连也鼓起了勇气。在露天行走，给了他一种甜美的感觉，仿佛久在海上颠簸的水手登上陆地散步一样。“来吧，一切顺利，”他自言自语，“我一点都不缺乏勇气。”这个头颅，从来没有像在快要落地时这么富有诗意。以前他在维尔基树林里享受那些最温柔的回忆，极其强烈地一齐涌上心头。

一切都进行得既简单又得体，这方面没有任何矫揉造作的表现。

两天前，他曾告诉富凯说：“激动，我不能保证；这地牢这样恶劣潮湿，使我有时发烧，神志不清。但是恐惧，不，人们不会看到我脸色发白的。”

他事先已经准备好，在他末日到来的那天清早，让富凯把玛蒂尔德和德·雷纳夫人都带走。“让她们坐在同一辆车里，”他曾对他说道，“你要安排好，设法让驿车的马不停地奔跑。她们会相互拥抱，或者相互恨得要死。在这两种情况下，可怜的女人都会从可怕的痛苦中解脱一下。”

于连曾要求德·雷纳夫人发誓要好好活下去，以照顾玛蒂尔德的儿子。

“谁知道？”一天他向富凯说，“或许人在死后，还会有知觉。安息是人生的谜底，我特别愿意安息在可以俯瞰的那座维里业高山上的小山洞里。我有好几次跟你讲过，夜里躲进这个山洞，极目远眺法国那些最富庶的省份，野心燃烧着我的心，那时候这就是我的激情……总之，那个小山洞对我是很亲切的，毋庸置疑，它的位置将会引起哲学家的灵魂深处的羡慕……好吧！贝藏松的这些圣会分子什么都拿来赚钱。如果你知道怎么做，他们会把我的遗体卖给你的……”

富凯居然在这笔悲惨的交易中成功了。他独自在他的房间里，守着朋友的尸体度过黑夜。突然他大吃一惊，看见玛蒂尔德走了进来。几小时前，他曾把她送到贝藏松十里外的地方。这时她的神色非常慌张。

“我要看他。”玛蒂尔德对他说。

富凯没有勇气说话，也没有勇气站起来。他指了指地板上那件蓝色的大氅，于连的遗体就裹在里面。

她急忙跑到旁边跪下。卜尼法斯·德·拉摩尔和玛格丽特·德·纳瓦拉的故事，给了她超人的勇气。她双手颤抖着，揭开了大氅。

富凯把眼睛转向了别处。

他听见玛蒂尔德在室内急促地走动着，还点燃了几支蜡烛。当富凯有勇气看她时，她已经把于连的头放在了她面前的一张大理石小桌上，正在吻那前额……

玛蒂尔德跟着她的情人，一直走到他为自己选下的坟墓。为数众多的教士护送着棺材，没有人知道她就独自坐在她那辆蒙着黑纱的车子里，膝上放着她曾经如此爱恋过的人的头。

就这样，大家到了汝拉山的一个高峰。

黑夜中，在那个小山洞里，无数的蜡烛照得通明，二十个教士做着安灵的仪式。送殡的行列经过几个小山村，居民们为这奇特的仪式吸引，纷纷跟着。

玛蒂尔德身着长长的丧服，出现在他们中间。丧事毕，她命人向他们抛撒了好几千枚五法郎的硬币。

她要同富凯单独留下来，她要亲手埋葬情人的头颅。富凯痛苦得快要发疯了！

在玛蒂尔德的关心下，这个荒蛮的山洞，花巨款用在意大利雕刻的大理石装饰起来。

德·雷纳夫人信守诺言。她丝毫没有企图自杀。然而，于连死后三天，她拥抱着孩子们去世了。